U0558880

《中国外国文学研究年鉴》学术委员会

《中国外国文学研究年鉴（2021）》编辑委员会

◆ 国家社科基金重大项目资助（批准号：18ZDA284）

中国外国文学研究年鉴

聂珍钊　吴　笛　王　永　总主编

ZHEJIANG UNIVERSITY PRESS
浙江大学出版社
·杭州·

图书在版编目(CIP)数据

中国外国文学研究年鉴. 2021 / 聂珍钊，吴笛，王永总主编. —杭州：浙江大学出版社，2024.1
ISBN 978-7-308-24265-3

Ⅰ. ①中… Ⅱ. ①聂… ②吴… ③王… Ⅲ. ①外国文学—文学研究—中国—2021—年鉴 Ⅳ. ①I106-54

中国国家版本馆 CIP 数据核字(2023)第 187611 号

中国外国文学研究年鉴（2021）
聂珍钊　吴　笛　王　永　总主编

责任编辑　诸葛勤
责任校对　杨诗怡
封面设计　周　灵
出版发行　浙江大学出版社
（杭州市天目山路 148 号　邮政编码 310007）
（网址: http://www.zjupress.com）
排　　版　浙江大千时代文化传媒有限公司
印　　刷　杭州高腾印务有限公司
开　　本　889mm×1194mm　1/16
印　　张　36.25
插　　页　4
字　　数　998 千
版 印 次　2024 年 1 月第 1 版　2024 年 1 月第 1 次印刷
书　　号　ISBN 978-7-308-24265-3
定　　价　145.00 元

浙江大学出版社市场运营中心联系方式：0571-88925591；http://zjdxcbs.tmall.com

浙江大学党委书记（时任浙江大学常务副校长）任少波为浙江大学世界文学跨学科研究中心授牌

浙江大学世界文学跨学科研究中心主任聂珍钊教授在工作会议上做“年鉴编纂方案报告”

《中国外国文学研究年鉴》第一次工作会议部分专家合影

《中国外国文学研究年鉴》第一次工作会议与会者合影

《中国外国文学研究年鉴》第一次工作会议大会讨论1

《中国外国文学研究年鉴》第一次工作会议大会讨论2

2019年3月开题论证会场1

2019年3月开题论证会场2

2019年3月重大项目开题合照

2020年7月19日中期成果研讨会1

2020年7月19日中期成果研讨会2

2021年7月1日重大项目工作会议1

2021年7月1日重大项目工作会议2

2022年11月7日《中国外国文学研究年鉴》研讨会1

2022年11月7日《中国外国文学研究年鉴》研讨会2

前　言

中国外国文学研究，对于中西文化的交流和中国文化的繁荣发展，一直起着无可替代的促进作用。目前，我国恰逢一个经济发达、文化繁荣、学术昌明、民族复兴的新时代，在这一新的历史语境下，总结我国外国文学研究成果，展现外国文学研究领域的辉煌成就，为其进一步的发展提供必备的研究资源，无疑显得十分重要。

（一）

正可谓“文明因交流而多彩，文明因互鉴而丰富”[①]，中国外国文学随着时代的发展而发展，随着时代的进步而进步。每当中国民族文化繁荣之时，中国外国文学便呈现繁荣景象；每当中国民族文化停滞不前之时，中国外国文学便停滞不前，甚至首当其冲。可见，中国外国文学事业与中国民族文化事业的建设休戚相关。所以，外国文学不仅是我们自己的学术家园，更是外国文学学者为祖国文化强国事业做出贡献的一个重要领域。

中国外国文学包括译介与研究两个部分。外国文学译介是外国文学事业的有机组成部分。正因为如此，中国外国文学研究的学术历程与中外文化交流及中国民族文学密不可分。

中外文化交流历史悠久，有据可考的汉译佛典，迄今已有近两千年的历史。尽管开始的时候只是东方文化圈之间的互补性交流，但这些交流拓展了文化的疆域，开启了中外文化交流的窗口，如公元 7 世纪玄奘的《大唐西域记》便是研究中古时期印度等国历史地理的重要著作。需要说明的是，我们这里所说的中国外国文学译介与研究，一般不包括佛典翻译和西方传教士以宣传基督教义为主要内涵的西学译介，而是指近代翻译文学兴起之后的中国外国文学译介与研究——只有从这时起，外国文学作品才作为艺术样式被国人所接受，中外文化交流也开始突破东方文化圈，逐步拓展到中西文化交流。可以说，中国外国文学译介与研究大体上经历了四个发展阶段。而作为中国民族文学组成部分的真正意义上的翻译文学，往前可以追溯到 19 世纪中下叶。因此，中国外国文学的第一个发展阶段便是清末民初，大约从 19 世纪 70 年代到五四运动时期。

在中西文化交流史上，西方的一些文学经典在相当长的时期内不为我国学界和普通读者所知晓，仅在少数传教士的著作中偶有提及或者引用。如明清之际的意大利传教士利玛窦（Matteo Ricci，1552—1610）、西班牙传教士庞迪我（Diego de Pantoja, 1571—1618）等，都在自己的著作里引用了伊索寓言中的故事，但是，这些少量的引用不仅算不上纯粹的文学翻译，而且所发挥的促进中西文学交流的作用也是相当有限的。而 1840 年前后在广州出版的《意拾喻言》（即

① 习近平：《在联合国教科文组织总部的演讲》，《人民日报》2014 年 3 月 28 日第 3 版。

《伊索寓言》)、1852年在广州出版的《金屋型仪》，以及1853年在厦门出版的彭衍（即班扬）的《天路历程》，则是相对完整的外国文学译著了，也是西方文学最早的中文译介。

然而，尽管有些学者对这些翻译作品大加赞赏，甚至有人认为《金屋型仪》是中国"第一部翻译小说"[①]，但是，因为是外国传教士所译，所以，根据学界对翻译文学约定俗成的定义，这些作品难以归于我国翻译文学之列。《意拾喻言》是古希腊的一部寓言集，该书的中文译者是英国人蒙昧（Mun Mooy）及其学生罗伯聃（Robert Thom）。《金屋型仪》是德国作家赫曼·鲍尔（Hermann Ball）的一部书信体长篇小说，出版于1840年，原文题为《十字架的魅力》(„Thirza, order die Anziehungskraft des Kreuzes")，中文译者则是传教士叶纳清（Ferdinand Genahr），而且，该中译本是从英译本转译的，英译本的译者是伊丽莎白·玛丽亚·劳埃德（Elizabeth Maria Lloyd)。该英译本于1842年出版于伦敦，书名仍遵循原著，叫作《十字架的魅力》(*Thirza, or, the Attractive Power of the Cross*)。《天路历程》是英国文学史上的杰作之一，可是该中译本译者也是传教士，名为威廉·彭斯（William Burns，1815—1868)。

可见，这些译著出自传教士之手，而且，除了《意拾喻言》之外，《金屋型仪》和《天路历程》都在译本中突出了浓郁的宗教色彩，是传教士用来传教的材料。如《金屋型仪》说的是一个犹太女孩信奉基督教的故事；而长篇小说《天路历程》尽管是一部严肃的文学经典，但它宣扬了如何经历各种艰难险阻，最终获得灵魂救赎，因此深受传教士们的推崇。

所以，这些被传教士翻译的作品，即使有些原著属于文学经典，也都不是严格意义上的翻译文学，难以归入我国翻译文学的范畴，因为中国翻译文学是指"中国人在国内或国外用中文翻译的外国文学作品"[②]。因此，它们也同样难以归为中国外国文学译介。翻译文学是民族文学的一个有机组成部分，如王哲甫的《中国新文学运动史》、郭子展的《中国小说史》，以及中华人民共和国成立后王瑶的《中国新文学史稿》、唐弢的《中国现代文学史》等，书中都专门列有翻译文学专章，《中国近代文学大系》更是设有《翻译文学卷》。可见，翻译文学是民族文学的拓展。"翻译文学直接参与时代文学主题的建构，与创作文学形成互动、互文关系。"[③] 没有翻译文学，我国现代文学的发展甚至无从谈起，正如陈平原所指出的那样："域外小说的输入，以及由此引起的中国文学结构内部的变迁，是20世纪中国小说发展的原动力。可以这样说，没有从晚清开始的对域外小说的积极介绍和借鉴，中国小说不可能产生如此脱胎换骨的变化。对于一个文学上的'泱泱大国'来说，走出自我封闭的怪圈，面对域外小说日新月异的发展，并进而参加到世界文学事业中去，并不是一件轻而易举的事情，特别是在关键性的头几步。"[④]

由于文化圈的缘由，按照学界的共识，我们论及的翻译文学，不仅有别于宗教层面（包括佛教）的翻译，而且特别是就中西文化交流而言的。于是，学界认为："中国的翻译文学，滥觞于清末民初。"[⑤] 翻译文学还在一定意义上有别于文学翻译，它是一种价值尺度，所强调的是与民族文学的关联，正如我国学者的论述："中国翻译文学是研究中外文学关系的媒介，它实际上已经属于中国文学的一个特殊而又重要的组成部分，成为具有异域色彩的中国民族文学。"[⑥] 由此可见，翻译文学是沟通中外文学的桥梁。正是鉴于以上原因，可以被称为我国第一部翻译小说的，是1873年年初开始刊载的英国长篇小说《昕夕闲谈》(*Night and Morning*)。《昕夕闲

---

① Patrick Hanan. "The Missionary Novels of Nineteenth-Century China", *Harvard Journal of Asiatic Studies*, Vol. 60, No. 2 (Dec., 2000), p. 434.

② 郭延礼：《中国近代翻译文学概论》，武汉：湖北教育出版社，1998年版，第23页。

③ 谢天振、查明建主编：《中国现代翻译文学史》，上海：上海外语教育出版社，2004年版，第4页。

④ 陈平原：《二十世纪中国小说史》第1卷，北京：北京大学出版社，1989年版，第28页。

⑤ 孟昭毅、李载道主编：《中国翻译文学史》，北京：北京大学出版社，2005年版，第32页。

⑥ 孟昭毅、李载道主编：《中国翻译文学史》，北京：北京大学出版社，2005年版，第80页。

谈》原著作者爱德华·布尔沃-利顿（Edward Bulwer-Lytton，1803—1873）在当时的英国文坛是与狄更斯齐名的作家，著有《庞贝城的末日》等多部长篇小说。他还在政界有所发展，担任过议会议员及殖民地事务大臣。利顿在世时，其作品就被翻译成德语、法语、西班牙语、俄语等多种语言，1879年，他的作品首次被译成日语。利顿的政治小说《欧内斯特·马尔特拉夫斯》（*Ernest Maltravers*）由日本译者丹羽纯一郎译成《花柳春话》在日本出版。有西方学者认为，利顿的"《欧内斯特·马尔特拉夫斯》是第一部从西方翻译成日文的完整的长篇小说"①。《昕夕闲谈》原著 *Night and Morning* 是在1841年出版的，分为五卷，共六十八章。该小说通过描写一个贵族私生子的生活经历，呈现了法国波旁王朝后期伦敦和巴黎上流社会光怪陆离的生活场景和种种丑恶现象，具有成长小说和批判现实主义小说等多种属性。

《昕夕闲谈》的中文译本于1873年年初开始刊载。当时，《昕夕闲谈》原著书名及作者名都没有体现，译者也是署的笔名"蠡勺居士"。译者翻译这部小说的主要动机是此书"务使富者不得沽名，善者不必钓誉，真君子神采如生，伪君子神情毕露"②，因而用传统的观念来肯定其思想和艺术的价值。《昕夕闲谈》分二十六期于1873年到1875年发表在上海的《瀛寰琐记》月刊上。1875年的晚些时候，该作品以书的形式出版，编入"申报馆丛书"第七十三种。

翻译文学自清末民初开始真正出现之后，在世纪之交，取得了突出的成就。一些以翻译为主体的机构纷纷成立，如文廷式、康有为在北京创立的"强学会"（1895），张元济在上海创立的"南洋公学译书院"（1896），梁启超创立的"大同译书局"（1897），以及同年创办的商务印书馆，它们都在出版翻译著作方面发挥了积极的作用。清末民初，严复在翻译《天演论》（1897）时提出的我国近代最为著名的翻译标准"信、达、雅"被译家所认可。张元济等人就曾高度赞赏这一翻译标准。此外，蔡元培的"横译""纵译"与"一译"的基本主张，以及这一时期翻译文学界流传的"文言文意译"，都是在我国翻译文学开创时期的可贵探索。而且，这一时期的一些翻译家，已经开始形成自己明确的翻译思想。林纾认为，只有发展翻译事业，才能"开民智"，才有可能抵抗欧洲列强，否则，就像"不习水而斗游者"一样愚蠢。③张元济也强调，"取泰西种种学术，以与吾国之民质、俗尚、教宗、政体相为调剂，扫腐儒之陈说，而振新吾国民之精神"④。可见，当时的译学思想主流是极力主张"洋为中用"的。正是有了正确的指导思想，我国外国文学译介在开创时期便成就斐然，尤其是林纾独树一帜的文学翻译。林译外国文学名著包括第一部译成中文的美国小说——美国作家斯托夫人的《黑奴吁天录》（即《汤姆叔叔的小屋》，1901），此外还有《吟边燕语》（即兰姆的《莎士比亚故事集》，1904）、《撒克逊劫后英雄略》（即司各特的《艾凡赫》，1905）、《孝女耐儿传》（即狄更斯的《老古玩店》，1907）、《块肉余生述》（即狄更斯的《大卫·科波菲尔》，1908）等一些重要作品。为了推动社会进步，启发民智，以实现"翻译强国"⑤，梁启超则投身政治小说翻译，且成就卓著。同样，沈祖芬为了借小说冒险进取之精神"以药吾国人"⑥，翻译了《绝岛漂流记》（即笛福的《鲁滨孙漂流记》，1902）等作品。在众多译家的努力下，莎士比亚、狄更斯、笛福这些外国著名作家及其经典名著，开始以文言文"意译"的方式首次被译介到我国。这些作品对我国的文化界产生了深远的影响。

---

① Donald Keene. *Dawn to the West: Japanese Literature of the Modern Era*. New York: Holt, Rinehart and Winston, 1984, p. 62.

② 阿英编：《晚清文学丛钞·小说戏曲研究卷》，北京：中华书局，1960年版，第195—196页。

③ 陈福康：《中国译学理论史稿》，上海：上海外语教育出版社，2000年版，第122页。

④ 陈福康：《中国译学理论史稿》，上海：上海外语教育出版社，2000年版，第131页。

⑤ 孟昭毅、李载道主编：《中国翻译文学史》，北京：北京大学出版社，2005年版，第43页。

⑥ 葛桂录：《中英文学关系编年史》，上海：上海三联书店，2004年版，第119页。

进入 20 世纪之后，尤其是到了五四运动时期，我国外国文学事业显得格外辉煌，中国外国文学译介与研究达到了第一次高潮。茅盾、钱玄同等人发起的文学研究会，郁达夫参与发起的创造社，鲁迅等人组织的未名社，梁实秋、徐志摩等人组织的新月社等，既是新文学社团，又是翻译文学社团，特别是以茅盾为首的文学研究会和以鲁迅为首的未名社，在译介外国文学方面的贡献尤为突出。各文学团体竞相译介外国文学作品，译者队伍日益壮大。这时，以白话文“直译”占了上风，这在文学翻译的发展及新文化运动中起到了一定的积极作用。正是有了外国文学的译介，中国新文化运动才得以形成和发展。

中国外国文学的第二个发展阶段是从 20 世纪 20 年代至 40 年代。“1919 年的五四运动是中国历史发展的转折，也是中国文化和文学发展的转折，并且迎来了它的转型期。经过晚清资产阶级改良派提出的‘诗界革命’‘文界革命’和‘小说界革命’运动，以及辛亥革命期间的近代文学变革，过渡到新文化运动的现代文学之实质性变革，这种变革始终同民族的解放和个人的解放交织在一起，即同反帝反封建以及那个时代对于科学民主的基本诉求紧密相连。”[①] 此外，由于十月革命的爆发，以及中国共产党的建立，文学革命运动深入发展，因而这一时期的外国文学译介与研究，具有一定的政治倾向性，尤其对俄国革命民主主义文学及十月革命之后的新文学非常重视，同时关注东欧、北欧等被压迫民族的文学，以及其他弱小民族的文学。以茅盾所主编的《小说月报》为例，“从 1921 年 1 月 10 日的第 12 卷第 1 期起，到 1925 年 9 月 10 日的第 16 卷第 9 期止，共发表了弱小民族的短篇小说、戏剧、诗歌计八十余篇，约占翻译总数的百分之四十”[②]。

这一时期外国文学研究成就也是多方面的，主要以鲁迅、李大钊、胡适、郑振铎、茅盾、巴金、林语堂、戴望舒、傅东华、朱生豪、夏衍、耿济之等学者和翻译家为代表。其中，郑振铎主编的“世界文库”是我国最早有系统、有计划地介绍世界各国文学名著的大型文库，得到了蔡元培、鲁迅、茅盾等文化名人的支持。仅从 1934 年到 1936 年，该文库就刊出了十多个国家的百余部文学名著，对我国翻译文学的发展起到了明显的积极作用。与此同时，鲁迅在 20 世纪 30 年代创办的外国文学杂志《译文》，在外国文学的译介与研究方面做出了卓越的贡献，并为新中国成立之后的外国文学研究和期刊建设事业奠定了坚实的基础，尤其是在现实主义、浪漫主义及现代主义等各种思潮的文学译介与研究方面，为中国文学的发展，以及批评模式的形成，提供了重要的借鉴。

五四运动后，随着翻译文学的蓬勃发展，翻译方法和翻译理论的探索也进入了新的阶段。在这一时期，关于翻译标准和翻译方法，各学派产生了严重的分歧。以鲁迅为代表的“直译”派的观点，相对于“文言文意译”，是一个有利于翻译文学健康发展的重要的进步。鲁迅主张直译是为了“形似”，为了保存原作的丰姿。他声称：“我是不主张削鼻剜眼的，所以有些地方，仍然宁可译得不顺口。”[③] 鲁迅倡导“直译”，还有一个目的，就是吸收外国语言文化的养分，他在《关于翻译的通信》中说，要通过翻译，让汉语“装进异样的句法”，从而可以“据为己有”。[④]“信、达、雅”最早是由严复提出的，郁达夫则坚持了“信、达、雅”的翻译标准。1924 年 6 月，郁达夫在《晨报副刊》上发表了《读了珰生的译诗而论及于翻译》一文。文中写道：“翻译比创作难，而翻译有声有色的抒情诗，比翻译科学书及其他的文学作品更难。信、达、雅三字，

① 吴元迈：《中国外国文学研究的学术历程·总序》，见陈建华主编《中国外国文学研究的学术历程》第 1 卷，重庆：重庆出版社，2016 年版，第 3 页。

② 马祖毅等：《中国翻译通史·现当代部分》第 2 卷，武汉：湖北教育出版社，2006 年版，第 4 页。

③ 鲁迅：《且介亭杂文二集·“题未定”草》，见王锡荣主编《鲁迅文萃》第 4 卷，上海：百家出版社，2001 年版，第 372 页。

④ 鲁迅：《关于翻译的通信》，见王锡荣主编《鲁迅文萃》第 3 卷，上海：百家出版社，2001 年版，第 209 页。

是翻译界的金科玉律，尽人皆知……不过，这三字是翻译的外的条件，我以为没有翻译之前，译者至少要对于原文有精深的研究、致密的思索和完全的了解，所以我在上述的信、达、雅三字之外，更想举出学、思、得三个字，作为翻译者的内的条件。”①

20 世纪三四十年代，在中国外国文学译介与研究成果辉煌的同时，各学派对翻译标准、翻译方法及翻译理论的探讨和研究也达到了一个新的高度。郑振铎在 1935 年写的《〈世界文库〉编例》中，对“信、达、雅”三者之间的关系做了重新理解，认为“信”是第一信条，能“信”便没有不能“达”的，而不能“达”的译文，其“信”是值得怀疑的。对于“雅”，他则认为这不应当是译者首先考虑的问题。

这一时期，茅盾等人提出的“神韵”的翻译观，颇具代表性，也是一个重要的理论贡献。茅盾在赞同“信、达、雅”的同时，于 1921 年 2 月和 4 月的《小说月报》上两次发表文章，对翻译提出“神韵”的观点，认为“与其失‘神韵’而留‘形貌’，还不如‘形貌’上有些差异而保留了‘神韵’”②。

朱生豪也提出了翻译中要保持原作的“神味”和“神韵”的标准，在 1944 年所写的《〈莎士比亚戏剧全集〉译者自序》中，朱生豪认为“拘泥字句之结果，不仅原作神味荡然无存，甚至艰深晦涩”，并且明确表示：“余译此书之宗旨，第一在求于最大可能之范围内，保持原作之神韵，必不得已而求其次，亦必以明白晓畅之字句，忠实传达原文之意趣；而于逐字逐句对照式之硬译，则未敢赞同。”③

在翻译文学的发展过程中，以上这些观点具有重要意义，驱使翻译艺术趋于成熟，也促使翻译标准趋于科学。

中国外国文学的第三个发展阶段是从新中国成立至“文革”开始。1949 年新中国的成立揭开了这一阶段中国外国文学发展历史的序幕，我国的外国文学事业从此进入一个新的发展时期。这一时期内，中国外国文学翻译和研究者，都以新的姿态、新的热情投入这一工作，为繁荣外国文学事业做出了自己的贡献。在这一时期，许多著名外国作家的著名作品，开始较为系统地被译家译成中文出版，如梁实秋译莎士比亚《莎士比亚戏剧全集》（37 种）等。而在外国文学研究类著作中，如金克木所著的《梵语文学史》（1964）、杨周翰等学者所著的《欧洲文学史》（1964）等，都具有开拓性的价值。

从新中国成立到“文革”开始的十七年中，中国外国文学译介与研究在理论上进一步探索，开创了一个新的局面，对翻译标准也出现了多元化的理解倾向。总体上说，与翻译文学的发展一样，翻译理论及翻译研究的水平日渐提高。著名翻译家茅盾在这一时期所秉持的文学翻译观具有代表性。1954 年，在全国文学翻译工作会议上，茅盾做了题为“为发展文学翻译事业和提高翻译质量而奋斗”的报告。茅盾在总结新文化运动以来的翻译经验的基础上，提出必须把文学翻译工作提高到艺术创造的水平。茅盾认为，对于一般翻译的最低要求，至少应该是用明白畅达的译文，忠实地传达原作的内容；但对于文学翻译则还很不够，应该“用另一种语言，把原作的艺术意境传达出来，使读者在读译文的时候能够像读原作时一样得到启发、感动和美的感受”④。应该说，强调“艺术创造性的文学翻译”并且把“艺术创造性的文学翻译”作为衡量译本的价值尺度，对我国的翻译文学来说，是一个新的挑战、新的目标。

前十七年，外国文学研究尽管取得了很大的成就，但是也出现了过分地以苏联的学术观点

① 转引自姜治文、文军：《翻译标准论》，成都：四川人民出版社，2000 年版，第 15 页。

② 转引自姜治文、文军：《翻译标准论》，成都：四川人民出版社，2000 年版，第 19 页。

③ 中国翻译工作者协会《翻译通讯》编辑部编：《翻译研究论文集（1894—1948）》，北京：外语教学与研究出版社，1984 年版，第 365 页。

④ 转引自陈福康：《中国译学理论史稿》，上海：上海外语教育出版社，2000 年版，第 375 页。

和研究方法为参照的倾向。新中国成立以后，由于中苏经历了一个蜜月期，我国的外国文学研究是以俄苏文学研究为主体的。20世纪60年代，中苏蜜月期结束以后，在整个“文革”期间，外国文学研究几乎成了一片空白，仅有的译介与研究，也是以批判苏联文学为主，尤其是批判肖洛霍夫。例如，肖洛霍夫的《静静的顿河》被视为“复辟资本主义、攻击无产阶级专政的大毒草”；《一个人的遭遇》是“为社会帝国主义效力的黑标本”。

中国外国文学的第四个发展阶段是从改革开放至今。“文革”结束之后，随着经济建设高潮的到来，文化建设高潮也出现了。特别是改革开放以来，我国的外国文学事业得到了空前的发展，出现了极为繁荣的局面。

以改革开放为标志，中国外国文学研究开创了一个崭新的时期。这一新时期，可以说是五四运动精神在新的历史条件下的复兴和发展。正是改革开放这一具有历史性的事件，使得外国文学学科真正得以建立。

改革开放四十多年来，外国文学研究突破了一系列禁区，不断拓展自身的研究范畴，向着全方位全领域方向发展。尤其是中国特色社会主义新时代的到来，以及“一带一路”倡议的提出，给外国文学学科发展提供了更为广阔的领域。在具体的研究参照中，外国文学学科不断突破国别文学的桎梏，逐渐形成世界文学意识。外国文学研究方法也从现实主义和浪漫主义开始，一步一步地形成了我国自己的特色，尤其是在文学跨学科研究方面，无疑走在世界的前列。这一切，也是与我国的教育同步发展的。四十多年前，大学的外语系，语种极为有限，大多只有英俄两个语种。如今，大学本科专业的外语语种数量大大增加，如北京外国语大学本科专业的外语语种已经达到百种之多，因而极大地拓展了我们的研究视野。

中国外国文学研究与改革开放同步发展，1978年我国实行改革开放，同在1978年，《外国文学研究》创刊。在改革开放的起始阶段，外国文学还是以译介为主，批评方法的运用还十分有限。我们从《外国文学研究》的创刊号目录便可以看出自改革开放以来我国外国文学研究在研究范畴上的演变。1978年，中国外国文学学会等全国性和地方性学术社团和学术组织开始建立，中国的外国文学研究从此进入发展的全新时期，逐步出现了一大批优秀的成果，为祖国的文化事业做出了卓越的贡献。2010年以来，国家社会科学基金外国文学类多项重大招标项目的立项，以及陆续面世的系列成果，更是代表了中国外国文学研究的辉煌。如果说百年之前中国外国文学译介是中国外国文学研究的根须和萌芽，那么，百年以来，这株小树苗茁壮成长，如今已经长成枝繁叶茂的参天大树。

（二）

中国外国文学研究有着辉煌的发展历程，总结、归纳和运用这一资源，服务于我国的文化事业，就显得十分必要，而年鉴的编撰是发挥其学科学术资源的重要体现。年鉴通常按年度编撰出版，全面、系统、准确地汇集一年之内的重要成果和事件，并以其为主要内容分类编排，按年度连续出版。年鉴在形式上具有编年性、连续性和检索性的特征，从内容上看，具有科学性、资料性、全面性、权威性的特征。

截至2016年，国内出版的与外国文学研究相关的年鉴主要有《中国学术年鉴：人文社科版》、《中国翻译年鉴》和《中国比较文学年鉴》。《中国学术年鉴：人文社科版》旨在推介优秀学术成果，总共出版了2004和2005两卷。就2005卷（汝信、赵士林主编，中央编译出版社，2006）而言，其中的“外国文学”部分，仅占总篇幅的2.8%，包含了2005年的中国外国文学研究综述，以及该年度的重要著作和论文等学术成果，并附有大事记。《中国翻译年鉴》由中国翻译协会编写，外文出版社出版，共出版了2005—2006、2007—2008、2009—2010、2011—2012四卷。

《中国翻译年鉴》偏行业翻译，主要介绍这些年间我国译界的重大活动、国际往来、理论研究、学术研究、学科建设、行业管理、翻译服务、人才培训等方面的基本情况，涉及文学翻译的成果非常少。《中国比较文学年鉴 1986》由北京大学比较文学研究所该书编委会编写（杨周翰、乐黛云主编，张文定编纂），北京大学出版社 1987 年出版，设有评述专文、理论和方法、论文选介、科研机构、学术活动、学者简介、纪事、资料等 12 个栏目。此后，由于种种原因，该年鉴一直未能续编，直至《中国比较文学年鉴 2008》（曹顺庆主编，中国社会科学出版社，2010）出版。编者在该年鉴出版时指出，这是一部“旨在补齐 1987—2010 年来《年鉴》编纂空缺的先声之作”。

可见，目前我国文学领域已经出版的年鉴较为丰富，但唯独缺少一部外国文学年鉴。

正是鉴于外国文学年鉴的缺失，我们在有关部门的支持下，决定启动《中国外国文学研究年鉴》编撰工程。同时，这一工程作为主体部分，获得了国家社会科学基金重大项目立项，题为“中国外国文学研究索引（CFLSI）的研制与运用”（批准号：18ZDA284）。根据前述我国外国文学研究的学术历程，该项目分为 1949 年新中国成立之前的外国文学研究、新中国成立至改革开放之前的外国文学研究、1978 年改革开放至 2016 年的外国文学研究等若干子课题。而子课题“2017 年之后的中国外国文学研究”有别于其他子课题：前面的几个子课题主要以数据库的形式呈现，而后一个子课题在接续了本课题的其他子课题的研究阶段后，将我国最新的外国文学研究现状及发展趋势，以最为直观的书的形式进行系统的汇集、整理与呈现。这项工作以 2017 年度为起点，以每年一卷年鉴的形式，持续地追踪我国外国文学界日新月异的研究图景。

《中国外国文学研究年鉴（2017）》《中国外国文学研究年鉴（2018）》《中国外国文学研究年鉴（2019）》和《中国外国文学研究年鉴（2020）》在国家社会科学基金规划办、中国外国文学学会和浙江大学等单位的支持下，已如期完成并面世。《中国外国文学研究年鉴（2021）》也即将付梓。

我们编撰的《中国外国文学研究年鉴》，与现已出版的《中国文学年鉴》及其他年鉴相比，侧重点有所不同。它不是一套强调内容全面和系统的参考书，而是一套对年度研究成果进行总体评价的参考指南，旨在强调研究特点。具体而言，主要有以下几个方面的特征。

首先，《中国外国文学研究年鉴》以年度外国文学研究的成果为主要收录内容，不强调全面和系统，而强调研究成果的学术性及重要参考价值。

其次，《中国外国文学研究年鉴》的性质是学术评价工具书，是中国外国文学研究的年度评价指南，不是由概况综述和研究资料汇编而成的参考书。

最后，《中国外国文学研究年鉴》的功能是评价，是以收入年鉴的方式体现学术评价，而不是对年度外国文学研究的全部记述和介绍。在某种意义上说，它是对 C 刊论文及学术出版的质量评价索引。所收录的内容经各专题主编组织学者遴选，由编委会最终讨论决定。

《中国外国文学研究年鉴（2021）》聚焦于 2021 年度在我国境内期刊上发表及在各主要出版社出版的外国文学译介与研究成果。基于该年度外国文学研究的全部数据，我们从中遴选出优秀的外国文学研究成果代表，汇编成这部由研究论文、专著、译著与外国文学大事记等部分构成的年鉴。

《中国外国文学研究年鉴》编撰工程于 2017 年正式启动，这一年对于中国的外国文学译介与研究具有重大的历史意义。百年之前的 1917 的 1 月 1 日，胡适先生在《新青年》上发表文章，主张破除旧的文学规范，创造一种全新的文学面貌。五四前夕不断蓄力的新文化运动，主要以《新青年》为革命阵地，通过翻译与引介大量国外重要的著名作家的作品，启发民众的民主与科学觉悟，推动中国社会向现代过渡，为马克思主义在中国的传播与五四运动的爆发奠定了坚实的思想基础。

在 2016 年五四青年节前夕，中共中央总书记、国家主席、中央军委主席习近平向全中国的知识分子发出召唤，并在随后的哲学社会科学工作座谈会上发表重要讲话，明确指出："哲学社会科学是人们认识世界、改造世界的重要工具，是推动历史发展和社会进步的重要力量，其发展水平反映了一个民族的思维能力、精神品格、文明素质，体现了一个国家的综合国力和国际竞争力。一个国家的发展水平，既取决于自然科学发展水平，也取决于哲学社会科学发展水平。一个没有发达的自然科学的国家不可能走在世界前列，一个没有繁荣的哲学社会科学的国家也不可能走在世界前列。坚持和发展中国特色社会主义，需要不断在实践和理论上进行探索、用发展着的理论指导发展着的实践。在这个过程中，哲学社会科学具有不可替代的重要地位，哲学社会科学工作者具有不可替代的重要作用。"① 这一指示明确了哲学社会科学理论研究在实现中华民族伟大复兴的历史进程中的重大作用。

2017 年，是新文化运动百年纪念、五四运动百年之际。我们以此为契机，回顾一个世纪以来我国对于外国文学的译介与研究状况，通过全方位的回顾与总结、梳理与分析，厘清外国文学研究对我国现代化建设的影响与意义，以此推进我们下一个百年的外国文学研究工作。可以说，这项工作是一项功在当代、利在千秋的基础性工程。

在 2017 年度，我国的外国文学研究领域分别在译介、研究论文与专著三个大类上取得了突破性成果。其中，重要的外国文艺理论与批评专著超过三十种，重要的译著超过八十种，重要期刊发表的外国文学研究论文超过七百篇。总体来看，研究现状呈现出以下四个特征。

一是研究范围前所未有地得到了地理性拓展。就目前我们掌握的 2017 年度我国外国文学研究成果汇总来看，西欧与美国文学研究作为传统的外国文学研究重镇，地位依然稳固，但是亚洲、加拿大及其他美洲国家文学等以往较为弱势的洲域的外国文学研究有了明显的增加，而东欧、北欧文学，中欧、南欧文学，非洲文学与大洋洲文学的研究也有了迅猛的发展，这体现了我国外国文学研究在范围上有了横向的地理性拓展。这既是世界全球化进一步加深影响的结果，也是我国外国文学研究者立足本国、放眼世界的明证。

二是研究理论的国际化进一步提升。在过去一年发表与出版的外国文学研究论文与专著中，当代西方文论中的热点问题得到不断强化，特别是文学伦理学批评、空间理论、女性主义理论、后殖民主义理论等在国内学界的发展甚至有超越西方学界的势头。

三是研究成果的中国化程度不断增强。研究外国文学的最终目的是为我国文学研究的建设与发展提供更多前瞻性视野与材料。在目前收集与整理的年度研究成果中，外国文学研究非常显著地向我国国内文学的研究与创作迁移，特别是对我国青年作家的影响的聚焦。

四是研究视野的跨学科性收效显著。在年度外国文学研究成果中，学科之间的交融与影响的趋势日渐彰显。法学、心理学、政治学、传媒学、教育学、民俗学、生物学、地理学等多种学科彼此交融，使得我国的外国文学研究拥有了更多不同的批评视角，文学跨学科研究呈现出良好的发展态势。

为便于统计与分析，《中国外国文学研究年鉴（2021）》分为"论文索引""专著索引""译著索引""外国文学大事记"等部分，同时，在"论文索引"中，以研究对象（作品）所归属的国家地区为基准，大致划分为亚洲文学，西欧文学，东欧、北欧文学，中欧、南欧文学，非洲文学，大洋洲文学，美国文学，加拿大及其他美洲国家文学几大板块；另有文艺理论与批评研究、比较文学研究、翻译文学研究板块。在充分搜集与整理归纳相关文献资料的基础上，本研究对 2021 年度我国外国文学研究的特点与趋势做出系统性的考察，制定出一个论文及学术出版

① 习近平：《习近平在哲学社会科学工作座谈会上的讲话》，《人民日报》2016 年 5 月 19 日第 2 版。

的质量评价索引体系，作为我们面向未来制定外国文学研究发展战略的基石。

中国外国文学事业一百多年来的发展历程，是中华民族近代以来文化建设和发展的一个缩影。研究和总结中国外国文学的研究成就，总结中国外国文学学者和翻译家的学术贡献，对于探索中国文学走向世界文学的艺术足迹，以及探讨全球化语境下的地域文化与世界文化的相互关系和相互作用，都无疑有着相当重要的理论价值和现实意义。外国文学是中华文明与世界文明进行交流的重要平台。"交流互鉴是文明发展的本质要求。只有同其他文明交流互鉴、取长补短，才能保持旺盛生命活力……我们应该以海纳百川的宽广胸怀打破文化交往的壁垒，以兼收并蓄的态度汲取其他文明的养分……"[①] 可见，中国外国文学研究任重而道远。《中国外国文学研究年鉴》的编撰正是为了集中总结和汇集我国外国文学研究的优秀成果，同时为外国文学研究者提供学习与借鉴的学术资源。我们期待《中国外国文学研究年鉴》与我国外国文学学科相向而行、共同成熟，更期待学界各位同仁批评指正，使之不断完善。

聂珍钊　吴　笛　王　永

① 习近平：《习近平在亚洲文明对话大会开幕式上的主旨演讲》，参见：http://m.people.cn/n4/2019/0515/c190-12707278.html（2019 年 5 月 15 日访问）。

目　录

一、论文索引

（一）亚洲文学研究论文索引

“Take This Slave Wench Krsna to the House!”：Exploring Feminine Subjectivity in the Indian Context through Draupadi-Dopdi

【作　者】Suryendu Chakraborty
【单　位】Department of English，Krishnagar Women’s College，India[①]
【期　刊】《世界文学研究论坛》，2021 年，第 13 卷，第 2 期，第 370－382 页
【内容摘要】We exist through our bodies and as the materiality of our existence becomes a certainty，so are the conflicting and contradictory experiences around the body. For a woman，the body becomes a site of conflict between authorial/patriarchal dictates and the possibilities of achieving agency within the confines or limitations of discursive power. In this paper，I will be presenting a subjected story of a hybrid construct－“Dopdi Kuru” emanating out of Vyasa’s Draupadi Kuru and Mahasweta Devi’s Dopdi Mejhen，trying to explore how sexual politics and gender associations participate in feminist struggles around body politics in India. The main thrust of this paper is to highlight how sexed bodies are produced through patriarchal interventions，and how bodies become the very agency through which women embody their lived experiences. This paper doesn’t hold up the romantic illusions of auspiciousness and fulfillment circulating around a woman’s body as part of the Indian thought process，but rather forces us to witness the distressing spectacle of nudity and the violence of rape that actually threatens a woman’s body，and to witness the experiences that ultimately lead her to question the very ethos of society and achieve embodiment in contradiction to the established expectations of femininity.
【关键词】body；Draupadi；Dopdi；embodiment；rape

A Korean Mobility-Themed Novel Read from an Ethical Literary Criticism Perspective：*The Green Juice Girl Has No Time for Sorrow*

【作　者】Kim Jooyoung

① 单位名称这一项，由于各书刊在出版、刊发时有些用全称，有些用简称，有些用习惯性称呼，有些随着时间的推移产生了变化，因此不尽相同。我们尊重各书刊与作者的选择，基本原样照录。国外单位均附上国家名。

【单　位】Academy of Mobility Humanities，Konkuk University，R. O. Korea
【期　刊】《文学跨学科研究》，2021 年，第 5 卷，第 4 期，第 594－606 页
【内容摘要】Ethical literary criticism expands its research areas and methodologically evolves into a generalized literary theory that reflects the relationship between text and society. *The Green Juice Girl Has No Time for Sorrow* (2021)，which this paper intends to discuss，is a contemporary Korean novel about a young woman who is excluded from her family and society，addicted to alcohol，and works as a delivery woman who overcomes addiction and returns to the social system. By drawing on the concepts of ethical literary criticism theory by Nie Zhenzhao as an analytical framework，this paper aims to elucidate how ethical criticism works in literature dealing with complex modern people. The novel reveals that the delivery person in *The Green Juice Girl Has No Time for Sorrow* is unique. The novel focuses on the delivery person and visualizes this invisible person in the delivery culture. Therefore it is focused on the ethics of the underdog's mobility and immobility. Hence，as an explanation of the ethical issue in this novel，this paper analyzes the ethical structure related to thinking，human relationships，behavior，and norms through three ethical lines of alcoholism and rehabilitation，family relationships，and mobile delivery，and analyzes the ethical knots generated from the three ethical lines. In conclusion，*The Green Juice Girl Has No Time for Sorrow* has a unique ethical structure in which two ethical lines of alcoholism and delivery work in combination with the ethical line of relationships.
【关键词】*The Green Juice Girl Has No Time for Sorrow*；ethical literary criticism；mobility；immobility；ethical line；ethical knot

Characteristics of Origination and Development of Korean Literature in Enlightenment

【作　者】Kim Chol Min；Kim Myong；Ho Chon
【单　位】Kim Chol Min：Korean Language and Literature Faculty，Kim Il Sung University，D. P. R. Korea
Kim Myong：Korean Language and Literature Faculty，Kim Il Sung University，D. P. R. Korea
Ho Chon：Foreign Languages and Literature Faculty，Kim Il Sung University，D. P. R. Korea
【期　刊】《世界文学研究论坛》，2021 年，第 13 卷，第 3 期，第 399－420 页
【内容摘要】This essay studies Korean literature produced in the era of Enlightenment in the late nineteenth and the early twentieth centuries in Korea，and looks at the characteristics of the origination and development in comparison of chiefly the British literature in the Age of Enlightenment. It studies the ideas that permeated the whole of the society in the second half of the nineteenth and the early twentieth centuries，and ascertains that the literature at the time constitutes a new flow with its new ideas and modern styles quite distinctive from the outdated one in the past. The origination and development of the literature produced during the era of Enlightenment in Korea turned out to be somewhat different from its counterparts in Europe in the light of the specific socio-historical circumstances，creators' makeup and their outlooks on world，though they were based on the science and reason as well as their confidence in the intellectual power，to say nothing but the patriotic mind，which resulted in the Kapsin Coup d'État and the following struggles against foreign

forces occupying Korea at that time.

【关键词】Korean literature；literary history；Enlightenment；characteristics；thematic ideas

Han Suyin's *Picnic in Malaya: A Story*: A Lament on the Unending Misery of Womanhood in the Newly Independent Malaya by a Chinese Doctor

【作　者】Danny Wong Tze Ken；Kuek Florence；Fan Pikwah
【单　位】Danny Wong Tze Ken：Faculty of Arts and Social Sciences，University of Malaya，Malaysia
Kuek Florence：Faculty of Education，Languages and Psychology，SEGi，Malaysia
Fan Pikwah：Department of Chinese Studies，University of Malaya，Malaysia
【期　刊】《文学跨学科研究》，2021 年，第 5 卷，第 3 期，第 420－431 页
【内容摘要】When Han Suyin passed away in 2012，the world remembered her for her description of life in China，the East-West dialogue found in her writings. Little is known of the thirteen years she spent in Malaya and Singapore. It was during this sojourn in the region that Han Suyin was able to spend more time on her medical practices. It was during this period that Han Suyin was able to produce some very distinctive writings, including her creative writings but also most productive in addressing social ills during the era. It is in this light that this paper will examine *Picnic in Malaya: A Story*，a short story by Han Suyin which focuses on the question of social inequity and ethical predicaments that shrouded the Malay community at a time when the country first claimed independence. The euphoria of the new-found freedom of a new nation is contrasted with the reality on the ground－the plights of the Malay women who found their condition remained unchanged. Through the pen of Han Suyin，a Chinese female medical doctor cum writer，the voice of a recognizable group of ladies cruelly abandoned by their husbands is heard. Nevertheless，*Picnic in Malaya: A Story* brings one's attention to the necessary changes to the inner fabric of a new nation within which the old ethical order has yet to undergo reconstruction. All in all，the ethical choice of Han Suyin to boldly present such a critical story during the Malayan Independence reflects the didactic function of literature as propagated in Nie Zhenzhao's ethical literature criticism.
【关键词】Malaya；divorce；Han Suyin；ethical literary criticism；ethical choice

Marginalization，Mimicry and Subversion：A Bhabhian Reading of Mohsin Hamid's *The Reluctant Fundamentalist*

【作　者】Muhammad Afzal Faheem；Nausheen Ishaque
【单　位】Muhammad Afzal Faheem：Department of English Language and Literature，the University of Lahore，Pakistan
Nausheen Ishaque：Department of English Language and Literature，International Islamic University，Malaysia
【期　刊】《世界文学研究论坛》，2021 年，第 13 卷，第 2 期，第 224－233 页
【内容摘要】This paper examines the process of marginalization as experienced by Hamid's protagonist，Changez，in Mohsin Hamid's *The Reluctant Fundamentalist* (2007) from the Bhabhian perspective. It highlights the West's tendency to destroy the non-Western ways of knowing-something achieved through its institutionalized education systems. The experience of marginalization proves

epiphanic for Changez as he stops looking at the world from the Eurocentric optics. Marginalization, thus, turns out to be a springboard for Changez, as it enables him to adopt mimicry as a form of colonial subversion. While it acts as a catalyst in Changez's acculturation, mimicry also discloses the ambivalence of the colonial discourse and deauthorizes America's position of subjectivity. It empowers Changez to question the Western ways of thinking. It challenges epistemic violence and American ethnocentrism, and impels the reader to perceive marginalization as a privileged postcolonial motif and mimicry as an anti-colonial tool that set Changez against the imperial machinery of silencing.

【关键词】marginalization; mimicry; subversion; deauthorization; ambivalence

Nationalism, Transnationalism and Sense of Belonging: *Burnt Shadows* as a Post 9/11 Cosmopolitan Critique of Terror

【作　者】Ayesha Perveen
【单　位】University of Management and Technology, Pakistan
【期　刊】《世界文学研究论坛》，2021 年，第 13 卷，第 2 期，第 252—269 页
【内容摘要】Post 9/11 literature turns out to be a signifier for terror oriented discourses. Kamila Shamsie's novel *Burnt Shadows* (2009) critiques the US discourses on war on terror by highlighting the terror disseminated by a globalized world order and traces its germination in the past by historicizing aggressive nationalism of the superpowers. The terror is manifested through the state exigencies triggering extreme reactions in the name of freedom fighting and guerrilla warfare. This paper interprets Shamsie's vision of history and the linear development of terror from colonization onwards to World War II through post 9/11 war on terror. Shamsie discusses the point of view of "others" who have been the victims of the holocaust, colonization of the Subcontinent, and Soviet and American interventions in Afghanistan. The study concludes that the exploding globalization in the world nurtures terror networks and only the love for humanity-based cosmopolitan vision can turn out to be a savior in post 9/11 transnational times.
【关键词】post 9/11; terror; nationalism; transnationalism; cosmopolitan

The Absorption and Transformation of Neo-Confucianism during the Edo Period of Japan

【作　者】Ren Jie; Lyu Hongbo
【单　位】Ren Jie: School of International Studies, Zhejiang University
　　　　Lyu Hongbo: School of Foreign Studies, Jiangnan University
【期　刊】《世界文学研究论坛》，2021 年，第 13 卷，第 1 期，第 182—188 页
【内容摘要】The acceptance of neo-Confucianism during the Edo period in Japan was not a simple imitation or entire collection of the advanced country's high-quality resources by the backward country under cultural deficit, but a process of selection, absorption, transformation and localization. Its absorption was embodied in the transition from "nature" to "artificiality", as well as in the transition from "respect" to "sincerity". The transformation covered "Li-Qi Dualism", "Monarch-Subject United in Righteousness", "Change of Ruling Imperial Family", etc. During the Edo period, Japan's absorption and transformation of neo-Confucianism showed features like indirect-to-

direct，passive-to-active，subjective-and-selective，practical-and-applicable. Moreover，it followed the internal rule that based on Yamato people's values，thinking mode and aesthetic orientation，to form an ideological system with Japanese characteristics in the process of continuous collision，digestion and fusion with Confucianism.

【关键词】neo-Confucianism；the Edo period of Japan；localization；absorption；transformation

The Ethics of Empathy：Subversion of the Gaze and Performativity in *Kim Jiyoung，Born 1982* and *It's Okay，That's Love*

【作　者】Oh Sojeong
【单　位】Kangwon National University；Hankuk University of Foreign Studies，R. O. Korea
【期　刊】《文学跨学科研究》，2021 年，第 5 卷，第 2 期，第 205－218 页
【内容摘要】Instead of the ethics lesson revealed in literature，I intend to recognize that "there are hungry beggars in the society" where we coexist and study this from an empathetic perspective. Sartre constantly questions the role of literature that must be performed. They irritate and disturb. They offer themselves as tasks to be discharged. *Kim Jiyoung，Born 1982* strikes the story of a girl growing into a woman and living as one in Korea，while presenting statistics and articles. This novel focuses on recognizing the status quo，regardless of literary excellence. *It's Okay，That's Love* breaks down the prejudices around us. It calls for a change in perspective on "abnormal"，which has been taboo or distinguished as "normal". Through these two works，it raises awareness of situations that someone has not yet recognized. It also supplements Sartre's statement that knowingly but not acting is self-deception and ethically leads to evil. Prescribing and judging that "an Object" is "the Something" destroys movements and puts an end to performativity. The ethics of empathy seeks to overthrow the gaze with literature and eventually lead to action.
【关键词】empathy；subversion of the gaze；performativity；*Kim Jiyoung，Born 1982*；*It's Okay，That's Love*

The Inaudible Skirmish of the Undocumented Expatriates and Kiran Desai's *The Inheritance of Loss*

【作　者】Soumen Mukherjee
【单　位】School of Social Sciences & Languages，Vellore Institute of Technology University，India
【期　刊】《世界文学研究论坛》，2021 年，第 13 卷，第 1 期，第 147－162 页
【内容摘要】Kiran Desai's Booker Award winning novel *The Inheritance of Loss* concentrates on the fate of a few vulnerable undocumented expatriates. The void which Biju，an Indian émigré，senses in the USA in the story，and his fracas for coexistence and quest for distinctiveness represent the fight of all those marginalized people，who，in the deficiency of a sound pecuniary condition are under the clemency of the overriding class. Desai farsightedly exposes the inconsistency between superficial ingresses of extravagance and majesty and the self-effacing genuineness of mistreatment，predominantly of the expats. The present research tries to portray this very battle of an expat against the age old despotism of the privileged people in an altogether extra-terrestrial country. The current investigation has highlighted the everyday life of the émigrés，their calamities，tirades and ignominies，

their imaginings and longings, their fears and interruptions through the folios of the novel.

【关键词】expat; struggle; void; overriding class; extra-terrestrial country

Women's Mobility and Literary Ethics: Ethical Conflicts in the Modern Japanese Novel *A Certain Woman*

【作　者】Inseop Shin
【单　位】Academy of Mobility Humanities, Konkuk University, R. O. Korea
【期　刊】《文学跨学科研究》, 2021 年, 第 5 卷, 第 4 期, 第 581－593 页
【内容摘要】*A Certain Woman* (『或る女』, 1919) by Takeo Arishima contributed to the new ethics necessary for establishing modern Japanese society. This novel is one of the first Japanese works to deal with women's pursuit of fulfillment of the modern self and ethical conflicts. So, how should the phenomenon of new attention to women's ethics in modern times be understood? When it comes to women's ethics, the most important of the various factors is that women have become bodies that move into public places. In this case, it is reasonable to assume that the problem of women on the move－that is, the problem of mobility－triggered the need to establish new ethics for modern women. This paper uses the concepts from Professor Nie Zhenzhao's theory and works on ethical literary criticism. The walking scene is essential in this novel. The female protagonist's mobility on foot is important because her walking is portrayed starkly to cause a cataclysmic shift in ethics. This article intends to argue that the female protagonist's orientation towards mobility, to go out to public places and receive public attention through walking, does not stem from the rational will. What is behind women's mobility, which lacks an ethical orientation, is an ethical line that throws the ethical status of the female protagonist into a contradiction. Depicting Yoko's ethical choices, this novel contains the total discrepancy that a modern woman faces on her way to self-realization.
【关键词】*A Certain Woman*; mobility; literary ethics; ethical conflicts; modern Japanese novel

Women's Solidarity and Its Limitations in Kirino Natsuo's *Out*: Focusing on Patriarchal Capitalism and the Double Burden on Women

【作　者】Lee Junghwa; Lee Kahyun
【单　位】Global Institute for Japanese Studies, Korea University, R. O. Korea
【期　刊】《世界文学研究论坛》, 2021 年, 第 13 卷, 第 3 期, 第 439－450 页
【内容摘要】This paper focuses on the power dynamics behind women's solidarity, which has been overlooked in previous studies, to examine how violence surrounding women's agency is expressed and what limits exist in their mutual support. The novel *Out* by Kirino Natsuo shows that the oppression of women, which intensified under the patriarchal system of the post-war Japanese society, continues into the modern era with its newly developed form of patriarchal marriage, acting as a double oppression against women. In particular, this dystopian novel, which reflects the bubble burst that Japanese society has experienced since the early 1990s, features women characters, specifically who are facing a double burden of being a housewife, and reveals that there is a hierarchy and power relations even among those who support each other in pursuit of their shared purpose. Based on the examination of the text, this paper finds that the solidarity that women dream of in the novel *Out*

ends up creating another form of patriarchy within itself. In the end, Masako, the only woman who achieves a hopeful ending, can be interpreted as the embodiment of Maria Mies's statement that under the patriarchal system, "equality" for women only means that women become patriarchal men.
【关键词】patriarchal capitalism; Kirino Natsuo; *Out*; women's solidarity; identity

Zain's *Steamer Point*: Between Celebrating Colonialism and Anti-Colonial Voice

【作　者】Khaled Abkar Alkodimi
【单　位】College of Languages and Translation, Imam Mohammad Ibn Saud Islamic University, Kingdom of Saudi Arabia
【期　刊】《世界文学研究论坛》，2021 年，第 13 卷，第 1 期，第 130－146 页
【内容摘要】This paper develops a postcolonial reading of Yemeni Ahmad Zain's recent novel entitled *Steamer Point* (2015). The foundational claim of the paper is that the story is a powerful attack on the hegemonic nature of the cosmopolitans, and that Aden history has been used as an allegory to comment on the current situation in Yemen. The findings show that the story is caught up between two dominant voices: one that exalts the cosmopolitans and their lifestyle, and the voice of resistance that views the cosmopolitans as oppressors who have marginalized the indigenous people and treated them as subalterns. In Zain's novel, Sameer appears to represent the former who is fascinated by the English lifestyle while Nagib is introduced as an anti-colonial voice that promotes violence as a means of resistance against them. The story is twofold, on one hand, it bitterly criticizes the cosmopolitans for having persecuted the indigenous people, considering them as their inferior "Other". On the other hand, it strongly attacks the colonized subjects for having embroiled themselves in infighting, thereby failing to reconstruct their own society. This in-betweenness situation of the author is embodied in the character of Sameer who admires English lifestyle, however, he admits later on, that inside, he is on the same boat as Nagib and Saud. Thus, Sameer's ambivalence symbolizes the author's attitude towards the current situation of Yemen, while he advocates radical social change, he is so skeptical about the means of it.
【关键词】Aden; marginalization; multi-voice; postcolonial; resistance; subalterns

“打破镜来，与汝相见”——夏目漱石《门》中的镜子意象与禅宗救赎

【作　者】解璞
【单　位】北京大学外国语学院
【期　刊】《外国文学》，2021 年，第 2 期，第 145－158 页
【内容摘要】《门》是夏目漱石最具宗教色彩的作品，参禅情节堪称其点睛之笔。在参禅前后，镜子意象相应出现，与宗助夫妇的自我认识及禅宗思想密切相关，但学界尚未对此深入考察。本文从宗助夫妇对镜的场景入手，考察其苦恼的本质，并结合当时的禅宗语境，探讨“打破镜来，与汝相见”带来的救赎，揭示小六作为救赎契机的关键作用。从镜与禅这一全新角度重释经典，不仅可以重审其中的救赎问题，而且可以发现《门》作为漱石文学转折点的重要意义。
【关键词】夏目漱石；《门》；镜子；禅宗；救赎

“动物化”的消费与清高主义的日本——御宅族文化影响下的轻小说研究

【作　者】汤俏
【单　位】中国社会科学院文学研究所
【期　刊】《外国文学动态研究》，2021 年，第 1 期，第 81－92 页
【内容摘要】互联网技术的进步和媒介的变革带来了文学生产和传播方式的变化，日本轻小说作为与互联网媒介环境密切相关的一种文学范式，在数十年间经历了不同阶段的发展和转向，并于 21 世纪初进入繁荣期，与其他网络文化形式实现跨媒介联动，深度整合为日本 ACGN［英文 Animation（动画）、Comic（漫画）、Game（游戏）、Novel（小说）的合并缩写］文化产业。本文通过梳理轻小说的发展历史和现状，尝试从青年亚文化的视角切入，勾勒御宅族文化与轻小说核心属性之间的关联，并探究以御宅族为主流的二次元文化对轻小说产生的深刻影响。
【关键词】轻小说；御宅族；萌要素；羁绊

“文字叙事”建构“历史记忆”：解读日本战争文学的证言书写

【作　者】李彬
【单　位】四川大学历史文化学院；西南民族大学外国语言文学学院
【期　刊】《社会科学研究》，2021 年，第 2 期，第 66－72 页
【内容摘要】证言书写是战争文学中的一种特殊存在，它依靠战争亲历者对自身体验的记录和回忆，“还原”碎片化的微观战争场景。因此，它具有展示真实历史片段的“实证性”。同时，对战争的反思亦反映了书写者对人类及人类社会复杂性的深刻洞察。在日本，根据时空转换及创作主体的不同，我们需要关注文人与庶民在战争前线、战争大后方及战争结束后的证言书写。但无论是哪一种类型，它始终没有模糊历史与文学、真实与虚构之间的界限，避免让读者陷入虚构化、文本化历史的境地。证言书写记录的虽然是个人的、零碎的体验或回忆，但却是宏大的、权威的历史叙事的有效补充；它虽然是民间的，但既有与官方记忆相一致的内容，也有不同或是相反的内容，而这部分“反记忆”恰恰体现了证言书写的最大实践价值——对国家历史编纂学科权力的挑战。
【关键词】战争文学；证言书写；战争记忆；战争认识；“反记忆”

“詹姆逊—阿罕默德论争”再讨论

【作　者】张墨研
【单　位】中国艺术研究院马克思主义文艺理论研究所
【期　刊】《外国文学动态研究》，2021 年，第 6 期，第 64－73 页
【内容摘要】阿罕默德于 1987 年发表文章对詹姆逊的“民族寓言”概念做出激烈和全面的批判，由此开启了所谓“詹姆逊—阿罕默德论争”，该论争的历史不仅涉及对詹姆逊思想、第三世界政治和文学等方面的理解，且对学界产生了深刻的影响，甚至造成了现实政治的转向。通过对詹姆逊 2019 年的新作《寓言与意识形态》及这一论争史中重要文本的再讨论可知，这一论争的不可调和性就埋藏在其缘起之中，而上述副作用则成了历史的遗憾。
【关键词】詹姆逊；阿罕默德；论争；第三世界；“民族寓言”

“祖国”：侵略与歧视背景下的主人公家园丧失——论松浦寿辉《名誉与恍惚》

【作　者】陈世华；柳田田
【单　位】南京工业大学外国语言文学学院
【期　刊】《湖南科技大学学报（社会科学版）》，2021 年，第 24 卷，第 3 期，第 46－51 页
【内容摘要】松浦寿辉的《名誉与恍惚》描写了日本全面侵华战争初期，上海租界工部局警察芹泽一郎因其一半“朝鲜血统”和反战思想受到日本军队和警察局同事等人歧视、利用和出卖，从而丧失“名誉”和“家园”的故事。在同胞的排斥与迫害下，芹泽对“祖国”日本的归属感完全丧失，在战争中逐步认识到军国主义教育的欺骗性和军国主义行径的野蛮性，最终自我意识苏醒，摆脱“他者”身份，寻得归属之地，在多元文化融合的香港走上“自我”重构之路。
【关键词】松浦寿辉；《名誉与恍惚》；歧视；侵略

《朝鲜民间故事》的中译本与徐悲鸿的插图研究

【作　者】洪昔杓
【单　位】韩国梨花女子大学中文系
【期　刊】《东疆学刊》，2021 年，第 38 卷，第 4 期，第 1－11 页
【内容摘要】加林·米哈伊洛夫斯基的俄文版《朝鲜传说》共收录了 64 篇朝鲜/韩国民间故事，而佩尔斯基选取了其中 20 篇，编译成了法文版《韩国故事》。中文版《朝鲜民间故事》则是对法文版《朝鲜传说》译本的重译。各译本都秉持文化相对主义的观点，译介出该民族的美丽心性、纯真愿望和坚定信念，认同其文化身份。法文版和中文版的译本中收录了徐悲鸿所画的 15 幅插图。徐悲鸿的插图利用虚构的想象重构了故事场景，增添了东方神韵，提升了故事的艺术品格。这 3 本传说集是朝鲜/韩国口传文学研究中不可或缺的文本。
【关键词】《朝鲜民间故事》；文化相对主义；徐悲鸿；刘半农

《今昔物语集》的秦始皇叙事及其对华意识

【作　者】赵季玉
【单　位】北京外国语大学中国语言文学学院；北方工业大学文法学院
【期　刊】《烟台大学学报（哲学社会科学版）》，2021 年，第 34 卷，第 1 期，第 58－66 页
【内容摘要】日本说话文学的集大成之作《今昔物语集》中有两篇讲述了秦始皇时期佛法东渐的故事与秦朝建国灭亡史。编者对秦始皇故事的阐释与再构建，对故事位置的“巧妙”安排，以及对中国叙述与日本叙述所形成的强烈反差的展示，折射出平安末期的日本欲宣示其优越性的对华意识。这种意识伴随律令制在日本逐渐解体而生，是政治局势在文化层面上的反映，是日本自我意识觉醒、民族主义膨胀的表现，也是日本人在自我与他者关系的构建中向华夷秩序的中心——中国——主张自我的结果。其实质是古代日本在自卑与自大的交叉挣扎中酝酿出来的一种扭曲心态与自我臆想的产物。
【关键词】《今昔物语集》；秦始皇；对华意识；抗衡；优越感

《名誉与恍惚》：松浦寿辉的反战叙事

【作　者】陈世华
【单　位】南京工业大学外国语言文学学院

【期　刊】《外国文学》，2021 年，第 3 期，第 140－149 页

【内容摘要】日本当代著名作家松浦寿辉擅长运用细腻的心理描写和灵活的时空建构呈现对现实问题的思考。他的获奖小说《名誉与恍惚》以日本侵华战争时期的上海为主舞台，在时间叙述上，将战前与战时上海与当代上海、战时日本与当下日本纳入时间架构，实现历史和当下右倾思想抬头这一现实的历时叙述；在空间叙述上，作品以上海租界内外、战时日本与中国的空间位移与转换，凸显日本侵略战争的残酷性和欺骗性。作品以第三人称方式叙事，以不断的时空转换，对日本侵华战争的非正当性进行冷眼凝视。作品表现出作者对日本侵华战争的思考、强烈的反战思想，以及对当下日本右倾主义思想抬头的忧虑。

【关键词】松浦寿辉；《名誉与恍惚》；时空建构；第三人称；反战思想

《一个人的好天气》中的“恋物”及其治愈——兼谈日本当代年轻人生存现状

【作　者】苏永怡
【单　位】中国社会科学院外国文学研究所；北京语言大学

【期　刊】《当代外国文学》，2021 年，第 42 卷，第 2 期，第 91－98 页

【内容摘要】在青山七惠的芥川奖获奖作品《一个人的好天气》中，女主人公知寿第一天寄住到舅姥姥家后，便偷偷潜入舅姥姥房间，开始了“偷窃”。在后文中，作者先后六次直接描写知寿的偷窃行为。本文将探究知寿不断重复的“偷窃”行为背后的隐藏含义，分析其“恋物”的运作机制，并探析这一反常行为的具体原因及其治愈，同时管窥日本当代年轻人生存现状。

【关键词】青山七惠；《一个人的好天气》；恋物癖；治愈

17 世纪朝鲜王朝口传艺术中的《三国演义》

【作　者】孙勇进
【单　位】对外经济贸易大学中国语言文学学院

【期　刊】《南开学报（哲学社会科学版）》，2021 年，第 1 期，第 100－110 页

【内容摘要】至迟在 17 世纪中叶，《三国演义》已进入朝鲜某类口传说唱艺术中，并出现了一批知名艺人。一些艺人为清使表演《三国演义》，使《三国演义》这部汉文经典在朝鲜王朝和清朝的文化交际中，无形地扮演了某种特殊角色。

【关键词】17 世纪；朝鲜王朝；口传艺术；《三国演义》；传播

18 世纪朝日对话中的中国文化元素考究——以《东渡笔谈》为中心

【作　者】金镛镇
【单　位】上海外国语大学

【期　刊】《东疆学刊》，2021 年，第 38 卷，第 1 期，第 45－50 页

【内容摘要】朝鲜朝通信使是维护古代朝日两国关系、促进文化交流的使者。两国文人在古代结下的友谊，对当下朝（韩）日关系的走向亦有着积极影响。《东渡笔谈》是朝鲜朝通信使停留日本江户期间，由日僧因静记录的笔谈内容及酬唱诗文，具有较强的现场“诗会”性质，既生动地揭示了两国间的交往历史，又可从中以新的角度探究朝日思想文化渊源。然而，综观朝日文人在使用第三方语言（即汉语）开展笔谈所记录的《东渡笔谈》则不难发现，双方的交流处处体现着中国文化元素。中国文化元素不仅为两国文人开展文学交流注入了活力、深化了内涵，也

由此呈现了其在东亚文化圈中的深远影响。

【关键词】中国文化；日本；朝鲜朝通信使；《东渡笔谈》；诗歌

20世纪初韩国汉文写作的语言特点研究——以《满江红》为例

【作　者】高奈延
【单　位】南开大学文学院
【期　刊】《南开学报（哲学社会科学版）》，2021年，第1期，第111－119页
【内容摘要】韩国汉文作品《满江红》诞生于20世纪初，其语言接近于典型的现代白话文，但存在着众多的非汉语因素，这既是因为作者对于汉语某些词语和语法规则理解的偏差，也是因为作者受到文言文和现代汉语的双重影响，更多地则体现了本国语言体系深刻的影响与改造。
【关键词】《满江红》；韩国汉文作品；汉译韩语词汇；生造词汇；词类；语序和赘余

20世纪五六十年代韩国作家的中国认识

【作　者】金鹤哲；杨丽晶
【单　位】金鹤哲：哈尔滨工业大学威海校区
　　　　　杨丽晶：延边大学师范分院
【期　刊】《东疆学刊》，2021年，第38卷，第1期，第88－95页
【内容摘要】20世纪五六十年代，韩国文学有关中国的书写甚少，个中原因与当时的冷战时局不无关系。考察韩国战时和20世纪五六十年代战后文学中出现的中国因素，通过对比战时文学“现时的敌对”和战后文学的“苦难的20世纪”“记忆中的盛唐”，可以解读20世纪五六十年代韩国作家的中国认识。即：拥有璀璨文明的古代中国——尤其是唐朝，在韩国作家的中国认知里作为“理想国度”的记忆得到书写；20世纪上半期的中国与韩国是同样饱受外敌之扰的苦难国家，而20世纪五六十年代的中国却被视作冷战中的对立方，被描写为朝鲜军队的“帮凶”。
【关键词】韩国战后文学；中国认识；中国记忆；冷战文学；韩国作家

阿兰达蒂·洛伊的《极乐之邦》与边缘现实主义

【作　者】尹晶；刘鑫
【单　位】北京科技大学
【期　刊】《当代外国文学》，2021年，第42卷，第4期，第66－73页
【内容摘要】阿兰达蒂·洛伊的第二部小说《极乐之邦》一经面世，即引起了巨大反响，但是也引发了各种诟病，如结构粗陋、庞杂，叙事动力不足，不断离题，等等。然而，这些屡被诟病的形式特征实则构成了洛伊的独特美学，展现了以印度为代表的一种新现实主义，即超越经典现实主义的“边缘现实主义”。《极乐之邦》作为典型的边缘现实主义小说，在内容层面深入追问资本主义席卷全球后的当代印度社会现实，在形式层面则既借鉴了西方小说的叙事技巧，又深入挖掘了印度本土文学传统，探索了在全新的社会背景下更“现实”地展现这一社会现实的方式。
【关键词】阿兰达蒂·洛伊；《极乐之邦》；边缘现实主义

朝鲜半岛《巫山一段云》词调的文化渊源与文学呈现

【作　者】姚逸超
【单　位】浙大城市学院中文系
【期　刊】《民族文学研究》，2021 年，第 39 卷，第 3 期，第 166－176 页
【内容摘要】《巫山一段云》词调通过李齐贤的创作东渐高丽，逐渐成为朝鲜半岛文人记风土、咏闲情的惯用词调，为词坛互动与词体学习提供了重要载体。其词题形态受到中国景观序列意识、潇湘八景命名方式的影响，组词主题呈现出多元化的发展态势。朝鲜半岛《巫山一段云》的创作，亦可作为审视中国词史发展的重要参照，是研究词学交流的重要范本。
【关键词】《巫山一段云》；词调渊源；词题形态；主题演变；词坛互动

朝鲜朝文人对钱谦益的接受研究

【作　者】李丽秋
【单　位】北京外国语大学亚洲学院
【期　刊】《东疆学刊》，2021 年，第 38 卷，第 3 期，第 99－106 页
【内容摘要】朝鲜朝文人对钱谦益的接受，具体方式包括肯定钱氏文才、次韵作品，引用其观点及编撰其年谱等。朝鲜朝文人接受钱谦益的主要原因在于钱氏在文学和历史方面的成就与影响、对朝鲜古代作品的重视、为朝鲜朝文坛批判拟古派提供了依据及钱谦益本身作为东林党人和性理学家的特点。朝鲜朝文人对钱谦益的接受促进了朝鲜朝文学的进一步发展，在文学创作和文学理论方面均有重要意义。
【关键词】钱谦益；《列朝诗集》；朝鲜朝；接受

朝鲜朝文人刘希庆山水田园诗研究

【作　者】马东峰；夏中华
【单　位】延边大学朝汉文学院
【期　刊】《东疆学刊》，2021 年，第 38 卷，第 2 期，第 95－102 页
【内容摘要】刘希庆是朝鲜朝中期的贱民诗人，囿于身份等级制度，无法参加科举考试。刘希庆对陶渊明尊崇有加，并将“武陵桃源”作为精神寄托，但两个人有着本质上的不同。如果说后者是决绝而主动地选择归隐，那么前者就是被迫在自然界中徘徊，朝鲜民族的本土文化是造成前者境遇的重要因素。在艺术风貌方面，刘希庆取法王孟山水田园诗，以清疏高远、闲淡自然的风格为主，亦呈现出雄阔壮逸的特征。刘希庆及枕流台的酬唱活动体现了朝鲜朝贱民阶层在文学上的从属地位，以及朝鲜朝社会等级制度与儒家思想之间的矛盾冲突。
【关键词】朝鲜；刘希庆；山水田园诗；枕流台；武陵桃源

朝鲜朝文人徐居正的“归去来”情结

【作　者】王进明
【单　位】贵州民族大学
【期　刊】《东疆学刊》，2021 年，第 38 卷，第 1 期，第 96－102 页

【内容摘要】朝鲜朝文人徐居正怀有非常浓厚的“归去来”情结，他将陶渊明作为人生与官场的指向标，希望在建立功勋后急流勇退，辞职回归家乡广津隐居。但是，这与以往文人因官场不得志而辞官归隐的情况截然不同，徐居正一生深受朝鲜王朝五任国王宠信并一直担任重要官职，多次乞退未果后，身在官场的徐居正只能违背自己官场原则，以“归去来”意象作诗文，表达他不贪恋官场、脱离樊笼、超越世俗、追求高远的高峻人格。
【关键词】陶渊明；“归去来”情结；徐居正；朝鲜朝

朝鲜朝中期“唐宋诗之争”研究

【作　者】朴哲希
【单　位】辽宁师范大学文学院
【期　刊】《外国文学研究》，2021 年，第 43 卷，第 3 期，第 64－74 页
【内容摘要】高丽朝中后期至朝鲜朝初期，诗坛以崇尚宋诗为主。随着中朝文人的广泛交流，朝鲜文人在反思宋诗之弊的同时，积极接受明朝前后七子的“诗必盛唐”理论，加上唐诗选本及中国诗学典籍在朝鲜的流传，诗风逐渐向宗唐转变。至朝鲜朝中期，“唐宋诗之争”正式形成。文人通过论证唐诗正宗地位、宋诗变唐之罪，唐风自然而宋诗雕琢及文人尚唐的审美取向，确立了以学唐为主的诗坛格局。但综观朝鲜朝中期诗作，无论在用韵、拟作、诗风还是取法对象等方面，都表现出不专学一家的特点。究其原因，朝鲜作为域外国家，其“唐宋诗之争”的核心是学唐与学宋的选择，因此出现了宗唐理论与唐宋兼备的创作实践相矛盾的现象。
【关键词】朝鲜朝中期；“唐宋诗之争”；唐宋诗观

朝鲜古代诗家对白居易讽喻诗的接受研究

【作　者】常馨予；孙德彪
【单　位】延边大学朝汉文学院
【期　刊】《东疆学刊》，2021 年，第 38 卷，第 3 期，第 107－113 页
【内容摘要】讽喻诗是白居易现实主义诗风的代表，也是其成就最高、流传最广的诗歌类型。古代朝鲜文人对白居易讽喻诗多有学习，主要体现为高丽朝和朝鲜朝文人的接受，而朝鲜朝时期文人对于白居易讽喻诗的接受程度较之高丽朝诗人群体明显得到了提高，包括诗歌数量增多，批判意识及情感更加强烈，讽刺范围更为深广。这种变化是高丽朝、朝鲜朝不同的社会背景和文人的自觉意识导致的。
【关键词】白居易；讽喻诗；接受；高丽朝；朝鲜朝

朝鲜现代“新女性”的伦理选择：比较罗蕙锡《琼嬉》和金东仁《金妍实传》中的两个新女性

【作　者】金顺珍
【单　位】韩国鲜文大学中语中国学系
【期　刊】《文学跨学科研究》，2021 年，第 5 卷，第 2 期，第 219－228 页
【内容摘要】朝鲜现代时期的新女性既是“新”和“变化”的象征，同时也是“不良”和“破坏”的象征。讲述朝鲜现代时期新女性的罗蕙锡的《琼嬉》和金东仁的《金妍实传》展示了截然相反的新女性形象，书中对新女性的赞美与这一时期出现的对现代的热烈憧憬和发展维系在一起。但是，现代朝鲜的新男性在欢迎步入社会的新女性的同时，又不得不对她们采取警戒

和遏制的双重态度。男性知识分子由于不想与新女性分享新学问的权利和现代主体的地位，用父权式伦理拒绝了新女性。此外，朝鲜群众对新女性的批评是来自有关“纯洁身体”的封建伦理和对女性消费主体的恐惧感。

【关键词】新女性；启蒙伦理；两种伦理标准；《琼嬉》；《金妍实传》

初唐咏尘诗赋对平安时代《奉试咏尘》诗的影响

【作　者】孙士超

【单　位】河南师范大学外国语学院

【期　刊】《河南师范大学学报（哲学社会科学版）》，2021 年，第 48 卷，第 4 期，第 138－144 页

【内容摘要】《经国集》卷十三、卷十四收录平安时代的试律诗 24 首，这些试律诗均被冠以“奉试诗”之名。对于“奉试诗”在唐代试律诗中的所属门类，学界尚存争议，通过对平安时代有关试诗文献的考察，基本可以确定“奉试诗”就是“覆试诗”，根据实施主体和诗体特征，应当将其归入省试诗的类属范畴。《经国集》所收五言试律诗《奉试咏尘》，从命题角度看，是对唐代传统试律诗命题范式的拓展和突破，表现出平安时代试律诗的模仿轨迹与创新意图。这组《奉试咏尘》诗在创作中大量化用谢偃《尘赋》、张说《咏尘》等初唐咏尘诗赋语句，在用典上亦表现出与初唐咏尘诗赋的相似特征。《文选》《艺文类聚》传入日本之后，成为平安时代士人试律诗用典用事的宝库，在日本古代的试律诗创作中发挥了重要作用。

【关键词】咏尘诗赋；“奉试诗”；用典；影响

从《走向深渊》在中国的译介与热映看第三世界国家间的文化传播

【作　者】陆怡玮

【单　位】上海外国语大学东方语学院

【期　刊】《外国文学研究》，2021 年，第 43 卷，第 3 期，第 87－97 页

【内容摘要】20 世纪七八十年代，埃及电影《走向深渊》在中国和埃及这两个国家均广受欢迎。电影《走向深渊》跨文化旅行的成功，一方面得益于其顺应时代语境对小说所做的改编，另一方面亦与受众文化中的传统资源相契合，在反特片传统的基础上呈现了更为人性化的人物塑造范式。影片在展示现代都市文化时隐含的警惕与反省体现了当时中埃两国相似的文化心理，显示出第三世界国家在借用第一世界文化符号时的反思意识及第三世界文本共有的民族寓言特性。这一跨文化传播的经典案例体现了文化全球化背景下第三世界国家间文化流动的独特意义。

【关键词】《走向深渊》；改编；译介；全球化图景；跨文化传播

从边缘到中心：《一千零一夜》与世界文学经典的民族性

【作　者】代乐

【单　位】美国纽约州立大学宾汉姆顿分校比较文学系

【期　刊】《学习与探索》，2021 年，第 6 期，第 188－194 页

【内容摘要】作为一部世界文学经典作品，《一千零一夜》是为数不多的从边缘向中心移动的成功范例。该著作具有世界文学经典所具有的民族性的某些重要特质。其一是异域风情性，文学的民族性中往往包含了该民族独特的自然景观和人文景观，容易唤起异域读者的兴趣。其二是

民族民间性，文学的民族性中往往包含着该民族民间文学千百年来流传下来的、较为稳定的民族文学传统和审美心理，蕴含着丰富的民族文学特殊规律，并成为文学的民族性的直接源泉。其三是世界文学性，文学的民族性中往往包含了跨越该民族的开放性结构，吸收了来自不同国家、不同民族、不同文化、不同语言的优秀文学传统，易于为异域读者所接受并对异域文学产生影响。

【关键词】《一千零一夜》；世界文学；民族性

从推理文学看平成时代的校园欺凌——以《所罗门的伪证》等作品为例

【作　者】王涛
【单　位】中国社会科学院外国文学研究所
【期　刊】《外国文学动态研究》，2021 年，第 6 期，第 108－119 页
【内容摘要】通过分析宫部美雪、辻村深月、凑佳苗、武藤将吾等人描写平成时代不同时间段的推理作品，本文试图在梳理校园欺凌变化轨迹的同时，借助于基拉尔的欲望介体和替罪羊理论为欺凌的生发机制提供一种解读。校园欺凌的背后或许是学级崩坏、格差社会等更深层的问题，而推理文学所提供的成长模式虽无法根治校园欺凌这一现象，但对青壮年劳动力日趋匮乏的日本社会仍具有独特的参考价值。
【关键词】推理文学；平成时代；校园欺凌；不登校；欲望介体；替罪羊；格差社会

从小说《素食主义者》来看女性的身份认同转换和伦理困境

【作　者】吴娟
【单　位】韩国大真大学；韩国外国语大学
【期　刊】《文学跨学科研究》，2021 年，第 5 卷，第 2 期，第 229－240 页
【内容摘要】不同的伦理环境孕育出不同的文学，但人类的普遍道德是一致的，很多伦理问题也是相通的。中韩两国自古以来在历史、文化、人文等方面有着很深的渊源，通过文学伦理学批评这一多棱镜来解读韩国文学，可以折射出一些中韩共同存在的伦理问题，引发中韩读者的共同思考。小说《素食主义者》是韩国女性文学的代表作之一，2016 年获得布克国际文学奖。小说以女主人公英惠的梦境作为伦理线，串联起女主人公和父亲、丈夫，以及姐姐、姐夫等人物的一系列伦理结，讲述了女主人公因备受压迫，从一个正常的家庭主妇逐渐沦为精神病人的悲剧故事。小说揭示了兽性因子中最容易被忽略的一种，也就是平庸之恶。这种恶不仅存在于政治领域，更存在于社会领域，甚至私人领域。但其出现在私人领域时，往往会被家庭伦理身份所掩盖，不容易被识别。女主人公把出现在家人身上的平庸之恶移置到了肉食上，对平庸之恶的反抗就是对肉食的抗拒。成为素食主义者这一身份认同转换是一种自我防御机制，也是在维持现有伦理身份的同时采取的一种反抗手段。但这种反抗失败了，还带来一系列问题。书中所揭露的伦理困境是超越性别和国别的，需要大家一起思考，共同寻找出路。
【关键词】文学伦理学批评；伦理困境；伦理选择；身份认同转换；平庸之恶

从元曲到能乐：日本五山诗文作为津梁

【作　者】张哲俊
【单　位】北京师范大学文学院

【期　刊】《外国文学评论》，2021 年，第 2 期，第 71－97 页

【内容摘要】能乐是在唐朝传入日本的散乐基础上发展形成的日本代表性戏剧。但散乐至多是准戏剧，能乐如何从准戏剧走向戏剧，一直是学术界无法解决的难题，因为至今未能找到能乐走向戏剧的关键因素。能乐完全产生于日本本土的可能性是存在的，但能乐与宋元杂剧存在太多的相似因素。除此之外还有两个巧合，一是在东亚古代文学中早于能乐的戏剧形式只有宋元杂剧；二是日本五山文学与元曲、能乐都有接触，可以为能乐传递元曲戏剧形式的信息。种种巧合表明能乐与元曲通过五山文学产生过交流，能乐或许正是因此从准戏剧走向戏剧的。

【关键词】能乐；元曲；佛教

档案与样本——以日本青空文库和日本现代文学研究之关系为例

【作　者】霍伊特·朗；刘凯（译者）
【单　位】霍伊特·朗：美国芝加哥大学东亚语言与文明系
　　　　　刘凯：四川大学外国语学院

【期　刊】《山东社会科学》，2021 年，第 11 期，第 50－58 页

【内容摘要】本文以日本的青空文库为核心研究对象，思考数字化收藏档案如何影响阅读和思考的内容，批判性地反思知识建构的技术结构。青空文库是现存最大的日语文学作品数据库，我们有必要考察是何种社会机制形塑了它的结构，并且使得一种特殊的“日本现代文学”图景成为可能的。这就导向了抽样问题：青空文库是档案的一个样本，问题的关键在于如何从大规模无目的档案抽样中建构一个统计学意义上可用的研究样本。本文采用比较的方法，试图理解作为一个统计学样本的青空文库所具有的特殊性，指出数据库都是特定的制度性力量、客观历史及选择性实践的产物。我们可以通过讨论数字收藏，以及它们造成的证据缺口，反思过去与当下知识的片面性，将数据和样本代表性的概念重新问题化。

【关键词】档案；样本；青空文库；日本文学；数字化

东亚儒学视阈下的韩国汉文小说研究

【作　者】孙逊
【单　位】上海师范大学光启国际学者中心

【期　刊】《文学评论》，2021 年，第 2 期，第 5－16 页

【内容摘要】中国与韩国同属汉字文化圈和儒家文化圈，在其文明发展进程中，韩国儒学作为东亚儒学中富有特色和活力的一部分，不仅对儒学自身的发展，而且对东亚地区文明的进步都做出了历史性贡献。其中，由古代韩国学者和作家撰写的大量汉文小说，忠实承载并生动演绎了韩国儒学的历史发展与丰富蕴涵，为了解和认识东亚儒学提供了鲜活的文本。在未来重建东亚地区和谐与和平的历史进程中，东亚儒学必将承担起重要而特殊的使命。

【关键词】东亚；儒学；韩国；汉文小说

独立 30 年来吉尔吉斯斯坦文学述略——为庆祝中吉建交 30 周年而作

【作　者】阿地里·居玛吐尔地
【单　位】中国社会科学院民族文学研究所；中国社会科学院大学

【期　刊】《外国文学动态研究》，2021 年，第 6 期，第 38－46 页

【内容摘要】吉尔吉斯斯坦是“一带一路”的重要国家，对于我国广大民众而言既是近邻又是一个比较陌生的国度。陌生是因为其文化在我国媒体上介绍得并不多。该国的文学具有自己的独特性，其英雄史诗《玛纳斯》与我国三大史诗之一的柯尔克孜族民族史诗《玛纳斯》一脉相承，而艾特玛托夫的文学遗产更是该国的骄傲。2021 年是中吉两国建交 30 年，对苏联解体、吉尔吉斯斯坦独立之后的文学发展现状的研究和梳理，于我国文学界而言是一个崭新的重要课题，其推进必将对中吉两国文化交流、人心相通产生重要的促进作用。

【关键词】吉尔吉斯斯坦文学；独立 30 年；后苏联时代；艾特玛托夫

独立时期哈萨克斯坦国家认同建构的文学书写——以阿普季科夫的创作为例

【作　者】王晓宇
【单　位】中国社会科学院外国文学研究所
【期　刊】《外国文学动态研究》，2021 年，第 6 期，第 47－58 页
【内容摘要】苏联解体 30 年，当代哈萨克斯坦作家经历了身份变化带来的认同危机。通过对俄罗斯文学传统和范式的借用与对俄罗斯文学文本的引用和改写，哈萨克斯坦文学建立起与俄罗斯文学的互文关系。从对俄罗斯文学的改写与变形走向深层对话，作家们借此思考与阐释的是永恒的善恶观问题，并以文学特有的方式给出了哈萨克斯坦版本的解决方案，形成了当代哈萨克斯坦作家书写自我的话语模式和构建国家认同的有效手段。在这一过程中，他们自觉引用非俄语文学经典和哈萨克斯坦本土作品，形成了一种复杂的书写新独立国家历史的艺术策略和文化策略。
【关键词】独立时期；哈萨克斯坦；国家认同；文学书写

多语种、跨文化的以色列文学——新世纪第二个十年回顾

【作　者】钟志清
【单　位】中国社会科学院外国文学研究所
【期　刊】《外国文学动态研究》，2021 年，第 3 期，第 14－24 页
【内容摘要】以色列是个多民族国家，既以犹太人为主体，又同时拥有百余万阿拉伯人和大量来自欧洲、中东、北非，以及俄罗斯等多个地区与国家的移民，拥有不同的文化传承与文学遗产，在文学创作上也表现出强烈的多语种属性与跨文化特征。在全球化已成定式的 21 世纪的第二个十年，这些特征体现得更为突出。本文尝试从主流文学、阿拉伯作家和俄罗斯移民作家的创作出发来审视这些特征。
【关键词】以色列文学；多语种；跨文化

犯罪动机——《死亡护理师》与“社会派”推理小说

【作　者】周阅
【单　位】北京语言大学中华文化研究院
【期　刊】《外国文学动态研究》，2021 年，第 4 期，第 67－77 页
【内容摘要】日本作家叶真中显的长篇推理小说《死亡护理师》并不局限于查找凶手、揭示犯罪的过程，而是借助对凶手犯罪动机的追问，尖锐地指出了日本严峻的老龄化问题及社会护理保险制度存在的漏洞。将《死亡护理师》置于自 19 世纪末直至当下的日本推理小说发展的整体

脉络之中进行文本分析，我们可以看到，这是一部兼具文学表达和社会担当的作品，继承了“社会派”推理大师松本清张的衣钵。叶真中显也由此确立了当代“社会派”推理小说家的位置。在一切都成为消费品的当下，“社会派”推理小说依然方兴未艾。

【关键词】叶真中显；《死亡护理师》；犯罪动机；“社会派”；推理小说

古代巴蜀与南亚文明研究综述——兼评《古代巴蜀与南亚的文化互动和融合》

【作　者】席蓬；任敬文；李丹
【单　位】四川师范大学文学院
【期　刊】《民族学刊》，2021 年，第 12 卷，第 5 期，第 99－105 页
【内容摘要】以三星堆文明为代表的古蜀文明，沿着南方丝绸之路，与沿线多种文明相互融合，在物质、宗教及文化等方面进行了广泛的交流。在“一带一路”大背景下，中国与南亚各国多项合作不断深化。对南方丝绸之路的研究，也愈发为学界重视。《古代巴蜀与南亚的文化互动和融合》广泛承继学界已有成果，又在著述体例及内容上大胆创新，从物质文化、宗教文化、语言文学艺术自身的互动与融合入手，逐步抽丝剥茧，将古代巴蜀与南亚文化间的互动与交流清晰地呈现出来。
【关键词】巴蜀文化；南亚文化；南方丝绸之路；文化互动

哈萨克斯坦的文学梦——哈萨克移民诗人阿·努尔哈兹访谈录

【作　者】阿·努尔哈兹；王晓宇
【单　位】中国社会科学院外国文学研究所
【期　刊】《外国文学动态研究》，2021 年，第 6 期，第 59－63 页
【内容摘要】阿·努尔哈兹（1972—　）是哈萨克斯坦诗人、剧作家和批评家，阿乌埃佐夫国立剧院文学部文学编辑。2006—2008 年任哈萨克斯坦《外国文学报》主编。出版诗集《伪自由书》（2009）、《蜂鸟集》（汉、哈，2012）、《精确与纯净》（英、汉、哈，2014）等，评论集《哈萨克斯坦现代诗歌论》（2010）、《认识与批评》（2018）等，以及短篇小说集《横与点》（2010）等。其诗歌作品已被译成英、俄、汉等多个语种，也曾在《世界文学》等多家中文刊物发表。努尔哈兹在接受访谈时将其创作归为移民文学，而跨越地域并未解决他的身份认同和文化归属问题。努尔哈兹审视哈萨克斯坦文学有机体的他者视角值得我们关注。
【关键词】哈萨克斯坦；移民诗人；阿·努尔哈兹；文学梦

韩国古代汉诗“长安形象”中的中国认识源流蠡论

【作　者】刘志峰
【单　位】西安外国语大学亚非学院
【期　刊】《东疆学刊》，2021 年，第 38 卷，第 4 期，第 92－101 页
【内容摘要】长安形象因其政治属性与汉文文学特色成为韩国古代汉诗文学中一个具有特殊“文化地位”的文学符号，长安形象在新罗汉诗中的出现，以及在高丽朝和朝鲜朝文学中的接受与再创作过程，映射出其经历了唐宋狂热崇拜、金元憎恶交流、明代亲善认同、清代憎恶交流等发展阶段，反映了韩国古代文人对中国认识的演变，其中蕴含着国家民族主体间性文化交流、文学语言主体间性意象审美的双重规律。

【关键词】长安形象；韩国汉诗；中国认识；主体间性

韩国汉诗文献底本勘误举隅

【作　者】马琳；赵季
【单　位】马琳：南开大学
　　　　　赵季：延边大学
【期　刊】《东疆学刊》，2021 年，第 38 卷，第 2 期，第 109－114 页
【内容摘要】韩国古代文献多以汉文进行写作，在传抄、刻印、传播的过程中会不可避免地会产生文字讹误。就韩国汉诗文献底本文字讹误而言，可分为由作者引起的“作者型讹误”和刻钞过程中产生的“刻钞型讹误”两类。“作者型讹误”形成的原因可分为“记忆讹误”和“书写讹误”。“刻钞型讹误”多为“形似而讹”，形成原因有四：不明典故致误、不明字义致误、不明文义致误、不明声律致误。利用韩国汉诗文献进行研究，首先要针对不同类型的讹误进行校勘，勘误依据有四：依据典故、依据字义、依据声律、依据其他文献。
【关键词】韩国汉诗；底本；讹误；校勘

韩国网络文学对现实与网络文学生态的双重过滤——基于对《全知的读者视点》的解读

【作　者】金恩惠
【单　位】北京大学中文系
【期　刊】《外国文学动态研究》，2021 年，第 1 期，第 93－100 页
【内容摘要】网络文学在韩国增长态势迅猛，备受市场瞩目，但韩国网络文学的流行趋势与中国稍有不同。“现代奇幻”小说在韩国的热度类似玄幻小说在中国网络文学中的热度。本文试图捕捉“现代奇幻”小说紧贴现实的特征，并把它对现实的反映机制视为“滤镜”，以具体的文本为例，详细分析它对现实的独特“过滤”方式，进一步回顾与这一类型构成互文关系的韩国网络文学生态与韩国现实社会。
【关键词】韩国网络文学；现实滤镜；“现代奇幻”；元小说

韩愈对高丽朝文人林椿“记体文”创作的影响研究

【作　者】张克军
【单　位】延边大学朝汉文学院
【期　刊】《东疆学刊》，2021 年，第 38 卷，第 4 期，第 102－108 页
【内容摘要】林椿是古代朝鲜半岛较早在“记体文”创作方面取得很大成绩的作家。林椿的“记体文”创作一方面明显受到了韩愈的影响，在谋篇布局、语言技巧、艺术表现手法等方面都带有明显的韩愈“记体文”的痕迹，另一方面在句式、句法等方面又与韩愈有所不同，表现出了林椿选择性接受的倾向。通过韩愈与林椿在“记体文”创作方面的比较，我们不仅可以发现韩愈在古代朝鲜半岛“记体文”创作上的重要地位和作用，还可以进一步了解中国“记体文”在东亚范围内的传播与影响情况。
【关键词】韩愈；林椿；“记体文”；影响

互文与延展：论帕慕克“博物馆系列”中的跨媒介叙事

【作　者】朱春发
【单　位】浙江传媒学院国际文化传播学院
【期　刊】《外国文学研究》，2021 年，第 43 卷，第 5 期，第 117－126 页
【内容摘要】帕慕克创作了包括小说《纯真博物馆》、实体博物馆、目录文本《纯真物品》和电影《纯真记忆》在内的四件作品，构成了“博物馆系列”。在这个系列中，帕慕克首先在小说中利用传统小说的叙事优势，讲述了一个融爱情和物品为一体的别致故事，构建了一个故事内核。其他三个随后出现的作品，则在互文性引用内核元素的基础上，分别利用实物、图片、文字、摄影等媒介形式延展了物品叙事和城市叙事。借由互文和延展，帕慕克最终构建了“博物馆系列”这一跨媒介故事世界。这种新颖独特的尝试，一方面凸显出帕慕克文学创作的多样性和丰富性，另一方面也为跨媒介叙事领域的研究提供了新的范本。
【关键词】帕慕克；“博物馆系列”；跨媒介叙事；互文；延展

回归儒学的救赎之路——以森鸥外《蛇》的隐喻解读为中心

【作　者】周异夫；吴丹
【单　位】周异夫：北京外国语大学日语学院
吴丹：吉林大学外国语学院
【期　刊】《河南大学学报（社会科学版）》，2021 年，第 61 卷，第 2 期，第 100－106 页
【内容摘要】森鸥外作为与夏目漱石齐名的文学巨擘活跃于日本明治、大正文坛，是儒学教养深厚并接受西学的“双足”文人，同时又是兼具体制内官员与文学创作者双重身份的“两生”生活者。森鸥外的文学作品发轫于日本现实，具有深入的时代思考特色。在短篇小说《蛇》中，森鸥外运用关系隐喻的文学手法，在穗积家构建出天皇制国家的场域，将日俄战争之后日本闭塞时代下“烦闷青年”的特点具化于穗积家新世代青年，描述出他们的近代自我意识与天皇制国家体制冲突中的自我主张的盲目性与冲动性，并且试图通过回归儒学传统对这一时代病症予以匡正。
【关键词】森鸥外；隐喻；天皇制国家；闭塞时代；儒学

疾病、场域、权力之下的文学突围——2020 年韩国文学一瞥

【作　者】徐黎明
【单　位】南京大学外国语学院
【期　刊】《外国文学动态研究》，2021 年，第 4 期，第 5－13 页
【内容摘要】2020 年的新冠疫情，让韩国作家们把目光转向恐惧、歧视、隔绝与集体暴力，科幻小说家则从时间、生命、语言的角度做出了深度回应。重大危机之下，2020 年的韩国文学依然凭借其自主性和成熟的现代文学机制，在惯性中保持着健康的新陈代谢。韩国文学形式与内容的变革，文学外在与内在疆域的扩大，虽在业已固化的轨道内自然发生，却又不断冲击着文学场域的边界。而多位作家拒绝李箱文学奖的事件，与日趋成熟的女性写作一起，正面反抗资本、权力和制度的傲慢，为多重危机下的韩国文学探索着突围之路。
【关键词】韩国年度文学研究；新冠；科幻小说；文学机制；文学场域；女性写作

接受与转化：论韩国诗人郑芝溶对古典意象的处理

【作　者】金明淑；张雨晨
【单　位】中央民族大学中国少数民族语言文学学院
【期　刊】《东疆学刊》，2021 年，第 38 卷，第 2 期，第 88－94 页
【内容摘要】韩国诗人郑芝溶被誉为韩国现代诗歌之父，于 1941 年出版了其第二本诗集《白鹿潭》，学界以此为界，称其之后的诗歌为后期诗。《白鹿潭》收录有 25 篇诗歌与 8 篇散文诗，若说前期诗集着重凸显“大海”之意象，而后期诗则倾向于“山”之意象；诗歌形式上，散文诗的比例增多，汉字和古词的运用亦占据较大比重。郑芝溶的自然诗本质上有别于韩国传统的自然诗，形式上虽保有儒家山水诗的特点，但是作为接受过新文化洗礼的诗人，郑芝溶的诗以对古典诗歌意象或接受、或扩延、或转化的方式不断适应现代诗内在的变革诉求，使古典意象在现代传承中成为创新的酵母。
【关键词】郑芝溶；古典意象；接受；转化；韩国诗人

金永爵与清代文士的文学交流研究

【作　者】朴香兰
【单　位】广东外语外贸大学东语学院
【期　刊】《东疆学刊》，2021 年，第 38 卷，第 4 期，第 19－27 页
【内容摘要】金永爵是 19 世纪中朝两国文学交流史中具有代表性的典型人物。他的学术交流活动能够清晰、鲜明地反映出近代转型期两国文人的交流实况与思想变化轨迹。他从禅学转入程朱理学，以理学为基础再去关注金石学和考据学，由重辞章转向重义理，从崇尚“雅致”到发自“真情”，这些都与清代文士的交流密不可分。他对清代文坛的理解与认识，也得益于与之交往的清代文士，但在交往过程中也出现过信息上的误差。金永爵平生所学不拘一格，他不断接受新思想，在清朝面临西方侵略的危急时刻，又与清代文士积极探索应对西方列强之策，体现了他开化思想的形成过程。
【关键词】金永爵；清代文士；文学交流；学术倾向；文风变化

近代东亚文学史上的拜伦时空：以苏曼殊和北村透谷为例

【作　者】顾瑶
【单　位】复旦大学英文学报
【期　刊】《中国文学研究》，2021 年，第 2 期，第 186－193 页
【内容摘要】本文聚焦北村透谷和苏曼殊两部体现拜伦影响的作品——《蓬莱曲》和《断鸿零雁记》，由外及内地解读分析两部作品发生的历史语境和文体特征，提炼出贵族气质这一文化概念。本文通过梳理贵族气质在拜伦、北村透谷、苏曼殊三位作家和其作品中表现出的具体而微的时空脉络，认为这三位作家虽然分处于不同的时空境遇，但都处于现代性压迫下，贵族气质逐渐弥散的过程中。他们对于诗歌的处理不仅是对诗歌传统的继承，而且是其贵族气质最佳的文化匹配。
【关键词】北村透谷；苏曼殊；拜伦式作品；贵族气质

近代日本作家凝视的“中国”风景——上海老城厢湖心亭的文学镜像

【作　者】秦刚
【单　位】北京外国语大学北京日本学研究中心
【期　刊】《上海师范大学学报（哲学社会科学版）》，2021 年，第 50 卷，第 1 期，第 90－98 页
【内容摘要】上海老城厢的核心地标湖心亭和九曲桥，自晚清时期就已成为一处驰名世界的中国景观，是“他者之眼”中一个象征中国的视觉符号。本文选取甲午战争至二战末期约半个世纪间的多位日本作家的游记、随笔和小说作为分析对象，考察他们如何观看和书写湖心亭并赋予其象征性；同时，论述来自外部的凝视如何反向影响中国作家，以及在这些关于湖心亭的话语中如何体现观看者面对景观的自我建构。湖心亭作为一个景观的文化史，其实正是以其为媒介的自我与他者互识与互视的历史。
【关键词】上海；湖心亭；中国景观；他者的凝视；日本作家

堀田善卫与美国占领末期日本文学的范式转向——1951 年芥川奖小说《广场的孤独》

【作　者】陈童君
【单　位】南京理工大学外国语学院
【期　刊】《国外文学》，2021 年，第 4 期，第 144－152 页
【内容摘要】堀田善卫的长篇小说《广场的孤独》是 1951 年美国对日占领末期日本芥川文学奖的年度获奖作品。本文通过调查作家手稿，论证堀田善卫在创作《广场的孤独》的过程中一方面采用了他本人作为中国遣归日侨文人的外在视角，另一方面又借用了美国作家霍华德·亨特的长篇小说《城中异乡人》的故事框架及法国作家萨特的介入文学理念，最终以此构建了旨在挑战美国对日占领的文学话语空间。《广场的孤独》是堀田善卫力图摆脱美国占领的思维禁锢、推动战后日本文学书写范式转向的一次创作实践，同时也是他之后寻找日本的“第三世界”文学方向的起点。
【关键词】堀田善卫；美国对日占领；《广场的孤独》；范式转向

郎樱对史诗理论的贡献——以突厥—蒙古史诗的比较为中心

【作　者】乌日古木勒
【单　位】中国社会科学院文学研究所
【期　刊】《民族文学研究》，2021 年，第 39 卷，第 3 期，第 70－77 页
【内容摘要】郎樱结合多年的实地调研经验、扎实的突厥语族史诗研究功底及深厚的文学理论素养，对突厥语族史诗与蒙古史诗进行了深入的比较研究。她的突厥—蒙古史诗比较观照主要体现于母题内涵和叙事结构的比较研究中，尤其是基于史诗母题开展深层文化内涵的探讨推进了前人的研究，不仅为突厥—蒙古史诗比较研究做出了重要贡献，对中国史诗的理论研究也具有一定的学术参考价值。
【关键词】郎樱；史诗学；比较研究

李攀龙、王世贞复古文风在朝鲜朝文坛的传播与影响

【作　者】韩东

【单　位】南昌大学人文学院
【期　刊】《东疆学刊》，2021 年，第 38 卷，第 4 期，第 83—91 页

【内容摘要】16 世纪末至 17 世纪初，朝鲜朝文人在中朝外交使节交流的过程中认识到李攀龙、王世贞在中国文坛的声名及其复古文学思想，并开始购买这二人的著作。其后，在朝鲜朝社会普遍存在的“慕华”思想、由此衍生出的“同文”“并世”意识，以及朝鲜朝文坛学习“秦汉古文”风尚的推动下，李攀龙、王世贞的复古理念在朝鲜朝文坛得以广泛传播。这不仅引起了散文创作风格向“艰涩”“奇僻”的转变，也促成了“秦汉古文”在散文学习范式与散文选集领域经典地位的确立。

【关键词】李攀龙；王世贞；复古派；朝鲜朝文坛；“秦汉古文”

李渔与 18 世纪日本“文人阶层”的兴起

【作　者】郭雪妮
【单　位】陕西师范大学文学院

【期　刊】《外国文学评论》，2021 年，第 2 期，第 124—143 页

【内容摘要】江户时期，随着清人商船于长崎与中国港口之间频繁往来，李渔的戏曲小说、诗文画谱陆续传入日本，流传于日本文人学者之中。虽然李渔戏曲小说传入日本的时间早于其诗文画谱，但前者在接受时间上却较后者落后近百年，这种接受时间上的倒错与江户思想史上“文人阶层”的兴起存在着错综复杂的关系。本文从李渔绘画与诗文的跨界接受这一点切入，以日本文人画名作《十便十宜图》的图像学阐释为起点，揭示李渔《芥子园画传》及《闲情偶寄》对日本文人画及文人生活美学的影响，并借由江户政治史与儒学史的交集，探讨李渔与 18 世纪日本“文人阶层”兴起之间的关系。

【关键词】江户文艺；李渔接受；隐逸思想；文人画；文人阶层

历史书写中的身份追寻与建构——2020 年阿拉伯文学动态评述

【作　者】尤梅
【单　位】北京外国语大学阿拉伯学院

【期　刊】《外国文学动态研究》，2021 年，第 4 期，第 14—21 页

【内容摘要】尽管 2020 年的文学创作与出版受新冠疫情的影响很大，但阿拉伯文坛仍不乏佳作。和 2019 年一样，历史书写依旧是这一年阿拉伯文学创作的一大主题，而且涉及的时间跨度更大，地域范围更广，写作手法更多样，思考的问题也更加丰富深入。阿拉伯作家们在对历史的反复书写中，反思过去，追寻身份，探索国家、民族乃至人类的命运。

【关键词】阿拉伯年度文学研究；历史书写；身份追寻；重生

两河流域大洪水神话体系及其影响——以《创世记》为中心

【作　者】张若一
【单　位】上海外国语大学文学研究院

【期　刊】《中国比较文学》，2021 年，第 3 期，第 165—175 页

【内容摘要】大洪水神话（The Deluge Myth）是古代两河流域最为知名的神话体系之一，其源头可上溯至公元前 4 千纪的苏美尔文明时期，经过漫长的文本演化进程，至公元前 7 世纪发展

成熟，其多个版本广泛存在于该区域的重要经典文献中，其中以神话《亚特拉哈西斯》、史诗《吉尔伽美什》等最为典型。大洪水神话亦对两河流域周边文明，特别是古希伯来文明产生了巨大影响，在其核心经典《塔纳赫》的《创世记》中，保留着一个以色列版本的大洪水神话，诸多证据表明其是对两河流域大洪水神话体系的观念性重构。该版本大洪水神话随着犹太教与基督教的发展与传播，对世界文学与文化产生了深远影响。本文以《亚特拉哈西斯》《吉尔伽美什》与《创世记》等经典文献为依据，力图系统梳理两河流域大洪水神话体系的演化进程及其影响—接受机制。

【关键词】大洪水神话；两河流域；《亚特拉哈西斯》；《吉尔伽美什》；《创世记》

柳麟锡的中国体验与东亚认识

【作　者】朴雪梅；朴美惠

【单　位】朴雪梅：延边大学朝汉文学院

朴美惠：韩国成均馆大学

【期　刊】《东疆学刊》，2021 年，第 38 卷，第 4 期，第 28－32 页

【内容摘要】柳麟锡师从朝鲜朝华西派李恒老，秉持“卫正斥邪”和“尊华攘夷”思想，是朝鲜朝末期较为典型的保守派文人。作为指导抗日救国运动的朝鲜义兵将领，他在诗文和散文中分析了东亚时事，做出了价值判断，刻画了具乌托邦功能的“中华形象”和意识形态功能的“日本形象”，并以此为基础构建了“东亚认识”。柳麟锡试图激起东亚人共同的文化记忆，激发共同的情感，完成“斥洋”话语。柳麟锡建构起来的“中国形象”和“日本形象”属于译介学中的跨文化交际在思想化、主题化、情绪化层面上的表现和反映，它无法从根本上触动本土文学的形式和话语变革，但是却为探讨文化的接受、知识的再生产及其文学化过程提供了文本。

【关键词】柳麟锡；“中国形象”；“东亚认识”；权利话语

论《柯夏玛因记》中柯夏玛因的伦理选择与悲剧

【作　者】阿莉塔

【单　位】浙江大学外国语学院

【期　刊】《文学跨学科研究》，2021 年，第 5 卷，第 4 期，第 701－708 页

【内容摘要】鹤田知也的短篇小说《柯夏玛因记》是日本文学中少有的原住民题材作品，虽然在主题和艺术性上获得了芥川奖评委的高度评价，但在学术界的关注度较低。本文借助于文学伦理学批评方法，围绕主人公柯夏玛因替父报仇及振兴民族大业的伦理主线，对他在实现抱负的过程中经历的挫折和遭遇及惨死的悲剧进行分析，由此指出该小说的伦理书写具有显著特色：以阿伊努社会遵循的伦理秩序为中心展开，展现不为人知的阿伊努社会的伦理规则和伦理观念。本文通过对这些核心文化元素的分析，揭示了小说并不复杂的故事情节下蕴含的深刻悲剧性，以及作品表达的对民族命运的思考和对武力征服侵略行径的谴责。

【关键词】《柯夏玛因记》；柯夏玛因；文学伦理学批评；复仇；历史悲剧

论《昔昔春秋》的戏编、奇构与“中体日用”

【作　者】倪晋波

【单　位】扬州大学文学院

【期　刊】《北京社会科学》，2021 年，第 8 期，第 34－43 页

【内容摘要】《昔昔春秋》是日本江户中期名儒中井履轩根据中日民间传说改编而成的汉文小说。其在“东亚认识”追随汉本土文学的过程中，凸显了“东亚认识”“中体日用”的特征：以中国经注的体制，重构民族故事；以中国文史的内容，敷衍遗逸意蕴；以中国儒学的价值，规讽当世教化。该文不仅是中井履轩“克肖盲史”的戏编和奇构，也是其独特的知性转换的文学呈现，更是日本汉文学史上别具“中国特色”的妙品。

【关键词】中井履轩；《昔昔春秋》；“中体日用”；日本汉文学

论《一千零一夜》的嵌套结构形式

【作　者】宗笑飞
【单　位】中国社会科学院外国文学研究所

【期　刊】《上海交通大学学报（哲学社会科学版）》，2021 年，第 29 卷，第 5 期，第 51－58 页

【内容摘要】与模仿说对位，形式美学倾向于追求镜像论之外的审美效果，于是文学想象，甚至幻想成为重要指向。与此同时，形式在与内容并举的二分法中占有独特意义，尤其自现代主义以来，形式成为形式美学的首要向度。而《一千零一夜》作为民间传说的集大成者，自然而然地游走于模仿和反模仿之间，其蕴涵的形式美为现代文学的形式审美提供了丰腴的土壤。本文以框架结构和嵌套结构的所来所往为例，探讨《一千零一夜》的审美形式，试图在纷纷攘攘的主义和显学之外找回一点文学研究理当持守的常规或常识。

【关键词】《一千零一夜》；框架结构；审美形式

论村上春树文学中的疾病书写

【作　者】张新
【单　位】广州大学

【期　刊】《外国文学动态研究》，2021 年，第 6 期，第 101－107 页

【内容摘要】村上春树文学塑造了诸多怪病缠身的人物形象，通过展现各种病状，观照当代人的生存焦虑，并展开对现代文明的反思和批判。这些刻画中不乏大量关于女性的疾病书写，流露出作家对女性命运的强烈关注，但是，其女性疾病书写受男权社会对女性的“他者”想象所限制，未能探索出更加理性丰满的女性形象；而其历史指涉文本中的疾病书写则隐含着转移责任追究的逻辑，切中了当代日本人渴望获得疗愈的命脉。村上文学的疾病书写过多地渲染疾病的普遍性、可怖性及无常性，难以将所描写的疾病之“丑”与“恶”导向真正的生命之“美”与“善”。

【关键词】村上春树；焦虑；疾病书写；被害者意识

论赫梯文学发展和形成的历史文化道路

【作　者】李政
【单　位】北京大学东方文学研究中心；北京大学外国语学院

【期　刊】《国外文学》，2021 年，第 2 期，第 57－66 页

【内容摘要】赫梯文明的起源和发展建立在学习和借鉴安纳托利亚本土文明和周边文明的基础上。作为一支外来迁移者，印欧赫梯人在自己的历史中通过吸收、翻译、改编乃至创造，结合

他们自身的需要，走出了一条特色鲜明的文学发展道路，这成为公元前2千纪文学发展史上的一个最为突出的成就之一。

【关键词】赫梯文学；形成发展；历史道路

论日本词律学的演进及其成因

【作　者】刘宏辉

【单　位】华东师范大学中文系

【期　刊】《东南学术》，2021年，第4期，第230—237页

【内容摘要】词在平安时代早期就已经东传至日本，但当时日本宫廷文人的唱和之作并不具备词体意识，仅仅是仿作填词的文字游戏。日本词律学肇始于平安朝中期，历经草创期、发展期、确立期、分化期等发展阶段，对词的认识也经历了从乐曲歌体、词体格式、词谱著作到词律译介与研究的发展脉络。日本词律学既依托于中国词律学，又融合其民族文化，走出了一条独特的发展道路。梳理日本词律学的演进历程，从词律学史的角度重新审视日本词律学，对词律学的发展是有启发意义的。

【关键词】词律学；词学分期；日本词律学

论五四时期鲁拜诗的翻译热潮

【作　者】熊辉

【单　位】上海交通大学人文学院

【期　刊】《广东社会科学》，2021年，第4期，第157—163页

【内容摘要】关于鲁拜诗的翻译和传播是五四翻译史上的稀有现象，但却很少被系统地研究。五四时期众多的报刊和出版社均刊登或出版了鲁拜诗，形成了外国诗歌译本在中国广泛传播的热潮。究其发生之故，则无外乎内外两种原因：从外在原因来看，是世界范围内的东方诗歌翻译热潮和中国五四时代精神的价值取向等文化因素的促成；从诗歌发展的内在角度来看，是五四时期的译诗论争和新诗形式建构等文学性因素的促成。鲁拜诗的翻译热潮与中国新诗形式艺术的发展相得益彰，前者促进了后者的成熟，后者促进了前者的传播。

【关键词】鲁拜诗；翻译热潮；翻译论争；诗歌形式

论中国小说东渐与朝鲜小说观念之揭橥

【作　者】赵维国

【单　位】上海师范大学人文学院

【期　刊】《文艺理论研究》，2021年，第41卷，第1期，第36—47页

【内容摘要】本文以高丽、朝鲜两朝的小说文献为依据，考察韩国古代汉文小说创作历史实绩，探究中国小说文本、小说文体观念观照下的高丽、朝鲜早期小说观念。随着《太平广记》《剪灯新话》等小说文本在朝鲜半岛的广泛传播，朝鲜前期的士子文人开始重视小说，认知小说文体。徐居正、李承召等人承继儒家小说观念，提出了“滑稽说”“补史说”等理论，不仅奠定了朝鲜小说理论发展的基础，也揭橥小说文体已成为朝鲜文学创作中的重要文体之一。

【关键词】中国小说文本东传；中国小说观念东渐；朝鲜早期小说观念

民族主义风潮中的《一千零一夜》

【作　者】宗笑飞
【单　位】中国社会科学院外国文学研究所
【期　刊】《国外文学》，2021 年，第 2 期，第 67－75 页
【内容摘要】《一千零一夜》在 18 世纪初被翻译成法语后，为欧洲文学由古典主义向浪漫主义的转型提供了契机和素材，众多移译本对东方国家的形塑也契合了欧洲民族主义的发展乃至殖民扩张的意识形态和文化需求，而它回归东方的过程，也无疑体现了阿拉伯世界民族主义思潮的发展。本文不仅回溯了这一过程，并对它在阿拉伯世界重生的诸多面向进行了呈现与分析，同时对其中应注意的问题陈述了一得之见。
【关键词】《一千零一夜》；民族主义；他者；异质；抵抗式书写

南望眼：明人出使越南专集

【作　者】冯小禄
【单　位】云南师范大学文学院
【期　刊】《北京社会科学》，2021 年，第 11 期，第 31－40 页
【内容摘要】作为一路向南进行跨国文学旅行的专门载体，明人出使越南专集（使越专集）当初至少有 21 种，是明代文学由境内向境外延伸的重要类型，具有突出的旅行书写特征。它是中原人观看岭南的窗口，可借之研究岭南从“瘴乡”到“桃源”的“异地”镜像演进。固执的内地化称名、宣德割弃的遗恨和南明安南形象的颠覆，典型地体现了明人既想占据又怕烫手，既亲近又痛恶的安南情结。而明朝与安南的文学交往，本质又是并不平等的宗藩交流，是对有差序的宗藩关系的训诫与角色确认，充满了礼仪、政治的默契与交锋。
【关键词】使越专集；南望眼；岭南镜像；安南情结；宗藩交流

能指丛·科外幻·元小说——《自指引擎》何所指

【作　者】郭伟
【单　位】北华大学外国语学院
【期　刊】《外国文学动态研究》，2021 年，第 3 期，第 96－102 页
【内容摘要】日本作家圆城塔的小说《自指引擎》与典型意义上的科幻小说迥异其趣。一方面，作品文本将不同学科的各式话语并置一处，勾连成异趣横生的能指星丛；另一方面，作品的故事弥漫着溢出理性框架的“科外幻”意蕴。与此同时，作品的叙事故意随处暴露虚构的痕迹，令其成为一部戏谑自指的元小说。这几项特质相互交织，吸引着读者沉浸于阅读与狂想的乐趣之中。
【关键词】《自指引擎》；圆城塔；能指丛；“科外幻”；元小说；虚构

盆石卧游：日本五山禅僧对苏轼诗的接受

【作　者】罗宇
【单　位】北京师范大学文学院
【期　刊】《外国文学评论》，2021 年，第 2 期，第 98－123 页

【内容摘要】经由日本《四河入海》的注释，苏轼诗中的“卧游”概念融入五山文学之中，给禅僧创作盆石诗文带来了灵感与动力。从物质层面来说，五山禅僧卧游的观察对象是日本所制的盆石，但其所怀想的实景却多为中国山水；从文学层面来说，禅僧卧游盆石的指归多为修行禅法，禅理交融的状态时常渗入诗歌创作中。

【关键词】五山文学；苏轼；卧游；盆石

齐物·无为·物化——深层生态学视域下韩国生态诗歌中的道家思想

【作　者】邵薇

【单　位】广州大学人文学院

【期　刊】《湘潭大学学报（哲学社会科学版）》，2021 年，第 45 卷，第 6 期，第 129－133 页

【内容摘要】韩国生态诗歌自 20 世纪 90 年代以来，呈现出整体性的“道家转向”现象，这一方面源于韩国生态诗歌自身提升思想性与文学性的内在需要，另一方面源于西方生态思潮，特别是激进环境主义思潮中最重要的流派——深层生态学的影响。20 世纪 70 年代出现于西方的深层生态学思想广泛汲取了道家文化中的精神资源。韩国生态诗歌同时吸收了道家生态智慧和深层生态学思想，是古今、东西跨时代、跨文化、跨文明交流的重要载体。韩国生态诗歌中体现的“齐物”“无为”和“物化”思想，分别从生成论、关系论和实践论层面反映了道家哲学的世界观、审美观和养生观。“齐物”“无为”“物化”所指向的万物平等、互惠共生、自我实现原则，蕴含着丰富的深层生态学内涵，但同时体现了一种更为彻底的超越人类中心主义的精神和真正的本体论层面的平等意识。

【关键词】“齐物”；“无为”；“物化”；道家思想；深层生态学；韩国生态诗歌

人类命运共同体建构：《人类灭绝》的叙事伦理

【作　者】陈世华；李红

【单　位】南京工业大学外国语言文学学院

【期　刊】《当代外国文学》，2021 年，第 42 卷，第 2 期，第 84－90 页

【内容摘要】当代日本著名作家高野和明酝酿十年之久的超级科幻巨作《人类灭绝》，营构了不同文明视域下、相似性伦理环境下人类主体的伦理诉求。本文运用叙事学和文学伦理学相结合的方法，考察新人类与现代人类的伦理选择、伦理现场中逐渐被淡忘的历史记忆及伦理秩序建构的过程，揭示人类命运共同体宏大叙事建构中体现出的叙事伦理多元化倾向。高野借用乌托邦式文明的形塑，批判了现代人类的悖德意识，以还原历史真相的手法凸显出反战的伦理立场。“新人类”的人性之善，与人类命运共同体的建构互为表征，共同勾勒出人类的一体性中熠熠生辉的人性光芒，作品的道德指引和道德教诲价值得到了良好诠释。

【关键词】高野和明；《人类灭绝》；乌托邦；叙事伦理；人类命运共同体

日本“后 3·11”反乌托邦小说《献灯使》

【作　者】秦刚

【单　位】北京外国语大学北京日本学研究中心

【期　刊】《外国文学动态研究》，2021 年，第 2 期，第 29－39 页

【内容摘要】在日本“后 3·11 文学”书写中，不同程度地融合了科幻小说风格，描绘核灾难

发生后的未来世界的反乌托邦小说纷纷涌现，多和田叶子的《献灯使》即为其中声誉最高的一部。在这部以21世纪末的日本为背景的小说中，作者将语言作为解构荒诞现实、抗击极权专制的重要场域，多方位开掘日语的表现力，建构出小说中灾厄世界的一缕救世之光——“献灯使”派遣计划，并塑造了具有新型智慧和世界公民潜质的最佳候选者的形象，让这篇反乌托邦小说具有了乌托邦思想的底色，这是对反乌托邦小说旧有范式的突破，可视为“后3·11文学”中具有创新性的“批判式反乌托邦”小说。

【关键词】多和田叶子；《献灯使》；“后3·11文学”；反乌托邦小说

日本国生神话中“女人先言不良”观念新解

【作　者】占才成
【单　位】华中师范大学外国语学院
【期　刊】《外国文学研究》，2021年，第43卷，第5期，第127－138页
【内容摘要】日本国生神话中“女人先言不良”观念历来被学界认为是中国儒家“夫唱妇随”“男尊女卑”思想影响的结果。然而，仔细分析可知其疑点颇多，应重新讨论。回归到日本上古社会，并结合《周易》及其注释书阐释的古代婚姻“男下女”仪礼，可以得出：日本国生神话中的“女人先言不良”并非只是“夫唱妇随”“男尊女卑”思想影响的结果，该观点与日本上古社会现实不吻合，也可能是《周易》“男下女”婚姻仪礼及占卜之术影响的结果。对日本国生神话中“女人先言不良”的重新解读，可为我们探索日本上古时代婚嫁习俗，讨论中日文学文化的交流与影响关系，提供一个新的研究视角和方向。
【关键词】记纪文学；国生神话；“女人先言不良”；《周易》；“男下女”

日本后现代文学之“中国印记”

【作　者】佟姗
【单　位】淮阴工学院
【期　刊】《青海社会科学》，2021年，第5期，第183－187页
【内容摘要】20世纪末，日本文化出现了反传统理论的倾向，随着欧美国家后现代主义的渗透，日本后现代文学日益兴盛。中国“事、情、人、物”成为日本后现代文学创作的重要元素，“中国印记”在日本后现代文学史上占有重要的地位。中国元素构成日本作家创作主题，中国作家带给日本作家创作灵感，中国之行生成日本作家创作素材，总之，中国文学作品在一定程度上助推了日本文学，尤其是日本后现代文学的发展。
【关键词】后现代；日本；“中国印记”

日本口承文艺研究的理论、方法与走势

【作　者】陆薇薇
【单　位】东南大学外国语学院
【期　刊】《民族文学研究》，2021年，第39卷，第2期，第137－150页
【内容摘要】中国学界较为关注柳田国男的民间文学研究，但对于日本民间文学的其他研究路径却不甚了解。事实上，在日本民俗学的初创期，口承文艺（民间文学）研究是日本民俗学研究的重要组成部分，除柳田国男外，折口信夫、南方熊楠等著名民俗学者也在口承文艺领域建

树颇丰。之后，由于日本民俗学界重民俗学轻民间文学的研究倾向，以关敬吾为首的一批学者，只好另外成立了有别于日本民俗学会的独立学术组织——日本口承文艺学会，积极推进口承文艺的国际比较研究，并对柳田国男的研究方法进行了反思和超越。近年来，日本口承文艺研究形成了朝向当下的都市传说研究、讲述人研究、灾害传承研究等研究趋向，值得我们关注和借鉴。

【关键词】口承文艺；民间文学；日本民俗学

茹帕·巴吉瓦《纱丽店》：浮华遮蔽下的印度苦难

【作　者】陈嘉豪
【单　位】河北师范大学
【期　刊】《外国文学动态研究》，2021 年，第 2 期，第 108－114 页
【内容摘要】印度英语作家茹帕·巴吉瓦的小说《纱丽店》围绕西瓦克纱丽屋展开叙事，串联起阿姆利则不同阶层之间的差别与对立，凸显了印度底层民众所遭受的来自阶层与传统文化的双重压迫与暴力。作品契合了斯皮瓦克的“底层人”等理论探讨，对印度底层群体苦难与失声现状进行了多维度的挖掘，并将湮没于上层秩序及暴力的黑暗与绝望公之于众。
【关键词】茹帕·巴吉瓦；《纱丽店》；“底层人”；印度英语小说

身体的改写与重置——论金原瞳小说里的后现代伦理表达

【作　者】陈晨
【单　位】上海师范大学外国语学院
【期　刊】《当代外国文学》，2021 年，第 42 卷，第 4 期，第 74－82 页
【内容摘要】金原瞳是日本新生代作家中相当多产的一位。她擅长采用多视角及多线叙事，通过刻画略显偏执、间歇性精神错乱的女主人公形象，呈现出一个充满矛盾与不确定性的后现代伦理世界。后现代伦理基于身体，寻求的是多维时空中生命经验的解辖域、去层化。金原瞳小说里反复出现的，对身体进行技术改造（舌洞）、对“情欲”“母性”等身体经验进行改写与重置的书写，包蕴着深层的后现代伦理拷问，并由此形成一股难以抗拒的文学张力。其近作《一无所有》作为一部典型的震灾后文学作品，将伦理身体介入灾害叙事，从而完成了一场性别化的、对“3·11”震灾记忆的镜像反观，呈现出此前作品不曾有的聚焦现世冲突的伦理关怀，是对如何从伦理层面观照灾害书写问题的有力揭橥。
【关键词】金原瞳；身体；后现代伦理；“3·11”东日本大震灾；灾害书写

圣经文学研究的新突破——评杨建的《从〈旧约〉向〈新约〉的文学嬗变研究》

【作　者】刘建军
【单　位】上海交通大学外国语学院
【期　刊】《外国文学研究》，2021 年，第 43 卷，第 6 期，第 165－169 页
【内容摘要】杨建教授的新书《从〈旧约〉向〈新约〉的文学嬗变研究》全面考察了国内外圣经文学研究现状，立足于当代圣经学术前沿提出问题，以丰盈绵密的《圣经》引文为依据，坚持从研究资料和文本分析中引出观点，从两约比较中得出了很扎实的结论。该书是圣经文学研究的新突破，主要体现在以下三个方面：第一，建立了中国学者两约比较研究新体系；第二，

提出了一些较有学术价值的新观点；第三，有助于《圣经》相关学术领域的研究。
【关键词】《从〈旧约〉向〈新约〉的文学嬗变研究》；圣经文学；文学嬗变

石川达三的“间性空间”与战争创伤叙事

【作　者】张芳馨
【单　位】吉林大学文学院
【期　刊】《学习与探索》，2021 年，第 1 期，第 168－173 页
【内容摘要】本文以第三空间理论、创伤理论为基础，探究石川达三战争题材作品中充满差异性、复杂性的“间性空间”。在这类空间中，作者对战争中、战争后主体的“心理创伤”“道德创伤”及“身份创伤”进行描绘，表现出残酷的战场对人肉体和心理的直接冲击；战争侵略者对“自我”与“他者”之间关系的不确定性及对“自我”的质疑，在一定程度上帮助社会实现了对战争空间和参战者身份的复原。作者对“间性空间”的构建并据此展开的叙事，体现出作者作为现实主义作家强烈的社会责任感。
【关键词】石川达三；“间性空间”；创伤叙事；战争叙事

试论日本“不良”文学

【作　者】马冰
【单　位】北华大学东亚历史与文献研究中心
【期　刊】《外国文学动态研究》，2021 年，第 5 期，第 113－118 页
【内容摘要】战后日本社会兴起的“不良”文化近 20 年来的衰弱之势不言而喻，但“不良”风格的人物角色、形象要素及“不良”主题却逐渐渗透到日本文学及其他形式的艺术作品中。以作者个人经历为基础创作的自传性“不良”文学作品和其他“不良”主题的文学作品中充斥着内心情感的自我暴露和自白，因此明显地带有私小说性质。作为一种亚文化的“不良”文学在与主流文学相抗衡时，因始终带有“下位”标签，其文学性几乎从未得到正视，但是固化的“不良”视觉要素使“不良”文学逆“不良”文化式微趋势而得以存续。在当今网络文化盛行和图像时代发展的趋势下，“不良”文学的时代意义值得重新思考。
【关键词】“不良”文学；“不良”文化；私小说；亚文化

溯源与反思——阿拉伯小说中的“9・11”叙事

【作　者】黄婷婷
【单　位】四川外国语大学东方语言文化学院
【期　刊】《外国文学动态研究》，2021 年，第 5 期，第 50－58 页
【内容摘要】“9・11”事件之后，阿拉伯作家们创作了许多相关主题的小说。在直接取材于这一事件的小说《天堂之风》《第二十号恐怖分子》和《星期二男人的传说》中，作家们通过淡化暴力叙事、采用恐怖分子视角的策略，挖掘了引发“9・11”事件的历史根源，考察了普通青年蜕变为恐怖分子的现实动因，并在作品中呼唤理性反思，倡导与时俱进的宗教观，为我们深入了解恐怖主义的复杂成因和全面认识当代阿拉伯社会提供了有益启示。
【关键词】“9・11”；《天堂之风》；《第二十号恐怖分子》；《星期二男人的传说》

泰国对华人群体“中国性”认识的嬗变——以泰国文学中的华人形象为例

【作　者】金勇
【单　位】北京大学外国语学院；北京大学东方文学研究中心
【期　刊】《东南亚研究》，2021 年，第 2 期，第 135－152 页
【内容摘要】本文从泰国文学入手，通过分析不同时期泰国文学作品中呈现的华人及中国形象，探讨泰国华人群体的“中国性”问题。泰国政府对华人“中国性”的态度经历了从前现代时期的漠视，到民族主义时期视其为“泰国性”的竞争性“他者”，再到冷战时期视其为意识形态的威胁，及至崇尚多元化的当代全球化时代，以宽容、开放的心态对其泰然视之的过程。在这个过程中，华人身上的“中国性”也在不断嬗变，从最初区隔于主体社会之外，到对抗、同化，再到逐渐形成双重认同，最终融入泰国社会，成为社会主体人群，并形成了“华泰杂糅”的新华人文化，逐渐发展为一种“泰华性”。它既有别于传统泰民族主义的狭义的“泰国性”，也不同于基于中国本位的“中国性”，实际上是当代新“泰国性”的一种表现形式。
【关键词】泰国；华人；“中国性”；“泰华性”；泰国文学；华人形象

体验与想象——殖民地朝鲜京城帝大知识分子的“三人三色”北京体验

【作　者】王艳丽
【单　位】吉林大学外国语学院
【期　刊】《东疆学刊》，2021 年，第 38 卷，第 4 期，第 12－18 页
【内容摘要】作为殖民地时期朝鲜半岛唯一的高等学府京城帝国大学的精英知识分子，辛岛骁（日本人，教授）和金台俊、裴澔（朝鲜人，弟子）都曾留下有关北京体验的文本。三名知识分子具有相似的“空间”和学识背景，但在身份认同和价值取向方面却不尽相同，因此各自笔下的北京观感也呈现出既重叠交叉又各有不同甚至矛盾对立的复杂特征。辛岛骁从相对客观的视角描述北京的“矛盾性”，借以表现自我认知与现实中国之间的反差；金台俊从左翼知识分子视角去捕捉北京的“革命性”，从而构建反映自身政治文化立场的乌托邦；而裴澔的北京观感更具殖民地知识分子的普遍特征，充满了自我与他者的矛盾和游离。
【关键词】殖民地朝鲜；辛岛骁；金台俊；裴澔；北京体验

文体的东传还是制度的东传：日本律赋发端考

【作　者】冯芒
【单　位】鲁东大学外国语学院
【期　刊】《外国文学评论》，2021 年，第 4 期，第 95－114 页
【内容摘要】日本律赋的出现与唐代以赋取士的考赋制度之间到底有无关系，学界向来未有详明的考辨，而从律赋之程限入手或是解决这一问题的捷径。律赋程限可细分作“限韵”“限序”“限字”“限时”四项，限字与限时是省试赋在程限上区别于其他律赋的重要标志。开日本律赋之先河的都良香正是比照唐省试而作《生炭赋》。本文认为，日本律赋的产生体现了日本人取法于唐的思想意识，它虽突出表现为文体东传这一文学现象，但同时也是以赋取士这一制度东传的结果。
【关键词】日本律赋；程限；限字；限时；唐制

文学记忆中的“人类命运共同体”——2020年日本文坛研究

【作　者】陈世华
【单　位】南京工业大学外国语言文学学院
【期　刊】《外国文学动态研究》，2021年，第3期，第5－13页
【内容摘要】2020年，在重大疫情面前，任何一个国家都难以独善其身，人类共同面对的灾难和共克时艰的合作，使得全世界都认识到“人类命运共同体”的深刻内涵。疫病勾起了日本作家对战争、震灾和疾病等灾害和问题的记忆及人性思考；越境文学作家在此特殊年份也用自己的方式践行着对人类命运共同体的思索；在人类共同面对灾难时，部分作家创作了反乌托邦文学抑或马克思主义文学作品来揭露日本社会存在的思想管制、排外思想、性别歧视等现象；女性作家作品在国际舞台上频获大奖，年轻作家获得日本文坛重要奖项，他们以文学的形式深刻思考着社会现实。
【关键词】日本年度文学研究；“人类命运共同体”；疫病；战争；越境文学；马克思主义文学

无声者的生态悲歌——读《苦海净土：我们的水俣病》

【作　者】陆薇薇
【单　位】东南大学外国语学院
【期　刊】《东南大学学报（哲学社会科学版）》，2021年，第23卷，第5期，第127－133页
【内容摘要】《苦海净土：我们的水俣病》是日本作家石牟礼道子的代表作。水俣病是日本四大公害病之一，也是人类史上首例因环境污染物进入食物链而引发的疾病。石牟礼从这一真实事件出发，细腻地刻画出“奇病”给水俣及水俣人带来的灾难。然而，更重要的是，作者对社会弱势群体极为关注，通过“道子体”完成了对女性主义思想、平民视角的生态身份认同及水俣病患者当事人主权意识的建构，为该时代的无声者唱响了一曲生态悲歌，也为我们当下批判日本的核废水排放行径提供了重要的参考依据。
【关键词】《苦海净土：我们的水俣病》；石牟礼道子；日本女性文学；生态身份认同；当事人主权

戏拟之间：日本汉文假传集《器械拟仙传》的叙事张力

【作　者】卞东波
【单　位】南京大学文学院
【期　刊】《文艺理论研究》，2021年，第41卷，第1期，第26－35页
【内容摘要】《器械拟仙传》是日本现存唯一一部汉文假传集，该书用“以史为戏”和“以物为人”的方式为日常生活中的35种器物一一作传。这些假传的叙事一方面紧扣传记主人公器物的特性，另一方面又突出传主“归隐”和“升仙”的面向，明显受到中国高士类、神仙类杂传的影响。这些假传深受中国叙事文学的影响，同时也体现了日本文化的元素，用了不少日本的意象和语汇。《器械拟仙传》对于东亚汉文假传文学之研究，以及假传在东亚之流传，都颇具价值。
【关键词】假传；《器械拟仙传》；戏拟；叙事

现代文学之终结？——柄谷行人的设问，以及“文”之“学”的视角

【作　者】林少阳

【单　位】香港城市大学中文及历史学系
【期　刊】《文学评论》，2021 年，第 1 期，第 125－134 页
【内容摘要】在汉字圈的言文一致运动背景下，中日共同面临在与西方学术相遇过程中定义“文学”的问题，而章太炎和夏目漱石广义的“文学”观都超越了以小说为中心，以“排他性白话文”为基础的现代“文学”概念。随着民族国家建构的完成，“现代文学”主体形塑使命弱化。只有扩张“现代”和“文学”的概念，才能释放“文学”之巨大可能。
【关键词】现代文学；起源与终结；汉字圈；“文”；柄谷行人；章太炎

小森阳一：战争年代与夏目漱石（在东京大学的最后一堂课）

【作　者】小森阳一；许砚辉
【单　位】北京语言大学中华文化研究院
【期　刊】《外国文学动态研究》，2021 年，第 6 期，第 150－159 页
【内容摘要】2019 年 3 月 8 日，小森阳一教授在东京大学讲授退休前的最后一堂课，本文根据小森教授的此次演讲整理而来，讲述了作者从事夏目漱石研究的学术经历。以 2004 年出任“九条会”事务局局长，投身维护和平宪法运动为契机，小森阳一深入思考了夏目漱石如何书写战争，并结合小说文本进行了具体分析，指出夏目漱石生活在战争频仍的年代，战争是贯穿其一生的创作主题：《后来的事》中的长井得借助与国家权力的关系成为大资本家；小说《心》中的先生悲剧的时代背景是日本取得了甲午战争的胜利，获得了巨额赔款；《三四郎》再现了时人逃避兵役的手段。漱石的小说连载于报纸，他以巧妙的手法充分利用这一媒介属性，将虚构的小说叙事嵌入真实的历史之中，向读者传递和表达其反对战争的思考与立场。
【关键词】夏目漱石；战争；明治时期；《后来的事》；《心》；《三四郎》

兴起与幻灭——日本大正时期文学作品中的“中国情趣”

【作　者】王晓寒；孙九霞
【单　位】王晓寒：澳门科技大学社会和文化研究所
　　　　　孙九霞：中山大学旅游学院
【期　刊】《河南大学学报（社会科学版）》，2021 年，第 61 卷，第 5 期，第 91－96 页
【内容摘要】大正时期是日本对中国历史文化再认识的一个过渡阶段，在日本文学界有许多重要作家亲身前往体验现实中国，兴起了所谓“中国情趣”的热潮。在此过程中，日本文学界对中国的认识，从对中国古典思想与文化的憧憬，或转变为带有殖民色彩的猎奇，或走向了“幻灭”转而寻求“日本情趣”，或形成了脱胎于中国文化而表现现代自我的崭新主题。以谷崎润一郎、芥川龙之介、佐藤春夫、中岛敦等日本作家为例，归纳这一时期日本文坛“中国情趣”的种种表象，对富于“中国情趣”的日本作家们的创作特点及价值选择进行解读，可以看出这一文化现象从兴起到逐渐幻灭的过程。
【关键词】大正时期；“中国情趣”；兴起；幻灭

虚拟梦境中人的迷失与超越——以日本科幻《盗梦侦探》为中心

【作　者】丁卓
【单　位】吉林外国语大学

【期　刊】《国际比较文学（中英文）》，2021 年，第 4 卷，第 4 期，第 739－751 页

【内容摘要】20 世纪 70 年代虚拟技术逐渐成熟，科幻文学也随之表现虚拟世界。虚拟世界指虚拟技术根据现实所生成的仿真情境，虚拟世界科幻是以虚拟技术为基础，通过虚拟现实和虚拟梦境两种题材，在现实世界和虚拟世界转换中探索生命意识的科幻文学亚类型，其中虚拟梦境题材更集中地反映人的迷失和超越。所谓“迷失”，指意识陷入虚拟与现实的困惑中，人丧失了对生命意识的把握；所谓“超越”，指人超脱迷失状态，对自身在虚拟世界中生命意识的重塑和创造。日本作家筒井康隆的《盗梦侦探》在虚拟世界与现实世界的交融中，揭示了人处于“我在哪”“他是谁”“归何处”的三重迷失状态，并从虚拟与现实的真伪纠结、自我和他者的认知矛盾、纵欲和疗愈的梦境改造中探索超越之路，在“虚实平等”“第三视角”“心灵疗愈”等三方面启发人对生命意识的重新发现。

【关键词】虚拟梦境；虚拟世界；科幻；迷失；超越；《盗梦侦探》

英殖民时期缅甸国内的英缅族群关系研究——以奥威尔的《缅甸岁月》为中心

【作　者】刘权
【单　位】贵州财经大学文学院

【期　刊】《思想战线》，2021 年，第 47 卷，第 6 期，第 43－49 页

【内容摘要】1824 年至 1885 年期间，英国通过 3 次侵缅战争使缅甸沦落为英属印度的一个省，缅甸自此开启了 60 多年被殖民统治的历史。英国对缅殖民政策主要包括分而治之、以印治缅、以缅治缅、间接统治等，这些政策的实施在一定程度上造成了缅人内部的分化与对立，并致使缅甸国内的英缅族群关系呈现出多重面向。具体而言，缅人中的精英群体在殖民统治中成为既得利益者，他们与英国统治者结成了某种形式的合谋与互惠的关系；处于社会底层的缅人则是反英殖民统治的核心主体及中坚力量，他们与英国统治者的关系主要表现为对立和冲突。《缅甸岁月》是奥威尔的重要代表作，其以作者在英属缅甸的生活经历为基础，较为真实地反映了殖民时期缅甸国内的社会现实与政治生态，具有较强的民族志色彩。英缅族群关系是《缅甸岁月》的核心主题之一，该作品既呈现了当时英国人对东方的认知和理解，也刻画了缅人对殖民者的多重态度与复杂情感。

【关键词】英属缅甸；英缅族群关系；以缅治缅；《缅甸岁月》

永井荷风《断肠亭日乘》中的“现代日本”批判

【作　者】王升远
【单　位】复旦大学外文学院

【期　刊】《外国文学研究》，2021 年，第 43 卷，第 6 期，第 105－116 页

【内容摘要】永井荷风在战时的缄默抵抗实则保持了其对“现代日本”一贯的文明批判、政治批判姿态。荷风的日记《断肠亭日乘》记录了他对大正和昭和时代日本民风世情的尖锐批判，这一批判又内隐着两个维度：其一，近代以降，城乡人口交杂、都市文化变迁使得这位幕府遗民感到不适，大众文化兴起、革命风潮起伏让他感到厌恶和恐惧，蛰伏以对；而引江户时代的前贤为航灯更暗示着避世姿态乃是他在政治重压下的无奈与消极抵抗。其二，荷风反复强调“二·二六事件”等政治事件对民风之变的重要影响，将政党腐败、军阀横暴与个人觉醒视为“现代日本”的三个弊病，并将后者视为前二者之根源，却无视政治制度自上而下对社会秩序、世情民风强大的塑造功能，未能揭示在天皇制的国体框架下各方力量之间相互牵制、此消彼长

的力量关系，以及由此生成的动态不确定性，如此便难以觅见“现代日本”走向崩溃的历史性形成过程及其政治、思想根源。

【关键词】永井荷风；《断肠亭日乘》；“现代日本”；文明批判；政治批判

由借鉴到融合——日本早期马克思主义理论背景下的无产阶级文学

【作　者】朴银姬
【单　位】延边大学朝汉文学院
【期　刊】《国外文学》，2021 年，第 3 期，第 41－48 页
【内容摘要】在日本近代文学史的特定语境中，无产阶级文学显示了其作为思想方法的普遍性和特殊性。日本明治后期以来的无产阶级文学运动是在回应同时代危机的态势中发芽、开花和结果的，这种危机迫使无产阶级作家必须跨出自身的知识脉络，关注到同时代的政治与社会议题。这在一方面促使无产阶级作家在文学创作中保持无产阶级思想活力，另一方面，这些思想性的表露往往导致他们遭受牢狱之苦。日本无产阶级文学的文本属性离不开马克思主义理论在日本的早期传播。因此，本文基于借鉴与融合的视角揭示了马克思主义在日本引入和传播的原因及其渠道，并在此基础上探讨无产阶级文学与早期马克思主义理论的逻辑关系，为日本无产阶级文学研究提供了一种新的思路。
【关键词】日本无产阶级文学；日本早期马克思主义；借鉴；融合

再论勇士故事与英雄史诗的关系

【作　者】仁钦道尔吉
【单　位】中国社会科学院民族文学研究所
【期　刊】《民族文学研究》，2021 年，第 39 卷，第 3 期，第 40－44 页
【内容摘要】英雄史诗的起源、形成与发展是极其复杂的问题。因主题、情节等方面的某些相似性特征，勇士故事与英雄史诗有时候难以区分，但勇士故事是有别于英雄史诗而独立存在的文类，这一点毋庸置疑。本文基于田野调查和相关学术研究成果，进一步阐述了勇士故事与英雄史诗的联系与区别，并在对家庭斗争型史诗这一特殊类型史诗的形成问题进行多方面考证的基础上，再次强调家庭斗争型史诗是在同样内容的勇士故事的基础上形成的观点。
【关键词】勇士故事；家庭斗争型英雄史诗；主题；情节

占领时期盟军司令部对日本文学界的审查与改造——以 1946—1948 年的书籍没收工作为线索

【作　者】徐茜
【单　位】南京理工大学外国语学院
【期　刊】《外国文学评论》，2021 年，第 1 期，第 33－61 页
【内容摘要】近年来，日本学界有关战后盟军总司令部（GHQ）对日本文坛的审查的研究，多以“占领（加害）/ 被占领（受害）”二元模式展开。然而，一方面，通过对一手文献的广泛钩稽和整理可知，包括没收书籍计划在内的文学审查是在盟国、GHQ 内部新政派与保守反共势力的复杂博弈之中展开的；另一方面，战时严酷的言论管制惯性在战后的日本社会依然倔强地延续，并在审查工作中被重新激活，而社会各相关部门基于“自我审查”意识，对没收指令产生“过敏”反应，从而导致了没收工作的失控。本文以书籍没收工作中 GHQ 和日本当局的双向、

多边互动关系为线索，考察战后初期以美国为首的盟军作为外来的异质性因素如何介入对日本文学的改造，为理解战后日本文学的发生与发展提供另一历史视角。
【关键词】GHQ 文学审查；“加害/受害”二元模式；战后日本文学；没收书籍

战争时期日本知识分子的精神结构与战争认识——从加藤周一《羊之歌——我的回想》谈起

【作　者】庄焰
【单　位】中国社会科学院外国文学研究所；中国社会科学院文学理论研究中心
【期　刊】《外国文学动态研究》，2021 年，第 6 期，第 74－81 页
【内容摘要】在半生回忆录《羊之歌——我的回想》中，加藤周一描述了 20 世纪 20 年代末到 1968 年日本的社会生活样貌，并批判性回顾了自己及周围知识分子对法西斯政权和侵略战争的态度。因此，《羊之歌——我的回想》是一本自个人视角评述日本人战时战后意识形态的重要回忆录。本文将回忆录中加藤对战时日本人，尤其是对知识分子的战争认识的描述，与他在同时期其他批评文章中对支持侵略战争的日本知识分子的精神结构的批评相结合，分析并呈现加藤对日本知识分子阶层错误战争认识的精神根源的探究。
【关键词】加藤周一；《羊之歌——我的回想》；反法西斯；日本知识分子；战争认识

中国“东方学”的起源、嬗变、形态与功能

【作　者】王向远
【单　位】广东外语外贸大学东方学研究院
【期　刊】《人文杂志》，2021 年，第 6 期，第 37－46 页
【内容摘要】在中国学术史上，“东方”既是学术研究的对象与领域，也是包含着东方文化、东方文明、东西方文明关系、东西方文明比较等内容的基本概念。从中国古代的“中国”观及“东方”意识的起源，到近代“东方”观念的形成，再到现代“东方学”学科概念的确立，形成了一部源远流长的中国“东方学”的学术思想史，以及国别东方学、区域东方学、理论东方学三种主要的学术形态。中国“东方学”在东方各国杂多语种专业的整合、超学科综合研究与比较研究、“作为方法的东方”的方法，以及“应用东方学”的现实介入等方面，可发挥独特的学术文化功能。
【关键词】“东方学”；中国“东方学”；国学；东方；西方

中国当代印度文学翻译传播五大家

【作　者】郁龙余；朱璇
【单　位】深圳大学印度研究中心
【期　刊】《深圳大学学报（人文社会科学版）》，2021 年，第 38 卷，第 2 期，第 14－22 页
【内容摘要】中印文化交流史上，古有四大译经家鸠摩罗什、真谛、玄奘、义净，名垂青史；今有翻译传播五大家，承前启后，功绩卓著。治中外文化关系史者，不可不知。季羡林，中国首席、世界扛鼎的印度学家、翻译家，无他则中国当代翻译史须重写；徐梵澄，被印度国宝学者金德尔称为“一代骄子”，是“创译”的成功践行者；金克木，“神似”与“形似”相结合的最佳翻译家，印度大史诗和梵语诗学汉译的奠基人；刘安武，印度印地语文学汉译的准绳，普列姆昌德研究的权威；黄宝生，中国梵语诗学研译的新里程碑，梵汉佛经对勘大师，世界杰出

梵文学家。这五大家有四大贡献：继承了中华民族的优秀翻译传统与优秀译风，极大地丰富了中国翻译文献宝库，培养熏陶了一批著名翻译家，他们坚韧不移的学术品格与精进不已的治学精神启发了后学。他们不负时代，弘毅不止，必将显闻四方，留声后胤。

【关键词】印度文学；翻译传播；梵语诗学；印地语文学；“创译”

中国古代“外国志记”与亚洲视域之形成

【作　者】王向远
【单　位】广东外语外贸大学东方学研究院
【期　刊】《江西社会科学》，2021 年，第 41 卷，第 4 期，第 108－117 页
【内容摘要】佛教入中国以后，“华夏—四夷”的“中国中心”观被印度的“洲”及“四国”世界观所冲击，形成了有别于“四夷”的“外国”视域，并以“志”“记”（合称“志记”）的撰著形式加以呈现。各时代“外国志记”及外国视域的依托背景各有不同。晋唐时代主要依托佛教，宋元时代主要依托国际贸易，明代（前期）主要依托政治外交。晋唐时代求法僧“志记”所呈现的主要是中亚南亚的“佛国”，宋元明时代的“外国志记”所呈现的是东亚、东南亚、南亚、中东地区通商各国，都属于“亚洲—东方”世界，而对西方（欧美）世界则记之甚略、知之甚少，因此，上述“外国志记”中呈现的并非完整的世界视域，而只是“亚洲（东方）视域”。这也是我们把“外国志记”与“中国的东方学”联系起来加以关联考察的理由。从中国的东方学史的角度看，这些“外国志记”构成了中国东方学的史前史形态。
【关键词】“外国志记”；亚洲视域；东方学史；中国的东方学

作为“反应装置”的战争和作为“认知装置”的“战后”——为日本战争文学研究再寻坐标的尝试

【作　者】王升远
【单　位】复旦大学外文学院
【期　刊】《社会科学研究》，2021 年，第 2 期，第 59－65 页
【内容摘要】逻辑预设、理论工具和认识装置之趋同，使得近年来中国的日本战争文学研究出现了不容忽视的“同温层效应”。为使该领域研究能在更开阔的空间中走向深广，本文提出以下三个观念维度：其一，应以“江湖文学史”的观念重审昭和文学史的史述逻辑，以“影子研究”的方法，以德意诸国同类文学为参照系，为日本战争文学建立有效的世界坐标；其二，可将“战后”视作历史后视镜般的认知装置，以一种时间维度重新照亮战争与日本文学、思想、社会的过往，在“知其然”的基础上，反推其“所以然”，展望“将若何”；其三，有必要在同时代日本文坛内部建立起侪辈间可资参照的坐标，描绘战时文学家时局因应的多色光谱，并据此考察在极端语境下的文学家、异态时空中的人，使日本战争文学研究在政治与文学、暴力与文明、战争与人的复杂关系层面上成为一种更具普遍意义的思想资源。
【关键词】“反应装置”；“认知装置”；战争；战后；战争文学

作为日本精神史事件的“鲁迅”与“李贽”

【作　者】朱捷
【单　位】南京邮电大学外国语学院；南京大学外国语学院

【期　刊】《中国现代文学研究丛刊》，2021 年，第 10 期，第 182－195 页

【内容摘要】第二次世界大战期间，日本著名小说家太宰治与尚未成名的中国思想史家岛田虔次分别以“鲁迅”与“李贽”为线索撰写了一部文学作品与一篇史学论文。小说因“国策”与“鲁迅”而受到注目，论文乃岛田成名作之基石。因此，我国学界均对“本事”进行过不同程度的“言说”，然结论亦趋于一致。本文试图将两件近乎同时期的“本事”参互考察，以探寻理解 80 年前日本知识分子的历史处境与主体真实，剥离“本事”与“言说”的纠缠。

【关键词】太宰治；岛田虔次；鲁迅；李贽；“本事”与“言说”

（二）西欧文学研究论文索引

"The Spider" ("L'Araigne") and Its Relationship with the Armenian Literary Praxis

【作　者】Suren Danielyan
【单　位】Khachatur Abovian Armenian State Pedagogical University，Republic of Armenia
【期　刊】《世界文学研究论坛》，2021 年，第 13 卷，第 1 期，第 59－71 页
【内容摘要】Armenian by birth，French writer Henri Troyat，who was honoured with worldwide acclaim，received a contradictory valuation，and for decades was accepted with stubborn reluctance in the literature world. Though in Armenia，there should have been a certain scientific fascination towards his literary works，his ignorance of Armenian roots and issues resulted in a boycott against his personality. Our nationalistic narrow-mindedness secluded him from our cultural life，not granting us an opportunity to acknowledge his real value. This article touches upon *The Spider* ("L'Araigne")，a novel by Henri Troyat，and reveals its relationship with the Armenian literary praxis. Parallels are drawn between the novel under discussion and the novel *The Death* by Nar-Dos，a psychological realist Armenian writer of the classical period. The protagonists in both novels，namely，Gerard Fonseca and Levon Shahian delve down into death ideology：They write and translate books by European philosophers，but they both die as a result of their ambitious aspirations.
【关键词】death；philosophical thought；character；*The Spider*；*The Death*；Armenian literature

A Critical Study of Self-Actualization in James Joyce's *A Portrait of the Artist as a Young Man*：A Rogerian Reading

【作　者】Abdol Hossein Joodaki；Batoul Moradi
【单　位】Faculty of Humanities，Lorestan University，Iran
【期　刊】《世界文学研究论坛》，2021 年，第 13 卷，第 3 期，第 481－495 页
【内容摘要】Till the middle of the twentieth century psychology，particularly the behavioral and psychoanalytical approaches，had a limited attitude toward human beings. In behaviorists' eyes human behavior was predictable by his fixed reactions to some stimuli. Psychoanalysts，too，restricted

human beings to their unconscious formed in childhood. With the appearance of humanistic psychology in America，psychology has changed in both theory and practice. Humanistic psychologists put emphasis on the limitless potentialities of human beings. They claimed that human individuals intrinsically tend to self-actualization. One of these humanistic psychologists was Carl Rogers whose "client-centered therapy" helped patients with the realization of their potentialities. He associated some characteristics with a self-actualized or a fully functioning person. The present research discusses Rogers' concept of self-actualization in the novel *A Portrait of the Artist as a Young Man* by James Joyce. It investigates the personality development of Stephen Dedalus，the main character of the novel，with respect to Rogers' definition of a fully functioning person. The findings of the study lead the researcher to identify Stephen as a fully functioning person that has the characteristics including an increasing openness to experience，existential living，trust in one's own organism，feeling a sense of freedom，and creativity.

【关键词】Carl Rogers；self-actualization；James Joyce；*A Portrait of the Artist as a Young Man*

Another Humanist Ideal：The Transhuman Future in *Frankissstein：A Love Story*

【作　者】Lin Shaojing
【单　位】Institute of World literature and Comparative Literature，Zhejiang University
【期　刊】《世界文学研究论坛》，2021 年，第 13 卷，第 1 期，第 44—58 页

【内容摘要】*Frankissstein：A Love Story*，Winterson's latest novel，shows the author's critical thinking on the transhuman technological issues. From making a study of three characters，this paper will demonstrate how the transhuman dream continually propels the enhancement of human properties with the help of constantly changing technologies，and their ultimate goal is to make human morphological freedom come true. This paper will discuss from three aspects. Firstly，it will explore the transhuman theme embodied in Prometheus myth and its different understanding of human nature，which contributes to grasping the essence of Winterson's dual narration. Secondly，it will examine the modern Promethean representative character，Victor Frankenstein，who realizes the purpose of creating beings by transforming the human nature (its biology) through science and technology，which is the manifestation of Enlightenment Humanist ideal. Thirdly，it will be clarified that Victor Stein's disembodied posthumanist stance in the modern article is in fact a kind of transhumanist thought，and his radical goal is to achieve the ultimate ideal of transhumanism—the freedom of human nature—by completely getting rid of the fragile corporeal body. However，this ideal will lead to the dualist variant of mind and body—the opposition between information and matter.

【关键词】Jeanette Winterson；Frankissstein；Prometheus；transhumanism；human nature

Between Life and Death：On the Sea Images in Christina Rossetti's Poems

【作　者】Wang Songlin；Ge Yunuo
【单　位】Faculty of Foreign Languages，Ningbo University
【期　刊】《世界文学研究论坛》，2021 年，第 13 卷，第 3 期，第 535—545 页

【内容摘要】Death pervades in Christina Rossetti's poems，while the sea serves as an image to

construct Rossetti's view of death. As a multidimensional image of profound implications, the unfathomable sea in Rossetti's poems is an integrated symbol of life, death, uncertainty, as well as the possibility of eternity. Most significantly, for Christina Rossetti, the sea itself is a junction where "death is the beginning of life and life the beginning of death". By studying the sea images in Rossetti's poems, the paper aims to shed new light upon the poet's view of death.
【关键词】Christina Rossetti; view of death; sea images

Imperialism & Insanity: A Study on Joseph Conrad's *Heart of Darkness*

【作　者】Mahfuza Zannat; Zhang Longhai
【单　位】Mahfuza Zannat: College of Foreign Languages & Cultures, Xiamen University
Zhang Longhai: Minnan Normal University
【期　刊】《世界文学研究论坛》，2021 年，第 13 卷，第 3 期，第 496—508 页
【内容摘要】Joseph Conrad paradoxically represents imperialism and insanity in his novelette *Heart of Darkness*. The paper aims to investigate the acts of the colonizers as they overpower and pretend to be enlightened. They target underprivileged people of the Dark Continent. In this research, the colonizers present Africans as uncivilized and savage. Although the colonizers look civilized, their reality is different from their appearance. Greed for power, hypocrisy, and lust for ivory leads them toward brutality to seize the natives' land and wealth. The study discovers that Conrad's purpose of using Marlow's character is to bring out another agonizing truth that everyone lives in the illusions of more profit. Besides, the paper also deals with why Conrad has written against the racists since he is European. The purpose of this paper is to locate the way imperialism and insanity are closely related to *Heart of Darkness*. How Conrad's life experience and political view inspired him to write his novel is prominent in the paper. This study finds that colonizers enter in the name of civilization and end up promoting savagery. The multilayered meanings of this multifunctional novelette brought out Marlow's fear. It alarms the future generation to get rid of destruction for imperialistic acts.
【关键词】civilize; savagery; ivory; brutality

Performing the Self in Joseph Conrad's "Il Conde"

【作　者】Katarzyna Sokolowska
【单　位】Institute of Modern Languages and Literatures, Maria Curie-Skłodowska University, Poland
【期　刊】《世界文学研究论坛》，2021 年，第 13 卷，第 1 期，第 88—102 页
【内容摘要】Conrad's short story "Il Conde" portrays an elderly aristocrat whose preoccupation with conventions and rituals indicates that he has reduced his identity to performing a social role. The assault of a robber shatters his stance of dignified reserve and undermines his assumption that he has succeeded in constructing a stable, invulnerable persona of a sophisticated gentleman which cannot be challenged in the confrontation with others. Goffman's concept of the performed self elucidates the protagonist's response to the traumatic experience and his frantic attempts to sustain his idealized persona. Goffman construes the self as the product of interaction, a socially constructed image rather than a substantive immutable entity. This self-image relies on the coherence of personal

front，i.e. appearance and manner as well as the presence of the audience who observe and interpret the performance that an individual gives while interacting with others. Hence，the tactics that the Count employs to cope with the shock can be viewed as an attempt to defend his self-image by restoring correspondence between appearance and manner that the robber's disrespectful act of violence has subverted.

【关键词】Goffman；performed self；interaction；self-image；personal front

Preserving Ethical Order via Panopticism in *Four Dreamers and Emily*

【作　者】Liu Fuli
【单　位】School of Humanities，Zhejiang University；School of Foreign Languages，Taizhou University
【期　刊】《世界文学研究论坛》，2021 年，第 13 卷，第 3 期，第 509－521 页

【内容摘要】Stevie Davies's 1996 novel，*Four Dreamers and Emily*，is about the daily life of four ordinary people，Marianne，Eileen，Sharon and Timothy. Timothy is a widower whose initiatives to survive are the visitant of Emily Bronte's ghost and his romantic correspondence with Marianne，a university lecturer. When they meet each other physically，the only intimate contact is a kiss which is overseen by Timothy's deceased wife Jojo from afar on the hill. Such Panopticism in Foucault's concept is also made by Eileen，a 63 years old spinster，who on the way to Top Withens accidentally observed the athletic sex between fellow-delegates on the moor，and reproached the "blind brutality" for violating the ethical principles of civilized human beings. With the ethical principles to abide by，both Timothy and Marianne repressed the "blind brutality" and regulated the relationship from sexual attraction to kindred affinity. At the end of the novel，Timothy gives his house to Marianne who has divorced with three kids to support. In the novel，the metaphorical Panopticism made by the ghost of Jojo and the spinster Eileen is in fact the ethical disciplines which may guarantee the harmonious interpersonal relationships in a civilized society.

【关键词】*Four Dreamers and Emily*；ethical literary criticism；ethical principles；Panopticism；Foucault

Re-examining the Role of Women in Medieval Literature：*Beowulf*，*Juliana*，and *Sir Gawain and the Green Knight* as a Case Study

【作　者】Hiba Amro
【单　位】Department of English，University of Petra，Jordan
【期　刊】《世界文学研究论坛》，2021 年，第 13 卷，第 2 期，第 342－357 页

【内容摘要】This paper revisits some of the stereotypical readings of women's depictions in medieval literature as presented in *Beowulf*，*Juliana*，and *Sir Gawain and the Green Knight* in an attempt to provide a deeper understanding of these women's roles within the cultural and historical contexts of these literary works. To that end，a feminist reading of the female characters in the chosen texts，highlighting their strength，intelligence，and agency，is provided to challenge the popular images of medieval women which range from the helpless and subservient in warrior societies of Old English texts to the manipulative temptresses and evil shrews responsible for men's failings in Middle English texts.

【关键词】Anglo-Saxon women；women and comitatus；medieval romance；medieval poetry

Self-fashioning and Moral Maturity in *Evelina*

【作　者】Li Silan；Chen Lizhen
【单　位】School of International Studies，Hangzhou Normal University
【期　刊】《文学跨学科研究》，2021 年，第 5 卷，第 3 期，第 432－442 页
【内容摘要】*Evelina* can be taken as a literary event that reflects the social milieu in which it was written and published. As a literary action and social practice，this novel becomes an integrated part of the literary market and daily life in Frances Burney's age. There are complex and reciprocal relationships between the action of Evelina's self-fashioning，the influence of ethical selection and the formation of moral maturity. This paper tries to address the important issues in the process of moral maturity to investigate the roles and limitations of self-fashioning in the growth of young women through fictional narratives in eighteenth-century England. In this way，the cognition and fulfilment of ethical identities can be explored in the due course.
【关键词】Burney；*Evelina*；self-fashioning；moral maturity；ethical identity

***Sense and Sensibility*：Hushing and Dwarfing the Ladies of the Era**

【作　者】Dima M. T. Tahboub
【单　位】Department of English Language and Literature，Arab Open University，Jordan
【期　刊】《世界文学研究论坛》，2021 年，第 13 卷，第 1 期，第 33－43 页
【内容摘要】This paper argues that Jane Austen is one of the wisest female writers who have approached the feminist case during the conservatism of the Georgian era，Regency period and beyond. Although hushed and unassertive，she adopted a reconciliatory strategy trying to gain the willful acceptance of society to the change in women's positions，one step at a time，with each work and character adding a new emancipatory dimension to her prototypes. In *Sense and Sensibility* (1811)，her argument may seem frail and anti-feminist because she makes her leading heroines sacrifice their existence and identity for the sake of society，but within the paradigm of the final win-win ending，all is happy；the leading heroines move a step ahead in stressing their individuality while still observing the roles dedicated to them by society. *Sense and Sensibility* may be regarded as a hushed and dwarfed image of feminism，but the subtle gains of acceptance in this novel pave the way for the appearance of an eloquent giant and an all time favorite，Elizabeth Bennet in *Pride and Prejudice* (1813).
【关键词】feminism；conservatism；Regency；female prototypes

The Ethical Implications of Virtue in *De la littérature* by Madame de Staël

【作　者】Lee Soon-Hee；Lee Young-ho
【单　位】Lee Soon-Hee：Korea University，R. O. Korea
Lee Young-ho：Dongguk University，R. O. Korea
【期　刊】《文学跨学科研究》，2021 年，第 5 卷，第 2 期，第 255－267 页

【内容摘要】At the exit of the revolutionary troubles，Madame de Staël publishes her *De la littérature* to diagnose the contemporary literature and to open its new possibility. In this work，she suggests a new literature which strongly participates in the establishment of the citizen's ethics and thus consequently contributes to human perfectibility. In this perspective，"virtue" is a significant notion in the work，and it is represented as an element to promote ethical progress. In this paper，therefore，we tried to examine the relationship between the ethical implications of virtue and literary perfectibility that is represented in Madame de Staël's *De la littérature*. Initially，we study various ethical implications of "virtue" which is a key point in the ideas presented by Madame de Staël as well as the relevant issue of philosophers in the eighteenth century. Additionally，we analyse through Madame de Staël's discussions how "virtue" realized in the literary work functions as the core value of "progress"，in other words，what are the relations between ethics and literary progress. Through this analysis，we were able to see that she had a very specific idea of the future literature based on virtue：If she stressed the importance of "empathy" and "understanding of others"，moral perfection of an individual and free will，it was to claim literature as a "sentimental education" wherein sentiment and reason simultaneously operate aiming for consolation and happiness of the social community beyond an individual，and wherein the Holy Trinity comprises morality，sensibility，and intelligence. Consequently，we identified that the discussion of "literature"，as illustrated by a woman's intellect in a period of anxiety and confusion，continues to be relevant in certain aspects.

【关键词】Madame de Staël；*De la littérature*；virtue；ethics and literary progress；perfectibility

"变形"的多重阐释：论麦克尤恩《蟑螂》的"脱欧"叙事

【作　者】陈丽
【单　位】南京大学外国语学院；安徽师范大学外国语学院
【期　刊】《当代外国文学》，2021 年，第 42 卷，第 3 期，第 155－161 页

【内容摘要】《蟑螂》是当代英国作家麦克尤恩的第一部"脱欧"讽刺小说。"变形"构成了贯穿全书的隐喻性概念，既是展现《蟑螂》"脱欧"主题的修辞策略，也是指涉民族共同体"团结"的反讽表达。麦克尤恩通过叙述者的具身化"脱欧"叙事，描绘出个体在脱欧事件中怪诞、恐怖的情感体验，同时揭示官方的"脱欧"叙事和伪合法性建构。他将"脱欧"事件中媒体角色和普通民众的情感反应并置杂糅，构建出"脱欧"叙事的伦理维度：对民族主义者呼吁的社会团结问题提出了自己的疑问，并借此隐含地传达了自己在深度分化社会中的团结立场与价值观。

【关键词】伊恩·麦克尤恩；《蟑螂》；"脱欧"；变形

"颠覆性"女作家：世界文学语境下的伍尔夫与凌叔华

【作　者】李丛朔
【单　位】英国曼彻斯特大学艺术语言文化学院
【期　刊】《河北学刊》，2021 年，第 41 卷，第 6 期，第 93－101 页

【内容摘要】在当今全球化时代，将女性文学放在世界文学的语境中进行研究依然是具有实践意义的。在 20 世纪上半叶，有两位在文学史上看似十分具有"颠覆性"的女作家——弗吉尼亚·伍尔夫与凌叔华。尽管两人的文化背景不同，却跨越文化边界，产生了思想碰撞。她们都

通过自己的文学创作颠覆了传统的性别概念、女性写作模式及文学创作中的文化中心论。由此可见，正是基于性别共同体所产生的女性共鸣和力量，让全世界范围内的女作家超越了民族、文化的边界，发挥出文学与思想潜能，从而颠覆了已有的写作模式与性别印象，加速了世界文学的繁荣。

【关键词】伍尔夫；凌淑华；颠覆性；世界文学；女性文学

“疯狂科学家”的三宗罪：19 世纪科学小说中的思想辩论与文化竞争

【作　者】萧莎

【单　位】中国社会科学院外国文学研究所；中国社会科学院文学理论研究中心

【期　刊】《清华大学学报（哲学社会科学版）》，2021 年，第 36 卷，第 4 期，第 89－103 页

【内容摘要】1818 年出版的英国小说《弗兰肯斯坦》直到 21 世纪仍是英语世界知名度最高、影响力最大的科学题材作品，躲在幽闭密室造出恐怖怪物的同名主人公至今仍是文学研究领域论述最多的科学意象，这与现当代西方对科学的依赖和尊崇形成颇有意味的反差。本文通过重读 19 世纪科学小说，本文将小说中的系列“疯狂科学家”所背负的种种“罪责”放置于 19 世纪英国的智识语境和社会意识形态背景下考察，分析 19 世纪现代科学独立所导致的英国知识—社会权力变局给文学家们带来的思考和焦虑，讨论“疯狂科学家”这一文学形象虚构作为一种思想辩论手法和知识—权力建构活动对社会观念的塑造和影响。

【关键词】《弗兰肯斯坦》；科学小说；智识语境；有机主义；业余主义

“故事也能改变世界”：《枕头人》中的故事与事件

【作　者】徐晓妮

【单　位】安徽财经大学文学院

【期　刊】《当代外国文学》，2021 年，第 42 卷，第 2 期，第 136－143 页

【内容摘要】马丁·麦克多纳的《枕头人》运用故事套故事的手法讲述了一名作家因儿童虐杀案与其故事情节相似而受审并最终被处决的故事。双层叙事中的故事导致一系列事件的发生，显示出作为文学表现形式之一的故事对现实的作用力。文学事件也强调文学对现实的影响，因而本文从文学事件的视角出发，通过具体分析该剧作者的创作、文本的生成和阅读的操演，揭示《枕头人》是一部具有事件性的文学作品。麦克多纳借助故事对社会罪行、集权专制进行了政治批判，对弱小者给予了伦理关怀，同时引导读者积极参与文学事件，对故事做出理性解读。

【关键词】马丁·麦克多纳；《枕头人》；故事；事件；文学事件

“康复意味着自我毁灭”：论《重生》中的规训与反抗

【作　者】王桃花；林武凯

【单　位】中山大学外国语学院

【期　刊】《东北大学学报（社会科学版）》，2021 年，第 23 卷，第 5 期，第 120－126 页

【内容摘要】小说《重生》中存在一个“康复”与“毁灭”的悖论：患病军人一旦康复就被送回制造创伤和死亡的战场。以福柯权力理论观之，可以发现，这一悖论蕴含规训与反抗这两个相反的权力维度：从规训角度看，空间权力规训塑造了患病军人驯顺的肉体，男性气质规训建构了他们臣服的主体，因此在战时英国社会的监狱式规训下，他们无处可逃，只能重返战场，接

受“毁灭”；从反抗角度看，萨松与军方当局展开三次话语权博弈，最终以个人的慷慨赴死解构规训权力，同时激起帝国体制服务者对体制与战争的反思，在大英帝国行将就木之际留下民族日后重生的火种。

【关键词】帕特·巴克；《重生》；空间权力；男性气质；话语权

“恐同”叙述的背后：《爱无可忍》中的另一种批判声音

【作　者】李昆鹏
【单　位】首都师范大学；北京建筑大学
【期　刊】《当代外国文学》，2021 年，第 42 卷，第 2 期，第 68－75 页
【内容摘要】本文结合酷儿理论、酷儿叙事理论及修辞性叙事学理论的方法，探讨《爱无可忍》主人公乔的叙述特征。本文认为，在“男性气质”焦虑的困扰下，乔的思维带有“恐同”色彩，他的叙述充满了将同性恋人物杰德“他者化”和“常规化”的特点，是一种发生在价值/判断轴上的不可靠叙述。通过对乔不可靠叙述的解构，本文指出，在这一“恐同”叙述的背后，麦克尤恩传递了另一种声音，即对同性恋群体境遇的同情，以及对“恐同”思维的批判。
【关键词】伊恩·麦克尤恩；《爱无可忍》；“恐同”；男性气质；不可靠叙述

“莱维悖论”及其解决：阿甘本的见证诗学

【作　者】周逸群
【单　位】华东师范大学中文系
【期　刊】《文艺理论研究》，2021 年，第 41 卷，第 6 期，第 139－147 页
【内容摘要】见证奥斯威辛面临着“莱维悖论”：无言者作为彻底的见证者，因触碰死亡而无法作证，幸存者作为奥斯威辛的例外，在某种意义上只是伪见证者。阿甘本认为，无言者与幸存者皆无法独自承担见证，见证者应该被视为由二者相互“排除性纳入”而建筑的界域，亦即一种“统一—差异”的断裂构造。由此，见证的不可能性与可能性彼此构成，为无言者见证的不可能作证的幸存者就是见证者，见证者是通过为见证的不可能作证而得以承担见证之责的人。与之无异，证词同样呈现为一种断裂构造，证词来自语言，为非语言作证，来自语言对非语言的回应，证词是被语言作证的非语言。在阿甘本看来，这意味着证词的语言不再意指，因为被语言作证的非语言是声响已逝而意义未至的声音/死语言，证词的实质是声音/死语言。也正是作为声音/死语言的证词奠定了文学的可能性。文学在奥斯威辛之后若要表明其继续存在的正当性，它的语言必须是声音/死语言。
【关键词】阿甘本；见证；“莱维悖论”；界域；声音/死语言

“美国化”与石黑一雄的他者身份

【作　者】盛春来；朱宾忠
【单　位】盛春来：武汉大学外国语学院；三峡大学外国语学院
　　　　　朱宾忠：三峡大学外国语学院
【期　刊】《当代外国文学》，2021 年，第 42 卷，第 4 期，第 108－114 页
【内容摘要】第二次世界大战后，美国国家实力显著增长，英国和日本都深受“美国化”的影响，日裔英国移民作家石黑一雄在其三部小说中比较客观地展示了二战后美国对日本和英国的

巨大影响，美国作为日本和英国共同的他者，在这两个国家受人仰视，两国国民特别是年轻人欢迎本国被“美国化”，美国享有风光无两的国际形象。通过美国这个共同的他者，这几部小说还透析出石黑一雄本人的他者身份：对自己精神原乡日本和生活家乡英国既亲近又远离的间离状态，展现出“第三空间”中的石黑一雄摇摆不定的身份归属感。
【关键词】石黑一雄；美国化；他者

“你没注意看戏吧”：莎士比亚《驯悍记》序幕释读

【作　者】张沛
【单　位】北京大学中文系
【期　刊】《国际比较文学（中英文）》，2021 年，第 4 卷，第 3 期，第 428－442 页
【内容摘要】莎士比亚《驯悍记》的序幕（Prologue）结构非常奇特，在全部莎剧中堪称独一无二：首先，它由正剧前的两场表演外加第一幕第一场最后六行对话构成，因此毋宁说这是一部“戏前戏”，而非一般意义上的序幕；其次，它的两场序幕不是以单人致辞的形式向观众介绍剧情梗概，而是通过戏剧对话和舞台表演来引出《驯悍记》的正剧。事实上，《驯悍记》中斯赖的故事和正剧本身分布于不同的戏剧空间，并承载了不同的戏剧功能：前者是后者的“戏前戏”，而后者是前者的“戏中戏”；斯赖的故事构成了戏剧的第一层幻象，而“驯悍的故事”则构成了它的第二层幻象。两层幻象互为镜像。莎士比亚让我们在《驯悍记》的“戏前戏”中看斯赖的戏剧（尽管他本人对此并无自觉），正如斯赖在其“戏中戏”中看演员们演出的《驯悍记》。这一事实构成了《驯悍记》的莫比乌斯循环。我们就是斯赖，斯赖就是我们。在莎士比亚的《驯悍记》中，斯赖最终也没有从戏剧幻象中醒来。（只）是幻象吗？应该说（也）是现实：戏剧的幻象就是戏剧的现实，而在戏剧现实之外更无其他现实。
【关键词】莎士比亚；《驯悍记》；序幕；戏中戏；幻象

“你用写作开出一条血路”：《一件非常非常非常黑暗的事》中的历史、童话与刚果问题

【作　者】李元
【单　位】广东外语外贸大学英语语言文化学院
【期　刊】《外国文学评论》，2021 年，第 3 期，第 5－26 页
【内容摘要】马丁·麦克多纳的剧作《一件非常非常非常黑暗的事》重访 19 世纪欧洲殖民主义不同层次的罪恶，尤其是比利时对刚果的殖民暴行，反思未被彻底清算的罪行。剧作在真实史料和传记的基础上，构建出一个关于文学剽窃和殖民剥削的黑色童话。本文将该剧与美国历史学家亚当·霍赫希尔德的史著《国王利奥波德的鬼魂》并置，探讨剧作童话和历史叙述对刚果问题的再现，并指出前者的开放式结局超越了故事本身，最终指向讲述故事的意义，借此对抗文化缺失和文化失忆。
【关键词】文学剽窃；殖民剥削；社会象征行为；刚果；后现代童话

“社会人的自我”和“创造者的自我”——书信中的波德莱尔

【作　者】刘波
【单　位】广东外语外贸大学外国文学文化研究中心
【期　刊】《外国文学》，2021 年，第 6 期，第 27－41 页

【内容摘要】波德莱尔的书信提供了大量有关他的人生经历、情感变化、文学交往、工作方式、审美趣味、思想意识、作品生成等方面的重要信息。从中可以看到，波德莱尔终其一生都在追求自己作为“创造者”的成功：一是带着“纨绔子”的理想创造“社会人”的作品；二是带着“艺术家”的理想创造诗人、作家、批评家、理论家乃至翻译家的作品。在他那里，“社会人”现实人生的失败是“创造者”艺术人生得以成功的前提和保证，而两者的反差所形成的巨大张力是其创作中反差诗学的重要力量来源。
【关键词】波德莱尔；书信；“社会人”；创造者

“神话方法”与艾略特的《力士斯威尼》

【作　者】赵元
【单　位】清华大学外国语言文学系
【期　刊】《国外文学》，2021 年，第 2 期，第 126－135 页
【内容摘要】《力士斯威尼》是 T. S. 艾略特首次将“神话方法”运用于诗剧创作的结果。“神话方法”促成了该剧的整体构思，但同时也是该剧未能写完的一个重要原因。作为艺术创作原则，“神话方法”虽然与艾略特当时构建的诗剧观有契合之处，但二者之间存在着内在矛盾。《力士斯威尼》的文本生成过程见证了艾略特与叶芝和奥登的诗剧创作理念与方法的对话与商榷。对《力士斯威尼》的重读有助于我们更好地认识 20 世纪上半叶“诗剧复兴”运动中的三位重要代表所面临的共同难题和所采取的不同路径。
【关键词】T. S. 艾略特；《力士斯威尼》；诗剧；“神话方法”

“神圣的”暴力与女性政治——卡里尔·邱吉尔戏剧《老猫》中的猎巫书写研究

【作　者】刘明录
【单　位】广西师范大学外国语学院
【期　刊】《国外文学》，2021 年，第 1 期，第 112－119 页
【内容摘要】当代英国女性剧作家卡里尔·邱吉尔的戏剧《老猫》以英国边远乡村为背景讲述了一个女巫的认定、搜捕和处罚的故事，反映的是 15 世纪至 18 世纪席卷欧洲的“猎巫行动”的历史。通常认为“猎巫行动”是出于基督教动因，致力于清除异教徒的影响，以保证上帝的绝对权威，因而针对巫师的残酷手段被赋予了正义的名义，被称为“神圣的暴力”。然而，邱吉尔的暴力叙事有其身份动因，她意图通过女巫遭受的身体暴力揭示这段历史本质上就是女性受到迫害的历史，从而展示女性在男权社会中的可悲命运、所面临的痛苦和迫害，以此引起社会各个阶层对于女性困境的关注，这显示了剧作家将历史与女性现实困境相联结的政治策略。
【关键词】《老猫》；女巫；暴力；女性政治

“未必真实”的艺术：博纳富瓦的诗歌创作风格

【作　者】李建英
【单　位】上海师范大学人文学院
【期　刊】《上海师范大学学报（哲学社会科学版）》，2021 年，第 50 卷，第 6 期，第 71－78 页
【内容摘要】博纳富瓦是一位反映“在场”的诗人，他主张以呈现“在场”的方式在诗歌中建立另一种“未必真实”的真实。为了实践自己的诗歌主张，他追随超现实主义，追求词语的极

端意义。当他发现语言、意象、现实三者的巧妙重叠不能反映现实时，立刻与之分道扬镳；他在语言的晦涩与晓畅之间探索，以“简单”呈现“繁复”，希望于“简单”和“繁复”中把握世界的整体存在；他追求作品含义的开放最大化，以此消解概念，与“未必真实”的世界相吻合；他寻求超越一切形式的束缚，或者说一切形式的运用都是为了表现“在场”。这种反映“未必真实”的创作风格在整个20世纪法国诗坛独树一帜，在法国诗歌史上也绝无仅有，值得借鉴。

【关键词】博纳富瓦；诗歌；“在场”；风格

“我不属于大世界，我属于小世界”：贝克特作品中的自然意象溯源

【作　者】陈畅

【单　位】南京大学外国语学院

【期　刊】《外国文学评论》，2021年，第3期，第27－57页

【内容摘要】本文尝试从贝克特于20世纪30年代思想形成期接触的思想文化网络中，发掘其作品中的石头、泥土等自然意象存在的缘由与意义。本文认为，贝克特在叔本华哲学、佛教、现象学及现代物理学的影响下，通过在意识世界中保留几种特定的自然意象来展望一种超越人类自然感知的宇宙本体论，这种宇宙本体论不仅解构了唯心主义—唯物主义的二分法，更体现了人类与非人的深度融合。

【关键词】贝克特；自然意象；生态意义

“性关系不存在”：拉康爱情诗学中的三种范式及其文学观

【作　者】邱文颖

【单　位】昆明理工大学外国语言文化学院

【期　刊】《外国文学》，2021年，第6期，第90－100页

【内容摘要】拉康主张把语言学、拓扑学和伦理学统一于他著名的爱情诗学论断“性关系不存在”中，蕴涵爱情的否定性、无力性和欺骗性之维。面对“性关系不存在”这一爱情本相，拉康构建了三种爱情范式——隐喻、移情和宫廷爱情，与之遥相呼应的是爱的客体的三种样态——占据被爱者位置的理想自我、幻象框架中的对象a和被提升到原质之尊位的崇高客体。被隐喻结构着的爱情源自移情式误认——主体把匮乏的客体误认为自我理想的替换；把经验的客体误认为神秘的幻象客体；把世俗的客体误认为崇高的客体。爱情终究要落入一场空无。拉康的爱情理论为理解与阐释经典的爱情悲剧提供了一个独特的精神分析视角，也为解构后现代主义文学文本提供了一个原则。

【关键词】拉康；爱情诗学；隐喻；移情；宫廷爱情

“亚洲的风雷”：冷战年代韩素音的亚洲认同

【作　者】张松建

【单　位】新加坡南洋理工大学中文系

【期　刊】《中国现代文学研究丛刊》，2021年，第5期，第121－140页

【内容摘要】“冷战”（1947—1991）是20世纪后半期国际政治的主题之一，韩素音是活跃在冷战年代的著名作家、知识分子和世界公民。韩素音著述宏富，其思想世界的一个重要方面是“亚洲认同”，包括“亚洲意识”和“亚洲视野”。本文通过介绍韩素音的亚洲意识的产生及其内容，

讨论她如何从亚洲视野出发分析冷战年代中国和东南亚的文化政治问题。在参考冷战研究最新成果的基础上，本文对韩素音的作品进行跨文类分析，认为她的亚洲论述具有广度、深度和复杂性，有助于廓清西方的冷战东方主义，也为我们认识知识分子与公共领域的关系提供了一个独特的个案。

【关键词】韩素音；“亚洲认同”；中国；东南亚

“音乐之网”：论哈代小说对瓦格纳交响配乐的模仿

【作　者】王希翀

【单　位】湖北大学

【期　刊】《外国文学研究》，2021 年，第 43 卷，第 4 期，第 99－109 页

【内容摘要】“音乐之网”是有关托马斯·哈代小说审美特征的评价概念。它所依赖的媒介本位是文学艺术，体现了一种运用语词模仿音乐的跨媒介的叙事技巧。“音乐之网”在肯认瓦格纳之于叔本华音乐哲学创作实践的基础之上，从形式和内容两方面实现了对瓦格纳音乐戏剧交响配乐的跨媒介叙事。“音乐之网”从形式上模仿了瓦格纳交响配乐中的序曲与主导动机；从内容上模仿了交响配乐中的音响结构“特里斯坦和弦”与“语言与音乐共生的结构”。

【关键词】托马斯·哈代；瓦格纳；模仿；跨媒介叙事；音乐戏剧

“英格兰花园”的狂欢与焦虑——《花园里的贞女》与共同体形塑

【作　者】金佳

【单　位】杭州师范大学外国语学院

【期　刊】《外国文学研究》，2021 年，第 43 卷，第 6 期，第 152－164 页

【内容摘要】花园是英国文化的重要符号，也是拜厄特小说《花园里的贞女》中的核心意象。以往研究强调了这部小说与经典花园文本之间的互文性，尤其关注花园的女性象征，但是大都忽视了其中的花园书写与共同体形塑之间的联系。如果将小说置于英国自身的花园文化传统，尤其是放在“英格兰大花园”的共同体想象传统中加以审视，就能发现花园意象在这部小说中的复杂内涵。它在呈现“快乐英格兰”这个经典的“乌托邦”幻象的同时，也传达了文化与环境的双重焦虑，以及在焦虑背后蕴藏的希望，即以包容和开放心态正视共同体面临的危机，通过历史传统和自然风土两方面的深度连接以实现英格兰花园的复兴。

【关键词】拜厄特；《花园里的贞女》；花园；焦虑；共同体

“再见了，古老的英格兰”：《英格兰中部》与后脱欧时代英国的排外情绪

【作　者】乔修峰

【单　位】中国社会科学院外国文学研究所

【期　刊】《外国文学动态研究》，2021 年，第 6 期，第 5－15 页

【内容摘要】历时 3 年多的“脱欧”运动在英国引起了极大的动荡和焦虑，也影响了英国的文学创作，出现了一些以脱欧为主题或背景的小说。这些小说关注的焦点不是英国与欧盟的关系，而是英国社会内部的分裂状态。相较于阿莉·史密斯的《秋》和安东尼·卡特赖特的《运河》，乔纳森·科的《英格兰中部》不仅全景式地再现了英国脱欧的前因后果，还从经济和文化的角度分析了当代英国民众的情感状况。对移民和少数族裔的敌意和仇恨已经成了英国后脱欧时代

一种具有传染性的情绪，而且这种情绪并没有随着脱欧成为“过去式”而消失。《英格兰中部》探讨的核心问题就是英国社会为什么会变得如此不宽容，任由戾气肆虐。从这个意义来说，它并不仅仅是一部“脱欧小说”。

【关键词】乔纳森·科；脱欧；移民；少数族裔；情感

“折叠”死亡的寓言：《立体几何》中的科技伦理

【作　者】郭英剑；刘向辉

【单　位】郭英剑：中国人民大学外国语学院

刘向辉：许昌学院；中国人民大学外国语学院

【期　刊】《文学跨学科研究》，2021 年，第 5 卷，第 3 期，第 472－482 页

【内容摘要】作为伊恩·麦克尤恩早期短篇小说中的一篇“异作”，《立体几何》偏离了他向来关注青少年、儿童和年轻人问题的主题模式，通过反乌托邦的科技伦理书写并揭露了极端化的科技崇拜现象，从而对现象背后的道德危机进行了隐喻式批判。作品借助于三个不同叙事层次、不同类型的“死亡”事件，以寓言形式呈现了人类社会长久以来在社会关系、朋友关系、夫妻关系方面的伦理秩序失衡乱象。亨特之死是对学术伦理秩序物化的反抗，M 之死是对友情伦理秩序衰亡的控诉，妻子之死是对家庭伦理秩序崩塌的痛击。通过营造三场看似“温情平和”实则“震惊骇人”的“折叠”死亡悲剧，《立体几何》不仅表达了对科技偏执狂群体的控诉，而且对如何解决科技伦理危机进行了无声叩问，进而呼唤构建一种和谐的生命伦理秩序。

【关键词】死亡；寓言；伊恩·麦克尤恩；《立体几何》；科技伦理

《包法利夫人》中的信：情节与隐喻

【作　者】马晓冬

【单　位】北京外国语大学中文学院

【期　刊】《外国文学》，2021 年，第 6 期，第 14－26 页

【内容摘要】本文主要分析了福楼拜小说《包法利夫人》中关于三封信件的叙述，讨论这些叙述如何呈现人物的性格命运并贯穿小说的核心情节，进而以此为基础理解小说叙述所包含的对人类语言文学的隐喻及反思。如果说小说中爱玛的信显示出用语言模仿他人和自欺的性质，他的情人罗道耳弗的信则隐喻着操纵语言欺骗他人的性质；卢欧老爹的信更为复杂，它虽然是个体真实情感的表达，但由于其自我书写的特质，这种语言虽能引起共情，却无法带来真正的认知。而福楼拜《包法利夫人》自身的写作，正是希望超越这三者，用文体的支撑反思语言的幻象和欺骗，让读者进入觉知与批判的模式，从而建立读者的自觉意识。

【关键词】《包法利夫人》；福楼拜；信；语言；文学

《北极星报》与英国平民阶层文学公共领域的形成

【作　者】肖四新

【单　位】广东外语外贸大学中国语言文化学院

【期　刊】《河南大学学报（社会科学版）》，2021 年，第 61 卷，第 6 期，第 73－78 页

【内容摘要】《北极星报》是 19 世纪 30—50 年代英国最主要的平民报刊，围绕它进行的阅读与传播活动促进了英国平民阶层文学公众的形成，以它为平台进行的文学创作促进了作者个人主

体性与社会共在性的相互建构，以及社会共识的达成。而它所刊发的文学作品，不仅内容是与平民阶层利益密切关联的重大社会问题，而且引发了读者的广泛参与并形成公共舆论。《北极星报》的定位与交流对话机制，使之成了平民阶层文学交往对话和形成公共舆论的主要平台。它以文学形式培养了平民阶层的参与意识、批判精神和理性辩论能力，推动了社会的制度建设和文学观念的变革，成了英国平民阶层文学公共领域形成的标志。

【关键词】《北极星报》；平民阶层；文学活动；公共性

《别让我走》的解剖政治、生命政治与意索政治

【作　者】支运波

【单　位】上海戏剧学院戏剧文学系

【期　刊】《湖南师范大学社会科学学报》，2021 年，第 50 卷，第 4 期，第 100－106 页

【内容摘要】石黑一雄的小说《别让我走》虚构了生物技术与生命权力之下克隆人一生的生命样态。从生命政治理论角度审视，概而言之，《别让我走》主要体现以下三点：第一，该小说以克隆人凯茜为第一叙述视角细密化地展现了她是如何在解剖政治、生命政治和意索政治的管治机制下一步步被形塑成完美的政治客体的；第二，小说也冷静地呈现了凯茜在被纳入生命政治逻辑完成生命规范化、集体化的过程中自觉进行主体塑造的生命实践；第三，通过凯茜生命主体化的乌托邦结局，小说还提供了一种在生命政治管制下沉思个体生存美学与生命价值的现代警示录。

【关键词】《别让我走》；解剖政治；生命政治；意索政治

《不为人知的杰作》与绘画中的“古今之争”

【作　者】程小牧

【单　位】北京大学外国语学院

【期　刊】《国外文学》，2021 年，第 3 期，第 93－101 页

【内容摘要】巴尔扎克的短篇小说《不为人知的杰作》中隐含着一条文学研究中容易忽略的线索，即对绘画技法和规律的讨论。顺着这一线索，我们会发现，围绕绘画本质问题的“素描（disegno）与色彩（colorito）”之争是小说的要旨所在，也是理解小说主人公弗朗霍斐的象征性身份与精神实质的一把钥匙。本文通过对法国 17 世纪绘画中的古今之争的梳理，将这一问题回溯到意大利文艺复兴时期对绘画基本概念的辨析，并结合艺术史家沃尔夫林赋予色彩派的巴洛克式革新精神，重新阐释小说的内涵。本文指出，弗朗霍斐身上体现出的巴洛克艺术家的感性、怀疑和永不倦怠的革新热情，是巴尔扎克小说创作的深层动力所在。

【关键词】《不为人知的杰作》；古今之争；素描（disegno）；色彩（colorito）；巴洛克

《大冰期》中的自由市场与共同性争夺

【作　者】盛丽

【单　位】西安外国语大学欧美文学研究中心；西安外国语大学英文学院

【期　刊】《国外文学》，2021 年，第 3 期，第 132－141 页

【内容摘要】英国 20 世纪 70 年代末，全民参与自由市场被表意为撒切尔进取时代精神下的新型共同民主形式。本文运用迈克尔·哈特和安东尼奥·奈格里的自主马克思主义共同性批评理

论，揭示德拉布尔作品《大冰期》中房地产市场物质资本对“自然共同性”的侵占，分析从属阶级试图通过另类喜剧实现普遍民主，却必被文化资本生产的“人工共同性”反噬的深层原因，从而阐明穷人诸众争夺共同性这一根本性替代思路。

【关键词】玛格丽特·德拉布尔；《大冰期》；自由市场；共同性；诸众

《弗兰啃斯坦：一个爱情故事》中的后人类技术与身体

【作　者】林少晶

【单　位】浙江大学人文学院

【期　刊】《外国文学研究》，2021 年，第 43 卷，第 4 期，第 110－120 页

【内容摘要】假肢技术是人类增强技术之一，存在着两种有关它的不同观点——一是提升功能的装置，二是治疗性的医学干预——这两种观点也指涉赛博格形象的两种不同内涵。对这一问题的探讨涉及人类增强技术的伦理考量，有助于我们理解人类增强技术对于人类的意义。在最新出版的小说《弗兰啃斯坦：一个爱情故事》中，珍妮特·温特森为我们提供了思考二者关系的方式。通过分析赛博格的由来，可见赛博格产生的技术背景（控制论技术）和社会背景（战争）对当代流行文化中的赛博格形象表征产生了决定性的影响。在假肢的修辞隐喻中，假肢成为时髦的装备，受损的身体消失在背景中，只有强调假肢的物质现实，假肢佩戴者具身化的身体才能恢复可见性。这些佩戴假肢者不是使用身体技术，而是生活在身体技术中，他们的身体和假肢协同前进。只有具备这种伦理意识，才能避免身体在人类增强技术中消失的命运。

【关键词】珍妮特·温特森；《弗兰啃斯坦：一个爱情故事》；假肢；人类增强；赛博格

《格列佛游记》的知识图景与 17 世纪英格兰“古今之争”

【作　者】成桂明

【单　位】上海外国语大学文学研究院

【期　刊】《外国文学评论》，2021 年，第 4 期，第 161－181 页

【内容摘要】目前学界对斯威夫特通过《格列佛游记》表现的古今之争，多从政治哲学角度切入解读。本文从斯威夫特直接参与的论战出发，考察该书与 17 世纪英格兰“古今之争”的关系，分析《格列佛游记》第三卷的结构与意义。斯威夫特在该书中刻画了一幅知识图景，其讽刺叙事所针对的思想基因深植于 17 世纪初的由培根开启，到世纪中叶由皇家学会延续，并在世纪末由沃顿进一步推动的知识分类传统。斯威夫特在进步论渐成主流的 18 世纪初重拾古代派的未竟之业，以讽喻的方式呈现了一幅今派知识所导致的不断倒退的景象，反击了现代自然哲学/科学推动的进步观念。

【关键词】《格列佛游记》；“古今之争”；知识分类；进步论

《黑暗之心》的目标读者与康拉德的“理想读者”

【作　者】王丽亚

【单　位】北京外国语大学英语学院

【期　刊】《外国文学研究》，2021 年，第 43 卷，第 3 期，第 98－109 页

【内容摘要】康拉德的《黑暗之心》在 20 世纪的批评与阐释中已是评论家和理论家们的“战场”和“试验地”。作品在进入 21 世纪以后依然引发了新的议题：集中于马洛的叙述风格，一部分

评论家们认为作品为“精英读者”而创作，这意味着康拉德有意疏远大众文化和“普通读者”；侧重于题材上的“帝国罗曼司”特点，不少评论家指出，作品的目标读者恰恰是当时英国文学市场上的“普通读者”。不过从出版语境反观，通俗题材及相应的读者仅仅是他用于构建“理想读者”的障眼法。以马洛作为主要叙述者，将故事中的聆听场景作为一个邀约机制，康拉德引导读者从“普通读者”的阅读立场深入关于故事意义的象征阅读；这一形式策略及相应的阅读进程暗含了康拉德寄寓于“普通读者”中的“理想读者”：以通俗题材吸引普通读者进入故事世界，通过嵌套结构、聆听场景、延缓解码、象征叙述等一系列手法引导读者超越起初囿于通俗故事和出版语境的阅读期待。

【关键词】《黑暗之心》；目标读者；“理想读者”；修辞策略；阅读进程

《黑犬》和《在切瑟尔海滩上》中冷战思维对人物命运的影响

【作　者】钟瑛
【单　位】常州工学院
【期　刊】《外国文学动态研究》，2021 年，第 1 期，第 141－148 页

【内容摘要】伊恩·麦克尤恩的小说《黑犬》和《在切瑟尔海滩上》中的两对夫妇在思维和行为特征上深受冷战思维的影响，以种族中心主义、博弈论和受迫害妄想症为特征的冷战思维投射到两部小说的主人公身上，表现为信仰中心主义、婚姻中的博弈及过度自我保护的特征。麦克尤恩通过描述人物与伴侣或家人之间的相处模式，对冷战思维予以重现、否定和批判。在冷战思想残余仍然发挥作用的今天，麦克尤恩在两部小说中通过对婚姻悲剧的描述重申了多元文化并存、双赢发展、理性交流对人类维护持久和平的重要作用。

【关键词】《黑犬》；《在切瑟尔海滩上》；信仰中心主义；博弈；受迫害妄想症

《还乡》中的自然与“现代的痛苦”

【作　者】邹文新
【单　位】北京大学外国语学院
【期　刊】《外国文学》，2021 年，第 2 期，第 68－78 页

【内容摘要】《还乡》中的主人公们兼具乡村生活和城市生活经历，身处蛮荒的爱敦荒原却又有文化上的追求。主人公们的这种特殊境况反映了身处自然中的现代人所面临的精神困境。对爱敦荒原的刻画体现了哈代对现代境况的思考，同时也蕴含了一种基于情感的、高度个人化的审美视角。本文从小说主人公们面临的精神困境出发，探讨自然与时代的微妙联系，以及主人公们特殊的现代境况；同时，通过分析爱敦荒原的黑暗特质，结合哈代的艺术观点，尝试探究小说中所反映的现代问题如何间接地塑造了这部小说的艺术风格。

【关键词】哈代；自然；现代境况；痛苦；黑暗

《米德尔马契》中的礼物、伦理与经济

【作　者】王海萌
【单　位】南京邮电大学外国语学院
【期　刊】《外国文学研究》，2021 年，第 43 卷，第 3 期，第 135－145 页

【内容摘要】乔治·爱略特在《米德尔马契》中再现了维多利亚社会经济个人主义思想对“礼

物”一词的改造。作为私有财产的一部分，礼物以个人利益最大化为目标，表现出“控制”和“联系”两个含混特征。小说通过施与受、买与卖之间的冲突，探讨了19世纪英国市场经济关系中礼物所体现的“回报”困境。礼物经济有时是一种债务经济，有时又无异于蒙上面纱的等价交换，以自利为基础的礼物经济附带着痛苦乃至死亡的高额成本。在此背景下，爱略特从伦理学角度重新挖掘“礼物”的内涵，将伦理经济中礼物的纽带功用引入小说，对经济个人主义思想进行反思，并力图借用乡村共同体文化对国家经济现实进行建构。

【关键词】乔治·爱略特；《米德尔马契》；礼物；伦理；经济

《裘利斯·凯撒》：“诗与哲学之争”的隐微书写

【作　者】于艳平；李伟昉

【单　位】于艳平：河南大学文学院

　　　　　李伟昉：河南大学莎士比亚与跨文化研究中心

【期　刊】《河南大学学报（社会科学版）》，2021年，第61卷，第2期，第80－89页

【内容摘要】莎士比亚在《裘利斯·凯撒》中塑造了4个典型人物：斯多葛主义者勃鲁托斯、伊壁鸠鲁主义者凯歇斯、意志至上者凯撒与诗性哲人安东尼，并在重大历史语境中重构了他们各自的欲望、思维方式、选择、行动及命运间的复杂关系，进而实现了他对“诗与哲学之争”这一古老的显性问题的隐微书写。这一书写有意识地将不同思维方式固化到4个有着不同体格、性格、德行、政治智慧的典型人物之中，不仅折射出莎士比亚在“诗与哲学之争”问题上的立场与观点，还表明他是一个将文学、哲学、政治融为一体进行综合考量的艺术大家，明显流露出他对当时英国社会的忧思，具有鲜明的时代特征与问题意识。

【关键词】莎士比亚；《裘利斯·凯撒》；“诗与哲学之争”；隐微书写

《人生拼图版》的图像空间：反思视觉文化

【作　者】程小牧

【单　位】北京大学外国语学院

【期　刊】《外国文学动态研究》，2021年，第6期，第141－149页

【内容摘要】乔治·佩雷克的《人生拼图版》以一座巴黎居民楼的剖面图为结构，以海量的图像描写展开叙事。这些图像叙述一方面是小说空间塑形的基本方式，另一方面也是叙事本身所表现和探讨的主题——20世纪日益占据人类生活主导地位的视觉文化。这一尝试不应仅被视为文学形式的创新，它更是一种新型视觉文化的表征。本文试图通过对小说中图像作用的讨论，考察图像及视觉艺术与该小说空间塑形的同构性，并指出佩雷克对新型视觉文化的超前认识，以及其对背后的消费主义秩序的思考和借助于艺术的否定性精神去抵抗这种秩序的努力。

【关键词】乔治·佩雷克；《人生拼图版》；图像；空间；视觉文化；否定性

《如此世道》中英国文艺复兴喜剧人物传统的融合与发展

【作　者】朱禹函；吴美群

【单　位】朱禹函：南京农业大学外国语学院

　　　　　吴美群：长沙学院外国语学院

【期　刊】《东北大学学报（社会科学版）》，2021年，第23卷，第4期，第120－126页

【内容摘要】浪漫喜剧中的贵族绅士和讽刺喜剧中的机智骗子被认为是英国文艺复兴喜剧传统中两个主要的人物形象。然而，贵族绅士虽然风度翩翩，但缺乏个人才能，无力解决喜剧冲突；机智骗子虽然足智多谋，但身份卑微，缺乏贵族风尚。威廉·康格里夫在《如此世道》中，不仅继承和发扬了文艺复兴喜剧传统主人公的优良特征，还根据《教育漫话》中的资产阶级教育观和英国宪政制度中的契约精神，创造出一位资产阶级绅士米拉贝尔。他既在行为举止上有贵族绅士的翩翩风度，又在个人能力上有骗子人物的精明强干，在喜剧中以契约"智服"恶棍，惩恶扬善。这一人物形象不仅是康格里夫的创新，更是时代精神的彰显。
【关键词】贵族绅士；机智骗子；《如此世道》；《教育漫话》；资产阶级绅士

《谁—死了，麦卡锡》中的民间故事、故事讲述人与小说叙述者

【作　者】龚璇
【单　位】中国社会科学院外国文学研究所
【期　刊】《外国文学》，2021 年，第 1 期，第 25－36 页
【内容摘要】民间故事是一种古老的口头艺术，短篇小说是一种现代书面叙事，前者是集体无意识的表达，后者是有意识的个性化书写，两者泾渭分明，不应被混为一谈，这似是爱尔兰民俗研究界与文学批评界的共识。然而，爱尔兰作家在创作实践中却从未停止过召唤古老的亡灵，当代作家凯文·巴里的短篇小说《谁—死了，麦卡锡》就是一个兼具民间讲述与现代叙述双重形式、以故事讲述人的死亡和小说叙述者的孤独为双重主题的故事。这个故事召唤我们回到讲（叙）述艺术本身，重审讲述与叙述的分野，探索民俗研究与文学批评的共同进路。
【关键词】《谁—死了，麦卡锡》；民间故事；短篇小说；故事讲述人；小说叙述者

《失乐园》技术发明情节描写中的科技发展观"对话"

【作　者】吴玲英；陈则恩
【单　位】中南大学外国语学院
【期　刊】《中南大学学报（社会科学版）》，2021 年，第 27 卷，第 6 期，第 188－196 页
【内容摘要】技术发明是《失乐园》中众多科技情节的范例，主要包括生火、金属冶炼和火药武器 3 种与火相关的发明。通过对技术发明的细节描写，弥尔顿与培根就有关科技发展的"大复兴"论进行了"对话"。培根"大复兴"论认为，人可以通过科学技术恢复到堕落以前对于自然的主宰状态，并实现人类社会的高度发展。弥尔顿则将上述 3 项发明置于人类历史中，对"大复兴"论进行了反思，探讨技术对于人类文明前进的复杂作用，强调物质文明的发展需要精神文明作为支撑和指引。科技与人文价值的结合，也成为史诗《失乐园》中设想的人类命运共同体的有机组成部分。
【关键词】约翰·弥尔顿；《失乐园》；技术发明；弗朗西斯·培根；"大复兴"

《石神》中技术的死亡政治面孔

【作　者】林少晶
【单　位】浙江大学人文学院
【期　刊】《当代外国文学》，2021 年，第 42 卷，第 2 期，第 128－135 页
【内容摘要】《石神》中进步的完美乌托邦图景掩盖了其新自由主义资本主义社会的死亡政治本

质，这从其管理制度中便可略知一二，这些管理举措同样也揭示了资本贪婪的本性。死亡权力的运作通过技术的手段得以全面渗透：基因编辑和子宫外生育等生命权力表面上是为了改善人类的生命，实则是干预人类的进化，将人类暴露于更危险的未知之中，也将危及女性的未来；与此同时，不管是以技术无意识为主导的全自动化生活方式，还是"数据挖掘技术"，又或是芯片植入的监督技术，所有这些皆为死亡政治的治理术。这些技术手段不仅将人类非人化，同时将人类逐渐从具体现实转变成抽象概念，进而将人类推向死亡之境。

【关键词】珍妮特·温特森；《石神》；技术；死亡政治

《泰特斯·安德罗尼克斯》：素材来源与推陈出新

【作　者】李伟昉

【单　位】河南大学莎士比亚与跨文化研究中心

【期　刊】《郑州大学学报（哲学社会科学版）》，2021 年，第 54 卷，第 3 期，第 93－100 页

【内容摘要】莎士比亚创作的第一部复仇悲剧《泰特斯·安德罗尼克斯》被认为有多个素材来源，其中最重要的来源有古罗马诗人奥维德的《变形记》、古罗马悲剧家塞内加的悲剧《提埃斯忒斯》，以及畅销故事《泰特斯·安德罗尼克斯悲剧史》等。单从创作素材的角度看，莎士比亚不属于原创性的作家，但却是能在改编中匠心独运、推陈出新、后来居上的独一无二的巨擘。他不仅在极端情境中塑造出了像泰特斯、艾伦这样颇具审美价值的性格鲜明的人物典型，还赋予了悲剧远超一般流血复仇剧的隽永深刻的政治寓意。该剧流露出作者对王位继承、君王德能等王权政治问题的严肃思考，对冤冤相报思想的否定倾向，以及对仁爱、宽恕与和平的深沉呼唤与强烈憧憬。

【关键词】莎士比亚；《泰特斯·安德罗尼克斯》；素材来源；推陈出新

《温柔之歌》：空间生产与空间暴力的伦理表达

【作　者】伍倩

【单　位】中国人民大学外国语学院

【期　刊】《外国文学》，2021 年，第 4 期，第 23－33 页

【内容摘要】2016 年龚古尔文学奖得主、法国北非裔青年女作家蕾拉·斯利玛尼的长篇小说《温柔之歌》以现实中的保姆杀婴案为蓝本，细致入微地复刻了一位"完美"保姆崩溃行凶的精神路径。保姆露易丝在杀害两个孩子后自戕的极端事件超出了个人伦理选择的范畴，成为制度性暴力由系统向个人、由空间向伦理转化的隐喻。小说通过多层次空间与人的互动关系，展现了权力客体的苦难是如何被生产的；以空间为主体来构建伦理景观，又以伦理为视角考察空间形态，借家宅的微观单位直击当代法国社会阶级撕裂的痛点，是作者以少数族裔与女性身份对现实危机的伦理干预，对空间中人文关怀的呼吁。

【关键词】《温柔之歌》；蕾拉·斯利玛尼；空间生产；空间暴力；伦理选择

《西北》中第二代移民自我奋斗的迷思

【作　者】聂薇

【单　位】上海外国语大学国际教育学院

【期　刊】《当代外国文学》，2021 年，第 42 卷，第 1 期，第 44－50 页

【内容摘要】扎迪·史密斯始终关注移民的生存境遇，特别是当代移民社会生存境遇的变迁，而第二代移民的命运更是史密斯关注的中心。《西北》是史密斯的第三部小说，发表于2012年，延续了作者成名作《白牙》的背景和主题。书中多处出现“唯一的作者”的说法，影射第二代移民的自我塑造是其核心主题。小说的主要和次要人物都是三十出头的第二代移民，他们将自我奋斗的主流话语奉为圭臬，为了离开自己成长的贫民区，不断地挣扎和奋进。但是大多数第二代移民见证的是自我奋斗“神话”的幻灭，而所谓自我奋斗的“典范”也因为和原生家庭的撕裂或奋斗中的失德而迷失自我。通过对当代英国第二代移民自我奋斗的命运的探讨，史密斯在《西北》中揭露了英国社会关于自我奋斗的“迷思”，表达了对相关政策的不满，也暗示了作者对新千年社会环境的担忧。

【关键词】扎迪·史密斯；《西北》；自我奋斗；第二代移民

《辛格顿船长》中的金子与18世纪英国国家身份的悖论

【作　者】郭然
【单　位】华东师范大学中国语言文学系
【期　刊】《外国文学研究》，2021年，第43卷，第5期，第165—175页

【内容摘要】笛福的小说《辛格顿船长》讲述了英国商人辛格顿在非洲等地通过海盗式贸易掠夺金子并带回国储藏的经历，由此揭示了18世纪英国晚期重商主义货币政策的两副面孔。晚期重商主义一方面重视在国内缔造货币和商业秩序，另一方面又鼓励英国商人在海外从事掠夺性贸易，使得这一时期的英国国家身份在现代普惠式商业国家与海盗式帝国之间游移。辛格顿结束其海外探险以商人面目回归英国的过程可以理解为对英国自身形象的净化，凸显了其现代商业社会特征的象征。小说并不止步于勾连货币政策与国家身份的建构。更为重要的是，笛福借助于一种糅合传奇和写实的新的虚构体裁，解构了18世纪英国人所宣扬的英国推动了全球经济发展的观点，强调了18世纪英国国家身份挥之不去的阴暗面。总的来说，《辛格顿船长》对金子的描写揭示了18世纪英国国家身份悖论的经济根源，具有鲜明的文化批判功能。

【关键词】《辛格顿船长》；金子；国家身份；小说形式；全球贸易

《寻找丢失的时间》：关于“恨”与“爱”的启示

【作　者】郭晓蕾
【单　位】复旦大学中国语言文学博士后流动站；中山大学中文系
【期　刊】《文艺理论研究》，2021年，第41卷，第5期，第167—175页

【内容摘要】普鲁斯特的长篇叙事小说《寻找丢失的时间》暴露出时间性自我——“我”——之不可豁免的存在形式是异化，异化的心理学表述是欲望，其伦理学表述则是“恨邻人”；普鲁斯特的现代文艺篇章令古老的“原罪”变得更具可视性。但普鲁斯特同时提出了“超时间性的”自我——“真我”。“真我”和“我”，与萨特笔下的“前/非反思意识”和“反思意识”，具有同构的叙事旨趣：时间性自我具有虚构性，自我本身是复调性的；而这意味着，虽然“恨”是“我”对世界之必然的伦理冲动，“不恨”也是一种现实的、存在性的可能。拉康意图借对“爱欲如己”之必然性的论证，为“爱邻如己”提供存在论证明，从而克服传统道德律法主义必然导致的对存在的施虐，但却在事实上令“爱”面临着失去伦理价值的危险。普鲁斯特笔下的“我”反驳了拉康对“爱邻如己”的乐观展望，“真我”则因其超历史性而与异化绝缘，并为“爱”这一伦理意向提供了一个“消极”的逻辑起点。通过对自我既在，又不在历史之中的存在形式的展陈，

普鲁斯特赋予了爱与恨伦理的意义。

【关键词】普鲁斯特；奥古斯丁；康德；萨特；拉康

《幽灵旅伴》中的莎士比亚黑女士

【作　者】王卉

【单　位】大连外国语大学英语学院

【期　刊】《国外文学》，2021 年，第 2 期，第 136－145 页

【内容摘要】英国黑人小说家埃瓦雷斯托在《幽灵旅伴》中再现了欧洲早期非洲旅居者的幽灵，其中最具代表性的英国黑人形象是莎士比亚十四行诗中的黑女士。黑女士的形象自出现以来便多次在文学作品中复现，并且由此获得主观真实性。她的可能存在，以及莎士比亚对其美貌的赞美，能够颠覆欧洲社会中“以白为美”的种族化审美，从而避免黑人女性被异化和物化的命运。同时，以黑女士为代表的非裔幽灵在欧洲大陆的存在史能够帮助当代英国黑人移民的获得他们所急需的归属感。

【关键词】《幽灵旅伴》；黑女士；真实性；种族化审美；存在史

《尤利西斯》的数字诗学

【作　者】张治超

【单　位】安徽师范大学文学院

【期　刊】《国外文学》，2021 年，第 1 期，第 60－70 页

【内容摘要】20 世纪初的爱尔兰作家们往往会赋予作品里的数字以某种特殊意义，以数字为象征暗示作品的意义和内涵，詹姆斯・乔伊斯就是这样一位作家。乔伊斯对数字及其背后含义的兴趣既体现于他的个人生活中，又体现于他的小说创作中。在不同语境下，乔伊斯小说里的数字 11 基本上体现出罪恶、死亡和新生三种不同象征含义。小说的形式和细节设计强化了 11 的象征含义，它尤其暗示了《尤利西斯》里斯蒂芬和布卢姆二人之间的神秘关联。不过，《尤利西斯》里的数字象征艺术并非乔伊斯的首创，他很大程度上继承了基督教神学、数字命理学和古典文学的数字象征传统。以特定文学和文化传统为基础，乔伊斯为自己的小说构建了新的象征维度，也为读者理解《尤利西斯》的主题提供了新的途径。

【关键词】詹姆斯・乔伊斯；《尤利西斯》；数字；象征

《月亮虎》的隐性叙事进程与“伪”女性主义

【作　者】梁晓晖

【单　位】北京科技大学外国语学院

【期　刊】《国外文学》，2021 年，第 4 期，第 103－112 页

【内容摘要】20 世纪 80 年代为英国小说多元化创作高峰期，其中“编史元小说”从底层、女性、少数族裔等边缘人群视角挑战曾由白人男性控制的历史叙事，成为备受瞩目的小说文类。英国女作家佩内洛普・莱夫利的布克奖小说《月亮虎》即被评论界奉为以女性书写重塑 20 世纪大英帝国历史的佳作。然而，这种认为作品凸显女性主义的观点值得商榷。通过沉默叙事、文体特征与叙事暗旨的研究发现，作品存在明显的文本悖论。这部所谓的女性书写作品背后暗藏着隐性叙事进程：它通过形塑第三世界实现对后者的控制，通过错置的女权推崇男权，并且经

由一套貌似多元包容的后现代话语宣扬了东、西方二元对立思维，实则是一部“伪”女性主义作品。

【关键词】“编史元小说”；《月亮虎》；女性主义；帝国主义；隐性叙事进程

《占有》：一部作为文化策略的花园罗曼司

【作　者】金佳
【单　位】杭州师范大学外国语学院
【期　刊】《外国文学》，2021 年，第 3 期，第 161－170 页
【内容摘要】学界已有人关注 A. S. 拜厄特小说《占有》中的罗曼司（romance）体裁，但是常常过度强调罗曼司的虚构因素，或是简单地将罗曼司理解为浪漫的爱情传奇，而忽略其对现实的文化建构作用，尤其是花园意象对于这部罗曼司所发挥的重要功能。实际上，小说中的花园既是追寻之旅的重要空间，也是追寻的对象。从穿越被种种欲望占有的堕落花园，到最终找到重获新生的英格兰花园，探寻理想的花园构成了这部罗曼司的“圣杯”隐喻。因此，《占有》作为一部花园罗曼司，不仅成为作者重构历史的一种重要文学样式，而且还是重塑英格兰民族美好、和谐秩序的一种文化策略。
【关键词】A. S. 拜厄特；《占有》；花园；罗曼司；追寻；穿越；文化；秩序

《真相毕露》中的身份错位与伦理选择

【作　者】刘茂生
【单　位】广东外语外贸大学英语语言文化学院
【期　刊】《外国文学研究》，2021 年，第 43 卷，第 4 期，第 134－143 页
【内容摘要】萧伯纳戏剧《真相毕露》以“政治狂想曲”为副标题，暗示了该剧与政治有难以分割的联系。在以虚伪和欺诈为生存基础的社会环境中，剧中不同人物面临各自的伦理选择与身份选择。人物之间关系反转，进而引发了伦理身份的变化与混乱，新的伦理身份使其陷入了生活与精神的伦理困境，这是当时英国社会伦理道德标准混乱的真实写照。怀有政治理想诉求的萧伯纳巧妙地设计了一条旷野中的“路”，为精神荒原上的人们提供了变革社会的希望，同时也表达了他对重建战后西方社会伦理秩序的渴望。
【关键词】萧伯纳；《真相毕露》；身份错位；伦理选择

《追忆似水年华》中维米尔的三重出现及绘画的隐喻

【作　者】程小牧
【单　位】北京大学外国语学院
【期　刊】《外国文学》，2021 年，第 6 期，第 51－63 页
【内容摘要】绘画艺术在小说《追忆似水年华》中占据着非常重要的位置，维米尔作为普鲁斯特本人最喜爱的画家，在整部作品中有着独一无二的崇高地位。本文将对维米尔在作品中的反复出现做全面的梳理和分析，将之归纳为三种情况：第一，融入情节、刻画小说人物的性格特质；第二，以场景描写来复现维米尔的画面；第三，通过贝戈特之死直接阐发维米尔绘画的启示。本文通过上述分析讨论维米尔在不同文本层面的隐喻意义，并指出维米尔绘画，尤其是其代表作《德尔夫特小景》对写作者普鲁斯特的启示：如何于日常中发现真理，艺术品所能矫正

的视野及艺术家的天职等。

【关键词】《追忆似水华年》；绘画；维米尔；隐喻；视野；《德尔夫特小景》

19世纪英国的社会焦虑与仇华情绪——鸦片贸易背景下的狄更斯遗作《德鲁德疑案》

【作　者】宁艺阳
【单　位】华中科技大学外国语学院
【期　刊】《外国文学研究》，2021年，第43卷，第1期，第141－151页
【内容摘要】狄更斯于未竟遗作《德鲁德疑案》中有关鸦片吸食行为和伦敦烟馆的描写值得深究，且作品中并不多见的几个华人形象具有种族和历史层面的多重指涉。晚年频繁服用鸦片酊的狄更斯深知鸦片之害，并在小说中借鸦片公主和贾思伯的症状对其予以间接揭露。自第一次鸦片战争起，有关鸦片烟馆和鸦片成瘾者的新闻叙述话语频繁见诸英国报端，反映了英国当时暗中发酵的社会焦虑和持续升温的反华情绪。这些报道想象式地建构并污名化了华人刻板形象，企图将英国白人接触并习染鸦片烟瘾的罪责归咎于在英华人。小说中的鸦片书写和华人形象的分析能够为我们提供管窥中英鸦片贸易、两次鸦片战争等宏大历史背景的独到视角。
【关键词】狄更斯；《德鲁德疑案》；鸦片贸易

艾略特非个人化诗学的感性面向

【作　者】许小凡
【单　位】北京外国语大学英语学院
【期　刊】《外国文学》，2021年，第3期，第131－139页
【内容摘要】2019年是诗人艾略特提出著名的“非个人化”理论的一百周年，但批评界在处理现代主义遗产的过程中，较少着眼于非个人化理论在辩证中蕴含的情感内核，及其赋予感性经验的核心地位。本文专注于艾略特诗学理论中关注客体、感性经验乃至“爱”的一个侧面，指出无论是非个人化理论，还是围绕感受力不联融和思与感辩证关系的探讨，以及对爱的思考，都基于艾略特赋予客体及感性经验的重要地位，这也是艾略特与英国浪漫派诗人的分野之处。通过对非个人化与感受力不联融等理论的梳理，本文继而讨论了这些理论的推论，即艺术创作的真诚问题，并提供了将这些理论看作艾略特对现代性的回应的一类视角。
【关键词】艾略特；非个人化理论；感性经验；爱

艾滋病的跨界书写——以吉贝尔的作品为例

【作　者】陆一琛
【单　位】苏州大学外国语学院
【期　刊】《外国文学》，2021年，第4期，第47－57页
【内容摘要】法国当代作家艾尔维·吉贝尔因出版披露福柯死因和自己罹患艾滋病事实的自传体小说《给没有救我命的朋友》而家喻户晓。吉贝尔的成名作“艾滋病三部曲”的叙事张力源自其书写跨体裁、跨媒介的特殊性：一方面，在罹患艾滋病的真实境遇下，如实记录病情进展的迫切性与借助于文字媒介特有的虚构性重塑现实、改变死亡命运的心理需求使得书写在真实与虚构之间、自传与小说之间摇摆不定；另一方面，部分影像与小说所构成的跨媒介互文关联极大地强化了媒介的表现效果和表意效能。只有在突破虚实之界和媒介之限的双重跨界视域，吉

贝尔的艾滋病书写才能显现出其“史诗般”的独特魅力，成为近现代疫病书写史上无法取代的重要篇章。

【关键词】艾滋病；疫病书写；自我虚构；跨媒介叙事

爱的追寻——论拉什迪的新作《吉诃德》

【作　者】贾宏涛
【单　位】中国人民大学外国语学院
【期　刊】《外国文学动态研究》，2021 年，第 5 期，第 78－86 页
【内容摘要】萨尔曼·拉什迪的新作《吉诃德》揭示了在一个异化的世界里，众生如何以爱联结彼此，具有人文主义关怀的文学如何成为唤醒爱的有效方式。本文从该小说中爱的追寻入手，从异化危机、爱的追寻与文学之用三个方面展开讨论，试图说明拉什迪对面临生存危机的现代人的命运的深切关怀。
【关键词】萨尔曼·拉什迪；《吉诃德》；爱；异化；文学

奥劳达·埃奎亚诺《生平自述》中的海洋与自由

【作　者】张陟
【单　位】宁波大学外国语学院
【期　刊】《外国文学评论》，2021 年，第 1 期，第 212－238 页
【内容摘要】奥劳达·埃奎亚诺是 18 世纪末非裔英语作家。他的《生平自述》完整记述了他被拐为奴、自我赎身及成长为废奴斗士的全过程，具有相当高的文学与历史价值。本文从埃奎亚诺写作的真实性问题入手，依次探讨了文本涉及的非洲想象、奴隶贸易与奴隶制及海洋提供的流动性等问题，认为埃奎亚诺在充分利用英语这个书写武器积极建构自我的同时，勇于与英国主流阶层及其价值观进行斗争与协商，他不仅为自己赢得了应有的权利与尊重，也为他的非洲同胞指明了未来努力的方向。
【关键词】奥劳达·埃奎亚诺；非洲想象；书写与反抗；航海叙事

班维尔小说《海》中的想象、认知与存在

【作　者】伊惠娟
【单　位】苏州大学外国语学院
【期　刊】《当代外国文学》，2021 年，第 42 卷，第 4 期，第 145－151 页
【内容摘要】《海》是爱尔兰作家约翰·班维尔著名的写画小说。小说中绘画作品与语言再现并置，形成了对过去不在场或不存在之物的想象性认识，暗示了对自我、死亡等存在问题的审视。神意象的视觉重构和语言再现带有明显的阶级表征，是主人公逃避死亡暗恐、重构自我的想象庇护所。对勃纳尔和凡·高作品的写画性描述和阐释，暗含了对死亡的真切体验和本真的死的认知。有关勃纳尔绘画风格和艺术流派的评述揭示了作家独特的创作观。班维尔借绘画和小说主题的对话，深度挖掘了人类生存困境，这也彰显了班维尔作品的艺术张力，以及作为当代作家对爱尔兰文学传统的超越和民族主义标签的淡化。
【关键词】约翰·班维尔；《海》；写画；想象

暴力、身体、记忆——品特戏剧中的刑罚书写与公平正义政治观

【作　者】刘明录
【单　位】广西师范大学外国语学院
【期　刊】《外国文学研究》，2021 年，第 43 卷，第 3 期，第 146－156 页
【内容摘要】在英国戏剧家哈罗德·品特的戏剧中，刑罚意象极其丰富，既有不明组织对个人的私刑惩戒，也有国家权力机构对个人的处罚，还有个人滥用权力对他人的刑讯。剧中的刑罚只是作用于弱者身上，罪行的认定具有随意性，无明显罪行的个人身体受到刑罚的摧残，与刑罚公平正义的自然属性及法律实施的普遍性和程序性相背离，展现出极其荒诞的一面。由于刑罚的施行体现了统治阶级的意志，属于国家暴力手段，因而剧中任意滥用的刑罚现象彰显了剧作家对于西方统治阶级强权政治的辛辣讽刺和对普通民众的关切，从侧面展现了他的刑罚认知和公平正义政治观。品特戏剧中的刑罚书写主要突出了其暴力性，被打上了二战及冷战时期的特别时代烙印，这与品特的身份属性、人生体验和记忆相关。
【关键词】品特戏剧；暴力；刑罚书写；公平正义；政治观

背德者及其他：从纪德看自我的多样形象

【作　者】杨亦雨
【单　位】华东师范大学外语学院
【期　刊】《上海师范大学学报（哲学社会科学版）》，2021 年，第 50 卷，第 5 期，第 67－73 页
【内容摘要】本文主要从爱、宗教和社会公共领域三个方面，探讨纪德笔下作为背德者的自我及其特征。爱体现的是自我的情感世界，宗教表现的是自我的终极关切，二者都属于广义的内在精神世界；比较而言，社会公共领域体现了自我与外在社会政治现实的关系。无论是从中世纪走向现代，还是现代社会自身的演进，自我意识的萌发、演化，都无法离开以上三个方面。在纪德的笔下，自我既以背德者为人格形态，又体现于多样的社会领域（包括不同的文明形态），通过以上方面的考察，纪德的作品展现了个体丰富的内心世界和行为方式，由此也展现了自我形象的多样形态。
【关键词】背德者；自我；爱；宗教；社会

被冤枉的海蒂？——《亚当·比德》的女性主义思考

【作　者】周颖
【单　位】中国社会科学院外国文学研究所
【期　刊】《外国文学》，2021 年，第 4 期，第 119－130 页
【内容摘要】如何解读《亚当·比德》中的海蒂，历来众说纷纭。为海蒂喊冤，乃英美评论界的主流声音，甚至有论者视她为“逾矩破规”者。本文通过分析乔治·爱略特时代风行于中等阶层和底层社会的完美太太理念，从女性主义的视角切入考察美的观念，思考海蒂如何陷入自恋深渊，从而造成对他人、对真实世界的排斥。无情或缺乏感受，是酿成海蒂悲剧的一个主观原因。爱略特有鲜明的道德关怀，却没有站在道德的制高点对海蒂进行口诛笔伐，也没有将她简化成文学作品中惯常出现的女性类型，如贞女、慈母或荡妇等。海蒂并不因其“小”而变得僵硬与扁平，反而是小说刻画得最丰满的女性人物。作者深知海蒂的悲剧有个体的责任，也有不可忽略的社会原因。

【关键词】《亚当·比德》；完美太太；自恋；海蒂；个体与群体的悲剧

被直观呈现的世界——罗伯-格里耶反传统创作探析

【作　者】桂青云；张新木
【单　位】南京大学外国语学院
【期　刊】《江西社会科学》，2021年，第41卷，第7期，第85—91页
【内容摘要】在传统视角的解读下，罗伯-格里耶的前期作品呈现出描写平面化和叙事碎片化的特征，但平面化和碎片化的表象下却隐藏着深度和连续性，背离传统的形式背后是作者借由人物视角对个体存在经验的直观式呈现。对文学中既存的诗意表达和阐释系统的拒斥构成了作者创新的驱动，而展现个体原初的感知世界和精神生活则是其创作的重要目的之一。人物所意向的画面直接面向读者，它们替代了任何解释性的语言，为主体的真实存在进行言说，读者也从而在直观中与作品发生更为深刻的牵连和互动。
【关键词】罗伯-格里耶；反传统；直观；描写；叙事

卞之琳莎评：马克思主义与现代西方莎学的融合

【作　者】张薇
【单　位】上海大学文学院
【期　刊】《河南大学学报（社会科学版）》，2021年，第61卷，第6期，第65—72页
【内容摘要】卞之琳接受莎士比亚的轨迹经历了从初读、初译、观剧，到深读、精译、评论的过程，从最初接受苏联的莎评模式，并受到20世纪50年代对人民性、阶级性的过度强调的影响，到20世纪80年代较为客观持平地评价莎士比亚。卞之琳的莎学融合了马克思主义和现代西方莎学。他注重历史唯物主义和辩证唯物主义，围绕莎剧中的典型环境与典型人物及“莎士比亚化”进行论述，对作品进行阶级分析，强调人民性，探讨莎剧中人文主义思想的困境。他自觉利用现代西方莎学中的一些史实材料和来源考证，借鉴意象分析，同时扬弃现代西方莎评中的宗教论、人性论及“历史派”“影射派”的观点。卞之琳将马克思主义与西方莎学“整合”的策略是：坚持和运用马克思主义世界观和方法论，把西方莎学作为学术工具，构建富有他自己特色的莎学体系。
【关键词】卞之琳；马克思主义莎评；现代西方莎评

波德莱尔：“忧郁”作为一种诗学

【作　者】树才
【单　位】中国社会科学院外国文学研究所
【期　刊】《外国文学动态研究》，2021年，第5期，第152—160页
【内容摘要】2021年是法国诗人波德莱尔诞辰200周年。波德莱尔被公认为“现代诗”的开山鼻祖，他的诗学理念和诗歌成果把诗歌从浪漫主义推向了现代主义，深刻地影响了后来的诗人。“忧郁”被他升华为一种诗学，“恶”被他转化为语言的“花朵”，散发出“美”的芳香。本文追述了波德莱尔的文学生涯，重读了他那部惊世骇俗的诗集《恶之花》，探讨了诗歌的翻译问题，并结合中国现代诗的现状，提出了“现代诗还有戏吗”这一诘问。
【关键词】现代诗；波德莱尔；“忧郁”；困境；诗歌翻译

波德莱尔的恶：道德还是审美？

【作　者】徐卫翔
【单　位】同济大学人文学院
【期　刊】《同济大学学报（社会科学版）》，2021 年，第 32 卷，第 5 期，第 104－113 页
【内容摘要】1857 年，波德莱尔因出版《恶之花》而引起轩然大波，被告上法庭。法庭从社会道德出发，认为波德莱尔对“恶”做了如实的描述，从而冒犯了公共道德。后世的批评家则往往倾向于区分艺术和社会道德。通过对波德莱尔诗歌艺术特点的分析，以及对波德莱尔的恶之多种含义的探讨，可以得出结论：波德莱尔坚持审美高于道德，并最终形成对美的崇拜，而从波德莱尔的作品看，对美的崇拜最终会走向厌倦。
【关键词】恶；道德；审美；厌倦

不断挖掘：谢默斯·希尼诗歌中的沼泽与文化记忆

【作　者】袁广涛
【单　位】北京大学外国语学院；汕头大学外语系
【期　刊】《江西社会科学》，2021 年，第 41 卷，第 7 期，第 92－99 页
【内容摘要】沼泽是贯穿谢默斯·希尼创作生涯的一个重要主题，并被赋予个人、家族、民族和历史等不同层面的象征含义。作为家族世居之地的沼泽代表了个人和家族的记忆，是诗人的代际之地；作为考古场域的沼泽代表了对往昔知识的好奇与探究，是思古的回忆之地；上演杀戮仪式的沼泽象征了诗人的民族记忆，成为诗人的纪念之地；而当诗人反思自己赋予杀戮以民族政治价值，转而揭示暴力造成的伤口时，沼泽则变成了创伤之地。这种多层次、多角度的描写赋予了沼泽平实的生活感、森然的仪式感、厚重的历史感、精确的抒情性，使诗人能够借助于这片风景探索自我和群体、诗歌和社会、记忆和现实的关系。
【关键词】谢默斯·希尼；沼泽；记忆；阿莱达·阿斯曼

布朗肖的“纯叙事”写作——以《亚米拿达》为例

【作　者】邓冰艳
【单　位】北京外国语大学法语语言文化学院
【期　刊】《国外文学》，2021 年，第 1 期，第 71－78 页
【内容摘要】布朗肖以《亚米拿达》为代表的“纯叙事”只与追寻小说作品源头的无限进程 récit（叙事）相关，是布朗肖思考小说作品源头的独特方式。这类叙事既是让故事空间瓦解的“不可能”的叙事，亦是返回 récit 并以其为讲述对象的“叙事的叙事”。在这样的“纯叙事”写作中，叙事会遭遇让叙事不再可能的空间，并让小说作品的源头亦即文学作为“不在场”显现。这样的显现不仅意味着对小说作品源头“不可能”本质的揭示，还意味着在小说作品源头处敞开一个让作品不再可能的“无作”空间。总而言之，正是对“无作”空间的承载让小说作品获得其艺术性。
【关键词】布朗肖；récit；“纯叙事”；“叙事的叙事”

差异与联结：《星形广场》的互文策略

【作　者】李英华
【单　位】河南大学外语学院
【期　刊】《河南大学学报（社会科学版）》，2021 年，第 61 卷，第 6 期，第 79—86 页
【内容摘要】莫迪亚诺在其成名作《星形广场》中广泛运用互文性策略，以交错的文本为基石，以相关的作家作品为装饰建构起一座座“建筑”（小说文本）。他通过超文性戏仿使小说表现出戏谑的张力，通过与著名作家及其作品的互文实现了与犹太传统文化的对话，把抽象的文化精神呈现在读者面前，引导读者将小说文本置于法国乃至整个欧洲的历史与文学语境中进行阅读和理解，从而实现形式创新与意义深度的高度统一。
【关键词】莫迪亚诺；《星形广场》；互文性；开放倾向

城—乡系统论视域下的资本、生态与性别——论《理智与情感》中奥斯丁的“现代社会想象”

【作　者】范一亭
【单　位】北京科技大学外国语学院
【期　刊】《国外文学》，2021 年，第 3 期，第 82—92 页
【内容摘要】在泰勒的“现代社会想象”图景中，18 世纪已成为英国提升经济和商业地位的时代。奥斯丁的小说《理智与情感》（1811）一方面描述了确立资本和市场为中心的有序社会，另一方面在文学、思想和语言上以准浪漫主义的姿态对文明加以情感式的抵制，而这恰恰是奥斯丁小说世界的社会系统最为关键的矛盾和推动社会次系统沟通发展的核心动力。本文在威廉斯的名著《乡村与城市》（1973）的基础上，以社会系统论为理论出发点，将奥斯丁笔下的自然生态的再现同资本、性别的话语做进一步的关联和梳理。在生态、资本与性别三重话语的交织之下，社会系统内的行动者埃丽诺、玛丽安两姐妹携启蒙理性和激进浪漫的双重姿态穿梭在城市—乡村的斗争、协商和沟通之中，小说对于 18 世纪末 19 世纪初以城市—乡村为核心次系统的现代英国社会的想象便呼之欲出。
【关键词】城市—乡村；系统论；简·奥斯丁；《理智与情感》；“现代社会想象”

程抱一及其小说中文化磨合形态论析——以《天一言》为中心

【作　者】封艳梅
【单　位】陕西师范大学文学院；广西民族大学
【期　刊】《人文杂志》，2021 年，第 6 期，第 89—95 页
【内容摘要】海外华文文学自创生以来，就承载着超越文学层面的文化意义，是古今中外文化以某种文学方式对话、磨合、交融的结果。海外华人作家程抱一的长篇小说《天一言》就呈现出这一文化现象。在哲学层面上，小说以河流为隐喻，将西方的时间观念与中国文化中“道”的观念相会通，又将爱作为其三元理论的第三元，引向对永恒生命观的思考；在艺术层面上，天一对绘画艺术的追求和探索历程，生动地展示出中西方绘画艺术如何在主人公个体的心灵世界中磨合，生成其独特的艺术生命；在叙事层面上，小说吸收和借鉴了西方叙事传统，又氤氲着中国古典小说与古典诗词的意境，构筑出独具特色的审美空间。从某种程度上说，海外华文文学展现出中西方文化在多个层面上的共存与对话，以及在全球化语境和人类命运共同体层面上生成的多民族文化融合创新后的崭新形态。

【关键词】程抱一；华文文学；《天一言》；文化磨合

程抱一与雅阁泰风景诗学之比较分析

【作　者】巫春峰
【单　位】天津外国语大学欧洲语言文化学院
【期　刊】《苏州大学学报（哲学社会科学版）》，2021 年，第 42 卷，第 5 期，第 157－166 页
【内容摘要】风景诗学在华裔诗人程抱一和法国诗人雅阁泰的诗歌中占据着极为重要的位置，它让二战后渴望打破文本主义枷锁、重建与感性世界纽带的诗人们觅得了重返本源之途。在现象学启示之下，两位诗人都将目光转向有血有肉的感官世界，而风景正是这类创作的典型代表。在与风景零距离的接触中，情感作为拉近诗人与世界的纽带，使得主体成为世界不可或缺且亲密无间的一分子，抹除了主客二分的界限。这种知觉的存在思想源于可感之人与被感之物的共通性，与梅洛-庞蒂的“肉身”说互为映照，人之身体与物之肉身互相渗透，相融无间。两位诗人不仅关注风景可感可知的一面，还致力于揭示其不可见的另一维，从而凸显风景的浑融和不可知性，直至将遮蔽的终极本体在景外的敞亮之境中呈现出来。
【关键词】风景诗学；情感；现象学；雅阁泰；程抱一

冲突与弥合的寓言：论《别让我走》的生命政治与生命价值

【作　者】支运波
【单　位】上海戏剧学院
【期　刊】《外国文学动态研究》，2021 年，第 3 期，第 112－119 页
【内容摘要】石黑一雄的《别让我走》叙述了一个名叫凯茜的女克隆人和她的同伴们捐献器官的悲惨故事。从生命政治理论出发解读该小说，本文认为：第一，小说以事件叙事的形式着重刻画了人类生命与克隆生命的差异化结构，以及由此导致的生命境况与价值观念的冲突；第二，作家以零度叙述的方式从反面暗示，造成克隆生命残酷样态的原因是现代生命政治的治理逻辑与运作机制；第三，小说渲染强烈的情感体验，意在表明人类生命与克隆生命之间并不存在孤立或差别化的生物系统，借此探讨在一个生命政治新世界来临的时刻，人类应该如何安置自身的情感，如何认识人性与生命价值。
【关键词】《别让我走》；生命政治；生命价值；事件叙事

重构写作主体：艾丽丝·默多克的叙事伦理

【作　者】徐明莺；李正财
【单　位】徐明莺：大连理工大学外国语学院
　　　　　李正财：上海外国语大学英语学院
【期　刊】《外语与外语教学》，2021 年，第 3 期，第 121－129 页
【内容摘要】现代哲学对作者的主体认知、再现能力、道德感知和判断力的质疑，导致了作者的写作主体危机。英国哲学家和小说家艾丽丝·默多克对现代哲学中的自我概念进行批判，突出作家的主体性和文学想象的道德性，形成了独特的叙事伦理。本文结合默多克三部艺术家小说中的写作主体形象，从重构写作主体的缘由、误区和策略三个方面探讨默多克的叙事伦理，揭示了她对自我概念的哲学反思，对自我意象的理论批判，以及对写作主体自我嬗变的文学再

现。本文指出，通过重塑自我，恢复自我、语言和世界的关联，重构具备他者意识的写作主体，默多克构建了以消除自我为核心的叙事伦理，突出了文学创作的道德性。

【关键词】艾丽丝·默多克；叙事伦理；自我；写作主体；道德哲学

从“嘲讽”到“自嘲”——语言游戏在法国喜剧中的变迁

【作　者】李佳颖

【单　位】复旦大学外文学院

【期　刊】《外国文学》，2021 年，第 4 期，第 70－80 页

【内容摘要】本文首先从“游戏”的哲学定义入手，厘清“语言游戏”的概念及其与语言实用功能所相对的非功利、创造性、批判性的实质；其次通过分析作为法国喜剧传统的语言游戏从以人物和情节为主体的“传统”喜剧到以剧场和语言本身为主体的“现代”喜剧中形式与功能的变迁，阐述其在法国喜剧现代性进程中从取悦观众到冒犯观众，从阐述游戏意义到成为游戏符号，从与人物性格和剧情发展高度吻合到陌生化、断裂化、空白化的美学转向及其引发的从“优越感”到“狂欢化”的笑，揭示其反思理性、批判惯例、重塑语言与世界观的社会价值。

【关键词】法国喜剧；语言游戏；喜剧的现代性；“狂欢化”；西方喜剧美学

从“灯塔”到“暴君”——马嘎尔尼访华事件的文学再现

【作　者】张剑

【单　位】北京外国语大学英语学院

【期　刊】《外国文学》，2021 年，第 5 期，第 137－148 页

【内容摘要】18 世纪的英国对中国的认知带有不少异国想象，耶稣会士及西方在华商人的“中国叙事”更为这种想象增加了浪漫色彩。中国的陶瓷和园艺在英国被匠人模仿，盛行一时，形成了所谓的“中国风”。直到 1792 年，英国政府派代表团来华，企图建立与中国的经贸往来，他们才对中国有了更深入和第一手的了解。作为当时西方最强大的国家和海上世界霸主，英国在与中国清政府的交往中显示了更多强硬、更少迁就，其所引发的文化和认知上的冲突也在英国被大肆炒作，以至于英国公众对中国的看法逐渐发生改变。本文将通过解读 1792 年前后英国的文学作品和文化现象，说明该转变的发生和发展的过程。

【关键词】马嘎尔尼；礼仪；磕头；讽刺诗；文明冲突

从“消极的能力”“诗人无自我”到“想象之美为真”——论济慈诗歌观点的有机统一性

【作　者】傅修延

【单　位】江西师范大学叙事学研究中心；江西师范大学文学院

【期　刊】《外国文学研究》，2021 年，第 43 卷，第 2 期，第 44－57 页

【内容摘要】英国诗人济慈的诗歌观点构成了一个有机统一的理论系统：“消极的能力”关乎情感怠惰和认知延缓，这样的状态带来“平和”与“从容”的创作心境，令诗人的灵感像“枝头生叶”那样自然降临；“诗人无自我”指情感与认知的休眠使诗人的“第二自我”离开诗人的肉身，“去填充其他的实体”并从其“个性出发来进行思考”，这样的“填充”显然需要借助于想象的力量；“想象之美为真”强调的是美感的真实性，诗歌不必像哲学那样通过推理之类的认知过程来探求真理，而应当坚持由想象来追求美，通过感觉来创造美。济慈对诗歌的认识随时间

推移而不断深化，却又能保持前后连贯及观点之间的递进与衔接。
【关键词】济慈；诗歌；消极；自我；想象

从《清晨》读爱德华·邦德对维多利亚史的戏仿

【作　者】夏延华；梁与桐
【单　位】西华师范大学外国语学院
【期　刊】《外语研究》，2021 年，第 38 卷，第 4 期，第 95－100 页
【内容摘要】滑稽历史剧《清晨》是当代英国剧作家爱德华·邦德戏剧生涯中一部里程碑式的作品，是理解邦德剧作和戏剧理论的一把钥匙。该剧在戏仿维多利亚女王和其他同期历史人物的基础上，运用超现实主义和移时的戏剧手法，对维多利亚时期的历史人物与英国资本主义的经济文化符码进行了重读。通过借力于战后英国青年文化运动的反叛精神来呈现主人公阿瑟的自我救赎之路，邦德在批判维多利亚时代以来主导英国社会进步的保守价值观的同时，表达了他的社会改良期许，从而使《清晨》一剧超越对历史的戏仿，上升为现实批判的政治寓言。
【关键词】《清晨》；滑稽剧；戏仿；移时；政治寓言

从柏拉图式伦理观看哈姆雷特的智慧

【作　者】肖有志
【单　位】上海大学文学院
【期　刊】《河南大学学报（社会科学版）》，2021 年，第 61 卷，第 3 期，第 65－71 页
【内容摘要】哈姆雷特具有独特的性格，或者说是奇异的性情。哈姆雷特性情中首要且一以贯之的特质是爱欲美德，他借此方能预知人性的善恶、人事的吉凶及丹麦王室的治乱，亦能预知自己与国家的命运。哈姆雷特的爱欲既是其灵魂的天生爱欲——爱欲美德，厌弃凶德、恶德；又是其理性认知，他天然地能够洞悉自己及王者的灵魂秩序和自然本性。如此，爱欲与心智的结合锻造了其高尚的天性。哈姆雷特作为哲人不在于根据精细的想法实施完美的报复，而在于思索与分辨王者的德性，同时不懈地认识自己。因此，哈姆雷特是典型意义上的柏拉图式哲人——热爱智慧即终生爱欲美德，追求圆满的美德。
【关键词】莎士比亚；哈姆雷特；智慧；爱欲；哲人

从人性论到民众剧——梅西耶戏剧思想探源

【作　者】罗湉
【单　位】北京大学外国语学院
【期　刊】《国外文学》，2021 年，第 1 期，第 41－50 页
【内容摘要】民众与戏剧的关联思考肇始于 18 世纪中后期，与启蒙时代社会政治思考息息相关。在早期法国民众戏剧理念的建构中，梅西耶的剧论扮演了重要角色。民众戏剧是“人民”问题的延伸，与政治美德、公民身份、自由平等、国家民族、理想政体等一系列问题密切相关。梅西耶憧憬共和理想，以戏剧为培养政治美德的教育手段，倡导与之呼应的戏剧美学革新，成为民众戏剧运动的重要先行者。
【关键词】梅西耶；卢梭；人民；民众戏剧；启蒙

从左拉研究到“左拉学”：当代“左拉学”建构之学术源流考——以《自然主义手册》（1955—1987）为例

【作　者】吴康茹
【单　位】首都师范大学文学院
【期　刊】《首都师范大学学报（社会科学版）》，2021 年，第 1 期，第 134－145 页
【内容摘要】左拉研究发轫于 19 世纪七八十年代，大致经历了近现代、战后现代转型和当代左拉研究三个重要阶段。当代左拉研究的勃兴又与学术期刊《自然主义手册》的创办有关。该期刊自 1955 年创办以来，不断推动着当代左拉研究朝专业化方向发展。在该期刊的推动下，以批评家个性化批评实践为代表的传统左拉研究模式解体，取而代之的是跨国、跨界的专业化左拉研究实践活动的开展与持续。在学术研究制度化影响下，“左拉学”作为专门学问得以建构完成。本文通过对该期刊最初创办 30 年间在左拉研究领域所开展的学术研究活动线索的梳理，从不同批评流派学术谱系、有代表性的研究成果及不同的研究模式转换等视角切入，并结合学术源流系统考证，尝试探究作为学科典范的“左拉学”建构之学术价值及影响力。
【关键词】《自然主义手册》；“左拉学”；文学制度；学术源流；专业化

帝国焦虑与生育控制：威廉·莫里斯小说中的优生叙事

【作　者】朱海峰；杨金才
【单　位】朱海峰：东北师范大学外国语学院
杨金才：南京大学外国语学院
【期　刊】《外语教学》，2021 年，第 42 卷，第 5 期，第 104－108 页
【内容摘要】19 世纪七八十年代，大英帝国因经济危机和贫困人口剧增而陷入种族堕落的焦虑之中。当时的一些优生学家将造成帝国焦虑的原因归咎于底层阶级、少数族裔和妇女解放运动，利用优生学话语批判妇女解放运动，主张对底层阶级和少数族裔实行生育控制。威廉·莫里斯在作品中反对将贫困的根源归咎于底层阶级和少数族裔的基因缺陷，指出资本主义制度是造成劣生的祸根，展示了他对优生学的反思和对资本主义制度的批判。
【关键词】威廉·莫里斯；帝国焦虑；生育控制；优生叙事

对话式叙事中的逻各斯悖论：《洼地》的帝国反思

【作　者】梁晓晖
【单　位】北京科技大学外国语学院
【期　刊】《外国文学》，2021 年，第 2 期，第 34－45 页
【内容摘要】英国当代作家斯威夫特的《洼地》，因包含大量有关历史真伪的探讨，被奉为宣扬历史相对主义的编史元小说经典。但历史相对主义只是人物汤姆的一时观念，是作者通过叙述者/人物以对话式叙事结构反复论证并予以否定的。汤姆作为业已衰落的前帝国知识分子代表，探讨的问题都指向作为西方思想源头的希腊哲学中有关逻各斯的观念，包括是否存在上帝这一共相，历史殊相背后是否存在可被认知的真实，后现代思潮下人类以何为精神寄托等。作家对这些问题的探讨折射出当今西方思想中的逻各斯悖论。作品也暴露出，作为前帝国国民，作家在进行自我批判时无法将第三世界他者纳入西方主体考量视野的思维局限。
【关键词】《洼地》；编史元小说；英帝国；逻各斯；可能世界叙事

对康拉德作品矛盾性的再认识——以康拉德对殖民地的描述为基点

【作　者】校潇
【单　位】山东大学国际教育学院
【期　刊】《山东社会科学》，2021 年，第 9 期，第 168－173 页
【内容摘要】所谓康拉德作品的矛盾性，在一定意义上可以说是评论家们的设定。康拉德小说中的双线叙事使殖民者与被殖民者都有鲜活的两面身影，无论是殖民主义还是反殖民主义的蕴义，都可从中信手拈来，但这也致使对康拉德作品的矛盾争论延续百年，成为典型的世纪之争。评论界一直在使用殖民主义、反殖民主义或后殖民主义的话语范式，却并未研究这一范式是否适用于对康拉德作品中矛盾性的解析，也使得关于康拉德作品矛盾性的争论相持不下。若抛开传统话语体系，回到康拉德时代，则可发现，在康拉德作品矛盾性表象下，是一位前卫思想者以批判的眼光解构帝国主义世界与殖民地世界，以其作品实现对人类文明命运的思考。
【关键词】康拉德；矛盾性；殖民地

多重书写方式下的自我形象——以《危险的关系》为例

【作　者】杨亦雨
【单　位】华东师范大学外语学院
【期　刊】《江海学刊》，2021 年，第 2 期，第 233－239 页
【内容摘要】从形式上看，《危险的关系》以书信为主要书写方式。但若做进一步的考察，便可发现，这部书信体小说中包含了多重创作方式，如戏剧性元素、成长小说、自传体小说等，这些不同创作形式的背后，是不同的书写方式。戏剧性元素将人物形象“舞台化”，成长小说纪录和探究人自身的发展，自传体小说则渗透着人物的大量真实体验，饱含思想与情感。该书人物繁杂，每个主人公都有其独特的人格特征，折射了各自丰富的自我形象。不同的写作形式，赋予自我以不同的个性形态。考察小说中多样的书写方式可以探究作者笔下各种人物外显的行为方式和内在精神空间，由此再现作者所展现的多维度自我形象。
【关键词】自我形象；书信体小说；戏剧性元素；成长小说；自传体小说

多丽丝·莱辛都市小说中的老年女性书写研究——一种人文地理学解读

【作　者】肖庆华
【单　位】西南财经大学经贸外语学院
【期　刊】《社会科学研究》，2021 年，第 2 期，第 204－212 页
【内容摘要】英国女作家多丽丝·莱辛是一位重要的都市老年女性的书写者。在她的都市地理书写中，她着重描写了 4 个都市老年女性的生存地理：流动音乐地理、日常消费地理、住宅景观地理和记忆杂糅地理。本文从人文地理学的视角入手，分别对作品中所描绘的 4 个都市地理空间和场所进行分析，进而探讨了作品中文学与地理相互塑造和影响的互动关系对老年女性身份的确认和影响。这种探讨不仅提供了理解人类都市生活的多样性、差异性和丰富性的不同方式，还加深了对都市老年女性问题的关注和讨论，进而彰显了莱辛都市老年女性书写的独特视角和意义。
【关键词】多丽丝·莱辛；老年女性；女性书写；都市地理；人文地理学

多维时间与伦理身体——石黑一雄《别让我走》中的后人类伦理

【作　者】安婕
【单　位】上海师范大学外国语学院
【期　刊】《外国文学》，2021 年，第 2 期，第 46－57 页
【内容摘要】石黑一雄的《别让我走》是时间叙事与悖论书写互为表里的典型文本。叙事时间打破线性逻辑，现在成为过去之潜能的现实化而为未来所遴选。它表现于记忆，与空间结构相交叠，关乎伦理并负载于名字之上。这与后人类理论把“后”理解为“将来—现在”相呼应。多维时间叙事指向主体的异质组合性和瞬时性。人类把克隆人物化，而克隆人则通过人类的再现逻辑尝试主体化。但在物质技术介入人类生命的后人类时代，主客体界限已经越来越模糊。身体在界限上的往返僭越与时间叙事的多维扩张相辅相成，彰显了一种后人类伦理。
【关键词】石黑一雄；《别让我走》；时间；身体；主体；后人类；伦理

反本质主义文化身份：《签名收藏家》中的中国文化书写

【作　者】王桃花；罗海燕
【单　位】中山大学外国语学院
【期　刊】《中国文学研究》，2021 年，第 3 期，第 185－192 页
【内容摘要】《签名收藏家》是英国族裔作家扎迪·史密斯 2002 年出版的虚构作品。小说描述了二代华裔移民亚历克斯通过追踪明星签名以追寻文化身份的故事。评论者大多关注其犹太文化身份书写，对小说中涉及的中国文化身份却很少关注。事实上，史密斯通过书写中国文化，对西方的本质主义文化身份提出了质疑和挑战。本文依据斯图亚特·霍尔的反本质主义文化身份观，探讨小说中西方主流社会意识下的中国“他者”形象；揭露西方本质主义文化身份观对李金父子中国文化身份的压制；分析亚历克斯在反本质主义身份观下的中国禅宗文化实践，以抵制和消解西方霸权文化身份。史密斯的中国文化书写，为反抗西方主流社会对少数族裔移民的压迫和歧视提供了新视野，有助于推动人们对少数族裔文化身份问题的反思。
【关键词】《签名收藏家》；反本质主义；文化身份；“他者”；禅宗

反抗的本体论：以诗歌与游戏对抗腐败的世界——以瓦内格姆《日常生活的革命》为例

【作　者】张一兵
【单　位】南京大学马克思主义社会理论研究中心；南京大学哲学系
【期　刊】《江苏社会科学》，2021 年，第 3 期，第 131－142 页
【内容摘要】今天的资产阶级统治是将暴力从可见的强制转换为景观消费诱惑中的支配，把皮鞭下的奴隶变成了跟随时尚疯狂购物的平庸日常生活中的可怜爬虫。这使得人们对资产阶级世界的反抗和拒绝变得困难重重，这也导致反抗和拒绝资产阶级景观统治的革命主体和革命形式都将发生根本性改变。与十月革命那种“一个伟大的晚上”不同，对付无形的景观压迫，打破所有苟生者自愿认同的角色，无法再用苏维埃士兵和工人的枪炮，而是一种全新的艺术性的游戏。游戏的构序并不对象化为客观存在的实际改变，却在一种自由的创造性场境活动和非支配的主体际关系中，让人的存在面向神性。这就是日常生活的革命。
【关键词】瓦内格姆；《日常生活的革命》；景观消费；情境主义国际

反思“客观性”：科学戏剧对量子“测量问题”的探讨——以英国剧作家斯托帕德与弗莱恩为中心

【作　者】陶家俊；武静
【单　位】北京外国语大学英语学院
【期　刊】《河南师范大学学报（哲学社会科学版）》，2021 年，第 48 卷，第 1 期，第 42－47 页
【内容摘要】当代英国剧作家汤姆·斯托帕德创作的《汉普古德》《阿卡迪亚》和迈克尔·弗莱恩创作的《哥本哈根》均是以“量子理论”为核心隐喻的科学戏剧。这三部剧作通过对量子“测量问题”的戏剧演绎，分别从观测者、观测方法和被观测对象三个层面，探讨和揭示了这三个要素中存在的不可避免的“主观性”和“不确定性”，继而否定了测量结果的绝对“客观性”。量子“测量问题”对“主观性”和“不确定性”的肯定，无疑挑战和颠覆了经典科学认识论所标榜的“客观性”。通过对量子“测量问题”的戏剧演绎，斯托帕德与弗莱恩不仅揭示了现实的“主观性”“片面性”和“不确定性”，而且借此展开了对外在现实和知识本质的重新审视和考量。
【关键词】《汉普古德》；《阿卡迪亚》；《哥本哈根》；量子“测量问题”；“客观性”反思

非洲裔异乡人在英国：诺贝尔文学奖得主古尔纳其人其作

【作　者】石平萍
【单　位】信息工程大学洛阳校区
【期　刊】《文艺理论与批评》，2021 年，第 6 期，第 103－109 页
【内容摘要】2021 年诺贝尔文学奖得主阿卜杜勒拉扎克·古尔纳在小说创作中聚焦非洲沦为殖民地期间及其后非洲人的生活，重点关注非洲人移居前宗主国后的遭遇，借此考察殖民统治、去殖民化和全球化引发的诸多议题，体现出后殖民主义的创作特点和偏世界主义的思想立场。对古尔纳的长篇小说进行评述，解释其创作动因，厘清其国族身份引发的争议，对于理解古尔纳创作的价值及其获诺贝尔文学奖的原因，具有一定的启示意义。
【关键词】殖民主义；种族主义；阿卜杜勒拉扎克·古尔纳；坦桑尼亚；英国

菲尔丁小说对新古典主义传统的“扬弃”

【作　者】张欢
【单　位】北京外国语大学英语学院
【期　刊】《外国文学》，2021 年，第 2 期，第 79－87 页
【内容摘要】自 20 世纪 60 年代以来，亨利·菲尔丁作为英国现实主义小说开山鼻祖的地位饱受争议。众多批评家把菲尔丁背离形式现实主义的原因归咎于其新古典主义思想。然而，新古典主义传统与菲尔丁小说创作的关系并不能如此简单概括。菲尔丁对新古典主义并非全盘接受，而是有选择地“扬弃”。本文聚焦于菲尔丁中后期的小说创作，探讨其对新古典主义文学传统的颠覆与继承。正是基于对新古典主义可信性原则的坚持，菲尔丁发展出了评价式现实主义。此外，菲尔丁受滑稽讽刺作品影响形成的嘲讽性评论和语气，深刻地影响了维多利亚小说中的反讽修辞，发出了批判现实主义的先声；其对道德化人格名称的改造也预示了后世现实主义小说社会心理描写的新趋向。
【关键词】仿英雄体史诗；滑稽讽刺作品；评价式现实主义；形式现实主义；反讽

福楼拜的小资时代

【作　者】张亘
【单　位】武汉大学外语学院
【期　刊】《外国文学》，2021 年，第 6 期，第 3－13 页
【内容摘要】福楼拜的书写与小资之间的纠葛，有着当下意义与文学旨趣。包法利夫人与弗雷德里克·莫罗是福楼拜笔下的小资形象，他们的身份认定并不太容易从经济结构、生产关系与生产资料的占有方面获得标准的答案。小资情调与浪漫主义有着天然的契合之处，耽于想象，渴望诗意与远方，不安于现状，对平庸的生活不满，但是小资情调毕竟不是浪漫主义，即使它们在许多思维和行事方式上出奇地一致。与我们今天文学里的小资不同的是，福楼拜的小资出现在现实主义美学的写作风格里，作为生活趣味和美学理想，它以一种怪异和不合群的方式显现在福楼拜客观平实的叙事形式之中。
【关键词】福楼拜；小资；《包法利夫人》；《情感教育》

共命运，同理想——论《漫评人生》中的精神共同体架构

【作　者】陆仪婷；赵炎秋
【单　位】陆仪婷：湖南师范大学文学院；中南大学外国语学院
　　　　　赵炎秋：湖南师范大学文学院；湖南师范大学外国语学院
【期　刊】《湘潭大学学报（哲学社会科学版）》，2021 年，第 45 卷，第 6 期，第 117－122 页
【内容摘要】西班牙作家巴塔萨尔·格拉西安在《漫评人生》中构建了一个他理想中的“精神共同体”。他首先从人的自然属性和社会属性两个方面论证了个体有共同的命运，其次从人类个体要成为完人，群体要共同对抗邪恶、追求永恒，提出群体有共同的追求，最后再倡导为维持精神共同体的稳定，同一国家内的所有民众及世界上的各个国家都应当遵循共同的原则。国家内的原则由倡导美德的教会、一心为民的主权者及起社会表率作用的民众共同制定，而国家间则应当遵循和平共处、公平公正与相互尊重的原则。尽管这套从个体、群体和国家三个层面构建的“精神共同体”思想并不完美，但对今天事实上越来越共同体化的人类社会仍然有着重要的启示意义。
【关键词】《漫评人生》；巴塔萨尔·格拉西安；共同体；精神共同体

怪诞现实主义视角下的《联合》

【作　者】王岚
【单　位】上海外国语大学英语学院
【期　刊】《外国文学》，2021 年，第 1 期，第 3－13 页
【内容摘要】提姆·巴罗的《联合》是一部取材于重大历史事件并具有强烈现实意义的戏剧。作者采用怪诞现实主义的手法，以翔实的历史资料为支撑，借鉴隐喻、狂欢化和对比等创作技巧，虚实结合地再现了 1707 年苏格兰与英格兰合并这一苏格兰近代历史上影响深远的事件，以及安妮女王、诗人拉姆齐、间谍笛福等风云人物，表达了对历史的讽喻。这部悲剧嬉笑怒骂地将小人物与王公贵族并置，无情地嘲讽大臣们的贪婪自私和女王的软弱任性。低俗与崇高风格的巧妙混用表达了人与人之间的平等，展示了苏格兰与英格兰不同的政治和文化氛围，以及人们迥异的精神状态。通过主人公拉姆齐的觉醒与成长，该剧凸显了个人与时代的关系。

【关键词】苏格兰；戏剧；提姆·巴罗；《联合》；怪诞现实主义

关系与生成：《追忆似水年华》中的哀悼伦理

【作　者】孙云霏
【单　位】华东师范大学中文系
【期　刊】《浙江学刊》，2021 年，第 4 期，第 220－227 页
【内容摘要】哀悼在后学理论中受到两种伦理质疑：一是哀悼者围绕创伤内核产生强迫式重复运动；二是逝去者被哀悼者理想化为内心形象。《追忆似水年华》中的哀悼具有独特性：叙述者马塞尔对外祖母的哀悼反映在将外祖母病中的动物形象与外祖母生前的行为相关联，以及去世后的外祖母“出现”于叙述者的实际观看；对阿尔贝蒂娜的哀悼反映在将阿尔贝蒂娜与各种零碎记忆联系起来。晚近兴起的“情动”理论为阐释此种独特性提供了一条学理进路。无论外祖母还是阿尔贝蒂娜，逝去者于哀悼者来说从不是可化约的。哀悼者因逝去者而被影响和被改变，并从中产出一种主动生成的创造力量。影响—被影响的关系性及生成所带来的创造性成为对哀悼伦理的可能回应。
【关键词】《追忆似水年华》；哀悼伦理；情动理论；关系；生成

国家之外：叶芝与跨文化民族主义（英文）

【作　者】金英敏
【单　位】韩国英国语言与文学学会
【期　刊】《外国文学研究》，2021 年，第 43 卷，第 6 期，第 14－29 页
【内容摘要】谢默斯·迪恩和理查德·科尼认为，叶芝的民族主义思想揭示了神话化与神秘化的消极和破坏性的一面。德克兰·基伯德在《创造爱尔兰：现代爱尔兰文学》一书中指出，叶芝在早期诗作里寻求独特的爱尔兰形式与诗风，宣示了浪漫主义和现代主义的民族主义理念。依本文作者之见，叶芝长期提议的是，爱尔兰应该通过自我反省“爱尔兰是否保持了文化民族主义历史”来了解自己和自己的历史，在探索另外可替代的、多种多样的、包容的跨文化民族主义的过程中，解构传统的爱尔兰民族主义。谢默斯·希尼评判了叶芝的诗歌，在爱尔兰“诗歌传统”的谱系中给自己定了位。无论是否围绕互相交织的诗歌和诗学旋流，新型跨文化民族主义都超出这个国家本身，而后殖民、后民族及跨民族理论对其的演绎存在都处理不当的问题。从跨文化民族主义的视角出发，叶芝和希尼得以（而未来一代的诗人将会）执着于“现实视野”的诗歌传统，在艰难时世和对文明的讽刺中，迸发出他们的创作能量。
【关键词】叶芝；希尼；现实幻景；跨文化民族主义；唯灵论

国内苏格兰文学研究述评（1959—2019）

【作　者】张娉婷
【单　位】南京师范大学外国语学院
【期　刊】《外国文学动态研究》，2021 年，第 5 期，第 119－126 页
【内容摘要】近年来，国内苏格兰文学研究成果日渐增多，这并非突然现象；自新中国成立以来，苏格兰文学就长期处于国内研究者的视野中，相关研究的广度和深度随着社会语境的变迁和苏格兰文学的发展得到不断的拓展。总体说来，国内苏格兰文学研究体现了以下特征：个案

分析和整体研究并进，司各特等经典作家持续受到关注，斯帕克等当代作家成为热点，苏格兰文学的独特性日渐彰显。不过，相关研究同时也存在概念界定不清晰、系统研究不足、部分文本类型和时期研究不够等问题。

【关键词】苏格兰文学；国内苏格兰文学研究；1959 年至 2019 年

赫胥黎科幻小说中技术与自然本性之争

【作　者】王爽
【单　位】大连理工大学外国语学院
【期　刊】《外国文学》，2021 年，第 5 期，第 171－180 页
【内容摘要】技术与自然本性之争构成了赫胥黎科幻小说中技术伦理思想的主线。赫胥黎首先立足于本体论，通过呈现显性的技术与自然本性之争，勾勒出技术与伦理的断裂图景，凸显出技术与伦理统一的必要性；其次，立足于价值论，阐述了文本中隐性的、与自然本性统一的、具有伦理维度的技艺要素，揭示出技术与伦理统一的可行性；最后，立足于方法论，筹划出调和技术与自然本性之争以修复技术与伦理关系的具体路径。本体论层面，构建赫胥黎科幻小说中的技术伦理思想，将弥补当下赫胥黎小说研究中对技术本体关注的阙如；价值论层面，赫胥黎的科幻小说兼具批判性和重构性，它拒绝粉饰矛盾、规避深度，体现了科幻小说不断拓展的伦理功能和视野，成为赫胥黎回应现代技术世界的利器；在实用主义层面挖掘赫胥黎科幻小说的方法论意义，则能在理论上应答“科幻小说何为”。
【关键词】赫胥黎；科幻小说；技术；自然本性；技艺；技术伦理

后人类语境下的人文主义哲思——以石黑一雄《克拉拉与太阳》为例

【作　者】顾梅珑；修雅鑫
【单　位】江南大学人文学院
【期　刊】《当代外国文学》，2021 年，第 42 卷，第 4 期，第 115－123 页
【内容摘要】石黑一雄《克拉拉与太阳》构建出全新的后人类哲思场域，从解构、建构与坚守三大层面对人文主义进行了批判与重塑。传统人类学促成了技术化的世界图像，小说采用神话叙事方式，以太阳意象对抗科技梦魇，为探析多元生命共存提供敞开的视域。后人类是不同生命形式的技术混合体，文本聚焦于自然人与超人类、类人机器之间复杂的身份政治难题，思索新型权力与等级结构对平等正义等人文命题提出的挑战。在深度追问人性、生命与存在意义的背后，作者批判了一些后人类主义者的激进，守护了人文价值核心，重建了爱、希望与信仰的精神维度。
【关键词】石黑一雄；《克拉拉与太阳》；人文主义；后人类语境；神话叙事；身份政治

济慈《圣亚尼节前夕》叙事修辞解读

【作　者】谭君强
【单　位】云南大学文学院
【期　刊】《外国文学研究》，2021 年，第 43 卷，第 2 期，第 70－79 页
【内容摘要】英国诗人济慈的《圣亚尼节前夕》不仅是一部杰出的叙事诗，而且可以从多方面关联起济慈的创作及其思想。从作品的叙事修辞入手，结合图式理论展开对长诗的探讨，可以

从一个新的角度揭示其不同凡俗的叙事力量及其产生的有力影响。该诗在传统的框架与图式背景下，叙说了一个与相关框架与图式预示完全不同的故事，在“图式偏离”与“违反期待”的过程中彰显出新的、完全不同的意义，显示出诗人独特的叙事才能。与诗歌呈现的框架与图式相对应，诗歌的内容也出现了根本性的反转，由仰望上天、追求天上的幸福转为立足地上，追求现实的幸福，从而显示出时代的潮流。

【关键词】济慈；《圣亚尼节前夕》；叙事修辞；框架；图式

加缪的微弱乌托邦冲动

【作　者】丁尔苏

【单　位】香港岭南大学英文系

【期　刊】《当代外国文学》，2021 年，第 42 卷，第 1 期，第 97－103 页

【内容摘要】阿尔贝·加缪不仅是 20 世纪为数不多的杰出悲剧理论家之一，而且还在悲剧创作领域里成就斐然。在理论方面，他试图改造黑格尔“两善对峙”的冲突论，强调自由的个人与荒谬的生存环境之间的不协调。在创作方面，他同样坚持以个人生命为本，反对极端形式的暴力。他通过一系列生动的舞台形象，向观众揭示了暴力的两面性，这在世界恐怖主义蔓延的今天仍有重要解读意义。

【关键词】阿尔贝·加缪；悲剧冲突；存在主义；现代悲剧；人文主义

见证，叙事，历史——《鼠疫》与见证文学的几个问题

【作　者】陶东风

【单　位】广州大学粤港澳大湾区语言服务与文化传承研究中心；广州大学当代文化研究中心

【期　刊】《文艺理论研究》，2021 年，第 41 卷，第 2 期，第 43－53 页

【内容摘要】从历史与叙事的关系角度来看，加缪的《鼠疫》通过创造一种“作为历史见证的文学”，体现了历史与叙事之关系的深刻转变：历史必然包含文学（叙事）。文学见证大屠杀不仅是为了记录，更是为了从新的视野理解大屠杀，实现对历史的转化，亦即改变历史知识的性质。《鼠疫》采取寓言的形式书写历史，在鼠疫与大屠杀这两个超出了原先历史理解框架的“不可能”而又确实发生了的事件之间，建立了深刻的隐喻关联。正是在原有的历史概念和历史书写模式的失败处，《鼠疫》以文学的方式见证了“作为大屠杀的历史”。

【关键词】历史；叙事；大屠杀；全面诅咒；见证文学

见证与介入——勒克莱齐奥短篇小说中的战争书写

【作　者】樊艳梅

【单　位】浙江大学外国语学院

【期　刊】《当代外国文学》，2021 年，第 42 卷，第 1 期，第 104－111 页

【内容摘要】勒克莱齐奥的短篇小说着重书写 20 世纪 50 年代以来发生在越南、摩洛哥、利比里亚、黎巴嫩等不发达国家的战争。作家以真实的历史为依托，通过各种确凿的细节呈现作为“大历史”的战争，并揭示其背后的种种问题，如强权政治、种族冲突、宗教矛盾等。同时，作家借助于普通人的视角书写战争对战场之外日常生活世界的影响，否认一切战争的正义性。通过探究战争爆发的原因及抵抗战争可能的方式，作家表达了鲜明的反战立场，实现了从“见

证”到“介入”的写作。

【关键词】勒克莱齐奥；短篇小说；战争；历史；介入

将“如画”搁置——从李安电影《理智与情感》中的3幅画谈起

【作　者】裴亚莉；闪金晴
【单　位】裴亚莉：陕西师范大学文学院
　　　　　闪金晴：陕西师范大学新闻与传播学院
【期　刊】《中国比较文学》，2021年，第1期，第43－60页
【内容摘要】在李安导演的改编自简·奥斯丁小说的影片《理智与情感》中，一场戏的背景墙上悬挂了3幅具有明显的“如画”风格的绘画作品。这3幅作品的存在，看似平常，但有着极具意味的解读空间。本文试图说明：当18世纪“如画”趣味在英国极为流行时，奥斯丁并不赞赏这样的趣味，而李安通过将这3幅画作为道具来使用，支持了奥斯丁的审美观念。李安在电影《理智与情感》中关于风景、风景画及“如画”风格的态度和立场，既标志着“风景”作为重要元素将在他未来的电影创作中占据突出地位，也显示出他在当代电影史上所选择的艺术观念的独特性。
【关键词】“如画”；风景；简·奥斯丁；李安；《理智与情感》

结构的音乐化——石黑一雄的跨媒介叙事

【作　者】汪筱玲
【单　位】上海海洋大学外国语学院
【期　刊】《上海交通大学学报（哲学社会科学版）》，2021年，第29卷，第5期，第59－70、101页
【内容摘要】诺贝尔文学奖得主石黑一雄小说中的情感力量很大程度上源自其跨媒介音乐叙事，即跨出文字媒介的本位，去追求音乐媒介的美学效果和叙事能量。在石黑一雄的小说里，叙述形式和结构也是一种思想，隐含着叙事策略的思想动机和情感动力。现有的对石黑一雄小说音乐性的研究多聚焦于其某一部作品，本文希求跳出个案研究的局限，以其多部小说为蓝本，考查石黑一雄如何借鉴作曲理论中的复调和曲式，借助于乐音的动态结构与人类的情感结构之间的异质同构，在小说中呈现音乐中变化统一的形式美，从而实现叙述结构和主题思想的异质同构。石黑一雄的跨媒介音乐叙事展现了文学和音乐这两种艺术媒介的独特价值可交相辉映、相得益彰。
【关键词】石黑一雄；结构；音乐化；跨媒介叙事

近三十年英美文学研究中文学与社会的“对话”——兼评马克·坎努埃尔的《英国浪漫主义：批评与争鸣》

【作　者】刘松；李增
【单　位】东北师范大学
【期　刊】《当代外国文学》，2021年，第42卷，第3期，第132－138页
【内容摘要】当代文学研究该走向何处？继“将文学还给文学”和“文学政治化”之后，在多元文化、后现代文化、“后理论”的背景之下，浪漫主义文学研究的先行者们运用跨学科、多元视角等方法，将经典文本置于历史与现实的双重时空中，走出了一条“使文本参与社会对话”

的文学研究创新之路。这种联系历史、现实的文本解读不仅激起了读者经典重读的热情，更使得浪漫主义文学经典在新时代批评家手中焕发生命，近30年的国外浪漫主义研究述评可为国内浪漫主义文学研究提供新思路。

【关键词】浪漫主义文学；英美学者；跨学科研究；多元化视角

京派作家凌叔华创作中的现代主义抽象性特质——兼与现代主义作家伍尔夫比较

【作　者】李丛朔

【单　位】英国曼彻斯特大学艺术语言文化学院

【期　刊】《青海社会科学》，2021年，第6期，第186—191页

【内容摘要】京派作家凌叔华的作品包含大量中国传统审美元素，如古诗词、水墨画等。这些看似传统的中国古代审美特质，却与20世纪英国女作家弗吉尼亚·伍尔夫的现代主义作品有相通之处。两位作家曾在20世纪上半叶有过一场跨文化的文学交流。伍尔夫一直被看作现代主义先锋作家，而京派作家凌叔华则是以新传统主义为特色。将这两位看似风格迥异的作家进行对比，可以发现现代主义抽象性通过京派新传统主义文学表达出来的可能性。

【关键词】凌叔华；弗吉尼亚·伍尔夫；京派；现代主义；抽象性

拷问遗产话语与怀旧——《抵达之谜》的后殖民视野

【作　者】曾魁

【单　位】浙江财经大学外国语学院

【期　刊】《当代外国文学》，2021年，第42卷，第3期，第116—123页

【内容摘要】批评家通常认为奈保尔的《抵达之谜》表达了对理想化的英国乡村的怀旧或者对白人文化的盲目认同，与后殖民批判事业背道而驰。本文认为小说表达了对撒切尔主义的乡村遗产话语和怀旧的后殖民批判。模仿英国乡村话语本质上是奈保尔揭露殖民主义认知暴力的一种策略。通过用历史化的凝视修正殖民教育强加的理想化凝视，《抵达之谜》挑战了遗产话语的文化权威。小说不仅解构了遗产工业兜售的“永恒的乡村英国”观念，而且通过还原英国庄园与殖民经济之间被遮蔽的历史关联，控诉了“遗产英国”在帝国主义暴力问题上的集体失忆。

【关键词】《抵达之谜》；民族遗产；乡村怀旧；英国性

空间批评视域下斯帕克小说中的苏格兰民族性建构

【作　者】戴鸿斌

【单　位】厦门大学外文学院；厦门大学比较文学与跨文化中心

【期　刊】《外国文学研究》，2021年，第43卷，第3期，第110—122页

【内容摘要】缪里尔·斯帕克被誉为苏格兰近百年以来最成功的作家，其创作以隐性或显性的方式呈现出苏格兰的民族特征，构建了苏格兰的民族想象空间。斯帕克的创作遵循了双重性创作原则，折射出苏格兰民族文学在人物塑造上典型的双重性特征，同时借鉴了苏格兰民谣体裁的各种创作艺术，并且以苏格兰的主要教派加尔文教为创作灵感和理念的重要源泉，在小说中凸显了加尔文教在苏格兰民族中举足轻重的地位。斯帕克的小说体现了苏格兰的重要民族特性，为这个民族留下了宝贵的文化遗产，也彰显出她与苏格兰民族间的写作渊源。

【关键词】缪里尔·斯帕克；空间批评；苏格兰；民族性

跨大西洋流散叙事中多元文化身份的建构——以麦凯恩《飞越大西洋》为中心

【作　者】王路晨
【单　位】福建师范大学外国语学院
【期　刊】《福建师范大学学报（哲学社会科学版）》，2021 年，第 6 期，第 158－169 页
【内容摘要】在全球化浪潮冲击下，爱尔兰社会经历了地震式的转型。“凯尔特虎”时期经济腾飞的时代脉动，促使作家们打破过往民族主义历史叙事中领土、民族的枷锁，进入一个更为广阔的海洋空间。麦凯恩的《飞越大西洋》以横跨两个大陆、三个世纪的历史背景为骨架，通过美国废奴运动领袖道格拉斯的爱尔兰之行，开启并串接了四代爱尔兰女性颠沛流离的岁月。其流散叙事既不同于现代派作家笔下的“放逐美学”，又有别于同时代作品对单一历史时空特定边缘群体的历史重构。小说通过大西洋两岸的双向活动勾连起多个跨洋时空体，如爱尔兰大饥荒、美国蓄奴制、第一次世界大战和北爱冲突等；同时，通过海外爱尔兰族裔踪迹的文化考古学推动了“黑色”与“绿色”并置的跨大西洋流散群体的身份溯源，从而构筑了崭新、多维的民族“想象共同体”。
【关键词】《飞越大西洋》；流散叙事；文化身份；历史重构；麦凯恩

拉亚蒙对瓦斯的亚瑟王叙事之改写与英格兰性

【作　者】肖明翰
【单　位】湖南师范大学外国语学院
【期　刊】《外国文学》，2021 年，第 5 期，第 3－14 页
【内容摘要】杰弗里的《不列颠君王史》、瓦斯的《布鲁特传奇》和拉亚蒙的《布鲁特》，特别是它们的亚瑟王部分，代表了中世纪盛期英国不列颠、盎格鲁-诺曼和盎格鲁-撒克逊三个主要文化传统，并反映出当时英国复杂的社会、政治和文化生态。拉亚蒙使用英格兰普通民众的语言、盎格鲁-撒克逊文化传统和古英语头韵体史诗风格改写瓦斯代表盎格鲁-诺曼王朝的政治利益和主流宫廷文化的盎格鲁-诺曼语诗作，并且同杰弗里的拉丁编年史互文，将亚瑟王塑造成英格兰英雄和君主，其明显的英格兰性表达出英格兰人的民族立场和文化传承，也预示着英国文化未来的建构与发展。
【关键词】拉亚蒙；《布鲁特》；《布鲁特传奇》；《不列颠君王史》；英格兰性

莱辛成长小说中“反抗”的伦理身份建构——以《玛莎·奎斯特》为例

【作　者】徐德荣；安风静
【单　位】中国海洋大学外国语学院
【期　刊】《外语研究》，2021 年，第 38 卷，第 6 期，第 85－90 页
【内容摘要】在英国著名作家多丽丝·莱辛的成长小说中，“反抗”始终是一鲜明主题，深刻体现了莱辛对青少年成长及人类发展的深邃思考。本文以莱辛的成长小说《玛莎·奎斯特》为例，首先分析了“反抗”在文中的不同体现，其次从伦理身份危机和重构的角度分别探讨了“反抗”的动因和内涵，最后指出，莱辛成长小说中的“反抗”具有青少年伦理身份建构的重要意义，通过“反抗”过程中理性的伦理选择，青少年最终可以实现自我身份的重构和道德成长。
【关键词】文学伦理学批评；伦理身份；“反抗”；多丽丝·莱辛；成长小说；《玛莎·奎斯特》

勒克莱齐奥文学世界的中国之旅——法国作家与中国接受者心智相拥的奇遇

【作　者】钱林森
【单　位】南京大学文学院
【期　刊】《外国文学研究》，2021 年，第 43 卷，第 1 期，第 30—38 页
【内容摘要】对于当下中国学界、读书界和广大外国文学爱好者、读者来说，让-玛丽·居斯塔夫·勒克莱齐奥早已是一个耳熟能详的名字。本文试图以《沙漠》《诉讼笔录》《流浪的星星》与《乌拉尼亚》等几部代表作在中国的译介与接受为主线，回顾过去 35 年来勒克莱齐奥“中国之旅”的历程，揭示出其小说世界在中国的接受与传播，大致经历了“施与者”与“接受者”之间心灵相通、心智相拥、智慧互动的三重奏，进而指出这样的地理与心路历程，堪称 20 世纪下半叶法国作家与中国接受者心智相通的奇遇，值得载入中法文学交流的史册。
【关键词】勒克莱齐奥；译介与接受；中国之旅；中法文学交流

雷蒙德·威廉斯与英国马克思主义文学批评的“细读”经验

【作　者】曹成竹
【单　位】山东大学文艺美学研究中心
【期　刊】《北京社会科学》，2021 年，第 9 期，第 50—57 页
【内容摘要】雷蒙德·威廉斯不仅是英国文化研究的开创者，更是推动英国马克思主义文论当代转向的最为重要的理论家。他通过吸收、借鉴和批判 F. R. 利维斯及其“细察派”的批评方法，不仅超越了利维斯主义的局限，还弥补了英国马克思主义文论的欠缺，发展出了以文学细读为基础的英国马克思主义文化理论。重新发掘这一线索，不仅有助于理解英国马克思主义文学批评的经验及理论建构过程，也能够为中国马克思主义文论的历史回顾与当代发展提供启发。
【关键词】英国马克思主义文学批评；雷蒙德·威廉斯；F. R. 利维斯；细读

历史上真实的亨利八世与莎剧中时空错乱的戏说

【作　者】傅光明
【单　位】首都师范大学外国语学院
【期　刊】《河南大学学报（社会科学版）》，2021 年，第 61 卷，第 2 期，第 90—99 页
【内容摘要】《亨利八世》是莎士比亚基于英格兰国王亨利八世的生活史，与其所属“国王剧团”的年轻同事约翰·弗莱彻合写的一部历史剧。在该剧收入“第一对开本”《莎士比亚戏剧集》（1623 年出版）之前，它另有一个剧名《一切都是真的》。剧中不同的文体特征显示出，戏中场景由莎士比亚和弗莱彻分别执笔。在结构上，《亨利八世》明显具有晚期莎剧的某些浪漫特征。此外，在所有莎剧中，该剧的舞台提示最为丰富。但莎剧中的历史只是莎士比亚为舞台演出而写，绝非真实历史。本文详细梳理了历史中真实的亨利八世与戏剧中莎士比亚打乱历史时空的戏说。
【关键词】莎士比亚；亨利八世；原型故事；戏说

聆听布朗肖小说中的声音——在海德格尔和列维纳斯之间

【作　者】柳文文
【单　位】武汉理工大学外国语学院

【期　刊】《外国文学》，2021 年，第 6 期，第 155－165 页

【内容摘要】布朗肖小说中的声音表现为一种“绝对声音”，他在小说创作中向我们展示了这种绝对声音是什么，以及该如何去倾听。布朗肖弃绝了光的显现力量，试图用绝对声音承担起书写的本质，一方面意在解构声音与实存之间的存在论关系，确立绝对声音的纯粹在场，另一方面也与海德格尔和列维纳斯形成了潜在对话，将声音从言语和意义中释放，赋予文学一种不确定性的体验。本文循着布朗肖对绝对声音的追问和思考，探讨他如何通过小说创作实践来思考书写与绝对声音之间的关系，并沿着这条脉络发现布朗肖与海德格尔、列维纳斯之间互相倾听和回应的关系。

【关键词】布朗肖；书写；声音；海德格尔；列维纳斯

流散写作与身份追寻——奈保尔的文化身份解读

【作　者】邓玉荣
【单　位】湖南师范大学外国语学院；湖南师范大学公共管理学院

【期　刊】《国外文学》，2021 年，第 1 期，第 88－95 页

【内容摘要】V. S. 奈保尔是文学史上具有双重移民背景且取得了非凡成就的世界性作家。奈保尔的三重文化边缘化和多元文化身份主要是由其特殊文化背景和经历决定的，而特殊文化背景和经历决定了身份追寻是其作品永恒的主题。本文以奈保尔文化身份动态的发展为线索，从流散文学角度，挖掘奈保尔文学作品中的身份多元化主题，选择与“特立尼达—印度—英国”相对应的作品为研究对象，探讨他的三个文化家园（特立尼达文化、印度文化、英国文化）对他的影响。

【关键词】文化身份解读；流散写作；身份追寻；V. S. 奈保尔

流通与阻隔：《瘟疫年纪事》中医学与经济的同构

【作　者】孔德蓉
【单　位】南京大学外国语学院

【期　刊】《外国文学评论》，2021 年，第 4 期，第 204－219 页

【内容摘要】“隔离”是瘟疫文学批评的核心概念。在《瘟疫年纪事》中，笛福融合 18 世纪医学思潮和经济理念，再现了英国文学中瘟疫书写与财富叙事的历史谱系，形成了独特的隔离观，即：一方面倡导严苛的海上检疫，重视瘟疫的外来属性，体现出医学重商主义人口健康—财富观和国家身体政治观；另一方面又基于流通与循环的“血液—金钱”隐喻，反对封户隔离，坚持一种可控的流通式隔离。笛福看似悖论的隔离书写揭示了 17—18 世纪英国医学变革与经济发展相互渗透、相互交织的同构关系。

【关键词】《瘟疫年纪事》；医学；经济；隔离

伦敦腔、都市情怀与帝国中心——文学消费市场中的《匹克威克外传》

【作　者】陈礼珍
【单　位】杭州师范大学外国语学院

【期　刊】《外国文学》，2021 年，第 5 期，第 149－159 页

【内容摘要】狄更斯在《匹克威克外传》中使用伦敦腔来塑造城市下层人物形象，迎合了 19 世

纪前期英国读者的阅读需求。他选择社会中下层人士作为主要读者群，利用伦敦都市情怀和帝国情结为他们编织了一个温婉的美学幻象。《匹克威克外传》每期均制成文学册页售卖，以连载形式激发读者的好奇心与获得感，迅速打入文学快速消费品市场，唤醒和刺激了中下层民众潜藏已久的文学消费欲望，推动了英国文学市场的大繁荣。

【关键词】伦敦腔；《匹克威克外传》；狄更斯；文学市场

伦理之辩与艺术审美的典范融合：《道德假面与伦理建构：亨利·菲尔丁小说研究》

【作　者】王爽

【单　位】中南民族大学外语学院

【期　刊】《文学跨学科研究》，2021 年，第 5 卷，第 3 期，第 550－557 页

【内容摘要】继《亨利·菲尔丁小说的伦理叙事》（2010）之后，杜娟教授新作《道德假面与伦理建构：亨利·菲尔丁小说研究》（2021）作为华中师范大学“一流学科建设文库”的丛书之一由北京大学出版社出版，这标志了作者在菲尔丁小说研究领域的又一突破。该书运用文学伦理学批评方法，力图还原亨利·菲尔丁小说伦理的思想建构过程，从历时、共时的角度阐明菲尔丁小说作品的伦理特性和体系内涵。特别值得称道的是，作者双关性地总结了菲尔丁“小说”道德的审美特质及其特殊价值，即菲尔丁小说不仅反拨与纠正了欧洲伦理学家“大说”伦理的形而上学形式，而且也通过询问个人奇遇、探究心灵奥秘、揭示隐秘情感、解除历史禁锢和缠绵于生活事件这一类的“小说”方式，真正走入了其作品中每一位人物的道德困境。总体而言，该书勇于突破自我的藩篱，敢于突破传统和权威的禁锢，在充分研究的基础上得出真知灼见，融合了伦理之辩与艺术审美之维的思考，是近年来菲尔丁及其小说研究的典范之作。

【关键词】《道德假面与伦理建构：亨利·菲尔丁小说研究》；文学伦理学批评；“小说”道德

论“怪异晦涩”经典《德意志号沉没》

【作　者】蔡玉辉

【单　位】浙江越秀外国语学院英语学院

【期　刊】《外国文学》，2021 年，第 5 期，第 35－46 页

【内容摘要】维多利亚时期诗人杰勒德·霍普金斯的《德意志号沉没》问世之初就遭受“怪异晦涩”恶评，但其中蕴含的新、奇、特等特征逐渐获得评家肯定与赞许，至当代进入经典作品之列。其怪异外貌之下布满跳韵这一被激活且灵动的古老韵律，表现为头韵畅行，音步混搭，口语化节奏，诗节、尾韵工整与诗行长短不一的不对称；其晦涩面容背后隐藏着一词多义与双关、生造词、省略、反义并置等修辞手段的广泛应用。跳韵的光复不仅让盎格鲁-撒克逊诗歌传统得以推陈出新，还开启了一条让日常口语进入诗歌殿堂的路径，在语言应用上为现代派诗歌开了先河。

【关键词】杰勒德·霍普金斯；《德意志号沉没》；跳韵；怪异；晦涩；经典

论《安东尼与克莉奥佩特拉》的戏剧主题

【作　者】彭磊

【单　位】中国人民大学文学院

【期　刊】《河南大学学报（社会科学版）》，2021 年，第 61 卷，第 3 期，第 59－64 页

【内容摘要】莎士比亚的《安东尼与克莉奥佩特拉》蕴含着帝国、命运和爱欲三大戏剧主题。该剧展现了罗马共和转变为帝国的最后时刻，对主人的爱代替了对罗马的爱，但是这种爱基于个人利益的考量，极易变为谄媚或背叛。安东尼与凯撒之间的较量一方面体现出命运的安排，另一方面体现了两人不同的爱欲：安东尼保留着共和时代的精神品质，珍视荣誉并富于情感；凯撒则是对统治充满爱欲的新人，凯撒的胜利主要基于命运，这也暗示着莎士比亚对凯撒的某种质疑。

【关键词】莎士比亚；《安东尼与克莉奥佩特拉》；罗马；帝国；命运；爱欲

论《农夫皮尔斯》对完美骑士形象的阐述

【作　者】寿晨霖
【单　位】复旦大学英文系
【期　刊】《国外文学》，2021 年，第 3 期，第 60－70 页

【内容摘要】《农夫皮尔斯》是中世纪晚期英国文学的重要作品，它既讨论了基督徒对个人救赎之道的追寻，也对当时社会各阶层的现状进行了批评。作者威廉・兰格伦对占统治地位的骑士阶层有着极高的期待。本文重点分析了诗人对完美骑士形象的想象，以及这一形象的思想史背景。更具体地说，在本诗中，基督就是完美骑士的化身，一切世俗骑士都需要用他所代表的理念来指导自己的行动。诗人对他的描写同时体现出两种效仿基督的方式和两种赎罪理论的影响。然而，根据兰格伦的描述，要在现实中实现这一理念可谓困难重重，甚至几乎不可能。基督的胜利反衬了诗歌其他部分中骑士们不断尝试却屡屡失败的努力。

【关键词】《农夫皮尔斯》；效仿基督；赎罪理论；骑士浪漫传奇

论《赎罪》的叙事诗学建构

【作　者】付昌玲
【单　位】山东大学文学院
【期　刊】《东岳论丛》，2021 年，第 42 卷，第 5 期，第 106－112 页

【内容摘要】伊恩・麦克尤恩的小说《赎罪》通过多视角叙事重塑了人物与故事情节，并给主人公布莱奥妮的叙述附上了自我辩护的色彩；通过元小说式自反叙述，小说让读者领略了现实与虚构之间独特的辩证关系；小说又借由布莱奥妮这个人物实现了对罪行的救赎、心灵的净化及意义的建构，从而向读者诠释了艺术的多重功能。这种叙事诗学建构方式反映了麦克尤恩全新的小说创作观念，体现了他对于世界的独特体悟和感知。

【关键词】《赎罪》；叙事诗学；自反叙述；净化；救赎

论《夜巡》的占领期记忆书写

【作　者】吴盛博；彭青龙
【单　位】上海交通大学外国语学院
【期　刊】《当代外国文学》，2021 年，第 42 卷，第 4 期，第 101－107 页

【内容摘要】当代法国作家莫迪亚诺通过《夜巡》重写占领期的个体记忆，挑战二战后由政治权力构建的国家话语范式，恢复历史的本真性。本文围绕记忆、身份和心理三个方面，论述莫迪亚诺反思二战历史、质询战后官方叙事的深刻意涵。他对占领期记忆的书写，既是个体生命

的体验，也是民族灾难的缩影，具有普遍的警示意义。

【关键词】莫迪亚诺；《夜巡》；占领时期；记忆；历史

论阿尔都塞学派批评家对马克思艺术生产思想的继承与发展

【作　者】段吉方
【单　位】华南师范大学审美文化与批判理论研究中心；华南师范大学文学院
【期　刊】《文艺理论研究》，2021 年，第 41 卷，第 5 期，第 48－57 页
【内容摘要】阿尔都塞学派批评家对马克思艺术生产思想的继承与发展是马克思主义文艺理论发展中的一个重要理论问题，阿尔都塞、马舍雷、伊格尔顿等批评家在马克思主义哲学基础和思想框架内提出了“症候阅读”“沉默”“审美意识形态批评”等重要理论观念，从意识形态与审美话语的关系中拓展了马克思的艺术生产思想，丰富了马克思艺术生产论的理论内蕴，促使马克思的艺术生产思想在文本批评中落地生根，走向更为具体的文学研究。阿尔都塞学派批评家的艺术生产论构成了马克思主义理论发展中的一段重要的问题史，体现了一种新的理论视野中的批评重塑。
【关键词】阿尔都塞学派批评家；马克思主义文艺理论；艺术生产；问题史

论笛福小说《摩尔·弗兰德斯》的道德经济观

【作　者】丁礼明
【单　位】广西师范大学外国语学院
【期　刊】《河南大学学报（社会科学版）》，2021 年，第 61 卷，第 4 期，第 105－110 页
【内容摘要】丹尼尔·笛福被公认为英国和欧洲小说之父。国内学者长久以来多关注其荒岛求生的励志小说《鲁滨孙漂流记》，对小说《摩尔·弗兰德斯》较少涉及。相关研究又多聚焦小说的伦理困境或摩尔的道德重构和身份重塑，鲜有论及小说凸显的道德经济观。事实上，英国早期资本主义经济的快速发展引发了严重道德危机，生成了经济和道德层面复杂多变的伦理关系，诱发了摩尔的经济犯罪和伦理失范。鉴于此，笛福小说《摩尔·弗兰德斯》着力批判资产阶级经济犯罪者的优越道德观，希望通过降低阶级等级来恢复道德经济，并以此实现社会长治久安。
【关键词】笛福；《摩尔·弗兰德斯》；道德经济；重商主义

论格林《问题的核心》中的男性焦虑

【作　者】陈丽
【单　位】北京外国语大学英语学院；北京外国语大学爱尔兰研究中心
【期　刊】《外国文学》，2021 年，第 5 期，第 15－25 页
【内容摘要】格林战后小说的经典《问题的核心》常被置于宗教道德的范畴加以解读，但近年来性别研究的发展提供了新的解读视角。本文结合康奈尔的男性气质理论，尤其是其中关于支配性男性气质的规范性和动态性的论述，认为小说有力地展示了曾在英帝国扩张期发挥巨大作用的支配性男性气质在新挑战面前的左支右绌，以及由此产生的深刻男性焦虑。阿诺德等 19 世纪英国文人所大力提倡的道德与文化已经难以为继，不能为英国白人男性殖民者提供足够的精神力量来应对新的复杂环境。警察斯考比最终被密探威尔逊所取代。然而，这一代际的交替并未成功指向新的支配性男性气质。小说的关注点不在于构建新的男性气质，而重在表达斯考

比陨灭所表现出的战后普遍的男性焦虑。

【关键词】《问题的核心》；格林；男性研究；支配性男性气质；康奈尔

论吉拉尔的俄狄浦斯阐述

【作　者】杨俊杰
【单　位】北京师范大学文学院
【期　刊】《外国文学动态研究》，2021 年，第 2 期，第 131－138 页
【内容摘要】1966 年的“批评的语言与人的科学”国际会议是近数十年理论风潮的重要起点，德里达的参会报告一般被认为标志着后结构思潮的开端。本文试以吉拉尔的参会报告为中心，指出吉拉尔虽与德里达不乏相通之处，但当时已然走在一条独特的道路上，他从索福克勒斯的俄狄浦斯悲剧当中读解出的“内介绍”和“替罪羊”机制，便体现了他与解构主义迥然不同的旨趣。
【关键词】吉拉尔；俄狄浦斯；法国理论；“内介绍”；“替罪羊”

论加缪戏剧的“残酷性”

【作　者】陈娟；刘成富
【单　位】陈娟：大连外国语大学法语学院；南京大学外国语学院
刘成富：南京大学外国语学院
【期　刊】《当代外国文学》，2021 年，第 42 卷，第 2 期，第 106－112 页
【内容摘要】法国作家加缪及其作品一直备受国内外学术界的关注，但大多数研究聚焦在作者的小说和哲学散文上，鲜有戏剧作品的相关研究出现。戏剧作为加缪文学创作的重要组成部分，不仅在文学体系和思想体系中有着不容忽视的地位和作用，而且具有极高的美学价值和思想启示。本文以加缪的戏剧作品为研究对象，深刻揭示了加缪戏剧深受法国先锋派戏剧理论家阿尔托的影响。加缪在保留传统戏剧语言风格的同时，进一步拓展了“残酷戏剧”的深度与广度，并使之上升到一个全新的形而上的哲理高度。
【关键词】加缪；阿尔托；戏剧；“残酷性”；瘟疫

论勒克莱齐奥文学创作的介入性

【作　者】施雪莹
【单　位】南京大学外国语学院
【期　刊】《外国文学》，2021 年，第 4 期，第 58－69 页
【内容摘要】本文从勒克莱齐奥的文学思考及创作两个维度出发，考察其写作中的介入问题。勒克莱齐奥的文学思想表现出广义的介入倾向，即肯定文学与社会的联系，关注文学的伦理价值，认为文学的目的在于见证当下，而文学的作用是促进个体、文化与世界的交流。通过对勒克莱齐奥作品的分析，本文又指出，这种介入性一方面体现在作者关注现实世界边缘与他方的创作主题中，另一方面更在于其写作行为本身。作者不断革新词语与世界的关系，赋予语言生成性的力量，为读者创造出可感的诗意世界，让作品成为真正的交流场所。
【关键词】勒克莱齐奥；文学介入；文学伦理；他者

论罗伯特·白英的闻一多书写

【作　者】汪云霞
【单　位】上海交通大学人文学院
【期　刊】《江汉论坛》，2021 年，第 11 期，第 60－66 页
【内容摘要】罗伯特·白英旅华期间与中国知识阶层，特别是西南联大师生交往密切。在白英的跨文化叙事中，闻一多是“伟大的学者”“最受欢迎的教授”，以及“觉醒的中国”的探索者。白英通过一系列鲜活的历史场景与细节叙述，建构了具体而丰富的闻一多形象，并从他者视域出发来理解、反思和评估以闻一多为代表的中国知识分子在传承文化、教育民众和唤醒国民等方面的重要贡献与地位。在 20 世纪 40 年代的战争背景中，白英与闻一多的交往搭建了一座学术交流与合作的桥梁。它不仅显示了两个独特个体之间的情感相通和心灵契合，而且折射出东西方文化间的理解与对话。在闻一多其人其诗，乃至中国现代诗人诗作的海外传播过程中，白英的跨文化叙事具有重要价值与意义。
【关键词】罗伯特·白英；闻一多；跨文化叙事；西南联大；中国知识分子

论米歇尔·维勒贝克小说中的爱欲叙事与伦理困境

【作　者】胡华
【单　位】浙江工商大学外国语学院
【期　刊】《外国文学》，2021 年，第 4 期，第 34－46 页
【内容摘要】爱欲书写作为米歇尔·维勒贝克创作的标签与主线，引起了臧否两极评论。本文综观作家的 7 部小说，聚焦爱欲叙事，解析其主体特征；在此基础上，借助于符号学原理，探索“性”的叙事功能及文体角色，将小说人物身上的性征推演应用到叙事及文风分析中，透视“性”符号背后的社会文化意义；最终在叩问爱欲书写的动力与指向中揭示后现代社会伦理困境。作者笔下的爱欲叙事是人性本心与社会表征的内外应和，展现出当代人的身心面貌及所处的社会图景。迷茫彷徨中不失的是找寻与希冀，这种未来无限性彰显了维勒贝克的叙事诗学与伦理启示。
【关键词】米歇尔·维勒贝克；爱欲叙事；符号矩阵；伦理困境；后现代

论趣味的演变与延续性

【作　者】陆建德
【单　位】厦门大学
【期　刊】《外国文学研究》，2021 年，第 43 卷，第 5 期，第 55－66 页
【内容摘要】任何文明、国家和地区的文学趣味都是在历史进程中形成的，与价值观念、宗教信仰和风俗习惯有着盘根错节的联系，不能用一成不变的本质主义语言来解释，但是开放形态的趣味也有其延续性。狄更斯《老古玩店》出版百年之间的浮沉就折射出英国读书界趣味的演变。小说中关于耐儿之死的描写当初打动了无数读者，但对于现代读者而言就有滥情之嫌。然而这种对于滥情笔法的反感也反映了英国文化中偏爱幽默和喜剧风格的特点。针对小说、诗歌中滥情的批评还见诸伍尔夫和利维斯笔下。受莱斯利·斯蒂芬的影响，两位作者的观点中蕴含着克己去我的道德力量，代表了英国文学中趣味的延续性。
【关键词】趣味；滥情；伍尔夫；利维斯；莱斯利·斯蒂芬

论斯宾塞诗歌中的时间和农事

【作　者】陈红
【单　位】上海师范大学人文学院
【期　刊】《外国文学评论》，2021 年，第 3 期，第 194－215 页
【内容摘要】斯宾塞在《仙后》中赞扬以农事为代表的一切艰苦卓绝、持久不懈的劳动，传达了一种“农事精神”，与英国文艺复兴时期盛行的田园牧歌所蕴含的田园旨趣大相径庭。出于英国殖民者的政治立场和经济利益，斯宾塞希望用诗歌来促使决策者重视农业生产中蕴藏的时代先机，完成帝国振兴大业；他于作品内外力主推进的爱尔兰殖民地土地管理改革计划，在如愿帮助英国获取帝国崛起所需的资源和财富的同时，也对爱尔兰的社会和环境造成了不容抹去的灾难性影响。
【关键词】斯宾塞；农事精神；殖民政治；爱尔兰

论叶芝的布莱克阐释与《奥辛的漫游》中的“凯尔特—爱尔兰”神话

【作　者】张菁洲
【单　位】北京大学
【期　刊】《国际比较文学（中英文）》，2021 年，第 4 卷，第 3 期，第 509－522 页
【内容摘要】长篇叙事诗《奥辛的漫游》是叶芝早年尝试讲述“凯尔特—爱尔兰”神话的初步尝试之一。除却《莪相学会会刊》中的盖尔语文学作品和英国浪漫主义诗人如雪莱等人的影响之外，叶芝在创作此诗的同时进行的另一个写作计划——对英国诗人威廉·布莱克的注释和阐发——也对《奥辛的漫游》的意象使用和主题产生了特别的影响。本文尝试通过梳理相关文本，说明叶芝的布莱克阐释对阐释《奥辛的漫游》的可能意义：叶芝对布莱克的阐释伴随着《奥辛的漫游》创作过程的始终，对《奥辛的漫游》的选材、结构都产生了影响；叶芝在解读布莱克时对布莱克“对立”观念的痴迷、他在对布莱克的误读中所表达的自我意识也为理解《奥辛的漫游》中凯尔特—爱尔兰神话的讲述方式和讲述效果提供了独特的线索。并且，叶芝在注解布莱克时的神智学观点及他在《奥辛的漫游》中的创作实践，都在逐渐形塑叶芝此时的文化观念：来自个体或群体心灵状态最深处的文化象征—形象的连续性构成了个人、民族或国家获得一种“统一”身份和认同的关键，而此种连续性的获得十分艰辛，需要富于想象力的心灵不断超越现实，使无限想象力从有限的生命中“脱壳而出”。在这一意义上，叶芝的布莱克阐释和《奥辛的漫游》中对“凯尔特—爱尔兰”的最初描绘，尽管带着“天真之歌”的印记，却也是叶芝尝试以追寻和定义“爱尔兰”的方式参与一个现代国家的形塑过程的最初“经验之歌”。
【关键词】叶芝；布莱克；《奥辛的漫游》

论伊恩·麦克尤恩《像我这样的机器》中的机器形象及人机关系

【作　者】李玥
【单　位】德国海德堡大学跨文化日耳曼语文学系；德国卡尔斯鲁厄工业大学德语文学系
【期　刊】《外国文学动态研究》，2021 年，第 3 期，第 103－111 页
【内容摘要】通过剖析伊恩·麦克尤恩小说《像我这样的机器》对机器亚当在“学习”过程中的“身体”与“意识”的动态刻画，本文梳理了小说中人机区分在“去身”与“具身”、“有无

意识”与“多元意识”间的切换，总结了人机关系超越传统主奴或对抗模式的复杂化趋势，并指出小说虽意在模糊人机边界，从后人类视角反讽理性至上的人类中心主义，却未能摆脱机器对人的“模仿游戏”式的书写模式。这一矛盾贯穿小说始终，表现了后人类语境下虚构空间中的欲望与焦虑。

【关键词】伊恩·麦克尤恩；《像我这样的机器》；人机关系；人工智能；后人类；身体

论朱利安·巴恩斯小说中的媒介记忆

【作　者】李婧璇；胡强

【单　位】湘潭大学外国语学院

【期　刊】《湘潭大学学报（哲学社会科学版）》，2021年，第45卷，第3期，第122－126页

【内容摘要】朱利安·巴恩斯是英国当代著名小说家，其小说主题广泛，艺术形式新颖，思想内涵深刻，受到了世界各地读者的喜爱。当前，学界主要从历史主题、权力话语、后现代手法、英国性等视角展开对巴恩斯小说的研究，却忽视了小说中的媒介记忆书写这一独具特色的题材。《10½章世界史》和《英格兰，英格兰》通过隐喻手法，再现了人的身体作为印刻历史记忆的重要媒介。《福楼拜的鹦鹉》展现了作为记忆之场的广场景观所承载的深厚历史记忆。小说中游客通过参观和体验凝结着多重历史内涵的景观，将记忆固化在头脑中。《东风》通过描写一个微不足道的小人物的故事，展现了网络永久性保存记忆所带来的负面效应，对当代社会数字化媒介记忆的弊端做出了警示。

【关键词】朱利安·巴恩斯；历史；媒介记忆

罗莎·查塞尔自传中的记忆书写和身份建构

【作　者】归溢

【单　位】苏州大学

【期　刊】《外国文学动态研究》，2021年，第6期，第82－88页

【内容摘要】罗莎·查塞尔是西班牙“27年一代”作家的杰出代表，本文选取其自传作为研究对象，从历史创伤记忆书写和个性发展记忆书写两个视角进行文本解读，研究传主如何通过自传完成其流亡者和女作家身份的建构，同时探讨女作家如何让自己的作品参与西班牙重大历史事件的记忆建构，并成为揭示西班牙女性边缘社会地位的代言者。

【关键词】罗莎·查塞尔；自传；《自传契约》；记忆书写；身份建构

麦克弗森早期诗歌对高地神话的重构

【作　者】李静

【单　位】国防科技大学国际关系学院

【期　刊】《外语研究》，2021年，第38卷，第1期，第91－96页

【内容摘要】苏格兰诗人詹姆斯·麦克弗森的早期诗歌以凯尔特民间传说为素材，以苏格兰高地为背景，以史诗为创作目标，建构出浪漫神秘的苏格兰高地图景，为他后期的诗歌创作奠定了基础。本文通过分析麦克弗森早期的诗歌创作背景和思想，发现麦克弗森受苏格兰启蒙时代文学思潮的影响，继承和发扬了高地口头文学传统，并试图在凯尔特民间传说和希腊史诗、苏格兰文学和英国文学、个人和民族之间建立联系，重建苏格兰民族神话。

【关键词】詹姆斯·麦克弗森；早期诗歌；苏格兰高地；民族神话

麦克尤恩《蟑螂》的非自然叙事及其政治讽喻

【作　者】尚必武
【单　位】上海交通大学外国语学院
【期　刊】《上海交通大学学报（哲学社会科学版）》，2021 年，第 29 卷，第 3 期，第 89－108 页
【内容摘要】通过戏仿卡夫卡的经典作品《变形记》，麦克尤恩在小说《蟑螂》中以人虫之变的非自然叙事模式，讲述了主人公吉姆·萨姆斯由蟑螂变形为英国首相并推行让金钱倒流的“逆转主义”的故事。作品引发了一系列让人疑惑不解的问题，其中最核心也最终极的一个问题莫过于为什么麦克尤恩笔下的主人公是一只蟑螂？这一问题在文本层面上表现为经历人虫之变的吉姆遭遇身心分离即身体与眼光的脱节，产生了自己是谁的身份困惑，以及变形所为何事的焦虑。对此，麦克尤恩一方面通过让吉姆以内聚焦的方式凝视一只正在地上爬行的蟑螂，使之在他者镜像中完成了蟑螂身份的自我辨识，另一方面通过混合运用“解叙述”和“非自然心理”两种叙述策略，揭示了“逆转主义”的“复仇主义”本质。本文指出，作为“一个古老传统的政治反讽”，尽管《蟑螂》将讽刺矛头直指英国脱欧事件，但其终究无助于当下英国的脱欧之争。将蟑螂作为笔下的主人公，麦克尤恩意在暗讽对脱欧行为的合理解释不外乎是英国政客脑子爬进了蟑螂而导演的一出闹剧，同时希冀借助于这一非自然叙事样式，让无奈的人们至少可以“在黑暗中发出一阵野蛮的笑声”。
【关键词】伊恩·麦克尤恩；《蟑螂》；变形；非自然叙事

毛姆小说的立体网状空间结构及其叙事功能

【作　者】赵小晶
【单　位】华东交通大学外国语学院
【期　刊】《江西社会科学》，2021 年，第 41 卷，第 2 期，第 101－108 页
【内容摘要】空间叙事有着时间叙事不可替代的功能。毛姆在他的小说中通过对空间的细致描写构建了 3 种不同的空间形式，它们在叙事中相互承接，共同构成小说的立体网状空间结构。毛姆笔下意蕴丰富的空间意象，成为人物行动的支点。这些空间意象在诠释小说主题的同时，建构起读者对人物和作品的认知，实现了对主题的浸润式阐释。此外，毛姆灵活自如地运用不同的叙事聚焦，能够引导读者全方位地感知他小说中所展示出的众多叙事空间。
【关键词】毛姆；立体网状式空间结构；空间意象；叙事聚焦

民族学虚构视角下的超现代城市生存境遇——论奥热的《一位无家可归者的日记》

【作　者】杜莉莉
【单　位】中国人民大学外国语学院
【期　刊】《外国文学》，2021 年，第 4 期，第 13－22 页
【内容摘要】民族学虚构是原本属于当代视觉人类学领域的一种视觉呈现形式，后逐渐被用来命名具有民族学、社会学等人文社科背景的文学艺术创作。法国当代人类学、民族学学者马克·奥热的《一位无家可归者的日记》，作为人文社科学者创作的民族学虚构，在观察大量日常生活细节的基础上，通过最小化虚构个体的主观性，展现了巴黎近年出现的中产阶级无家可归

者在失去稳定住房后，是以何种居民身份、如何在非场所中应对因城市“生境”的突变而引发的一系列居住、身份、人际关系等基本生存问题的整体社会事实，从而探讨以时间过剩、空间过剩、个体过剩为症候的超现代城市生存境遇，以及稳定居所对个体生存的必要性。

【关键词】马克·奥热；民族学虚构；超现代；过剩；非场所；城市

莫迪亚诺笔下的巴黎空间

【作　者】史烨婷

【单　位】浙江大学外国语学院

【期　刊】《浙江大学学报（人文社会科学版）》，2021 年，第 51 卷，第 1 期，第 232－239 页

【内容摘要】无论是二战期间还是 20 世纪 60 年代，帕特里克·莫迪亚诺笔下的巴黎作为文学创作中的重要元素，皆具备列斐伏尔空间理论中的物理空间、精神空间和社会空间 3 个不同层面，并呈现出现实精确性和诗意象征性高度统一的特点：精确的地址和真切的描述使作家的文学空间带有强烈的历史现实意味；空间对人物的情感、心理和思考方式产生了重要影响，使其在人物眼中幻化；人物活动于其间，以迷失、逃离、反抗、寻找等方式改变着社会关系和力量对比，不断反作用于空间，塑造着空间。莫迪亚诺记忆书写中的巴黎因此处于开放的、非二元对立的状态，丰富、深刻、永恒变化。

【关键词】帕特里克·莫迪亚诺；巴黎；空间批评；亨利·列斐伏尔

能否信任黑箱？——《弗兰肯斯坦》中的阅读共同体理想

【作　者】范劲

【单　位】华东师范大学中文系

【期　刊】《外国文学评论》，2021 年，第 2 期，第 47－70 页

【内容摘要】如果把《弗兰肯斯坦》解读为技术新物的成长小说，则科学家弗兰肯斯坦的错误在于只制造而不照料，不承担将创造物带入世界关系的责任。但是，作家玛丽·雪莱的主旨是帮助新物进入世界关系。她的包容他者的共同体构想不止于批评家们通常提到的家庭和契约模式，还寓含了一种先验的关系共同体理想。这种理想体现于文本内外的一系列交互阅读关系中，它一方面回应了 19 世纪初的社会团结问题，另一方面对人工智能时代的我们也有启示意义：只有在先验的世界一体框架中，才能大胆地设想后人类的差异共同体形式，摆脱对于技术黑箱的恐惧。

【关键词】《弗兰肯斯坦》；交互关系；唯我论；信任；他者

凝视与反凝视：论《只爱陌生人》的身体物质性叙事

【作　者】代佳斯

【单　位】南京大学文学院

【期　刊】《外国文学动态研究》，2021 年，第 2 期，第 139－149 页

【内容摘要】凝视越来越成为意义建构、生成、隐喻的象征性主体实践活动。在《只爱陌生人》这部小说中，麦克尤恩通过凝视与反凝视的交互叙事建构并解构了凝视话语机制对身体的外部刻写与肉身戕害。同时，小说文本实践在一定程度上是对哲学、美学传统中身体物质双重属性的回应：一方面，身体作为能指，是外部所指的物质载体；另一方面，身体作为符号，既是内

部的再现，又是再现的内部。

【关键词】《只爱陌生人》；凝视；身体；物质性

农业文明向工业文明的转型焦虑：《南方与北方》中的伦理选择与身份建构

【作　者】李玲
【单　位】上海师范大学人文学院
【期　刊】《文学跨学科研究》，2021 年，第 5 卷，第 1 期，第 120－132 页
【内容摘要】在《南方与北方》中，伊丽莎白·盖斯凯尔采用英国文学中城乡对立的传统模式，细致地描绘了南方农业文明与北方工业文明的冲突与融合。本文运用文学伦理学批评的方法，围绕工厂主桑顿通过 3 次伦理选择从破产商人之子到开明工厂主伦理身份的转变和玛格丽特从乡村到城市伦理环境变迁中的身份建构，展现了农业文明向工业文明转型过程中伦理关系的变化，以及由此引发的伦理冲突。弥补了缺失的同情心与责任感的桑顿与工人之间建立在交易基础上却饱含温情的伦理关系是传统伦理道德与工业社会中的经济关系相结合的产物，认同了商业理念的玛格丽特最终以债权人的身份参与到工业活动中，既表明工业文明相较于农业文明具有不可逆转的发展趋势，又传达了道德与财富相结合的文化愿景。
【关键词】伊丽莎白·盖斯凯尔；《南方与北方》；伦理选择；伦理身份

女性视角下的经典重述——评帕特·巴克的小说《女孩们的沉默》

【作　者】霍甜甜
【单　位】中国人民大学外国语学院
【期　刊】《当代外国文学》，2021 年，第 42 卷，第 3 期，第 169－176 页
【内容摘要】帕特·巴克在《女孩们的沉默》中以女性视角对荷马史诗《伊利亚特》进行了改写和戏仿。本文通过分析布里塞伊斯的女性主体性和阿喀琉斯的双性同体，深入探讨父权社会女性的悲苦命运，并指出小说刻画沉默的女性通过自身的方式来打破男性话语，呼吁建构男性与女性的交互主体性关系，让边缘的他者发声。经典重述让我们以不同的视角审视历史和文化的演进，有助于我们了解新环境下的父权形式。
【关键词】帕特·巴克；《女孩们的沉默》；女性主体；双性同体；交互主体性

女性与植物——珍妮特·温特森小说中植物的性别隐喻研究

【作　者】李立新
【单　位】山东大学外国语学院
【期　刊】《当代外国文学》，2021 年，第 42 卷，第 3 期，第 78－85 页
【内容摘要】当代英国著名作家珍妮特·温特森的小说《橘子不是唯一的水果》《给樱桃以性别》和《苹果笔记本》中植物意象丰富，主要分为 3 类：具有自然生物特点的植物意象、具有文化隐喻特征的植物意象、被作家改写而具有性别象征意义的植物意象。植物被精心赋义既突显又掩饰了女性不可言说和不被言说的信息，这与植物的赋义者或释义者的立场和观念等密切相关，且参与女性身份重构的进程。本文通过分析 3 部小说中女性与植物的复杂关系，揭示作家质疑二元对立的男性霸权话语并构建女性话语体系，消解性别身份界限的愿景，从而为阐释温特森的小说文本提供了一种新思路。

【关键词】珍妮特·温特森；植物意象；女性话语；性别界限

普鲁斯特的箴言与人性描写

【作　者】涂卫群
【单　位】中国社会科学院外国文学研究所
【期　刊】《外国文学》，2021 年，第 6 期，第 42－50 页
【内容摘要】普鲁斯特继承和发展了法国 17 世纪伦理作家的写作传统，在他的长卷《追忆逝水年华》中穿插大量箴言和警句。与伦理作家不同的是，他创造出一个丰富多彩的小说世界，并以故事承托箴言，以箴言总结体验，从而生动而深刻地展示人性。由于小说以主人公成长为作家的经历为主线，许多箴言只有重新置于小说的语境中，参照前后相续的事件才能得到充分理解。为此，本文以小说中的九条箴言为线索，步步深入探讨小说家如何以描写和思考相映照的方式实现对人生问题的文学的解决，也即以写作实现人性的超越及作为人生的完成。
【关键词】普鲁斯特；《追忆逝水年华》；箴言；人性

奇幻小说文类探源与中国玄幻武侠小说定位问题

【作　者】姜淑芹
【单　位】四川外国语大学英语学院
【期　刊】《西南大学学报（社会科学版）》，2021 年，第 47 卷，第 4 期，第 198－208 页
【内容摘要】西方“奇幻小说”概念传入中国后，在儿童文学与成年人文学领域都存在文类标识不清、术语使用混乱的问题。本文通过梳理英国奇幻小说的历史渊源及其与浪漫主义和儿童文学之间错综复杂的关系，辨析其基本概念，分析其在中国大陆本土化过程中遇到的问题，以期促进我国幻想文学的创作与发展。奇幻小说是浪漫主义思潮与儿童文学相结合的产物，与童话故事有着本质区别。童话故事发生在神奇的一次元世界，奇幻小说却致力于构建真实可信的第二世界，披着幻想的绮丽外衣反映深刻的社会现实。近年来国内蓬勃发展的网络玄幻武侠小说本质上属于奇幻小说文类，在致力于打造架空世界的同时，更应着力于提升其基于中国本土化的人文社会关怀及审美追求。
【关键词】幻想文学；儿童文学；玄幻小说；奇幻小说；武侠小说

乔伊斯《一起惨案》的及物性与叙事操控

【作　者】黄荷
【单　位】北京师范大学外国语言文学学院
【期　刊】《外语教学》，2021 年，第 42 卷，第 3 期，第 47－51 页
【内容摘要】詹姆斯·乔伊斯的短篇小说《一起惨案》讲述了关于西尼科太太和达菲先生的两起相互交织的案例。以往的研究大多关注该文本中叙事操控的具体策略，探讨主题阐释的多种可能性。相比之下，对其语言层面的研究则寥寥无几，而且尚未有学者结合叙事学与文体学来解读其叙事效果和叙事目的在语言层面的实现。鉴于此，本文以及物性系统为切入点分析文本中语法编码的规律，以期从一个新的角度来解读乔伊斯的叙事操控，加深对乔伊斯语言艺术的理解。
【关键词】及物性；叙事操控；詹姆斯·乔伊斯；《一起惨案》

乔伊斯音乐叙事形式的动态发展：分离、模仿、融合

【作　者】宣奔昂
【单　位】北京大学外国语学院
【期　刊】《外国文学》，2021 年，第 6 期，第 166－178 页
【内容摘要】乔伊斯作品中的音乐一直颇受国内外学界关注，但以往的研究多聚焦于音乐在《尤利西斯》和《芬尼根的守灵夜》这两部小说里的作用，忽略了乔伊斯早期创作的诗集《室内乐》和故事集《都柏林人》的音乐叙事模式。通过分析《作别少女时光》及乔伊斯对其的教会调式谱曲，《死者》对双声部音乐结构的模仿，以及《塞壬》以声音为媒介将多种音乐、文化意涵植入书写语言的过程，可以揭示乔伊斯的音乐叙事如何呈现出分离、模仿、融合的动态形式变化，以及他如何利用 3 篇音乐叙事各自的多线程和开放性，在求欢和爱情的表面下构造矛盾和背叛的暗流，层层递进地表现出现代人良心的瘫痪与精神的死亡。
【关键词】乔伊斯；音乐叙事；《室内乐》；《死者》；《塞壬》

乔伊斯与神秘哲学

【作　者】辛彩娜
【单　位】中国海洋大学外国语学院
【期　刊】《外国文学》，2021 年，第 1 期，第 37－48 页
【内容摘要】乔伊斯虽以描写城市世俗生活见长，但对当时盛行于爱尔兰知识分子群体中的神秘哲学也颇为熟悉，其作品不乏神秘主义元素。在《尤利西斯》和《芬尼根守灵夜》里，乔伊斯对神智学会创始人勃拉瓦茨基夫人和其时都柏林分会的精神领袖乔治·拉塞尔极尽戏谑挖苦之能事，以此否定了绝对精神的存在，继而揭示出爱尔兰文艺复兴运动非理性的一面。同时，他又巧妙挪用了印度神秘哲学的循环概念，将其加诸《芬尼根守灵夜》的结构之上，在混沌中建构起独特的时空秩序。
【关键词】乔伊斯；神秘哲学；神智学；爱尔兰文艺复兴；混沌的秩序；戏谑；循环

群体精神瘫痪：叙述声音中的都柏林人群体思维

【作　者】张之俊；刘世生
【单　位】张之俊：中国地质大学（北京）外国语学院
　　　　　刘世生：清华大学外文系
【期　刊】《外语研究》，2021 年，第 38 卷，第 3 期，第 101－105、111 页
【内容摘要】《都柏林人》为乔伊斯的群体文学著作，过往群体研究聚焦主人公的群体特征，尚未关注叙述声音中的群体思维。本文运用认知叙事学中的社会思维理论，探讨小说集《都柏林人》中《母亲》《圣恩》《死者》3 篇短篇小说叙述声音中的都柏林人群体思维。本文发现，乔伊斯通过显性与隐性思想陈述及行为叙述，展现了都柏林人肤浅的群体思维、男性至上的群体思维和中产阶级自负与虚伪的群体思维。3 种群体思维源于背景人物群体与有声无形的都柏林大众，展示了都柏林人群体精神瘫痪的画面。
【关键词】乔伊斯；群体精神瘫痪；社会思维理论；叙述声音；《都柏林人》；群体思维

如何“自我暴露”——从《饥饿的女儿》《好儿女花》看虹影自传体小说的文体实践

【作　者】黄爱
【单　位】山东大学（威海）翻译学院
【期　刊】《中国文学研究》，2021 年，第 3 期，第 193－200 页
【内容摘要】虹影的自传体小说大胆揭露了传统意义上被视为个人“隐私”或“家丑”的那些黑暗和屈辱的记忆，因而一直备受争议。事实上，虹影式的“自我暴露”是一种建立在“自传契约”基础上的写作实践，其挑战禁忌的勇气将近百年自传体小说的写作传统推向了一个新的高度；虹影的“自我暴露”也突破了“个人秘史”的狭小天地和女性意识的“私语”空间，表现出独特的现实品格和丰厚的历史内涵，贯彻着鲜明的小说精神。因此，虹影创作所代表的是一种超越了传统文学观念的跨界的文体实践：是一种建立在“自传契约”之上的小说，也是一种贯彻着小说精神的自传。
【关键词】虹影；自传体小说；自我暴露；自传契约；文体实践

塞缪尔·贝克特戏剧创作风格的嬗变

【作　者】丁立群；李晓
【单　位】山东农业大学外国语学院
【期　刊】《当代外国文学》，2021 年，第 42 卷，第 4 期，第 93－100 页
【内容摘要】塞缪尔·贝克特一生创作发表了 30 多部剧作，无论是人物形象塑造、语言的运用、舞台道具，还是剧作的传播媒介，其戏剧创作风格存在着一定的嬗变。从最初流浪汉式的滑稽人物，到梦幻似的幽灵人物；从人物的嬉笑打骂，到后期的沉默无言；舞台道具由繁到简，但在技术层面上由简到繁；从最初简单的舞台说明，到后期注重与各种技术及媒介的结合。贝克特戏剧以其嬗变的独特艺术风格展现了现代人存在的荒诞与孤独。
【关键词】塞缪尔·贝克特；戏剧；创作风格；嬗变

莎剧《哈姆莱特》中的法律问题与法律意识

【作　者】杨海英
【单　位】浙江越秀外国语学院网络传播学院
【期　刊】《河南大学学报（社会科学版）》，2021 年，第 61 卷，第 3 期，第 72－78 页
【内容摘要】莎士比亚的代表作《哈姆莱特》中涉及诸多法律问题，渗透着作家对法律问题的思考，体现了他深厚的法律修养和深邃的法律意识。从文学法律批评的视角出发，对《哈姆莱特》中的法律问题进行审视。首先，莎士比亚作为酷爱法律书写的作家，以剧院为法院，对社会事件进行审视和评判，《哈姆莱特》中 5 个方面的法律问题书写，充分说明他在所从事的文学创作中对法律事件和国家利益的关注；其次，《哈姆莱特》的法律书写，是我们理解和审视这部悲剧作品相关问题的重要方面，尤其是理解“哈姆莱特延宕”的重要视角；最后，法律意识是衡量封建范畴的个人复仇与人文主义“重整乾坤”理想的试金石，正是因为哈姆莱特所具有的法律意识，阻碍了他复仇计划的实施。个人复仇与法律正义之间的矛盾是形成哈姆莱特复杂性格的重要因素。
【关键词】莎士比亚；《哈姆莱特》；法律问题；法律意识；文学法律批评

莎士比亚戏剧里的政治学——以英伦史剧和罗马悲剧例之

【作　者】王化学
【单　位】山东师范大学文学院
【期　刊】《山东社会科学》，2021 年，第 5 期，第 57－67 页
【内容摘要】莎士比亚的史剧与悲剧多取严肃的政治题材，思想内容极其丰富，展示出深邃的历史眼光和政治洞见。他的英伦史剧借古喻今，将围绕王位争夺与捍卫的血腥历史以典型化手法搬演于舞台，振聋发聩；而其罗马题材悲剧，则于展现古代强国伟大业绩的同时，揭示出灿烂文明中的暗斑，启人深思。莎士比亚卓越的思想家气质与政治哲学智慧水乳交融，用戏剧形式成就了超越时空的“历史教科书”。
【关键词】莎士比亚；英伦史剧；罗马悲剧；戏剧政治学

莎士比亚戏剧世俗性与神圣性的对立统一

【作　者】周涛
【单　位】复旦大学艺术教育中心
【期　刊】《上海大学学报（社会科学版）》，2021 年，第 38 卷，第 1 期，第 128－140 页
【内容摘要】世俗性与神圣性共存是莎士比亚戏剧的一大特质。从莎士比亚时期的戏剧演出场地、观演习惯、戏剧艺术特质和环球视点四个方面出发，可分别阐释娱乐空间与仪式空间如何构筑公共空间，观众与演员共同参与演出形成的仪式化观演关系，角色以有形的表演展现精神的无形及用有限时空展现无限时空的时空艺术之本质，戏剧艺术综合性特质所带来的世界舞台的环球视点。借此可说明处于中世纪晚期和近代早期的莎士比亚，处在文艺复兴、宗教改革、民族国家兴起和新航路开辟的历史变革点上，其艺术作品所具有的世俗与神圣的对立统一特质。
【关键词】公共空间；观演关系；时空艺术；世界舞台

莎士比亚阅读、翻译、研究需正本清源（上）——以《温莎的快乐夫人》为中心

【作　者】傅光明
【单　位】首都师范大学外国语学院
【期　刊】《当代文坛》，2021 年，第 3 期，第 15－24 页
【内容摘要】从 1921 年田汉翻译的《哈孟雷特》（现译《哈姆雷特》）出版至今，中国的莎士比亚戏剧翻译史已经有整整 100 年了。几代读者、译者和学者对莎剧的阅读、翻译与研究，始终与岁月相生相伴，莎士比亚研究早已成为国内的一门显学。然而，毋庸讳言，有相当数量的读者，在某种程度上似乎忘了莎剧是莎士比亚用英文所写，更有一些研究者索性置英文原本于不顾，仅以某一中译本作为研究底本。诚然，对于一般非英语母语的中文读者，阅读中译本是步入莎剧艺术世界的唯一路径，但作为研究者，若仅以某一中译本为据，则无异于海滩上种花。事实上，作为读者，应理性地认识到任何一种中译本都远不等同于莎剧，即“原味儿莎”；作为研究者，更应科学地认识到莎士比亚研究当以英文文本为据，任何一种中译本都只能是辅助参考文本。本文以莎士比亚著名喜剧《温莎的快乐夫人》为例，详细阐释莎剧阅读、翻译和研究需正本清源。
【关键词】莎士比亚；阅读；翻译；研究；正本清源；《温莎的快乐夫人》

莎士比亚阅读、翻译、研究需正本清源（下）——以《温莎的快乐夫人》为中心

【作　者】傅光明
【单　位】首都师范大学外国语学院
【期　刊】《当代文坛》，2021 年，第 4 期，第 19－31 页
【内容摘要】莎士比亚凭借绝顶聪明的编剧大脑，从一系列“原型故事”中采集“温莎”故事，又在福斯塔夫同时追求两位夫人这条戏剧主线之外，凭一连串副线故事及剧中人物耍贫斗嘴的语言游戏，在结构上撑起这部“欢乐”喜剧。然而英语非母语的中文读者，难以领略莎士比亚驾轻就熟的语言游戏，以及由此激活出来的闹剧的活泼性。只有通过相应的翻译策略及译本注释，才能咂摸出其中极富表演性的“原味儿莎”。因为无论是朱译本（方改本）还是梁译本，最初均出于对翻译中语言或文化的不可译性的考虑，把这个层面屏蔽掉了。这使朱、梁两个译本的读者，长期以来未能从这样的戏剧化角度品赏到该剧异常鲜活有趣的一面。朱译本在几乎所有这些地方，都做了洁化处理或过度修饰。时至今日，阅读无注释的莎剧译本，恐难以领略“原味儿莎”意涵之丰富和意蕴之妙趣。
【关键词】莎士比亚；正本清源；《温莎的快乐夫人》；福斯塔夫；译本注释

莎士比亚在晚清中国新探

【作　者】郝田虎
【单　位】浙江大学外国语学院
【期　刊】《福建师范大学学报（哲学社会科学版）》，2021 年，第 2 期，第 127－135 页
【内容摘要】中文资料对莎士比亚在中国早期接受史的研究固然重要，但在上海出版的英文报刊如《字林西报》和《教务杂志》等资料同样不可或缺，可惜长期不为研究者所重视。根据近年来新发现的中英文资料，莎士比亚在中国的早期接受史需要重写，同时，也可解释为何弥尔顿先于莎士比亚进入中国，为何弥尔顿的中译也比莎士比亚更早的问题。进而，由于莎士比亚译介和演出在话剧的萌芽阶段发挥了重要作用，校园莎剧表演活动是孕育话剧雏形的关键一环，莎士比亚晚清接受史是中国早期话剧史的有机组成部分，本文认为中国话剧 1907 年滥觞于日本的传统观点需要重审。
【关键词】莎士比亚；弥尔顿；晚清；中国；接受史；话剧

善与恶的双重悖论——论马洛悲剧中的“恶棍英雄”

【作　者】常远佳；赵炎秋
【单　位】常远佳：湖南师范大学文学院；湖南第一师范学院
赵炎秋：湖南师范大学文学院
【期　刊】《湖南师范大学社会科学学报》，2021 年，第 50 卷，第 4 期，第 107－114 页
【内容摘要】克里斯托弗·马洛是文艺复兴时期英国戏剧的伟大先驱。他第一个用“恶棍英雄”作为悲剧英雄，这类角色因为有别于“性格必须善良”的传统悲剧英雄而一直备受争议。恶棍英雄的矛盾形象代表了道德的“恶”与历史的“善”之间的悖论关系，显示了新的生产力关系、新的自我与过时的基督教价值观之间的矛盾。恶棍英雄身上因为同时具有英雄和恶棍的特征而存在第一重悖论，而他们身上的第二重也是更深刻的一重悖论在于，正是因为他们挑战了传统基督教价值观中不人道和有碍历史进步之处而代表着一种普遍的“善”。马洛将有悖传统基督教

价值观的形象极大地英雄化，体现了文艺复兴人文主义精神。
【关键词】克里斯托弗·马洛；恶棍英雄；悖论；道德的“恶”；历史的“善”

谁是夏洛克：文化冲突中的身份构建

【作　者】李艳梅
【单　位】浙江工商大学人文与传播学院
【期　刊】《学习与探索》，2021 年，第 1 期，第 184－189 页
【内容摘要】霍华德·雅各布森的小说《夏洛克是我的名字》通过互文改写解构了莎士比亚喜剧《威尼斯商人》的主题和人物形象，同时将夏洛克直接移植拼贴，与当代英国犹太主人公并置，相互审视，从历史纵深和民族自省两个层面，对不同民族和宗教信仰之间产生的文化冲突进行了思考。小说以基督教与犹太教文化冲突作为情节发展的动因，但以出人意料的结局将文化冲突悬置，将问题的探讨聚焦在人物的文化身份上。《夏洛克是我的名字》颠覆并超越了前文本，实现了改写的互文性与独创性的统一。
【关键词】霍华德·雅各布森；《夏洛克是我的名字》；互文性；宗教文化冲突；身份

身体、“诗体”与“身体政治”——论爱尔兰诗人保罗·马尔登的疾病书写

【作　者】孙红卫
【单　位】南京大学外国语学院
【期　刊】《国外文学》，2021 年，第 1 期，第 141－152 页
【内容摘要】疾病往往不是纯粹的生物性事实与私密的健康问题，而总是与更广泛的政治现实相联系，与群体的境况甚至族群的安危相接榫。文学传统之中，疾病的意象常被用以喻指贫弱而待疗治的民族。当代爱尔兰诗人保罗·马尔登以反隐喻、反浪漫的书写策略对这一传统进行了逆向的反拨，将疾病圈定在身体之上，以临床式的细致入微的描述让我们直视肌体的损伤和腐败，剥去包裹其上的层层象征意义。诗人以此指向身体的隐喻消解之后意义的匮乏，从而在“诗”与“尸”之间画上了等号，并由此表现生命的脆弱不堪与诗的限度。
【关键词】爱尔兰；疾病；隐喻；身体；诗

神话体系观照下的镜像书写——论阿米里·巴拉卡剧作《荷兰人》中的政治想象

【作　者】张新颖
【单　位】杭州电子科技大学外国语学院
【期　刊】《当代外国文学》，2021 年，第 42 卷，第 3 期，第 37－44 页
【内容摘要】阿米里·巴拉卡的代表作《荷兰人》是一则神话体系观照下的镜像书写。在剧中，巴拉卡将自我分裂为黑人中产阶级男子克莱和社会底层白人女子卢拉，使其以美国社会边缘人的共性建构了精神对位的理想镜像，目的是在艺术创作中对自我欲望进行审视。同时，巴拉卡还通过互文指涉和戏仿，将基督教、希腊与非洲三大神话体系置于现代政治语境中，建构了一个稳定的集体潜意识中心。通过神话体系观照下的镜像书写，巴拉卡以自我欲望为起点展开了他的政治想象，为所有身处生存困境的现代人提供了获得整体性救赎的政治思路，对实现人类命运共同体具有启示性的意义。
【关键词】阿米里·巴拉卡；《荷兰人》；神话；镜像；政治想象

神圣“暴力”与忘我“无言”：巴塔耶论爱欲

【作　者】何磊
【单　位】首都经济贸易大学文化与传播学院
【期　刊】《外国文学》，2021 年，第 3 期，第 171－180 页
【内容摘要】乔治・巴塔耶是放浪不羁的登徒子，是备受争议的色情作家，是发达资本主义时代的反讽诗人，更是探索爱欲问题的严肃哲人。在生命晚年潦倒之际，巴塔耶接连完成了数部以爱欲为主题的思想作品，总结了一生情色缤纷的实践、书写与思考。巴塔耶意义上的爱欲绝非兽性的性爱或色情，而是纯粹的耗费活动，是人类特有的逾矩冲动，是嘲讽理性的神圣暴力，更是通达自主的生命奔流。爱欲是所谓内在体验的极致体现，因而是理性语言无法把捉的生命极境。作为人之为人的终极问题，爱欲最终意味着肯定生命、至死方休的沉默无言。
【关键词】乔治・巴塔耶；爱欲；暴力；神圣；自主；空无

生产之物：贝克特的录音带

【作　者】郑杰
【单　位】广东外语外贸大学英语语言文化学院；广东外语外贸大学阐释学研究院
【期　刊】《外国文学》，2021 年，第 6 期，第 145－154 页
【内容摘要】本文通过分析贝克特在《克拉普的最后一盘录音带》《呼吸》和《摇篮曲》中对录音和人之间关系的戏剧处理，探讨意识和“物叙事”之间的关系，并在此基础上重新审视康德的“物自体”概念和贝克特理解的物之间的关联。借用布朗的“物理论”、德勒兹的“欲望机器”、拉图尔的“行动者网络理论”和物研究领域的最新发展，本文旨在讨论贝克特如何让录音参与戏剧叙事，重新定义且生成了物和人的新关系。在这一过程中，录音带的实用功能变得陌生、含糊甚至失效，由此生成了一种奇特且充满谜意的“物叙事”。录音带看似是被人操纵和使用的物件，实际上却提出了一个客观难题，即“物叙事”是否作为物的声音参与建构了人的主体意识。通过回答这个问题，本文也将考察贝克特如何思考物质世界对人类经验、存在和意识的影响，以及这一思考如何影响物在叙事结构（视角）和主题上的功能。
【关键词】贝克特；“物自体”；“物叙事”；录音；意识

生命福祉下的情理博弈——论麦克尤恩《儿童法案》中的情感之力

【作　者】王洁
【单　位】浙江大学外国语学院
【期　刊】《当代外国文学》，2021 年，第 42 卷，第 3 期，第 162－168 页
【内容摘要】麦克尤恩在《儿童法案》中聚焦法官菲奥娜对少年亚当生命福祉案的审理，演绎了当代道德不确定性背后的情感之力。菲奥娜主动促成的医院面谈，彰显情感因子在化解理性困境时的创造力；她对庭外亚当精神诉求的冷漠回绝，暗示工具理性至上的现代价值观裹挟着威胁他者生命的情感暴力；她因亚当变相自杀而触发情感的反思力，凸显道德情感之于社会良性互动的人文价值。小说不仅指向自我的主体性建构，更富含以正义与善为表征的道德思辨。理性中的情感因子在弥合价值分歧时的积极效力在此得到强化，可为多元文化中自我生命意义的追寻与社会精神文明建设提供范例。
【关键词】麦克尤恩；《儿童法案》；生命；情理博弈；道德情感

生命主体化及其乌托邦：论《别让我走》的生命政治

【作　者】支运波
【单　位】上海戏剧学院戏剧文学系
【期　刊】《中南大学学报（社会科学版）》，2021 年，第 27 卷，第 3 期，第 160—168 页
【内容摘要】《别让我走》将读者置入由制造生命和自然生命同构的生命政治图景，去直面一个女性克隆人凯茜的短暂生命历程，并让读者与其一起体验和反思生命被外在因素介入所引发的种种问题。小说客观冷静地书写了政治权力和生物医学的管治技术，以及由这种管治技术引发的复杂的生命感性问题；小说细致地叙述了生命在权力、技术等外部因素介入后面临的诸多不适，以及由此造成的生命自身的“问题化”，让读者在一种不对称的体验张力中思考人类应如何面对自己制造的生命客体；小说呈现了生命在适应与抵抗外部因素时激发出的主体化努力，以及最终的乌托邦结局。作为一部书写生命的科幻小说，该作品为生命政治批评提供了一个范本。
【关键词】《别让我走》；生命政治；主体化；乌托邦

施赖纳《一个非洲农场的故事》中的反田园书写

【作　者】胡笑然
【单　位】北京师范大学外国语言文学学院
【期　刊】《国外文学》，2021 年，第 2 期，第 146—153 页
【内容摘要】南非作家奥利芙·施赖纳于 1883 年出版的小说《一个非洲农场的故事》对非洲殖民地乡村的描写具有开创性意义。她一反维多利亚晚期最流行的探险小说和田园书写对非洲殖民的浪漫想象，通过“反田园书写”的方式对殖民主义文化发起了批判，同时展现了世纪之交的多种激进思想。本文将讨论该小说“反田园”的重要主题和形式特色及其文化历史背景，并探究其在文学史上的意义与价值。
【关键词】奥利芙·施赖纳；“反田园”；维多利亚晚期小说；南非文学；非洲文学

石黑一雄《莫失莫忘》成长主题的时空释读

【作　者】任冰
【单　位】东北林业大学外国语学院
【期　刊】《湖南科技大学学报（社会科学版）》，2021 年，第 24 卷，第 4 期，第 53—58 页
【内容摘要】作为一位移民作家，石黑一雄因自身的经历和空间体验，对世界性问题尤其关注。他把科技革命等重大事件的探讨巧妙地隐匿于他的小说中，使小说的叙事具有独特的时代性，《莫失莫忘》就是典型之一。这不仅是一部具有反乌托邦色彩的科幻小说，还是一部讲述成长经历的小说。抛开典型的科幻情节，这部小说没有过多地关注科学的进步，而是聚焦于克隆人成长中的日常生活、社会交往与内心世界，展示出一幅幅成长的时空图。因此，从时空角度解读《莫失莫忘》，更容易审视其中人物的成长经历。
【关键词】《莫失莫忘》；成长经历；悲剧情怀

时代的映像——2020 年法国小说创作的几个侧面

【作　者】赵丹霞

【单　位】中国社会科学院外国文学研究所
【期　刊】《外国文学动态研究》，2021 年，第 3 期，第 34－42 页
【内容摘要】法国 2020 年出版的小说中，对社会现实的反映和思考在新书主题中占有最大比重。几位女作家对法国社会文化环境中男权至上的意识进行笔伐的作品引起了广泛关注；几部在新冠疫情前就已开始创作的以瘟疫、地球生态为主题的作品和现实惊人的暗合表明了作家敏锐的捕捉时代问题的能力；而关于移民和恐袭两大难题的书写，则表现出作家冷静审视的态度和一定的悲观情绪。
【关键词】法国文学年度研究；女性书写；瘟疫；生态；社会危机；幻梦

书文的共同体主义——论布朗肖和南希对共同体的文学化想象

【作　者】谢超逸
【单　位】同济大学人文学院
【期　刊】《同济大学学报（社会科学版）》，2021 年，第 32 卷，第 2 期，第 97－104 页
【内容摘要】法国思想家布朗肖和让-吕克・南希一致认为，由于西方思想中主体形而上学传统十分强势，有关主体的思想始终阻碍着对共同体问题的思考。无论是作为个体的主体还是作为集体的主体，都会陷入绝对自足性中，因而不能形成真正的共同体。布朗肖和南希寄希望于“书文的共同体主义”，认为它将促成一种没有主体的共同体，其中个体能够保持其独一性的存在，并在对他者和自身的分享中获得同一性。通过考察书文共同体主义的内在逻辑及其重要意义，这种文学性构想和文人化倾向所存在的问题可明显呈现出来。
【关键词】布朗肖；南希；共同体；文学

书与褶——马拉美《-ix 韵十四行诗》释读

【作　者】赵倞
【单　位】中国人民大学文学院
【期　刊】《国外文学》，2021 年，第 3 期，第 142－153 页
【内容摘要】马拉美的《-ix 韵十四行诗》历来难解，又受到了评论家、研究者的极大关注。本文结合诗歌的写作语境，对其诗学机制及辞象蕴意做了反复、细致的分析与解读。通过对诗中“ptyx”一词所含“褶”与“书”两重意义的解释，本文将《-ix 韵十四行诗》解读为一种元写作的寓言，并以此为镜鉴，重新照亮了马拉美关于“书”的理想。
【关键词】马拉美；《-ix 韵十四行诗》；褶；书

斯宾塞《仙后》中的美洲物产与殖民经济话语

【作　者】刘立辉
【单　位】西南大学外国语言学与外语教育研究中心
【期　刊】《外国文学研究》，2021 年，第 43 卷，第 4 期，第 14－26 页
【内容摘要】埃德蒙・斯宾塞的史诗《仙后》设计了一个虚构的地理空间，然而诗歌的空间讽喻呈现却使其具有坚实的现实地理指涉性，其中的黄金、烟草、愈疮木等美洲物产传递出鲜明的新世界经济地理信息。斯宾塞的叙事显示黄金能增加宗主国的国民财富，海外植物能满足国内的消费和医疗需求，但是，对黄金的迷恋冲击着中世纪以降的基督教经济伦理观，消费海外

奢侈物会导致英格兰财富流向西班牙，海外探险可能引发疾病跨地区传播。黄金、烟草、愈疮木涉及重商主义、消费经济、疾病经济等与海外拓殖相关的经济话题。《仙后》对殖民物产的含混，甚至矛盾的叙事方式揭示了殖民者既想消费殖民物产，又力图构建自身道德优势的殖民行为。

【关键词】埃德蒙·斯宾塞；《仙后》；美洲物产；殖民经济话语

苏格兰性的扬弃——司各特《威弗利》中的民族叙事

【作　者】吴风正

【单　位】南京师范大学外国语学院

【期　刊】《外国文学评论》，2021 年，第 2 期，第 170－191 页

【内容摘要】沃尔特·司各特小说《威弗利》中的英格兰—苏格兰关系一直为学界所关注，但以往研究主要聚焦于不列颠内部的政治分歧，忽略了苏格兰高地与低地间的文化隔阂。本文从文化视角切入，剖析司各特处理民族战争宏大叙事时采取的回避策略，认为小说阐发的不列颠内部分歧与启蒙学者的“臆断史观”不谋而合。面对苏格兰启蒙时代政治、文化的分裂和传统、语言的衰微，司各特选择拥抱启蒙学者提出的社会分期理论。事实上，司各特希冀捍卫不列颠政权合法性的政治信念与维护苏格兰文化独立性的文学理念并不冲突，故此，高地书写成为其苏格兰叙事的最佳载体。通过呈现高地的历史和文化记忆，司各特在文本中将苏格兰审美化，并从文化维度对苏格兰民族进行了阐释和重塑，再现了那个“已经逝去的苏格兰”。

【关键词】文化隔阂；回避策略；“臆断史观”；苏格兰高地

素食、毒素与田园——《麦布女王》中的身体意识与生态理想

【作　者】袁霜霜

【单　位】浙江科技学院人文学院

【期　刊】《国外文学》，2021 年，第 4 期，第 81－92 页

【内容摘要】雪莱的长诗《麦布女王》带有鲜明的空想色彩，其实正是通过对现实问题的积极回应，它谱写了雪莱“改造世界”的逻辑。雪莱的素食主张直接反映在该长诗关于田园传统的书写变异中，其背后孕育着浪漫主义普遍的“身体意识”。在身体意识下，雪莱刻画的旧世界实际上充满了大量的毒素描写与环境指涉，他设想通过素食主义，使旧世界成为万物和谐的新世界，田园情结在此逻辑中转换为生态理想，从而生成浪漫主义的自然诗歌语境。

【关键词】素食主义；田园；身体；雪莱

铁血天国：《乌托邦》的战争逻辑及其历史意涵

【作　者】李广益

【单　位】重庆大学人文社会科学高等研究院

【期　刊】《海南大学学报（人文社会科学版）》，2021 年，第 39 卷，第 1 期，第 18－25 页

【内容摘要】《乌托邦》中的乌托邦人好战而善战，不仅通过不拘一格的战争手段捍卫自身的安全，而且造就了一个以近似于民族国家的乌托邦为中心的帝国。古典传统、中世纪观念、基督教人文主义及托马斯·莫尔的现实政治考量在《乌托邦》中纠缠盘曲，共同塑造了乌托邦人的战争行为。在世界霸权层面效法的古罗马的乌托邦实为理想化的民族帝国，因此，莫尔堪称现

代民族国家的思想先驱。
【关键词】托马斯·莫尔；乌托邦；战争；古罗马；人文主义

透视乔伊斯的声音艺术——《尤利西斯·赛壬》的音乐阐释

【作　者】李兰生
【单　位】中南大学外国语学院
【期　刊】《外国文学》，2021 年，第 6 期，第 134－144 页
【内容摘要】乐是有声之诗，诗是无声之乐。乔伊斯深得诗乐艺术之精髓，创造性地运用对位、复调、重复、变奏、转调等音乐技法，将其小说杰作《尤利西斯》中的《赛壬》一章塑造成一个高度音乐化的诗性文本，使其成为融合语言和声音艺术的一块不朽丰碑。不仅如此，他还独辟蹊径，把该章的主题结构赋格化，辩证地揭示和深化“诱惑”与“被诱惑”的中心主题，使之进入音乐佳境而又不囿于赋格之形。这些艺术形式固然重要，但更重要、更具艺术价值的是隐藏在其后的那些隐喻、双关、暗示、留白、含混、复义，以及那些弦外之音、言外之意，而这也正是《赛壬》和整部《尤利西斯》的魅力与神韵之所在。
【关键词】乔伊斯；《赛壬》；赋格；音乐化；声音艺术

土地、战争与男性气质——论鲍恩小说《最后的九月》中男性气质的构建

【作　者】辛媛媛；卢丽安
【单　位】辛媛媛：复旦大学外国语言文学学院；安徽财经大学文学院
卢丽安：复旦大学外国语言文学学院
【期　刊】《江西师范大学学报（哲学社会科学版）》，2021 年，第 54 卷，第 3 期，第 28－35 页
【内容摘要】性别研究中关于“男性气质”的相关理论，为伊丽莎白·鲍恩的长篇小说《最后的九月》提供了新的研究视角。19 世纪末 20 世纪初，爱尔兰历史上的两大事件——土地运动和独立战争——对爱尔兰本土男性气质的构建产生了极大的影响。在特殊的历史文化语境下，《最后的九月》中的不同男性群体的气质类型不可避免地缺失、蜕变和扭曲，由此揭示了鲍恩的男性气质观：男性气质的主张离不开道德的约束和引导；男性气质并非天生，它受不同阶级、种族、宗教的影响，在历史和社会框架中形成。
【关键词】《最后的九月》；男性气质；伊丽莎白·鲍恩

托·斯·艾略特的银行家生涯与文本投射

【作　者】黄强
【单　位】北京外国语大学英语学院
【期　刊】《外语研究》，2021 年，第 38 卷，第 6 期，第 102－107 页
【内容摘要】1917 年至 1925 年，托·斯·艾略特迫于经济压力，在位于伦敦金融城的劳埃德银行总部外汇部门工作了近 8 年时间。其间，他创作并发表了包括《荒原》和《小老头》在内的多首诗歌代表作品。基于这一联系，本文借助于艾略特在该时期的传记、书信和散文，探索了艾略特在这一段时期内创作的诗歌作品与其银行工作之间的关系，认为艾略特的银行工作经历不仅对其诗歌创作造成了直接和间接的影响，而且帮助他塑造了关于一战后欧洲政治文化格局的看法。

【关键词】托·斯·艾略特；银行家；文本投射；《荒原》；《小老头》

王尔德《雷丁监狱之歌》中的监狱、法律与叙事

【作　者】乔国强
【单　位】上海外国语大学区域国别研究院
【期　刊】《外国文学研究》，2021 年，第 43 卷，第 4 期，第 62－74 页
【内容摘要】《雷丁监狱之歌》是一首思想内涵颇为独特的诗歌，即奥斯卡·王尔德借自己在监狱中的经历，揭露了英国监狱践踏人性的野蛮化管理体制，提出了监狱及其法制体系应该如何对待犯人的现代性命题。这首诗除了在主题上具有尖锐的批判性和超前性之外，其所使用的艺术手法也具有超时代的意义。具体来说，在浪漫主义抒情热尚未消退之际，王尔德在这首诗中率先使用了反抒情的叙事手法，在成功地与浪漫主义诗歌切割的同时，也与传统诗歌的叙事手法划清了界限。总之，这首看上去似乎直抒胸臆、平淡无奇的诗歌文本，其实包蕴了一系列超前的现代性诉求。从某种意义上说，正是这首《雷丁监狱之歌》为王尔德所处的那个时代的英国文学牢牢地嵌入了一个“现代性”的美学因子。
【关键词】奥斯卡·王尔德；《雷丁监狱之歌》；监狱；法律；叙事

王尔德唯美主义理念的完善——从居斯塔夫·莫罗的画作到王尔德的剧作《莎乐美》

【作　者】姚恺昕
【单　位】中山大学外国语学院
【期　刊】《国外文学》，2021 年，第 3 期，第 30－40 页
【内容摘要】剧作《莎乐美》是对奥斯卡·王尔德唯美主义理念的阐释与实践。法国画家居斯塔夫·莫罗以莎乐美为主题的画作启发了王尔德，于斯曼的小说《逆流》以莫罗的画为重要意象，该小说也为剧本创作提供了灵感。剧作中显现出来的超验的审美特征可在莫罗的画作中找到渊源，两者的莎乐美形象都呈现出独立于经验世界的特征。王尔德从画中的莎乐美形象得到灵感，对画作的超验审美特征进行吸取及再创作，在剧本中塑造了莎乐美、希律王、叙利亚青年、约翰月亮等多个具有超验的审美特征的形象，使整部剧作具有了审美特征。王尔德通过《莎乐美》阐释了艺术具有超验性与本体性的唯美主义理念，通过该剧本文本的创作完善了其唯美主义理念。
【关键词】奥斯卡·王尔德；莎乐美；居斯塔夫·莫罗；唯美主义

危机时刻的情感表达——2020 年爱尔兰文学综述

【作　者】陈丽
【单　位】北京外国语大学英语学院；北京外国语大学爱尔兰研究中心
【期　刊】《外国文学动态研究》，2021 年，第 3 期，第 61－69 页
【内容摘要】英国正式脱欧和新冠疫情肆虐是影响 2020 年爱尔兰社会的两件大事，爱尔兰文学明显表达出危机重压之下对于情感宣泄和心灵慰藉的重点关注。这与近年来爱尔兰文坛从宏大叙事向日常话题的整体转变不谋而合，对于家庭关系、亲密感情的探讨成为一个突出的主题线，吸引着大量作家投身其中。而且，这一对于亲密关系的探讨又与爱尔兰文坛近年来强烈的女性主义意识和国际化色彩相结合，表现出注重表达亲密关系中的女性体验、国际化体验的潮流。

【关键词】爱尔兰年度文学研究；疫情；情感；日常英雄主义；女性主义

威廉·琼斯与英国印度学的确立

【作　者】于俊青
【单　位】西北大学文学院
【期　刊】《江西社会科学》，2021 年，第 41 卷，第 4 期，第 118－125 页
【内容摘要】威廉·琼斯在印度文学研究上坚守人文主义学术传统，以一种超前的世界文学视野和文化多元性理念来观照梵语文学并给予同情理解，超越了西方中心主义的定型思维。他从莫卧儿帝国的文化压制和婆罗门阶层的知识垄断中发掘出大量古代梵语典籍，奠定了英国印度学的重要基础，并在欧亚大陆上产生了两个深远影响：打破了欧洲人对印度文学的无知，启迪了赫尔德、歌德的世界文学观念；推动了印度人文化主体意识的觉醒和文化革新运动“孟加拉文艺复兴”的兴起。然而，琼斯又受专业主义学术潮流和殖民主义力量的裹挟，他的印度法律研究沦为了殖民统治的附庸。琼斯印度学为当今东西方之间的跨文化理解与交往提供了正反两方面的镜鉴。
【关键词】威廉·琼斯；印度学；梵语文学；世界文学；文化多元性

为物所惑：济慈颂歌中的复魅叙事

【作　者】唐伟胜
【单　位】江西师范大学外国语学院；江西师范大学叙事学研究中心
【期　刊】《外国文学研究》，2021 年，第 43 卷，第 2 期，第 58－69 页
【内容摘要】从“复魅”的角度看，英国诗人济慈的生态敏感主要体现在他对万物平等的体认，对万物无限性和神秘性的感知，以及对万物活力抱有的孩童般的欣喜。在济慈著名的三首颂歌中，“迷魅”既是其极力表达的主题，也是结构性叙事策略：《夜莺颂》里，说话人（或诗人）先是变得麻木，继而随着夜莺的歌声，迷魅在跨越时空的“广阔户外”中，最后惆怅地回到现实；《希腊古瓮颂》里，说话人先是对着古瓮表达好奇和思考，随即陷入古瓮悠远而神秘的过去，与古瓮合二为一；《秋颂》里，说话人一开始即被立体而动感的秋所迷魅，追随动感十足的秋的脚步，聆听其美妙的音乐，一直到诗歌结束。济慈的复魅叙事在当今“后人类中心”时代有特别重要的价值。
【关键词】济慈；颂歌；复魅叙事；迷魅

维多利亚工业小说的女工叙事

【作　者】帅文芳；苏桂宁
【单　位】帅文芳：暨南大学文学院；广东工业大学外国语学院
　　　　　苏桂宁：暨南大学文学院
【期　刊】《学术研究》，2021 年，第 2 期，第 169－176 页
【内容摘要】女工是 19 世纪工业小说的主要描写对象，纵观女工在维多利亚工业小说中再现的历史，可以发现，其文学再现朝着一条符合主流道德价值观的道路发展，分别经历了前景化、替代者和重塑形的三个阶段。女工形象折射出英国工业化过程中阶级与性别上的弱势给女工带来的生存困境，导致其在社会上丧失选择权，文化上丧失话语权。女工的道德取向备受争议，维

多利亚人普遍认为“她”是许多道德问题的根源，这说明在文明从野蛮走向现代的过程中，女工是被动的、工具式的存在。只有了解到这一点，才能更深入理解女工的社会地位和个人的存在价值与意义。

【关键词】女工；工业小说；叙事结构；情节模式

卫生改革、流行病和《荒凉山庄》

【作　者】罗灿
【单　位】北京林业大学外语学院
【期　刊】《外国文学研究》，2021 年，第 43 卷，第 3 期，第 123－134 页
【内容摘要】狄更斯在《荒凉山庄》中对伦敦贫民恶劣生活环境的描写，与当时很有影响的“疠气致病说”有相当大的关联。这一学说将污浊的空气当作“流行病”的来源，从而推动了维多利亚时代城市卫生系统的改革。狄更斯是这一运动的积极参与者，《荒凉山庄》里弥散的“疠气”切实提醒着人们亟待解决的城市清洁问题。小说表现了卫生的生活环境、人们的身体健康与他们的道德问题之间不可分割的关系，并以“流行病”为线索，思考了伦敦这个现代化大都市里人们之间的联系和共同命运。
【关键词】《荒凉山庄》；卫生改革；流行病

为什么必须杀死西莉亚・科普尔斯通：T. S. 艾略特的神话方法及其地理困境

【作　者】许小凡
【单　位】北京外国语大学英语学院
【期　刊】《外国文学评论》，2021 年，第 2 期，第 5－29 页
【内容摘要】在 T. S. 艾略特的晚期诗剧《鸡尾酒会》中，聪慧又天性敏感的戏剧人物西莉亚・科普尔斯通被三位基督教护教者送往名为金肯贾的印度小岛，后被当地土著钉上十字架丧生。本文将对这一离奇死亡的转述及背后的诸多细节放置在艾略特早年的“神话方法”及其潜藏的殖民话语中加以考量，揭示该剧多个层面的话语在表现文化霸权方面的一致性，并结合剧作者的社会思想，揭示西莉亚的死亡所折射出的殖民文化霸权在现代主义潮流晚期遭遇到的现实地理困境。
【关键词】T. S. 艾略特；《鸡尾酒会》；神话方法；基督教社会；殖民主义

文学伦理学批评视阈下的“兰妫私通”

【作　者】张成军
【单　位】江苏师范大学文学院
【期　刊】《文学跨学科研究》，2021 年，第 5 卷，第 4 期，第 688－700 页
【内容摘要】兰斯洛特与妫尼维尔的私情是传统亚瑟王传奇里最著名的事件之一，亦是丁尼生长诗《国王之歌》的重要事件。在《国王之歌》里，“兰妫私通”可谓是主导伦理结：其既破坏了“君臣之伦”，亦是对“夫妻伦理”的践踏，同时又违背了“骑士爱情伦理”，从而引发了伦理混乱，产生了种种恶劣的后果，以致成为亚瑟王国礼崩乐坏、圆桌骑士团理想破灭的罪魁祸首。“兰妫私通”之所以会产生如此巨大的危害，既与兰妫之伦理身份密切相关，可谓负面名人效应所致；又与人之斯芬克斯因子不无关系，实乃人性因子遭到抑制，兽性因子占据上风的结

果。“兰妫私通”给我们的启示是：在迈向理想王国的过程中，既应有礼、法之规约，又需有“名人”的模范遵守，以贤明的礼法与正面名人效应，引导人们逐步向上、向善，最终臻于理想之境。

【关键词】《国王之歌》；“兰妫私通”；伦理环境；伦理身份；斯芬克斯因子

文学伦理学批评视域下莎士比亚四大悲剧中女性形象研究

【作　者】李正栓；关宁

【单　位】李正栓：河北师范大学外国语学院
　　　　　关宁：西南交通大学

【期　刊】《文学跨学科研究》，2021 年，第 5 卷，第 1 期，第 89－98 页

【内容摘要】文学伦理学批评视文学为特定时期社会伦理的表现形式，从伦理视角评判文学作品，对文学文本进行深层次的解读及客观的伦理阐述。莎士比亚四大悲剧除政治意义和历史意义之外还具有深刻的伦理意义。本文运用文学伦理学批评方法对莎士比亚四大悲剧中的女性形象进行解读和阐释，剖析其伦理选择的过程、凸显的道德价值等，揭示其给我们带来的道德启示，深化理解文学作品的教诲功能，为我们伦理道德秩序的建设提供借鉴。

【关键词】文学伦理学批评；莎士比亚四大悲剧；女性形象

文学全球化的断裂——疫情下的英语文学生产

【作　者】芮小河

【单　位】西安外国语大学欧美文学研究中心；西安外国语大学英文学院

【期　刊】《外国文学动态研究》，2021 年，第 3 期，第 52－60 页

【内容摘要】2020 年，受疫情影响，英语文学的市场流通受到限制，英国文学、澳大利亚文学的生产以本土主义、文化代表性的多样化为特征。围绕英国的认同危机，作家们运用各种体裁分别从族群、种族、性别、地方等角度对认同话题进行探索，作为异质的文学声音，脱欧文学、虚构的历史名人小说、苏格兰文学、英国黑人文学、女性文学等为具有文化包容性的民族认同建构提供了多样化的表述。澳大利亚科幻文学立足本土的环境危机问题，设想气候灾难、跨物种灾难等可能造成的严重后果及应对措施；同样立足于本土的澳大利亚历史小说、成长小说等关注边缘群体，增强了澳大利亚文学的多样性。随着文学全球化的断裂，2020 年成为英语文学生产的一道分水岭。

【关键词】英语年度文学研究；脱欧文学；气候灾害小说；文学全球化；文学生产认同政治

问题学哲学视角下的“我是他者”

【作　者】向征；史忠义

【单　位】向征：西安外国语大学欧洲学院
　　　　　史忠义：浙江越秀外国语学院外国语言文化研究所

【期　刊】《外语教学》，2021 年，第 42 卷，第 1 期，第 104－108 页

【内容摘要】“我是他者”是解读法国诗人兰波的一把钥匙。在现有的对“我是他者”的种种阐释中，有一点似乎被忽略了：“我是他者”是对什么问题的回答？当人们对答案感兴趣时，往往会忽视问题的存在。而历史的加速运转又使得一切事物都具有问题性、偶然性、不确定性、可

能性、含糊性、多元性。本文认为，意欲解读兰波的“我是他者”，需追本溯源，运用问题学方法，叩问问题本身，即“我是谁？”，方能回答兰波如何在不断的自我割裂、自我置疑中叩问人之本质，在焦虑与失望中叩问文明与野蛮的真谛。

【关键词】兰波；米歇尔·梅耶；问题学哲学；他者；文明；野蛮

乌托邦战争论——莫尔《乌托邦》中的战争观

【作　者】张培均
【单　位】中国人民大学文学院
【期　刊】《海南大学学报（人文社会科学版）》，2021 年，第 39 卷，第 1 期，第 11－17 页
【内容摘要】莫尔的《乌托邦》专辟一节讲述乌托邦人的战争观。乌托邦人表面反战，却不仅有一套自己的正义战争理由，还有一套高度理性的战争行为准则。对这部分文本的仔细分析表明，这些论述并不严肃；相反，根据沃格林的诊断，莫尔的戏谑背后是文艺复兴时期的人文主义智识人共有的那种贪婪狂特质。在当下，更为审慎的做法是重新审视而非一味推崇文艺复兴智识人。
【关键词】莫尔；《乌托邦》；战争；文艺复兴；智识人

伍尔夫的身体美学思想——以《奥兰多》为中心的考察

【作　者】申富英；王敏
【单　位】申富英：山东大学外国语学院；山东大学翻译学院
王敏：山东大学外国语学院
【期　刊】《山东社会科学》，2021 年，第 1 期，第 111－116 页
【内容摘要】本文从弗吉尼亚·伍尔夫的自传体小说《奥兰多》中的“文学病”现象入手，并参照她的日记、散文，以及对她产生深刻影响的人物思想与理论，研究伍尔夫的创作所折射出来的身体美学思想。本文认为，伍尔夫在作品中不仅揭露了哲学界域中思想与物质、灵魂与身体分离的二元对立思想的荒谬和危害，也传达了身心合一下的身体感觉在感知现实中的重要作用。伍尔夫致力于描绘在人物身体感觉的感知下，现实所呈现的不断发展变化的动态感和时空交错感，以及与这样的现实交缠在一起成为存在过程中的人物形象。在此基础之上，伍尔夫借鉴印象派画家具身的绘画技巧和方法，对其小说的形式和语言进行了革新的实验。
【关键词】身体美学；身体；身体感觉；《奥兰多》

物的伦理与物的困境：论华兹华斯《迈克尔》中的经济观

【作　者】李玲
【单　位】重庆大学外国语学院
【期　刊】《外国文学评论》，2021 年，第 1 期，第 164－192 页
【内容摘要】英国浪漫主义文学时期正是物的陌生化和政治经济学渐成气候的时期，本文将《迈克尔》置于这样的社会语境中，以物为视角，分析该诗所体现的经济思想。一方面，《迈克尔》中物与人浑然一体，具有滋养爱的能力和独立的能力；另一方面，随着物逐渐陌生化，物的伦理陷入困境。正是在伦理与困境的张力之间，华兹华斯与社会语境的对话，以及他自己的经济思想，都得到了彰显：他批判了政治经济学以人的生物属性、财富的物质属性为基础的经济思

想，建构了一种讲伦理的有机经济思想；但同时，他并未彻底否定政治经济学对生物属性、物质属性的依仗，而是有所应和，这使得他建构的有机经济思想一方面批判了异化与物化，另一方面又呈现出保守的姿态。

【关键词】《迈克尔》；物的伦理；物的困境；政治经济学

析安娜·伯恩斯小说《送奶工》中的后现代女性成长叙事

【作　者】李元
【单　位】广东外语外贸大学英语语言文化学院
【期　刊】《外国文学》，2021 年，第 1 期，第 14－24 页

【内容摘要】2018 年布克奖获奖小说《送奶工》运用意识流、短缩法、戏仿和自我指涉等手法，讲述了年轻女主人公在极度压抑的政治氛围下如何应对成长中遭遇的危险，尤其是来自男性权威的性骚扰及社群的流言蜚语等，具有后现代女性成长小说的特征。女性成长小说于 20 世纪下半叶伴随女性主义和后现代主义思潮形成，其发展可分为两种不同路径：第一种成为女性主义表达政治诉求的工具，偏离美学追求；而第二种则更多与后现代主义美学结合，拒斥女性主义建构主体的乐观口号。《送奶工》的创作乃第二种路径，不是简单复制传统成长小说模式，建构理想的女性主体，而是以细密的笔法刻画女性成长的失败、自我的碎片化和损耗，同时也描写那些突围、觉醒和僭越的瞬间。

【关键词】《送奶工》；成长小说；女性成长小说；北爱问题；自我

戏剧表演与公众舞台——埃德加戏剧《五朔节》中的革命叙事及其红色反思研究

【作　者】刘明录
【单　位】广西师范大学
【期　刊】《当代外国文学》，2021 年，第 42 卷，第 3 期，第 70－77 页

【内容摘要】在当代英国左翼戏剧家大卫·埃德加的戏剧《五朔节》中，西方左翼革命成为叙事的主题，而跨越多国、多个时段的革命书写，以及不同身份的众多人物的剧情设置所体现的碎片化、多线条和环形叙事则拓宽了叙事的可信度和宽广度，展现了革命的全景，形成了宏大的革命叙事。埃德加视戏剧表演为公众舞台，力图通过戏剧把当时的社会问题呈现在舞台上让观众进行讨论，并通过戏剧扩大政治影响力。剧中最初充满热情的革命者最终却背叛了革命，既打破了传统的革命文学叙事主题设置（这是埃德加吸引观众的艺术手法），也反映了埃德加对革命过程中产生的问题的深思和反思，展现了他的红色政治观念。

【关键词】大卫·埃德加；《五朔节》；革命叙事；红色反思

现代派诗歌与非个人化理论

【作　者】樊维娜
【单　位】浙江外国语学院
【期　刊】《当代外国文学》，2021 年，第 42 卷，第 3 期，第 147－154 页

【内容摘要】作为现代派诗歌最核心的诗学原则，非个人化理论不仅在现代派时期引发了不少争议，年轻一代诗人也对其进行了审视与拷问，晚年的 T. S. 艾略特更是对非个人化理论进行了深刻而诚恳的反思。本文试图从非个人化的科学渊源、非个人化与情感表达及非个人化的诗学

争议这三个方面对非个人化理论进行探讨，旨在厘清其诗学内涵及其存在的矛盾与症结。对非个人化理论进行诗学反观，有助于读者对现代派诗人的创新意识与诗歌传统之间的复杂关系进行重新认知，进而对现代派诗歌经典及其诗学原则进行相对客观的评价。
【关键词】现代派诗歌；T. S. 艾略特；非个人化理论；客观对应物

想象“他者”与“他者”想象——现当代英国流散文学与英国国家身份构建

【作　者】徐彬
【单　位】东北师范大学外国语学院
【期　刊】《外国文学研究》，2021 年，第 43 卷，第 2 期，第 114－127 页
【内容摘要】英国作家的个人创作与英国国家身份的构建密不可分。英国国家身份的构建是一个想象“他者”和“他者”想象的内外兼修的过程。早期英国作家想象“他者”的艺术与政治表达制造了适合帝国躯体的“国家的皮肤”。以想象“他者”为主旨的英国文学创作实现了对“他者”的认知暴力和妖魔化，达到了从“他者”获取力量以构建英国国家自我身份的目的。大英帝国末期与后殖民时期，以不同于本土英国人的“他者”身份进行创作的现当代英国流散作家分别借用中世纪骑士文化和新历史主义写作方式，试图将英国塑造成需要保护的“仙后”和“英联邦”多元文化的主题公园。
【关键词】现当代英国流散文学；国家身份；“他者”；想象；文化

心态史比较视野下的文艺复兴虚影与实景——以罗杰斯、罗斯科、西蒙兹意大利游记诗文为线索

【作　者】周春生
【单　位】上海师范大学人文学院
【期　刊】《上海师范大学学报（哲学社会科学版）》，2021 年，第 50 卷，第 1 期，第 144－152 页
【内容摘要】心态史是文艺复兴研究值得进一步开掘的领域。如何了解文艺复兴时期的各种心态，又如何懂得当下研究者的心态，这些都直接影响研究的过程和成果。19 世纪出现诸多与意大利文艺复兴相关的游记诗文，罗杰斯、罗斯科、西蒙兹的作品就是其中的代表。此等作品为文艺复兴学界提供了心态史比较研究的线索。
【关键词】心态史；文艺复兴；游记

新历史主义视域下王尔德童话的社会关注

【作　者】杜钦
【单　位】北京师范大学文学院
【期　刊】《郑州大学学报（哲学社会科学版）》，2021 年，第 54 卷，第 1 期，第 80－84 页
【内容摘要】将奥斯卡·王尔德的童话作品置于新历史主义的视角下来研究其中的社会关注和历史内涵，既可以揭示出王尔德童话中的经济映射、殖民思考与历史关注，又可以例证新历史主义的主要观点——文本的历史性、文学的能动性及历史的文本性。这样的文本解读既可以将新历史主义理论应用到实践中，又可以发现经典文本新的社会意义。
【关键词】新历史主义；奥斯卡·王尔德；童话；社会关注

信仰能修复“文化政治”的裂痕么？——论伊格尔顿新世纪的神学转向问题

【作　者】王健
【单　位】湖南师范大学
【期　刊】《文艺理论研究》，2021 年，第 41 卷，第 6 期，第 121－128 页
【内容摘要】随着宗教问题的日益突出，伊格尔顿理论中“神学转向”的部分也逐渐为国内学界所注意。伊格尔顿在理论中构造了一个重视创造性、关爱他者、承担罪责的上帝，并借助于对理想神学的阐述抵达对可共建、可分享的共同文化的构建，这种做法延续并发展了英国新左派借“文化政治”探索社会主义目标的尝试。理论的创新源于实践的困境，相对于雷蒙·威廉斯，伊格尔顿需要在政治退潮，文化变得个体化、散碎化的语境中寻找能转理论思考为社会实践的力量，神学在成为其应对问题的资源的同时也成了其掩饰困境的方法。
【关键词】神学；启蒙；“文化政治”；马克思主义；主体

虚妄的帝国——莎士比亚《亨利五世》中的马基雅维利式“新君主”

【作　者】姚啸宇
【单　位】中国社会科学院大学政府管理学院
【期　刊】《国外文学》，2021 年，第 1 期，第 51－59 页
【内容摘要】莎士比亚《亨利五世》中的英国国王并非基督教君王的典范，而是一名马基雅维利式的新君主。为了掩盖兰开斯特家族统治的非法根基，亨利积极地发动针对法国的对外战争。在此过程中，他竭力地营造自己在臣民心目中的光辉形象，并且让别人来为他的残酷行径承担责任。遵循马基雅维利教导的亨利创造了夺目的政治功业，但是，他无法借此获得人民对他的信任，而且还从此失去了良心的安宁。亨利通过暴力征伐缔造了一个虚妄的帝国，他未能建立稳固的秩序，王权合法性的问题也没有得到解决，在他死后，英国便再次被内战所吞噬。
【关键词】《亨利五世》；马基雅维利；新君主；王权合法性

亚诺丁乐园——骚塞《毁灭者撒拉巴》中的西藏想象

【作　者】胡玉明
【单　位】北京外国语大学；皖西学院外国语学院
【期　刊】《外国文学评论》，2021 年，第 2 期，第 144－169 页
【内容摘要】作为《毁灭者撒拉巴》最重要的一部分，“亚诺丁乐园”故事常常被解读为对 18 世纪末欧洲政治革命浪潮的反映或对东方神话传说的探讨。在“亚诺丁乐园”这一部分中，骚塞一方面试图通过黄河河源确定亚诺丁乐园与中国边疆的位置关系，另一方面又通过“地理错位”展现英国殖民者的“帝国在场”意识，曲笔反映的正是 18 世纪英国对中国，尤其是西藏的窥探和觊觎。诗人把西藏描写成一个受巫术支配的伪乐园，旨在驳斥“高贵的野蛮人”思潮，鼓吹“文明使命论”，构建西藏应受英国“文明教化”的意识形态，进而为英国的海外殖民实践提供道德基础和合法性依据。
【关键词】骚塞；《毁灭者撒拉巴》；西藏；高贵的野蛮人；文明使命论

伊夫·博纳富瓦的“否定性”诗学探幽

【作　者】巫春峰
【单　位】天津外国语大学欧洲语言文化学院
【期　刊】《江西社会科学》，2021 年，第 41 卷，第 1 期，第 100－108 页
【内容摘要】伊夫·博纳富瓦是法国当代诗歌的一座巍巍高峰，他的作品既受象征主义的影响，又与之保持距离，他不断以清醒冷峻的目光审视前人的诗学，创造了独树一帜的诗学理论。《杜弗的动与静》是他的第一部诗集，标志着他诗歌创作的起点，也是其诗学的源头。该诗集高举“否定性”大旗，以神秘莫测的“杜弗”为触角来探析生命存在的深度，自始至终以“死亡”来抵抗概念的侵凌。博纳富瓦出于对感性世界的深切依恋和对人与世界重建联系的吁求，大刀阔斧地革新诗歌语言，他认为唯有如此，丧失了存在之根的人才能重返“真正的地点”，虚无才能被“在场”取代，感性存在才能焕发意义的光辉。
【关键词】伊夫·博纳富瓦；杜弗；“死亡”；“在场”；“真正的地点”

以虚构“接近真相”——《赎罪》中的叙述聚焦与小说家的伦理责任

【作　者】陈佳怡
【单　位】上海交通大学外国语学院
【期　刊】《外国文学研究》，2021 年，第 43 卷，第 1 期，第 104－116 页
【内容摘要】在小说《赎罪》中，麦克尤恩对历史小说这一文类进行了创造性的吸纳和改造，通过元小说结尾上演了一场介乎掩盖和揭示之间的拉锯战，由此引发了学界围绕虚构和真实、小说和历史等话题所展开的热烈讨论。虽然也有学者关注小说创作伦理的话题，但小说家布里奥尼和历史学家之间的对话这一细节却鲜有人问津，而这一对话恰好揭示了麦克尤恩之于小说家伦理责任的期待。基于此对话，布里奥尼书写两个文学事件时所采用的叙述聚焦及其蕴含的伦理寓意，凸显了文学写作的独特性。通过在自己的小说中镶嵌另一位小说家的书稿及来自历史学家的修改反馈，麦克尤恩意在强调小说家的主要职责在于揭示人类社会的伦理道德真相，而非还原历史现场的真实细节。
【关键词】麦克尤恩；《赎罪》；小说与历史；叙述聚焦；伦理责任

英国儿童小说《国家》中的民族叙事和身份认同

【作　者】许巍
【单　位】杭州师范大学外国语学院
【期　刊】《当代外国文学》，2021 年，第 42 卷，第 1 期，第 59－65 页
【内容摘要】著名儿童小说作家特里·普拉切特的《国家》把当代英国儿童文学作品的后殖民书写再次向前推进了一步，不但颠覆了英帝国的民族叙事话语，而且呈现了“主流”文化和“他者”文化复杂地进行碰撞、协调和交互的动态图，见证了作家对当代英国民族性问题的思考。小说主要采取双重聚焦的叙述手法，赋予男女主人公独立思考的能力和主动选择的权力。两人经历了自我反思、相互体认和自我发现的成长历程，通过相互交流、共同面对考验，重新认知了各自的民族身份，在对共同体的民族想象中实现了对新身份的认同。作为儿童小说，《国家》具有其独特的现实意义和价值。
【关键词】《国家》；特里·普拉切特；民族身份；文化对话

英国后殖民文学中殖民主义“脑文本”的文学伦理学批评

【作　者】徐彬
【单　位】东北师范大学外国语学院
【期　刊】《文学跨学科研究》，2021 年，第 5 卷，第 1 期，第 65－75 页
【内容摘要】殖民主义“脑文本”的核心是对殖民主义历史、文化的记忆和对殖民伦理的认同。殖民主义“脑文本”是众多英国后殖民主义作家创作的基础，也是他们与帝国主义文化霸权之间或妥协或抵抗的场域。英国后殖民文学聚焦前（被）殖民者及其后代受殖民主义“脑文本”影响而产生的精神枷锁与伦理身份困惑等问题。重写英国殖民史和英国经典文学作品已成为英国后殖民作家抵抗殖民主义“脑文本”及隐含其中的帝国主义文化霸权的有效途径。
【关键词】英国后殖民文学；殖民主义“脑文本”；帝国主义文化霸权；重写；妥协与抵抗

英国通俗小说的历史演进——惊悚小说与侦探小说比较研究

【作　者】胡铁生
【单　位】吉林大学公共外语教育学院；吉林大学文学院
【期　刊】《广东社会科学》，2021 年，第 2 期，第 162－171 页
【内容摘要】英国维多利亚时期的惊悚小说和侦探小说是大众文化的产物，属于通俗文学的范畴。虽然这两种小说类型均以侦探破案为故事情节，然而，以柯林斯等作家为代表的维多利亚惊悚小说更加关注伦理反思，以柯南・道尔为代表的福尔摩斯系列侦探小说则更加关注刑侦技术和科学推理。英国当代文学处在“精英文学边缘化”和“大众文学市场化”不可逆转的潮流中，具有侦探性质的通俗小说在通俗性的基础上，颠覆了先前同类小说的叙事模式，更加关注政治伦理和道德的普遍性，诺贝尔文学奖获奖作家石黑一雄的侦探小说《我辈孤雏》是其代表性作品。尽管这两类小说均具有一定局限性，但在辩证唯物主义和历史唯物主义的认知视角下，具有侦探破案性质的通俗小说对于维护法律面前人人平等和人的尊严，仍在一定程度上具有以文史为鉴的积极意义。
【关键词】维多利亚惊悚小说；福尔摩斯系列侦探小说；当代侦探小说；通俗性

影响的焦虑：无梦之乔叟系梦幻诗《花与叶》

【作　者】刘进
【单　位】电子科技大学外国语学院
【期　刊】《外国文学》，2021 年，第 5 期，第 26－34 页
【内容摘要】15 世纪英语诗歌《花与叶》曾被视为乔叟本人的作品，在很长一段时间里备受好评。自 19 世纪末被移除出乔叟正典之后，《花与叶》曾一度沉寂，但 20 世纪下半叶以来相关评论有所回升。本文旨在论述：虽然《花与叶》省却了惯常的梦幻诗叙事框架“梦前序曲——梦境——梦醒后记”，并用“观剧”代替了“梦境”，但却是一首在乔叟梦幻诗影响下创作的“无梦之梦幻诗”。《花与叶》与其他几首没有梦境的乔叟系诗歌《黑衣骑士怨歌》《无情女子》和《爱情朝堂》一样，都反映了 15 世纪诗人在面对前辈大师乔叟和风靡一时的梦幻诗创作风潮时，其内心感受到的“影响的焦虑”和涌动的革新冲动。
【关键词】《花与叶》；梦幻诗；乔叟系；“影响的焦虑”

雨果对拿破仑的认知及其当代文化意义

【作　者】李伟昉
【单　位】河南大学莎士比亚与跨文化研究中心
【期　刊】《江西社会科学》，2021 年，第 41 卷，第 7 期，第 78－84 页
【内容摘要】作为作家的雨果和作为军事家、政治家的拿破仑是 19 世纪法国历史上同等著名的两个伟人。雨果一生崇拜拿破仑，对他的失败充满了无尽的惋惜与惆怅，认为失败反凸显其崇高，但又认为其失败是历史的必然。雨果不仅是世界文学史上的经典作家，而且是一位有远见卓识的思想家。他通过对滑铁卢战役与拿破仑情结的描写所呈现出来的英雄崇拜的集体无意识，以及超越战争的文化或文明思想的诸多思考，具有深刻的警醒价值与现实意义。
【关键词】雨果；拿破仑；滑铁卢战役；矛盾性；意义

语象叙事之话语潜能——《简・爱》中的三幅水彩画

【作　者】修立梅
【单　位】北京大学外国语学院
【期　刊】《国外文学》，2021 年，第 4 期，第 72－80 页
【内容摘要】简・爱所作 3 幅水彩画，因其通过文字描述而呈现出的独特风格和意象引起评论界瞩目。从故事层面看，3 幅画是构成简故事的元件之一。而置于话语层面时，3 幅画的语象叙事就成为作者夏洛蒂・勃朗特整体叙事布局的一分子。本文将分析这 3 幅画的语象叙事，认为其话语潜能在于揭示潜藏文本的存在。《简・爱》的表层文本聚焦于简和罗切斯特的浪漫主义爱情故事；而潜藏文本则影射罗切斯特与伯莎的金钱婚姻，隐含了勃朗特对罗切斯特的批判，以及对婚姻中经济独立和地位平等的重要性的强调。
【关键词】《简・爱》；夏洛蒂・勃朗特；语象叙事；话语潜能；水彩画

约翰・贝尔《约翰王》中的政治愿景

【作　者】郭晓霞
【单　位】浙江师范大学人文学院
【期　刊】《国外文学》，2021 年，第 2 期，第 116－125 页
【内容摘要】在英国宗教改革的政治语境下，英国文艺复兴早期剧作家约翰・贝尔的历史剧《约翰王》中的主人公约翰王颠覆了中世纪编年史中的暴君形象，成为一个勇于改革弊政和敢于反抗罗马教皇权威的“好国王”和殉道者。通过这样的政治愿景，贝尔不仅较为成功地完成了亨利八世宗教改革官方宣传的任务，同时力图劝勉亨利八世将改革进行到底。该剧自 1534 年创作、1538—1539 年上演之后，又经历了 21 年的社会变革和作者的多次修订，寄予了贝尔的政治理想和个人情怀，见证了贝尔在时代潮流下从一个激进的改革者向一个理智的改革者的转变。
【关键词】约翰・贝尔；《约翰王》；英国宗教改革；政治愿景

约翰・麦加恩小说中的继母形象

【作　者】苏静；文卫平
【单　位】苏静：湘潭大学文学与新闻学院；湖南工程学院外国语学院

文卫平：湘潭大学外国语学院
【期　刊】《湘潭大学学报（哲学社会科学版）》，2021 年，第 45 卷，第 5 期，第 141－145 页
【内容摘要】约翰·麦加恩（1934—2006）在其发行的第一部小说《警局》和代表作《在女人中》里塑造了两位继母人物。这两位女性人物是其生母与继母的融合，是父权专断社会的“他者”，同时，也是女性主体意识的建构者。她们的形象影射了麦加恩的人生经历，体现了他对父权话语体系下女性生存的看法，观照了作者内心期待爱尔兰社会改变的愿望，是其强烈的社会责任感的表征。
【关键词】约翰·麦加恩；《警局》；《在女人中》；继母

在场与不在场：莫迪亚诺作品中的犹太书写

【作　者】张亘；高柳敏
【单　位】武汉大学外国语学院
【期　刊】《外语研究》，2021 年，第 38 卷，第 2 期，第 101－105 页
【内容摘要】犹太人解放的问题不是莫氏书写的关键问题，而是它在不少文本里构成叙述策略的背景或驱动力。该问题表现出两个维度：民族的集体维度与普遍意义的个人维度。从在场到不在场的指向，是莫迪亚诺被朝向某种人类命运共同体发展的精神所驱动。当主体意愿决定了从在场趋向不在场的叙事流动，在场与不在场的关系又并不能说是离心与脱节的，连接在场与不在场的纽带，是在场对不在场的映照。犹太书写与犹太的民族性不由自主地维系和保持了莫氏创作的整体性与一致性。
【关键词】莫迪亚诺；命运共同体；犹太书写；在场；不在场

在梦幻中找寻至真至纯的诗歌美：《幻象集》的三重解读

【作　者】周权；户思社
【单　位】周权：西安外国语大学研究生院；法国巴黎第八大学
户思社：中国人民对外友好协会
【期　刊】《外语教学》，2021 年，第 42 卷，第 6 期，第 107－112 页
【内容摘要】《幻象集》是 19 世纪法国浪漫派诗人钱拉尔·德·奈瓦尔的代表诗集，其“幻象”诗学表现出一种“怪诞”性，但这种看似对诗学准则的违背却蕴含着内在的和谐。在疯癫与理性之间，诗人爆发出惊人的创作天赋。本文从心理幻象、诗学幻象、梦幻美学 3 个方面探讨诗人“幻象”创作的心理动因、“幻象”的诗歌呈现，以及由此带给读者的美学体验，同时也通过分析看似不合逻辑的梦幻诗歌，挖掘这位“疯诗人”的诗歌语言内涵。
【关键词】奈瓦尔；《幻象集》；梦幻美学；19 世纪诗歌

在书页与舞台之间——英国小说的戏剧起源

【作　者】任远
【单　位】上海工程技术大学外国语学院
【期　刊】《国外文学》，2021 年，第 2 期，第 38－46 页
【内容摘要】小说的起源和兴起并不意味着其对于戏剧的代替，相反，17—18 世纪充满了两者的相互借鉴和交换。小说的戏剧起源可以体现在以下 3 个方面：第一，通过对 17 世纪小说理论

的分析，可以看出早期小说家一开始遵循的是古典戏剧的仿真理论；第二，早期现代对于小说的真实效果的探讨离不开“现场”“视觉”等与戏剧密切相关的概念；第三，17—18 世纪小说的现实主义构建中充斥着对戏剧技巧的借鉴。

【关键词】英国小说的起源；戏剧；文体互动

在艺术中开启真理与存在——弗吉尼亚·伍尔夫世界里的海德格尔

【作　者】冯文坤
【单　位】电子科技大学外国语学院
【期　刊】《外语教学》，2021 年，第 42 卷，第 5 期，第 98－103 页

【内容摘要】我们对周遭世界的感知为我们提供了叙述的全部装备，也为我们开启了存在的全部意义。在伍尔夫的作品中，我们总能感受到溢满着的流动不居和旁枝逸出的有机生命现象，我们将其视为对现象学哲学观的文学诠释。海德格尔的“诠释现象学”是聚焦于人们对主体（情感）、客体和现实之本质所持之态度，是关乎存在的诠释学。一般而论，现象学关乎现成化的事物，而诠释学关乎把某物当成什么来解释并使其意义得以“呈现”。我们采纳海德格尔关于此在、真理和艺术之起源的观念去分析伍尔夫《到灯塔去》《海浪》《幕间》3 部作品，实现把小说和现象学相结合，把诠释学与文本和文学创作相结合，并由此从伍尔夫的小说叙述中发现一种海德格尔式的理解或叙述方式：即人之“此在”通过理解而绽放，通过理解生成意义。

【关键词】弗吉尼亚·伍尔夫；海德格尔；真理；存在

早期现代的修辞话语与性别重构——以莎士比亚《爱的徒劳》为例

【作　者】肖馨瑶
【单　位】重庆大学人文社会科学高等研究院
【期　刊】《外国文学评论》，2021 年，第 3 期，第 58－74 页

【内容摘要】《爱的徒劳》是莎士比亚剧作中少见的不以缔结婚姻为结局的喜剧，但尚无研究将其对喜剧传统的刻意背离置于文艺复兴修辞话语中进行系统考察。本文从早期现代英国人文主义修辞教育和宫廷修辞传统出发，探究该剧如何戏剧化地再现了修辞与文艺复兴时期阶层流动、政治参与及性别权力之间的关系。通过在语言修辞与性别权力之间建立起联系，该剧呈现出映射、戏仿甚至介入现实政治的能量，因此是莎士比亚与早期现代修辞话语之间展开对话的一个例证。

【关键词】修辞；《爱的徒劳》；性别权力；早期现代教育

战争记忆的叙事伦理：评索列尔《我现在诉说的名字》

【作　者】邹萍
【单　位】复旦大学外文学院
【期　刊】《外国文学》，2021 年，第 3 期，第 150－160 页

【内容摘要】《我现在诉说的名字》密切关注记忆的伦理和战争对人性的考验。小说并未直接站在战败者一方为其发声，而是借由文学的审美过程逐渐潜移作品的伦理向度。作者安东尼奥·索列尔凭借独特的叙事艺术，推动读者不断接近并最终认同作品的道德立场。战争在小说中构成了记忆的伦理语境，那些被反复诉说的名字凝聚成了具有独特伦理含义的记忆符号，作者将自

己的伦理立场隐藏在见证者摄影机般记录的目光之后，以“迷宫”隐喻深层次揭示战争的罪恶，引导今天的人们直面过去，实现真正意义上的和解与救赎。

【关键词】安东尼奥·索列尔；《我现在诉说的名字》；叙事艺术；伦理

张力中的女性乌托邦建构——《克兰福镇》的女性主义叙事学解读

【作　者】夏文静

【单　位】吉林大学公共外语教育学院

【期　刊】《东北师大学报（哲学社会科学版）》，2021 年，第 4 期，第 126－132 页

【内容摘要】盖斯凯尔夫人的《克兰福镇》往往因其对女性主导社会的建构和女性愿望与诉求的表达被归为女性乌托邦小说之列，但小说中女性主导世界的不够完美和作者讲述故事的小心翼翼又使其在故事与话语层面与女性乌托邦小说传统存在张力。女性主义叙事学致力于整合叙事与伦理。因此将《克兰福镇》置于女性主义叙事学视域下，可以透视出作者如何利用叙事结构暗示将“女性气质”作为解决社会问题的办法，借用叙述声音表达建构两性和谐社会的诉求，通过建构女性情感提供女性乌托邦的情感净化之旅，从而完成笔下的女性乌托邦建构。

【关键词】《克兰福镇》；女性乌托邦；女性主义叙事学

哲学的诗学化与诗歌的本质化——以马拉美为例

【作　者】臧小佳

【单　位】西北工业大学外国语学院

【期　刊】《南京社会科学》，2021 年，第 7 期，第 113－121 页

【内容摘要】斯特芳·马拉美的诗歌在法国哲学界的地位举足轻重，这位诗人甚至被哲学家视为哲学与诗歌关系的象征。马拉美诗歌所带来的文学丰富性，促使哲学家以哲学姿态观瞻马拉美诗歌的艺术或文学理念，对诗艺的力量和可能性展开思考；同时，马拉美所提供的诗歌（文学）案例，给予哲学家借文学阐释哲学的力量与共同体写作现象，推进哲学与诗歌这一古老争论之现代性关联。

【关键词】斯特芳·马拉美；哲学；诗歌；文学

珍妮特·温特森的故事本体论研究

【作　者】佴康

【单　位】南京工业大学外国语言文学学院

【期　刊】《中国文学研究》，2021 年，第 3 期，第 33－39 页

【内容摘要】作为西方后现代“故事讲述风潮”中的代表性作家，珍妮特·温特森从本体论的角度思考故事的存在和价值，认为故事不是意义载体，本身就是意义。温特森将“文学现实主义”作为故事本体论的基本立场，通过重申语言的建构功能，突破大一统现实观禁锢；通过重述、低清晰表达、范畴性标准、共时性时空重叠等构建策略，构建起补给性的复数世界；通过“光”“活物”等典型意象展现故事本体存在，解构并倒置传统观念中物质现实和语言的主客体二元关系。研究故事本体论对研究国内外后现代文学形式变革，考察中西方差异性的故事讲述具有一定参考价值。

【关键词】珍妮特·温特森；故事本体论；“文学现实主义”；意象

殖民主义与节制的美德——斯宾塞笔下的爱尔兰，兼及《黑暗的心》

【作　者】陈雷
【单　位】中国社会科学院外国文学研究所
【期　刊】《外国文学评论》，2021 年，第 1 期，第 142－163 页
【内容摘要】斯宾塞常被称为英国第一位“帝国诗人”。在其政论《爱尔兰之现状》和叙事诗《仙后》中，他发展出了一套完整的论证帝国殖民合理性的政治—道德话语，并在此后 300 多年的殖民史中产生了深远的影响，在现代殖民文学作品如《黑暗的心》中便能够清楚地看到斯宾塞留下的思想印痕。斯宾塞殖民话语的一个突出特点是对古典哲学中所谓“四枢德”之一的“节制”这一美德的强调。本文试图阐释这一美德为何会在殖民话语中如此受到重视，并指出斯宾塞在古典道德政治哲学和现代殖民话语之间起到了重要的连接作用。
【关键词】斯宾塞；殖民主义；爱尔兰；节制；康拉德

制造同一性的幻象：再谈法国古今之争的思想结构

【作　者】萧盈盈
【单　位】南京师范大学文学院
【期　刊】《外国文学评论》，2021 年，第 4 期，第 182－203 页
【内容摘要】19 世纪的文学史著作习惯将法国古今之争的双方看作彼此泾渭分明的两个阵营，这一做法有过分简化两派的文学创作之嫌，忽视了他们所从事的古典主义文学创作和批评与路易十四所代表的绝对王权之间的同构性。本文旨在通过对古今派双方的创作与批评实践的梳理和分析，指出古典主义文学创作刻意营造了绝对王权与古典文学各自的同一性幻象，后者在古今之争爆发之际伴随路易十四黄金时代的终结而归于破灭。
【关键词】古典主义；绝对王权；古今之争；同一；逼真

中产阶级的教科书：英国时尚小说与文化领导权的争夺

【作　者】陈智颖
【单　位】中国社会科学院大学外国语学院
【期　刊】《外国文学评论》，2021 年，第 4 期，第 46－69 页
【内容摘要】19 世纪初，英国社会涌现出一批被称为时尚小说的流行读物。这些以描绘上流社会生活为主要内容的作品不仅受到了中产阶级的广泛阅读与大力追捧，也得到了土地贵族的关注。事实上，在中产阶级与土地贵族于经济、政治与社会领域展开较量且双方斗争集中外显于政治领域的 1832 年前后，文化正上升为双方博弈的新场域，时尚小说则在这一隐蔽的新场域中充当了土地贵族的意识形态工具。此后，当中产阶级的政治与经济实力发生逆转的态势逐渐成形，文化领导权随之更迭，时尚小说的衰落与适应新时代精神的小说的兴起便成为历史的潮流。
【关键词】时尚小说；土地贵族；中产阶级；文化领导权

中国的英国现当代戏剧批评研究评述

【作　者】刘红卫
【单　位】中南财经政法大学外语学院

【期　刊】《东岳论丛》，2021 年，第 42 卷，第 5 期，第 113－119 页

【内容摘要】中国的英国现当代戏剧研究历经逾百年发展，走出了一条具有中国特色的接受批评之路。在全球化语境下，中国学者已成为世界范围内该领域研究的生力军，其研究成果无疑极大丰富和拓宽了对英国现当代戏剧的相关研究。戏剧作品汉译与译本研究构成了中国的英国戏剧研究体系中不可或缺的重要组成部分。戏剧文本研究以及戏剧文学性的阐释解读是一个重要的中国特色研究范式。“文学伦理学批评”等具有中国文化与批评话语特征的批评方法，搭建起国内外学界对话交流的平台。然而，相关研究仍然还存在着诸如“主基调”批评，译本漏译、省译或选择性翻译现象，“剧场性”研究欠缺和滞后，研究方法创新性和前沿性不足等一些值得探讨的问题。跨学科研究，以及“戏里戏外”综合性研究，成为促生创新性成果的研究方法和策略。

【关键词】英国现当代戏剧；接受与批评；中国范式

中世纪东方游记的虚拟朝圣现象解读——以《曼德维尔游记》为中心的考察

【作　者】潇潇

【单　位】中国科学技术大学人文与社会科学学院

【期　刊】《国外文学》，2021 年，第 2 期，第 96－104 页

【内容摘要】虚拟朝圣是中世纪朝圣文化的重要组成部分，对中世纪晚期乃至文艺复兴欧洲的文化记忆建构具有特殊意义。《曼德维尔游记》是中世纪欧洲流传广泛的东方游记，对包括远东在内的多条朝圣路线与细节进行了极富创造性的空间演绎。本文将其放入中世纪虚拟朝圣传统中进行解读，试图论证游记作为圣地指南与道德象征的传播魅力，进而揭示朝圣叙事传统对近代早期世界观念与东方想象的深远影响。

【关键词】中世纪旅行文学；虚拟朝圣；曼德维尔

中西视角下的乔叟诗歌《禽鸟议会》精校精注本之生成

【作　者】石小军

【单　位】对外经济贸易大学英语学院

【期　刊】《复旦学报（社会科学版）》，2021 年，第 63 卷，第 4 期，第 39－52 页

【内容摘要】比对中古写本与现代点校本的集校，可见前者被推陈出新为后者、服务于现代读者，后者又有助于追溯前者质量源流、贡献于学界。在这一过程中，某一历史作品的精校精注本往往也随之问世。本研究结合陈垣总结的与西学不谋而合的 3 种古籍点校法和电子数据化技术，将乔叟诗歌《禽鸟议会》3 部最早的中古写本与 4 部现代广泛使用的点校本集校为新一体的《禽鸟议会》“七对一”精校精注本。通过其校勘记和索引发现，七写刊本间虽存有大量异文，但并不影响整体“一”的一致性和共容性。究其原因：一是三写本自身并无多少实质性差异；二是四刊本亦均较为明确、严格地忠实于各自原始母本，并没有追求所谓“综合全面”。寄望本研究的“一”与国内高校特定的教材和课程相配套，起到基础性支撑作用，切实推进国内乔叟和英国中世纪文学领域的教育与研究；另外，本研究模式亦能够为国内学者在从事这一西方传统强项的研究时提供一种切实可行的途径和发展空间。

【关键词】乔叟；陈垣；《禽鸟议会》；数据化；精校精注本

自由与恐怖：《凯莱布·威廉斯》与 18 世纪晚期的政治话语网络

【作　者】谢魏
【单　位】华东师范大学中国语言文学系
【期　刊】《外国文学评论》，2021 年，第 4 期，第 70—94 页
【内容摘要】威廉·葛德文的小说《凯莱布·威廉斯》延续了 18 世纪 90 年代英国思想界和知识界关于法国大革命的论争，呈现了激进派与保守派在政治话语和意识形态上的论辩。小说清晰展现了该时期葛德文政治思想的内部张力，一方面借主人公凯莱布之经历批驳风行英国上下的国家主义意识形态，尤其是小皮特政府施行的“家庭间谍”政策，另一方面也隐晦地贬抑了法国（性）和雅各宾主义。在暗示契约论失效的同时，小说强调以更稳健的方式建构以“政治正义”为核心的新政治秩序，认为“真诚”的道德品性和明晰的政治身份不仅是营造家庭共同体的前提，也是重塑“英国性”和促进不列颠民族认同的关键。
【关键词】《凯莱布·威廉斯》；反雅各宾话语；国家主义；民族认同

（三）东欧、北欧文学研究论文索引

Bilingualism and the Figures of Postcolonial Speech：Cultural Transfers of Modern Ukrainian Prose

【作　者】Artur Malynovskyj
【单　位】Department of World Literature，Odesa National University，Ukraine
【期　刊】《世界文学研究论坛》，2021 年，第 13 卷，第 4 期，第 660－676 页
【内容摘要】Bilingualism is described as a communicative space in which official and alternative speech，imperial discourse，and anti-colonial resistance coexist. The tension between them creates the ground for numerous figures of postcolonial speech. It is characterized by a subversive，self-revealing tone，a hidden pathos of debunking the respectful attitude to the language of the colonizer. It is also about the maturation of Ukrainian literature in the national language in terms of hybrid identity，the integration of the upper circle of society in the imperial circles. The asymmetrical relationships between identifying oneself with the empire，the plots of official careers，official biographies，independent language behavior and mental space are traced. The divergence between the distorted national and psychological Little Russian identity and the historical memory of ethnic roots，the place of origin of Ukrainian statehood，and the connection with ancient traditions are revealed. The phenomenon of marginality appeared in the crossing of these components，with an almost inseparable center and periphery. They constantly cross and create the phenomena of diglossia，multilingualism，and speech interference. The interaction of the donor language and the recipient language is based on the principle of transfer，recognition，assimilation on the margins of the discourse of power and its transformation into speech with opposite meanings. The complex language map of Ukraine illustrates the permanence of imperial policy，which only changed the forms of its presence in the subordinate territories and according to the conjuncture moved the assimilation boundaries towards complete absorption，appropriation，or apparent demonstration of ethnic identity. The application of the transfer methodology allows us to understand the complexity of current integrational processes in Ukraine in the context of the cultural and historical situation of the first half of the 19th century.

【关键词】bilingualism；hybrid identity；imperial imagology；creolization；cultural transfer

Horse Imagery in the Yakut Epic *Nurgun Botur the Swift*

【作　者】Andrei B. Anisimov
【单　位】Institute of Modern Languages and International Studies，M. K. Ammosov North-Eastern University，Russia
【期　刊】《世界文学研究论坛》，2021年，第13卷，第1期，第18－32页
【内容摘要】The paper focuses on the representation of the horse in *Nurgun Botur the Swift*，a Yakut heroic epic recorded by writer and scientist Platon Oyunsky. The current research objectives are to consider the horse imagery in *Nurgun Botur the Swift* and identify the horse with the epic hero. The horse is an important element not only in the spiritual culture of the Yakuts but also in that of other ethnic groups. In the paper，the comparative，descriptive and historical methods，and the method of interpretation are applied in building and systematizing of materials and linguistic sources. The English version of *Nurgun Botur the Swift* is used as the basic research material. *Nurgun Botur the Swift* embodies the image of the horse as a true friend of the epic hero，Nurgun Botur，and overall，as the magnificent creature with the hyperbolic features. The Yakut epic storytellers traditionally adorn the heroic horse with the superb qualities such as unusual strength and endurance，beauty and intelligence. Therefore，the epic is filled with many archaic words and phrases，as well as parallel and complex constructions；traditional poetic forms only emphasize the romanticized image of the epic horse. It is so because this mythological creature symbolizes the desire of the Yakuts for freedom，goodness and justice. Thus，the image of the horse is one of the most common in the Yakut heroic epic tales：The physical and mythical attributes of horse imagery convey a complex nexus of symbolic meanings.
【关键词】Olonkho；heroic epic；folklore；epic text；horse imagery

Semantics of Religious Festivals in Latvian Childhood Memories in the 20th Century

【作　者】Anita Stasulane
【单　位】Institute of Humanities and Social Sciences，Daugavpils University，Latvia
【期　刊】《世界文学研究论坛》，2021 年，第 13 卷，第 4 期，第 606－623 页
【内容摘要】The paper focuses on the semantics of religious festivals in the Latvian childhood memoirs of the 20th century. It is based on the autobiographical portrayals of childhood in Jānis Jaunsudrabiņš' Baltā grāmata (*White Book*)，Annas Brigadere's Dievs. Daba. Darbs (*God. Nature. Work*)，Jānis Klīdzējs' Cilvēka bērns (*A Person's Child*) and Vizma Belševica's Bille (*Bille*). The choice of looking at these memoirs specifically was determined by the factor that they originated in different historical periods of the 20th century，i.e. they provide an insight into the transformations of the semiotics of childhood memories，which have been dictated by the historical period. The semantic fields in the works of the reviewed authors differ，especially if we compare the childhood memoirs which took place prior to World War II (Jaunsudrabiņš and Brigadere)，with the memoirs that took place later (Klīdzējs and Belševica). Up until the mid-20th century，childhood semantics was founded on the literary tradition of the late 19th century in the memoirs written by the Latvian

authors—home and the rural environment as indicators of a happy childhood. Authors, whose memoirs are sourced in the second half of the 20th century, came to experience World War II. The childhood semiotics in 20th century literature encompasses typological similarities and differences which have been determined by the authors' experience, and which have been gained in different times and spaces. A child's existence in real time and space is his/her own individual experience, and in the same way, each author's artistic world's time and space category reproduction forms are individual. However, all the analyzed works have a more or less religious context typical of them, which is revealed by stories about celebrating religious festivals.

【关键词】autobiographical memories; reminiscences of childhood; memoir literature; religious festivals; childhood semiotics

Sources for the History of Mentality: Latvian Folk Anecdotes of the 19th—Early 20th Centuries

【作　者】Tatjana Kuznecova
【单　位】Institute of Humanities and Social Sciences, Daugavpils University, Latvia
【期　刊】《世界文学研究论坛》, 2021 年, 第 13 卷, 第 4 期, 第 598—605 页
【内容摘要】The history of mentality/mentalities is a significant branch of modern historical science, the relevance of which as a component of social history is only increasing. The purpose of the article is to define some features of the mode of thinking / world perception of Latvians in the late 19th and early 20th centuries based on the analysis of the lexical composition of Latvian folk anecdotes. This investigation is based on the linguistic analysis of Latvian folk anecdotes (5671 items), published in 1929—1930. The subject of the history of mentality has three facets: way of thinking / perception of the world, ideas about man and various phenomena of the world, existing forms, and norms of human behaviour. The revelation of the mode of thinking / world perception embodied in verbal texts demands to use linguistic analysis in three aspects—structure of texts, structural and functional. The analysis of the lexical thesaurus of Latvian folk anecdotes reveals the mythological mode of thinking / world perception of Latvians. The incomplete isolation of a person from the surrounding world and the resulting concreteness defines this way of thinking. Such features of this mode of world perception indicate narrowness and density of the sphere of human contacts, which was characteristic of the life of Latvians living in the territory of Latvia.
【关键词】mentality; source; linguistic analysis; Latvian folk anecdotes

The Alien within "One's Own" in the Twenty-first Century Latvian Literature: On the Material of Dace Rukšāne's Novel *Russian Skin*

【作　者】Oksana Kovzele; Ilze Kacane
【单　位】Institute of Humanities and Social Sciences, Daugavpils University, Latvia
【期　刊】《世界文学研究论坛》, 2021 年, 第 13 卷, 第 4 期, 第 624—640 页
【内容摘要】The paper is aimed at analysing the novel *Russian Skin* (2020) by Latvian prose writer Dace Rukšāne and focuses on the problem of self-identification, transformation of woman's identity under the impact of political and social changes in the context of a binary opposition "one's own—

alien". Within the frame of everyday life in Soviet Latvia, this literary work reflects and brings to the forefront the specificity of the inclusive identity, when the opposites "one's own" and "alien", in the result of interaction, are seen not as dualities but rather as a new wholeness embodying both opposites. Via the theme of partner relationships, so characteristic of this writer, the author employs the model of intimate relationships between two outwardly incompatible worlds—the world of the main heroine of the novel (a Latvian) and that of her partner (a Russian), representative of the colonizing power, to symbolically show not only the existence of two causal world principles, but also the possibility for the two outward opposites' merging into a new entity characterised by inclusivity. This is just the mother—a bearer of a new life—who strives to create "one's own" (a new-born) from the "alien", and who, due to transformations in self-identity, becomes the embodiment of the "alien" among "one's own". The novel is the interpretation on the issue, widely discussed in Latvia in the context of preserving national identity, concerning the development of hybrid/inclusive/multiple identities, and on factors responsible for this (invasion, occupation, ethnic relations, interaction between cultures etc.).

【关键词】cultural memory; identity; Soviet past; Latvianness; Russianness; literature of self-reflection

Translation Reception of Matter-of-Fact Romance by Charles Reade in Russia in 1850—60s

【作　者】O. V. Sumtsova; T. Yu. Aikina
【单　位】School of Core Engineering Education, Tomsk Polytechnic University, Russia
【期　刊】《世界文学研究论坛》，2021 年，第 13 卷，第 4 期，第 641—659 页
【内容摘要】The present article focuses on the literary activity of a Victorian writer, Charles Reade; in particular, it deals with the peculiarities of reception of his matter-of-fact romances in Russia from the 1850s to the 1860s. The main objective of the research is to study genre characteristics, poetics and aesthetics of a matter-of-fact romance and its Russian translation reception in the indicated decades. During this period, three novels of the given genre were translated into Russian, one of them twice. In the paper, one of the three novels is studied by means of historico-literary and typological methods; a comparative analysis of the original with the Russian translation is conducted as well. The matter-of-fact romance "Hard Cash" (1863) was translated into Russian a year later after its publication in England. The translated version was published in the established literary journal Otechestvennye zapiski [*Native Notes*] (in volumes 152, 153 and 154) in St. Petersburg. A comparative analysis of the Russian translation of "Hard Cash" with the original reveals that the Russian version represents a professional literary translation having retained a distinctive Reade's writing style. Meanwhile, it is notable that the anonymous author of the Russian translation interprets some psychological and moral issues along with relationships of the main heroes in his own way, sometimes exaggerating the tragedy of the narrative; in general, such translation "liberties" do not distort the main meaning of the original.
【关键词】Charles Reade; matter-of-fact romance; translation reception; poetics; aesthetics; Victorian fiction; mass literature; mass readership

Urban vs Rural in Latvian Fiction of the Early Twentieth Century：Antons Austriņš

【作　者】Alina Romanovska
【单　位】Institute of Humanities and Social Sciences，Daugavpils University，Latvia
【期　刊】《世界文学研究论坛》，2021 年，第 13 卷，第 4 期，第 557－569 页
【内容摘要】Man and one's space of existence are in interaction with each other. Space influences and determines the peculiarities of one's perception. But man is also looking for a suitable organic place of existence. This peculiarity also applies to literary characters. At the end of the nineteenth century，European culture underwent rapid changes due to industrialization，the development of communication system，and urbanization. Many philosophers point to the spiritual crisis，describing which they make use of such concepts as culture，civilization，and nature. The opposition of the urban and the rural environments is becoming more pronounced，and the urban environment is perceived as contradictory and chaotic，while opportunities to harmonize the personality experiencing crisis are being sought in the rural environment. The problem of relations between the urban and the rural environments also entered Latvian literature，and it was addressed by such well-known authors as Jānis Akuraters，Fricis Bārda，Edvards Virza，Viktors Eglītis，Antons Austriņš，Andrejs Upītis and others. The aim of the present study is to reveal the peculiarities of the dichotomy of the urban and the rural environments in the Latvian fiction of the first decades of the twentieth century，by using one Latvian author's writings as an example. Such an approach allows not only for considering the peculiarities of the depiction of the urban and the rural environments，but also for analysing the subjective and objective reasons determining the emergence of these peculiarities. It is important that the prose of Antons Austriņš (1884－1934) features emphasized spatiality：Descriptions of the space are detailed and reflect the peculiarities of the characters' personalities. The peculiarities of the spatial structure and the semantics of Austriņš' prose are determined both by the European cultural context (philosophers' findings，works by other authors) and individual peculiarities，which，in turn，stem from life experience and environmental，educational，family，psychological and emotional peculiarities. The depiction of the urban and the rural environments in Austriņš' prose has a wide semantic spectrum，which develops in the interaction of the spheres of nature，civilization and culture. The most important feature of Austriņš' perception of the world is the ambiguity of the assessment of phenomena. Nature，civilization and culture exist in close interaction，but there is often a contrast between these spheres，which is related to the human concept of Austriņš' prose. The author's characters are torn apart by contradictions，so they cannot find a suitable place to live：in a rural environment，they see opportunities to harmonize their personalities，but they cannot stay there for long and tend to a city where culture and civilization interact.
【关键词】culture；civilization；nature；Latvian literature；modernism

What They Laugh at in *The Town of N*：Laughing Situations in L. Dobychin's Prose

【作　者】Žans Badins
【单　位】Institute of Humanities and Social Sciences，Daugavpils University，Latvia
【期　刊】《世界文学研究论坛》，2021 年，第 13 卷，第 4 期，第 570－581 页
【内容摘要】The literary scholars who study the artistic world of L. Dobychin's novel *The Town of N*

noticed that in Dobychin's world，people，things and natural phenomena exist discretely，disorganized，in continuous chaotic movement. This chaos recognizes only one，very conditional，border－the border of the Town of N. Like any space，the Town of N contains comic and tragic elements. The nature of the comic in the novel has remained little examined until now. The article analyzes the laughter situations that are present in the novel. The answer to the question－what are people laughing at in the Town of N，on the one hand，allows us to consider the socio-cultural situation in the county towns of the Russian Empire on the example of Dvinsk (nowadays－Daugavpils)，on the other hand，to analyze the evolution of the consciousness of the protagonist in the novel. In the novel，laughter situations are divided into two large groups－everyday laughter situations associated with the daily life of the Town of N and literary laughter situations associated with the comprehension of literary texts that define the consciousness of the era of the early twentieth century. It is also important to contrast the culture of laughter of children and the culture of laughter of adults. The adolescent crisis of the protagonist manifests itself primarily in a change of life orientations，in the destruction of myths. Laughter becomes a kind of destruction and overcoming of the old system of values，a factor that accompanies the hero from the world of childhood to the world of adulthood.
【关键词】culture of laughter；comic；Dvinsk；Town；childhood；Russian literature

“存在的难民”：《夏伯阳与虚空》中的禅宗思维解析

【作　者】郑永旺
【单　位】黑龙江大学俄语语言文学与文化研究中心
【期　刊】《俄罗斯文艺》，2021 年，第 1 期，第 24－32 页
【内容摘要】“存在的难民”是佩列文的小说《夏伯阳与虚空》的注册商标，主人公虚空因在两个时空中的往返穿越而对脚下潮湿的土地产生深度怀疑。作家借助于禅宗“本来无一物”的偈语，使“世界就是幻象”成为可能，而“世界是文本”的判断让文本编织的世界具有不真实的属性，文本由此完成对现实本身的解构。
【关键词】《夏伯阳与虚空》；“存在的难民”；禅宗；世界是文本

“东方问题”的文学书写——论列昂季耶夫的长篇小说《奥德赛·波利克罗尼阿迪斯》

【作　者】李筱逸；刘文飞
【单　位】首都师范大学外国语学院
【期　刊】《湖北大学学报（哲学社会科学版）》，2021 年，第 48 卷，第 3 期，第 125－132 页
【内容摘要】18 世纪至 20 世纪，“东方问题”一直是国际政治与外交舞台上的焦点。俄国 19 世纪作家列昂季耶夫以自己在奥斯曼帝国十年的外交经历为材料创作了长篇小说《奥德赛·波利克罗尼阿迪斯》，展现出 19 世纪“东方问题”白热化时期巴尔干地区复杂的民族矛盾和宗教冲突、国际政治与外交视野中的大国争端等乱象，记叙了这一特定历史时期的“小人物”命运和土耳其奥斯曼帝国一线外交人员的“领事馆故事”。列昂季耶夫以文学的笔触展现了“东方问题”历史文化背景和关键的利益斗争主题，在自传性文本中充分表达了对“东方问题”与俄国未来发展道路的认识与思考，是其拜占庭主义思想的雏形。作为俄国文坛鲜有的一部描写巴尔干地区各民族人民生活、在外交视野下展现“东方问题”的文学作品，《奥德赛·波利克罗尼阿迪斯》无疑具有突出的文学史意义。

【关键词】列昂季耶夫；“东方问题”；奥斯曼帝国；拜占庭主义

“俄罗斯理念”在陀思妥耶夫斯基晚期作品中的意义（《少年》《作家日记》）

【作　者】伊·叶甫兰皮耶夫；张百春（译者）
【单　位】伊·叶甫兰皮耶夫：圣彼得堡大学哲学系
张百春（译者）：北京师范大学哲学学院
【期　刊】《俄罗斯文艺》，2021 年，第 2 期，第 4－15 页
【内容摘要】根据普希金演说和长篇小说《少年》里韦尔希洛夫的论述可以断定，在“俄罗斯理念”里，陀思妥耶夫斯基思考的主要不是宗教内容，而是文化内容。作为俄罗斯在历史上的使命，“俄罗斯理念”的意义就是要保卫一个信念，即相信表达人的自我完善过程的文化和文化创造对人类的无限价值。
【关键词】“俄罗斯理念”；真正的基督教；人的自我完善；文化

“时间的秘密”：《卡拉马佐夫兄弟》中的“时间分身”

【作　者】张磊
【单　位】安徽师范大学文学院
【期　刊】《俄罗斯文艺》，2021 年，第 2 期，第 34－41 页
【内容摘要】《卡拉马佐夫兄弟》的时间艺术之于陀思妥耶夫斯基创作的独特风格具有重要意义。小说中存有的“时间分身”即尘世时间与彼岸时间的并置共存，是作家时间艺术最重要的特征之一。两种时间共存互补的辩证关系与陀思妥耶夫斯基独特的启示录思维密切相关，显示出作家在并置现象真实与想象真实的同时，更偏重揭示蕴涵理想可能的彼岸时间。这既延续了俄罗斯文化追求终极价值的传统记忆，更令其小说叙事获得了独特性——展现精神的可能性与未完成性。
【关键词】陀思妥耶夫斯基；《卡拉马佐夫兄弟》；“时间分身”；尘世时间；彼岸时间；启示录思维

“我出生于罗马……”——曼德尔施塔姆早期创作中的罗马形象研究

【作　者】杨晓笛
【单　位】太原理工大学外国语学院
【期　刊】《俄罗斯文艺》，2021 年，第 4 期，第 63－72 页
【内容摘要】罗马是俄罗斯诗歌中的传统形象，具有经久不衰的艺术生命力。白银时代著名诗人，阿克梅派的杰出代表——曼德尔施塔姆对罗马尤其喜爱。诗人早在创作初期，便写了系列“罗马诗组”。诚然，诗人笔下，罗马已不再是具体的城市，而是成为永恒的象征，建构起诗人独一无二的形象和意义世界。本文试通过对曼德尔施塔姆早期创作中罗马形象的研究，挖掘诗人蕴于其中的关于人与世界的真理，揭示诗人对人类存在的深刻思考。
【关键词】罗马；永恒；人与世界；存在

“宗教大法官”的两种解读模式——罗赞诺夫与梅列日科夫斯基话语中的灵与肉的嬗变

【作　者】李天昀

【单　位】圣彼得堡国立大学哲学学院
【期　刊】《俄罗斯文艺》，2021 年，第 4 期，第 94－101 页
【内容摘要】罗赞诺夫与梅列日科夫斯基都对陀思妥耶夫斯基《卡拉马佐夫兄弟》“宗教大法官”一章进行了阐释。罗赞诺夫在《论宗教大法官的传说》中支持以耶稣为代表的灵魂原则，反对以“宗教大法官”为代表的肉体原则，发生思想转向以后支持肉体原则，反对灵魂原则。梅列日科夫斯基在《托尔斯泰与陀思妥耶夫斯基》中主张将以耶稣为代表的灵魂原则与以“宗教大法官”为代表的肉体原则合二为一，发生思想转向以后认为耶稣本人就是灵魂原则与肉体原则的合一。
【关键词】“宗教大法官”；罗赞诺夫；梅列日科夫斯基；灵魂；肉体

《IPhuck10》对人工智能的人文反思

【作　者】阎美萍
【单　位】山东大学外国语学院
【期　刊】《外国文学动态研究》，2021 年，第 3 期，第 120－127 页
【内容摘要】网络、大数据、人工智能始终是俄罗斯作家维克多·佩列文创作中的话题，本文以其作品《IPhuck10》为分析文本，探讨作家在其中对人工智能的发展所产生的相关人文问题的思考，以文本分析和数字人文研究法论述作家的创作立场：首先，AI 具有块茎本质的后现代主义立场，是一种虚拟现实，同时警示人类存在大数据陷阱和算法产生的伦理问题；其次，AI 自我意识的发展有可能引发人工智能与自然智能之间的对立。
【关键词】维克多·佩列文；大数据；算法伦理；人工智能；AI 自我意识

《爱吵架的人，或瓦西里耶夫岛之夜》中的原型解读

【作　者】赵晓彬；刘淼文
【单　位】赵晓彬：哈尔滨师范大学斯拉夫语学院
刘淼文：北京外国语大学俄语学院
【期　刊】《上海交通大学学报（哲学社会科学版）》，2021 年，第 29 卷，第 3 期，第 109－118 页
【内容摘要】卡维林的长篇小说《爱吵架的人，或瓦西里耶夫岛之夜》以列宁格勒（现名“圣彼得堡”）老一代学院派教授洛什金返回列宁格勒，莫斯科年轻一代形式学派代表涅克雷洛夫前往列宁格勒参加文艺晚会并受到冷遇为主线，描写了新老两代语文学者的明争暗斗，勾勒出 20 世纪 20 年代俄罗斯语文学者或作家们的众生相。作者通过对现实生活中一些著名语文学家和作家，如什克洛夫斯基、波利瓦诺夫、费定、卡维林等现实原型的代入，揶揄地表达了关于当时语文学界针对长篇小说的艺术构思、叙事模式等创作之争的看法。这是一部关于艺术家的小说，属于非传统小说之列，抑或确切地说，这是一部“带钥匙的小说”。
【关键词】卡维林；《爱吵架的人，或瓦西里耶夫岛之夜》；原型；什克洛夫斯基；“带钥匙的小说”

《告别马焦拉》的代际伦理叙事特征

【作　者】陈新宇；薛慧娴
【单　位】浙江大学外国语学院
【期　刊】《俄罗斯文艺》，2021 年，第 3 期，第 99－108 页

【内容摘要】在拉斯普京的《告别马焦拉》(1976)中，以达丽娅为代表的老一辈是乡村秩序、乡村文化的体现者，在他们身上承载了作家对乡村文化的认同和捍卫。在叙事上，作家通过达丽娅、巴维尔和安德烈三代人的形象较为全面地呈现了他们对搬离马焦拉的态度，因此在代际伦理视域中分析代际关系，代际差异成为我们在本文重新解读《告别马焦拉》的新视角。以空间和时间为向度，阐释老中青三代人在关于留在马焦拉还是离开马焦拉的选择中，在向前还是后退的选择中表现出的对现代化进程接受和理解上的冲突，以此揭示作家的文化保守主义和反现代性叙事特征。

【关键词】伦理叙事；代际伦理；拉斯普京；《告别马焦拉》；反现代性

《猎人笔记》中的生态思想解读

【作　者】孙宏新

【单　位】淮南师范学院

【期　刊】《俄罗斯文艺》，2021 年，第 1 期，第 76－84 页

【内容摘要】俄罗斯文学有着大量对自然的诗意描写并形成了文学传统。《猎人笔记》继承了这一优良传统，但在对自然环境的描写中由传统的对自然的热爱而生发最初的生态思想。从而在对原始自然美的艺术表现中，融注进最初的生态整体主义与和谐共生生态意识。对民族文学传统的继承、对大自然生命的独特感悟以及对“猎枪”内涵的独特理解，是形成《猎人笔记》生态思想的主要原因。分析《猎人笔记》中的自然生态思想，对保护生态，保护自然，构建人与自然和谐相处的社会有着多方面的借鉴意义。

【关键词】《猎人笔记》；生态思想；原始生态美；生态整体主义；和谐共生

《日瓦戈医生》的主导动机：“把一代人归还给历史”

【作　者】汪介之

【单　位】南京师范大学文学院

【期　刊】《俄罗斯文艺》，2021 年，第 3 期，第 13－22 页

【内容摘要】帕斯捷尔纳克创作《日瓦戈医生》的主导动机，是希望经由描写包括作家本人在内的一代年轻知识分子在动荡历史时代的命运，“把一代人归还给历史”。这一构思始于 20 世纪 20 年代中期，作家从那时起陆续完成的若干作品，可视为在与历史的联系中书写一代人命运的艺术尝试。《日瓦戈医生》的问世，则标志作家这一文学使命的完成。作品的主人公日瓦戈和作者帕斯捷尔纳克作为诗人和思想者的形象，同样拥有长久的艺术生命力。

【关键词】帕斯捷尔纳克；《日瓦戈医生》；历史；知识分子

《少年》中“宗教与人生”书写的思想史意义

【作　者】万海松

【单　位】中国社会科学院外国文学研究所；中国社会科学院大学外国语学院

【期　刊】《外国文学研究》，2021 年，第 43 卷，第 6 期，第 94－104 页

【内容摘要】《少年》既是陀思妥耶夫斯基一部典型的描述父与子主题和少年精神成长的成长小说，更是一个书写“宗教与人生”思想的重要文本。少年出身的“偶合家庭”折射出俄国贵族阶层解体的实质，反映了作家的根基主义思想。维尔希洛夫作为俄国“多余人”的变体，阿尔

卡季作为处于孩童和成人过渡期的少年，其共同需要精神引导的特点说明了全体救赎的必要性。"圣容善心"和"蜘蛛灵魂"从正反两面促使少年学会辨别是非和选择正确的人生道路。《少年》中关于"宗教与人生"书写的思想史意义，重在彰显人们在失去俄国东正教精神和失而复得之间的不懈追寻与探求，并且展望少年一代的理想与使命的过程。

【关键词】《少年》；"多余人"；全体救赎；"圣容善心"；"蜘蛛灵魂"；成长小说

19世纪俄罗斯文学中的舞会——以巴赫金时空体理论为视角

【作　者】郑晔；许宏
【单　位】上海外国语大学俄罗斯东欧中亚学院
【期　刊】《俄罗斯文艺》，2021年，第2期，第139－148页
【内容摘要】舞会作为俄罗斯贵族日常生活的重要组成部分，常常成为19世纪作家描绘的对象。文学中的舞会不仅仅是一种社会和文化空间，还具有自身的时间形式，巴赫金的时空体理论为研究该现象提供了新的视角。在文学作品中，舞会有着独特的功能，它是展现时代风貌的园地，演绎情感纠葛的场所，展示人物"相逢"的场地，呈现"考验"情节的处所，承载着再现社会与生活的重任。
【关键词】19世纪俄罗斯文学；巴赫金；时空体；舞会

20世纪法国文学中的俄罗斯人形象

【作　者】甘露；张新木
【单　位】南京大学外国语学院
【期　刊】《俄罗斯文艺》，2021年，第2期，第110－118页
【内容摘要】俄罗斯人形象自19世纪末期开始便在法国文学中涌现，生成之初常常由于遥远的异域想象，而形成许多关于俄罗斯民族的刻板印象。20世纪开始，随着法俄两国之间的交流变得频繁，俄罗斯人形象在法国文学中的生成也变得愈发丰富，无论是十月革命前后对革命激情的寄托，还是在战后对人性的挖掘和对俄罗斯民族气质的欣赏，法国作家笔下的俄罗斯人形象随着时代的变迁而不断变化，体现了俄罗斯民族进入法国文学视野后，从被丑化、歪曲和拒绝，到被理解、欣赏与接纳的过程。
【关键词】20世纪；法国文学；俄罗斯人形象；演变

2020年度俄罗斯文学的历史书写

【作　者】孔霞蔚
【单　位】中国社会科学院外国文学研究所
【期　刊】《外国文学动态研究》，2021年，第4期，第22－30页
【内容摘要】历史主题向来为俄罗斯作家所青睐，特别是新世纪以来，书写普通人的历史记忆、描绘大历史中小人物的命运，一度成为俄罗斯文学的潮流。在经历了2017年至2019年的沉寂之后，俄罗斯作家在历史主题创作方面重新爆发出强大活力，不仅推出了一批令人瞩目的作品，还尝试运用各种写作手法，将历史书写移植到当代题材中来，而这一点构成了年度文学的重要特征。在作家们笔下，历史潜藏在不同事物所构成的隐喻之中、不同人物所拥有的记忆载体之中、遥不可及的现实与梦想之中、有所需求时产生的联想之中，历史相关内容在作品中未必醒

目，作用却举足轻重。

【关键词】俄罗斯年度文学研究；历史书写；现实主题；当代题材

奥涅金为何拒绝达吉雅娜？——《叶甫盖尼·奥涅金》中的抑郁症及其隐喻

【作　者】宋德发；王玲霞

【单　位】湘潭大学

【期　刊】《俄罗斯文艺》，2021 年，第 1 期，第 59－66 页

【内容摘要】奥涅金没有理由拒绝达吉雅娜，但他却拒绝了，只因为他患有抑郁症。奥涅金的抑郁症不仅属于他个人，也属于那个时代的俄国贵族知识分子。因此，奥涅金的爱情悲剧实质上是文化转型时期俄国贵族知识分子的悲剧。奥涅金在道德上并不完善，但因为他以历史的、必然的方式走向毁灭，因此比道德上完善的连斯基更具有悲剧性，更能够成为小说的主人公。

【关键词】普希金；《叶甫盖尼·奥涅金》；悲剧性；抑郁症；隐喻

巴赫金表述诗学的他性意识与主体边界

【作　者】龚举善

【单　位】中南民族大学文学与新闻传播学院

【期　刊】《河北学刊》，2021 年，第 41 卷，第 5 期，第 122－130 页

【内容摘要】表述诗学涉及世界观、艺术观、表达观、接受观，以及据此而来的对话、复调、外位性、超语言学诸问题，客观上成为巴赫金学术体系的中轴和话语体系的根基。巴赫金认为，任何表述都包含着渴望他性应答的预期，当这种预期以召唤意识的方式与表述的客观情境相遇时，便生成表述本体的响应结构，进而影响表述的对话关系及其可能拥有的应答理解效果。任何整体都有边界，表述的边界集中体现为主体的边界，亦即不同言语主体在具体交际过程中的更替界线。边界不仅使单个表述具有单子性能和识别表述单元的特征，而且拥有生成表述新质的能量。完整的、具有建构功能的表述，拥有言语意志、指物意义和体裁形式等多方面的完成性，它们联合推动着表述活动实现积极应答式理解。

【关键词】巴赫金；表述诗学；他性；边界；完成性

巴赫金体裁理论中的政治泛音

【作　者】张开焱

【单　位】厦门大学嘉庚学院

【期　刊】《江西社会科学》，2021 年，第 41 卷，第 8 期，第 91－98 页

【内容摘要】巴赫金体裁理论弥漫着政治泛音。他认为体裁是形式与内容的统一体。包括文学体裁在内的一般文化体裁都内含特定世界观和意识形态。它与日常生活言语体裁内含的特定世界观和丰富的生活意识形态一脉相通。巴赫金言语体裁理论与他的对话理论密切相关，他的对话理论弥漫着政治泛音。巴赫金揭示了体裁内潜含的泛政治意涵，并有效地解决了现实生活政治与文化体裁政治之间的本源性关联。他的体裁政治学充满启示，也还存在讨论余地。

【关键词】巴赫金；文化体裁；言语体裁；世界观；政治泛音

变异与创新：帕斯捷尔纳克自传体随笔研究

【作　者】夏忠宪
【单　位】北京师范大学文艺学研究中心；北京师范大学俄罗斯研究中心
【期　刊】《俄罗斯文艺》，2021 年，第 3 期，第 23－34 页
【内容摘要】作家自传是世界文学史上的一个重要的现象；然而在相当长的时期里却几乎成为被研究界遗忘的角落。不过进入 20 世纪以来，伴随着人的发现和自我意识的觉醒，具有现代意识的自传迅速发展并留下了不少有价值的典型范例。欧洲文化的根本性变化、文学范式的演进导致了整个传记体裁的重要变异，并将自传变为具有独立认识论价值的叙事方法。帕斯捷尔纳克的自传体随笔既真实反映了这一重要变异，又向读者深刻表露了自己在特定生活阶段里复杂的精神世界，多方面展示了他在广阔社会现实和时代风云中的文学实践活动。在汗牛充栋的帕斯捷尔纳克研究中，鲜见对其自传有分量的研究成果。本文不仅将帕斯捷尔纳克的自传体随笔作为一个独立的研究对象从身份认同、对话性、不可靠叙述等角度加以剖析，还作为一个代表性个案阐释了俄罗斯现代作家传记写作观念和形态的演变，以期揭示帕斯捷尔纳克自传多方面的价值，促进帕斯捷尔纳克和俄罗斯现代作家传记的研究以及自传问题的理论建设，并深化方法论在这些方面的启迪意义。
【关键词】帕斯捷尔纳克；自传体随笔；变异；创新；身份认同；对话性；不可靠叙述

重释契诃夫《伊凡诺夫》在戏剧史上的价值

【作　者】顾春芳
【单　位】北京大学艺术学院
【期　刊】《学术月刊》，2021 年，第 53 卷，第 10 期，第 162－172 页
【内容摘要】契诃夫写于 1887 年的剧本《伊凡诺夫》是一部价值被严重低估的剧本。对于俄罗斯戏剧史而言，《伊凡诺夫》呈现了契诃夫个人思想的重要蜕变，他通过伊凡诺夫的自杀，力求对俄罗斯文学史上的“多余的人”的传统进行一次彻底的清算，并厘清自己与自由派以及托尔斯泰主义之间的关系，重新找到人生的信仰和艺术何为的答案。从戏剧观念而言，这个剧本的创作是契诃夫有意识地对西方古典主义戏剧的一次模仿和终结。这部天才之作实现了作家个人从传统西方古典戏剧向现代戏剧的转变，正是因为这个转变使契诃夫的戏剧不同于莱蒙托夫、果戈理和托尔斯泰所遵循的欧洲古典戏剧范式，对于我们研究契诃夫的现代戏剧思想和创作技法的转型具有重要的价值。
【关键词】《伊凡诺夫》；契诃夫戏剧；“多余的人”；反思启蒙；荒诞

重思《什么是艺术？》中“内容”与“形式”的疑题

【作　者】梁世超
【单　位】中国人民大学文学院
【期　刊】《俄罗斯文艺》，2021 年，第 2 期，第 128－138 页
【内容摘要】托尔斯泰艺术创作的价值已经成为共识，而他的艺术思想却不无争议。批评界多指责托氏只顾及艺术对道德内容的传达，而莫德等人认为这不过是种误读，在他们看来，《什么是艺术？》不独关注“内容”，亦以“形式”作为评价艺术的标尺。不过，这一补足式的阐释仍未能忠实展现托氏运思的幽微之处。艺术评判标准在文章表层的论证话语中分属两个独立的维

度，但在深层的意义结构中，又相互联结、彼此定义，由此废止这一区隔，此思路应和了托氏“整全”美学观的一贯表述。当思想家与艺术家的分离论及其暗含的褒贬臧否成为“托尔斯泰问题”的某种标准答案时，该美学观可以为我们提供另一种视角：当二者区分失效之时，才是我们最接近托尔斯泰的瞬间。

【关键词】托尔斯泰；艺术论；美学观；自治论与工具论；道德主义

大数据分析视角下的俄罗斯陀学（1844—2020）

【作　者】刘娜

【单　位】天津师范大学外国语学院；首都师范大学外国语言文学博士后流动站

【期　刊】《俄罗斯文艺》，2021 年，第 2 期，第 71－87 页

【内容摘要】随着信息技术的发展，“数字人文”逐渐成为人文研究领域的新热点。将数据分析和人文研究结合起来，对研究对象进行数据化的思考和呈现，是学术史研究的新路径。自 1844 年陀思妥耶夫斯基的作品首次发表至今，俄罗斯陀学（或“俄苏陀学”）呈现出历史悠久、方法多样、成果颇丰的面貌，积累了数万条研究文献。本文尝试使用数据技术对俄罗斯陀学的发展轨迹、研究热点和代表学者的研究进行可视化呈现，以期勾勒俄罗斯陀学发展的历程和面貌、特点和规律，并对陀学大数据分析的方法与成果进行整理与分析。

【关键词】俄罗斯；陀学；大数据；可视化

大众化时代俄罗斯文学的发展趋势及典型形象

【作　者】玛丽娅·亚历山德罗芙娜·切尔尼亚克；刘玉宝（译者）

【单　位】玛丽娅·亚历山德罗芙娜·切尔尼亚克：圣彼得堡国立师范大学俄罗斯文学教研室
刘玉宝：东北师范大学外国语学院

【期　刊】《东北师大学报（哲学社会科学版）》，2021 年，第 5 期，第 25－31 页

【内容摘要】新的时期出现了新的文学，新的文学呈现出新的发展趋势。在俄罗斯，新的文学体裁样式正在逐步定型。相对精英文学而言，大众文学受到更为普遍的欢迎。精英文学对新的典型形象的价值心怀疑虑，而大众文学则借助于“超人”神话充分肯定了新人的价值。他们正在合力建构人道主义的世界图景——光明战胜黑暗，爱情战胜死亡。

【关键词】大众化时代；俄罗斯文学；发展趋势；典型形象

当代俄罗斯女性作家创作的三个维度

【作　者】陈方

【单　位】中国人民大学外国语学院

【期　刊】《外国文学研究》，2021 年，第 43 卷，第 3 期，第 157－167 页

【内容摘要】当代俄罗斯女性作家创作自 20 世纪 80 年代中期以来，呈现出三个不同维度，对此进行考察，有助于我们深入探究女性创作群体在性别意识、两性关系、女性自我、女性角色等问题上呈现出来的总体特质，并以此来概括女性作家创作这一现象在近 30 年来俄罗斯文学语境中的发展与变化。当代俄罗斯女性创作大致经历了从主张与男性抗争的“女权”立场、到表达女性欲望的“女性”书写、再到跨越性别政治的“超性别”叙事的发展过程，这一总的发展走向并非一个简单的线性过程，而是充满各种变化和转化，甚至交叉和重叠。当代俄罗斯女作

家们分别从属于这三个创作维度，或同时跨越多个维度，通过倡导与男性世界的对峙表达了她们的性别愿望，用具有鲜明性别特色的女性书写改变了人们传统的女性观和性别观，最后通过超越性别的文学叙事彰显自信，确立自我认同，体现出了当代俄罗斯女性文学的强大存在。
【关键词】当代俄罗斯女性作家创作；性别意识；性别关系；女性自我

对抗沉沦：陀思妥耶夫斯基小说《永远的丈夫》中的隐性叙事进程

【作　者】张变革；任晓舜
【单　位】张变革：北京第二外国语学院欧洲学院
任晓舜：首都师范大学外国语学院
【期　刊】《俄罗斯文艺》，2021 年，第 2 期，第 16－25 页
【内容摘要】陀思妥耶夫斯基的中篇小说《永远的丈夫》中存在着显现情节和两条隐性叙事进程。以复仇为主题的显性情节发展背后，并行存在着另外两条贯穿全文的隐性叙事进程，分别指向情夫和丈夫曲折的精神上升运动，成为作家隐蔽的表意轨道。在显性情节中，作为感情受害者的丈夫报复情夫，对后者发起各种心理折磨，成为丑陋凶狠的施虐者；在第一个隐性叙事进程中，情夫因昔日荒淫的生活给他人带来的痛苦而产生强烈的罪感，承受磨难并经受诱惑，显示出拒绝沉沦而不断上升的精神运动；在第二个隐性叙事进程中，受害的丈夫通过对“顺从的人”和“凶狠的人”的拷问，完成了自我认知，回到他憧憬的道德生活中。两个隐性叙事进程相互补充，共同勾勒出主人公对抗沉沦的精神上升运动。三条并行的叙事运动既相互补充，又形成张力，共同揭示出小说的多重主题，指向不同读者，显示出小说文本丰富多层的内涵。
【关键词】陀思妥耶夫斯基；永远的丈夫；隐性叙事进程

俄国形式主义的空间叙事理论探究

【作　者】杨燕
【单　位】哈尔滨师范大学文学院
【期　刊】《俄罗斯文艺》，2021 年，第 4 期，第 121－130 页
【内容摘要】叙事理论中有关时间与空间的问题，经历了滥觞于亚里士多德而形成的一条重时间维度、忽视或“悬置”空间维度的传统叙事理论，到 20 世纪中后期用空间取代时间霸主地位的空间叙事理论。其实在这两个发展极端之间并非没有过渡，兴起于 20 世纪初的俄国形式主义虽没有放弃时间因素在故事中的存在，但已经开始有意打破时间对叙事要素的垄断，凸显空间的存在，彻底打破了传统时空观的基本格局。在 20 世纪初语言学转向的影响下，俄国形式主义对叙事文本的研究向内转，关注这个独立的空间体，将其中的内部要素的组合规律及空间构成作为主要研究对象，俄国形式主义独特的空间观为空间叙事理论的出现奠定了重要基调。
【关键词】俄国形式主义；叙事理论；时间；空间

俄罗斯轻松小诗的滥觞与流变

【作　者】赵燕
【单　位】浙江越秀外国语学院；北京外国语大学
【期　刊】《俄罗斯文艺》，2021 年，第 3 期，第 109－118 页
【内容摘要】“轻松小诗”是源自法国的一类诗歌样式，通常体量不大，语体自由，形式多样，

语言活泼，以歌颂爱情、友谊、酒宴等世俗主题居多，具有重视抒情性而疏离主流文学审美的特点。本文以鲍格丹诺维奇、巴丘什科夫、库兹明等人的诗作为例，梳理俄罗斯轻松小诗从发轫、发展、衰落到回潮的流变过程，以期探析各历史阶段的思想根源并且总结不同时期的显著特点。

【关键词】轻松小诗；俄罗斯诗歌；流变

俄罗斯文学和历史文献中的“看东方”

【作　者】刘亚丁

【单　位】四川大学中国俗文化研究所；四川大学文学与新闻学院

【期　刊】《俄罗斯文艺》，2021 年，第 1 期，第 4－14 页

【内容摘要】目前的文献尚不能提供古斯拉夫人多神教神话中具有比较完整的东方崇拜的可靠材料。12 世纪的《往年纪事》表明，在俄罗斯人接受基督教之后，已然形成了包括东方在内的半神话半实在的“全世界观”。“东方”在接受东正教之后的古罗斯乃是吉祥之地。12 世纪丹尼尔的《游记》和 15 世纪阿法那西・尼基金的《游三海》叙述了俄罗斯人直接观照东方的经验。近代以来，塔吉谢夫的俄罗斯史著作借助转述古希腊的文献间接地展现了其东方观；外交人员、东正教人士的文书信报告具体描绘了他们所观察到的东方。19 世纪以来卡拉姆津的《俄罗斯国家史》提供了有关东方的信息，俄罗斯精英分子的浪漫主义作品折射出了东方元素，托尔斯泰则在克服精神危机后以东方的古贤来佐证自己的觉悟。在 20 世纪和 21 世纪的文学作品中作家们展开了东方想象。俄罗斯人观照东方的不同视角与其观念有关，其中“俯视者”应该是受到了“莫斯科—第三罗马”说余绪的影响。

【关键词】多神教神话；《游三海》；《俄罗斯史》；《俄罗斯国家史》；列夫・托尔斯泰；皮里尼亚克；“莫斯科—第三罗马”理论

俄罗斯文艺学范畴重议：形成、发展与成就

【作　者】凌建侯

【单　位】北京大学外国语学院

【期　刊】《文艺理论与批评》，2021 年，第 1 期，第 20－32 页

【内容摘要】受德国艺术学独立运动的影响，19 世纪末至 20 世纪初，俄罗斯出现了有关如何建构文艺学的思想争鸣，争鸣的结果是 20 世纪 30 年代前期形成了以文艺学命名的新学科，及至 20 世纪七八十年代，文艺学范畴得到发展并定型。从文艺学学科发展史的角度看，其内部各领域均取得了杰出的成就，仅就诗学而言，就对 20 世纪世界文论的发展走向产生了影响。重议俄罗斯文艺学这个范畴，可以澄清学术史上某些纠缠不明的问题，特别是文学史、文学批评和文学理论的相互关系，为国内文艺学的学科建设提供有益参照，亦可为讨论现代文学理论是否发端于俄国形式主义学派，以及它是否已被“终结”等问题提供理论基础。

【关键词】俄罗斯文艺学；文学批评；文学史；文学理论；诗学

抚慰灵魂　追寻意义——论俄国文学的“童年叙事”

【作　者】王文毓

【单　位】厦门大学外文学院；厦门大学比较文学与跨文化研究中心

【期　刊】《当代外国文学》，2021 年，第 42 卷，第 2 期，第 76－83 页

【内容摘要】童年是人生的初始阶段和永恒的心灵状态，具有独特的文学意义和审美价值，成为俄罗斯作家反复吟咏的对象。“童年叙事”是作家从现实当下出发，调动记忆对童年进行回溯、判断、考辨所形成的叙事。俄国文学的“童年叙事”勾勒出一幅俄罗斯民族风情画长卷与民族心理解剖图，具有丰富的文学内蕴：对个体生命过往的追怀，对人生意义的思索，对集体生命的复现，对时代语境的微缩，诉诸心灵的沉湎，对精神“彼岸”的构筑，是为个人情致与集体记忆的有机融合，隐现着“乌托邦”理想与精神“彼岸”。作品的关注面虽各不相同，但最终都走向了灵魂的抚慰、意义的追寻。

【关键词】俄罗斯文学；童年叙事；精神求索；价值探寻

冈察洛夫《巴拉达号三桅战舰》：环球帝国舞台上的俄国东方愿景

【作　者】徐乐
【单　位】中国社会科学院外国文学研究所

【期　刊】《外国文学动态研究》，2021 年，第 4 期，第 130－140 页

【内容摘要】冈察洛夫是 19 世纪俄国唯一以官方身份做过环球旅行的经典作家，旅行后撰写的《巴拉达号三桅战舰》被列为世界文学史上最优秀的旅行书籍之一。作家以环球视角比较英国人和俄国人的生活状态，以“衰老”和“年轻”定义处在不同发展阶梯上的不同民族，鼓吹文明的西方唤醒、开发和提升野蛮的东方的道德责任。克里米亚战争对于俄国人的帝国自尊心是一次沉重的打击，使得旅行中的冈察洛夫不得不重新审视俄国的欧洲身份和在亚洲的殖民前景，他由此提出了“俄国独具一格的文明范例”，试图以此超越自己的西方对手。

【关键词】冈察洛夫；《巴拉达号三桅战舰》；旅行书写；俄罗斯帝国；东方

共同体或乌托邦：《安娜·卡列尼娜》中的跨界之旅

【作　者】龙瑜宬
【单　位】浙江大学世界文学与比较文学研究所

【期　刊】《文学跨学科研究》，2021 年，第 5 卷，第 2 期，第 320－335 页

【内容摘要】《安娜·卡列尼娜》详细呈现的两场欧洲旅行并未聚焦文化差异与冲突，而是更关注如何摆脱普遍的情感和伦理困境。旅行中的主人公们分别尝试经由宗教和艺术重建与周围世界的联系。在德国疗养的基蒂通过模仿瓦莲卡的虔诚举动超越了“本能生活”并恢复健康。而在意大利部分，随着“自由”享受爱情的弗龙斯基选择以绘画为消遣，托尔斯泰关于“什么是艺术”的思考也在文本内外同步展开。一方面，作家对与个人主义、世俗主义的兴起紧密相关的欧洲小说传统提出了挑战，“意大利旅行”这一常见爱情桥段在他笔下成了一个反高潮，将欲望置于伦理规范之上的主人公陷入了更严重的情感焦虑；另一方面，托尔斯泰还通过俄罗斯画家米哈伊洛夫展示了何为“好的艺术”。他的画作和瓦莲卡的信仰一样，让身份和立场各异的观看者深受感染，跨越所有界限形成精神的共同体。最终，托尔斯泰的现实感让小说本身充分揭示了伦理选择的复杂性，又突破了其过分强调绝对真理、主张消除差异的宗教想象和艺术论。

【关键词】托尔斯泰；《安娜·卡列尼娜》；旅行；共同体；伦理选择

话语：巴赫金小说批评的逻辑起点

【作　者】张海燕
【单　位】广西师范大学文学院
【期　刊】《湖南科技大学学报（社会科学版）》，2021 年，第 24 卷，第 5 期，第 166－173 页
【内容摘要】巴赫金以话语概念为契机界定了长篇小说的主要构成要素及其特殊要求。巴赫金的话语概念在背景语境上存在历时性和共时性两个维度。通过话语，巴赫金指出了小说在反映世界的宽广度上优于诗歌，是自身世界与他人世界、艺术世界与现实世界、文本世界与嵌入世界的杂糅；话语影响巴赫金关于小说叙述人的界定，认为叙述人应具有艺术、社会和思想三方面品质；巴赫金尤为重视小说人物的话语内涵，认为主人公是自由表达内心世界的思想者，骗子、智障者、小丑等人物形象与上层人物针锋相对，在解构权威话语地位时发挥重要作用。
【关键词】话语；嵌入世界；叙述人；主人公

解析抒情诗《帆》应注意的两个问题——洛特曼结构分析法给我们的启示

【作　者】王加兴
【单　位】南京大学外国语学院；南京大学俄罗斯学研究中心
【期　刊】《俄罗斯文艺》，2021 年，第 3 期，第 126－138 页
【内容摘要】洛特曼的结构诗学既强调文学的符号本质，注重分析文本的内部机制、层级组织，又关注文本与社会—文化环境之间相互作用的外部关系，从而形成了独具特色的文论体系。本文不仅应用洛特曼所倡导的“诗歌研究的统计学方法”对莱蒙托夫代表诗篇《帆》的语言组织及其功能进行了探析，而且还就洛特曼对帆与抒情主体之关系所做出的论断进行了评价，指出：洛特曼融合了透视学等其他学科的诸多概念（如“空间透视”“视轴”“法线”“横截距”“水平轴”）和研究方法，得出了不同于传统解读的结论。此外，本文作者以本文解析内容为依据对此诗做了重译的尝试。
【关键词】《帆》；语言组织；帆与抒情之“我”的关系

近代欧洲问题剧的现代性——以易卜生为中心的考察

【作　者】周安华
【单　位】北京电影学院未来影像高精尖创新中心；南京大学文学院
【期　刊】《江苏社会科学》，2021 年，第 1 期，第 195－204 页
【内容摘要】近代欧洲问题剧倡导个性解放，呼吁社会改革，加之坚执的自由意识和大胆的怀疑精神，使剧作家从“司空见惯”中发现变异。作为“应该否定的时代的一种伟大的否定之声”，近代欧洲问题剧可谓“鹤立鸡群”，凸显了毋庸置疑的现代性：以“人的精神的反叛”、以剧作蕴涵的批判性反思启发公众，质疑资本社会；告别浮华和“理性”，遵从客观现实“第一”原则，把“逼真再现”作为最重要的艺术风格；坚持舞台革命，其采用的回溯式结构技巧紧凑而有力，通过深刻的对话和“潜对话”表现时代的“英雄”，揭露自私、虚伪的“模范人物”，描摹鲜明的戏剧性格。首创“讨论的技巧”，以之构建激烈的戏剧冲突，完成其批判性反思之审美现代性表达。显然，以易卜生为旗手的近代欧洲问题剧，作为启蒙观念的艺术负载者、启蒙精神的演绎者，以自由和批判性展示了现代性的力量，其高度的思想性、艺术性、开拓性，给后人以多方面启迪。

【关键词】近代欧洲问题剧；现代性；易卜生；萧伯纳

康·列昂季耶夫论俄罗斯文学黄金时代

【作　者】侯子琦；朱建刚
【单　位】苏州大学外国语学院
【期　刊】《俄罗斯文艺》，2021 年，第 3 期，第 87－98 页
【内容摘要】学术界历来认为始于普希金，终于契诃夫的黄金时代是俄罗斯文学史上最为繁荣的时期。然而，19 世纪俄国文学批评家、思想家列昂季耶夫却提出了另外一种看法：普希金及其同时代人是俄罗斯文学发展进程的巅峰和终结，以果戈理的《外套》为标志，俄罗斯文学开始走向颓废，后继者皆为文学衰败阶段的代表与牺牲品。文章分为三部分，第一部分为列氏文学史观的理论基础；第二部分论述列氏俄国文学史观的总体看法；第三部分以批评家论普希金、果戈理、陀思妥耶夫斯基为个案，介绍列氏文学史观的具体实践。
【关键词】列昂季耶夫；黄金时代；文学批评；普希金；果戈理；陀思妥耶夫斯基

科幻小说与帝国：俄罗斯白银时代小说的大众化景观

【作　者】林精华
【单　位】首都师范大学文学院
【期　刊】《华东师范大学学报（哲学社会科学版）》，2021 年，第 53 卷，第 3 期，第 124－133 页
【内容摘要】19—20 世纪之交，作为世界上最大的疆域连片的帝国，帝俄为继续殖民扩张和对所辖国土的内部殖民治理，便同英、法、德等国家一样，强劲发展科技并广泛运用科技成果，这意外地进一步刺激了思想，扩展了审美空间，从而助力文化繁荣的白银时代之生成，科幻小说乃其中重要的文学景观。这样的潮流，没有因布尔什维克政权在意识形态上反西方和资本主义而终止。由于新生的苏俄国家意识到科技进步的重要性，借助于帝俄时代所累积的科技基础，维持甚至扩大帝俄版图，使得科幻小说在 20 世纪 20 年代初持续繁荣，并进一步凸显和西欧科幻小说的不同诗学特征。
【关键词】帝国；白银时代；科幻小说；科技进步；（反）乌托邦

列夫·托尔斯泰与佛学

【作　者】许旺
【单　位】江苏海洋大学
【期　刊】《俄罗斯文艺》，2021 年，第 1 期，第 33－42 页
【内容摘要】列夫·托尔斯泰的思想是东西方文化交融的结果。托尔斯泰从 19 世纪 50 年代起开始接触印度文化，最晚从 19 世纪 70 年代开始了解佛学文化，但这一时期对佛学文化的片面理解导致托尔斯泰对人生失望，得到了人生虚无的答案。走出精神危机之后，托尔斯泰开始认真阅读佛教经典，佛学文化中对人的个体性的否定影响了托尔斯泰对人的灵魂的共同性的理解，佛学思想也促进了道德完善学说的形成。在托尔斯泰复杂的思想体系中，佛学是一个组成部分。
【关键词】列夫·托尔斯泰；佛学；悲观主义；无个体性；道德完善

流亡与还乡——论《普宁》的主题兼及纳博科夫的文化立场

【作　者】王立峰
【单　位】南京大学文学院
【期　刊】《当代外国文学》，2021 年，第 42 卷，第 2 期，第 113－120 页
【内容摘要】在小说《普宁》中，纳博科夫塑造了一个看似举止可笑实则内心高贵的俄国流亡知识分子形象，通过叙述视角的变化以及反讽、戏仿等修辞技巧的应用，将流亡的主题最终升华成现代人普遍的精神困境，进而回应了浪漫主义时代以来就已经开启的还乡话题。小说的形式与主题互为表里，共同构成了文本的深层内涵，其中不仅体现了纳博科夫的文化立场，更折射出他对历史及人类命运的思考。
【关键词】纳博科夫；《普宁》；流亡；还乡；文化立场

论“宗教大法官”在列昂诺夫《金字塔》中的回响与变调

【作　者】王宇乔
【单　位】上海外国语大学
【期　刊】《俄罗斯文艺》，2021 年，第 3 期，第 76－86 页
【内容摘要】“奇迹”是列昂诺夫最后一部小说《金字塔》所关注的重要问题，它背后关联的是“面包与自由”的思想主题。这种由“奇迹”而引向“面包与自由”的哲理思辨，曾在陀思妥耶夫斯基的绝笔之作《卡拉马佐夫兄弟》“宗教大法官”一节中得到深湛的表现。列昂诺夫除了延续陀氏的思辨性探讨之外，还将这一问题扩展到了社会现实的层面，从而体现出一定程度的思想差异性。穿透“奇迹”的迷雾，徜徉在人类的生存环境和心灵世界的深刻思考当中，相距百年的两位作家实现了跨越文本与时空的对话。
【关键词】列昂诺夫；《金字塔》；“奇迹”；面包；自由

论《少年》中父子错位和“偶合家庭”现象的精神内因

【作　者】万海松
【单　位】中国社会科学院外国文学研究所
【期　刊】《俄罗斯文艺》，2021 年，第 2 期，第 26－33 页
【内容摘要】陀思妥耶夫斯基的《少年》既是一部描述父与子主题的长篇小说，也是一篇关于少年阿尔卡季精神成长的别样《忏悔录》，更是一个书写“宗教与人生”思想的重要文本。从精神伦理的角度来看，小说中父子角色的错位和“偶合家庭”的现象，其产生的内在根源在于缺乏最基本的精神认同，即共同的道德规范和对上帝的敬畏。而且，从成长小说的词源学角度分析和对“宗教与人生”的思想书写的考察可见，《少年》重在彰显俄国东正教精神在失去与复得之间追寻与探求的思想史意义。
【关键词】陀思妥耶夫斯基；《少年》；父子错位；“偶合家庭”；成长小说

论《双重人格》中作为叙述策略的“凝视”

【作　者】王可欣
【单　位】中国社会科学院大学

【期　刊】《俄罗斯文艺》，2021 年，第 2 期，第 53－60 页

【内容摘要】陀思妥耶夫斯基的《双重人格》中的“多声部对话”，不仅表现为“声音”，也体现为最为直观的“凝视”。“凝视”并不仅仅是单向地看，也是一种双向的交流方式，它提供了主人公自我意识与外部世界的对话空间。小说中的“凝视”，不只是一个对话与交流的载体，更重要的是构成了主人公主体建构、欲望呈现、社会规训过程的主要标志，主导着揭示主人公主体性的叙述逻辑。

【关键词】陀思妥耶夫斯基；《双重人格》；“凝视”；叙述策略

论普拉东诺夫“东方小说”的主题

【作　者】杨玉波

【单　位】哈尔滨师范大学斯拉夫国家研究中心

【期　刊】《俄罗斯文艺》，2021 年，第 1 期，第 15－23 页

【内容摘要】在普拉东诺夫的创作中，《沙漠中的女教师》《龟裂土》《江族人》被称为“东方小说”，其中的故事主要发生在中亚沙漠地区，反映出作家对东方的极大兴趣，是传达作家思想、体现作家创作主题和风格转向的重要作品，其蕴含丰富、主题多样。本文主要从东方与西方、漫游与归乡、记忆与遗忘等几个方面阐释这些小说中蕴涵的主题和思想。

【关键词】普拉东诺夫；小说；主题；东方；中亚；沙漠

论史威登堡神秘主义对布莱克诗学观的影响

【作　者】张鹏峰；詹树魁

【单　位】张鹏峰：厦门大学嘉庚学院英语语言文化学院

詹树魁：厦门大学外国语学院

【期　刊】《文艺理论研究》，2021 年，第 41 卷，第 6 期，第 202－210 页

【内容摘要】神秘主义是一种诗性的世界观和方法论，一直颇受西方文化和文学作品的关注。史威登堡是瑞典当时堪称全才的科学家、神学家和神秘主义者，他的神秘主义思想对布莱克诗学观产生很大影响。布莱克将史威登堡的神秘主义思想融入自己的诗歌中，并借助于自己丰富的想象力，用象征和神话塑造了自己宗教倾向的神秘主义诗学观。他的诗学观对英国后代诗人产生深远的影响。

【关键词】史威登堡；神秘主义；布莱克；诗学观

梅列日科夫斯基文化诗学中的果戈理

【作　者】宋胤男

【单　位】南开大学外国语学院

【期　刊】《俄罗斯文艺》，2021 年，第 4 期，第 84－93 页

【内容摘要】梅列日科夫斯基对果戈理的研究具有主观主义美学批评的特征，是建构其自身文化诗学的重要组成部分。他分析了果戈理生平与创作中善与恶、灵与肉、世俗与教会等关键问题，并将作家定义为俄国心灵的洞察家、俄国精神的苦行僧与俄国文化的受难者。梅列日科夫斯基的研究揭示了果戈理的另一面特征，在一定程度上打破了果戈理研究定论，革新了读者对果戈理的认知，引起了深刻反响。

【关键词】梅列日科夫斯基；果戈理；主观主义；善与恶；灵与肉；世俗与教会

莫斯科的双重面貌：俄罗斯域外文学第一浪潮中的莫斯科文本

【作　者】郭芯雨
【单　位】华东师范大学外国语学院
【期　刊】《外国文学动态研究》，2021 年，第 6 期，第 120－130 页
【内容摘要】十月革命的爆发导致俄罗斯第一代流亡者的大规模产生。莫斯科文本在域外文学中呈现出书写繁荣的文学景观，并在 20 世纪 20 年代开始被看作是超文本系统的一种。与此同时，围绕宗教政治神话“莫斯科—第三罗马”所形成的莫斯科文本悄然地发生双向度的变异，流亡作家将逝去的莫斯科记忆转化为“基捷日城”或“第二巴比伦”的文化概念，体现了对俄罗斯民族未来的创造性理解与深邃思考。
【关键词】域外文学；莫斯科文本；“莫斯科—第三罗马”；“基捷日城”；“第二巴比伦”

纳博科夫《斩首之邀》中的荒诞派戏剧元素

【作　者】王凌宇
【单　位】黑龙江大学俄语学院
【期　刊】《俄罗斯文艺》，2021 年，第 1 期，第 85－93 页
【内容摘要】荒诞派戏剧兴起于 20 世纪五六十年代，意在展现生活的单调枯燥，揭示人类存在的无意义本质。同样的主题在纳博科夫 20 世纪 30 年代的长篇小说《斩首之邀》中早有涉猎。纳博科夫在小说中运用戏剧手法解构世界，使文本呈现出戏剧般的视觉效果。主人公辛辛纳特斯被囚禁于纳博科夫以元戏剧手法构建的虚拟戏剧空间之中，他如同一名错误闯入舞台的观众，每一次行动都在剧本之外，从而打乱了戏剧的结构，这使小说不仅在意义层面，而且在语言、结构等文本层面都具有了荒诞派戏剧元素。
【关键词】荒诞派；戏剧性；纳博科夫；《斩首之邀》

女性解放小说在俄国的黄金时代：白银时代文学的又一种景观

【作　者】林精华
【单　位】首都师范大学文学院
【期　刊】《外国文学研究》，2021 年，第 43 卷，第 6 期，第 79－93 页
【内容摘要】19—20 世纪之交正值帝俄“1861 年改革”进程累积 40—70 年之际。帝国国力达至顶峰，却突然解体，建立意识形态上面向草根、实质上维持甚至扩大帝俄版图并反西方的政权。这种矛盾远不只是高速城市化难以负荷帝国包袱的政治变革产物，更是现代化在导致物质进步的同时也改变了人们的观念所致。观念变革包括性开放、女性自主意识增加等为帝国所不容的思潮。这种背离东正教传统的新潮流，成为其间文学热衷的话题，也使小说家更考虑大众关切，促成大批女性投身其中，使女性小说成为最流行的文学景观之一。倡导女性解放，既是布尔什维克革命的话语，又是苏俄彰显共产主义制度优越性的内涵之一。这就使白银时代女性解放之作的意义远超出畅销书范畴，这些作品也成为推动后来苏俄女性事业发展的重要力量。
【关键词】俄罗斯白银时代；女性解放文学；女性写作；大众文学

帕斯捷尔纳克诗集《超越障碍》标题中的诗学语言学

【作　者】娜·拉祖姆科娃；何冰琦（译者）
【单　位】娜·拉祖姆科娃：俄罗斯秋明国立大学
何冰琦：湖南师范大学
【期　刊】《俄罗斯文艺》，2021 年，第 3 期，第 35—42 页
【内容摘要】本文对诗人帕斯捷尔纳克出版的第二本诗集进行了功能语义分析。对诗集内作品进行定量对比研究可发现，文本的关键标志是连通全文的重要手段；具象称名、抽象称名及视觉感知动词构成了抒情空间的障碍界限图景；界限的象征表明帕斯捷尔纳克对生命、自然及创作的思考有其复杂性和重要性。
【关键词】帕斯捷尔纳克；标题；《超越障碍》第一版；空间隐喻

普希金创作中的欧亚主义意识

【作　者】杨明明
【单　位】上海交通大学外国语学院
【期　刊】《俄罗斯文艺》，2021 年，第 3 期，第 68—75 页
【内容摘要】普希金是俄罗斯民族文学的创立者，作为一位最早在思想上和创作中体现出欧亚主义意识的诗人与作家，普希金与欧亚主义的关联性主要体现在其对俄国历史发展道路的独特性、欧洲文化的弊端与衰落等问题的思考及其作品的东方书写等方面。普希金的欧亚主义意识与爱国主义激情融为一体，他以自己的天才创作为俄罗斯的欧亚主义文化树立起了一座不朽的丰碑。
【关键词】普希金；欧亚主义；波尔金诺之秋；《纪念碑》

普希金的象征诗学：符号、体系和原型——以普希金 19 世纪 30 年代的创作为例

【作　者】康澄；伍廖圆
【单　位】华南师范大学外国语言文化学院
【期　刊】《俄罗斯文艺》，2021 年，第 3 期，第 139—147 页
【内容摘要】普希金擅用象征，其创作中象征意象数量众多，至 19 世纪 30 年代初渐成体系，形成了独特的象征诗学。核心象征符号既是普希金作品的“情节基因”，又仿佛一个意义“压缩程序”，成为作品深刻内涵的基石和多元阐释的源泉；普希金的象征具有突出的体系化特征，动态与对照是该体系的两大特点；普希金的象征带有明显的文化原型意义，承续了来自文化记忆深处的神话母题，在俄罗斯文化的语境中获得新的情节和意义。
【关键词】普希金；象征；象征诗学

侨易学视角看萨克斯诗剧《以利》背后的思想迁变

【作　者】陈安蓉
【单　位】山东建筑大学
【期　刊】《国际比较文学（中英文）》，2021 年，第 4 卷，第 3 期，第 570—578 页
【内容摘要】诺贝尔文学奖得主、瑞典女诗人奈丽·萨克斯出生于德国，其前半生一直生活在

柏林。和许多与她拥有共同背景的犹太人后裔一样，直到纳粹上台后迫害这一族群开始，她才惊讶地发现自己竟然成为要被“清洗掉”的对象，从而不得不接受外界对其身份的简单粗暴且非人性的划分。而这种以种族灭绝为目的的分类残忍地将早已融入本土生活的犹太人与其自身过去活生生地撕裂，整个过程充斥着极端的精神痛苦。萨克斯在她的诗剧《以利》中虚构了一个中世纪的故事，以此影射现实中包括她自己在内的犹太人后裔的这场不幸遭遇。诗人被迫从德国流亡瑞典，虽然侥幸得以保全了性命，但精神世界的创伤却始终不曾愈合。她在犹太教神秘主义思想中寻求慰藉，其作品并没有对血腥灾难进行直观的描述，而是忠实地记录下了诗人产生精神质变的历程。以地理位置的移动与思想文化的流动作为考察对象的侨易学由事物的不断迁移变化中构建出了一条“二元三维”的方法论“大道”，探寻因“侨”致“易”的因果过程，为科学研究提供了一种新的思路。本文正是将侨易学理论应用到文学研究领域的一次粗浅尝试，试图从侨易的视角发现《以利》中不同信仰的碰撞所激发出的艺术火花，以及想象与现实在文学创作中的交互往来，以期由此能够明确，神秘主义对诗人及其作品产生了何种程度的影响。

【关键词】侨易学；二元三维；萨克斯；《以利》

神话的还原——荷马史诗在曼德尔施塔姆作品中的抒情化

【作　者】颜宽

【单　位】莫斯科大学

【期　刊】《俄罗斯文艺》，2021 年，第 4 期，第 73－83 页

【内容摘要】曼德尔施塔姆对古希腊神话主题的艺术处理具有明显的反象征主义性。有别于象征主义恢宏的神话—历史诗学，曼氏的艺术创作拒绝了神话情节的宏大叙事，反而倾向于将个人经历与神话情节熔为一炉，赋予作品强烈的抒情性，在诗歌中塑造出一个平凡可靠的家园现实。本文以曼氏的两首诗歌《为着我不善于握住你的双手》与《从瓶中倒出金黄色蜂蜜》为研究对象。两首诗作分别以荷马史诗《伊利亚特》与《奥德赛》中的神话情节为背景展开，但诗人借助于主人公与神话人物视野的融合，历史与现实世界的相交等方式还原了神话中潜藏的日常性，突出表现了个体的心理世界和真实的“人”的面貌。这一逆崇高的倾向与诗人的个人美学原则紧密相关。

【关键词】曼德尔施塔姆；神话；荷马；抒情化；象征主义

时间倒错下的艺术世界——论《一日长于百年》的叙事艺术

【作　者】罗璠；文坤怿

【单　位】海南师范大学文学院

【期　刊】《湖南大学学报（社会科学版）》，2021 年，第 35 卷，第 5 期，第 96－101 页

【内容摘要】《一日长于百年》叙述了卡萨-奥捷卡小镇上村民们的历史、现实和未来，从对村民历史和生活的叙述中折射出宏大的宇宙关怀和人文哲思，这种效果主要得益于作者对叙事时间的精确掌握。艾特玛托夫交替使用倒叙和预叙建构出了自己独特的时间倒错艺术，在倒叙上，作者继承借鉴西方叙事传统，在人物回忆中逐渐叙述出小镇的历史过往以填补故事时间的空白；在预叙上，作者借助于读者的阅读审美感受构成完整的叙事模式，表现出对西方叙事传统的超越和创新。

【关键词】时间倒错；预叙；倒叙

斯特拉霍夫的普希金叙事：根基主义视阈

【作　者】季明举
【单　位】曲阜师范大学外国语学院
【期　刊】《俄罗斯文艺》，2021 年，第 4 期，第 111－120 页
【内容摘要】斯特拉霍夫是 19 世纪下半叶俄国最出色的根基主义批评家之一，同时代托尔斯泰思想的最佳阐释者，不过他基于根基主义立场对普希金创作及其民族文化典型意义的精彩评述却没有得到同时代文艺界的关注。斯特拉霍夫的普希金论述构成了根基主义运动总体普希金叙事不可或缺的关键部分。斯特拉霍夫断言，普希金的创作，特别是其晚年小说创作，代表着俄罗斯精神“最生动的和谐”，揭示了俄罗斯人简朴、和解、平静、达观的生命意识和精神个性，成为俄国文学尚处“贫困”时期全体俄罗斯人唯一的心灵慰藉；与此同时，普希金文学创作中的“全人类性”意识对拯救“堕落的欧洲”乃至实现“全人类兄弟般的团结”都构成独一无二的启示。
【关键词】斯特拉霍夫；根基主义；普希金叙事；民族文化精神

苏联解体后俄国文学的若干悖论走向

【作　者】刘文飞
【单　位】首都师范大学外国语学院
【期　刊】《文学评论》，2021 年，第 4 期，第 95－103 页
【内容摘要】苏联解体至今的俄国文学在近 30 年间显示出若干充满悖论的新走向，如文学的非意识形态化进程之后东正教思想对文学的渗透，文学中心主义逐渐消解之后生发的新的文学造神运动，后现代主义文学狂欢之后新现实主义、后现实主义和新现代主义的此起彼伏，以及女性文学崛起后的文学性别的中性化、经典文学的大众化和大众文学的经典化、斯拉夫派和西方派的思想对峙及其此消彼长等。这些悖论走向表明，俄国当代文学经历了复杂甚或艰难的发展过程，俄国当代作家和文艺学家们始终在进行紧张的创作实验和理论探索，与此同时，这些悖论走向也从另一侧面论证了俄国文学自身保有的张力和活力，预示着其未来发展的潜能和动能。
【关键词】俄国文学；文学中心主义；后现代主义；新现实主义；后现实主义；新现代主义

陀思妥耶夫斯基反对“环境决定论”的宗教本体论分析

【作　者】万海松
【单　位】中国社会科学院外国文学研究所
【期　刊】《世界宗教文化》，2021 年，第 5 期，第 82－89 页
【内容摘要】陀思妥耶夫斯基反对“环境决定论”是基于其东正教立场。环境决定论与他主张的道德至善论相抵牾，他认为个人发挥主观能动性、追求自我完善势必会导致集体和社会的改善乃至社会制度的改良。因此，如果把问题完全归罪于环境和除自身之外的其他事物、过分认同环境的决定性作用，就有容易忽视人的责任、导致道德败坏的危险。鉴于“环境决定论”与社会达尔文主义存在一定的契合，故陀思妥耶夫斯基以“人不单靠面包而活着”的观点予以驳斥。“环境决定论”也与陀思妥耶夫斯基的艺术观相左，不应无视艺术自己的生命和特殊的规律。从宗教本体论角度来研究陀思妥耶夫斯基反对“环境决定论”的缘由，能看出其一贯的、作为“第三条道路”的根基主义主张。

【关键词】陀思妥耶夫斯基；反“环境决定论”；道德至善论；东正教；根基主义思想

陀思妥耶夫斯基与20世纪美国南方文学

【作　者】俞航
【单　位】广西师范大学文学院
【期　刊】《俄罗斯文艺》，2021年，第2期，第42－52页
【内容摘要】美国内战之后，在南方兴起的以威廉·福克纳、托马斯·沃尔夫、弗兰纳里·奥康纳和卡森·麦卡勒斯为代表的作家群体书写南方共同体、建构南方身份的过程受到19世纪俄国作家陀思妥耶夫斯基的深刻影响。陀思妥耶夫斯基对不同于西欧文明之斯拉夫特性的强调使美国南方作家在取得南方文学话语权过程中产生了共鸣。同时，陀思妥耶夫斯基在宗教领域的洞察也与美国南方作家热衷于探讨形而上的维度相契合。而南方作家在艺术技巧层面的“怪诞”与陀氏审问人类灵魂时的“残酷”均曾受到一定程度的指责。他们共同表现了稳固社会秩序不断崩塌下人性的可塑性与复杂性。
【关键词】美国南方作家；陀思妥耶夫斯基；影响研究；怪诞

文学市场化与《普宁》的文本生成策略

【作　者】喻妹平
【单　位】上海工程技术大学外国语学院
【期　刊】《国外文学》，2021年，第2期，第76－85页
【内容摘要】本文将纳博科夫小说《普宁》的文本生成置入20世纪中期美国文学出版业不断发展的历史语境，探讨纳博科夫与美国文学市场之间的关系，揭示作家对文学市场态度的转变过程；同时聚焦《普宁》文本生产动机，写作、发表过程与市场因素的互动，讨论作者采取的市场化文本生成策略，勾勒出纳博科夫作为畅销作家的形象；指出面对市场化潮流，作家并非一味迎合出版商，而是有退有进，创作出独具艺术特色的作品，赢得了大众及批评家读者的双重认可，达到了雅俗共赏的目的。
【关键词】纳博科夫；《普宁》；文学市场化；写作策略

维亚·伊万诺夫文学批评视域中的喜剧研究——以《钦差大臣》为例

【作　者】王希悦
【单　位】海南大学；东北农业大学俄语系
【期　刊】《俄罗斯文艺》，2021年，第4期，第102－110页
【内容摘要】果戈理的喜剧《钦差大臣》是俄罗斯乃至世界艺术史上的一部经典之作。在伊万诺夫研究视域下，我们看到了喜剧呈现出的高级喜剧、集体面孔、神话形象、合唱、巴拉巴扎，以及全民的笑和全民的艺术等彼此相关的范畴，这与伊万诺夫一直坚持探索的古希腊文化，以及体现集体精神的聚和性思想紧密关联，这一切无疑为我们的戏剧研究提供了新颖的分析视角和阐释空间。
【关键词】高级喜剧；合唱和巴拉巴扎；全民的笑；全民艺术

现实主义的《普宁》：历史在场与政治介入

【作　者】喻妹平
【单　位】上海工程技术大学外国语学院
【期　刊】《外国文学》，2021年，第5期，第84—95页
【内容摘要】《普宁》被视为后现代学院小说经典，却蕴含着深刻的历史维度，体现出作家的政治介入。小说折射纳博科夫个人经历，指涉20世纪前半叶的历史事件——俄国革命、纳粹暴行等，以轻盈的艺术笔触暗示当时俄国侨民艰难的历史境遇；作家试图纠正外界对俄国侨民的误解与贬损，为俄国侨民知识分子正名。小说的历史气息与批判力量源于作家对俄国旧式自由主义思想的忠诚。作家将对历史和现实的反思批判作为隐性情节嵌入小说叙事，形成了独具风格的历史书写方式。
【关键词】纳博科夫；《普宁》；历史在场；政治介入

小说的艺术性——巴赫金诗学思想渊源重议

【作　者】凌建侯
【单　位】北京大学外国语学院
【期　刊】《江西社会科学》，2021年，第41卷，第8期，第82—90页
【内容摘要】从19世纪后期到20世纪初期，俄罗斯学术界普遍认识到，作为文学理论的传统诗学已跟不上文学发展的步伐，需要探索科学的新方法来揭示文学作为一门艺术的特殊性，由此涌现出彼此争鸣的诸多诗学流派，它们都延续诗学对象为“诗”的古希腊传统。在高扬史诗而贬抑小说艺术性的语境中，巴赫金以哲学—美学家身份涉足文学研究领域，以长篇小说为突破口，试图革新诗学研究范式，重新描述已被小说占据主导地位的西方文学创作的一般规律。他发现了长篇小说体裁不同于史诗来源的古代民间狂欢节文化渊源，找到了小说研究的对话主义方法论，借此进一步探讨了人文科学的对话哲学基础。巴赫金在研究小说时建构并完善自己的对话和狂欢化理论，主要并非政治上的苏联意识形态使然，而是符合其自身学术发展的内在逻辑，唯其如此，他的诗学思想才会成为20世纪中后期活跃学术思维的重要刺激因素。
【关键词】巴赫金；诗学；长篇小说研究方法论；艺术性

雅辛娜长篇小说《我的孩子们》中的童话书写

【作　者】陈方
【单　位】中国人民大学外国语学院
【期　刊】《俄罗斯文艺》，2021年，第2期，第88—94页
【内容摘要】童话书写是俄罗斯作家雅辛娜长篇新作《我的孩子们》中的一个突出手法，在小说的时空结构、情节线索和人物形象等方面均有体现。本文对《我的孩子们》中的童话书写展开分析，对现实时空和童话时空进行比较，关注童话文本和小说文本既融合又对抗的特征。童话书写作为这部小说的主要诗学手段，对作品整体风格的营造、作者思想的表达均起到了不可或缺的作用。在以现实主义风格为主的叙述中，童话书写赋予作品以田园诗般的浪漫气息，大胆的幻想和超现实主义情节又赋予其魔幻现实主义的色彩，使这部作品成为一种“体裁的合成体”。雅辛娜用童话书写对现实进行抵抗，在童话书写中探索诗性精神的深层内核，以博大的悲悯和同情表现出宽泛意义上的普适情怀，呈现出一种超越苦难的精神力量。

【关键词】《我的孩子们》；童话书写；雅辛娜

庸人爱国：再论《无望的逃离》主人公巴士马科夫的形象

【作　者】盖建平
【单　位】江苏第二师范学院文学院
【期　刊】《俄罗斯文艺》，2021 年，第 2 期，第 102－109 页
【内容摘要】在《无望的逃离》中，尤·波里亚科夫运用小说人物的“命运，情欲，迷误与醒悟”检视历史，通过铺陈“家庭故事”，塑造了主人公巴士马科夫这个生动可信、极富特色的“知识分子—庸人”形象。这个人物形象寄寓着作家对现当代俄罗斯“家国同构”的双关思考与明确的现实关怀，是其通俗而严肃、流畅又深刻的小说艺术的出色例证。
【关键词】《无望的逃离》；尤·波里亚科夫；家庭小说；人物形象

尤里亚金和瓦雷金诺：两城原型和名称之谜

【作　者】亚·斯特罗卡诺夫；叶·斯特罗卡诺娃；米慧（译者）
【单　位】亚·斯特罗卡诺夫；叶·斯特罗卡诺娃：美国北佛蒙特大学
　　　　　米慧：北京语言大学
【期　刊】《俄罗斯文艺》，2021 年，第 3 期，第 4－12 页
【内容摘要】本文旨在解决以下问题：尤里亚金在哪里？为何是如此模样？尤里亚金和瓦雷金诺是否存在现实原型？帕斯捷尔纳克为何如此命名两城？作者分析了文学评论界现有的主要观点，并指出，达里《大俄罗斯民间口语详解词典》收录的 ЮРИТЬ、ВАРАКА 和 ВАРЯТЬ 等词条对尤里亚金和瓦雷金诺两个名称的形成具有影响。
【关键词】帕斯捷尔纳克；小说《日瓦戈医生》；尤里亚金；瓦雷金诺；尤里亚金原型；瓦雷金诺原型；达里《大俄罗斯民间口语详解词典》

战争小说的诗意与严谨——论卡扎凯维奇的《星》

【作　者】曾思艺
【单　位】天津师范大学文学院
【期　刊】《俄罗斯文艺》，2021 年，第 2 期，第 95－101 页
【内容摘要】卡扎凯维奇的名作《星》是一部充满诗意的、结构严谨的战争小说，抒情色彩、象征手法、新颖别致、浪漫乐观、简洁生动是其诗意的体现，严谨则表现为精心安排事件和人物，使作品贯穿紧密，前后呼应，甚至还写出了战争局势的改变，或是人的改变。
【关键词】战争小说；卡扎凯维奇；《星》；诗意；严谨

政论或文学？——陀思妥耶夫斯基《作家日记》体裁辨析

【作　者】马文颖
【单　位】四川大学外国语学院
【期　刊】《俄罗斯文艺》，2021 年，第 2 期，第 119－127 页
【内容摘要】陀思妥耶夫斯基《作家日记》的体裁问题一直以来都是学界争论的焦点，从《日

记》发行开始，关于其政论性和文学性的讨论就没有停止过。本文从日记本身的体裁出发，探讨日记在19世纪与政论、文学的关系，并通过陀思妥耶夫斯基70年代占据其创作中心地位的杂文的创作特点，结合巴赫金与《日记》的关系来探讨《日记》体裁的多样性和复杂性，以期梳理清楚《日记》体裁的动态变化，对《日记》体裁给出相对客观的判定。
【关键词】陀思妥耶夫斯基；《作家日记》；政论性；文学性

自然力、普希金传统与诗性表达——论帕斯捷尔纳克诗歌的海洋抒写

【作　者】孙晓博
【单　位】洛阳师范学院；河南文化传播与发展研究中心
【期　刊】《俄罗斯文艺》，2021年，第3期，第43—53页
【内容摘要】海洋（море，океан）是帕斯捷尔纳克诗歌创作中的高频率核心语词。帕斯捷尔纳克聚焦海洋自然力，从自然力（стихия）中发现诗（стихи）、走向诗，并以诗彰显自然力，返回自然；书写“含盐的海洋”，明确海洋的物理属性与自然真实，并从中开采、升华出情感诗意；均呼应、契合了茨维塔耶娃的海洋诗学。帕斯捷尔纳克承接普希金传统，植根于宏阔的历史事件、深层的社会变革和独特的个体体验、深刻的个人记忆，完成了俄罗斯文学中“波罗的海/黑海”书写传统的延续与再书写。在泛神论思想及比喻诗学观照下，海洋频频被帕斯捷尔纳克人格化、喻体化，共同指向“世界整体的统一性”，并获得了诗性的表达效果。帕斯捷尔纳克诗歌的海洋抒写丰富、拓展了俄罗斯海洋文学的内涵与表达。
【关键词】帕斯捷尔纳克；海洋；自然力；普希金；诗性表达

走近俄语作家纳博科夫—西林——《符拉基米尔·纳博科夫长篇小说〈天赋〉注解》评介

【作　者】文导微
【单　位】中国社会科学院外国文学研究所
【期　刊】《外国文学动态研究》，2021年，第5期，第96—104页
【内容摘要】《符拉基米尔·纳博科夫长篇小说〈天赋〉注解》是俄罗斯文学史家、纳博科夫研究者多利宁酝酿数十年之作，它逐句注释了纳博科夫最后一部俄语长篇小说《天赋》。多利宁重视文本的历史语境与历史真实，竭力还原小说各类历史语境，将历史语境作为阐释时重点考虑的因素，对小说进行了细致考证。这部研究著作发现了小说中含有大量与实际精确相符的记述；揭示了小说不同层面的普希金印记，让人看到普希金是如何渗透纳博科夫的文本；解析了小说的俄语文字游戏，让人认识纳博科夫的“形式”并了知其深意。全书的细密注解对完善《天赋》中译本也深有裨益。
【关键词】多利宁；纳博科夫；历史；普希金；文字游戏

作为“超级文本”的莫斯科文本的形成与发展

【作　者】傅星寰
【单　位】辽宁师范大学文学院
【期　刊】《俄罗斯文艺》，2021年，第3期，第54—67页
【内容摘要】本文认为，俄罗斯文学莫斯科文本符合“超级文本”的诸种特征，是一个统一的文本系统。较之彼得堡文本，莫斯科文本的形成过程更为漫长且复杂。依据大量的学术史调查

和文本研究，本文梳理出俄罗斯文学莫斯科文本从形成到发展流变的四个阶段，即“前文本”阶段、诞生与发展阶段、深化与变异阶段和“大都市主义”版本阶段；分析举证了各个阶段的文本类型和标志性文本。20 世纪以来，随着莫斯科在俄罗斯历史文化中的“角色”翻转，俄罗斯文学迎来了莫斯科文本的百年繁荣。

【关键词】俄罗斯文学；莫斯科文本；“超级文本”；形成与发展；文本类型

（四）中欧、南欧文学研究论文索引

"It Is Not All That Bad"—Hitler and Identity-building in "Er ist wieder da" (*Look Who's Back*)

【作　者】Yuan Xue
【单　位】Shanghai Jiaotong University
【期　刊】*CLCWeb：Comparative Literature and Culture*，2021 年，第 23 卷，第 2 期，第 1—12 页
【内容摘要】In Germany，multiculturalism and "leading culture" (Leitkultur) are a pair of closely connected but opposite concepts. Multiculturalism has been accused of being the main reason why culture loses its core cohesion. Despite the persistence of calls for a leading culture in Germany in recent years，many scholars argue that the concept is also problematic. A monopolistic leading culture may be hard to realize in an already pluralistic Europe. I argue that the choice between the two reflects the dilemma of the establishment of German cultural identity. Focusing on the German bestseller "Er ist wieder da" (*Look Who's Back*，2012)，this paper analyses the social，political and economic developments that the image of Hitler mediates. In light of this，this paper will explore how literary representations of Hitler might contribute to the construction of German cultural and national identity.
【关键词】"Er ist wieder da"；Timur Vermes；Hitler；German cultural and national identity

A Bourdieusian and Simmelian Analysis of the Doomed Interpersonal Relationships in Eileen Chang's "Red Rose，White Rose" and Elfriede Jelinek's "Die Liebhaberinnen"

【作　者】Jiang Xiaohu
【单　位】College of International Studies，Yangzhou University；
Department of German，University of Vienna，Austria
【期　刊】*Neohelicon*，2021 年，第 48 卷，第 1 期，第 267—280 页
【内容摘要】Eileen Chang's "Red Rose，White Rose" and Elfriede Jelinek's "Die Liebhaberinnen" portray two heroines to refect the hardships that women encounter when dealing with their surroundings. Despite these heroines' divergent mentalities and aspirations，their interactions with

men and family members are doomed to failure and tragedy because of the prevalence of the patriarchal hegemony, which is guaranteed and passed down by tradition or habitus in Bourdieu's terminology. By reading these two works in juxtaposition, it becomes evident that technological progress is not sufficient to liberate women; the new order of society will only function well when the fundamental problems of its old order, such as the reification of women, have been solved. According to Simmel's notion of contents beneath daily exchanges, this paper argues that women's underprivileged status and doomed interpersonal relationships can only be changed when the social structure is transformed.

【关键词】"Red Rose, White Rose"; "Die Liebhaberinnen"; habitus; education; media; marriage

China-Rezeption der jüdischen Emigranten in Shanghai am Beispiel von Kurt Lewin und Willy Tonn

【作　者】Zhang Ruoyu
【单　位】Shanghai Normal University
【期　刊】*Jahrbuch für Internationale Germanistik*，2021 年，第 53 卷，第 1 期，第 91－114 页
【内容摘要】This article explores the social-cultural, but little-known phenomenon based on German-language Shanghai Jewish exile publications: In the 1930s and 1940s, these Jewish intellectuals, such as Kurt Lewin and Willy Tonn, fascinated by the Chinese culture, not only "studied" the enduring cultural essence of Chinese civilization that has survived and thrived for thousands of years, but also "thought" about the common oriental virtues between Chinese culture and Jewish culture, to encourage the Jews in the Diaspora to bravely find the spiritual salvation, with a firm conviction that their culture will never die out in spite of a devastating blow by the Nazis.
【关键词】China-Rezeption; jüdische Emigranten in Shanghai; Kurt Lewin; Willy Tonn

Die Zwei Welten des Zauberbergs: Castorps Transzendenz als „inward transcendence"

【作　者】Zhu Wang
【单　位】College of Foreign Languages and Cultures, Sichuan University
【期　刊】《Arcadia》，2021 年，第 56 卷，第 1 期，第 65－81 页
【内容摘要】Thomas Mann's Novel, *The Magic Mountain*, is characterized by the opposition of two distinct worlds. A comparative study of various novels that share the "two worlds" motif demonstrates to us that the existence of the two worlds plays an essential role in the Bildungsroman. The experience with the new possibilities of life at the sanatorium has given Hans Castorp, the hero of *The Magic Mountain*, the access to the ideal world. Towards the end of the novel, Castorp has denied the material understanding of death, love and disease that constitutes the world of reality and has thus attained an inward transcendence, which, as Ying-shih Yü argues, characterizes the Chinese intellectual world. Mann's conception of Bildung as pointing to socialization, which is exemplified by Castorp's transformation, is apparently opposed to the notion of Bildung as individualization. What is implied in Castorp's integration into the historical context, the war, is far from a failure of the Bildung, but the noblest form of its triumph.

【关键词】Thomas Mann；*The Magic Mountain*；two worlds；inward transcendence

Epistolary Narrative Voice in Albanian Contemporary Novels

【作　者】Marisa Kërbizi；Edlira Macaj
【单　位】Marisa Kërbizi：Department of Literature，Aleksandër Moisiu University，Albania
Edlira Macaj：Department of Literature，Tirana University，Albania
【期　刊】《世界文学研究论坛》，2021 年，第 13 卷，第 2 期，第 290－300 页
【内容摘要】Although the epistolary literature played a fundamental role in the development of European novel，its tradition in Albania is very poor. The main reason is that Albanian literature used to have an ideological character；as a result of this，it refused intimate view of the characters' thoughts and feelings. Only after the 1990s，letters became an important literary device in Albanian contemporary novels. The most common form is the use of "interpolated" letters，which supply the narrative works with metaphysical subjectivity. This is due to the fact that letters，diaries，meditation，etc.，are forms of personal communication and consequently reflect a deeper relationship of the Being with the self and with the world. The purpose of this paper is to analyze the features of letters in the novels written by Astrit Delvina，Elvira Dones，Bashkim Shehu，et al. The main method used in this paper is a comparative approach through which we aim to analyze the use of "interpolated letters" as a specific stylistic device，as well as a transition "tool" from modernist to postmodernist novel.
【关键词】Albanian contemporary literature；"interpolated letters"；metaphysical subjectivism；personal communication

Herzls Vermächtnis für die jüdischen Emigranten in Shanghai

【作　者】Zhang Ruoyu
【单　位】Shanghai Normal University
【期　刊】*Jahrbuch für Internationale Germanistik*，2021 年，第 53 卷，第 2 期，第 33－53 页
【内容摘要】1942 führte der jüdische Exiljournalist Kurt Schönstein unter seinen Landsleuten，die vorwiegend von 1938 bis 1941 vor dem „planmäßigen Antisemitismus" Hitlers nach Shanghai geflohen waren，an jenem Zufluchtsort eine Umfrage über den für sie wünschenswerten weiteren Lebensweg durch. Auf dem Fragebogen standen drei Möglichkeiten：„a) Als Kosmopolit leben. b) Einen neuen Assimilationsversuch machen. c) Die Errichtung eines Judenstaates in Palästina." In *Shanghai Jewish Chronicle* erschien bald das Umfrageergebnis.
【关键词】Theodor Herzl；jüdische Emigranten；Shanghai

Positional Outsiders and the Performance of Sacrifice：The Case of Franz Kafka

【作　者】Vladimir Biti
【单　位】University of Vienna，Austria
【期　刊】《文学跨学科研究》，2021 年，第 5 卷，第 3 期，第 397－419 页
【内容摘要】After the First World War，state of exception became the dominant paradigm of

government in Europe，reducing many distinct identities to bare life. Without having done anything wrong，they were calmly eliminated from their states' citizen rights，bereft of human status，and forced into a subhuman existence. Some prominent post-imperial writers turned these "positional outsiders" into the sources of their ethical commitment. They derived their literature from these outsiders' "zones of indistinction" (Agamben)，i.e. the containers of subalterns whom the historical world has pushed into oblivion. Franz Kafka's authorial commitment to them is well-known. However，at the same time，he was aware of the insidious character of their literary redemption because the author who seemingly sacrifices himself for them，in fact，enjoys the comfort of detachment that is withhold to both his or her characters and readers. Unlike their real sacrifice，his is merely performed. By exposing through his or her performance their fragility，the author betrays them. "I am not really striving to be good，" writes Kafka，"but very much the contrary"，to become "the only sinner who won't be roasted". I will explore the consequences of this political contamination of his narrative ethics.

【关键词】positional outsiders；sacrifice；narrative authority；subversive mimicry；commonality

"哎，不就是只小鸟吗"——《卡尔腾堡》中的历史书写与创伤书写

【作　者】武琳
【单　位】北京语言大学西方语言文化学院
【期　刊】《当代外国文学》，2021 年，第 42 卷，第 3 期，第 94－100 页
【内容摘要】在当代德国的"后创伤文学"中，战争创伤横亘在个体以及民族/国家认同的道路上，成为二战历史书写无法回避的文化幽灵。在长篇小说《卡尔腾堡》中，作者马塞尔·巴耶尔聚焦于战争创伤之下的个体，由对个体的书写进入宏大的历史。历史书写与创伤书写在巴耶尔的小说创作中一向难解难分，这不仅与"后创伤文学"中历史与创伤的亲缘性相关，同时也与作家的新历史主义观点不可分割。新历史主义中历史的多重面相与创伤的含混暧昧恰好形成对应，历史书写与创伤书写由是具备了某种同质性。为呼应身处"记忆之场"中的历史与创伤，巴耶尔在语言层面上采取了一系列反传统叙述技巧，如断片式的叙事结构、复杂多义的隐喻、多种人物话语表达形式以及对叙事空间的固着等。小说在叙事层面有如一座语言迷宫，折射着作家对于历史与创伤书写的态度。
【关键词】马塞尔·巴耶尔；《卡尔腾堡》；后创伤文学；历史书写；创伤书写；新历史主义

"纯正西班牙式的我"：乌纳穆诺的巴斯克民族观

【作　者】程弋洋
【单　位】复旦大学西班牙语言文学系
【期　刊】《外国文学评论》，2021 年，第 1 期，第 193－211 页
【内容摘要】19 世纪末的西班牙刚经历了漫长的内战即卡洛斯战争，旋即便在 1898 年的美西战争中失去了最后的海外殖民地，严峻的民族危机就此降临。在这一情景下登场的思想家乌纳穆诺恰好来自一个知名的分离主义地区——巴斯克地区。本文通过乌纳穆诺对巴斯克精神的辨析来观照 19 世纪末至 20 世纪初一代知识分子所共享的"西班牙的问题"。乌纳穆诺从语言观、历史叙事等维度与巴斯克民族分离主义者进行了辩论，提出了堂吉诃德和圣徒罗耀拉的精神统一性，从中可以窥见他对西班牙应如何超越地区分离主义从而走上现代民族之路的思考。

【关键词】乌纳穆诺；巴斯克；地区分离主义；罗耀拉

“卡昂尼的鸽子”——试论维吉尔的先知诗人形象

【作　者】杨宏芹
【单　位】中国社会科学院外国文学研究所
【期　刊】《外国文学评论》，2021年，第4期，第133－160页
【内容摘要】古罗马诗人维吉尔在诗歌创作中将恺撒的血统追溯至宙斯的女性化身狄俄涅，并且一改诗人们受缪斯庇护的古老传统，称自己是“卡昂尼的鸽子”，即狄俄涅的鸽子。诗人暗示自己堪与王者相媲美，并与之同根同源，这种诗人形象的自我建构既预言了神裔王者屋大维的诞生，也是对其暴力统治的警示。
【关键词】维吉尔；屋大维；狄俄涅；先知诗人

“我在研究你们”——从认知诗学的视角解读《卡尔腾堡》

【作　者】武琳
【单　位】北京语言大学西方语言文化学院
【期　刊】《外国文学》，2021年，第2期，第23－33页
【内容摘要】在小说《卡尔腾堡》中，断片式的叙述结构使时间和空间交错跳跃，这给读者带来了巨大的认知困难。认知诗学中的图形—背景理论认为文本中存在突显内容，读者的注意力受吸引因子的引导，围绕图形人物动态向前迈进。图形—背景理论能够帮助读者克服《卡尔腾堡》叙述表层的支离破碎，在深层次上建立文本关联。通过对《卡尔腾堡》的认知诗学分析可见，小说的图形人物是冯克和卡尔腾堡教授，围绕在两人身上的吸引因子则大多与教授的研究内容相关。卡尔腾堡教授真正从事的是将动物行为学应用于人类行为的研究，他与冯克之间是研究者与被研究者的关系，这一点正是解读图形人物、建立文本关联的关键所在。
【关键词】认知诗学；图形—背景；吸引因子；图形人物；《卡尔腾堡》

“向内转”与“向东方”：黑塞早期创作与表现主义

【作　者】詹春花
【单　位】浙江财经大学人文与传播学院
【期　刊】《外国文学研究》，2021年，第43卷，第3期，第75－86页
【内容摘要】在20世纪头20年里，赫尔曼·黑塞以画家、诗人和评论家等身份与表现主义艺术家有着广泛交往，并置身于表现主义运动，他接受表现主义的影响浓缩在其早期最具“革新性”的小说《克林格梭尔最后的夏天》中。该小说不仅用文字打通视觉、听觉，表达其强烈内心张力，探索战后由群体责任到个体责任的内在反省之道，体现了黑塞所认定的“向内转”这一表现主义“新精神”，而且与“向东方”思想相连，使一个“痛苦”“忧郁”的变异李白形象成为一种表现主义的表达方式。
【关键词】赫尔曼·黑塞；表现主义；李白；“向内转”；“向东方”

“新冠文学”与“转折文学”——2020年德语文学回顾

【作　者】何宁
【单　位】北京语言大学西方语言文化学院
【期　刊】《外国文学动态研究》，2021年，第3期，第25—33页
【内容摘要】对于2020年的德语文学而言，“新冠文学”与“转折文学”是两个关键符码。对于新冠疫情给人类社会方方面面带来的影响，以及德国统一给原东西德带来的冲击，德语文学都做出了审视和反思。同时，2020年德语文学的重要奖项皆被女性作家斩获，2020年也因此成为女性作家的丰收之年。
【关键词】德语年度文学研究；“新冠文学”；“转折文学”；德国统一30周年；女性作家

“庸常化”“神化”与“妖魔化”——意大利法西斯主义的文学表述

【作　者】彭倩
【单　位】南开大学外国语学院
【期　刊】《外国文学动态研究》，2021年，第5期，第31—40页
【内容摘要】意大利法西斯政权与莫拉维亚等作家所记录的意大利国民性格密切相关。意大利法西斯主义文学表述大致反映出“庸常化”“神化”及“妖魔化”这三种路径。集体记忆存在对缺少法西斯之恶讨论的遗憾，体现出意大利的自我宽恕心态。此外，墨索里尼神话至今仍广为流传，法西斯“善政”亦反复在文学中提及。而在从受害者视角出发的“反法西斯范式”新时代叙事遭遇危机之际，新一代作家力求不受制于政治意识形态偏见，或可实现更合理的反法西斯主义当代重构。
【关键词】意大利法西斯；自我宽恕；墨索里尼神话；“反法西斯范式”；《M：世纪之子》

《僭主俄狄浦斯》中的诗歌与哲学之争

【作　者】颜荻
【单　位】清华大学新雅书院
【期　刊】《外国文学评论》，2021年，第3期，第112—130页
【内容摘要】诗歌与哲学之争是西方文学与思想史上的关键问题，往往被认为肇始于柏拉图哲学对诗学的攻击，但实际上在前柏拉图时代，传统诗人对此问题已有深刻洞见。索福克勒斯的《僭主俄狄浦斯》将人之为人的悲剧性命运呈现为对真相的发现，这一思考便根植于公元前5世纪的诗歌与哲学之争。该剧展示了新兴哲学对传统诗学的冲击，而剧中智者俄狄浦斯与先知忒瑞西阿斯之间的争论则揭示了诗歌与哲学分歧的关键是探寻真理的道路之争。先知经由俄狄浦斯对自身命运的发现而对哲学施予教诲，即理性终究有限，哲学仍旧且永远需要诗学智慧。
【关键词】诗哲之争；俄狄浦斯；索福克勒斯；柏拉图；真理

《十日谈》：医学史视域下的黑死病书写及其价值

【作　者】周启华；刘久明
【单　位】周启华：湖南文理学院文史与法学学院
刘久明：华中科技大学中文系

【期　刊】《江汉论坛》，2021 年，第 10 期，第 99－103 页

【内容摘要】薄伽丘在《十日谈》中以亲历者的身份对黑死病流行期间佛罗伦萨悲惨的生活情形进行了生动描绘，不仅还原了欧洲中世纪那一段悲怆历史的真实图景，为后来的历史学家和人文学者研究欧洲黑死病历史提供了非常珍贵的文献，也为今日生活在新冠疫情阴影下的我们提供了镜鉴。与此同时，小说通过一群青年男女隐居乡间别墅躲避瘟疫这一具有乌托邦性质的情节设置，隐喻性地表达了作者针对黑死病的流行所开出的“社会处方”。《十日谈》中的故事是瘟疫流行期间的一剂“叙事预防”的良药，薄伽丘堪称“叙事治疗”的最早提倡者和践行者。薄伽丘的处方不仅为那个时代乃至后世的人们在一场突发性的重大公共卫生事件中幸存下来提供了有效的帮助，而且对当时的医学界也产生了积极的影响。

【关键词】《十日谈》；黑死病；“社会处方”；“叙事治疗”

1800 年前后人类学话语张力场探究：克莱斯特《安菲特律翁》中的游戏、身份与认知危机

【作　者】张舒
【单　位】北京外国语大学

【期　刊】《国际比较文学（中英文）》，2021 年，第 4 卷，第 2 期，第 339－351 页

【内容摘要】作为德语文学 1800 年前后魏玛古典与浪漫主义之间的代表作家，克莱斯特揭露了希腊神话中阴暗、暴力、欲念、疯癫的层面，并在人物身上引入了现代意识。朱庇特化身安菲特律翁的神话素材，在他的创作中获得了全新的演绎。由扮演游戏引发的一系列感知混乱、情感迷惘、理性失效和身份认同问题，对古典人文主义所推崇的“完整的人”理念提出了挑战，映射了错综复杂的时代话语。对神话原型的重新塑造，既体现了对传统权威信仰体系的祛魅、对理性和感知等新型人类学模式的质疑，也暗示了情感冲动与道德、法律构成的冲突，全面展现了 1800 年前后理性与感性、认识与感觉构成的张力场。文学对神话英雄的反复书写和不断替代，恰恰体现了在场的文本与隐匿的话语体系的永恒游戏。

【关键词】游戏；双影人；身份认同；克莱斯特；安菲特律翁

E. T. A. 霍夫曼作品中自动玩偶的伦理困境

【作　者】周芳
【单　位】湘潭大学外国语学院

【期　刊】《湘潭大学学报（哲学社会科学版）》，2021 年，第 45 卷，第 3 期，第 107－111 页

【内容摘要】霍夫曼作品中出现的自动玩偶或者以预言者来推动情节的发展，或者是角色欲望的反映，或者有着造人与人造身份的转换。自动玩偶的功能多重性反映了它们的伦理困境：似人而非人。霍夫曼以他的方式回应了自动机这个时代主题：对待这些理性的产物，人类也需要理性对待，全力以赴地盲目崇拜或是不假思索地沉迷其中，必然带来自我的分裂，最终导致悲剧的发生。

【关键词】E. T. A. 霍夫曼；自动玩偶；伦理困境；理性

爱欲的乌托邦：论《会饮》中阿里斯托芬的讲辞

【作　者】汪云霞
【单　位】上海交通大学人文学院

【期　刊】《文学跨学科研究》，2021 年，第 5 卷，第 3 期，第 524—535 页
【内容摘要】在柏拉图的《会饮》中，阿里斯托芬借助圆球人神话揭示了人的嬗变与爱欲的多重面向。在阿里斯托芬看来，人是自然与文明双重规训的结果，是一种斯芬克斯因子的存在，人的爱欲源于天性而成于教化，其实质就在于寻求自身失去的另一半，修复残缺，达至整全。这种爱欲观彰显了爱欲的关系性、唯一性与整全性，但把所爱者视为属己的一半，而非独立个体，也就消解了爱欲的开放性与异质性。对整全性的爱欲既然指向远离文明的自然状态，则这种爱欲想象也是虚幻的。苏格拉底与奥古斯丁的升阶之歌，开辟了爱欲的理性与信仰维度。但爱欲之为爱欲，在于它的无规定性和无条件性，既不能归之于自然，也不可归之于至善至圣，而只能复归于人自身，是人的自由创造与表达。要实现爱欲的突围，就要从自我走向他者，从独白走向对话，从爱人如己走向爱人如人。
【关键词】柏拉图；《会饮》；阿里斯托芬；斯芬克斯因子；爱欲；双性同体

奥古斯丁《忏悔录》与古典修辞学

【作　者】肖剑
【单　位】中山大学中文系
【期　刊】《国外文学》，2021 年，第 4 期，第 62—71 页
【内容摘要】奥古斯丁融合西塞罗的哲学修辞、罗马第二智术师派的智术修辞与技术修辞以及早期基督教的布道传统，进一步发展基督教修辞学。本文作者将分析奥古斯丁在其代表作《忏悔录》中对重要修辞理论的具体运用，并揭示奥古斯丁对相关古典修辞学的承继与创新之处。
【关键词】奥古斯丁；《忏悔录》；修辞学；西塞罗；第二智术师派

拜占庭文学初创时期的风情展示与艺术成就——《埃塞俄比亚传奇》漫论

【作　者】刘建军
【单　位】上海交通大学
【期　刊】《外国文学研究》，2021 年，第 43 卷，第 1 期，第 64—80 页
【内容摘要】赫利奥多罗斯创作的小说《埃塞俄比亚传奇》，是拜占庭早期罗曼司代表性作品。它深刻地体现了古希腊文化和东地中海地域文化以及初起时期基督教文化相融合的特征；表现了贞洁高于婚姻的新道德观，歌颂了在危难中人的智慧的巨大作用，张扬了对神和命运的主动抗争精神以及渴望仁爱和平的思想。在艺术上，它继承了《奥德修纪》的结构模式，开创了男女主人公爱的激情与离奇冒险行为相结合的罗曼司小说的新样态，并通过对主人公活动的描写多方面展示了 4 世纪前后的时代性和地方性知识。
【关键词】《埃塞俄比亚传奇》；赫利奥多罗斯；东地中海文化风情；拜占庭文学；《奥德修纪》

变形哀歌："爱欲诗人"奥维德诗辩

【作　者】梁庆标
【单　位】江西师范大学文学院
【期　刊】《国外文学》，2021 年，第 4 期，第 21—29 页
【内容摘要】作为书写"爱欲""神话"与"流放"等多重主题的"哀歌体诗人"，奥维德的生命遭际或不断"变形"都清晰地体现在诗歌流变之中，从而赋予其诗作明显的个人化色彩。他

运用哀歌体，着力于个体爱欲并在神话诗中大量塑造“诗人”形象，也借此逐步完成了隐秘的自我“神化”，这其实都可以视为诗人在政治、道德等压力钳制下的艺术修辞，意在辨明并维护自由诗人的书写权力、独立人格与不朽声望。

【关键词】奥维德；变形；诗歌；辩护

布莱希特的“中国榜样”与《四川好人》的侨易之旅

【作　者】谭渊

【单　位】华中科技大学外国语学院

【期　刊】《同济大学学报（社会科学版）》，2021 年，第 32 卷，第 2 期，第 9—19 页

【内容摘要】在 1933 年被迫走上流亡之路后，德国作家布莱希特借助来自世界文学中的榜样逐步廓清了“流亡文学”的内涵。在侨居他国的岁月中，与异国文化的频繁交流也帮助布莱希特越来越多地获得了来自异质文化的启迪。在此过程中，“中国榜样”尤其扮演了重要角色，并促使布莱希特将其酝酿多年的寓言剧更名为《四川好人》。在布莱希特逃亡于丹麦、瑞典、芬兰、美国的日子里，《四川好人》的内容也随着时局变化而不断地发生变化，从最初反映资本主义社会中的经济斗争和尔虞我诈，逐步演变为影射政治时局，到后期则越来越多地折射出流亡者的艰辛与他对人性、对生存策略的反思。而与剧中情节相呼应，流亡中的布莱希特为渡过难关也一步步戴上了用于伪装的面具。因此，《四川好人》不仅折射出布莱希特与中国文化的共鸣，也反映了他对流亡之路的深刻思考。

【关键词】流亡文学；布莱希特；《四川好人》；侨易学

重审雅典的“启蒙时代”：欧里庇得斯《特洛伊妇女》中的修辞实验

【作　者】王瑞雪

【单　位】浙江大学外国语学院

【期　刊】《外国文学评论》，2021 年，第 4 期，第 5—25 页

【内容摘要】欧里庇得斯的《特洛伊妇女》上演于雅典城邦公共生活的危机时刻。剧作家凭借将时兴的智者修辞引入悲剧，探索了这场危机的智识根源。剧中神话人物颇具当代性的讲辞指示了神圣正义失落后自然的必然与人的理智之间的矛盾，演绎了裁判人间事务时人的理智的有限性及言辞工具的限度。通过对修辞表演的自我指涉，欧里庇得斯的悲剧提示观众洞察语言表象背后的强力阴影。《特洛伊妇女》中的修辞实验表明，智者的“启蒙”难以解决属于人的权力关系及其必然性问题，这是雅典观众不得不直面并予以反思的晦暗现实。

【关键词】《特洛伊妇女》；修辞；智者运动；“启蒙”

创伤、记忆与罪责——评席拉赫小说《科里尼案件》

【作　者】张培

【单　位】北京理工大学德语系

【期　刊】《外国文学动态研究》，2021 年，第 5 期，第 70—77 页

【内容摘要】《科里尼案件》是德国作家费迪南德·冯·席拉赫 2011 年发表的小说，小说讲述了一起恶性杀人事件，事件的起因涉及二战历史和二战后对战犯的惩罚问题。小说中不同人物的创伤与记忆重塑过去，拎出罪责。席拉赫揭露纳粹在战争中犯下的罪行，聚焦战后德国司法

界的一桩丑闻所引发的后果。对于席拉赫而言，从法律的视角以文学的方式书写创伤、记忆和罪责，是回望过去、直视现在、面对未来的重要途径。

【关键词】《科里尼案件》；费迪南德·冯·席拉赫；创伤；记忆；历史；罪责

从“他者景观”到“零度主体”——《没有个性的人》中索利曼的自治之路

【作　者】郑薇

【单　位】山东大学文化传播学院

【期　刊】《外国文学研究》，2021 年，第 43 卷，第 1 期，第 152－163 页

【内容摘要】罗伯特·穆齐尔的小说《没有个性的人》表现了社会权力话语的“同质化”而导致的主体危机。同质化的形态多种多样，其中之一就是种族特质的同质化，在小说中集中体现在对非裔黑人索利曼形象的塑造中。穆齐尔一面致力于揭示将黑人族群他者化、同质化的权力话语机制，即把本应作为个性主体的索利曼建构为一种“他者景观”；一面将叙述转向索利曼的自我视角，探讨了解除此类同质化的途径，即通过人物在“疯癫”状态中的自我命名来拒绝同化。小说以此在 20 世纪初的种族话语背景下探讨了一种自我拯救策略：借由“疯癫”作为“零度主体”化的一种表征，否定象征秩序对个体的规定，从而使其获得自治的可能。

【关键词】《没有个性的人》；同质化；他者；种族话语；主体

从 ANT 视角论克莱斯特《米歇尔·科尔哈斯》（1810）中“人—物—关系”的现代性

【作　者】陈敏

【单　位】对外经济贸易大学外语学院

【期　刊】《德语人文研究》，2021 年，第 9 卷，第 1 期，第 8－15 页

【内容摘要】在当下物质丰盈、“人—物—关系”空前复杂的“后人类”科技社会背景下，西方社会人文科学研究者对物、物质文化的关注日渐催生了相关研究界的“物质转向”，这不仅为我们重新回望历史的、理解当下的“人—物—关系”，继而更好地塑造未来的“人—物—关系”提供了契机，也使文化学导向下的文学研究能与时俱进地革新研究视角、重新审视文学与文化意义生产间的关系。本文以法国社会学家、科技研究者布鲁诺·拉图尔创立的“行动者网络理论”（ANT）对异质性、生成性“行动者”的强调为主要理论参照点，细致分析考察了德国作家克莱斯特发表于 1810 年的小说《米歇尔·科尔哈斯》中“人—物—关系”的现代性问题。

【关键词】克莱斯特；“行动者网络理论”；“人—物—关系”；现代性

从起源逻辑到起源—历史：本雅明《认识—批判序言》对柯亨“起源”概念的批评

【作　者】姚云帆

【单　位】华东师范大学中文系

【期　刊】《人文杂志》，2021 年，第 10 期，第 77－85 页

【内容摘要】本雅明的《认识—批判序言》中，对“起源”的论述占据了重要的地位。这些论述不仅决定了本雅明早期文论思想的核心关切，并对其历史哲学有着重要影响。在国内外相关研究，尤其是国内研究中，对“起源”概念的思想史起源的研究较为稀少。德国犹太哲学家柯亨在《纯粹认识逻辑》中将“起源”看作重要的范畴加以论述。柯亨认为，“起源”范畴发端于纯粹思维的起源判断，以“一”这一先验的数量规定性为中介，起源判断沟通处于“前存在”

状态的“存在”（Sein）和可被思维和度量的最基础存在者“现在”（Seinde），从而规定了让一切存在者可被思维所把握的基础范畴，进而将“前存在”（Vor-Sein）、“一”和“现在”的关系转化为可被数学—逻辑方法所把握的不定存在、作为数量一的限定存在和连续性之间的关系。本雅明认为，柯亨试图通过数学—逻辑方法来认识和理解存在的方法忽略了存在和其表征形式之间的差异与否定关系。他指出，只有区分设置和起源的关系，并将起源概念理解为不断运动的起源—历史，才能真正把握起源概念的实质。但是，本雅明保留了柯亨将“起源”看作“一”的判断在认识论领域的意义，并依托此将存在的单一性和认识形式统一性之间张力结构呈现出来，构造了一种基于“一”的差异存在论。

【关键词】“起源”；《认识—批判序言》；《纯粹认识逻辑》；赫尔曼·柯亨；本雅明

从修辞术到戴上谐剧面具的哲学对话体：路吉阿诺斯的转向

【作　者】程茜雯

【单　位】中国人民大学文学院

【期　刊】《国外文学》，2021 年，第 2 期，第 86－95 页

【内容摘要】路吉阿诺斯在其作品《双重审判》中曾借叙利亚人之口自述了自己的转向，即从修辞术转向了哲学之子——对话体。但这一对话体又与旧谐剧相结合，形成了特殊的谐剧对话体。路吉阿诺斯为什么要抛弃修辞术，转向哲学对话体呢？这一哲学对话体又是为何，以及如何戴上了谐剧面具？本文揭示了路吉阿诺斯时代修辞术教育和哲学学派的社会状况，也呈现了路吉阿诺斯对于修辞术和哲学的辨析。在此基础上，路吉阿诺斯选择了自己的创作道路，成为我们所熟知的讽刺大师，为后世诸多讽刺大家所师法。

【关键词】路吉阿诺斯；修辞术；第二代智术师；哲学对话；《双重审判》

大师的颠覆与瓦解：析《历代大师》中的“画中画”和“框中框”

【作　者】王慧敏

【单　位】北京外国语大学德语学院

【期　刊】《德语人文研究》，2021 年，第 9 卷，第 2 期，第 61－67 页

【内容摘要】本文首先借助福柯在其《词与物》中对名画《宫娥》的解读，引入“交错的视线”以及《宫娥》中隐射的视觉秩序的问题，为后面展开的文本分析做铺垫。从图像概念简单的引入和解释可知，“图像”（画）的概念在这里得到了延伸，不再是传统意义上通过物质载体展示的“图像”，而是将映入人眼的视觉场景称之为“图像”，所以文本中的“画中画”实则是层层观察的场景。而“看”与“被看”看似稳固，其实，层层包裹的观察却指涉出观察者和被观察者已处于浮动、相互转换的不确定状态，由此层层叠加、互相交织的目光形成了一张“目光网”，在这样的网状关系中，各方的力量相互制约、相互消解，原本看似稳定的视觉秩序由此被瓦解，权威的主导力量被颠覆。与文字叙述所呈现的“画中画”对应的则是“框中框”的复调叙事形式，两者直接打破了单一叙事结构并消解了权威叙事主体的存在。

【关键词】“画中画”；“框中框”；权力秩序；解构；托马斯·伯恩哈德

但丁的双重二元论

【作　者】吴飞

【单　位】北京大学哲学系
【期　刊】《北京大学学报（哲学社会科学版）》，2021 年，第 58 卷，第 5 期，第 129—135 页
【内容摘要】但丁《神曲》中有奥古斯丁两城说的痕迹，但又有所修正，这是但丁研究界长期以来的共识。但丁思想中其实有两组二元，因而其政治哲学中有并行的四座城。善恶二元论与心物二元论，是西方思想传统中既有关联又不完全相同的两种二元论。《神曲》中天堂（含炼狱）与地狱的二元区分，是善恶二元论的体现，代表着心灵秩序中的二分。然而，在尘世政治中，还有罗马帝国与堕落的尘世政治的区分，后者以古代的忒拜和当时的佛罗伦萨为代表，这是世界历史中的二分。两种二分之间的差异，即心灵秩序与世界历史之间的差异，构成了心物二元。并行的两组二城之分有交叉，但并不完全相同。通过对但丁这四座城的分析，可以对西方思想中这两组二元论有更深入的理解。
【关键词】但丁；心物二元论；善恶二元论

当代西方激进左翼戏剧的后解构表征奈格里《抵抗三部曲》之解读

【作　者】李岩
【单　位】东北大学外国语学院；东北大学艺术学院
【期　刊】《东北大学学报（社会科学版）》，2021 年，第 23 卷，第 4 期，第 113—119 页
【内容摘要】面对当下全球数字资本主义不再完全是以逻各斯为中心，安东尼奥·奈格里在《抵抗三部曲》中采取了后解构策略的解构—建构模式，以史诗剧形式触及了“反帝国”的许多核心议题，感性地呈现了当代西方激进左翼的共产主义宣言。他将戏剧实践视为对抗“帝国”的一种有力形式，通过在舞台上展现诸众的暴力反抗，意在为实现帝国后现代语境下的共产主义创造新的革命主体，最终走向大同世界。《抵抗三部曲》彰显了西方激进左翼戏剧的先锋实验性、政治实践性和审美乌托邦的力量，对丰富和拓展当代西方激进左翼戏剧创作和文艺观念的研究，以及其中国化马克思主义文艺批评有很强的启迪性。
【关键词】安东尼奥·奈格里；《抵抗三部曲》；左翼戏剧；后解构表征；诸众

德布林《王伦三跃志》中的北京书写及其知识来源新考

【作　者】吴晓樵
【单　位】北京航空航天大学外国语学院
【期　刊】《德语人文研究》，2021 年，第 9 卷，第 2 期，第 50—60 页
【内容摘要】德语现代文学大师阿尔弗莱德·德布林的中国小说《王伦三跃志》被誉为德国表现主义文学的第一部长篇小说，实际上它更是一部加工“北京知识”的现代小说。本文聚焦于《王伦三跃志》的中国知识诗学及其围绕北京所展开的人文地理、文学和民俗三方面的想象，稽考小说文本中多处尚未被学界破解的“北京知识”的来源。通过文本实证考古，揭示德布林“北京书写”的底本材料来源及其暗中引用的机制。
【关键词】阿尔弗莱德·德布林；《王伦三跃志》；北京知识；文本考古

德国科幻《大都会》中的女性机器人形象解析

【作　者】程林
【单　位】广东外语外贸大学阐释学研究院；广东外语外贸大学西方语言文化学院

【期　刊】《湘潭大学学报（哲学社会科学版）》，2021 年，第 45 卷，第 3 期，第 112－116 页
【内容摘要】在西方机器人叙事史中，德国科幻经典《大都会》中的赫尔-玛莉亚是女性机器人形象的银幕首秀，在概念、定性、形象和功能等方面均独具特点。赫尔-玛莉亚并非“robot”式的反叛奴仆机器人，而是更有早期机器人的类人属性：在女性机器人叙事中，它不仅符合“男性幻想—女性身体”的性别模式，也成为西方文艺中技术与女性负面特征结合的典型代表；它不仅满足了个体欲望，其影响也拓展社会层面，成为西方早期到当代、小说到影视机器人形象的承转角色。同时，为什么传统机器人多是女性？《大都会》给出了答案。
【关键词】机器人；女性机器人；《大都会》；弗里茨·朗；性别伦理

德米特里赞美诗与希腊化时期的国王崇拜问题

【作　者】杨丽娟
【单　位】东北师范大学文学院
【期　刊】《外国文学研究》，2021 年，第 43 卷，第 1 期，第 81－91 页
【内容摘要】雅典人献给马其顿国王德米特里·波利奥克忒斯的赞美诗，是典型的反映希腊化时期国王崇拜现象的作品。这首赞美诗将德米特里作为神祇来颂赞，反映了雅典城邦无力维系民主和独立的衰颓之势。此时古希腊传统宗教信仰已经衰落，人们对统治者的神化，并非宗教意义上的崇拜，而是为了实现政治愿望而进行的“表演”，昭示着具有鲜明的实用主义和个人主义倾向的思想观念已经登上历史舞台。
【关键词】德米特里；赞美诗；希腊化时期；国王神化；宗教政治化

狄斯之门——《地狱篇》8—9 歌绎读

【作　者】朱振宇
【单　位】浙江大学外国语学院
【期　刊】《北京大学学报（哲学社会科学版）》，2021 年，第 58 卷，第 5 期，第 136－146 页
【内容摘要】在但丁研究中，如何理解《神曲·地狱篇》8—9 歌中的狄斯城入口处的堕落天使和复仇女神，是一个重要问题，对于理解地狱深层的含义非常关键。根据一种传统的地狱结构两分法，狄斯城众鬼使的寓意被看作深层地狱之罪——“恶意”的代表，未出现的美杜莎则意味着绝望。采用但丁地狱结构三分法，才能正确理解狄斯之门的伦理意义。整个狄斯城入口发生的戏剧里，众角色表现出的激情实为暴力罪的象征，同时，这些激情都是三圣德之一的“希望”缺席的结果。但丁在天使的帮助下走进地狱深处，这一情节不仅是但丁对维吉尔《埃涅阿斯纪》“冥府之行”的改写，也是对“基督劫掠地狱”传说的重构。
【关键词】狄斯之城；复仇女神；美杜莎

东西方的碰撞：论《蛮夷的上帝》中的认知错位与文明冲突

【作　者】余冰
【单　位】德国慕尼黑大学语言与文学院
【期　刊】《外国文学动态研究》，2021 年，第 5 期，第 105－112 页
【内容摘要】德国作家施益坚的小说《蛮夷的上帝》以 19 世纪的中国为历史背景，通过多线叙事的方式，讲述了一位德国年轻传教士意外加入太平天国起义军的东方历险故事，同时借助于

史料着重刻画了晚清历史舞台上的真实人物——重臣曾国藩与英军统帅额尔金。小说展现了这一特殊历史时期东西方文明的激烈碰撞与清末社会变革，同时折射现实，引发正处于历史大变局中的人们去思考面对文明冲突时应何去何从。

【关键词】施益坚；《蛮夷的上帝》；太平天国；文明冲突

俄耳甫斯祷歌中的黑夜和宇宙起源传统

【作　者】吴雅凌

【单　位】上海社会科学院

【期　刊】《外国文学研究》，2021 年，第 43 卷，第 5 期，第 152－164 页

【内容摘要】托名俄耳甫斯的 88 首希腊文祷歌成形于罗马帝国初期，而在神话谱系和词句风格上沿袭古希腊传统，既大量援引赫西俄德和荷马的神谱说法，又保留俄耳甫斯神谱的若干典型特征。在三大希腊神话传统中，荷马神谱和赫西俄德神谱分别将大洋和大地奉为奥林波斯诸神的始祖，俄耳甫斯神谱古版本则将黑夜视为诸神的起源。88 首祷歌中的夜神形象兼有宇宙神和城邦神两种特质，既是宇宙起源叙事中的最初的神，又在神权神话中扮演不可或缺的角色。祷歌中的夜神和宇宙起源叙事呈现出多重谱系并置、诸神混同和修饰语混用等现象，表现出祷歌作者对早期神话诗人的仿效和翻转，对彼时通行的诸种俄耳甫斯神谱版本的借鉴，对罗马帝国初期多样化的宗教影响和哲学思潮的整合努力。

【关键词】俄耳甫斯祷歌；夜神；古希腊神谱；宇宙起源说

儿童与民族：《格林童话》缘何为德意志的民族叙事

【作　者】王丽平

【单　位】清华大学外国语言文学系

【期　刊】《同济大学学报（社会科学版）》，2021 年，第 32 卷，第 4 期，第 8－16 页

【内容摘要】格林兄弟收集整理而成的童话集本名为《儿童与家庭童话》，这部举世闻名的著作常被划入儿童文学之列，但它最初却并不是为儿童而是为成人而作。原因可从格林兄弟对其进行意义建构的背景与过程中得知。对此原因的探讨有助澄清中文“童话”与德文“Märchen”的关系，从而也为理解《格林童话》为何是德意志民族之诗、教育之书奠定了基础。

【关键词】格林兄弟；童话；神话；德意志；儿童

歌德《浮士德》中的战争形式与战争伦理

【作　者】谷裕

【单　位】北京大学外国语学院

【期　刊】《国外文学》，2021 年，第 3 期，第 71－81 页

【内容摘要】歌德生逢欧洲史上一个战争高峰，同时这也是近代战争向现代战争的过渡时期。《浮士德》第四幕第二场上演军事作战，以歌德对战争的实践和知识为基础，融合战争文化、战争史、兵法战术、军事理论，在揭示战争本质、战争与政治秩序关系的同时，交错推演了中古骑士、近代正规军以及魔法诡道等不同作战形式。戏剧采用传统舞台呈现战争的形式，以隐喻、寓意剧等修辞，探讨了形式背后的伦理问题。歌德认为战争是魔鬼的事业，但同时为人类既有之物，因此是遵循战争礼仪规则、战争艺术和理性原则，还是让战争为纯粹的魔法诡道所

支配，是《浮士德》剧提出的伦理选择。

【关键词】歌德；《浮士德》；战争形式；战争伦理

歌德叙事谣曲中的死亡书写——以《柯林斯的未婚妻》和《死者之舞》为例

【作　者】王微
【单　位】华中科技大学外国语学院
【期　刊】《外国文学研究》，2021 年，第 43 卷，第 5 期，第 139－151 页
【内容摘要】诗人歌德在《柯林斯的未婚妻》和《死者之舞》两首叙事谣曲中赋予了死亡声音和形象，具象地描写了死亡的在场，也展现了死亡独特的“生命活力”。这样的死亡书写打破了不可逆转的自然规律，在奇幻的虚拟语境中实现了生与死的通约，让死亡被遮蔽的本质坦然敞开，让丰盈旺盛的生命力得以自由绽放，让“魔性”与理性的辩证关系得以清晰呈现，从而彰显出诗人泛神主义的生死观。歌德将死亡进行了“生命化”的独特书写，也从认识论的层面丰富和充实了死亡的概念，并在奇妙而神异的想象中将死亡的美学价值和哲学意境展现得淋漓尽致。
【关键词】歌德；叙事谣曲；生死观；《柯林斯的未婚妻》；《死者之舞》

海德格尔语言母题与当代汉诗的家园抒写

【作　者】赵黎明
【单　位】暨南大学语言诗学研究所
【期　刊】《文学评论》，2021 年，第 6 期，第 157－164 页
【内容摘要】诗是最精粹的语言，语言是存在之家，海德格尔的语言母题与当代汉诗的家园形塑具有意味深长的呼应关系。与语言存在论相对应，当代汉诗的家园抒写主要从三个维度展开：一是基于汉字的家园属性，开展重新发明汉字，从中寻求认同的“字思维”写作；二是鉴于大地的家园本质，形成一股抒写大地、“制造大地”的乡土写作潮流；三是从诗的“民族元语言”功能出发，展开对山川名物和历史废墟的“创建性命名”。当代诗人的这种家园抒写，不仅为人们奉献了一帧帧美的表象，而且还形塑了一个民族的精神之家和存在之所，起到了凝聚国族、增强认同的重要作用，具有非同寻常的文化价值。
【关键词】海德格尔；语言母题；当代汉诗；家园抒写；汉字家园

汉德克的重复诗学

【作　者】刘冬瑶
【单　位】北京科技大学外国语学院
【期　刊】《德语人文研究》，2021 年，第 9 卷，第 2 期，第 7－13 页
【内容摘要】重复制造相似，也生产差异。基于重复的相似性而产生的文本间性体现了汉德克作品和文学经典之间的亲缘，但重复的解构性也塑造了这位诺奖得主反传统的文坛角色。文章以德文原题为“重复”的小说《去往第九王国》为主要研究对象，梳理出汉氏作品中常见的回忆和叙述这两大主题所共享的重复结构。
【关键词】汉德克；互文性；《去往第九王国》

汉德克早期戏剧审美及其真理追求

【作　者】胡铁生
【单　位】吉林大学公共外语教育学院；吉林大学文学院
【期　刊】《求是学刊》，2021 年，第 48 卷，第 3 期，第 134－144 页
【内容摘要】诺贝尔文学奖作家彼得·汉德克以戏剧创作形式进入文学领域，其早期戏剧作品因采取语言游戏策略而完全颠覆了戏剧传统，进而形成了“反戏剧”的审美机制。在后现代主义文学、欧洲政治运动、德国文学和语言哲学转向的多重语境中，汉德克的早期戏剧作品在看似语言“嬉戏”的外表下却蕴含着极为深刻的人的终极价值意义，为后现代主义文学的真理追求探索出一条全新的途径，同时也为其后来的新主体性文学创作奠定了基础。
【关键词】彼得·汉德克；艺术审美；反戏剧；语言游戏；真理追求

荷马的去浪漫化：歌德、尼采与“荷马问题”

【作　者】叶然
【单　位】中山大学中国语言文学系（珠海）
【期　刊】《国外文学》，2021 年，第 3 期，第 21－29 页
【内容摘要】“荷马问题”诞生以来，荷马身份成为一个问题，但严肃的论者通常不否认荷马艺术整一性。19 世纪至今的后启蒙时代，论者多谓荷马艺术整一性源于民族精神，此即“荷马的浪漫化”。但在 19 世纪前期和中期的德意志大动荡中，歌德和尼采相继主张“荷马的去浪漫化”，并认为荷马艺术整一性并非源于民族精神，而是源于“荷马性情”，即奥德修斯式“严肃”。究其根本，浪漫化的民族精神只是一个神秘观念，荷马性情才能致力于切实形塑民族担纲者。
【关键词】“荷马问题”；荷马艺术整一性；去浪漫化；歌德；尼采

后现代多元文化的迷惘——莫泽巴赫《月亮与姑娘》中的象征

【作　者】徐沐玥
【单　位】上海交通大学人文学院
【期　刊】《外国文学动态研究》，2021 年，第 2 期，第 92－98 页
【内容摘要】德国作家马丁·莫泽巴赫的中篇小说《月亮与姑娘》讲述了法兰克福一对中产阶级新婚夫妇搬到移民社区后所发生的逐渐脱离正常生活轨道的故事。小说通过一系列象征，深刻反映了后现代多元文化中个体、群体乃至整个社会面临的变化、冲突与自我认同危机。
【关键词】德语文学；后现代；多元文化；象征

后现代视野下让·斯塔罗宾斯基的注视美学

【作　者】王梦秋
【单　位】上海大学上海电影学院
【期　刊】《外国文学动态研究》，2021 年，第 3 期，第 138－146 页
【内容摘要】瑞士批评家让·斯塔罗宾斯基在对注视的长期研究中逐渐构成了注视美学。在后现代思潮的影响下，注视美学呈现出后现代转向的特质。斯塔罗宾斯基以“结构”的方法进行内在批评，同时探寻其无限性；关注文本中的间断和对话，追寻文本内的互文性以及与读者的

对话性；重视方法论意义上的多价性，并在批评话语上追求去普遍化和去孤独化。

【关键词】斯塔罗宾斯基；注视美学；结构；后现代；意识批评

基督教公共阐释与社会改良：马丁·路德的身份与选择研究

【作　者】陈开举

【单　位】广东外语外贸大学阐释学研究院

【期　刊】《文学跨学科研究》，2021 年，第 5 卷，第 3 期，第 458－471 页

【内容摘要】马丁·路德以其《九十五条论纲》开启了颠覆性的宗教改革运动。他以大量的宗教研究、基督教基本理念阐释、《圣经》德文翻译等文献不可逆转地改变了基督教公共阐释的格局，他领导的宗教改革运动顺带不可逆地推进了社会其他诸多领域的变革。马丁·路德的杰出贡献与他的伦理身份选择是密不可分的：以对基督教的虔诚信仰为他的宗教批评备注了在场的专业合法性，以对信众的大爱扛起了人文主义的大旗；以严谨的学风令人信服地揭露教皇教会的腐败、欺骗和伪善，以笃实的研究全面深入地阐释了基督教的宏观、微观一系列基础理论，他对基督教的阐释也成为新的公共阐释；他的宗教改革推动了社会的改良，但他反对暴力革命等激进的社会变革手段。他对基督教至真至诚的信仰、对信众的大爱和社会发展应当以和平改良的方式进行的伦理原则既反映了社会历史条件的规定性，也充分体现了他主观上的抉择。

【关键词】宗教改革运动；宗教阐释；不可逆性；社会改良主义；伦理身份选择

记忆·语言·死亡：卡夫卡《失踪的人》解析

【作　者】宋玲玲

【单　位】东华理工大学外国语学院

【期　刊】《湖南科技大学学报（社会科学版）》，2021 年，第 24 卷，第 6 期，第 74－79 页

【内容摘要】对“记忆、语言和死亡”问题的探究是理解卡夫卡长篇小说《失踪的人》的关键。小说主人公卡尔失去了记忆、被剥夺了历史；语言在现世中的缺席使他无法融入群体；死亡作为每一个生存个体的归处，卡尔却欲死不得。一个没有了过去、现在和未来的人只能沦为“失踪的人”。卡夫卡通过聚焦“人的失踪”问题，触及了现代社会中个体人的生存困境以及犹太民族的历史记忆和创伤。

【关键词】卡夫卡；记忆；语言；死亡；《失踪的人》

解构图像反思对“时间之点”的假定——贡布里希重审莱辛诗画界限的论述

【作　者】牟春

【单　位】上海师范大学哲学系

【期　刊】《中南大学学报（社会科学版）》，2021 年，第 27 卷，第 5 期，第 25－32 页

【内容摘要】莱辛的《拉奥孔》是西方艺术史上区隔时间艺术与空间艺术的经典名篇。贡布里希对莱辛与温克尔曼之争的艺术史勘探，揭示了莱辛区隔诗画的真实意图。通过驳斥西方图像反思所假定的“时间之点”，即对时间进行空间化建构的虚假瞬间，以及揭示读图内禀的时间跨度，贡布里希的图像心理学研究彻底解构了西方艺术哲学区隔时空艺术所凭借的观念前提。贡布里希对莱辛的《拉奥孔》及其观念传统的诠释和挑战，体现了西方人文传统中的求真精神。

【关键词】贡布里希；莱辛；诗画界限；“时间之点”

经典的回响与写作的内转——2020 年葡萄牙及葡语非洲文学研究

【作　者】王渊
【单　位】北京大学外国语学院
【期　刊】《外国文学动态研究》，2021 年，第 3 期，第 70－77 页
【内容摘要】2020 年，葡萄牙及葡语非洲的文学生活围绕对确定性的追求展开，介入社会议题的趋势不再，写作的目的与对象多转为个体自身。诗歌创作以回归童年和家乡作为核心意象，在美好记忆中获得渡过现实难关的力量。对经典文学的阅读和评论增多，文学评论者的贡献获多项大奖认可。非洲小说家普遍从个人视角入手，探讨写作与人生的关系，但也因现实影响流露出共同的存在焦虑。另一方面，多部葡萄牙长篇小说关注国族历史，补全过往叙述中的漏洞，希冀通过更全面地把握过去实现对现实更深刻的剖析和对未来的推演。
【关键词】葡萄牙语年度文学研究；文学经典；存在焦虑；历史记忆

经典化之后的卡夫卡如何批评——以《秃鹫》的解读为例

【作　者】赵山奎
【单　位】浙江工商大学人文与传播学院
【期　刊】《社会科学战线》，2021 年，第 4 期，第 165－172 页
【内容摘要】卡夫卡的经典化，是批评带来的历史结果，但卡夫卡的自传性写作也包含着对批评的预先批评。《秃鹫》解读史与对卡夫卡传记背景的索隐相伴而行，也是当代西方卡夫卡学术“文化—历史”转向的一个缩影。这一转向也是传记转向，它最终揭示的是卡夫卡的复杂面相，而文本解读的成败得失，往往也取决于对卡夫卡传记背景理解的多寡深浅。肺结核确诊后，探索其可能具有的象征意义，是萦绕在卡夫卡心头的一项重要活动，《秃鹫》的写作与此密切相关。作为“批评的寓言”，《秃鹫》是卡夫卡以自己“患病的身体”为想象对象而开展的精神分析，也是对批评家之“秃鹫梦”的自传式批判，回到卡夫卡，回到学术史，是经典化之后的卡夫卡研究的重要路径。
【关键词】卡夫卡；《秃鹫》；传记背景；批评的寓言

镜头・语言・遮蔽——卡夫卡《失踪者》中的电影书写

【作　者】曾艳兵；曲林芳
【单　位】曾艳兵：天津师范大学文学院
　　　　　曲林芳：山西医科大学外语系
【期　刊】《社会科学战线》，2021 年，第 4 期，第 158－164 页
【内容摘要】卡夫卡创作的时代正是欧洲电影风行的时代，电影艺术对卡夫卡的创作思想和表现方式均具有重要影响。在卡夫卡看来，电影镜头活动性强，反而会遮蔽观者的眼睛，干扰其意识。他的第一部长篇小说《失踪者》已呈现这样的电影意识，通过仰视、俯视、运动、特写电影镜头，借助于视角变化、快速移动来夸张扭曲的空间，遮蔽秩序和体制中的暴力。表现镜头的语言则是其共谋，通过延缓使人长时间滞留于一种莫名的境况，遮蔽了人的恐惧。在暴力和恐惧中，人选择逃离，在卡夫卡小说中这种逃离是现代人的常态。因此，卡夫卡式电影书写融入了电影意识的写作和自成一格的语言观，是从电影意识内化到卡夫卡式书写的过程。对卡夫卡《失踪者》中的电影书写加以探讨，可以为卡夫卡与电影之关系研究提供重要参考。

【关键词】卡夫卡式电影书写；镜头；语言；遮蔽；《失踪者》

卡米雷利现象与意大利侦探小说的勃兴

【作　者】文铮
【单　位】北京外国语大学欧洲语言文化学院
【期　刊】《外国文学动态研究》，2021 年，第 4 期，第 58－66 页
【内容摘要】由于历史原因，意大利侦探小说起步较晚，直到 19 世纪末才真正开始。法西斯政府的干预使方兴未艾的意大利侦探小说遭受了沉重的打击。二战后，本土侦探小说才迎来了新生，夏侠是此间最值得关注的世界级作家，其重要贡献之一就是以侦探小说的创作介入社会政治生活，着意揭发黑手党的猖獗行径。近 30 年来，意大利侦探小说经历了转型阶段，2019 年去世的卡米雷利成为当代最具影响的现象级作家，他将意大利侦探小说的影响力提升至前所未有的高度，助力其走向世界。
【关键词】意大利文学；侦探小说；卡米雷利；文学现象

莱辛："三大灾难"与"分外之工"——试从《恩斯特与法尔克》的第二次谈话说起

【作　者】张辉
【单　位】北京大学中文系
【期　刊】《北京大学学报（哲学社会科学版）》，2021 年，第 58 卷，第 3 期，第 153－160 页
【内容摘要】莱辛的谈话录《恩斯特与法尔克》是其晚年代表作之一，其中"第二次谈话"所涉及的"三大灾难"与"分外之工"问题，对我们思考与当下处境——特别是新冠疫情之后的处境——直接相关的文化与文明冲突问题具有重要启发意义。这一谈话，既与莱辛的《论人类的教育》和《智者纳坦》有密切关系，表达了莱辛对市民社会的深刻判断，也与赫尔德、施莱格尔等现代思想者形成了有意味的对照。对比赫尔德等人对莱辛文本的改写和重新解释，我们可以更好地理解莱辛，更好地理解"分外之工"的内涵，从而努力学会做真理的永恒探索者而非武断占有者，并从根本上习惯世界的矛盾、多元和不同价值在冲突中的共生共存。
【关键词】市民社会；文明冲突；"分外之工"；多元价值

莱辛如何思考文明冲突问题？——《智者纳坦》中的指环寓言再释

【作　者】张辉
【单　位】北京大学比较文学与比较文化研究所
【期　刊】《中国比较文学》，2021 年，第 1 期，第 170－181 页
【内容摘要】文明冲突问题是现代世界面临的巨大挑战，也是每一个比较学者无法回避的深刻难题。本文通过分析莱辛的最后一部剧本《智者纳坦》，试图从诗或文学的角度具体呈现并反思上述问题，提供理论思考之外的另一种可能。在揭示《智者纳坦》圈层结构，并细致分析全剧中心事件"指环寓言"的基础上，本文认为，审慎地将最终裁定权交给未来，是纳坦也是莱辛本人的伟大智慧；真正克服宗教与文化偏见，需要的不是奇迹和幻想，而是爱和善的行动。
【关键词】莱辛；《智者纳坦》；文明冲突；文化偏见

历史意识与自我认同：论《大黄蜂》的听觉叙事

【作　者】邓桂英
【单　位】湖南科技大学人文学院
【期　刊】《湖南科技大学学报（社会科学版）》，2021 年，第 24 卷，第 5 期，第 59－65 页
【内容摘要】在《大黄蜂》这一叙事文本中，彼得·汉德克借助于多人称视角变换和个人型叙述声音与作者型叙述声音的同时融入，营造了多重叙述声音，同时通过塑造丰富的声音意象，使作品呈现出多样的声音景观。彼得·汉德克融历史意识与自我认同为一体，通过听觉感知的书写，将特有的声音景观潜藏在对记忆的追溯中，将个体感受与现实和历史的内部相联系，并由此探索历史的意义，积极追寻新的个体身份与民族身份认同，展现了一个极其广阔的内在表现空间。
【关键词】《大黄蜂》；历史意识；自我认同；听觉叙事

辽阔的死亡风景——评君特的《里尔克与策兰作品的无机转向》

【作　者】贾涵斐
【单　位】对外经济贸易大学外语学院
【期　刊】《外国文学》，2021 年，第 6 期，第 179－188 页
【内容摘要】德国学者弗里德里克·费利齐塔斯·君特的德语文学研究专著《里尔克与策兰作品的无机转向》从无机的角度考察了里尔克与策兰的作品。无机作为有机的他者而存在，由有机转向无机的过程便是渐渐贴近死亡的过程。里尔克与策兰以各自的方式开启辽阔的死亡之境，逐步接近并跨入无机界。君特重点分析了两位诗人的数首诗歌，结合他们的书信、日记、其他作品及相关话语论述了二者的关联，细致入微地展现了里尔克与策兰跨越界限、将无机融入诗作的过程。
【关键词】无机；死亡；跨界；里尔克；策兰

灵魂歌手法拉奇——从小说《战争中的佩内洛普》谈起

【作　者】徐岱；王丹
【单　位】浙江大学传媒与国际文化学院
【期　刊】《浙江社会科学》，2021 年，第 4 期，第 130－138 页
【内容摘要】作为全球新闻界一代女皇的奥里亚娜·法拉奇（Oriana Fallaci），关于其文学成就的评价一直存在争议，但其实无可置疑：一本基于事实而震撼人心的《男人》，就足以让“法拉奇”这个名字在当代世界文学史上占据一个重要位置。这部作品所具有的一种别开生面的经典性向我们提出这样一个问题：究竟应如何认识“法拉奇小说”独具一格的艺术特色？沿着其文学创作轨迹进行把握无疑是一条路径，而从其迄今尚未有中译本的小说处女作《战争中的佩内洛普》入手，与之后的成名作《给一个未出生孩子的信》和代表作《男人》进行对照分析，则是一种有效的尝试。通过梳理作家法拉奇在这三部小说中完成的从“成型”到“成熟”的基本轨迹，我们不难发现，可以从三个方面对法拉奇的小说美学加以概括，这就是“基于事实的虚构”“对话体中的叙事”和“小题大做的视野”。事实表明，正是借助于这三个方面，法拉奇的文学想象力和审美创造性得到充分释放，她在巧妙地处理好“自传”与“虚构”关系的基础上，不仅创作出了一种游走于“新闻报道”与“小说叙事”之间的“超越文学的文学杰作”，而且向

世人示范了一种叩问灵魂的生命写作。在一个虚无主义幽灵四处出没的世纪，这样的写作弥足珍贵。

【关键词】“法拉奇小说”；本真伦理；对话体叙事；生命写作

论德国早期浪漫派的诗意世界构想——以《海因里希·冯·奥夫特丁根》为例

【作　者】罗威
【单　位】四川外国语大学德语学院
【期　刊】《德语人文研究》，2021 年，第 9 卷，第 2 期，第 68－74 页
【内容摘要】“世界必须浪漫化”是诺瓦利斯在一则断片中提出的要求，体现了德国早期浪漫派对于美好世界的诗意构想。本文在对浪漫诗的广博性特点进行分析的基础之上，以诺瓦利斯的小说《海因里希·冯·奥夫特丁根》为例，对这一构想所涉及的主要方面进行说明，尝试得出以下结论：德国早期浪漫派的诗学方案里蕴含着对现实的观照，他们希望借助于诗的力量对世界进行改造，从而解决理性时代里出现的诸多问题。将世界浪漫化的诗意构想不仅体现了早期浪漫派对其所处时代所作的反思，而且还反映了他们对启蒙理性与古典美学思想的超越意图。
【关键词】诗意构想；浪漫诗；诺瓦利斯；启蒙理性；古典美学思想

论格尔哈特·豪普特曼《汉蕾娜升天记》《沉钟》和《碧芭在跳舞》对日常生活的呈现

【作　者】丰卫平
【单　位】四川外国语大学德语系
【期　刊】《德语人文研究》，2021 年，第 9 卷，第 1 期，第 21－25 页
【内容摘要】在《汉蕾娜升天记》《沉钟》和《碧芭在跳舞》三部作品中，豪普特曼仍然沿袭自然主义风格，但他在其中融入了神秘、梦幻和童话等元素，旨在触及日常生活的深层并将其呈现。因为日常生活不仅包括表象，也包括个体的内心感受、精神诉求等。其中的神秘、梦幻和童话等元素实际上是对表象的日常生活的延伸和传递。
【关键词】豪普特曼；日常生活；梦幻；神秘；童话

论黑塞《荒原狼》中的两极思想

【作　者】肖洒
【单　位】深圳大学外国语学院
【期　刊】《学术界》，2021 年，第 4 期，第 151－156 页
【内容摘要】赫尔曼·黑塞（Hermann Hesse）是德国著名作家，诺贝尔文学奖获得者。在《荒原狼》这部作品中，黑塞以其细腻入微的写作手法，描写了特定时代背景下人们遭受的心灵疾病与精神危机。他刻画了狼性镜像下的理想人和人性镜像下的市民人。那么这两种身份何为本我，何为自我？荒原狼是人还是狼，这不仅是主人公哈勒尔寻找自我时所不断追问的问题，亦是黑塞对于人的道德内涵所进行的深刻剖析。
【关键词】赫尔曼·黑塞；《荒原狼》；人性；狼性；两极性

论新世纪以来德语文学中国叙事的新范式

【作　者】刘健
【单　位】南京大学外国语学院
【期　刊】《当代外国文学》，2021 年，第 42 卷，第 1 期，第 142－150 页
【内容摘要】随着新世纪以来全球化程度日益加深，德语文学的中国叙事呈现新的范式，其主要特征表现为对符号化中国叙事模式的突破。新世纪德语作家们从西方中心主义视角出发，尝试在中西文化之间寻找文学写作新的立足之地：他们消解“他者”与“自我”的界限，摒弃差异化叙事，构建人类命运共同体视角，并在历史叙述中尝试加入中国之声，解构西方中心主义话语体系；在此基础上，他们进一步探索中国文化，在跨文化视角下发掘中国元素的美学潜能。去符号化的中国叙事拓展了跨文化题材写作的主题意旨和文化内涵，为新世纪跨文化交流以及文学书写提供了可借鉴的范本。
【关键词】21 世纪；德语文学；中国叙事；新范式

马尔库塞“奥斯维辛之后”诗学思想的阐发

【作　者】申扶民
【单　位】广西民族大学文学院
【期　刊】《文艺理论研究》，2021 年，第 41 卷，第 6 期，第 102－111 页
【内容摘要】针对阿多诺的“奥斯维辛（一般译为‘奥斯威辛’）之后”诗学命题，马尔库塞提出并形成了自己的“奥斯维辛之后”诗学思想。在文化批判维度，马尔库塞分析了奥斯维辛之后，西方资本主义社会日益强化的肯定文化所导致的艺术危机。对于艺术应该如何表现以奥斯维辛大屠杀为代表的法西斯主义恐怖，马尔库塞探讨了艺术创作的不同路径。在奥斯维辛之后如何铭记历史的问题上，马尔库塞强调通过文学记忆，不仅要让人们承担起不忘历史的主体责任，而且应当揭示和追究那些策划、执行、配合大屠杀者的主体责任。马尔库塞的“奥斯维辛之后”诗学思想，有助于人们更全面地理解艺术与奥斯维辛之间的关系。
【关键词】马尔库塞；阿多诺；奥斯维辛；诗学思想

梦游的“木偶”——克莱斯特文学中的自由乌托邦

【作　者】龚乐宁
【单　位】郑州大学外国语与国际关系学院；中国社会科学院研究生院
【期　刊】《郑州大学学报（哲学社会科学版）》，2021 年，第 54 卷，第 6 期，第 90－96 页
【内容摘要】《论木偶戏》和《洪堡亲王》是德国作家海因里希·冯·克莱斯特的理论随笔和著名戏剧，汇聚了作家较为成熟的美学和哲学思想。其中，“纯真”的“木偶”和“梦游”的洪堡亲王在自由视角下具有互文性，呼应了理性与感性、理论与实践之争的时代论辩，书写出人的自由困境，具有德意志意识形态内向性的特点。在两个文本的关联性阐释中可以发现，克莱斯特通过对德国古典主义美学的背离与挑战，展现出意识与无意识、秀美与“造作”“纯真”与有罪、情感与法律等一系列传统对立概念构成的张力场。这些紧张关系在现代语境下则演变为主人公的自由困境，“木偶”“梦游”的最终靶向乃是同时代人文思潮中人性和解的自由问题：能“与神比肩”的木偶非人能企及，因而洪堡亲王仅于“梦游”中方获天然的自由。他通过道德自治（理性）寻得自由的栖居，却也依附于爱国情感（感性）等偶然性的参与。克莱斯特文

本的一元论方案赋予自由以现实观照下的乌托邦底色，体现出 18、19 世纪西方社会的现代之殇。

【关键词】海因里希·冯·克莱斯特；《论木偶戏》；《洪堡亲王》；自由乌托邦

欧里庇得斯的新悲剧艺术与现代精神

【作　者】罗峰
【单　位】华东师范大学外语学院
【期　刊】《浙江学刊》，2021 年，第 5 期，第 164—173 页
【内容摘要】悲剧家欧里庇得斯在古希腊就被视为“新诗人”。悲剧经欧里庇得斯之手呈现出鲜明的现代特征。欧里庇得斯一系列具有创造性的艺术手法，预示了古希腊悲剧的现代转向。他不仅在创作手法上与传统悲剧诗人旨趣相异，思想上还表现出鲜明的现代性特征。他把大量说理和论辩融入悲剧，以一种独特的悲剧形式开启了文学的启蒙思想。本文通过反观古希腊悲剧由欧里庇得斯开启的古希腊文艺鲜明的现代转向及其后果，以期对现代如何创作好的文艺作品形塑公民品质的问题有所启发。
【关键词】欧里庇得斯；悲剧艺术；民主制；启蒙；现代精神

欧盟政治的文学镜像——罗伯特·梅纳瑟与其欧盟小说《首都》

【作　者】刘颖
【单　位】大连外国语大学比较文化研究基地
【期　刊】《外国文学动态研究》，2021 年，第 6 期，第 16—24 页
【内容摘要】罗伯特·梅纳瑟是当代德语著名作家，也是热衷于探讨欧洲未来的重要知识分子。梅纳瑟支持一个充分发展的欧盟并对欧洲的未来做出了积极构想。小说《首都》围绕欧盟庞大的官僚运作机制，以现代性文学技巧展现了欧盟的日常状态和潜在的政治角力。“猪”作为无处不在的隐喻贯穿了整部小说，将出现在欧盟首都布鲁塞尔的各色人物的命运融入欧洲的历史与现实问题中。同时，作家以“奥斯维辛”这一无可替代的历史符号对欧盟所面临的困境进行了寓意表达和深刻反思。可以说，《首都》是梅纳瑟以文学形式对当下欧盟一体化发展的折射和解读，为欧洲社会所急需回答的问题提供了一个可能性答案。
【关键词】罗伯特·梅纳瑟；欧盟；“猪”的隐喻；布鲁塞尔；奥斯维辛

偏见与忌惮：格拉西安《漫评人生》三类女性形象及其意义

【作　者】陆仪婷
【单　位】湖南师范大学文学院；中南大学外国语学院
【期　刊】《湖南科技大学学报（社会科学版）》，2021 年，第 24 卷，第 3 期，第 52—58 页
【内容摘要】《漫评人生》中的女性形象主要分为三类：贵贱两极的世俗女性、象征善恶的神化女性、臆想中既完美又有缺憾的理想女性。整体来说，书中对于三类女性都抱有偏见和忌惮，其主要根源来自天主教父权制思想的熏陶以及家庭和社会的影响。巴塔萨尔·格拉西安特殊的经历注定了他的女性观有其主观性，但反过来透过他的作品我们又能客观地看到 17 世纪西班牙社会真实的女性形象，她们用自己的成就改写着男性作家的女性观。
【关键词】《漫评人生》；巴塔萨尔·格拉西安；女性形象

骑士、忧思者与寒鸦：《卡尔腾堡》中的德意志民族性格与国家认同建构

【作　者】武琳
【单　位】北京语言大学
【期　刊】《外国文学评论》，2021 年，第 3 期，第 216－236 页
【内容摘要】第二次世界大战后，有关德意志民族性格的讨论直接影响了战后德国的国家认同建构。在当代德国作家马塞尔·巴耶尔的《卡尔腾堡》中，小说人物卡尔腾堡教授和赫尔曼·冯克在隐喻层面上映射着德意志民族的双重性格，而寒鸦则象征着二战后德国民众对大屠杀的反思。三者共同表征了二战后德国的自我理解和自我认同。
【关键词】德意志民族性格；国家认同；骑士；忧思者；寒鸦

清贫与孤独：论彼特拉克食物书写中的人文主义与方济各精神

【作　者】钟碧莉
【单　位】中山大学博雅学院
【期　刊】《外国文学评论》，2021 年，第 2 期，第 30－46 页
【内容摘要】彼特拉克书信中的食物意象折射了诗人思想的多面性。第一，它们凸显了彼特拉克对个体选择自由的重视。第二，它们展现了彼特拉克作为人文主义者的一种特殊“入世”方式。第三，这是最重要的一点，即食物意象在更深层次上揭示了中世纪的“方济各精神”：一方面，彼特拉克通过食物表达了他对方济各式“清贫至上”精神的追随；另一方面，彼特拉克对简食和蔬果的热爱和对肉食和精食的摒弃，呼应了方济各修会放弃奢华和欲望、以最简朴的姿态追随上帝倡导的行为。
【关键词】彼特拉克；人文主义；方济各精神；食物

情书无语，身体有言——论歌德小说《亲和力》的情书书写与活人静画

【作　者】杨劲
【单　位】中山大学外国语学院
【期　刊】《外国文学》，2021 年，第 2 期，第 3－13 页
【内容摘要】本文拟针对歌德长篇小说《亲和力》的情书书写与活人静画，具体勘查情书这一书面爱情沟通媒介在歌德晚期作品中的式微退场及其深层原因，以及取而代之的神秘身体感应和拒绝沟通的沉默状态。人物的无语必然增加文学进行人物塑造的难度，而借助于活人静画这一跨媒介的艺术形式，作品将静画描述与剧场再现相结合，凸显同一艺术媒介在两位女性角色的表演中展现出的不同内涵，从而实现对人物的对照式深度刻画。本文由此挖掘活人静画在歌德时代介于模仿与拟像之间的张力关系，探讨文字的媒介性以及文字所实践的跨媒介艺术。
【关键词】歌德；《亲和力》；书信；媒介；活人静画；艺术

人类体验的边缘性和独特性——论汉德克作品的叙事特征及其新主体性内涵

【作　者】胡铁生
【单　位】吉林大学公共外语教育学院；吉林大学文学院
【期　刊】《甘肃社会科学》，2021 年，第 3 期，第 135－142 页

【内容摘要】在后现代主义文学语境中，彼得·汉德克在语言哲学转向的影响下以语言游戏为主要叙事策略进入文学创作领域，但不久就转向以描写个人的主观知觉经验、突显个人感情为基本特征的新主体性文学创作。在新主体性文学流派中，汉德克成为“继承传统的反传统”作家。汉德克的作品以内省的方式，将人的生存空间缺失和寻找自我作为其创作的主题，核心议题是主体与世界的冲突。身处后现代主义文学和新主体性文学的双重语境下，汉德克主动将自身置于边缘的位置，以其语言才华将人类体验由边缘性向独特性演进，体现出作家的人道主义情怀，并为回归文学传统进行了卓有成效的尝试。此外，在坚持文学性、反对文学作品参与政治的前提下，汉德克不仅在其作品中，而且在其实际行动中，为维护人的尊严与和平做出了不懈的努力。

【关键词】汉德克研究；人类体验；边缘性；独特性；语言游戏；新主体性

人与自然的距离：《树上的男爵》中的生态意识

【作　者】王芳实
【单　位】凯里学院人文学院
【期　刊】《当代外国文学》，2021 年，第 42 卷，第 1 期，第 66－74 页
【内容摘要】卡尔维诺《我们的祖先》三部曲中的《树上的男爵》，是作家关于“轻逸”观念的文学实践，同时，男爵终身与树相伴，也体现了作家对人与自然关系的憧憬与称颂。卡尔维诺非常关注自然物的物性，并强调人与万物的互通。值得注意的是，他在小说中表达了人与自然应和谐相处的观点的同时，也表达了对融合程度的担忧。他思考了人与自然的距离问题，即人终究不能等同于物，人与自然的零距离融合，是否会使人丧失人的本性？人究竟该以怎样的姿态与自然和谐相处？
【关键词】《树上的男爵》；“轻逸”；生态意识；主体意识；人与自然的距离；物性

如何言说荷马：一种作者角色论的视角

【作　者】刁克利
【单　位】中国人民大学外国语学院
【期　刊】《中国人民大学学报》，2021 年，第 35 卷，第 2 期，第 145－151 页
【内容摘要】如果对作者进行追本溯源，荷马毫无疑问是西方文学早期最有影响力的作者。我们对他的认识却极其有限。他看似无可言说，却又必须言说。从作者角色论看荷马，不是为了论证“谁是荷马”，而是要回答“荷马是什么”，要说明荷马的作者角色及其启发和意义。荷马奠定了神启者、漂泊者和辩护者的作者角色。他为文学如何应对时间树立了典范，也成就了作者的不朽。文学作者能够享受到的荣耀和可能的遭遇，在荷马身上，都能看到预兆。荷马的作者角色具有多重意义。
【关键词】荷马；作者；神启者；漂泊者；辩护者

莎剧《提图斯·安德洛尼克斯》中的晚期罗马文明

【作　者】陈维
【单　位】上海交通大学外国语学院
【期　刊】《国外文学》，2021 年，第 2 期，第 105－115 页

【内容摘要】作为莎士比亚的第一部悲剧，也是唯一一部描绘帝国晚期罗马人与哥特人互动的作品，《提图斯·安德洛尼克斯》因种种原因并未得到学界足够的重视。这部悲剧有许多极富意味的场景和台词，反映了剧作家对晚期罗马文明的诸多思考。一方面，剧作家从内部解析了衰落中的罗马文明，并以女性角色的残躯来象征这种衰落；另一方面，剧作家又描绘了与罗马人接触的两类哥特人，他们展现了一种两面性：作为野蛮力量，他们对罗马造成了巨大的冲击和伤害，作为同盟，他们最后协助罗马人恢复秩序并尝试融入罗马文明。将这些置入时代语境中考察，这部悲剧有其独特的意义和价值，或可将之视为莎翁"罗马文明系列"的最后一块拼图。

【关键词】莎士比亚；《提图斯·安德洛尼克斯》；晚期罗马文明；哥特人

神经衰弱与市民阶级：19 世纪神经疾病理论视阈下的《布登勃洛克一家》

【作　者】石凌子

【单　位】中山大学博雅学院

【期　刊】《德语人文研究》，2021 年，第 9 卷，第 1 期，第 60－65 页

【内容摘要】在 19 世纪的工业化和现代化变革中，德国传统市民阶级内在的差异性急剧扩大，外在边界却模糊不清。托马斯·曼在小说《布登勃洛克一家》中，通过神经疾病这个 19 世纪末 20 世纪初的"现代社会的疾病"，把神经衰弱的病因学特点转化为该疾病的文学现象学特质，反映市民阶级的"生物性""社会性"和"艺术性"三个维度的退化。本文借助于 19 世纪末的神经病学和近代流行医学理论，解读托马斯·曼"临床视角"下带有实验意味的反思，揭示作者笔下"神经衰弱"的德国传统市民阶级的内涵。

【关键词】托马斯·曼；市民阶级；《布登勃洛克一家》；神经衰弱；遗传退化

试析 19 世纪来华德意志人的中国祖先崇拜书写

【作　者】胡凯；张斐

【单　位】上海外国语大学德语系

【期　刊】《北京大学学报（哲学社会科学版）》，2021 年，第 58 卷，第 6 期，第 122－129 页

【内容摘要】在近代中西交往过程中，中国的祖先崇拜是 19 世纪诸多来华德意志人关注与书写的对象。他们在面向本国公众的德语著述中介绍祖先崇拜，并对其内涵和影响展开论述与评价。在东方学视域下解读祖先崇拜在这些文本中的呈现方式，可以发现，受西方文明优越论的影响，来华德意志人对中国祖先崇拜的书写并非客观现实的完整再现，而是当时中西文化权力关系的映射。对于旨在改造乃至取代中华文化的叙事者而言，对祖先崇拜的书写事实上是他们在"认知中国"的掩饰下建构与支配中国的尝试。

【关键词】来华德意志人；德语著述；祖先崇拜；西方文明优越论；话语权力

试析卡夫卡对中国古典文化的认知

【作　者】罗璠

【单　位】海南师范大学文学院

【期　刊】《广东社会科学》，2021 年，第 2 期，第 172－178 页

【内容摘要】在德语文学史上，作为古典文学大师的歌德和作为现代主义小说大师的卡夫卡在对中国文化的兴趣和对文学的创造性追求上一脉相通，达到了惊人的一致，展现了自歌德以来

德语文化与文学同中国文化与文学的渊源关系。卡夫卡和他的创作深深烙上了中国古典文化的印痕，他感知中国文化的博大精深，沉入中国文化文本深层，躬身亲历研究和探讨中国文化的神韵，将自己对中国古典文化的认知想象与批评倾注于文本话语的可能性叙述之中，建构起《中国长城建造时》《中国人来访》和《一道圣旨》等具有中国情调的文学文本。

【关键词】中国；古典文化；卡夫卡；认知

抒情的与戏谑的哲理——一次关于尼采诗歌的探讨

【作　者】孙周兴
【单　位】同济大学人文学院
【期　刊】《同济大学学报（社会科学版）》，2021 年，第 32 卷，第 1 期，第 1—9 页
【内容摘要】德国哲学家尼采一生创作了许多诗歌，从中学时代的抒情诗到 1888 年的《狄奥尼索斯颂歌》，他的诗歌创作历经了 30 年。但尼采诗歌似乎并不好读，也难于讨论。尼采诗歌可分为抒情诗（歌曲）与格言诗两类，其抒情诗的顶峰是酒神颂歌，而格言诗则更多的是传达尼采的哲思。区别于音乐性的抒情之歌，尼采把自己的格言写作命名为“无歌的思索”，而且用“嘲笑”“狂想”“跳跃”三个词语即“戏谑”的用语来描述之。在尼采那里，激情的抒情诗与戏谑的格言诗并不构成一种对立。
【关键词】尼采诗歌；抒情诗；酒神颂歌；格言；戏谑

思变求新，笃行致远——论歌德的三则童话

【作　者】丰卫平
【单　位】四川外国语大学德语系
【期　刊】《同济大学学报（社会科学版）》，2021 年，第 32 卷，第 6 期，第 1—9 页
【内容摘要】歌德三则童话《新帕里斯》《新美露西娜》和《童话》包揽了歌德思想质变的关键节点，不论是在每一则童话的内部，还是三则童话相互关联的纵向发展中，都可见他在不断地思变、提升自我：从孩童时代懵懂未知及尝试明理的求知、求解到青年求学时期对爱情及人生规划的思虑，及至人到中年跨越个体的局限而延伸至社会、国家和德意志文化的变革。个体的精神漫游、地理位移导致他思想观念的不断创生。在这一过程中，歌德对异文化的吸纳及其与其他精英个体的交往和互相启迪丰富了他的思想内涵。
【关键词】歌德；《新帕里斯》；《新美露西娜》；《童话》；思变求新

斯蒂芬·茨威格自传话语模式论

【作　者】王成军
【单　位】江苏师范大学文学院
【期　刊】《首都师范大学学报（社会科学版）》，2021 年，第 1 期，第 126—133 页
【内容摘要】20 世纪西方自传话语可分为三大模式：古典模式、现代模式、后现代模式。斯蒂芬·茨威格的自传话语模式，既以古典话语模式为基调，却又具有了现代话语模式的某些特征。他强调自传的真实性，肯定自传存在的自我本体论特征，但是他又客观指出了自传难以达到绝对真实性的两大主因：一是人类根本就不具有可以信赖的真理器官；二是羞耻是每一种真实自传永久的对手。茨威格把自传分为了三个垒叠层次：以卡萨诺瓦为代表的原始阶段自传；以司

汤达为代表的心理自传；以托尔斯泰为代表的灵魂自传。茨威格不但认定了自传所具有的艺术美学价值，而且大胆提出了20世纪艺术美学的转向自传的预言。茨威格对隶属非虚构文学的自传给予如此高的评价，是20世纪西方自传话语模式的一次美学革命。总的来看，茨威格自传话语模式的核心思想是：优秀的自传要准确地描绘自己的生活，精确地展示自己的心理，但艺术家在表达自我时，不仅要寻求叙事方式和形式，更重要的是要显现自我在尘世之中的生命意义和伦理价值。

【关键词】斯蒂芬·茨威格；自传话语模式；转向自传；自传的诗学与伦理价值

死亡、冥府与反战的姿态：布莱希特对伊壁鸠鲁哲学的现代化用

【作　者】薛松

【单　位】上海交通大学外国语学院

【期　刊】《外国文学评论》，2021年，第3期，第90－111页

【内容摘要】在接受古希腊罗马文化的过程中，深受马克思主义影响的布莱希特表现出了对伊壁鸠鲁哲学的高度认可与赞赏。伊壁鸠鲁学派的哲学观、宗教观、社会观深深影响了布莱希特，并为他的文学创作提供了全新的视角与启迪。在《卢库卢斯》系列文本中，布莱希特不仅化用了伊壁鸠鲁的生死观、伦理观以及幸福学说，还对古罗马长诗《物性论》的诗体风格进行了仿写，以教谕诗的形式阐述了自己对伊壁鸠鲁哲学的理解，并将伊壁鸠鲁哲学对宗教的批评提升到了社会批评的高度。布莱希特创造性地将古希腊罗马的主题元素内化至自己的作品中，从而赋予伊壁鸠鲁哲学以鲜明的布莱希特风格。

【关键词】布莱希特；卢库卢斯；伊壁鸠鲁；《物性论》；马克思

随笔主义：一种综合的思维方式——以《没有个性的人》中乌尔里希和阿加特的《神圣的谈话》为例

【作　者】彭逸

【单　位】柏林自由大学

【期　刊】《德语人文研究》，2021年，第9卷，第1期，第66－71页

【内容摘要】随笔主义是穆齐尔研究中的一个重要主题，它通常被理解为一种包罗万象的写作风格、一种工具性的认知方式或一种优柔寡断的生活态度，但本文通过对小说《没有个性的人》中《神圣的谈话》章节的解读，尝试论证在现代语境下，随笔主义作为对主客体分离的现代性危机的回应，它更是一种扬弃二元对立、重塑整体观念的综合的思维方式。

【关键词】随笔主义；综合；抽象认知；神秘体验

体验社会的生成性写作——析彼得·汉德克小说《无欲的悲歌》

【作　者】郑萌芽

【单　位】四川外国语大学德语学院

【期　刊】《德语人文研究》，2021年，第9卷，第2期，第14－17页

【内容摘要】舒尔泽认为，20世纪70年代始，西方进入了体验社会的历史时期，其体验导向与汉德克新主体主义写作方案相吻合。汉德克1972年的小说《无欲的悲歌》不仅仅是一部自传体色彩的反成长小说，同时作品采取的回忆与叙事策略，使得叙事者能够感知被叙述人物的身

体感知与情感。叙述视角的转换，指向汉德克未来的写作纲领。

【关键词】汉德克；日常；生成性写作；体验社会

推移的边界：德国新右翼话语背景下的莫妮卡·马龙事件

【作　者】徐畅
【单　位】中国社会科学院外国文学研究所
【期　刊】《外国文学动态研究》，2021 年，第 5 期，第 19－30 页
【内容摘要】2020 年 10 月，德国菲舍尔出版社终止了与作家莫妮卡·马龙近 40 年的合作，消息公布后在德国媒体上引发了巨大的舆论争议。很多评论认为，马龙是由于与主流政治观点不一致而受到了出版社的言论压制，是“取消文化”的牺牲品。本文认为，莫妮卡·马龙事件是一个极好的窗口，可以帮助人们更深入地观察和了解包括新右翼话语在内的德国当代舆论话语纷争，同时也促使人们反思文学在这种纷争中的角色和处境。
【关键词】莫妮卡·马龙；德国新右翼话语；“取消文化”

未完成的生命杰作——赫尔曼·黑塞评诺瓦利斯

【作　者】马剑
【单　位】北京大学外国语学院
【期　刊】《德国研究》，2021 年，第 36 卷，第 1 期，第 152－163 页
【内容摘要】本文的研究对象是赫尔曼·黑塞对德国早期浪漫派的代表人物诺瓦利斯的评论。通过详细分析评论的文化社会背景、评论的重点内容，特别是黑塞在评价诺瓦利斯本人及其作品时的一些词句的表述，不仅可以看到作为文学批评家的黑塞对诺瓦利斯及早期浪漫派的独特理解，而且还可以窥探生活在不同时代的德国作家之间的文化思想传承。
【关键词】赫尔曼·黑塞；诺瓦利斯；生命；死亡；哲学

瘟疫之于审美的另一种功能：《十日谈》内外的“故事”和“历史”

【作　者】林精华
【单　位】首都师范大学文学院
【期　刊】《首都师范大学学报（社会科学版）》，2021 年，第 3 期，第 98－109 页
【内容摘要】《十日谈》的写作动机和过程与当时人类面临的一场令人束手无策的自然灾害相关联：1348—1353 年，黑死病蔓延欧亚非许多地区，在意大利尤甚，信仰基督教的欧洲人未得到“神的救助”，或逃避，或坐以待毙，该书作者薄伽丘的父母罹难于其中。如此危局，促使热衷于写爱情小说的薄伽丘写下《十日谈》，并在序言和第一天故事引言中专门论及佛罗伦萨的瘟疫之恐怖景象。其所讲述的 100 个故事，无论正面书写爱情、情欲、性行为之魅力，还是否定性叙述限制性欲的制度、观念，皆是指向人在自然生命过程中的尊严问题。令人疑惑的是，曾洛阳纸贵之作，随着基督教会地位的衰落，多以删节版流行；此后包括瘟疫在内的公共卫生事件不断促使医学进步，但人类再未出现这种超然于疾病及其隐喻的杰作，其边际效益不及文艺复兴时代的其他经典。
【关键词】《十日谈》；讲故事；黑死病史；瘟疫及其隐喻；政治学

文明仿制与自治恐惧——卡夫卡两部作品中的认知批判

【作　者】韩嫣
【单　位】华北电力大学外国语学院
【期　刊】《外国文学》，2021 年，第 2 期，第 14－22 页
【内容摘要】西方历史中有关动物的话语在 19 和 20 世纪之交发生了重要转向。现代生物学理论与生命哲学思潮的诞生颠覆了人与动物间固有的绝对差异论，同时，对两者“同质性”的思考也不断涌现。现代主义代表作家卡夫卡创作了大量人与动物的“混合形象”。它们打破了西方惯常的话语逻辑体系，并在一种回归原始的陌生化视角中反观及反思人类文明的现状。卡夫卡在《一份致某科学院的报告》与《地洞》这两部中篇小说中，塑造了两个成长方向完全相反的角色。它们分别代表了人类进化史中的两个阶段，即理性的启蒙以及理性中心主义的极端化，而这正折射出 20 世纪初西方社会对现代文明与人类发展的认知状态。
【关键词】动物话语；卡夫卡；“混合形象”；现代文明；存在的异化

文明社会批判和重返自然——评克莱斯特中篇小说《智利地震》

【作　者】庄玮
【单　位】浙江大学外国语学院
【期　刊】《同济大学学报（社会科学版）》，2021 年，第 32 卷，第 2 期，第 1－8 页
【内容摘要】克莱斯特深受同时期法国启蒙思想家卢梭的文明批判论、自然主义学说及伏尔泰和爱尔维修的宗教批判思想的影响。1807 年，其创作的中篇小说《智利地震》出版。该小说以两位主人公的爱情悲剧为线索，演绎了作为革命隐喻的地震前后“城市—山谷—城市”这一空间转换过程中人们道德意识和社会秩序的变迁，嘲讽了各式人物针对该偶然性自然事件基于神正论所做出的宗教性阐释和行为，批判了以私有制和等级制为基础的人类文明社会使本性纯良的民众道德堕落的虚伪本质，抨击了反人性的社会规范和天主教教会及世俗政权等社会权力机构对个体自然爱欲和自由平等诉求的压迫和异化。然而，作者否认了人类摆脱社会制约重返自然状态的可能性。
【关键词】克莱斯特；《智利地震》；文明社会批判；重返自然

问题在于现实主义——从文学形式思想考察卢卡奇现实主义理论

【作　者】刘健
【单　位】南京大学外国语学院
【期　刊】《湘潭大学学报（哲学社会科学版）》，2021 年，第 45 卷，第 6 期，第 134－140 页
【内容摘要】卢卡奇思想发展历程中存在一个明确的理论动机，即找寻解决资本主义社会现代性危机的方案，而贯穿整个救赎叙事的线索便是形式理论，它生发于早期文学思想，后拓展至生活、社会批判领域，最终又回到马克思主义视域下的文学美学理论。从《论文学史理论》到《审美特性》，卢卡奇通过一系列马克思主义理论框架内的具体文学作品和文学史研究，将现实主义从文学创作所应追求的理想形式拓展为马克思主义的认识论和世界观，最终构建出以文学形式思想为基本方法论、以现实主义为形式理想的文学美学理论体系。
【关键词】卢卡奇；文学形式；现实主义

五彩玻璃花　两重营销术——论舍尔巴特的小说《芙罗拉·莫尔——一则玻璃花中篇故事》

【作　者】杨劲
【单　位】中山大学外国语学院
【期　刊】《德语人文研究》，2021 年，第 9 卷，第 2 期，第 1－6 页
【内容摘要】本文以德国作家保尔·舍尔巴特（Paul Scheerbart）的作品《芙罗拉·莫尔——一则玻璃花中篇故事》（1913）为研究对象，具体分为三部分：第一部分详细剖析玻璃这一人造材料在 20 世纪初建筑和造型艺术中的重要功能，深入挖掘其中所蕴含的反自然艺术观以及乌托邦愿景；第二部分梳理小说叙事所采取的框架结构及所营造的跨欧亚文化沟通语境；第三部分探讨作品在描述和讲述这一新奇艺术品及其引发的视觉奇观时所遭遇的文字表现困境。
【关键词】玻璃；艺术；文字；跨文化；自然；世纪之交

物与被履行的时间：汉德克《黑夜中我走出寂静的家》与《在悬崖窗边的早上》中主观时间体验研究

【作　者】林晓萍
【单　位】中山大学德语系
【期　刊】《德语人文研究》，2021 年，第 9 卷，第 1 期，第 16－20 页
【内容摘要】文章首先从汉德克通过重复与自我指涉所形成的相对封闭的意义系统出发，指出可以通过文本内部自身结构与指涉关系分析围绕汉德克作品的争议点之一——主体对意义绝对在场的瞬间体验和神秘主义结合之间的关系。通过分析汉德克在《黑夜中我走出寂静的家》与《悬崖窗边的早上》中不同的主观时间体验，研究叙事与主观时间体验之间的关系，讨论汉德克对叙事行为的美学定义，说明主体在叙事行为中对意义绝对在场的体验与神秘主义结合之间的差异。
【关键词】瞬间；主体；被履行的时间；叙事；物；神秘主义

西班牙黄金世纪早期戏剧的文化转型——漫议《塞莱斯蒂娜》

【作　者】刘爽
【单　位】中国海洋大学文学与新闻传播学院
【期　刊】《北京联合大学学报（人文社会科学版）》，2021 年，第 19 卷，第 4 期，第 33－38 页
【内容摘要】《塞莱斯蒂娜》是西班牙黄金世纪文学的开山之作，也是欧洲文学史上第一部真正意义的悲喜剧。它以男女主人公爱的激情与冒险行为相结合的罗曼司叙事，深刻地体现了古希腊文化和基督教文化以及地中海地域文化相融合的特征，表现了文艺复兴时期人文主义者对精神理性和肉体欲望二元对立关系的深入思考，并通过主人公们的戏剧“话术”多方面地展示了 15 世纪前后西班牙的时代性和地方性风貌，奠定了西班牙戏剧黄金世纪的艺术范式和文化谱系。
【关键词】《塞莱斯蒂娜》；基督教；西班牙戏剧；黄金世纪

希腊悲剧中的否定的辩证法——一个基于欧里庇得斯《赫卡柏》的分析

【作　者】包帅

【单　位】浙江大学马克思主义学院
【期　刊】《浙江学刊》，2021 年，第 3 期，第 179－186 页
【内容摘要】《赫卡柏》充满了人的品格和命运的突然逆转，展示出悲剧辩证法的独特美感。黑格尔曾经系统总结过悲剧辩证法，将其概括为道德两难冲突及其和解统一。这是一种肯定的辩证法。以《赫卡柏》为代表的一批欧里庇得斯悲剧则表达出一种不同的悲剧辩证法，即否定的辩证法。在这些悲剧中，对立双方未必都具有道德正当性，而且对立面的相互翻转会一再进行，难以达到圆满的结局，从而更体现了生活中的悲剧性。不过，积极的反抗和高贵的人性在这种永恒轮回中依然有发挥的空间。两种悲剧辩证法所适合的是不同的时代的问题。欧里庇得斯的否定的辩证法可能更为适合雅典民主下降期的社会，对于现代和后现代场景也有更多的启发。
【关键词】欧里庇得斯；《赫卡柏》；辩证法；悲剧美学

现代德语文学中的声音展演——以塞壬变体为例

【作　者】王炳钧
【单　位】湖南师范大学外语学院；北京外国语大学外国文学研究所
【期　刊】《外国文学》，2021 年，第 6 期，第 101－110 页
【内容摘要】本文尝试从荷马史诗中的塞壬神话传说入手，结合声音理论，以三组塞壬变体文本（歌德、席勒、克莱斯特、霍夫曼，里尔克、卡夫卡）为例，考察 18 世纪末期以来声音问题在德语文学中的展演；在历史语境中讨论：第一，自然之声与人的构想的关联；第二，神性、病态与艺术定位的关系；第三，声音的消遁与主体幻象游戏。
【关键词】声音；自然性；动物性；沉默；感知

小说《帕洛马尔》引发的对自我、语言、离言问题的思考

【作　者】陈曲
【单　位】北京邮电大学数字媒体与设计艺术学院
【期　刊】《青海社会科学》，2021 年，第 6 期，第 180－185 页
【内容摘要】当代著名意大利小说家卡尔维诺，生前出版的最后一部小说作品《帕洛马尔》，不但是其小说艺术的总结，更成就了他小说美学中所倡导的思索性小说的高峰，是对世界深入思考的结晶。《帕洛马尔》就自我、语言、真理等问题以小说的方式进行独特的思索。细捋卡尔维诺思索的轨迹，梳理自我、语言以及最终进入沉默与离言的逻辑路线，将有助于进一步探讨其背后牵扯出来的种种问题及引发的思考。
【关键词】自我；两种语言；离言

虚构叙事与身份书写——评 2019 年德国图书奖获奖小说《起源》

【作　者】阳凌艺
【单　位】北京航空航天大学外国语学院
【期　刊】《外国文学动态研究》，2021 年，第 2 期，第 99－107 页
【内容摘要】作为当代德国移民文学的后起之秀，前南斯拉夫裔德语作家萨沙·斯坦尼西奇凭借其自传体小说《起源》一举斩获 2019 年德国图书奖。评委会高度评价作者以宏大的想象力将

读者从编年纪事、现实主义以及单一形式的传统中解放出来，认为“起源”只有作为断片和虚构，并在与历史可能性的交互游戏中才能得以存在。本文尝试借助于伊瑟尔的文学虚构理论重构《起源》的虚构叙事策略，再借由霍米·巴巴的身份混杂性理论揭示小说中移民身份书写的维度以及身份起源追溯的内涵，以此进一步认识文学创作手法与文学文本内涵的交互关系问题。

【关键词】德国图书奖；萨沙·斯坦尼西奇；《起源》；虚构叙事；身份书写

亚里士多德《诗学》“卡塔西斯”概念寻绎

【作　者】张沛
【单　位】北京大学中文系
【期　刊】《国外文学》，2021 年，第 2 期，第 1－9 页
【内容摘要】柏拉图认为要完成教化就必须将诗人驱逐于城邦之外，因为诗人是一种虚假而危险的人类灵魂工程师或“作者”，其“制作”终将败坏和颠覆我们的城邦。与之相反，亚里士多德相信诗人的制作有助于教化，事实上教化即制作，而诗人的制作正乃教化之一种，并将通过“卡塔西斯”而获得“完成—实现”。在这个意义上，“卡塔西斯”构成了亚里士多德诗学大厦的尖端拱顶。在悲剧的自我观照（沉思）中，特别是在“卡塔西斯”发生作用的瞬间，人作为自身的“诗人”或制作者，当下分享神之福乐而暂时成为像神一样的存在，即超越自我的神圣个体。
【关键词】亚里士多德；《诗学》；诗人；悲剧；“卡塔西斯”

一个“中国人”的诗意回归——汉德克小说《痛苦的中国人》的回归主题和中国意象初探

【作　者】林诗敏
【单　位】澳门大学
【期　刊】《外国文学动态研究》，2021 年，第 1 期，第 62－69 页
【内容摘要】20 世纪 80 年代，奥地利作家彼得·汉德克经历了思想和创作的重要转折，《痛苦的中国人》是他创作于这时期的代表作品，流露出作家的复归倾向：思想上，他改变先前对政治问题的回避态度，回归社会公共事务；创作上，他不再排斥现实书写，回归文学的现实主义传统。这种回归不是简单的倒退，而是富有新意的努力，使现代与传统融合，从而达到作家现实与理想的完美统一。小说中的中国意象不仅是对主人公洛泽生存状态的隐喻，也是他精神动力的来源，帮助他克服内心矛盾并最终实现自我平衡。
【关键词】彼得·汉德克；《痛苦的中国人》；回归；中国意象

以新冠为时代背景的文学——2020 年意大利文学综论

【作　者】陈绮
【单　位】北京航空航天大学人文与社会科学高等研究院
【期　刊】《外国文学动态研究》，2021 年，第 4 期，第 39－48 页
【内容摘要】2020 年，在以新冠疫情为时代特征的意大利，尚未产生具有代表性的新冠文学作品。相关作品以观察和零碎记录为主，日记和随笔居多。小说以消遣性、回归性为特征，对家庭、历史、生活、场所的观照成为主要关注点；文化爱国主义得以有意识的张扬；但疫情的破坏性所引发的悲观情绪激发了暮色文学论调的出现，与乐观主义的希望文学形成鲜明对比。

【关键词】意大利年度文学研究；新冠文学；消遣性；回归性；文化爱国主义

异托邦与异质形象：《上海幻梦》中的他者空间

【作　者】项静姝
【单　位】西班牙巴塞罗那自治大学哲学与文学学院
【期　刊】《南京师大学报（社会科学版）》，2021 年，第 2 期，第 144－151 页
【内容摘要】本文以西班牙巴塞罗那当代作家马尔塞的小说《上海幻梦》为研究对象，紧扣其极富特色的空间叙事结构，分析异托邦空间在小说中所表现出的一系列文学特性，探讨异托邦空间在跨时空叙事过程中所起到的玄妙之门作用。基于形象学理论，进一步分析了小说中以异托邦的形式创生的上海作为“异质形象”所起的特殊作用，以及它与作为“自我形象”的巴塞罗那之间形成的“他者”与“自我”对立统一关系及其文学意义。
【关键词】异托邦；异质形象；形象学；比较文学；小说研究

隐喻与记忆：莫利纳小说《波兰骑士》中的历史书写

【作　者】邹萍
【单　位】复旦大学外文学院；南京师范大学
【期　刊】《当代外国文学》，2021 年，第 42 卷，第 1 期，第 75－81 页
【内容摘要】“记忆”在安东尼奥·穆尼奥斯·莫利纳的小说《波兰骑士》中占据着重要地位。作家在以记忆书写历史的过程中，构建了多个与之相关的独特隐喻：“骑士”是记忆的主体和承载者，“骑士”隐喻的建构既是对家族记忆的追溯，也是对民族历史和民族精神再书写、再呈现；“容器”隐喻直指记忆和遗忘的过程，通过不断被跨越的容器“边界”体现人物的精神焦虑和认同危机；最后，“回声”效应对记忆的复现构成隐喻，不仅艺术性地再现了记忆运行的特点，更显示后代面对历史记忆时的责任与担当。
【关键词】《波兰骑士》；安东尼奥·穆尼奥斯·莫利纳；记忆；隐喻

永恒、自我与自然——试以伊利亚德宗教理念解析《东方之旅》的乡愁主题

【作　者】黄增喜
【单　位】云南大学
【期　刊】《国际比较文学（中英文）》，2021 年，第 4 卷，第 3 期，第 488－508 页
【内容摘要】《东方之旅》被认为是黑塞的重要转型之作，但由于运用了大量的密码式语言、象征和隐喻，其思想主旨与诸多细节都显得十分晦涩，历来争议颇多。本文立足于黑塞与伊利亚德在思想倾向、文化立场等方面的相似性，以后者的相关宗教理念为参照，对《东方之旅》的乡愁主题进行尝试性的解析。在伊利亚德看来，宗教传达着人类对于完美的神话乐园之乡愁；虽然传统宗教在现代世界走向了衰落，但“乐园的乡愁”却在现代文化与文学艺术中得到大量的遗存。结合黑塞其他代表性作品来看，《东方之旅》中的乡愁包含“永恒”“自我”“自然”三个维度，与伊利亚德所言“乐园的乡愁”形成了诸多层面的呼应。具体而言：东方之旅既是人类克服时间性存在、寻归永恒家园的精神之旅，也是个体克服对极性存在、追寻整全自我的象征之旅，还是人类克服其与自然的对抗、恢复原初和谐的乌托邦之旅。虽然黑塞主要将克服现代精神危机的希望寄托于艺术，但其对危机根源及克服危机之途的思考均带有浓郁的宗教底色，

始终在艺术与宗教之间游移。就此而言，在《东方之旅》和黑塞此前作品之间并不存在截然的断裂，而是表现出明显的延续性。在伊利亚德宗教理论视阈中考量《东方之旅》，不仅有助于澄明作品中的诸多隐晦细节，也有可能为黑塞其他作品的研究提供一个整体性的参照。

【关键词】《东方之旅》；“乐园的乡愁”；“永恒”；“自我”；“自然”

再议《神曲》——但丁逝世 700 周年祭

【作　者】王军
【单　位】北京外国语大学欧洲语言文化学院
【期　刊】《外国文学》，2021 年，第 3 期，第 17－29 页
【内容摘要】意大利文学最伟大的诗篇《神曲》是欧洲中世纪的挽歌，人类新时代的曙光。但丁看到了社会的“堕落”，他在人间找不到引导人类回归正义的道路，只好求助于天命，求助于地狱、炼狱和天国的震撼力：《神曲》的主要内容是对地狱、炼狱和天国的展示，是对社会堕落的谴责，是对人类越来越严重的贪婪和傲慢等罪恶的鞭挞，其目的在于启发人们不要为追求今生的快乐而忘记来世的祸与福，从而使人们在恐惧与希望中回归正路。然而，《神曲》却不止一次地流露出后来人文主义者所具有的思想和情感，如对追求男女性爱者的同情、对人的探索精神的赞赏、对人的自由意志的重新认识、对古典文化的热爱和对古代哲人的赞美等。隐喻、明喻和极具画面感的生动描写是作者展示上述思想时所采用的最重要的艺术手段。
【关键词】但丁；《神曲》；中世纪；堕落；贪婪；隐喻

在与古希腊意识的对峙中获得自我——《饼与葡萄酒》与荷尔德林后期诗歌中的“新神话”诗学构想

【作　者】刘晗
【单　位】上海外国语大学德语系
【期　刊】《同济大学学报（社会科学版）》，2021 年，第 32 卷，第 6 期，第 10－19 页
【内容摘要】18—19 世纪欧洲知识分子们提出“新神话”，意欲对启蒙理性与感性神话进行改造：要将哲学神话化以使其具有感性化的特质而被民众接受与感知。荷尔德林用诗学的表达方式对“新神话”做出了回应与阐释。荷尔德林的诗学与古希腊传统有着密不可分的关系。伽达默尔认为，古希腊文化并不是荷尔德林的“教育材料”，两者之间发生激烈的碰撞，是一种强力的相遇。荷尔德林在他的后期诗歌《饼与葡萄酒》中通过这种与古希腊意识对峙的方式展现了其“新神话”的诗学构想。
【关键词】“新神话”；荷尔德林；古希腊；《饼与葡萄酒》

在语言的本质中完成结构性转折——纪念保尔·策兰诞辰 100 周年

【作　者】吴建广
【单　位】同济大学
【期　刊】《复旦外国语言文学论丛》，2021 年，第 1 期，第 9－15 页
【内容摘要】诗集《呼吸转折》是策兰晚期诗文开启的标志，其中《浸蚀剥净》一诗的重要性表现在它全方位展现了诗集标题中生命的“转折”。转折不仅表现为策兰诗学中心主题的重心转移，更是浸润到诗学的形式，无论是诗文结构、句法结构还是内在互文性等方面都顺应了这一

转折。本诗的另一特色是，诗文的诗学句法、语词构造、诗句分行均植根于德意志语言之本质，以至其他语言几乎无法表述如此语态。这也体现了语文诠释学的基本要义——诗学涵义产生于语言与结构的整体形态之中。

【关键词】策兰；《浸蚀剥净》；呼吸转折；德语；涵义一体性

战争作为对平庸的逃离——析荣格尔小说《在枪林弹雨中》的另类日常

【作　者】马嫽
【单　位】北京科技大学外语学院
【期　刊】《德语人文研究》，2021 年，第 9 卷，第 1 期，第 26－30 页
【内容摘要】恩斯特·荣格尔的小说《在枪林弹雨中》以日记体的形式展现了以第一次世界大战为历史背景的独特战争日常。隐含其内的悖论在于：因不堪忍受 20 世纪初平庸和僵化的市民日常生活而投身于战争冒险中的青年人，却在同战争暴力和死亡的零距离接触中，切身体验到这一非日常的日常所带来的不安全和恐惧感。在激情与狂欢取代无聊与沉闷的同时，属于市民社会日常的约束感和边缘感也被战争日常中的同一化和匿名化所代替。可见战争不是解放，昔日满怀激情逃离平庸的年轻人终究不可能毫发无损地重新逃回市民生活的常态中去。
【关键词】恩斯特·荣格尔；日常；平庸；冒险；战争

治愈与新生——2020 年西班牙语文学概述

【作　者】杨玲
【单　位】首都师范大学外国语学院
【期　刊】《外国文学动态研究》，2021 年，第 4 期，第 31－38 页
【内容摘要】2020 年西班牙语文学在新冠疫情的影响下依然可圈可点，主题主要涉及：关注文学和语言本身，探究其治愈功能；疾病和死亡书写，从中寻找精神上的新生；暗含对和解期待的爱恨情仇故事。此外，女性文学依然是不可忽视的亮点。正如 2020 年召开的“Ñ 文学大会”所呼吁的主题，在这样一个反乌托邦已成为现实的时刻，文学需要乌托邦，因为文学能够治愈心灵，带来新生。
【关键词】西班牙语年度文学研究；治愈；新生；和解

自爱与慷慨：欧里庇得斯《阿尔刻斯提斯》中的道德困境

【作　者】罗峰
【单　位】华东师范大学英语系
【期　刊】《外国文学评论》，2021 年，第 4 期，第 220－234 页
【内容摘要】在《阿尔刻斯提斯》中，欧里庇得斯揭示了阿尔刻斯提斯的替死行为所引发的道德困境：这一行为既出于自愿又不自愿，女主人公身上既有传统德性的烙印，又因含混的自爱而带上了鲜明的个人主义色彩。替死行为虽显示出英雄式的勇敢，但又因替死者要求回报和忽略公共维度而与传统德性发生断裂。阿尔刻斯提斯的丈夫阿德墨托斯的选择也凸显了自爱和个人主义特征：他不仅要求他人替自己赴死、坦然接受妻子替死，还责骂父亲不愿替死，并在对妻子的背叛中消弭了慷慨德性。通过追溯替死引发的道德含混和人伦崩塌，欧里庇得斯展现了传统宗教的内在限度及其给人世政治和伦理带来的困境。

【关键词】欧里庇得斯；《阿尔刻斯提斯》；替死；自爱；道德困境

作为新自由主义全球化批判的“白色眼疾”——重审《失明症漫记》中的政治隐喻

【作　者】闵雪飞
【单　位】北京大学外国语学院
【期　刊】《外国文学动态研究》，2021 年，第 2 期，第 5－16 页
【内容摘要】《失明症漫记》是一部寓言小说，描述了作为瘟疫的失明症爆发之后的末日景象，“失明”的隐喻意义一直是研究者关注的重点。本文结合新冠疫情全球暴发的背景，梳理萨拉马戈思想脉络，细读相关访谈、演讲与杂文，重新审视“失明”隐喻的根本性意指，判断《失明症漫记》为一个批判新自由主义全球化的文本。同时，结合《失明症漫记》文本，讨论身体主体性与政治自觉的同构关系与获得的途径，并思考人的责任对于构建共同体与抵抗新自由主义全球化的意义。
【关键词】新自由主义全球化；隐喻；失明；责任；乌托邦；《失明症漫记》

（五）非洲文学研究论文索引

"Do We Have More Yesterdays or More Tomorrows?": (M/Tr)agical Realities and Postcolonial Utopian Prospects in Mia Couto's *Sleepwalking Land*

【作　者】Samya Achiri；Hocine Maoui
【单　位】Faculty of Letters，Social and Human Sciences，Badji Mokhtar University (Annaba)，Algeria
【期　刊】《世界文学研究论坛》，2021 年，第 13 卷，第 1 期，第 103－129 页
【内容摘要】This paper examines Mia Couto's idiosyncratic appropriation of magical realism as a discourse of "postcolonial utopianism" in his *Sleepwalking Land* (1992). It argues that this literary gesture emanates from the very complex realities of post-independence Mozambique on one hand，and the ability of magical realism to render them and articulate future aspirations concurrently on another. Despite being a robust condemnation of this depressive atmosphere，the novel draws on a postcolonial discourse which coalesces the magical，the historical and the utopian to critically "re-read" and "re-write" the neocolonial formations of the day in an attempt to envisage a better future. In the light of Bill Ashcroft's recent contribution to the field of postcolonial studies，i.e. his formulation of postcolonial utopianism，the paper scrutinizes the impact the Mozambican past，through memory in particular，and has in framing utopian thinking and futuristic visions as opposed to the western versions of utopia/nism. Extrapolating Couto's novel as a form of utopianism can open prospects to step beyond the traditional binarisms emblematic of postcolonialism generally and postcolonial literary criticism particularly. It sets the debate of what constitutes more an African dream in post-colonial Africa－past，present，or future musings－and the role of the African in this debate.
【关键词】Couto；magical realism；postcolonial utopianism；history；memory

Material Objects as Promoters of a Resistant Subjectivity：The Creation of an Alternative Space in Chimamanda Ngozi Adichie's "Imitation"

【作　者】Francisco Fuentes Antrás

【单　位】Department of Applied Linguistics，Alfonso X El Sabio University，Spain
【期　刊】《世界文学研究论坛》，2021 年，第 13 卷，第 4 期，第 677－692 页
【内容摘要】This article explores how Nkem，the female character in Chimamanda Ngozi Adichie's short story "Imitation" (2009)，builds a resistance space from where she exalts her subjectivity and rebels against an oppressive marriage that voids her. Her physical and mental paralysis is mainly triggered by an absent and distant husband called Obiora，who forces his wife into a materialization process that translates into Nkem being gradually infected by the fakeness and voiceless condition of the art pieces that he brings home from Nigeria. Consequently，she is commoditized and turned into one more imitational art piece in Obiora's collection，stressing her immobility and dependence on her husband. However，the originality and uniqueness of the African Ife bronze head that Obiora brings with him at the end of the story trigger Nkem's reflection，leading her to also recognize her own value. Through the projection of her subjectivity on the original African art piece，Nkem takes advantage of her in-betweness as a Nigerian in the United States and her house's interstitial status to create a "third space" where she can redefine herself outside the patriarchal ideology that Obiora epitomizes，as well as retrieve the African identity she had lost during the reterritorialization process undergone in her white American neighborhood. The redefinition of her relationship with the surrounding African items and the consequent appropriation of the space that this implies empowers her，since "territoriality is a primary geographical expression of social power" and our identities and self-definitions are inherently territorial.
【关键词】resistance space；Adichie；"third space"；identity；materialization process

The Ambivalence of Indianness in Ahmed Essop's *The Hajji and Other Stories*

【作　者】Rajendra Chetty
【单　位】Faculty of Education，University of the Western Cape，South Africa
【期　刊】《世界文学研究论坛》，2021 年，第 13 卷，第 1 期，第 72－87 页
【内容摘要】This article explores the ambivalence of Indianness in Ahmed Essop's debut collection of short stories，*The Hajji and Other Stories* (1978)，against the contested discourse of the nation. The article is underpinned by Bhabha's theory of nation and narration，specifically the authenticity and context of cultural location and representation. The image of cultural authority，like that of the Hajji，is ambivalent because it is caught in the act of trying to compose a powerful and religious figure，but stuck in the performativity of typical South African racial，class and religious prejudice. Essop's ambivalent narration evokes the margins of the South African space，the Indian minority；it is also a celebratory or self-marginalisation space. The ambivalence of the characters resonates across the collection－the insincerity of the Fordsburg community towards Moses and the two sisters；the deceitful Hajji Musa，the hypocrisy of Molvi Haroon seeking refuge with the perpetrator of blasphemy against the Prophet，Dr Kamal's pretence of having virtues and the charade of the yogi. In essence，the characters display virtues of Indianness and Muslim/Hindu piety that they do not actually possess.
【关键词】ambivalence；Ahmed Essop；Indianness；the Hajji；South African Indian writings

The Anthropocene in Chinua Achebe's *Things Fall Apart*

【作　者】Chukwu Romanus Nwoma
【单　位】Department of English and Literary Studies，Alex Ekwueme Federal University，Nigeria
【期　刊】《世界文学研究论坛》，2021 年，第 13 卷，第 3 期，第 451－465 页
【内容摘要】Chinua Achebe's *Things Fall Apart* has received different critical and theoretical interpretations that examined and reexamined the novel within the context of different social realities. This study therefore is an eco-critical reading of how the ecology is one of the "things that fall apart" in the novel. Through the eco-critical approach，the study interrogates and reveals the cultural orientations that induce environmental mistreatment and consequent ecological problems in the novel. The ecological problems manifest as both implacable forces and uncanny reactions. The discovery is that the characters subdue the environment with various socio-economic activities as the environment consequently reacts to the actions of the characters. The patterns of oppression and subjugation of the environment are traced，revealing the culpability of the characters in the environmental problems that threaten their existence. The study advances the process of rethinking African literature and criticism as it also advances the frontiers of the emerging discipline of environmental humanities.
【关键词】ecocriticism；Chinua Achebe；anthropocene；African literature；environment

“耻”的哀悼：大屠杀叙事与后殖民写作的伦理转向——从《迈克尔·K 的生活和时代》说起

【作　者】蒋晖
【单　位】电子科技大学外国语学院
【期　刊】《上海师范大学学报（哲学社会科学版）》，2021 年，第 50 卷，第 2 期，第 74－83 页
【内容摘要】库切的写作代表了后殖民文学在 20 世纪八九十年代出现的伦理转向，自此，后殖民文学的主题从政治转移到了伦理。这种转向和西方后结构主义、后现代主义内部发生的伦理转向密切相关。库切的写作深受二战期间犹太大屠杀叙事的影响，在《迈克尔·K 的生活和时代》和他的其他小说中，我们常能看到“集中营”“活死人”“焚烧炉”等意象。他在“殖民地”和“集中营”之间找到了历史的相似处。而列维纳斯、德里达、利奥塔、阿甘本等后结构主义思想家的主要工作是将大屠杀建立为一个 20 世纪最重要的“思想事件”。库切的写作处于后殖民、后现代和后结构主义三个知识领域的交叉点。在一定程度上，后殖民写作可以被理解为对阿多诺的质询“奥斯威辛之后还能有诗歌吗”在后殖民语境下所做的回应。
【关键词】库切；后殖民；大屠杀；伦理转向；后结构主义

“惊雷”之后的沉思——《意大利人》的社会批判主题

【作　者】余玉萍
【单　位】对外经济贸易大学
【期　刊】《外国文学动态研究》，2021 年，第 1 期，第 33－42 页
【内容摘要】2015 年阿拉伯布克奖获奖小说《意大利人》是阿拉伯剧变之后一部优秀的反思之作。该作通过一位左派青年的个人危机，再现了 20 世纪八九十年代转型期突尼斯社会暗流汹涌的动荡局面，以历史影射当下，揭橥突尼斯在政治、经济和文化发展道路上的诸多问题。作家

在情节构思上以私人叙事带动宏大叙事，凸显了个体与社会之间的张力，并使二者呈现出丝丝入扣的关系。本文拟从国家、城市与个体三个层面，探析小说的社会批判主题，以彰显文学对国家和民族命运所做的纵深整体性思考。

【关键词】《意大利人》；突尼斯；阿拉伯剧变；批判

“炭坑边的金丝雀”——《亚库比恩公寓》的空间批评视角解读

【作　者】袁明辉
【单　位】对外经济贸易大学外语学院
【期　刊】《外国文学动态研究》，2021 年，第 1 期，第 43－52 页
【内容摘要】埃及当代作家阿拉・阿斯瓦尼的小说《亚库比恩公寓》是新世纪阿拉伯文坛涌现出的一部力作。小说以开罗市中心的一幢公寓为故事发生的主要空间，通过对公寓内不同社会阶层命运的谱写，深刻揭露了近半个多世纪以来埃及的政治腐败与权力横行、阶级与性别剥削、宗教激进主义蔓延等社会隐患，并生动描绘了亚库比恩公寓所处的开罗市中心的诸多文化变迁。小说洞察力敏锐，对数年后阿拉伯剧变在埃及的爆发具有一定的预示性，但其所揭示的社会问题并未在声势浩大的“革命”浪潮后得以解决。
【关键词】《亚库比恩公寓》；权力空间；文化空间；身体空间；开罗

“以虚构挑战真实”——2020 年非洲法语文学综论

【作　者】李征
【单　位】中国社会科学院外国文学研究所
【期　刊】《外国文学动态研究》，2021 年，第 3 期，第 87－95 页
【内容摘要】非洲独立 60 周年（“非洲独立年”为 1960 年）之际，2020 年非洲法语区涌现了大量文学作品。从贫困家庭中的儿童到迷失在城市的外乡青年，从怀抱梦想的售票员到不得不冒险渡海的难民，丰富的人物构成了不同的声音，展现了后殖民时期非洲法语区特有的文学景象。此外，针对非洲法语文学，出版了多部有价值的研究论著，探讨了文学形式上的实验、文本中的殖民记忆以及非洲文学的跨文化性。
【关键词】非洲法语年度文学研究；后殖民时期；迁移；成长

本・奥克瑞小说中的乌托邦空间书写

【作　者】王少婷
【单　位】四川大学文学与新闻学院
【期　刊】《外国文学动态研究》，2021 年，第 6 期，第 89－100 页
【内容摘要】尼日利亚当代小说家本・奥克瑞在小说中描绘了多种形式的乌托邦，包括“阿比库三部曲”中阿扎罗的父亲所设想的非洲社会和政治乌托邦，《震慑诸神》中的乌托邦岛上城市，以及《星书》中的非洲古代艺术家部落。相较于西方思想和文学史上的乌托邦书写，奥克瑞所刻画的乌托邦空间带有显著的非洲文化色彩，表现出非洲人独特的艺术观、神灵崇拜和万物有灵论信仰。奥克瑞构想的乌托邦空间，是对尼日利亚古代文明的一种理想化呈现，是在对祖辈文化的归属中找到了非洲人的身份认同以及对抗西方文化侵蚀的力量；同时也表达了奥克瑞对创建充满平等、自由、完美、正义和爱的新非洲的美好愿望。

【关键词】本·奥克瑞；乌托邦空间；非洲艺术观；万物有灵论；神灵崇拜

大屠杀之后如何写诗——《伊丽莎白·科斯特洛》的创伤内核与表征悖论

【作　者】卜杭宾
【单　位】杭州师范大学外国语学院
【期　刊】《国外文学》，2021 年，第 3 期，第 110－121 页
【内容摘要】库切的《伊丽莎白·科斯特洛》自出版以来，女主角科斯特洛将人类屠杀动物类比为纳粹灭绝犹太人的耸动言论，引发了轩然大波。“大屠杀之后如何写诗”是库切在这部作品中观照后奥斯威辛时代文学出路与突围的一个不容忽视的思维支点，浸润了他对众生苦难、人性本质与文学书写的深刻省察。《动物的生命》和《邪恶的问题》这两个重要讲座通过展现科斯特洛置身于各种未定、矛盾情境中的感知崩溃与自我反诘，聚焦启蒙理性的宏大叙事，尤其是大屠杀特定历史语境所衍生的极端恐怖和绝对邪恶，在震荡人类想象和伦理阈限的过程中凸显后现代小说艺术的创伤内核与表征悖论。
【关键词】库切；《伊丽莎白·科斯特洛》；大屠杀；动物；创伤内核；表征悖论

非洲英语文学的理论探讨与奠基：评《非洲英语文学研究》

【作　者】徐舒仪
【单　位】浙江外国语学院英语语言文化学院
【期　刊】《文学跨学科研究》，2021 年，第 5 卷，第 4 期，第 737－742 页
【内容摘要】在世界非洲英语文学研究中，中国学术界的研究发展迅猛，是一支重要的新生力量。在中国学者奉献的研究成果中，由朱振武教授主编的《非洲英语文学研究》可以视为代表性成果之一。全书近 60 万字，分为总体面貌、主题意蕴、艺术表征、理论探讨四章，在整个非洲历史长河中对非洲英语文学进行了全面而系统的讨论，不仅揭示了非洲英语文学形成的历史条件，而且总结了非洲英语文学作为一种区域文学存在的总体特征。这部著作在中国非洲英语文学的研究方面具有开拓性质，为非洲英语文学的深入研究奠定了坚实的基础，具有重要的理论价值和现实意义。
【关键词】《非洲英语文学研究》；朱振武；本土表征；流散表征；混杂性表征

非洲英语文学在西方的生成和他者化建构

【作　者】李丹
【单　位】浙江工商大学外国语学院；上海师范大学人文学院
【期　刊】《外国文学研究》，2021 年，第 43 卷，第 4 期，第 164－176 页
【内容摘要】非洲英语文学是西方非洲文学研究的核心，但常常被视为英美文学特别是英国文学的附属，贴上“英联邦”“后殖民”和“新英语”等文学的标签。相关研究更是从西方视阈、文化认同和审美情趣出发，始终笼罩在西方话语之中。在后殖民理论等西方批评话语的掌控下，西方学者定义、圈划、剔筛、诠释进而建构非洲英语文学，过度关注非洲英语文学的政治因素、历史成因和文化内涵，并在阐释过程中构建出“黑人属性”和“非洲特性”等实际上是以他者文化为考量的单一想象。弄清这一点，对于我们跳出西方话语的藩篱，以中国文学文化视野平等观照非洲英语文学的内涵与外延，还原非洲文学文化的真实面貌和精神内核，具有重要意义。

【关键词】非洲英语文学；西方话语；黑人属性；非洲特性；他者化

论库切《福》的解构叙事及其寓意

【作　者】刘林；王秀香
【单　位】山东大学文学院
【期　刊】《山东社会科学》，2021 年，第 5 期，第 68－74 页
【内容摘要】J. M. 库切具有鲜明的解构意识，其小说名作《福》的前三章分别以克鲁索/星期五、苏珊·巴顿/克鲁索与福、福/苏珊·巴顿等对立形象为核心，质疑和解构文明/野蛮、男性/女性、真相/虚构等二元对立观念，如克鲁索和星期五在文明程度上此消彼长，表明文明中有野蛮，野蛮中也有文明；苏珊·巴顿的女性话语暗含多处矛盾和模糊；作家福与业余作者巴顿的争论聚焦真相与事实（历史）的关系、真相如何表现等问题。在解构叙述之后，最后一章旨在回答“解构之后发生什么？”的问题，将解构寓意汇聚在星期五这一边缘人物身上，认为所有文本及解构自身都将归于神秘、沉寂和永恒。《福》以解构叙事为特色，依靠解构经典（《鲁滨孙漂流记》）而成为新经典。
【关键词】J. M. 库切；《福》；解构叙事；解构寓意

尼日利亚奥尼查市场文学的去殖民思想

【作　者】冯德河；朱振武
【单　位】冯德河：上海师范大学；山东青年政治学院
朱振武：上海师范大学
【期　刊】《当代外国文学》，2021 年，第 42 卷，第 1 期，第 89－96 页
【内容摘要】奥尼查市场文学是尼日利亚文学史上的重要现象，它规模庞大且影响深远，但由于其作品质量粗陋且文学性不强，价值与地位一直遭到低估。通过文献梳理发现，目前的奥尼查市场文学研究多从其婚姻爱情主题或大众娱乐功能入手，没有触及其中的反殖民与去殖民思想。部分传记性市场文学作品高度赞扬非洲的政治英雄人物和因反对种族主义而遇刺的某大国总统，这本质上反映的是尼日利亚社会普遍的反殖民思想及其向去殖民化思想演变的过程。从这一角度重新审视奥尼查市场文学，将有助于对其历史价值重新定位，也有利于全面认识尼日利亚文学发展历程。
【关键词】尼日利亚；奥尼查市场文学；殖民主义；反殖民；去殖民

为“属下”言说：恩瓦帕《伊芙茹》主题重识

【作　者】张燕；杜志卿
【单　位】张燕：华侨大学外国语学院
杜志卿：华侨大学中外文学与翻译研究中心
【期　刊】《当代外国文学》，2021 年，第 42 卷，第 4 期，第 83－92 页
【内容摘要】弗洛拉·恩瓦帕的长篇处女作《伊芙茹》是一部首次为非洲女性“属下”发声的作品。本文通过将其与《瓦解》等作品进行对比，展现恩瓦帕改写阿契贝等尼日利亚男性作家笔下女性“属下”生活中被动和失语状态的愿景。恩瓦帕在小说中把女性“属下”的家庭生活及社区活动置于叙事中心，挑战了传统尼日利亚社会男性的“主人话语”，并通过描写商业活动

中女性的英勇行为，让她们发出有别于男性民族主义作家的反殖民主义之声，使女性“属下”的声音突破私人领域而进入公共政治领域。此外，恩瓦帕还借重塑本土神话故事中的女神形象，解构了传统伊博社会中占主导地位的男性话语权威，重拾女性“属下”因殖民主义和性别歧视而失去的自信和尊严。

【关键词】恩瓦帕；《伊芙茹》；“属下”

瘟疫书写的终极关怀——以南非英语小说《瘟疫之墙》为中心

【作　者】朱振武；陈平

【单　位】上海师范大学人文学院

【期　刊】《河南大学学报（社会科学版）》，2021 年，第 61 卷，第 1 期，第 89－95 页

【内容摘要】南非作家安德烈·布林克的小说《瘟疫之墙》有着鲜明的政治诉求，作品从欧洲瘟疫书写传统中汲取灵感，批判了当时南非的种族隔离制度。小说以瘟疫为寓言，通过探讨中世纪时期人类面对黑死病的种种行为，映照出当时南非社会存在的诸多问题。作者试图借助于人们面对“瘟疫”所产生的共同痛苦和创伤，在南非社会塑造了一个想象的共同体，以期对即将到来的民族和解有所裨益。白人作家力图通过充满人道主义关怀的“黑色书写”为受压迫的黑人群体发声，从而消弭长期以来的偏见和歧视，而这种对共同体的认同及守望相助的信任在全球大流行病肆虐的今天有着重要的启发意义。

【关键词】瘟疫；隔离；种族；爱情；责任

文化认同与文化抗争：作为民族寓言的《死亡与国王的侍从》

【作　者】殷明明

【单　位】合肥学院中文系

【期　刊】《学术界》，2021 年，第 4 期，第 143－150 页

【内容摘要】《死亡与国王的侍从》中的仪式自杀在殖民者的文化压制下不仅是一种文化认同，也成为一种文化抗争。由于殖民者的阻挠和艾雷辛意志的薄弱，仪式自杀未能完成。艾雷辛之子的“替父自杀”表现出文化抗争的继续和非洲知识分子对传统的回归。但他们对于非洲传统和欧洲文明之间的关系仍然未能有清醒的认识，回到前殖民时代的努力只能以一种悲剧的形式出现。非洲不仅要抵抗文化的殖民，也要抵抗对于失败的忘却。

【关键词】《死亡与国王的侍从》；文化认同；文化抗争；“黑人性”

文化杂糅下的身份危机——评萨利赫的《向北迁徙的季节》

【作　者】蒋翃遐；方敏

【单　位】兰州大学外国语学院

【期　刊】《当代外国文学》，2021 年，第 42 卷，第 2 期，第 99－105 页

【内容摘要】当代苏丹作家萨利赫长期游走于西方社会和阿拉伯世界，擅长书写不同民族之间的文化冲突，探究他们在烛照自我与解读他者时生发的文化镜像。本文将结合霍米·巴巴的杂糅身份理论，讨论萨利赫的小说《向北迁徙的季节》中主人公穆斯塔法和无名叙述者在后殖民时期所面临的身份危机，揭示出阿拉伯社会利用殖民者的文化杂糅行为，维护自己的权利，挑战殖民主义统治的可行性。

【关键词】萨利赫；《向北迁徙的季节》；文化杂糅；身份危机

西方非洲英语文学研究的偏离及其在非洲本土的疏离

【作　者】李丹
【单　位】上海师范大学人文学院；浙江工商大学外国语学院
【期　刊】《河南大学学报（社会科学版）》，2021 年，第 61 卷，第 1 期，第 96－102 页
【内容摘要】西方非洲英语文学研究经过半个多世纪的积累，数量丰硕、成绩斐然，并形成了相应的批评话语和阐释模式。然而这种围绕殖民话语建立起来的研究方法明显呈现出一种对非洲英语文学本体的偏离。偏好解读非洲英语小说中的政治主题，忽视非洲英语戏剧的本土文化，漠视非洲英语诗歌的人文情怀，并在西方中心审美下的“普遍主义”倾向中，形成了近年来与非洲本土日渐疏离的流散研究。了解西方非洲英语文学研究的偏离，可以避免我们在向西方学习和借鉴现有成果时落入西方的话语陷阱，同时也可以帮助我们更好地以中国学者的主体意识积极地参与到与非洲文学文化的平等对话交流中。
【关键词】西方非洲英语文学研究；非洲本土研究；偏离与疏离

英雄的奖牌抑或败将的勋章？——评埃及小说《给英雄的奖牌》

【作　者】尤梅
【单　位】北京外国语大学
【期　刊】《外国文学动态研究》，2021 年，第 1 期，第 25－32 页
【内容摘要】埃及青年作家艾哈迈德·欧尼的首部长篇小说《给英雄的奖牌》讲述了中产家庭出身的埃及青年拉米无意中卷入 2011 年“一·二五革命”的示威游行队伍、后被莫名其妙地冠以“英雄”称号的荒唐经历。小说通过对家庭中父权制度的深刻反思，表达对埃及社会威权主义的批判与反抗，同时还试图对剧变期间盛行的“英雄”和“英雄主义”进行解构，并试图保持距离，对埃及这场声势浩大的社会剧变进行冷静的审视与反思。
【关键词】《给英雄的奖牌》；埃及剧变；威权主义；“英雄主义”；“革命”

知行合一：纳丁·戈迪默《伯格的女儿》中的文学伦理学解读

【作　者】肖丽华
【单　位】宁波大学科学技术学院
【期　刊】《文学跨学科研究》，2021 年，第 5 卷，第 2 期，第 291－299 页
【内容摘要】《伯格的女儿》是南非国宝级当代女作家纳丁·戈迪默最重要的长篇小说之一，小说以王阳明的“知而不行是为不知”作为题记，描述了主人公罗莎由伦理困境到伦理选择的心路历程，强调了伦理的实践性本质。在小说结尾，罗莎主动结束流亡回到南非，积极投身于南非革命运动中的黑人救助工作。她的这一伦理选择对于在种族隔离制度时代的南非如何实现政治正义，具有重要意义，体现了戈迪默对南非社会与政治生活的担当与勇气，也体现了严肃的现实主义文学所具有的教诲功能。
【关键词】《伯格的女儿》；知行合一；伦理身份；伦理选择；政治正义

（六）大洋洲文学研究论文索引

“动物体”式丛林人：夏洛特·伍德《万物之自然法则》中的文化建构

【作　者】陈洋
【单　位】华东师范大学外语学院
【期　刊】《外国文学动态研究》，2021 年，第 2 期，第 82－91 页
【内容摘要】在《万物之自然法则》中，夏洛特·伍德结合丛林书写方式和动物研究视角建构了“动物体”式丛林人意象，对以白人男性为主导的澳大利亚民族神话和民族身份进行了解构。通过对丛林危机与性别压迫的具象呈现、丛林历史中女性惩戒的情节操演和“动物体”式丛林人的意象建构，伍德对澳大利亚民族文化顽疾进行了揭示、溯源和批判，并且以蕴含深刻生态伦理关怀的“动物体”式丛林人意象为反思当代澳大利亚现实问题提供了重要参考。
【关键词】夏洛特·伍德；《万物之自然法则》；丛林书写；“动物体”

蒂姆·温顿小说中“有毒的男性气质”与治疗

【作　者】王福禄
【单　位】南通大学外国语学院
【期　刊】《外国文学动态研究》，2021 年，第 5 期，第 87－95 页
【内容摘要】在蒂姆·温顿的小说中，“有毒的男性气质”表现为家暴、谋杀、性别歧视、厌女等多种形式，具备这类气质的男性不仅给他人带来痛苦，也给自己招致危险甚至死亡，并且给心智不成熟的儿童和少年塑造了错误的性别范式。对此，温顿借助于阅读、亲近自然和语言交流等方式为治疗这种性别气质提供了参考。本文借鉴康奈尔的男性气质理论，从“有毒的男性气质”的表现、危害和治疗三个方面，对温顿作品中的男性人物形象进行分析，从中可见温顿批判父权制、倡导两性平等的亲女权主义立场。
【关键词】蒂姆·温顿；男性人物形象；“有毒的男性气质”；治疗

斐济作家皮莱依《庆典》中的文化记忆与身份认同

【作　者】王琦

【单　位】安徽大学外语学院
【期　刊】《外国文学》，2021 年，第 1 期，第 136－144 页
【内容摘要】同一集体的成员借助于相同的语言、生活方式和节日仪式等形成共同的文化记忆，并以此确立相同的身份认同。因此，印度裔斐济人与土著斐济人必然拥有不同的身份认同，由此产生的文化冲突与族群矛盾也成为斐济不容忽视的社会问题。借助文化记忆中功能记忆理论对小说《庆典》中展现出的文化记忆进行分析可知，代表斐济印度移民及其后代的主人公一家三代，从各自的当下出发，分别对印度文化记忆进行了固守、继承和颠覆，由此产生各自不同的身份认同需求，表明印度裔斐济人与土著斐济人只有在文化上相互包容与融合，将彼此的文化记忆视为构建斐济多元文化社会的一部分，才能解决由移民问题引发的各类社会矛盾。
【关键词】文化记忆；身份认同；印度裔斐济人；移民；多元文化

杰拉尔德·默南《景中景》中的苦闷书写

【作　者】孔一蕾；王腊宝
【单　位】孔一蕾：苏州科技大学外国语学院
　　　　　王腊宝：上海外国语大学英语学院
【期　刊】《当代外国文学》，2021 年，第 42 卷，第 1 期，第 82－88 页
【内容摘要】当代澳大利亚著名小说家杰拉尔德·默南的代表作《景中景》，是一部经典的后现代佳作。小说运用套盒结构呈现六个相对独立又环环相扣的故事，不同故事之间首尾相连构成一个整体。作品人物通过果汁、斑点和曼荼罗等一系列意象婉转表达自己的欲望和对于超越日常生活的渴望。小说借此深刻揭示 20 世纪中期澳大利亚社会和文学中普遍存在的肉体与精神、理想与真实之间的割裂，生动刻画了一代文学青年的压抑和苦闷，以及他们对于走出苦闷的向往。小说用寓言般的叙事将 20 世纪中叶澳大利亚文坛压抑的环境生动地呈现在读者面前，为澳大利亚文学留下了一部经典佳作。
【关键词】杰拉尔德·默南；《景中景》；欲望；真实；苦闷

文化创伤与寄生虫——评一起重要的澳大利亚文学事件

【作　者】孔一蕾
【单　位】苏州科技大学外国语学院
【期　刊】《外国文学动态研究》，2021 年，第 5 期，第 127－133 页
【内容摘要】库里骗局是 21 世纪发生在澳大利亚的一起重要文学事件。诺玛·库里凭借其出色的言说策略、对“后 9·11”时代西方社会政治形势和读者心理的准确把握，在《禁忌之爱》中成功建构了文化创伤，获得了广泛好评。但是，由于她违反了言语行为可接受性的三大认可条件，其建构最终不可避免地走向了坍塌。库里骗局就像一只寄生虫，大大削弱了它的宿主——见证文学的影响力，同时严重挤压了澳大利亚文学公共领域，使之日益萎缩：公众由文化批判者转为文化消费者，文学活动的自主性也大大削弱。
【关键词】库里骗局；文化创伤；寄生虫；言语行为；见证文学；文学公共领域

先锋的消退抑或升华：彼得·凯里新世纪小说创作转向研究

【作　者】詹春娟；李杨

【单　位】詹春娟：同济大学；安徽大学
李杨：同济大学

【期　刊】《当代外国文学》，2021 年，第 42 卷，第 3 期，第 101－107 页

【内容摘要】21 世纪以来，彼得·凯里的文学创作呈现转型之态势，可见于如新现实主义倾向，地方与全球化书写的融合及显见的乌托邦愿景等。表面上看，凯里的写作转变是文学先锋性的消退和保守传统主题的回归。但从文本杂糅形式、延展内涵和政治色彩来说，凯里的新世纪小说并未舍弃先锋内核，而是转向多元自由的写作策略，蕴含更丰富、更复杂的地方和世界图景。

【关键词】彼得·凯里；新世纪小说；先锋

（七）美国文学研究论文索引

"I Do Not Own My People, I Own Slaves": The Formation of Slave Owners' Consciousness in Edward Jones's *The Known World*

【作　者】Mariya Shymchyshyn
【单　位】Department of Literary Theory and World Literature，Kyiv National Linguistic University，Ukraine
【期　刊】《世界文学研究论坛》，2021 年，第 13 卷，第 2 期，第 313－324 页
【内容摘要】The article deals with Edward Jones's postmodern historical novel *The Known World*. The first part of the article concentrates on the revision of the official history of slavery. It is argued that the novel reconsiders the realities of the past through the narrator's invention of facts. This symbiosis when history becomes fiction and fiction becomes history opens the possibility of filling the gaps that have been created by the grand historical narrative. In this particular novel，it is the invisibility of black slave holders in the dominant discourse of slavery. In the second part of the article，it has been argued that the novel correlates with recent criticism related to organic racial identity and with essentialist views about collective consciousness. The research then can be located in a broader paradigm of destabilizing the ideology of identity that privileged race，gender，and sexual orientation. The author pays particular attention to the technology of inventing the black slave owners' consciousness. It is concluded that the black slave owners' identities have been constructed through the interpretation of the raw material of the experience with a reference to the formulated practices and protocols of white slave owners. Although some of the slave owners understand that they are trapped into the ideology of slavery，they cannot escape it. They become rather ambivalent about owning people of their race，but still cannot resist the social structure. Being inserted into the ideology of slavery，they must obey it.
【关键词】collective racial identity；the slave owners' consciousness；Edward Jones；*The Known World*；a postmodern historical novel

An Ethical Study of Toni Morrison's *God Help the Child*

【作　者】Wan Andi
【单　位】School of International Studies，Zhejiang University
【期　刊】《世界文学研究论坛》，2021 年，第 13 卷，第 2 期，第 301—312 页
【内容摘要】Toni Morrison's latest novel *God Help the Child* presents the ethical dilemma of a young black woman who is traumatized by her childhood experiences and undergoes transformation before accomplishing maturity and wisdom. Morrison demonstrates her ethical choice by juxtaposing issues of race and materialism and apposing two modes of relationships between characters in the novel: conditional relationships represented by Sweetness，Louis and Booker，which leads to Bride's spiritual dilemma and physical regression； unconditional care，embodied by Steve，Evelyn and Rain，which brings Bride out of her dilemma and leads to the recovery of her body and her humanity. The present article aims to elaborate on ethical dilemma，ethical choice and ethical theme of the novel in the light of the theory of ethical literary criticism，in which Morrison's plotting and characterization will be analyzed in the context of colorism and materialism，and the theme of natural love，as a healthier and more lasting relationship bonding based on empathy and mutual care，will be revealed.
【关键词】Toni Morrison； *God Help the Child*； ethical dilemma； ethical choice； ethical theme

Being of Time vs. Clock Time： Temporal Experience of Modernity in *The Sound and the Fury*

【作　者】Zhang Shiyuan； Yang Jincai
【单　位】School of Foreign Studies，Nanjing University
【期　刊】《文学跨学科研究》，2021 年，第 5 卷，第 2 期，第 300—319 页
【内容摘要】Modernity is saturated with a new view of time. In the twentieth century of time obsession，*The Sound and the Fury* reveals the contradiction between personal being of time and social clock time. Heidegger's philosophy of time becomes a lens to inspect modernity's perspective of time on history，capitalism and religion，revealing temporal experiences of modernity in conflict. Opposing modernity's emphasis on the present，Quentin is indulged in history and the past. Jason tries to pursue the speed of capitalism，only to find himself has fallen behind in everyday life. By taking an ethical responsibility for the other，Dilsey to some extent achieves a transcendence of time，but her whole-life endurance becomes a refutation against the view of progress. In the end，Benjy，the idiot's montage-like narration exposes the ephemeral，fugitive and contingent character of modernity's time，and his feeling of space and forgetfulness creates presentness which turns out to be a direct expression of the temporal experience of modernity.
【关键词】*The Sound and the Fury*； William Faulkner； time； modernity

Beyond Gender： Catheresque Queer Harmony and Possibility

【作　者】Hyojeong Byun
【单　位】College of Creative Future Talent，Daejin University，R. O. Korea
【期　刊】《世界文学研究论坛》，2021 年，第 13 卷，第 3 期，第 522—534 页

【内容摘要】This article discusses the meaning of queer harmony and possibility that can be found in Willa Cather's *Death Comes for the Archbishop*, published in 1927. In modern times, the term queer is used to describe all possibilities of various identities, dispositions, cultures, religions, places, classes, characteristics, and so on. Leaning on its elastic interpretation, this study aims to highlight the value of Cather's use of the word *queer* in relation to human beings and places by constructing a stage for her ideals of catholicity, reconciliation, healing, harmony, understanding, and acceptance. In the process of it, Archbishop shows Cather's primary ecstasy transforming eroticism beyond gender into spiritual freedom and value, and guarantees a model of the queer world for her other novels. In this novel, Cather's gender crossing is the energy source for her creativity, progressive spirit, and a part of her power to inspire herself and her works to be valued. For these reasons, this study explores the possibility of the sexual, racial, local, social, sensual, emotional, and ethical queer suggested by Cather within the boundary of its semantic diversity and presents some of the queer models of generosity, acceptance, and harmony that recognize the possibility of looking at existence differently.

【关键词】queer; same-sex relationship; healing; reconciliation; Willa Cather; *Death Comes for the Archbishop*

Bringing Up Topsy by Hand

【作　者】Robert Tindol
【单　位】Faculty of English Language and Culture，Guangdong University of Foreign Studies
【期　刊】《世界文学研究论坛》，2021 年，第 13 卷，第 3 期，第 466－480 页

【内容摘要】Harriet Beecher Stowe's prescription in *Uncle Tom's Cabin* for a healthy future economy after the abolition of slavery calls for an environment in which ex-slaves will be free to make their individual contributions. The novel condemns all efforts of Antebellum society to punish slaves, with the noteworthy exception of the corporal punishment endured by the young girl Topsy, whose antics are not so much offensive as they are merely nonproductive. In this essay, Stowe's seemingly ambivalent attitude toward Topsy is contextualized within the work of the French theorists Gilles Deleuze and Felix Guattari in their work *A Thousand Plateaus*, as well as in Michel Foucault's *Discipline and Punish*. The conclusion is that Topsy is not necessarily reformed by her overseer Ophelia St. Clare, but rather is content to engage in nonproductive activity (or "deterittorialized" activity, in Deleuzian/Guattarian parlance) until she finds a good reason to "reterritorialize". Thus, corporal punishment has no effect and no relevance in her situation.

【关键词】Harriet Beecher Stowe; *Uncle Tom's Cabin*; Michel Foucault; Gilles Deleuze; Felix Guattari

Ecological Ethics in Emily Dickinson's Nature Poems

【作　者】Xiang Lingling; Gao Fen
【单　位】School of International Studies, Zhejiang University
【期　刊】《世界文学研究论坛》，2021 年，第 13 卷，第 1 期，第 1－17 页

【内容摘要】Emily Dickinson's ecological ethics is notable for her humble and tolerant attitude toward nature, namely her reverence for natural wonders and mysteries, her non-discriminatory appreciation of natural diversity and complexity, and her recognition of the significance of nature itself rather than that of human value. With such ethical attitude toward nature, Dickinson presents her ethical choices correspondingly through the personae and narrators in her nature poems. First, they remain humble to nature, no matter it is spectacular or trivial, graceful or destructive, and choose to be modest observers and admirers to honour the sublimity and inscrutability of nature. Second, they are always sympathetic with Nature's People no matter these wild lives cater to human beings or not. They choose to live in a state of symbiosis, namely a state of harmony instead of cutthroat competition. Third, Dickinson establishes positive abstinence with her ascetic paradoxes, which proposes to abstain human beings from their animal-like appetite to prevent the unprotected nature from being spoiled and keep themselves open to higher possibilities. Her ecological ethics is positive: it is mutually beneficial to sustainability of nature and human spiritual self-realization, and to potentialities of coexistence of human beings and nature in the long run.

【关键词】Emily Dickinson; ecological ethics; ethical choice

Historical Narratives, Fictional Biographies, and Biblical Allusions in Aleksandar Hemon's *The Lazarus Project* as a New Literary Hybrid

【作　者】Andrii Bezrukov; Oksana Bohovyk
【单　位】Philology and Translation Department, Dnipro National University of Railway Transport, Ukraine
【期　刊】《世界文学研究论坛》，2021 年，第 13 卷，第 2 期，第 270－289 页
【内容摘要】The article proposes a new perception of *The Lazarus Project* (2008) by Aleksandar Hemon. Literary transformation of the past events in light of historical experience, their reinterpretation, and adoption appear within the novel in the forms of history representation and memory production. The author's position in the book is actualised through its structure with alternating chapters and realised in two conflicting identities: a historian who just records events, and a creator who builds up the conditioned reality of the characters' world. The analysis of the novel's structure displays the hybridity of narrative strategies in historical, fictional, and biblical dimensions. Including photography in literary hybridisation highlights a means through which the forms of the representation of the author's worldview get separated from existing practices and recombine with new ones. The conjunction of biography, photography, space and time frames in *The Lazarus Project* refers to a specific type of narration that underlines its transnational character. The article also deconstructs the examples of biblical allusions and as direct to indirect references to the Bible that can be a way of transcending historical barriers. Originality in research of Hemon's novel as a representative of migrant literature consists in revealing the influence of transcultural narratives of contemporary postcolonial fiction on the migrant identity. The application of an interdisciplinary approach intends to demonstrate the diversity of narratives in the book as an original piece of postmodern metafiction.
【关键词】history; narration; (auto)biography; reference; amalgam

Identity Politics on LeRoi Jones/Amiri Baraka's Stage：The Monolith of Culture and the Trope of Blackness as Vectors of Racial Otherness

【作　者】Samy Azouz
【单　位】University College，Umm Al-Qura University，Saudi Arabia；
Faculty of Letters and Humanities，Kairouan University，Tunisia
【期　刊】《世界文学研究论坛》，2021 年，第 13 卷，第 2 期，第 325－341 页
【内容摘要】Culture is central in LeRoi Jones/Amiri Baraka's scheme of black identity construction. The concepts of culture and identity become substantial as Baraka's nationalism gains momentum. The playwright decisively engraves black identity in a larger cultural context and a broader racial history. This can be explained in terms of Baraka's espousal of an eclectic ideology that blends both culture and race. Culture and race transpire then to final fuse. Consequently，Baraka moves in the direction of building identities that hinge on culture and declares blackness as intrinsic difference. The articulation of difference is comparable to the assertion of one's self as absolutely distinct. Such paradigmatic blackness comes to the fore as a result of white identitarian hegemony and racial supremacy. I shall take issue in this paper with black identity formation and its dependence on culture. The second part of this paper sheds light upon the trope of blackness as categorical difference closely related to the notion of race. This paper demonstrates the paramount significance of culture in the construction of black identity，and dispels the silence of the critical literature on matters relating to culture，difference，and identity in several plays written by Baraka during his various shifts of ideological position. It also argues for the importance of black culture and the positioning of blackness at the heart of identity politics.
【关键词】culture；identity；difference；sameness；blackness；race；membership

“暴力改变了我”，然后呢？——格吕克《阿弗尔诺》中的后“9・11”悲悼

【作　者】但汉松
【单　位】南京大学外国语学院
【期　刊】《外国文学》，2021 年，第 3 期，第 30－42 页
【内容摘要】露易丝・格吕克在“9・11”之后发表的诗集《阿弗尔诺》可被视为这位桂冠诗人对国家悲剧的一次诗学沉思。然而，与主流创伤理论及典型的“9・11”诗歌体现的创伤抒情不同，《阿弗尔诺》传达了女诗人对于暴力和现实、创伤和疗救、过去和现在等问题的复杂态度。借助于对古典神话的当代改写和冷峻的抒情基调，格吕克以一种游离于自白派和浪漫主义之外的后“9・11”诗歌写作，提出了艺术家以追寻痛苦的“澄明”为认知目标的修通之路。她对于创伤话语及其背后“残酷乐观主义”的批判，可以帮助我们更好地理解暴力断裂的连续性，并重塑指向未来的“当下感”。
【关键词】露易丝・格吕克；暴力；“9・11”；创伤；修通

“别把任何东西占为己有”：迈克尔・帕默的“波德莱尔组诗”中的欧莉迪丝与场景书写（英文）

【作　者】帕特里克・普利切特
【单　位】美国康涅狄格大学

【期　刊】《外国文学研究》，2021 年，第 43 卷，第 3 期，第 33－51 页
【内容摘要】迈克尔·帕默于 1988 年发表的诗作“波德莱尔组诗”常被人读作为西方抒情诗从霍尔德林到艾略特的历史而写的挽歌。此诗引经据典，大有诗中诗的效果，即展现、又否定抒情诗的功能。然而，换种读法就会发现，此诗竭力揣摩西奥多·阿德诺写于奥斯威辛之后的诗歌及其明言释定的难题。本文试图探索帕默如何运用欧莉迪丝的形象来与阿德诺的见解达成一致，并着重于检视他如何涉猎瑞尔克的名诗，“奥菲厄斯、欧莉迪丝、赫耳墨斯”，把她虽已临近上层世界之门、却致命地消失在哈德斯（地狱）的细节加以戏剧化，从而创造出奥菲厄斯之歌在一个失落和灾难的世界里仅仅作为痕迹而赖以延续的必要条件。
【关键词】迈克尔·帕默；摩西奥多·阿德诺；奥斯威辛；欧莉迪丝；否定

“不可言说”之痛与书场艺术——论厄德里克小说《鸽灾》

【作　者】张小平
【单　位】扬州大学外国语学院
【期　刊】《国外文学》，2021 年，第 4 期，第 113－122 页
【内容摘要】文学中的私刑表现自 19 世纪晚期一直受到评论家们的关注，但美国本土裔文学中的私刑表现却被忽视。路易丝·厄德里克的名著《鸽灾》将美国印第安人、混血族裔和普通白人悲剧命运，放入私刑这一历史创伤及其产生的历史文化语境之中演绎，征用传统书场的艺术表现手法，使得私刑从历史深处浮现出来，有了“不可言说”到“言说”的可能。厄德里克不仅将施害者和受害者、说（书）者和听（读）者一起裹挟，卷入书场独特的声音空间，更使得小说在视与听的复杂关系中，让历史与真相、公理与强权、凝视与反凝视、控制与反控制等一系列问题在文本的张力和边界中，进一步滑脱而凸显，引人反思。
【关键词】路易丝·厄德里克；《鸽灾》；私刑；书场

“大脑中的幽灵生命”——论《K 氏零度》的超人类主体及其限度

【作　者】李思
【单　位】中国人民大学文学院
【期　刊】《当代外国文学》，2021 年，第 42 卷，第 1 期，第 158－164 页
【内容摘要】唐·德里罗的《K 氏零度》将超人类的永生幻想和鲜活的生活世界交织在一起，而其中的纽结则是后人类状况下人的主体性问题。人体冷冻技术不仅证实了笛卡儿的“身心二元论”而且实现了意识与身体的分离，制造出一个永恒的纯粹意识主体。主人公试图通过坚定的内在持守摆脱这一不死性的诱惑，却在同样“离身”的境遇里愈加孤独。母亲的亡灵催促着他置身于生活世界，在充满哀伤和欢欣的情感和记忆中寻回自我。这是一个既维护自主性同时又自我削弱的主体，德里罗在此表达了自己不同于传统人文主义的人文主义立场。
【关键词】唐·德里罗；《K 氏零度》；超人类主义；主体

“黑色维纳斯”的伦理选择——文学伦理学批评视域下的帕克斯戏剧《维纳斯》

【作　者】王卓
【单　位】山东师范大学外国语学院；山东师范大学外国文学与文化研究中心
【期　刊】《外国文学研究》，2021 年，第 43 卷，第 1 期，第 92－103 页

【内容摘要】美国非裔戏剧家苏珊·帕克斯获得戏剧奥比奖的剧作《维纳斯》是一部饱受争议的作品。之所以如此是因为有研究者认为帕克斯把历史上的黑人传奇女性，被称为“霍屯督维纳斯”的萨拉·巴特曼塑造成了白人殖民者的“同谋”而不是“牺牲品”，并由此引发了谁有权利讲述黑人女性的历史以及如何讲述等更为深层次的问题。从文学伦理学批评的视域审视《维纳斯》和这场激烈的论辩，学界一直关注的帕克斯的戏剧考古、维多利亚时代黑人女性面临的独特的伦理困境、巴特曼的生存伦理等问题均呈现出全新的历史和现实意义。在文学伦理学批评视域下，帕克斯塑造“同谋者”巴特曼的过程恰恰是一次赋予这位“黑色维纳斯”人的尊严和权利的伦理书写过程，并在这样的书写中使得“黑色维纳斯”获得救赎和重生。
【关键词】苏珊·帕克斯；《维纳斯》；“霍屯督维纳斯”；文学伦理学批评；伦理选择

“汇编诗学”与玛丽安·摩尔诗歌的非绘画抽象

【作　者】何庆机
【单　位】浙江工商大学外国语学院
【期　刊】《外国文学研究》，2021 年，第 43 卷，第 1 期，第 117－128 页
【内容摘要】玛丽安·摩尔于 20 世纪 20 年代曾短暂逗留于自由体诗形式，同时开始侵染于现代都市文化与现代绘画艺术之中。在这种语境下，摩尔形成了特有混杂观或杂糅观——汇编诗学；这一观念典型地体现在其“展示与罗列”诗歌技巧和写作模式中。这类诗歌具有典型的抽象特征——非像似性、反叙事性与非线性，但这种抽象不同于通常意义的绘画抽象，而是一种“非绘画抽象”。“展示与罗列”从诗歌形式上是对现代性文化的模仿，但从内容上又构成了对这一文化的反讽，通过对现代性文化及其在此语境中的诗歌创作的多重考察，体现了诗人对现代性文化精神层面的深度思考及诗歌本体问题的深刻关注。
【关键词】玛丽安·摩尔；“展示与罗列”；“汇编诗学”；“非绘画抽象”

“介入的文学”：政治、政治小说和美国政治书写

【作　者】陈俊松
【单　位】华东师范大学外语学院
【期　刊】《当代外国文学》，2021 年，第 42 卷，第 1 期，第 151－157 页
【内容摘要】在当代西方文化研究的语境中，涉及阶级、性别、移民身份和弱势群体等方面的文学作品在某种程度上都具有一定的政治性。相对于“政治小说”而言，政治书写是个更为宽泛的概念。在对“政治”的定义和论述进行梳理的基础上，本文着重探讨政治小说的特点，政治书写在美国文学史上的地位以及文学与政治之间的关系。政治小说的独特之处主要体现在它“内在的张力”，政治书写可以说是美国文学史上一条贯穿始终的主线，而两者实为两个既重合又不同的概念。在理想的状态下，文学和政治之间应该是一种对话和互动的关系。
【关键词】政治；政治小说；政治书写；美国文学

“芥子纳须弥”：布罗茨基学的形成与当下的演变

【作　者】张驰
【单　位】浙江大学世界文学与比较文学研究所
【期　刊】《外国文学动态研究》，2021 年，第 1 期，第 119－126 页

【内容摘要】30余年间，国外学界对布罗茨基的学术研究已形成范式独特的“布罗茨基学”，而我国在此领域却仍在起步阶段。布罗茨基学犹如一粒“芥子”，容纳着一座“须弥”的世界：关于其广阔的艺术价值和精深学术思想的研究中，既包孕着30余年来国外人文社科界的研究成果、方法视角、理论思潮、批评范式与评价体系，也直接关联着时代思想史的大对峙、大和解、大变革，这实为我国映射外国文明与文化动态进程的一面镜子。本文着重梳理、补漏、辨讹了国外布罗茨基学30余年的研究成果，将其作为一个管窥的孔径来帮助我们观察20世纪70年代以来的文学思想史的变迁。布罗茨基学仍有许多问题和增长点亟待中国学者的弥补与开拓。
【关键词】布罗茨基；俄国侨民文学；布罗茨基研究述评；文学与思想史

“矛盾性结构”的结构与高扬——美国新批评观念一探

【作　者】张文初；张倩
【单　位】张文初：广东财经大学华商学院
　　　　　张倩：湖南师范大学文学院
【期　刊】《中国文学研究》，2021年，第3期，第25－32页
【内容摘要】美国新批评的“张力”“悖论”“反讽”“具体普遍性”等著名范畴指涉的都是存在于作品中的矛盾性结构。就其共同性而言，“矛盾性结构”包含要素多样、多样性要素相互对立、对立性要素一体化三个方面。“要素多样”的“多”既表现为“二”，形成多种二元结构；也表现为多种形态的对“二”的超越。“要素的对立”可发生在作品内部，也可发生在“结构体”之间。“对立性要素的一体化”可区分为“在场领域的一体”与“构成体的一体”两种形态。“多样”“对立”“一体”三者相比较而言，“对立”更具有现代诗学意义，更能体现现代诗学的特殊性。
【关键词】美国新批评；“矛盾性结构”；文学作品

“三论”新视野下的美国后现代派小说

【作　者】杨仁敬
【单　位】厦门大学外文学院
【期　刊】《厦门大学学报（哲学社会科学版）》，2021年，第6期，第146－154页
【内容摘要】美国后现代派小说出现于20世纪60年代的艰难时期，当时美国遭遇危机，社会混乱，文学面临枯竭，作家们奋起自救。他们借用“热寂说”“熵定律”和“混沌论”三种理论，以戏仿、杂糅、拼贴和黑色幽默的手法，构建奇特的混沌社会的图像，描绘了从总统到囚犯的各种“反英雄”，揭示少数族裔对身份构建的诉求，展示了孤独、死亡和反抗的存在主义基调。它展现了美国是个混沌无序的世界。因此，它跟20世纪50年代垮掉派诗歌和小说、60年代荒诞戏剧一起，在美国文学史上占有一席之地。
【关键词】美国后现代派小说；“热寂说”；“熵定律”；“混沌论”

“身体叙事”悖论考辨

【作　者】田霞
【单　位】怀化学院外国语学院；北京语言大学英语学院
【期　刊】《外语教学》，2021年，第42卷，第2期，第102－107页

【内容摘要】“身体叙事”是 20 世纪以来西方和中国文学理论及其研究的一个重要话题。它是一个边界含混的概念，在研究史上常常见仁见智。菲利普·罗斯通过小说主人公的“欲望”与“伦理”之间的表层冲突和深层思辨，赋予其“身体”肉体和精神等多层面的内涵与外延，由此形成“身体叙事”的“两个世界”“身体叙事”的不同语境，厘清其不同形态和种种悖论，对于理解罗斯小说的身体叙事艺术及其伦理观念，具有重要的身体哲学意义和语言哲学意义。
【关键词】菲利普·罗斯；“身体叙事”；语境；形态；悖论考辨

“深层时间预期”与弥赛亚时间——“时间的架构”中夏邦的犹太历史重构及其民族标识

【作　者】秦轩
【单　位】山东师范大学外国语学院
【期　刊】《当代外国文学》，2021 年，第 42 卷，第 3 期，第 13－20 页
【内容摘要】迈克尔·夏邦时常回归犹太历史并对其进行偏移、反转或颠覆等不同程度的重构。其犹太历史重构以“时间的架构”为界，大致可分为两种模式：“深层时间预期”和弥赛亚时间。前者借用当下或未来思维在超越性的深层时间里渗入作家的预期，而后者是一种永恒进行和无限绵延的宗教时间概念，涵盖乌托邦式的期待和延迟模式。夏邦从预期的视角重新整合犹太历史的深层时间，并从弥赛亚时间的内涵中审视“当下的时间”对历史和未来的聚合，其落脚点是对大屠杀创伤的治愈、对极端复国主义行动的抨击以及对犹太民族传统标识的寻绎及当代拓展。
【关键词】迈克尔·夏邦；犹太历史；深层时间；弥赛亚时间

“文雅”之殇：《我的死对头》中后拓荒时代的替代者危机

【作　者】周铭
【单　位】中国人民大学外国语学院
【期　刊】《外国文学》，2021 年，第 4 期，第 131－140 页
【内容摘要】薇拉·凯瑟的小说《我的死对头》中的“死对头”的指涉对象是美国文学史上的未解之谜。若将小说置于 20 世纪 20 年代美国的历史语境中，便会发现，它超越了简单的家庭情感纠葛，呈现了美国新一代知识分子建构自我身份的意图：在后拓荒时代，知识分子试图通过“文雅”身份克服拓荒前辈的影响焦虑，却最终失败。他们将代际矛盾转移为种族矛盾，认为新移民是导致自身失败的根源，将之视为“死对头”。
【关键词】《我的死对头》；“文雅”；后拓荒时代；替代

“物的意义”：保罗·鲍尔斯作品中的物质文化书写

【作　者】顾梅珑；修雅鑫
【单　位】江南大学人文学院
【期　刊】《湘潭大学学报（哲学社会科学版）》，2021 年，第 45 卷，第 6 期，第 123－128 页
【内容摘要】美国作家保罗·鲍尔斯是二战后北非最著名的流散作家。他的作品凸显了物质文化书写的重要性。聚焦鲍尔斯早期作品《在山上喝茶》《遮蔽的天空》和《让它下吧》中的物质文化书写，不难发现，物在推动故事情节发展、塑造人物形象、影响人的生存情态及反映特定

历史时期社会生活等方面起着重要作用。
【关键词】保罗·鲍尔斯；《在山上喝茶》；《遮蔽的天空》；《让它下吧》；物质文化

“物转向”视域下麦卡锡科幻小说《路》的危机叙事研究

【作　者】叶珺霏；韩启群
【单　位】叶珺霏：上海外国语大学贤达经济人文学院
　　　　　韩启群：南京林业大学
【期　刊】《外语研究》，2021 年，第 38 卷，第 6 期，第 97－101 页
【内容摘要】美国当代南方作家科马克·麦卡锡在其最近一部小说《路》中呈现了明显的创作转型，以深刻的环境伦理主题、细腻的物质细节书写、丰富的科幻想象回应了所处时代和特定地域的生态危机。本文重点聚焦小说中与植物、食物相关的物质细节书写，借助于“物转向”批评话语细读、品鉴物质书写的审美形态，探讨植物、食物书写如何回应末世生态灾难后的环境危机以及由此引发的伦理危机。小说中两种不同维度的危机叙事不但有效拓展了新世纪生态文学创作路径，也巧妙传递了麦卡锡对于当下环境危机的严厉警示和人文忧思。
【关键词】科马克·麦卡锡；《路》；危机叙事；“物转向”

“新奇的世界”：莎士比亚在 19 世纪美国的接受与传播

【作　者】冯伟
【单　位】东北师范大学外国语学院
【期　刊】《国外文学》，2021 年，第 4 期，第 30－39 页
【内容摘要】美国独立战争爆发之前，莎士比亚戏剧的阅读和表演乏善可陈。但到 19 世纪末，莎士比亚却已经成为美国民间和官方文化的重要组成部分。无论是在遥远的边疆小城、乡村农场，还是繁华喧闹的都市剧场，19 世纪美国读者、观众常常如饥似渴地阅读和观赏莎士比亚戏剧。演员、教育家、政治家、演说家等形形色色的传播者把莎士比亚带到美国的一个个远方。道德考量、修辞术教育、民族化和通俗化等因素是莎士比亚在 19 世纪美国得以广泛接受和传播的重要原因。
【关键词】莎士比亚；美国；传播史

“愿西部之鹰飞向……”：《我们中的一员》战争书写中的“跨国美利坚”

【作　者】周铭
【单　位】中国人民大学外国语学院
【期　刊】《外国文学评论》，2021 年，第 1 期，第 80－108 页
【内容摘要】薇拉·凯瑟获得普利策奖的小说《我们中的一员》因对第一次世界大战进行了浪漫化描写而遭訾议。但无论是抨击凯瑟的战争书写与现实脱节，还是辩解小说揭示了战争的残酷，都忽视了小说创作时期美国社会对于战争的想象。实际上，小说通过男主人公参战参与了美国建构跨国身份的议题，而女性传教则是男性参战的变体和镜像。
【关键词】《我们中的一员》；第一次世界大战；“跨国美利坚”；替代

“阅读之恶”：奇情小说和《在笼中》

【作　者】程心
【单　位】上海外国语大学英语学院
【期　刊】《国外文学》，2021年，第4期，第93－102页
【内容摘要】亨利·詹姆斯的《在笼中》以一名普通女性读者为主人公，反思了世纪末以奇情小说为代表的通俗流行读物的影响。本文认为，主人公是典型的奇情小说读者，她的经历展示了不伦恋情和身体感官描写对不加分辨的年轻读者的道德隐患。电报女郎以阅读小说的方式阅读电报，又以所读电报的内容来构建奇情小说的情节，试图按照奇情小说的情节出演以自己为主人公的故事，沉迷于小说情节而混淆了生活和艺术的界限。她对技术手段的掌握并没有如经典奇情小说一样助力交流，反而给了她一种权力和控制的错觉，是信息时代阅读体验的预言。
【关键词】亨利·詹姆斯；《在笼中》；阅读；奇情小说

《白噪音》中后现代声景的环境伦理思考

【作　者】黄佳佳；谭琼琳
【单　位】黄佳佳：湖南大学外国语学院
　　　　　谭琼琳：上海财经大学外国语学院
【期　刊】《东北大学学报（社会科学版）》，2021年，第23卷，第2期，第120－126页
【内容摘要】《白噪音》是当代美国作家唐·德里罗的代表作，它以“声音”作为切入点，探讨了后现代社会中噪音与消费及环境伦理的关系。通过小说中听觉意象及声音景观的描写，德里罗指出，后现代商品经济的繁荣、科学技术的进步和媒介文化的过剩给人们带来了生活上和精神上的“白噪音”——生存环境的破坏和精神生态的失衡，从而导致广泛而深层的死亡恐惧。同时，德里罗提醒读者，树立生态整体观意识，营造积极健康的社会生态环境，才能更好地实现人与人、人与自然、人与社会、社会与自然之间和谐的多层次立体交叉关系，从根本上实现人类的可持续发展。
【关键词】唐·德里罗；《白噪音》；声景；异化消费；环境伦理

《布娃娃瘟疫》中的疫病书写与生命伦理

【作　者】徐倩倩；李保杰
【单　位】山东大学外国语学院
【期　刊】《当代外国文学》，2021年，第42卷，第4期，第5－12页
【内容摘要】美国墨西哥裔作家阿里汉德罗·莫拉利斯的小说《布娃娃瘟疫》围绕过去、现在和未来发生在美洲大陆的瘟疫，展现了几个世纪里瘟疫与人类共生的图景。瘟疫具有恒常性，尽管它会得到暂时的抑制，但总是在休眠后卷土重来。小说中，瘟疫的生物医学特征消解了种族、阶级等差异，人类被灾难卷入共同命运之中。在抗击瘟疫的过程中，医学知识权力与殖民主义、种族主义勾连在一起，参与到针对被殖民者、少数族裔等弱势群体的生命政治运作中；相比之下墨西哥传统民间医术却体现了跨越种族与阶级的整体观思想，基于其生态理念的生命伦理书写为人类对抗灾难提供了启示。
【关键词】阿里汉德罗·莫拉利斯；《布娃娃瘟疫》；疫病书写；生命伦理

《垂死的肉身》中的记忆书写、空间表征与身份建构

【作　者】刘兮颖
【单　位】华中师范大学文学院
【期　刊】《文学跨学科研究》，2021 年，第 5 卷，第 4 期，第 651－663 页
【内容摘要】美国杰出犹太作家菲利普·罗斯在其代表作《垂死的肉身》中以记忆书写的方式展现了大学教授大卫·凯普什关于学生情人康秀拉·卡斯底洛的视觉记忆、身体记忆以及儿子肯尼的个体记忆。不同的记忆建构了大卫的教师、情人、父亲等多重伦理身份，而他们之间伦理关系的变迁以及伦理秩序的更改都是在不同空间中铸就和完成的。同一空间对于个体而言具有截然不同的意义和价值，不仅展示了个体记忆的不一致性，同时构建了不一样的身份。公寓对大卫与康秀拉而言是私人空间，他们的伦理关系也随之由显性的师生关系转变为隐蔽的情人关系。与此同时，公寓对大卫与肯尼而言是家宅空间，他们之间的父子关系和个体记忆在此得以延续和发展。
【关键词】《垂死的肉身》；记忆书写；空间表征；身份建构；文学伦理学批评

《地下世界》中的伦理与政治：核竞赛的伦理选择与冷战妄想狂的记忆重构

【作　者】陈俊松
【单　位】华东师范大学外语学院
【期　刊】《文学跨学科研究》，2021 年，第 5 卷，第 3 期，第 483－497 页
【内容摘要】在 1951 年 10 月 4 日这天《纽约时报》的头版上，有两条并列的大标题：左边是巨人队打出了一个极具戏剧性的本垒打，最终夺冠；右边是苏联又进行了一次核爆炸试验。在以这两个事件为背景、堪称冷战史诗的小说《地下世界》里，当代美国著名小说家唐·德里罗采用了回溯性叙述，全景式地再现了冷战时期美苏之间的剑拔弩张。《地下世界》深刻揭露了美国和苏联为了赢得核竞赛所做出的伦理选择及其给国民健康和生态环境造成的严重伦理后果。小说对美苏之间开展意识形态对抗、彼此固守根深蒂固的敌意和偏见的冷战思维进行了批判，并在此基础上重构了那段特定的政治氛围下冷战妄想狂的文化记忆。
【关键词】唐·德里罗；《地下世界》；伦理；政治；冷战；文化记忆

《卡瓦利与克雷的神奇冒险》中的魔像与犹太文化认同建构

【作　者】高莉敏
【单　位】上海立信会计金融学院外国语学院
【期　刊】《外国文学研究》，2021 年，第 43 卷，第 6 期，第 142－151 页
【内容摘要】在当代美国社会，魔像的概念早已超脱了其原初的含义，彰显了当代美国犹太作家对犹太文化认同建构问题的思考。在《卡瓦利与克雷的神奇冒险》中，作家迈克尔·夏邦通过魔像的三种形态表达了对犹太文化认同的理解。他以布拉格泥人指涉犹太文化的主体性，表现当代美国犹太作家的文化自觉与自信，建立犹太文化认同的基础；以美国逃脱侠比喻犹太文化的现代化进程，指代犹太文化的发展与进步，构成犹太文化认同的策略与路径；以魔像乔瑟夫象征犹太化的美国文化，代表犹太文化对美国文化格局的改变，形成犹太文化认同的目标指向。夏邦通过探讨犹太文化在美国社会环境中的意义，为当代美国犹太人的身份建构和犹太性塑造提供了参考，表达了作者对当代美国社会中犹太人生存现状的关注与思考。

【关键词】《卡瓦利与克雷的神奇冒险》；迈克尔·夏邦；魔像；犹太文化认同建构

《冷血》：客体关系与无意识犯罪的想象

【作　者】邱文颖；张龙海
【单　位】邱文颖：厦门大学外文学院；昆明理工大学外国语言文化学院
　　　　　张龙海：闽南师范大学外国语学院
【期　刊】《当代外国文学》，2021 年，第 42 卷，第 3 期，第 5—12 页
【内容摘要】面对 20 世纪六七十年代美国底层阶级遭受的社会不公和经济压迫，杜鲁门·卡波特把《冷血》的叙述聚焦于无意识犯罪的心理机制。罪犯的“无意识之思”体现在梦境叙事、人物刻画和创伤童年叙事中，折射出罪犯无意识里对超我客体的恐惧、理想自我的嫉羡和过渡性客体的缺失。这三种客体关系根源于罪犯畸形的原生家庭和经济不公与阶级固化的美国社会。本文运用精神分析客体关系理论，分析卡波特的罪犯心理机制叙述，发现他的叙述呈现范式化，人物刻画矛盾重重，揭示了卡波特把《冷血》中的多人谋杀案定性为无动机犯罪仅仅是一种服务于其批判美国统治的想象。
【关键词】杜鲁门·卡波特；《冷血》；客体关系；精神分析；心理犯罪

《两年的水手生涯》中的正见、偏见与美墨战争

【作　者】张陟
【单　位】宁波大学外国语学院
【期　刊】《外国文学》，2021 年，第 4 期，第 141—151 页
【内容摘要】作为南北战争之前美国最畅销的航海叙事，达纳的《两年的水手生涯》有着鲜明的两重性。一方面，出身于绅士阶层的达纳深入商船舱底，再现水手生活的艰辛与遭受的非人待遇，体现出新英格兰精英分子谋求社会改良与进步的热心，可谓时代之正见；另一方面，面对墨属加利福尼亚的当地居民，达纳继承并强化了新教传统加之于天主教地区的诸种刻板印象，可谓时代之偏见。梳理《两年的水手生涯》的广为流行与美墨战争之间的关联，更能看清共和理念与种族偏见之一体两面的结合，正是 19 世纪中叶美国国家意识形态的核心。
【关键词】达纳；《两年的水手生涯》；航海叙事；加利福尼亚；共和理念；种族偏见

《曼哈顿中转站》：城市空间叙事的审美逻辑

【作　者】王淑娇
【单　位】北京市社会科学院文化研究所
【期　刊】《外国文学》，2021 年，第 5 期，第 160—170 页
【内容摘要】多斯·帕索斯的小说《曼哈顿中转站》借助于城市空间的同时性场景叙事完成了对纽约现代城市生活的全景扫描。该小说独特的叙事模式一直以来为人所称道，但其背后复杂的审美逻辑问题似乎有被忽视之嫌。本文以此为关注点，探讨历史语境下《曼哈顿中转站》城市空间化叙事所表达的时代性审美诉求与都市生活新的时空特征之关联，以及作者在支离破碎的城市主题下对于现代主义总体性的艺术追求。
【关键词】《曼哈顿中转站》；同时性场景叙事；都市生活；现代主义；中心

《牛群的宰杀》中的身体叙事与瘟疫书写

【作　者】蒋展；董洪川
【单　位】四川外国语大学
【期　刊】《当代外国文学》，2021 年，第 42 卷，第 4 期，第 51－58 页
【内容摘要】约翰·怀德曼的小说《牛群的宰杀》对 1793 年费城爆发的黄热病进行了书写，讲述了人们尤其是非裔美国人与之展开的抗争。在与瘟疫的斗争中，人的身体不仅是一种物理上的疾病载体，而且是一种象征性的符号表征，显示社会的意识形态和种族关系。怀德曼驳斥了白人强加于“无差别”物理性身体上的疾病谎言，揭示了非裔身体作为客体被规训为抗击瘟疫工具的事实，并且披露了非裔被言说为他者的行径。通过揭示瘟疫期间种族不平等现象，作者抨击了种族观念以及衍生而来的矛盾与歧视，这对于了解当下美国的社会状况具有重要的现实意义。
【关键词】约翰·怀德曼；《牛群的宰杀》；身体叙事；瘟疫书写；种族歧视

《维纳斯》对非裔女性身体刻板形象的解构与女性气质重塑

【作　者】隋红升；周宁
【单　位】隋红升：浙江大学外国语学院
周宁：浙江大学外国语学院；安徽理工大学外语学院
【期　刊】《当代外国文学》，2021 年，第 42 卷，第 2 期，第 38－45 页
【内容摘要】当代非裔美国剧作家苏珊-洛里·帕克斯的《维纳斯》是一部女性气质书写的典型剧作。首先，该作以直面历史真相的勇气，再现了 19 世纪欧洲“维多利亚怪物秀”中“黑色维纳斯”的黑暗历史，回溯了非裔女性刻板形象产生的历史源头；其次，该作品以“重复与修改”“意指”及“戏中戏”的叙事手法和文本结构，解构了欧洲中心主义和性别本质主义双重话语建构下非裔女性气质被身体所铭写的单一想象，打破了长久以来种族歧视和父权制压迫之下黑人女性被标签化、扁平化和非人格化的表征传统；再次，结合原型人物巴特曼的坎坷人生，借助于其丰富的情感体验和表述，该作品再现了一个生动鲜活、有着丰富内心世界和情感诉求的非裔女性形象，重塑了一种身心和谐交融的新型女性气质，为当今社会女性气质的认知、建构与实践提供了典范。
【关键词】苏珊-洛里·帕克斯；《维纳斯》；女性气质；身体；情感

《欲望九面向》中的共同体叙事

【作　者】赵永健；余美
【单　位】浙江工商大学外国语学院
【期　刊】《当代外国文学》，2021 年，第 42 卷，第 3 期，第 45－52 页
【内容摘要】希瑟·拉弗的《欲望九面向》是当代美国阿拉伯裔戏剧中的佳作。该剧以多角色单人剧形式，从女性视角出发，真实地表现了伊拉克女性在男权暴力和战争乱局中的悲惨处境和不屈精神，批判了伊拉克的男权统治和美国的帝国意识形态，有力地消解了西方主流社会对阿拉伯女性的文化刻板印象，艺术地完成了对“女性共同体”“民族共同体”和“观演共同体”的建构。由于该剧别具特色的叙事策略、表演形式和观演关系，剧中人物的共同体意识得到生动的美学再现，表现出较强的艺术感染力，成为当代美国阿拉伯裔戏剧叙事中的典范。

【关键词】美国阿拉伯裔戏剧；希瑟·拉弗；《欲望九面向》；共同体叙事

《坠落的人》中的语象叙事

【作　者】李顺春；王维倩
【单　位】江苏理工学院
【期　刊】《当代外国文学》，2021 年，第 42 卷，第 1 期，第 21—29 页
【内容摘要】语象叙事是一种多模态叙事，它在图像时代更受关注亦更有研究价值。唐·德里罗《坠落的人》中的语象叙事——用语言描绘、刻画和再现德鲁坠落照、塔罗牌中的倒吊人和莫兰迪静物画——贯穿小说始终，既推动故事情节的发展又成为小说结构的有机组成部分。小说用语言再现坠落照，并通过对坠落表演的生动描绘使静态、不在场的坠落照获得动态、在场言说的力量。坠落表演是对倒吊人的语象叙事，这是对人类命运的反思又体现出一种救赎意识。小说对静物画的描绘，呈现出画面感又有一种本雅明之“韵味”。这既提升静物画的艺术效果，又表现出语言与静物画之间的张力，还揭示出某种政治寓意。德里罗对坠落照、倒吊人和静物画的语象叙事是一种从视觉艺术到语言艺术的动态转换，使其挣脱“语言的牢笼”以发现语言与视觉形象及其他艺术作品之间的多维关系。语象叙事不仅为作家探索新的艺术形式提供了更多可能性，亦为文学评论提供了新的跨艺术门类的视角与方法。
【关键词】唐·德里罗；《坠落的人》；语象叙事；德鲁坠落照；倒吊人；莫兰迪静物画

30 年代的两个“辛克莱”：现代文学乡土意念的跨文化演绎

【作　者】冯波
【单　位】山西师范大学
【期　刊】《国际比较文学（中英文）》，2021 年，第 4 卷，第 2 期，第 327—338 页
【内容摘要】20 世纪 30 年代国内对美国作家厄普顿·辛克莱和辛克莱·刘易斯的译介是不容忽视的跨文化事件。本地对厄普顿·辛克莱的热捧与对辛克莱·刘易斯的冷落形成了强烈反差，这一迥异接受现状显示了中国传统乡土向现代嬗递时，不断强化乡土情感的阶级化倾向和聚焦于人在城乡叙事中“危疑扰乱”的现代焦虑的不同演绎路径。30 年代“两个辛克莱”异域旅行的不同命运其实正是现代知识分子对民族国家、个人与阶级在域外与本地的双向发现、协商互动使然。
【关键词】厄普顿·辛克莱；辛克莱·刘易斯；乡土意念；跨文化演绎

埃蒙斯诗歌研究述评——兼论浪漫主义在当代美国诗歌批评中的影响

【作　者】刘晓晖
【单　位】北京交通大学语言与传播学院
【期　刊】《外国文学》，2021 年，第 5 期，第 47—60 页
【内容摘要】阿伦·埃蒙斯是美国当代著名诗人，也是美国 20 世纪的伟大诗人之一。其诗歌从 20 世纪 60 年代中后期开始引起关注，半个世纪以来经历了学术研究的兴起、发展与深化。本文旨在探讨埃蒙斯诗名的鹊起，其诗歌研究从浪漫主义视角下的纷争到后现代维度中多元化跨学科的转变过程，展示浪漫主义在当代美国诗歌批评中的影响，并且通过梳理埃蒙斯研究现状，揭示该领域研究的最新动向及发展趋势，以期为国内相关研究提供借鉴。

【关键词】阿伦·埃蒙斯；美国当代诗人；浪漫主义；后现代

奥登之思的诗与真——从“言说”到“告诫”

【作　者】白洋本
【单　位】中国人民大学文学院
【期　刊】《人文杂志》，2021 年，第 7 期，第 35－42 页
【内容摘要】奥登的诗歌态度在 1939 年前后发生转变，前期表现出诗人的社会关怀和诗歌对社会的介入态度，而在后期则变为：“诗歌不能使任何事情发生。” 奥登在后期认为诗人的任务是“告诫”，告诫人越自以为接近真理就越可能背离真理。从“言说”到“告诫”，奥登不仅提醒我们警惕法西斯极权主义，更提醒诗人不要沉溺于修辞和幻想而沦为极权主义的工具，所以他提出“真理之路是一条静默之路”。“静默”不是逃避“真”，而是为了防止诗人因信誓旦旦地言说却最终远离“真”，诗凭借着“告诫”和“静默”，才得以在言说者与“真“的内在关系中将”真“得以保存。
【关键词】奥登；诗与真；“告诫”；“静默”

巴塞尔姆《白雪公主》的叙事策略及其效果

【作　者】许晶
【单　位】中国人民大学外国语学院
【期　刊】《河南师范大学学报（哲学社会科学版）》，2021 年，第 48 卷，第 6 期，第 152－156 页
【内容摘要】美国消费社会中的人们对“商品”的顶礼膜拜已到了前所未有的高度，传统文学写作在消费社会中日渐式微的困境，促使很多后现代作家进行了新的文学实验，唐纳德·巴塞尔姆的《白雪公主》便是此类典型作品。作品分别从反凝视的身体叙事、反隐喻的碎片叙事及反标签的“降格”叙事三个层面展现了巴塞尔姆独特的叙述风格，给读者带来了“震惊”的阅读体验，而在如此体验的背后，是作家对于消费社会中文学产业化的焦虑和不安。
【关键词】《白雪公主》；凝视；身体；碎片；“降格”；焦虑

鲍尔斯《奥菲奥》中的恐惧叙事——从埃尔斯的“音乐炸弹客”污名谈起

【作　者】宋赛南
【单　位】天津科技大学外国语学院
【期　刊】《外国文学》，2021 年，第 4 期，第 152－163 页
【内容摘要】理查德·鲍尔斯是“美国后现代小说家第三代”的杰出代表。在他的小说《奥菲奥》中，主人公埃尔斯试图借助于基因编辑手段，用黏质沙雷氏菌的 DNA 来存储音乐，因而背负“音乐炸弹客”的污名。借埃尔斯的污名遭遇，小说展演了当代人日益加剧的个体与集体死亡恐惧，揭露了美国后“9·11”时代以操控、利用和贩卖恐惧为典型特征的恐惧文化。埃尔斯的基因编辑以失败告终，女儿也拒绝了其进一步基因编辑的邀请，小说却开创了一种类似于基因编辑的叙事模式。这既契合了小说的基因编辑主题，又确保同样遭遇艺术死亡恐惧的鲍尔斯在恪守生命伦理底线的同时，超越了艺术死亡恐惧。借此，鲍尔斯在一定程度上，改写了巴塞尔姆笔下求寻“金羊毛”未果却被子代活埋的“亡父”的命运。
【关键词】《奥菲奥》；“音乐炸弹客”；恐惧叙事；基因编辑小说

本土文学中的东方幻象：刘易斯创作中的中国文化

【作　者】钟京伟
【单　位】山东建筑大学外国语学院
【期　刊】《外语与外语教学》，2021 年，第 3 期，第 114－120、150－151 页
【内容摘要】作为首位获得诺贝尔文学奖的本土作家，辛克莱·刘易斯在整个美国文学史上举足轻重。他从未踏足中国，但在其小说（特别是《大街》）中，遥远、古老、多彩的中国文化交织出斑驳的东方色彩，其中涌动着作者对改变现状、建设更美好国家的诉求。以刘易斯经典文本为基础，本文通过考察作品中反复出现的、具备浓重隐喻意味的中国服饰、餐饮、工艺品、地域风貌等乌托邦式的中国文化书写，探讨美国本土作品中中国形象生成的意向结构。刘易斯对中国文化浪漫书写的初心不过是将中国作为异域文明来建构本土文化自身投射的“他者”空间，用“他”言说自我、倾诉初衷，表达作家本人对本土社会文化现状的愤懑、焦炙，希冀自身文化中的有害观念在“他”的映衬下，逐渐委顿甚至被剥离剔除。
【关键词】辛克莱·刘易斯；中国文化；《大街》；“他者”

别样的语言调性——查尔斯·伯恩斯坦诗歌中的声音美学

【作　者】冯溢
【单　位】东北大学外国语学院
【期　刊】《外国文学研究》，2021 年，第 43 卷，第 3 期，第 52－63 页
【内容摘要】诗歌声音与意义有密切的关系，然而长久以来，诗歌声音一直被学术研究所忽视。总体上，诗歌声音可分为“文本声音”和“表演声音”两个层面；其中，文本声音包括“外部的声音”“内部的声音”和“语言的调性”三种声音。美国语言诗人查尔斯·伯恩斯坦把自己的诗歌定位为有声写作，他的回音诗学基于声音，在很大程度上展现了一种声音美学。通过对伯恩斯坦的诗歌文本层面上的分析，可见他的诗歌的主要声音模式为“声音碎片”“声音空白”和“声音重复”，而“谐音翻译”是翻译的声音，也是声音重复的代表。总体而言，伯恩斯坦的诗歌声音有时与语义相应和，强化意义；有时与语义相悖，重构意义，形成了意义的多元和悖论。伯恩斯坦诗歌中的声音美学显示了后现代的崇高，体现了伯恩斯坦所提倡的“荒诞玄学探究”和中西思想的融合，扩容了传统诗学。
【关键词】回音诗学；查尔斯·伯恩斯坦；语言诗；声音美学

不再等同于民族文学的美国文学——评《美国世界文学导论》

【作　者】周雪松
【单　位】郑州大学外国语与国际关系学院；郑州大学英美文学研究中心
【期　刊】《外国文学》，2021 年，第 1 期，第 180－191 页
【内容摘要】保罗·贾尔斯的《美国世界文学导论》旨在匡正主流美国文学史叙事因民族主义导向而造成的盲视，揭示美国文学与世界之间紧密多维的关联，提出了美国世界文学理论，依编年体例系统性地叙述了从殖民时期到 21 世纪的美国世界文学史，是一部开创性的美国文学研究专著。本书评通过梳理美国世界文学的研究现状，勾勒出该书的写作语境，剖析作者对美国世界文学进行理论建构的动因，把握该理论的要义，厘清美国世界文学与所谓“民族文学”的区别与重叠，概述作者就美国作家作品与世界互动的观点，还原其进行学术对话的对象与语境，

从而呈现书中美国世界文学的总体轮廓，并评述这一文学史重构的意义与价值。
【关键词】美国世界文学；保罗・贾尔斯；民族主义；世界

蔡尔德与19世纪美国种族话语

【作　者】金莉
【单　位】北京外国语大学英语学院
【期　刊】《外国文学》，2021年，第3期，第3－16页
【内容摘要】作为19世纪小说家与知名社会活动家，莉迪亚・玛利亚・蔡尔德无论在其文学创作还是政论作品中，都表达了她对于主流社会的种族歧视与种族偏见的强烈谴责。她长期以来不遗余力地为受压迫的少数族裔争取权利，坚持在反抗种族主义的斗争中发出自己的声音。本文通过审视蔡尔德的作品，考量了19世纪美国社会的种族话语和蔡尔德的种族观，以及蔡尔德的进步意义与她的历史局限性。
【关键词】莉迪亚・玛利亚・蔡尔德；印第安人；黑人；白人女性；19世纪种族话语

阐释几乎不可阐释的苏珊・桑塔格——利兰・波格访谈录（英文）

【作　者】姚君伟；利兰・波格
【单　位】南京师范大学外国语学院
【期　刊】《外国文学研究》，2021年，第43卷，第1期，第1－19页
【内容摘要】利兰・波格，爱荷华州立大学荣休英文教授，美国美学学会资深会员。除了著有大量有关好莱坞导演和美国电影的论文之外，他还编著了《阿尔弗雷德・希区柯克指南》（2011）与《苏珊・桑塔格谈话录》（1995），并与凯瑟・帕森斯合编了《苏珊・桑塔格资料辑录：1948—1992》（2000）。姚君伟翻译《苏珊・桑塔格谈话录》时咨询了利兰・波格，并在2017年春天通过电子邮件对他进行了访谈。此次访谈围绕波格对桑塔格的多重身份、与欧美文学文化的因缘、著述中美学与道德之间的张力以及桑塔格的遗产的理解与评价展开。最后，波格追溯了美国桑塔格研究的历史，并且就相关研究的未来走向，尤其是桑塔格与哲学的关系，分享了他的看法。
【关键词】苏珊・桑塔格；欧美因缘；美学与道德；桑塔格的遗产；桑塔格研究

唱给"自己的歌"：《奇幻山谷》中的上海书写

【作　者】刘向辉
【单　位】许昌学院外国语学院；中国人民大学外国语学院
【期　刊】《郑州大学学报（哲学社会科学版）》，2021年，第54卷，第5期，第82－86页
【内容摘要】作为谭恩美小说《奇幻山谷》的一个显著特征，上海书写既与作品中女性人物的塑造形成密切的同构关系，又同谭恩美的家族史想象与自我心灵探索形成了互动关系。谭恩美以美国白人母亲路路为视角展现了一个被凝视的上海，同时以中美混血女儿薇奥莱为视角构建了一个作为情感家园的上海。这两种不同的上海形象都是她们认知自我、重塑自我、歌唱自我的空间见证。鉴于谭恩美创作《奇幻山谷》的强烈家族自传意识，作品中的上海书写不仅转化为一曲唱给家族先辈女性的生命赞歌，而且升华为一首唱给她自己的心灵之歌。
【关键词】《奇幻山谷》；上海；谭恩美；《我自己的歌》

冲突·失落·建构——论赛珍珠《分家》中王源文化身份的三次嬗变

【作　者】姚望
【单　位】南京师范大学外国语学院
【期　刊】《当代外国文学》，2021 年，第 42 卷，第 4 期，第 124－129 页
【内容摘要】赛珍珠拥有中国与美国双重文化背景，却难以被任何一方完全接受——她一生都在努力通过各种途径特别是小说创作来思考文化身份问题。本文结合赛珍珠的生平，从文化身份的视角分析《大地三部曲》第三部《分家》中王源的文化身份的三次嬗变，即处于异质文化中遭遇的文化身份的冲突、回国后身份的失落及之后通过融合中西文化完成自我文化身份的建构，揭示赛珍珠借此表达的理想的文化身份建构理念，以期对异质文化之间的交流和沟通提供启示。
【关键词】赛珍珠；《分家》；王源；文化身份

重复与改写：《第三王国的渐变》中的美国非裔历史再现策略

【作　者】孙刚
【单　位】南京审计大学外国语学院
【期　刊】《外语教学》，2021 年，第 42 卷，第 3 期，第 104－108 页
【内容摘要】2002 年，苏珊·洛里·帕克斯获得普利策戏剧奖。作为美国历史上第一位获此殊荣的黑人女作家，帕克斯成为继奥古斯都·威尔逊之后美国非裔戏剧的领军人物。《第三王国的渐变》是苏珊·洛里·帕克斯的早期作品，再现了从奴隶贸易伊始到 20 世纪 80 年代美国非裔数百年的历史。该作品于 1990 年获得美国戏剧界的重要奖项——奥比奖最佳戏剧奖。宏大的历史主题并非帕克斯获奖的唯一原因，很大程度上还应该归功于其再现历史的策略，即“重复与改写”。这一源于黑人爵士乐和盖茨“意指”理论的实验性创作手法广受美国戏剧评论界的关注与好评。本文以《第三王国的渐变》为研究对象，通过文本细读，从非裔历史主题的重复与演进、非裔历史形象的复现与改写两个层面考察剧作家的“重复与改写”策略对美国非裔族群历史的再现。
【关键词】苏珊·洛里·帕克斯；《第三王国的渐变》；美国非裔历史；再现策略；重复与改写

重铸“山巅之城”：《说母语者》中的少数族裔政治空间重构

【作　者】王斐；林元富
【单　位】王斐：集美大学外国语学院
林元富：福建师范大学外国语学院
【期　刊】《当代外国文学》，2021 年，第 42 卷，第 2 期，第 60－67 页
【内容摘要】本文借鉴空间理论，以政治空间为着眼点，剖析《说母语者》中美国白人宰制权力如何通过意识形态和国家机器的操弄，对少数族裔实施遏制和拒斥的空间暴力，揭示了基于种族与信仰纯正性的政治空间之非正义性。通过解读韩裔政治家姜约翰重铸彰显多元异质与空间正义的“山巅之城”所做的尝试及失败，本文为了解美国政治空间变革的可能性及局限性提供一种视角。
【关键词】《说母语者》；“山巅之城”；美国少数族裔；政治空间；空间正义

此在的沉沦与救赎——贫困时代的诗人格吕克

【作　者】郑春晓
【单　位】清华大学外国语言文学系
【期　刊】《外国文学》，2021 年，第 3 期，第 82－91 页
【内容摘要】诺贝尔文学奖得主露易丝·格吕克的诗作饱含着对人类生存状态的哲思以及对人类命运的终极关怀，其诗歌中蕴含的生存和死亡主题呼应了海德格尔关于“此在”“向死而在”“诗意栖居”等生存哲学思想。作为一名置身于“贫困时代”的“后自白派诗人”，格吕克将自身生活经验和现代人类共同面临的生存困境相结合，用独特的诗歌叙事将个人存在这一母题再次拉回到广大读者的视野中来，引发人们对生存、死亡和诗意栖居的重新思考。
【关键词】贫困时代；露易丝·格吕克；诗人；“向死而在”

从“眷留”理念看斯奈德的禅诗《牧溪的柿子》

【作　者】钱兆明
【单　位】杭州师范大学外语学院
【期　刊】《外国文学研究》，2021 年，第 43 卷，第 4 期，第 154－163 页
【内容摘要】斯奈德的《牧溪的柿子》再现了牧溪《六柿图》“色空相即”的参禅开悟之旅。对照牧溪 13 世纪的《六柿图》细读斯奈德 21 世纪的《牧溪的柿子》，我们会发现该诗采用了禅门公案“绕路说禅”的模式，其激发开悟的手法却似法国艺术家杜尚 100 年前尝试打开第四维度的《大玻璃》。《大玻璃》诱发遐想靠的是杜尚所谓“玻璃中的眷留”。《牧溪的柿子》激发开悟则是通过在词语、音韵上做文章，让读者“眷留”，捉摸“弦外之音”。美国评论家帕洛夫指出，21 世纪诗人“更欣赏杜尚的玻璃中的‘眷留’”。脱离文学艺术作品，很难讲清楚什么是“眷留”。用“眷留”理念阐释斯奈德 21 世纪的禅诗却可以一举两得——在讲清该诗禅意识的同时，弄明白杜尚提升“陌生化”诗学并将之用于探索第四维度的前卫理念。
【关键词】斯奈德；《牧溪的柿子》；禅意识；杜尚；“玻璃中的眷留”

从《11/22/63》看穿越类或然历史小说的叙事特点

【作　者】李锋；张坤
【单　位】李锋：上海外国语大学犹太研究所
张坤：华东政法大学外语学院
【期　刊】《当代外国文学》，2021 年，第 42 卷，第 4 期，第 28－34 页
【内容摘要】斯蒂芬·金的或然历史小说《11/22/63》记述了主人公穿越到过去，试图阻止肯尼迪总统被刺的故事，同时展现了这一行为对后续历史和社会的巨大影响。或然历史小说，尤其是穿越题材的作品，常常呈现出异于传统小说的特征——其叙事人的预知、对线性时间的破坏、平行世界的空间感，以及在叙事视角与时空结构上的其他特征，使我们有必要对其采取特殊的解读模式。本文尝试对这部作品的叙事结构进行系统分析，具体涉及其中的叙事视角、叙事人介入、叙事时间与空间等话题，进而探讨蕴含于其中的历史情怀，以及作者对待历史事件与社会现实的立场和态度，以期全面把握穿越类文学作品的表现手法与意识形态内涵。
【关键词】斯蒂芬·金；《11/22/63》；或然历史小说；时间穿越；肯尼迪遇刺

从都市漫游者到文化行者——解读汤亭亭《孙行者》中的族裔空间与文化身份书写

【作　者】张琴
【单　位】华中师范大学外国语学院
【期　刊】《当代外国文学》，2021 年，第 42 卷，第 3 期，第 53－60 页
【内容摘要】汤亭亭的小说《孙行者：他的即兴曲》以魏特曼·阿新的都市漫游为叙事线索，表达了对于美国华裔的族裔空间和身份书写的思考。阿新在漫游的过程中始终找不到合适的位置，无所适从和焦虑不安背后透露着他强烈的文化焦虑和无所归属感。通过自我调控式地观察、叙述和反思族裔空间，阿新逐渐认识到了自己的历史使命，承担起文化行者的责任，试图通过戏剧演出来彰显本族裔的文化记忆和文学传统，以集体的力量构想出“多元共存”的世界愿景。本文借由分析小说中阿新由都市漫游者到文化行者的自我嬗变，来深入剖析都市漫游所呈现出的种族化空间，以及华裔移民在多元文化和世界语境中建构文化身份和华裔主体性的重要意义。
【关键词】汤亭亭；《孙行者：他的即兴曲》；华裔美国文学；都市漫游者；文化行者；族裔空间；文化身份

从个体到群体：《4321》的哲学与政治书写

【作　者】夏寒
【单　位】华东师范大学外语学院
【期　刊】《外国文学动态研究》，2021 年，第 2 期，第 73－81 页
【内容摘要】保罗·奥斯特的新作《4321》通过主人公弗格森对四重人生可能性的书写，从个体与群体两个维度展开了哲学与政治的思考：第一个维度的探讨主要展现了偶然性哲学对于个体的生命与存在的影响；在第二个维度中，个体被置于 20 世纪五六十年代的美国，在越战与反战运动这个具体的历史语境中与群体产生联系，并经由大众媒体的作用与整个世界产生不同层次的关联。小说以偶然性哲学的思考为出发点，探索个体的生存意义与自由，进而通过历史书写这一行为，既使个体重新获得对命运的阐释权，又展现出群体的关怀和政治使命感。
【关键词】《4321》；保罗·奥斯特；偶然性；存在主义；反战运动；大众媒体

存在时间与钟表时间：《喧哗与骚动》中的现代性时间体验

【作　者】张诗苑；杨金才
【单　位】南京大学外国语学院
【期　刊】《河南大学学报（社会科学版）》，2021 年，第 61 卷，第 4 期，第 99－104 页
【内容摘要】现代性与崭新的时间观紧密相连，《喧哗与骚动》生动体现了时间痴迷的 20 世纪背景下，个人存在时间与社会钟表时间的冲突。海德格尔的时间哲学成为透视历史、资本主义经济、进步观念的现代性内涵的棱镜，揭示出矛盾冲突下的现代性时间体验，最终愚人班吉蒙太奇式的瞬时叙述，以及由空间与遗忘所营造的当下性尝试，成为现代性时间体验的直接表述。
【关键词】《喧哗与骚动》；福克纳；时间；现代性

大屠杀、战争、家庭：《月光狂想曲》的后后现代创伤叙事

【作　者】尚广辉
【单　位】嘉兴学院外国语学院
【期　刊】《当代外国文学》，2021 年，第 42 卷，第 4 期，第 35－43 页
【内容摘要】2016 年美国犹太裔作家迈克尔・夏邦出版了新作《月光狂想曲》。作品体现了美国后后现代小说的典型特征，将家庭作为言说及传递创伤记忆的空间，沿用非自然、碎片化、自反性及历史重访等后现代叙事策略复现人物的生命故事。作品将创伤置于历史之维、个体之维、家庭之维等进行深度透视，探索了人物的个性化大屠杀创伤与战争创伤的形式、形成机制、言说方式、应对策略及代际传递等，颠覆了大屠杀小说的创伤疗愈书写，重新审视创伤对个体命运、家庭关系及生存状态的影响，展现了作者独特的后后现代犹太创伤叙事艺术，书写了一部当代犹太家世小说。
【关键词】迈克尔・夏邦；《月光狂想曲》；后后现代小说；创伤叙事

大卫・马梅特传记批评：纳代尔教授访谈录

【作　者】徐砚锋
【单　位】南京大学外国语学院
【期　刊】《当代外国文学》，2021 年，第 42 卷，第 1 期，第 165－171 页
【内容摘要】大卫・马梅特（David Mamet，1946—　）是美国犹太裔剧作家、电影导演、编剧和作家，获得过三次奥比奖，以及纽约剧评奖、外百老汇剧评人奖、伦敦影评人协会奖、普利策戏剧奖等，被公认为当代美国剧坛最具影响力的作家之一。伊拉・纳代尔（Ira B. Nadel）是不列颠哥伦比亚大学英语系教授、加拿大皇家学会院士、马梅特研究专家，也是马梅特的传记作家。本访谈主要讨论如下问题：马梅特传记批评的新观点；马梅特研究中的犹太身份认同问题；马梅特的创作特点和他的戏剧理论；极简主义和实用主义对马梅特戏剧理论的影响；马梅特戏剧中的芝加哥背景和美国性；马梅特后期的保守转向、业界声誉以及对于当下美国戏剧研究的意义等等。
【关键词】大卫・马梅特；传记作家；文学批评家；犹太裔；传记批评；犹太身份；剧作家；犹太性

当代美国华裔文学中的地方意识书写

【作　者】宋秀葵
【单　位】齐鲁师范学院外国语学院
【期　刊】《当代外国文学》，2021 年，第 42 卷，第 1 期，第 30－36 页
【内容摘要】地方意识是个体对地方的感知和情感认同，与身份认同密切相关。当代美国华裔跨国、跨文化等多样态的跨界经历使其地方意识的缺失和重构问题日益突显。在对地方意识的追寻和创造过程中，当代美国华裔作家所建构的地方意识主要体现在以原乡为中心的古典恋地情结、以新乡为平台的在地体验、以想象为媒介的理想栖居意识。当代美国华裔作家笔下的地方意识日益呈现动态化、开放性和多元化。
【关键词】当代美国华裔文学；地方意识书写；古典恋地情结；在地体验；理想栖居意识

抵抗的形式，文学的用途——近年美国获奖小说与共同体的形成

【作　者】金衡山
【单　位】华东师范大学外语学院
【期　刊】《国外文学》，2021 年，第 4 期，第 52－61 页
【内容摘要】美国文坛获奖小说历来是美国文学发展的风向标。综观近年来的一些美国获奖小说，可以发现一些共有现象，如少数裔文学的持续进展显示了多元文化经久不衰的影响。更重要的是，这些获奖小说在很大程度上形成了一个文学的共同体，在承续美国文学传统的同时，也与当下美国社会的各种政治话语展开了批评的对话，从“集约”和“解约”两个方面展示了文学的抵抗精神。
【关键词】获奖小说；多元文化；共同体；“集约”；“解约”；抵抗

颠覆西部流派　反思西部神话——论 E. L. 多克托罗小说《欢迎来艰难时世》

【作　者】沈悠
【单　位】北京大学外国语学院
【期　刊】《苏州大学学报（哲学社会科学版）》，2021 年，第 42 卷，第 5 期，第 167－174 页
【内容摘要】《欢迎来艰难时世》是美国知名后现代主义小说家 E. L. 多克托罗的首部小说，一部戏仿传统西部小说的编史元小说作品。多克托罗在这部小说中对传统西部小说进行多重改写，来聚焦当时的政治和社会问题，达到重新阐释美国历史，激发读者重新思考西部神话和美国梦的目的。多克托罗在《欢迎来艰难时世》中对西部小说这一传统文学流派进行的重大“改写”颠覆了历史悠久的西部神话，揭露了资本主义制度发展的内在弊端，反映了作家对美国历史的深刻反思和对时政的密切关注与犀利批判。
【关键词】西部；神话；戏仿；元小说；E. L. 多克托罗

多样的缪斯——摄影、如画美学与霍桑《七个尖角顶的宅第》的审美追求

【作　者】毛凌滢
【单　位】重庆大学外国语学院
【期　刊】《国外文学》，2021 年，第 1 期，第 130－140 页
【内容摘要】《七个尖角顶的宅第》既是霍桑仅次于《红字》的重要作品，又是最能体现其个人风格和美学风格的小说。但人们往往从内容层面，如道德伦理、历史观、文化政治策略、孤独异化等视角解读该小说，小说的审美特质和美学来源常常被忽略。本文从霍桑创作时代的技术、艺术和美学语境出发，以《七个尖角顶的宅第》为例，着重探讨 19 世纪早期摄影术即达盖尔照相法，以及流行于美国浪漫主义时期的如画美学理论对该小说创作的影响及其产生的艺术效果，试图厘清霍桑审美追求的源头，阐明霍桑如何得心应手地把不同类别的艺术融合到小说的创作之中，既达到了摄影般栩栩如生的效果，又充分体现了如画的美学理念。霍桑在该小说中对视觉艺术的借鉴与融合具有创新性和实验性，甚至可以说为他之后美国现代主义小说的视觉优先实验打下了基础。
【关键词】霍桑；达盖尔照相法；如画理论；《七个尖角顶的宅第》

多元性·族裔性·政治性——辛西娅·角畑儿童小说研究

【作　者】陈蓼
【单　位】中央民族大学外国语学院
【期　刊】《郑州大学学报（哲学社会科学版）》，2021 年，第 54 卷，第 5 期，第 87－91 页
【内容摘要】美国日裔作家辛西娅·角畑在新世纪创作的多元文化儿童小说以不同于传统亚裔文学的方式书写了以日裔美国人为主的历史和现实体验，重视亚裔群体内部的差异性。角畑通过温和的笔触呈现出少数族裔文化对其观察、思考和判断所产生的影响，聚焦关于儿童成长具有普遍意义的重要主题。此外，她在作品中关于族裔书写和政治议题的创作立场也引起部分评论人士的批评。鉴于此，考察角畑多元文化书写的独特性，阐释角畑作为族裔作家的责任与创作自由的选择问题，探讨作家关于政治议题的创作态度，将有助于全面客观评价角畑作为多元文化作家书写多元文化角色的儿童小说创作。
【关键词】辛西娅·角畑；美国日裔作家；儿童小说；多元文化

菲利普·罗斯的“自恨”叙事——以《波特诺伊的怨诉》为例

【作　者】李俊宇
【单　位】南京大学犹太—以色列研究所；宁德师范学院语言与文化学院
【期　刊】《国外文学》，2021 年，第 4 期，第 123－133 页
【内容摘要】从启蒙运动以来犹太人中出现了比较普遍的“自恨”现象，而“自恨”叙事演变成犹太文学传统中一道别样的支流。菲利普·罗斯继承并创新了犹太自恨文学传统，他在《波特诺伊的怨诉》中将“自恨”作为主题，塑造了一个典型的“犹太自恨者”形象。通过波特诺伊形象及其悲剧性结局，罗斯向人们揭示了一个深富社会意义的事实：在流散文化中的少数族裔，若以彻底割裂、否定自身传统文化身份去迎合仰慕的强势文化，极可能陷落在文化断裂的夹缝中无法自拔，从而导致心灵扭曲和精神流放。但犹太读者及批评家认为该作品塑造了犹太人的负面形象，伤害了犹太民族，进而予以猛烈抨击。为此，罗斯又以“祖克曼系列”等作品做出文学创作上的回应，“自恨”叙事遂成为罗斯创作的一大特色。
【关键词】菲利普·罗斯；犹太人；“自恨”；流散；文化身份

感同身受的共同体：论阮清越的大同主义伦理选择

【作　者】李昀
【单　位】华南理工大学外国语学院
【期　刊】《文学跨学科研究》，2021 年，第 5 卷，第 1 期，第 76－88 页
【内容摘要】阮清越自称世界主义者，近年创作却充满大同主义色彩。世界主义和大同主义皆以和谐的人类共同体为理想，但对共同体的基础解释不同，也产生了不同的叙述模式。世界主义的逆解叙述强调主体的自弃，于城邦律法外形成一个他者共同体；大同主义的顺构叙述则主张把他我关系带入我的构成，形成天下一家的整体。阮清越在《同情者》中讲述了一个自弃的故事，却发现这只能通向一个无能的共同体。在《流离失所》中，他转向了大同主义，通过写作重建我他关系，采取差序铺陈、推己及人、感同身受的方式，呈现了一个全新的难民共同体。
【关键词】阮清越；大同主义；共同体

高级坎普与唯美主义：论《恩主》中的坎普美学

【作　者】柯英
【单　位】苏州科技大学外国语学院
【期　刊】《当代外国文学》，2021 年，第 42 卷，第 4 期，第 13－19 页
【内容摘要】苏珊·桑塔格的首部小说《恩主》具化了其标志性论文《关于“坎普”的札记》中的坎普美学，高级坎普和唯美主义两个特征经人物的言行举止得到突出呈现。桑塔格强调高级坎普的创造性能量，弱化坎普的同性恋源头，将大众的关注点引向一种包容性的感受力，同时以梦境为书写对象，摆脱历史、政治乃至道德的负担，构建一个纯粹审美的空间。然而，坎普去政治化和道德中立的唯美主义维度与桑塔格自己的立场偏离，小说由此也透露出反讽的意味。
【关键词】苏珊·桑塔格；《恩主》；高级坎普；唯美主义

格丽克诗歌中的多声部“花园”叙事

【作　者】包慧怡
【单　位】复旦大学英文系
【期　刊】《外国文学研究》，2021 年，第 43 卷，第 1 期，第 51－63 页
【内容摘要】“花园”是贯穿露易丝·格丽克诗歌写作生涯的核心意象之一。《野鸢尾》中的花园既是催生独白和对话的温床，也是上演言语之对峙的剧场，诗人分别从植物、人类与神的多重视角出发，通过“赋予声音”来为自我及其多重分身塑形。本文拟探索作为“忧思之所”出现在格丽克多本诗集中的花园形象的两希源流，并聚焦《野鸢尾》中作为言语行为现场的花园，分别考察园中以花之腹语术、园丁时祷文和神圣自白三类主要形式出现的多声部叙事，以期更全面地理解格丽克普罗透斯式的、既个人又普适的抒情声音。
【关键词】露易丝·格丽克；花园；多声部；抒情声音

公共讲演与公共表演：《拉撒路夫人》的自白表征

【作　者】曾巍
【单　位】华中师范大学文学院；华中师范大学文化传播研究中心
【期　刊】《外国文学》，2021 年，第 2 期，第 159－169 页
【内容摘要】批评家多认为自白诗具有自传性，可做传记式阐释。如将自白中的讲述看作传播过程，可进一步考察传播对象与媒介。从这个角度分析被视为自白诗典范作品的西尔维亚·普拉斯的《拉撒路夫人》，可以发现：诗中的女性主角是作者的代言人，通过向观众讲述自杀和复活的经历，将私人话语向公共领域敞开；她还通过展示被剥夺的身体、被渴求与消费的身体、被牺牲的身体，像演艺明星暴露于公众凝视之下，造成轰动效应。诗的完成，经历了从手写稿到打印稿的修改过程，打字机从功能上将书写与出版融为一体，意味着诗人在写作中已将通过发表获得大众读者认可放在了重要位置。因此，自白诗可以看作诗人面对大众的公共讲演与公共表演。
【关键词】自白诗；西尔维亚·普拉斯；《拉撒路夫人》；公共传播；传播媒介

共同体消泯的见证——《狂热者伊莱》中的大屠杀记忆书写

【作　者】信慧敏

【单　位】南京航空航天大学外国语学院
【期　刊】《国外文学》，2021 年，第 3 期，第 122—131 页
【内容摘要】有关纳粹大屠杀的记忆和书写直到 20 世纪 50 年代末才逐渐进入美国公众视野。菲利普·罗斯的短篇小说《狂热者伊莱》（1958）作为美国最早的大屠杀文学作品之一，呈现了二战后不久伍登屯社区里大屠杀记忆遗忘与铭记的冲突。本文探究伍登屯犹太人集体失忆背后的心理和社会机制，揭露战后美国犹太人的真实处境。伍登屯犹太人排挤犹太同胞的行为某种程度上重复着大屠杀发生的逻辑，体现了去犹太身份的同一性暴力。主人公伊莱的悖谬式疯癫喻示他对犹太身份和大屠杀记忆的重新接纳，也标志着以集体失忆为基础的共同体的解体。同时，罗斯通过戏谑严肃的记忆写作手法来再现缺场，化解了大屠杀小说的再现困境，承担起为大屠杀作见证的责任。
【关键词】《狂热者伊莱》；大屠杀记忆；失忆；戏谑严肃；见证

合众国的黑暗面：《英岛》中的政治隐喻

【作　者】冯立红
【单　位】北京外国语大学英语学院
【期　刊】《外国文学》，2021 年，第 2 期，第 170—181 页
【内容摘要】赫尔曼·麦尔维尔的短篇小说《英岛》具有极强的政治隐喻性。它创作于美国企图吞并加拉帕戈斯群岛的历史节点，不仅暗中回应了 19 世纪四五十年代美国政治家与文学家热衷讨论的美国版图扩大问题，而且还隐含着作者对美国例外主义的批判。麦尔维尔在小说中仿拟了美国例外主义的宗教和政治话语，揭示了美国向包括加拉帕戈斯群岛在内的太平洋和南美洲扩张的企图，并通过多处隐喻揭露了美国扩张主义的罪恶行径与无望未来。
【关键词】赫尔曼·麦尔维尔；《英岛》；政治隐喻；美国扩张主义

赫尔曼·沃克反犹主义视阈下的反美思想研究

【作　者】李栋
【单　位】华东政法大学外国语学院
【期　刊】《外语研究》，2021 年，第 38 卷，第 4 期，第 101—105 页
【内容摘要】评论家似乎达成一个共识：犹太正统派作家赫尔曼·沃克是美国利益的代言人，美国价值的维护者和美国爱国主义及忠诚理念的鼓吹者。但本文通过反犹主义视角对沃克两部战争文学作品进行深入研究后发现，沃克只是表面赞颂美国，批判美国才是本意。沃克的核心创作思想是希望借反犹主义视角揭露美国的邪恶本质，由此传达自己的反美思想。
【关键词】赫尔曼·沃克；反犹主义；反美思想；战争作品

亨利·詹姆斯书信：从汇编、选集到全集的历史嬗变及其文化启示

【作　者】魏新俊
【单　位】中国药科大学外国语学院
【期　刊】《外国文学》，2021 年，第 1 期，第 70—82 页
【内容摘要】亨利·詹姆斯不仅是一位多产的小说家，而且还是一位多产的书信作家。支配他生活的是文学，写信是他人生的奋斗。詹姆斯的社会经历、情感生活、艺术创作无不浸润在他

浩瀚的书信之中，书信构成了这位文学大师真实的和最好的传记。詹姆斯书信的编辑出版经历了从汇编、选集到全集的历史嬗变过程。本文尝试在詹姆斯书信研究中把詹姆斯形象的建构与詹姆斯作品批评的发展结合起来，沿着詹姆斯书信编辑出版跨越时空的演变轨迹，通过对詹姆斯书信三个重要版本的对比分析，深入研究和发掘其背后潜在的文化成因，从而确认詹姆斯的私人书信在流行文化和文学发展中的历史定位，力图为我国詹姆斯研究，尤其是当今詹姆斯书信写作的学术研究，提供有益的参考。

【关键词】亨利·詹姆斯；书信；“卢伯克版本”；“埃德尔版本”；“内布拉斯加版本”；历史嬗变；文化启示

后工业时代的受害者——评 2017 年美国普利策戏剧奖剧作《汗水》

【作　者】赵承运
【单　位】南京师范大学外国语学院
【期　刊】《外国文学动态研究》，2021 年，第 1 期，第 133－140 页
【内容摘要】《汗水》为美国当代非裔女剧作家琳恩·诺塔奇 2017 年度普利策戏剧奖获奖作品。戏剧以后工业时代美国工业城市里丁市为蓝本，描绘了光鲜亮丽的城市生活背后不同种族的工人所遭遇的生存困境与整个社会面临的危机。现代科技的发展、不合理的经济制度以及全球化的来临，是劳资关系紧张、工人群体人际关系扭曲、种族矛盾冲突加剧、工人联盟力量削弱的重要原因，而形式化的自由平等宣传则加速了这一系列矛盾的白热化。在世界经济文化趋于全球化的当下，《汗水》可谓一部难得的警世之作。
【关键词】《汗水》；琳恩·诺塔奇；普利策奖；后工业时代；全球化

后殖民时期的加勒比海地区——论莫里森《柏油娃娃》中的风景政治

【作　者】韩秀
【单　位】大连外国语大学英语学院
【期　刊】《外语与外语教学》，2021 年，第 3 期，第 139－146 页
【内容摘要】20 世纪以来，风景的文化、政治、经济内涵逐渐为学界所关注。本文从意识形态角度对风景的概念进行了梳理，聚焦新殖民主义对加勒比海地区风景的破坏和改造以及后殖民主义风景具有主体反抗性两方面，依据卡马达的风景政治理论对莫里森的作品《柏油娃娃》进行了解读。分析发现，在莫里森的后殖民书写中，加勒比海地区风景已然超越了仅作为背景与线索的叙事功能，成为具有社会功能与政治内涵的独立主体，并与加勒比海地区黑人和黑人文化相融合，形成了一股反抗当代白人资本家新殖民活动和文化入侵的新力量。
【关键词】《柏油娃娃》；风景政治；后殖民；加勒比海地区

互文叙事与被解构的“作者”——《纽约三部曲》中的互文叙事研究

【作　者】王立新；王跃博
【单　位】南开大学文学院
【期　刊】《首都师范大学学报（社会科学版）》，2021 年，第 1 期，第 146－152 页
【内容摘要】美国小说家保罗·奥斯特的代表作《纽约三部曲》历来被认为是一部后现代主义文学力作。其中，奥斯特对其他作家作品的互文叙事颇有深意。借助于这种内涵丰富的互文叙

事，奥斯特解构了西方文学传统中具有稳定控制权力的作者身份。通过对《堂吉诃德》《范肖》等文本的互文叙事，《纽约三部曲》表现了奥斯特独特的作者观念。

【关键词】互文叙事；作者身份；《堂吉诃德》；《范肖》

饥饿、呕吐和生命之粮——《暴力夺取》中的城乡饮食与圣餐隐喻

【作　者】肖明文

【单　位】中山大学外国语学院

【期　刊】《国外文学》，2021 年，第 1 期，第 120－129 页

【内容摘要】在弗兰纳里·奥康纳的小说《暴力夺取》中，乡村烹饪被浪漫化为简单、自然、美味和健康的代名词，都市食品则引发了厌食等负面的生理和心理反应。然而，对美国南方田园菜肴的赞颂和对城市饮食的批评并非作品的主旨，奥康纳这位"基督教现实主义"作家将感官体验与精神信仰加以融合，借用饥饿、呕吐、生命之粮这三个关键意象，揭示出现代人的主体危机与救赎之道。

【关键词】弗兰纳里·奥康纳；饥饿；呕吐；生命之粮；圣餐

技术时代人类主体性危机的预言——论《响尾蛇行动》中的双重技术越界

【作　者】陈红薇；杨健林

【单　位】北京科技大学外国语学院

【期　刊】《当代外国文学》，2021 年，第 42 卷，第 1 期，第 5－12 页

【内容摘要】《响尾蛇行动》是当代美国剧作家山姆·谢泼德创作的一部科幻戏剧，该剧以 20 世纪 60 年代美国人工智能技术时代为背景，揭示了美国智能技术革命背后的双重技术越界：透过失控的"赛博格"，剧作家从道德属性的角度，揭示了人工智能极端化对人类主体性的越界；通过印第安霍皮族的"霍皮预言"及灭族之灾，展现了技术文明对"陆地伊甸园"和人类原初文明的毁灭。该剧聚焦 AI 时代技术越界这一核心命题，既是对早期智能革命的文本呈现，也是对后人类时代主体危机的哲学思考。

【关键词】《响尾蛇行动》；"赛博格"；技术越界；人类主体性危机

杰克·伦敦的边疆情结——从北疆到亚太作品解析

【作　者】马新

【单　位】东北大学外国语学院

【期　刊】《国外文学》，2021 年，第 3 期，第 49－59 页

【内容摘要】自美国建国开始，"边疆"逐渐形成鲜明的美国特性。真实的边疆与虚构的边疆相互交织，建构成边疆神话，推动美国由大陆扩张向海外扩张转变。在"边疆封闭"后，杰克·伦敦的创作主题由北疆转向亚太，反映了"后边疆"时期根植于美国人心中的边疆情结，它由疆土扩张、资本扩张及文化扩张等意识所呈现。从梳理、连接伦敦的北疆及亚太作品的文学性与思想性出发，可发现伦敦的北疆、亚太作品及其社会主义思想的形成皆与美国人的"边疆焦虑"存在隐性联系，其民族叙事的矛盾性及社会主义思想的杂糅性体现出美国民主思想与海外扩张的张力。

【关键词】杰克·伦敦；边疆情结；北疆；亚太

解译战后美国犹太人的沉默：辛西娅·奥兹克的《披肩》（英文）

【作　者】陈书平
【单　位】中山大学外国语学院
【期　刊】《国际比较文学（中英文）》，2021 年，第 4 卷，第 4 期，第 678－698 页
【内容摘要】沉默是犹太大屠杀研究的一个关键议题，而战后美国犹太社区关于大屠杀的反应至今仍是一个有争议的话题。美国犹太女作家辛西娅·奥兹克和她的代表作《披肩》为战后美国犹太社区打破沉默做出了积极的贡献。由于宗教、历史和社会政治原因，战后美国犹太社区被指责患有一种集体的“大屠杀健忘症”。奥兹克的文学创作旅程同样经历了从回避大屠杀到直面大屠杀的转变。作为奥兹克打破沉默的“文学宣言”，《披肩》以“沉默”为主题揭示了“想象的”大屠杀幸存者罗莎·卢布林在大屠杀前、大屠杀期间和大屠杀后的创伤生活的全景。本文移植了劳伦斯·兰格的“先发制人”的概念，旨在重新思考战后美国犹太社区的历史语境，以及重新评价大屠杀再现的伦理问题。“先发制人”指利用犹太大屠杀作为一种人文教训来实现道德救赎或宣扬更高的价值观。为避免误入可能被“先发制人”带入的歧途，奥兹克整合犹太教义的“记忆”戒律、米德拉什的叙事风格和哈西德派关于“纯粹意图”的传说独创出一种“合格”的大屠杀文学写作策略。
【关键词】沉默；战后美国犹太人；辛西娅·奥兹克；《披肩》；劳伦斯·兰格；“先发制人”

近代美国华侨英语自传文学的归属问题

【作　者】王列耀；李光辉
【单　位】暨南大学文学院
【期　刊】《当代文坛》，2021 年，第 5 期，第 112－117 页
【内容摘要】一些研究者认为，近代美国华侨容闳、李恩富和李周的英语自传文学是美国文学而非中国文学。这种仅从语种角度定性文学归属的做法过于武断也不够客观。本文通过分析容闳等人的中国国籍、语种选择以及文本彰显的强烈的中国认同，确证其英语自传文学创作是中国文学组成部分的事实。由此揭示中国文学新的地域边界和语种边界，有助于在全球化格局中重新认识、审视中国文学和海外华人文学。
【关键词】近代美国华侨；英语自传文学；国籍；语种；中国认同

精神分析的残酷小说：从弗洛伊德到卡夫卡，从德里达到米格诺特（英文）

【作　者】让-米歇尔·拉伯特
【单　位】宾夕法尼亚大学
【期　刊】《文艺理论研究》，2021 年，第 41 卷，第 5 期，第 36－47 页
【内容摘要】德里达断言，精神分析遭遇的悬而未决的主要问题是残酷这一存在。图里亚·米格诺特在《精神分析中的残酷、性与无意识》中回应了德里达的批判和质询。其策略是将残酷这一概念在文化和精神分析两个层面来探讨。本文在米格诺特的基础上，将这一问题放在身体层面来考察。通过将德里达对精神分析的论断与德勒兹论施虐和受虐的文章相比较，本文指明其路径上的交汇之处，并进一步讨论弗洛伊德、尼采和黑格尔的文本。本文最终聚焦卡夫卡谈普罗米修斯的短文，追溯其对残酷的思考。

【关键词】残酷；施虐；血；空虚；普罗米修斯

科技进步与司法伦理——读阿西莫夫的小说《法律之争》

【作　者】于辉；陆冬
【单　位】南开大学汉语言文化学院
【期　刊】《湘潭大学学报（哲学社会科学版）》，2021 年，第 45 卷，第 6 期，第 107－110 页
【内容摘要】著名科幻小说家阿西莫夫在小说《法律之争》中通过更改时间设置，让法官对一桩本来很容易判决的诈骗案变得非常无措，最后不得不判处犯罪嫌疑人无罪。这一符合程序正义的判决在英美案例法体系中，等于为日后类似判决出台了一部结果并不正义的新法，也相当于提出了一个科技进步与司法伦理和社会治理方面的新问题。
【关键词】科技进步；司法伦理；社会治理；阿西莫夫

可感知的停顿：雷·阿曼特劳特的无声诗学（英文）

【作　者】布莱恩·里德
【单　位】美国华盛顿大学西雅图分校；美国华盛顿大学文理学院
【期　刊】《外国文学研究》，2021 年，第 43 卷，第 3 期，第 13－32 页
【内容摘要】雷·阿曼特劳特是一位荣获普利策奖的美国诗人。尽管时常被人称为语言诗西海岸分支的一位创立人，她还被公认为该创作运动某些方面的早期批评者。她的发言“诗的无声”（1985）表明了她反对不同散文诗（名为新句）种类的立场，认为她的许多同行写作时只为了趋附一种断然的、警示性的风格，她将此风格划归阳刚的范畴。相反，她力荐一种线性、断裂但又容纳“无声”的抒情诗。通过阅读阿曼特劳特同时代诗人朗·斯利曼的作品，以及她本人当时的诗歌，本文重温“诗的无声”，并重构其针对语言诗流派诗学的介入。她启用无声来设法解释她为截断媒体连绵不断的攻击所作的努力，而这样的攻击制约着人们独立、真诚地思考和行动的能力。她坚信，人们不能一劳永逸地获得这样的无声；人们必须持之以恒地去努力获取、延续它，从诗到诗，一行又一行。
【关键词】雷·阿曼特劳特；美国诗歌；抒情诗；先锋派诗学；语言诗

克分子线·分子线·逃逸线——《水手比利·巴德》中的情感强度地图及语言的生成

【作　者】侯杰
【单　位】南开大学外国语学院
【期　刊】《国外文学》，2021 年，第 1 期，第 103－111 页
【内容摘要】麦尔维尔在《水手比利·巴德》中绘制了一幅由克分子线、分子线和逃逸线构成的情感强度地图。随着情感强度的变化，语言在三种线上不断移动：存在于克分子线上的语言发挥辖域化作用，转移到分子线上的语言发挥相对性的解辖域化作用，从分子线返回到克分子线上的语言构成了再辖域化作用，而进一步沿逃逸线疾驰的语言则发挥绝对的解辖域化作用。在构成情感强度地图的三种线中，逃逸线最为重要，因为它赋予了情感强度地图不断生成的特性，记录着语言通过解辖域化达到生成—寂静和生成—不可感知的过程。
【关键词】情感强度地图；逃逸线；解辖域化；生成；比利·巴德

克雷夫科尔的种族混合论之批判：重读《美国农夫信札》

【作　者】王增红
【单　位】厦门大学比较文学与跨文化研究中心；厦门大学外文学院
【期　刊】《外语研究》，2021 年，第 38 卷，第 2 期，第 106－111 页
【内容摘要】克雷夫科尔的《美国农夫信札》是美国族裔文化发展过程中第一部经典作品。该作品之所以能够引起当代人的共鸣，是因为它能够在立国之初抓住美国生活的本质，提出种族混合的说法。然而，克雷夫科尔的种族混合论深受 18 世纪美国历史和社会政治话语的影响，它捍卫的是以盎格鲁-撒克逊血统为种族基础且内含族裔文化等级的美国白人纯粹性，并将黑人和印第安人排除出种族大混合的过程，其暗含的白人至上主义和害怕超越界限的血统焦虑与文化焦虑，深刻地揭露了克雷夫科尔的种族主义本质。因此，当前美国文化界祭出克雷夫科尔和他的《美国农夫信札》对于解决美国当下紧张的族裔情势无异于饮鸩止渴。
【关键词】克雷夫科尔；《美国农夫信札》；种族混合；白人至上；种族主义

空间隐喻、空间焦虑与第三空间——论《骨》的空间叙事

【作　者】陈晞；石景艳
【单　位】湖南大学外国语学院
【期　刊】《外语与外语教学》，2021 年，第 2 期，第 138－146 页
【内容摘要】美国华裔女作家伍慧明在小说《骨》中借助于多维度的空间叙述了两代美国华裔移民对家园与身份的追寻，揭示了美国华裔移民的生存困境以及他们构建家园空间的尝试。本文从空间叙事角度出发，从空间隐喻、空间焦虑和第三空间构建三个层面对《骨》进行解构，分析了伍慧明怎样借助于全方位、多层次的空间叙述技巧讲述华裔个人、家族，乃至种族在美国社会面临的危机，阐释了作者在多元文化语境下重构族裔生存空间的伦理诉求。《骨》中对文化碰撞、种族融合等问题的思考为人类命运共同体构建提供了启示和借鉴。
【关键词】伍慧明；《骨》；空间叙事；空间隐喻；空间焦虑；第三空间

李欧・李奥尼的图画书与儿童的伦理启蒙

【作　者】吕洪波
【单　位】江南大学外国语学院
【期　刊】《文学跨学科研究》，2021 年，第 5 卷，第 4 期，第 677－687 页
【内容摘要】李欧・李奥尼在图画书的创作中采用儿童视角探讨人的身份问题，反映儿童获得伦理启蒙的过程。本文运用文学伦理学批评的方法分析李奥尼图画书作品中伦理启蒙过程的三个阶段：第一，儿童通过感知世界获取脑概念，在不断拓展的新环境中认识和对比其他动物的形式，进而掌握自身形式的特征，以此作为建构自身脑文本的基础；第二，在儿童从伦理混沌走向伦理意识的过程中，成人的教诲和伦理环境的约束帮助儿童认识到自己作为人的本质；第三，儿童明确和认识自己的伦理身份，为正确的伦理选择做好准备。
【关键词】李欧・李奥尼；图画书；文学伦理学批评；脑文本；伦理身份

琳恩·诺塔奇《汗水》中的陌生化与政治编码

【作　者】吕春媚；徐龙涛
【单　位】大连外国语大学英语学院
【期　刊】《当代外国文学》，2021 年，第 42 卷，第 3 期，第 29—36 页
【内容摘要】政治是当代美国非裔剧作家琳恩·诺塔奇剧作中不可或缺的主题。在《汗水》中，她运用犀利的笔触揭示戏剧背后的政治性，借助于事件的历史化、反传统戏剧叙事以及开放性结局等独具匠心的陌生化手法，表达了对种族主义的批判与对种族融合的呼吁。
【关键词】琳恩·诺塔奇；《汗水》；陌生化；政治编码；种族主义

流动、情感与人际关系——《20 世纪文学与文化中的流动性、记忆和生命历程》评述

【作　者】刘英
【单　位】南开大学外国语学院
【期　刊】《外国文学》，2021 年，第 4 期，第 175—184 页
【内容摘要】琳妮·皮尔斯的《20 世纪文学与文化中的流动性、记忆和生命历程》，探讨散步、远足、送葬等日常微观流动性在生命不同阶段生产和维护人际关系与情感过程中所发挥的重要作用。本文认为，该书最显著的特色是创造性地将现象学、文化地理、流动性研究与文学研究有机结合，并运用此跨学科理论视角，对 20 世纪英美经典小说《我弥留之际》《杯酒留痕》和生命书写《战时韵事》等做出富有新意和洞见的文本分析。虽然第五章关于《杯酒留痕》的讨论尚需进一步展开，但整体而言，该书既与后人类主义流动性研究展开对话，又丰富了 20 世纪文学作品的多元阐释，实现了文学跨学科研究的增值效应。
【关键词】流动性；记忆；情感；人际关系

流动的身份——论盖尔·琼斯《六十盏灯》中的家、旅行与跨文化去/来

【作　者】张成成
【单　位】华东师范大学外语学院
【期　刊】《当代外国文学》，2021 年，第 42 卷，第 2 期，第 144—150 页
【内容摘要】《六十盏灯》是当代澳大利亚小说家盖尔·琼斯“跨国写作”的鲜明代表之一，以凸显人物身份的流动性表达家、旅行与“跨文化去/来”的主题。露西流动的“家”使其身份的差异性显现，海上旅行使她寻求身份的同一性。露西始终进行“跨文化去/来”的交往实践，寻求“接触地带”，展演“矛盾主体立场话语”“关联性话语”及“情境性话语”的叙事。作为新维多利亚小说中的人物，露西的身份超越了空间和时间，文化身份建构的矛盾和焦虑不断被消解，终成“环球行者”和“未来之女”的独特存在。
【关键词】盖尔·琼斯；《六十盏灯》；旅行；“跨文化去/来”；身份；流动性

露易丝·格吕克：冷峻而温情的古典主义诗人

【作　者】松风（刘锋）
【单　位】凤凰出版传媒股份公司
【期　刊】《外国文学动态研究》，2021 年，第 1 期，第 53—61 页

【内容摘要】美国诗人露易丝·格吕克获得2020年诺贝尔文学奖之后，汉语评介文章一时蜂起，众说纷纭。本文努力与热点保持一定距离，通过梳理露易丝·格吕克为数不多的访谈、获诺奖后英美文化界的代表性反应以及相关评论，试图回答几个基本问题：露易丝·格吕克是个什么样的诗人？其诗有什么主要特色？是什么成就了格吕克的诗？她的诗有着怎样的现实意义？
【关键词】露易丝·格吕克；诺贝尔文学奖；诗歌敏感；峻拔的美；诗歌声音；《诗人的教育》；古典主义诗人

论《苍白之王》的无聊表征及其文化意蕴

【作　者】王航；杨金才
【单　位】南京大学外国语学院
【期　刊】《外语教学》，2021年，第42卷，第3期，第98－103页
【内容摘要】无聊是个体的情感表征，也是考察社会历史环境的视点。大卫·福斯特·华莱士的遗作《苍白之王》聚焦后现代美国社会的无聊病症，蕴含对新自由主义的批判与反思。通过揭露景观消费和情感剥削双重辖制下的无聊动因，探讨娱乐、怀旧和注意力等三种形式的乌托邦属性，小说再现了美国伊利诺伊州皮奥里亚市国税局员工的情感困境。然而，员工拥有抵抗无聊的潜力，既能诉诸欲望转移实现人际情感连接，也可通过集体出走逃离情感劳动的操控。华莱士还在读者层面呼唤公众群体和情感自由，开拓新自由主义语境下的情感出路。
【关键词】《苍白之王》；无聊；景观；认知劳动者

论《当世界曾是绿色时》中的记忆幽灵与伦理选择

【作　者】龙娟
【单　位】湖南师范大学外国语学院
【期　刊】《文学跨学科研究》，2021年，第5卷，第1期，第176－186页
【内容摘要】《当世界曾是绿色时》是萨姆·谢泼德晚期的代表作之一，记忆的幽灵贯穿于整部剧作。在该剧中，两位无名主人公在有意与无意的记忆机制中回忆着过往创伤，最后通过伦理选择而达成和解，进而治愈创伤。有意记忆的刻意安排凸显出美国政府实施的“有组织的遗忘”策略对美国土著居民集体记忆的操控，而无意记忆的自发呈现则彰显出个体创伤记忆的表征及深层成因，揭示出“事物的隐匿之处”。特别值得一提的是，仪式在该剧中的匠心独运，不仅有助于体现剧中主人公的伦理意识和伦理选择，而且有助于体现谢泼德就如何应对创伤记忆以及如何建立“伦理共同体”所进行的深刻思考与有益尝试。
【关键词】《当世界曾是绿色时》；有意记忆；无意记忆；伦理选择；伦理共同体

论《光年》的无聊生活书写特征

【作　者】孙霄
【单　位】西安外国语大学中国语言文学学院
【期　刊】《湖南科技大学学报（社会科学版）》，2021年，第24卷，第6期，第69－73页
【内容摘要】当代美国作家詹姆斯·索特的小说《光年》再现了20世纪六七十年代美国中产阶级的婚姻家庭生活。作品聚焦无聊问题，刻画了娱乐、消费的无聊生活状况，揭示了人们精神无聊空虚的深层根源。后现代美国社会的无聊生活具有疏离、重复、碎片化的特征，人们企图

通过发现新奇或越界行为消弭无聊，却仍无法与世界建立真实的联系，无法寻找到人生和自我的意义。小说对无聊的描写体现了作者对美国后现代时期丰裕年代的透视以及对人类主体存在意义的反思，具有存在主义的后现代特点。

【关键词】詹姆斯·索特；《光年》；无聊；后现代社会；存在意义

论《林肯在中阴界》的晚期后现代死亡叙事

【作　者】董雯婷

【单　位】西北大学文学院

【期　刊】《当代外国文学》，2021 年，第 42 卷，第 3 期，第 21－28 页

【内容摘要】《林肯在中阴界》通过聚焦于一群停留在中阴界的亡魂来编写美国总统林肯和南北内战的故事，表现出对暴力与死亡特殊的历史意识。小说在叙事上以夸饰死亡来强调历史超越理性认知的不可再现性与无逻辑性，又以对死者私人意识和个体死亡经验的重视重建了现实主义对“人”的关注。作者不仅继承了后现代颠覆传统，更游走于讽刺与诚恳的叙事态度之间，以死亡叙事在诗学层面上再次概念化了美国历史，并于奇幻性与合理性之间取得了一种基于张力的平衡，是对美国国家统一神话的晚期后现代式重写，具有明确的政治指涉。

【关键词】乔治·桑德斯；《林肯在中阴界》；晚期后现代；死亡叙事；历史小说

论《塞布丽娜》绘本叙事中的伦理价值

【作　者】郭荣；王文

【单　位】陕西师范大学外国语学院

【期　刊】《当代外国文学》，2021 年，第 42 卷，第 1 期，第 51－58 页

【内容摘要】《塞布丽娜》以极简主义和现实主义相结合的艺术手法描绘了普通人的灾难体验，揭露了后“9·11”时代美国社会面临的种种问题，并注入了尼克·德纳索的伦理思考。本研究在拓宽绘本叙事和伦理学批评相结合的研究范式的同时，对《塞布丽娜》的伦理价值予以深度发掘。研究发现，在这部小说中，线条与色彩的巧妙结合、文字和图像的双轨叙事模式是德纳索进行伦理表达的有效途径。通过采用一以贯之的外聚焦策略，德纳索对现代社会的伦理困境和伦理焦虑予以表征，而媒介声音的凸显进一步证实了恐怖主义当代形式的在场。德纳索通过对媒介声音及其使用者的伦理反思来唤醒人们对社会困境的认知，最终彰显出《塞布丽娜》于当下世界的伦理价值。

【关键词】《塞布丽娜》；尼克·德纳索；绘本叙事；伦理；后“9·11”

论《三个高女人》中的年龄身份

【作　者】吴一坤

【单　位】南京大学

【期　刊】《当代外国文学》，2021 年，第 42 卷，第 4 期，第 138－144 页

【内容摘要】美国剧作家爱德华·阿尔比的《三个高女人》兼容不同形式的年龄身份，即年龄推移、错位与跨越。在他的笔下，三人合一的创作技法展现出年龄分层之间的联结与断裂，年龄特征同相应的年龄阶段解绑，成为旅居其他阶段的飘浮之物。因此，老化不再是老年群体独属的经验，它渗透于生命历程的不同阶段，而身处不同年龄层次的人群会受此影响，呈现异于

年龄规范的行为举止与思想内涵。

【关键词】爱德华·阿尔比；《三个高女人》；年龄；身份；老化

论《转吧，这伟大的世界》中的命运共同体形塑

【作　者】曾桂娥；王凤云
【单　位】曾桂娥：上海大学外国语学院
　　　　　王凤云：上海大学文学院
【期　刊】《当代外国文学》，2021 年，第 42 卷，第 2 期，第 53－59 页
【内容摘要】科伦·麦凯恩在《转吧，这伟大的世界》中以 20 世纪 70 年代的纽约市为背景，用走钢丝表演隐喻“9·11”事件，用 11 个跨越种族、阶级和性别的故事编织现代社会人类命运共同体的图谱。麦凯恩倡导的“讲故事的民主”在小说中得到充分展示，他从多个叙述角度细致刻画战争、恐怖袭击、种族歧视、移民困境、伦理缺失等社会问题，揭示日益分化的社会中生命的脆弱性、社区共联性及伦理责任性，倡导人与人之间的“同理心”，表达对平等与和平的美好夙愿。
【关键词】科伦·麦凯恩；《转吧，这伟大的世界》；共情；共同体

论艾·辛格小说的现实主义传统与创新

【作　者】程爱民
【单　位】上海交通大学；南京大学
【期　刊】《当代外国文学》，2021 年，第 42 卷，第 3 期，第 108－115 页
【内容摘要】艾（萨克）·辛格的小说创作艺术手法丰富多彩、五光十色。从总体上看，辛格是一位传统的现实主义作家。他在很大程度上受到 19 世纪批判现实主义作家的影响，但他那种根植于犹太文化之中的叙述艺术是独具一格的。他的小说中含有一种深深积淀在犹太文化传统中的东西，表现出一种强烈的民族文化身份意识。这些东西不仅能激发犹太民族读者的心灵感应，而且可以在世界上许多其他民族读者的意识中引起反响与共鸣。辛格的小说清晰地反映出一个民族在自身文化传统逐渐失去并被另一种文化传统替代时所具有的衰落感和内在矛盾感。他运用全景式现实主义白描手法和充满激情的叙事艺术，力图表现犹太人在处理犹太传统与现代西方文明之间的冲突时特有的强烈的情感矛盾和思想斗争。他的这种独特的小说写实艺术使他的许多作品看似平实、简单，但读后却回味无穷。这也是他对 20 世纪美国现实主义文学的重要贡献之一。本文拟从传统与创新、讲故事的技艺、结构与人物几方面论述其小说的现实主义写实特色。
【关键词】艾（萨克）·辛格；小说创作；现实主义；传统；创新

论奥斯特《内心的报告》中的实验性自我书写

【作　者】丁冬
【单　位】上海财经大学外国语学院
【期　刊】《外国文学》，2021 年，第 5 期，第 73－83 页
【内容摘要】在《内心的报告》中，奥斯特展现了对自传文类惯例的质疑和背离。通过一系列实验性的叙事策略，奥斯特试图调和自传文类与后结构主义思想在身份和叙事问题上的矛盾：

一方面，通过选择一种更能准确反映现代主体生存状况的碎片化叙事瓦解传统自传中的自我同一性，更“真实”地再现自我；另一方面，借助于第二人称叙事视角、跨媒介等叙事手法激发自传文本与读者之间更多元的互动，确认自传作为实现与他者联结的“双边行为”的意义。这些叙事手法革新了自我书写的叙事模式，拓展了其文类功能；而通过将主体与自我认知间的分离焦虑转变为通过主体间关系建构自我认知的可贵尝试，奥斯特也对自我书写的创作伦理进行了积极探索。

【关键词】奥斯特；《内心的报告》；自我书写；实验叙事

论北美新移民华文小说中的亲缘关系叙事

【作　者】朱旭
【单　位】湖北大学文学院
【期　刊】《中国现代文学研究丛刊》，2021 年，第 9 期，第 243－252 页
【内容摘要】伴随着传统与现代的交织，中、西之间的双向互动，北美新移民华文作家聚焦作为家族文化核心的亲缘关系叙事，对原生民族与民族文化重新审视，强化着民族认同感。通过对婆媳关系的书写，重估传统人伦，强调东方式亲缘伦理是共通的情感归宿和精神家园的融汇；透过父与子的冲突，重构 20 世纪中国的现代化史诗，突破东、西文化的迷踪，重拾文化身份；自我与家族关系的呈现，则突破内部框架，将家族中的亲缘关系向外拓展，个体出走意味着从既定关系中脱离，进而重新塑造主体，并尝试建立一种新型人类关系。这样的亲缘关系叙事由此提供了一种有意义的范式：在保留充满生命活力的血脉的同时，彰显传统之精韵，重构充满现代精神的人类关系。
【关键词】北美新移民；华文小说；家族叙事；亲缘关系

论福克纳《圣殿》残疾书写的多重隐喻

【作　者】任冰；师姝慧
【单　位】东北林业大学外国语学院
【期　刊】《当代外国文学》，2021 年，第 42 卷，第 3 期，第 124－131 页
【内容摘要】福克纳的《圣殿》将现实与虚构相融合，在暴力与哥特元素的掩映下借助于多维度的伤残叙事透视社会的残损。本文采用残疾研究理论，将小说置于创作的特定社会语境中，从残疾隐喻出发审视美国法律制度的畸形表征，探讨优生学背景中旧南方与现代社会间的继承与矛盾碰撞，追踪残疾身份的反传统叙事所揭示的父系权威的消解，进而审视该作品传达的人文主义关怀。
【关键词】福克纳；《圣殿》；残疾书写；多重隐喻

论格吕克诗歌中的面具声音

【作　者】孙立恒
【单　位】陕西师范大学外国语学院
【期　刊】《外国文学》，2021 年，第 3 期，第 68－81 页
【内容摘要】2020 年诺贝尔文学奖获得者、美国抒情诗人露易丝·格吕克素有“面具大师”之称，通过在第一人称抒情诗中施加所谓“变色龙颜色”，其诗歌多围绕一系列面具声音，如神话

人物面具之声、自然花语者面具之声和现世凡人面具之声进行自我组织。借这些面具之声，她得以将人类的精神渴望和含蓄表达的优雅轻盈完美结合，开创了属于其个人的抒情叙事模式。本文以其诗作的全景式阅读和文本细读为依托，旨在分析解读格吕克诗歌对面具声音的调度，包括面具声音的分类、表现和作用等，以期揭示其借面具声音对第一人称抒情诗传统进行反拨与改造的努力。

【关键词】露易丝·格吕克；当代美国诗歌；第一人称抒情诗；面具；声音

论格吕克诗歌中的自我建构

【作　者】梅丽
【单　位】上海外国语大学法学院
【期　刊】《外国文学》，2021 年，第 3 期，第 43－53 页
【内容摘要】格吕克在诗歌中表现出强烈的自我塑造意识，其自我建构艺术的独特之处是在自白派诗歌所宣扬的个人化与高度现代主义诗学所推崇的“非个性化”这两种立场之间寻找属于自己的声音。她在继承和发展现代诗歌技巧的基础上，将个人经历巧妙地融合到更为普遍的人类生活背景和文化指涉之中。她的诗歌《棱镜》《乡村生活》和《草场》，分别体现了三种自我建构策略：将个体经验转化为集体化人格的倾向，通过自我降格来批判人类中心主义的立场以及将经典神话兼收并蓄的超文本化手法。格吕克在诗歌创作中将经验自我从时空的控制中抽离出来，转变为新的形式和秩序，从而不断实现诗人的自我建构和修正。
【关键词】格吕克；自我建构；集体化人格；自我降格；超文本

论胡赛尼小说《灿烂千阳》中的战争书写

【作　者】王育平
【单　位】东南大学外国语学院
【期　刊】《湖南科技大学学报（社会科学版）》，2021 年，第 24 卷，第 2 期，第 57－62 页
【内容摘要】当代阿富汗和战争有千丝万缕的联系，以阿富汗为背景的文学作品亦难逃战争阴云的笼罩。不同于传统战争书写的宏大叙事，胡赛尼在《灿烂千阳》中采取了和战场上士兵不同的平民视角，从普通人日常生活中捕捉战争的幽灵，通过再现战争为个体带来的直接生命体验和对个人生活历程的影响，把战争日常生活化。在对战争的日常生活化书写的基础上，胡赛尼的小说也从个体的角度探讨了对阿富汗传统民族文化的坚守与传承问题，为战乱之后阿富汗的文化重建播下希望的种子。
【关键词】胡赛尼；《灿烂千阳》；战争书写；日常生活；文化重建

论罗伯特·塔利的文学空间研究

【作　者】方英
【单　位】浙江工商大学外国语学院
【期　刊】《文艺理论研究》，2021 年，第 41 卷，第 5 期，第 58－67 页
【内容摘要】人文社会科学领域的“空间转向”催生了文学领域的“文学空间研究”。美国学者罗伯特·塔利是该领域的领军人物，大力推动了文学空间研究在美国乃至全球的发展。经过十几年的深耕，塔利发展出一套独特的学术术语，建立了由处所意识、文学绘图、文学地理、地

理批评、制图学（存在—写作—文本—批评—理论化）构成的话语体系；并就文学绘图、空间概念、乌托邦等问题开展了深刻而具独创性的理论探索；且开展了关于赫尔曼·麦尔维尔、埃德加·艾伦·坡、约翰·托尔金等人的文本批评，不仅展示了地理批评实践的可能路径，还揭示了空间理论在批评实践中的适用性、阐释力，以及文学空间研究的创新力和发展前景。更值得关注的是，他的研究深受詹姆逊等马克思主义者影响，深深扎根于马克思主义文学批评传统，既继承了前人的理论成果，亦实现了对前人成果的发展与批判。
【关键词】罗伯特·塔利；文学空间研究；文学绘图；地理批评；马克思主义

论美国后“9·11”小说的国家认同阐释

【作　者】朴玉
【单　位】吉林大学公共外语教育学院
【期　刊】《湖南科技大学学报（社会科学版）》，2021 年，第 24 卷，第 4 期，第 47—52 页
【内容摘要】美国后“9·11”小说具有鲜明的现实主义倾向，尤其表现为对“国家认同”这一公共领域中核心议题的批判性介入。作家们就国民身份强化、国族记忆建构以及国家身份选择等议题进行探讨，他们不仅捕捉超越种族、阶级、文化差异的共同体情感，表征不同族裔对于美国国民身份的认可，还倡导基于国族身份探寻理想自我。后“9·11”小说关于国家认同的多重阐释，对于多民族国家内部个人身份建构、族裔群体团结、国家意志强化具有启示意义。
【关键词】美国小说；后“9·11”；国家认同

论美国华人怀旧书写中的“上海摩登”

【作　者】朱骅；贾华丽
【单　位】上海海洋大学外国语学院
【期　刊】《郑州大学学报（哲学社会科学版）》，2021 年，第 54 卷，第 5 期，第 77—81 页
【内容摘要】“上海摩登”是 20 世纪末以来上海怀旧潮的核心意象，主要指西方现代性与上海本土性结合而体现在生产方式、思想观念、文化时尚、物质消费等方面的上海地域表征。对摩登岁月的怀旧一直是海外华人离散书写的重要主题。《永远的尹雪艳》是摩登经历者白先勇的怀旧之作，作为摩登具象化的尹雪艳却证明了专业精神对促成与维持“上海摩登”的必要性。谭恩美的《奇幻山谷》则通过旧上海的美国移民传奇，反向剖析“上海摩登”的国际化要素。怀旧书写对专业精神与国际化的强调和想象性重构，已超越离散美学的范畴，正助益中国未来更多全球化城市建设。
【关键词】“上海摩登”；李欧梵；白先勇；谭恩美；《永远的尹雪艳》；《奇幻山谷》

论塞林格小说的战争反思与救赎

【作　者】王立宏
【单　位】牡丹江师范学院文学院
【期　刊】《当代外国文学》，2021 年，第 42 卷，第 2 期，第 31—37 页
【内容摘要】亲历过二战的美国作家 J. D. 塞林格，其难以愈合的战争创伤使他对战争有着独特的感悟，并以隐晦婉曲的书写方式阐发对战争暴力的深刻反思，揭示出战争无视生命、消弭人性和戕害灵魂的残酷本质，进而表达出作家渴望摆脱由此带来的心灵剧痛、获得精神救赎的

愿望。本文从战争创伤、战争反思、战争救赎三个方面剖析了塞林格对战争无理性与荒谬性鞭辟入里的批判，以期重估塞林格小说在美国战争文学中的价值，从而拓宽塞林格小说的研究视角。

【关键词】J. D. 塞林格；战争创伤；战争反思；战争救赎

论苏珊·桑塔格的“反对阐释”与“反理论主义”

【作　者】陈文钢
【单　位】江西财经大学人文学院
【期　刊】《江西社会科学》，2021 年，第 41 卷，第 8 期，第 99－105 页
【内容摘要】苏珊·桑塔格在美国文学批评理论即将进入繁盛期之际表现出最早的反理论主义情绪，我们不难发现其“反对阐释”含有反本质主义意味，而本质主义与理论主义有着深刻的逻辑关联；在反理论主义之路上桑塔格并非单枪匹马，“反对阐释”不仅呼应了新左派“反文化”大潮和激进文化运动，同时提前触动和震撼了欧美理论界，对欧美之外的文学批评理论和美学理论亦有启示。
【关键词】苏珊·桑塔格；“反对阐释”；反本质主义；反理论主义

论辛格短篇小说中的“阁楼”

【作　者】姜玉琴
【单　位】上海外国语大学文学研究院
【期　刊】《外语与外语教学》，2021 年，第 2 期，第 130－137 页
【内容摘要】在辛格的短篇小说中，“阁楼”是出现次数最多的意象之一，可谓辛格小说中最为常见的道具符号。本文从“阁楼”的设置、“阁楼”中的光景和“阁楼”的隐喻三个文化符号链入手，论证与犹太主人公，特别是城市犹太知识分子相伴相随的“阁楼”，在辛格小说中具有的属性：指价格便宜的住所，即借地域的偏僻和混乱隐喻犹太人的廉价、精神上的偏离和不入流；指在历史上屡遭创伤的犹太人，通过“阁楼”的方式与社会、他人相疏离、隔绝，以实现自我保护。总之，辛格借用“阁楼”，隐喻了犹太人长期以来被社会所漠视、排斥和驱赶，最后不得不在远离中心和人群的角落苦苦挣扎的现实。
【关键词】辛格；“阁楼”；意象；边缘人；孤独

论亚当·约翰逊小说的边缘叙事视角及其文化意蕴

【作　者】聂宝玉
【单　位】河南农业大学外国语学院；河南大学文学院
【期　刊】《河南大学学报（社会科学版）》，2021 年，第 61 卷，第 5 期，第 97－102 页
【内容摘要】本研究聚焦亚当·约翰逊 2015 年短篇小说集《幸运微笑》，从梦幻、疾病、反讽、创伤等视角解读边缘人物形象，认为作品通过剖析形形色色但不为人所熟知的边缘人物的生存现状及内心世界，揭示高科技尽管可以复制人类的外在形象，却无法治愈人类所患的癌症疾病。本研究认为，尽管灾难带给人类无法言说的痛楚及难以愈合的创伤，但与此同时也促使人类重新审视世界。边缘人物在经历种种无奈与反讽后逐渐自我释怀、抚平创伤并最终重构自我。作品采用的多角度边缘叙事，也更加彰显在后现代不确定的语境下，作家如何在中心与边缘叙事

碰撞与对话中，引领读者关注当代社会文化深层次问题，关注被社会遗忘、排斥和忽视的非主流人群，反思边缘人物生存现状，并给予其深切的人文关怀。

【关键词】《幸运微笑》；边缘叙事；文化意蕴；疾病；创伤

罗曼司与《七个尖角阁的老宅》的历史书写

【作　者】修立梅

【单　位】北京大学外国语学院

【期　刊】《外国文学》，2021 年，第 5 期，第 61－72 页

【内容摘要】霍桑被视为同时代最具有历史意识的作家之一，然而学界对历史在其艺术作品中扮演的角色却有着不同的看法。本文将着眼于《七个尖角阁的老宅》的历史维度，通过分析霍桑对具体历史联结的指涉和处理，考察其历史书写机制。本文认为，罗曼司对于《老宅》来说，不只是不同于小说的文类，也是不同于官方的历史书写机制。《老宅》在罗曼司所赋予的自由下，通过将炉边传言、闲谈等纳入信息流通渠道，以此质疑 19 世纪美国官方历史话语的形成机制，并通过揭示官方话语的裂缝，传达出一种与其时占主流的进步主义历史观不同的历史观念。

【关键词】霍桑；《七个尖角阁的老宅》；罗曼司；历史书写

马克·吐温太平洋书写中的帝国主义话语

【作　者】段波

【单　位】宁波大学外国语学院

【期　刊】《外国文学评论》，2021 年，第 3 期，第 131－158 页

【内容摘要】马克·吐温的太平洋书写中对麻风病、种族杂糅和宗教“文明”的叙述在某种程度上形成了作家同美国在包括夏威夷在内的亚太地区殖民扩张问题上的共谋；其中神秘的“夏威夷小说”折射出吐温对种族杂交导致的身份认同与权力僭越问题的焦虑，作品“未直言的秘密”即吐温以社会达尔文主义和种族优越论为核心的“海洋天命”论。吐温在批评英国教会的“文明”政策的同时却对美国传教士对夏威夷“文明”的贡献赞赏有加，目的是试图削弱英国在夏威夷的政治和宗教影响力，为美国攫取夏威夷的殖民统治权推波助澜。

【关键词】马克·吐温；太平洋书写；麻风病；“海洋天命”；帝国主义

玛丽安·摩尔诗集《我愿是一条龙》的文化借用与反冷战意识

【作　者】苏琳

【单　位】华南师范大学外国语言文化学院

【期　刊】《外国文学研究》，2021 年，第 43 卷，第 2 期，第 80－93 页

【内容摘要】美国现代主义诗人玛丽安·摩尔出版于 1959 年的诗集《我愿是一条龙》是其受华裔艺术家施蕴珍阐释中国古典绘画美学的《绘画之道》的影响而创作的。该诗集暗含了摩尔对于冷战剑拔弩张的意识形态斗争的诗学回应。美国的冷战宣传战是该诗集创作的前置背景，在人文地理学研究的“辖域意识”概念的视域下，《我愿是一条龙》对中国古典美学的借用实质上是摩尔对于冷战宣传战中刻意凸显的辖域意识的有意回击与反抗。

【关键词】《我愿是一条龙》；冷战；辖域意识；玛丽安·摩尔

麦卡锡的《天下骏马》对特纳“边疆论”的挑战与消解

【作　者】孙胜忠
【单　位】上海外国语大学英语学院
【期　刊】《外国文学研究》，2021 年，第 43 卷，第 6 期，第 128－141 页
【内容摘要】特纳在《美国历史上边疆的重要性》中称边疆这片“自由土地”具有消除阶级和文化差异、造就个人主义英雄和捏塑独特美利坚民族性格的功能，从而奠定了美国旧西部史的基础，边疆从此成为美国人心中的梦幻之地，直至半个世纪之后史密斯的《处女地》称之为神话和象征。20 世纪 60—80 年代崛起的新西部史不断挑战边疆神话，还原其种族主义和暴力征服的真相。麦卡锡的《天下骏马》与新西部史暗合，借助于边疆神话和西部小说传统，讲述主人公南下墨西哥寻觅个人自由及其牛仔梦碎的故事。麦卡锡笔下的科尔不是自由土地上的个人主义英雄，而是陌生世界中异化的单体“木偶”，《天下骏马》不只是边境小说，麦卡锡通过时空挪移旨在挑战特纳的“自由土地”、个人自决等观念，进而消解边疆神话，以便立足当下、反思过去、面向未来。
【关键词】麦卡锡；《天下骏马》；特纳；“边疆论”；边疆神话

美国“9·11”小说中的男性气质与遗忘叙事

【作　者】王薇
【单　位】青岛大学外语学院
【期　刊】《当代外国文学》，2021 年，第 42 卷，第 4 期，第 20－27 页
【内容摘要】在后“9·11”时代语境中，与媒体报道和政治话语着力打造的男性狂欢叙事相反，小说中的男性话语以遗忘叙事的样态，凸显男性气质再生产过程中的焦虑与彷徨。本文借鉴社会性别理论中权威型、共谋型和从属型三类男性气质，逐一分析《皇帝的孩子》《转吧，这伟大的世界》和《零》等“9·11”小说中强势遗忘、无奈遗忘和天真遗忘三种男性遗忘叙事模式，进而揭示此类小说借助于性别书写和记忆书写之间互动所彰显的叙事张力：透过男性遗忘叙事，美国“9·11”小说对主流媒体与政治叙事中的男性狂欢话语进行改写，是对新世纪失衡的性别秩序进行反思的文学实践。
【关键词】美国“9·11”小说；男性气质；遗忘叙事

美国当代女性科幻小说中的共同体意识

【作　者】李保杰
【单　位】山东大学外国语学院
【期　刊】《广东社会科学》，2021 年，第 2 期，第 147－154 页
【内容摘要】美国当代女性科幻小说基于性别政治，结合科学逻辑和文学审美，通过超越现实的人物形象及情节设计来突破时空、性别和物种等阈限，书写人类身体、物种间性及时空跨越等主题，观照人类生存和未来期许。传统女性乌托邦叙事以构想无两性生理差别的理想社会为特点，或者以激进的立场否定男性的在场，消解女性和孕育功能的内在联系，表达反抗男性霸权的诉求。然而，这种逃避主义的理想化取向带有先天不足，无益于理解和应对世界的多样性。有的作家已经意识到这种局限性，进而在辩证视野下谋求平衡矛盾，在人类共同生存的视域下书写生态和谐的理想社会，表现出深切的共同体意识，这代表了理想社会建构的更高范式，成

为女性科幻的一个身份标识。

【关键词】女性科幻小说；乌托邦想象；共同体意识

美国当代犹太诗歌的个人方言书写

【作　者】罗良功
【单　位】华中师范大学外国语学院
【期　刊】《外国文学研究》，2021 年，第 43 卷，第 6 期，第 30－38 页
【内容摘要】美国当代犹太诗歌成长的基础是犹太书写与现代主义传统的对话，诗人们从新的社会现实出发，将犹太诗人的身份置于现代主义诗学实践及其意识形态机制之中进行审视并与之进行协商与交换，形成美国当代犹太诗歌的个人方言书写。本文以金斯堡与惠特曼的大众现代主义、查尔斯·伯恩斯坦与庞德的现代主义之间的诗学对话为例，梳理美国当代犹太诗歌的诗学理论与实践，探讨美国当代犹太诗歌的个人方言诗歌，剖析当代犹太诗人们具有鲜明个性导向和意识形态内涵的非标准语言实践。
【关键词】美国犹太诗歌；个人方言书写；当代诗歌；金斯堡；查尔斯·伯恩斯坦

美国非裔文学种族越界心理探秘

【作　者】庞好农
【单　位】广东外语外贸大学外国文学文化研究中心
【期　刊】《湖南师范大学社会科学学报》，2021 年，第 50 卷，第 6 期，第 125－130 页
【内容摘要】美国非裔文学所描写的种族越界心理主要涉及黑白混血儿和白人在种族越界中表现出来的心理状态，种族越界者通常会成为被黑人和白人两个种族都排斥的“他者”。出于对白人生活的向往，白肤混血儿故意隐瞒自己的血统，否定自我，逃避种族主义的歧视和迫害，以获得更高的社会地位、经济地位、种族地位，满足自己被法律或习俗压抑的虚荣心。白肤混血儿“越界”到白人社会后通常会遭受生育焦虑和精神折磨，消解不了文化失根的自卑感。美国白人种族越界的动因源于白人对黑人的双重剥削、生存解困和猎奇心理，这不但讽刺了美国种族主义血统论，而且还抨击了种族偏见的非理性和荒谬性。
【关键词】美国非裔文学；种族越界；心理探秘

美国华裔青少年文学中的“中国想象”

【作　者】唐莹
【单　位】大连外国语大学英语学院
【期　刊】《湖南科技大学学报（社会科学版）》，2021 年，第 24 卷，第 5 期，第 54－58 页
【内容摘要】美国华裔青少年文学作品多出自第二、三代华裔作者之手。相比于传统华美作品，他们笔下的中国形象在表征和功能方面发生了重大改变，这种改变表现在当代美国华裔青少年文学中中国书写的三个维度上。探讨华裔青少年文学作品如何展开中国想象，有助于品察本民族经验怎样在异域文化空间生根，并借以重新定义非西方文明在现代化发展和全球化进程中所发挥的历史作用。
【关键词】华美文学；青少年文学；“中国想象”

美国科幻小说中的疫疾想象

【作　者】胡晓岩；李保杰
【单　位】山东大学外国语学院
【期　刊】《社会科学研究》，2021 年，第 5 期，第 190—196 页
【内容摘要】疫疾想象是美国科幻小说的经典主题。这一文类的作品聚焦于美国乃至全球的卫生危机与医学灾难，展现出美国社会各个阶层对传染病的态度，承载了科幻文学对于美国公共卫生体系和治理体制的深沉忧虑，以及对疫病中人民处境的深切观照。瘟疫主题的美国科幻小说关注助长瘟疫肆虐的政治体制、生命在瘟疫中的脆弱、疫病后社会的创伤与重建，将传染病对人类生存的影响具象化，发挥着重要的警世作用，对当代美国文学文化研究具有重要参考价值。
【关键词】美国科幻小说；疫疾想象；瘟疫书写

美国重要文学奖的变化与当代美国文学的发展

【作　者】曾艳钰
【单　位】湖南师范大学外国语学院
【期　刊】《文学跨学科研究》，2021 年，第 5 卷，第 4 期，第 720—727 页
【内容摘要】普利策奖（Pulitzer Prize）与美国国家图书奖（National Book Award）是美国两大重要的文学奖。因为具有稳定的评奖质量和极大的公信力，这两大奖一直是美国文学界的风向标，其发展历史就是 20 世纪以来的美国文学史，它对于美国文学的意义持续而深远。本文简要叙述美国重要文学奖研究现状，聚焦这两大文学奖的发展变化，探讨美国重要文学奖所反映出的美国社会文化及思潮的变迁、在建构美国民族特性和国家想象方面的作用、在促进美国文学经典化进程中的作用，以及文学奖通过作家与作品来阐释、修正何谓美国性、何谓美国生活、何谓优秀美国文学的动态发展谱系。
【关键词】普利策奖；美国国家图书奖；当代美国文学

美国左翼女性文学的乌托邦构想——基于勒苏尔《姑娘》的探讨

【作　者】张莉；袁洋
【单　位】张莉：郑州大学英美文学研究中心
袁洋：郑州大学外国语与国际关系学院
【期　刊】《郑州大学学报（哲学社会科学版）》，2021 年，第 54 卷，第 1 期，第 85—90 页
【内容摘要】美国左翼女性文学表达了左翼写作中女性的独特经验、视角和声音，体现了 20 世纪社会各阶层女性对自我所处的物质环境、精神环境、生态环境等的观察和思考。不同时期的左翼女性文学虽聚焦不同话题，却始终坚持对建构以“姐妹情谊”为纽带与特征的女性共同体的追求。美国左翼女作家勒苏尔在其代表作《姑娘》中，就通过建立女性共同体的形式，帮助主人公“姑娘”完成了成长的仪式：母亲帮助“姑娘”完成了成为女人道路上的初步启蒙，对母亲的历史记忆为“姑娘”提供了复写的可能和前行的勇气。克莱拉是“姑娘”成长道路上的同路人，她不但是“姑娘”悲苦生活中的依靠和寄托，也通过镜像效果扩展和深化了“姑娘”对自我和社会的认识。阿米莉娅充当了导师的作用，引导“姑娘”走进女性共同体，实现了性别和阶级意识的觉醒。可以说，以“姐妹情谊”为基础缔结的女性共同体是女作家构想的实现

自我解放的有效路径，然而，这样的纯粹女性乌托邦不可避免地具有脆弱性、短暂性和不确定性，在现实中往往沦为脱离实际的空想。在20世纪60年代之后的左翼女性文学中，“姐妹情谊”这一女性命运共同体形式遭到了一定程度的解构，体现了女性作家对这一乌托邦构想的深入思考。

【关键词】勒苏尔；《姑娘》；女性共同体；乌托邦；“姐妹情谊”

美国左翼作家厄斯金·考德威尔优生话语研究

【作　者】张鲁宁

【单　位】南京林业大学外国语学院；南京林业大学智库生态文化传播研究中心

【期　刊】《外语研究》，2021年，第38卷，第3期，第106－111页

【内容摘要】美国南方左翼作家厄斯金·考德威尔深受所处时代优生话语影响，其代表作《烟草路》《上帝的小土地》均体现了优生话语对文本想象的塑造。前者中具有生理遗传缺陷的勒斯特家族暗示了劣等白人的退化，而后者对瓦尔登家族的严重道德危机叙事则暗含了不良家庭环境会导致人种退化的优生思想。在此背景下解读其作品，尤其是对贫穷白人形象的刻画，有助于挖掘优生话语影响下考德威尔作品的审美价值，也是审视美国20世纪上半叶优生运动利弊的切入点。

【关键词】厄斯金·考德威尔；《烟草路》；《上帝的小土地》；优生话语

脑文本、引文与玛丽安·摩尔诗歌的美国文化身份书写

【作　者】何庆机

【单　位】浙江工商大学外国语学院

【期　刊】《文学跨学科研究》，2021年，第5卷，第3期，第443－457页

【内容摘要】玛丽安·摩尔以大胆的形式创新著称，然而形式的激进与内容上的保守却构成了一对矛盾；这一现象在20世纪30年代及之后的诗歌中表现得尤为突出。本文尝试以聂珍钊的脑文本概念为切入点破解这一矛盾。本文认为，要修正对摩尔30年代诗歌的误读，首先必须理解引文对美国文化的建构意义，把握摩尔诗歌创作的杂糅性特质和去等级化策略。在此基础上回到30年代探索美国文化身份的语境中重新审视摩尔诗歌。本文认为摩尔以其拼贴式的、杂糅的引文策略，从两个方面完成了对美国文化身份的书写。一方面摩尔通过美国地理图景的呈现，书写了以驳杂和多元为核心词的美国现实；另一方面则借助于异域，包括异域动物，以道德品质主题之表，行定义美国文化之实。

【关键词】玛丽安·摩尔；脑文本；引文；杂糅性；文化身份

逆写“移民风尚”：加里·施泰恩加特小说《俄罗斯名媛初涉手册》中的俄裔犹太移民叙事

【作　者】孔伟

【单　位】上海外国语大学犹太研究所；吉林财经大学外语部

【期　刊】《当代外国文学》，2021年，第42卷，第4期，第44－50页

【内容摘要】20世纪70年代，苏联放开境内犹太复国主义者重返以色列的移民限制，大批世俗化的犹太民众也借此机会离开，形成一种盲目的“移民风尚”。加里·施泰恩加特小说《俄罗斯名媛初涉手册》描写了该时期移民美国的犹太青年弗拉基米尔·格施金在成长过程中遇到的

身份困境与精神危机以及他重返东欧的一段传奇经历。本文通过解读《手册》逆写犹太人的流散轨迹，揭示因“时尚”而移民的俄裔犹太人对祖籍国复杂的情感投射、对移民盲目性的反思以及为回归家园所做的努力与尝试。

【关键词】《俄罗斯名媛初涉手册》；俄裔犹太人；“移民风尚”

庞德的音乐诗学探颐

【作　者】陈历明
【单　位】华侨大学外国语学院
【期　刊】《外语研究》，2021 年，第 38 卷，第 5 期，第 97－105 页
【内容摘要】庞德始终关注并强调诗歌与音乐的相互关系，并依此构建了独特的音乐诗学。为了反抗表征为五步抑扬格的“节拍器序列”的僵化传统诗律，他依据情感的“音乐序列”提出了“绝对节奏”，以期在音乐节奏的“固定元素和可变元素”中求得平衡。为了发掘语言与音乐的互动效果，增强自由诗歌的艺术性，他创新了“音诗”理论，以期“通过言语的声音和节奏来诱发情感的交互作用”；同时，为了融合东西方跨越语言文化的多主题、多声音，他创造性地使用赋格的手法统筹《诗章》的文体结构，使碎片化的诗歌主题皆有法可依。庞德的“音诗”理论为欧美现代新诗的批评与创作注入了新的活力，有助于我们更好地理解现代诗歌的本质，并反思中国诗歌中的自由与格律等诗学本体问题。
【关键词】庞德；音乐诗学；“绝对节奏”；“音诗”；赋格

珀涅罗珀的织物——格丽克《草场》对荷马史诗《奥德赛》的改写

【作　者】曾巍
【单　位】华中师范大学文学院；国际文学伦理学批评研究中心
【期　刊】《外国文学研究》，2021 年，第 43 卷，第 1 期，第 39－50 页
【内容摘要】新晋诺贝尔文学奖得主、美国女诗人露易丝·格丽克的诗集《草场》，通过对荷马史诗《奥德赛》的创造性改写，讲述了一个面临婚姻危机的当代女性的故事。讲述者珀涅罗珀，在神话、虚构、现实三个层面来回穿梭，编织出多重指涉的故事世界。与叙事交织的多声部抒情，借用了歌剧的整体框架，表演者珀涅罗珀，在多种情绪与音域间来回切换，展现了出神入化的转音技巧。诗人运用隐喻、反讽、戏仿等修辞术，在语言的横组合轴与纵聚合轴构造的语义体系，以及语音、韵律、节奏等诸体系共同形成的网状结构中，将文本编织成别具一格的艺术品，创立了独特的语言风格。珀涅罗珀的编织者形象，可以看作从事虚构性写作的女性的古老原型。
【关键词】露易丝·格丽克；女性诗歌；《草场》；《奥德赛》；改写

骑士隐入暗夜：格吕克的生成诗艺

【作　者】林大江
【单　位】华东政法大学外语学院；苏州大学外国语学院
【期　刊】《外国文学》，2021 年，第 3 期，第 54－67 页
【内容摘要】格吕克认同济慈所推崇的消极能力，即人能够在无定、神秘、怀疑中生存而不急于诉诸事实和道理。她相信一个好诗人的生活和工作方式皆是如此——活着，保持好奇开放的

心态，不停地吸收，积极主动地消除偏见，把自我当作实验室在其中实践并掌握典型的人类困境，创作出求索而非定论、动态而非静止、邀请而非排斥的诗歌。当读者穿越时空读到这样的诗歌时，他们能真切地感受到诗人的存在，并与诗人建立亲密的联系，从而将一个心有灵犀的同类的声音解放出来。上述诗学理念和实践技艺是否可用“生成”一词描述？本文希望通过概览格吕克的诗艺人生对这个问题做出肯定的回答。

【关键词】格吕克；消极能力；自我；诗歌；声音；生成

乔纳森·萨弗兰·福厄小说《特别响，非常近》中的后记忆建构

【作　者】高尔聪；田俊武

【单　位】北京航空航天大学外国语学院

【期　刊】《当代外国文学》，2021 年，第 42 卷，第 2 期，第 23－30 页

【内容摘要】作为大屠杀亲历者的后代，乔纳森·萨弗兰·福厄在小说《特别响，非常近》中描写了谢尔家祖孙三代人在德累斯顿大轰炸与“9·11”恐袭事件中的创伤记忆及其代际影响。本文从语言、图像及历史观三个维度探讨福厄在《特别响，非常近》中的后记忆建构方式，认为小说的证言叙事再现了后记忆的意义层次及传播方式，其视觉化叙事架构了承载后记忆并连接过去、当下与未来的记忆点，而小说通过后现代式的历史叙事探讨战争与大屠杀后记忆建构中的元历史问题，揭示改变人类历史的杀戮与暴力事件对当代人持续不断的影响，构建属于当代人的后记忆。

【关键词】乔纳森·萨弗兰·福厄；《特别响，非常近》；后记忆；证言叙事；视觉化叙事；后现代历史叙事

祛序与重构：阿尔比戏剧《三个我》中的主体之思

【作　者】张雅

【单　位】南京大学外国语学院；西北大学外国语学院

【期　刊】《当代外国文学》，2021 年，第 42 卷，第 2 期，第 159－165 页

【内容摘要】阿尔比封笔之作《三个我》再次聚焦“我是谁”这一重要母题，对主体身份展开祛序与重构的戏剧推演。本文依据福柯哲学中的“异托邦”“认识型”和“自我关注”三个概念，解读剧中阿尔比对主体身份的拆解、祛序和重构，透视其创作末期对主体存在的哲学伦理思考。通过自我关注和言说重构主体身份，正是本剧中阿尔比主体之思的关键点，与福柯晚期哲学中的主体思想有着一定程度的理论契合。此外，阿尔比也主张从文化他者那里获得主体重塑的转机。

【关键词】阿尔比；《三个我》；“异托邦”；“认识型”；“自我关注”；主体重构

瑞普为何沉睡：《瑞普·凡·温克尔》中的政治焦虑

【作　者】金烁锋

【单　位】北京外国语大学外国文学研究所；沈阳师范大学大学外语教学部

【期　刊】《外国文学评论》，2021 年，第 4 期，第 26－45 页

【内容摘要】华盛顿·欧文在《瑞普·凡·温克尔》中留下了一个亟待合理解释的问题，即瑞普为何沉睡？本文认为，瑞普的沉睡反映出当时美利坚意欲摆脱英国影响的国民心态，以及由

此而催生的建构民族史的需求，而瑞普借助沉睡得以保留并增强的“荷兰记忆”恰恰成了民族史赖以书写的来源；同时，借瑞普苏醒的契机，欧文又勾连起“红胡子大帝”传说，以此内嵌了美利坚民族神话及其隐藏的政治焦虑；此外瑞普的沉睡也在某种意义上暗示了欧洲定居者对印第安人的规训，揭示了围绕美洲所有权而产生的挥之不去的历史阴霾，并投射出作者在民族利益和种族正义之间的矛盾心态。

【关键词】记忆；身份；民族神话；政治焦虑

塞林格“守望精神”中的东方生命哲学——纪念《麦田里的守望者》出版七十周年

【作　者】吕威
【单　位】牡丹江师范学院西方语言学院；中国人民大学文学院
【期　刊】《当代外国文学》，2021 年，第 42 卷，第 4 期，第 59－65 页
【内容摘要】今年恰逢《麦田里的守望者》出版 70 周年。塞林格在小说中隐约提出了一种破除物质执念和二元对立、回归自然和谐的“守望精神”。这种精神因蕴含大量禅宗、道家和印度教等东方哲理而受到西方学界的关注，但学术界对这一问题的专门分析和研究却明显不足。“守望精神”既是塞林格创作思想的核心，也是他用一生去实践与体悟的精神财富，更是东方哲学对西方社会的现代救赎。从禅宗、道家和印度梵学诸东方智慧这一全新角度重释经典，不仅可以重估其中的救赎价值，还可以发现《麦田里的守望者》作为塞林格文学转折点的重要意义。
【关键词】塞林格；“守望精神”；禅宗；道家；梵

社会透视与人性的拷问：《人性的污秽》再审视

【作　者】高婷
【单　位】山东财经大学外语学院
【期　刊】《外国文学》，2021 年，第 1 期，第 83－91 页
【内容摘要】菲利普·罗斯的代表作《人性的污秽》蕴涵深刻的社会学主题，小说对 20 世纪下半叶美国学界和政界进行了全面透视。本文通过剖析知识分子科尔曼·希尔克遭遇生存悖论背后深层的社会动因，揭示美国社会对人性的扭曲和摧残，进而反思罗斯对美国校园文化以及社会政治的艺术透视，认为《人性的污秽》围绕着人的生存悖论和战争创伤等问题，再现了 20 世纪 60 年代到 90 年代社会历史变迁对美国人的冲击和影响。
【关键词】菲利普·罗斯；生存悖论；政治正确；战争创伤

谁是“无头骑士”？——《睡谷传奇》中的文化记忆建构

【作　者】于雷
【单　位】北京外国语大学外国文学研究所
【期　刊】《外国文学》，2021 年，第 2 期，第 121－133 页
【内容摘要】华盛顿·欧文在《睡谷传奇》中塑造的“无头骑士”虽有情节意义上的角色独立性，但却延续了其文学原型在德国民间故事中早已预设的身份混杂特质，进而成为霍桑在《红字》序言中表达个人政治失落之际所引以自嘲的矛盾并置——文弱“秀才”克莱恩与复仇“硬骨”布洛姆。本文拟借此为问题的出发点，通过聚焦于作为欧洲文化幽灵象征的“无头骑士”与克莱恩及布洛姆这两个核心人物之间发生的角色重叠，分析早期美利坚民族文化身份的“无

头性”如何借助于欧文在《睡谷传奇》中植入的“驱魔”“反驱魔”乃至“自我驱魔”等话语策略，隐喻性地引发了一场围绕欧洲古风情结所进行的扬弃，暗示早期美国民族文化记忆赖以建构的独特手段。
【关键词】欧文；《睡谷传奇》；“无头骑士”；文化记忆

神话·典仪·符码：作为文化记忆的《祈雨之旅》

【作　者】王聪
【单　位】曲阜师范大学文学院
【期　刊】《齐鲁学刊》，2021 年，第 5 期，第 154－160 页
【内容摘要】西蒙·奥尔蒂斯的诗集《祈雨之旅》讲述了历久弥新的印第安神话，展示了别具一格的部族典仪，塑造了寓意丰富的文化符码形象，从而全景式呈现了印第安文化记忆。作为文化记忆的《祈雨之旅》是现时化框架下重构的印第安过往，是记忆旨趣里隐喻的印第安当下，是文化定向中合法的印第安未来。同时，诗集彰显了印第安世界观与文化思想的重大价值，为印第安人重新阐释部族历史、构建文化身份、获得文化自信奠定了坚实基础。
【关键词】西蒙·奥尔蒂斯；《祈雨之旅》；神话；典仪；符码；文化记忆

生命·生活·生态——《K 氏零度》科技伦理反思的三重观照

【作　者】叶华；朱新福
【单　位】叶华：苏州大学
　　　　　朱新福：苏州大学外国语学院
【期　刊】《当代外国文学》，2021 年，第 42 卷，第 2 期，第 5－12 页
【内容摘要】唐·德里罗在极具科幻色彩的小说《K 氏零度》中，围绕“人体冷冻技术”引发的种种困惑，揭示了科技在资本逻辑支配下偏离伦理世界的现代社会症候——生命价值日渐荒芜、生活意义逐步消解和生态环境不断恶化。离开了必要的伦理审视和价值反思，科技从最初的为人所用、造福人类社会的帮手，异化为控制和束缚人的冰冷工具。本文阐释并印证了德里罗对待科技的伦理主张：要克服科技异化，科技必须在伦理的审视下健康运行，其服务人类的价值属性须得以重塑。
【关键词】唐·德里罗；《K 氏零度》；科技；伦理反思

生命权力与生命政治：“9·11”后的美国回忆录文学

【作　者】曾艳钰
【单　位】湖南师范大学外国语学院
【期　刊】《外国文学动态研究》，2021 年，第 5 期，第 41－49 页
【内容摘要】21 世纪以来，回忆录文学成为美国文学最重要的文类之一，与美国文化之间形成了一种互为前提、互为建构和互为阐释的互文关系。美国回忆录文学的繁盛与当代公共领域的主旨和功能的扩大及话语形式的变化密切相关，也与“后 9·11”时代美国社会文化的变化息息相关。本文结合回忆录的繁荣与公共领域演变之间的关系，分析“后 9·11”回忆录文学产生的历史背景，探讨作为“自我技术”的“后 9·11”回忆录文学的重要类别及主要特征。
【关键词】回忆录；“后 9·11”；生命权力；生命政治

生态审美视域下的《云雀之歌》再探

【作　者】谭晶华
【单　位】东北财经大学国际商务外语学院
【期　刊】《外语与外语教学》，2021 年，第 3 期，第 130－138 页
【内容摘要】小说《云雀之歌》是凝聚着薇拉·凯瑟生态审美思想的重要作品，浓缩着她超前的生态审美理念。但目前国内外对其以生态批评为视角的论述尚不足。本文以“生态审美”视角重新阐释这部作品，分别从“双向参与式审美”、野性思维和日常生活审美化三个方面进行解读，揭示作家对生态问题的独特思考。研究发现，凯瑟是一位具有前瞻性的生态审美意识的作家。她倡导以生态审美的态度和伦理对待自然、社会和人生，并在作品中为我们揭示了如何实现审美化生存的策略。挖掘和阐释其小说文本中的生态审美内涵对于构建、完善生态审美理论体系无疑具有重要的启示。
【关键词】薇拉·凯瑟；《云雀之歌》；生态审美；“双向参与式审美”

食物与文化身份认同——《裸体吃中餐》中华裔美国人的文化焦虑

【作　者】祁和平；袁洪庚
【单　位】兰州大学文学院；兰州大学外国语学院
【期　刊】《兰州大学学报（社会科学版）》，2021 年，第 49 卷，第 2 期，第 136－143 页
【内容摘要】美国“新生代”女作家伍美琴的小说《裸体吃中餐》中食物和烹饪一直贯穿小说的始终，饮食作为“文化象征”在身份认同的形成过程中起到了重要作用。通过聚焦于“食”，解析女主角露比作为华裔美国人对于本族裔文化由疑惑、冒充到超越的过程，正是中餐让她意识到华人血统和文化是她内在的文化基因，因而无法否认和逃避，但是可以结合出身和自我认同，在此基础上建构一种多元文化的身份。这是一种比较圆满的应对文化焦虑、确认个人文化身份的方式，也是全球化多元融合时代实现个体超越的存在实践。
【关键词】《裸体吃中餐》；伍美琴；食物；华裔美国人；身份认同；少数族裔；美国文化

受骗还是操控？——黄哲伦《蝴蝶君》中的双重叙事动力

【作　者】张欣；何淑敏
【单　位】广东外语外贸大学英语语言文化学院
【期　刊】《当代外国文学》，2021 年，第 42 卷，第 1 期，第 13－20 页
【内容摘要】华裔美国作家黄哲伦的戏剧《蝴蝶君》对于东方主义的改写与对刻板形象的颠覆一直备受争议。伽利玛和宋丽玲剧中的角色置换奠定了该剧对东方主义与性别主义戏仿和挑战的情节主线。从显性情节上看，《蝴蝶君》对东方主义刻板形象的颠覆使华人形象因宋男性身份的曝光而再度污名化，也使该剧解构东方主义话语的意义遭到质疑。然而，在显性情节背后隐藏着一股与之并行的叙事暗流，它聚焦强制异性恋矩阵下宋丽玲与伽利玛在同性恋情中的权力博弈，使显性情节中的受骗者成为隐性进程中的操控者。显性情节通过对歌剧《蝴蝶夫人》的戏仿，挑战二元对立的东方主义刻板形象；而隐性进程则深层揭示西方话语体系下华人身份自我言说的困境。双重叙事动力相辅相成，影射了冷战时期西方中心主义话语体系构建的策略。
【关键词】黄哲伦；《蝴蝶君》；双重叙事；隐性进程

抒情诗形式的历史化：格丽克对美国当代诗歌的批评与改造

【作　者】殷晓芳
【单　位】大连理工大学外国语学院
【期　刊】《外国文学评论》，2021 年，第 3 期，第 179－193 页
【内容摘要】露易丝·格丽克关注浪漫派自我引发的美国当代诗歌的审美形式问题：自我专注使抒情诗陷入“自恋”与“伪思”，前者揭橥静态的内视审美，后者标举“不完全句”“不合逻辑表达”的表现形式。解决自我专注需要自我间离。格丽克在抒情诗中将古典神话进行了重写，使之与当下故事形成多元合取的序列关系，由此生成的抒情诗形式含纳着主体意识的自我差异化及社会性趋向。寓言是格丽克统筹抒情诗序列化叙事的重要体式，它抑制了抒情诗的象征跳跃，使之在本体和历史经验中探寻意义。格丽克抒情诗也由此成为指向自身的批判与改造。
【关键词】浪漫派自我；“自恋”；序列化叙事；寓言体式

双向解构的“意义”与“非意义”——《天秤星座》中的记忆后世俗化

【作　者】沈谢天
【单　位】上海理工大学外语学院
【期　刊】《外国文学》，2021 年，第 4 期，第 164－174 页
【内容摘要】《天秤星座》以双叙事线交错演进的独特讲述方式呈现了美国民众重构“肯尼迪遇刺事件”记忆的两大模态——阴谋论与星相说。在激活深嵌其中的自我解构基因后，德里罗揭开了为两大记忆重构模态共享的妄想迫害病原并证实了二者在治愈历史创伤方面的机能性障碍及由此所致的最终失效。同时，通过对作品中女性人物打理家务和为人处世等几方面细节的微妙刻画，德里罗为“刺杀记忆”重构模态的救赎性升级开辟了一条以首肯与感恩人生平凡性与神圣性为要义的后世俗主义路径。
【关键词】德里罗；《天秤星座》；阴谋论；星相说；记忆；后世俗化

水仙花作品的双重性探究

【作　者】刘肖栋
【单　位】西安外国语大学英文学院
【期　刊】《外语教学》，2021 年，第 42 卷，第 5 期，第 109－112 页
【内容摘要】近年来，国内有关水仙花（Sui Sin Far）的研究成绩斐然，学者大多将其文学创作放在“美国文学”之外进行研究。事实上，水仙花的作品不仅具有强烈的民族性，还有独特的美国文学特性。本文从历史与文化批评的角度探讨水仙花作品的双重性：其一，水仙花的文学创作为美国文学增添了多元文化元素，展现了美国文学发展的多样性，她对“华裔美国人”的定义开创了美国文学的先河；其二，水仙花的作品超越了美国文化霸权，彰显了作家的族裔自豪感，弘扬了中华民族的传统文化。
【关键词】水仙花；民族性；美国特性；文化霸权；中国文化

图像小说的代际转变——以阿特·斯皮格曼的作品为例

【作　者】梅丽

【单　位】上海外国语大学法学院
【期　刊】《国外文学》，2021 年，第 1 期，第 96－102 页
【内容摘要】20 世纪 80 年代以来，图像小说进入繁荣阶段，至今已发展为广受关注的独立叙事类型和文学研究课题。《鼠族》和《在没有双塔的阴影下》是美国图像小说家阿特·斯皮格曼的代表作，分别聚焦“大屠杀”和“9·11”恐怖袭击事件。虽然两部小说的主题都涉及人类的重大灾难事件，然而它们的创作时间相隔 20 多年，其文化和视觉背景大为不同。通过考察这两部作品所对应的时代背景下图像在可视性、见证性和物质性方面的代际变化，可以发现图像小说在视觉不断升位、图像不断激增的当代文化语境下，积极发展与其他媒介的视觉图像进行斡旋和抗衡的策略，不但深化了图像本身的文化含义，而且革新了文学对创伤和历史危机的表现手段。
【关键词】阿特·斯皮格曼；图像小说；代际转变；《鼠族》；《在没有双塔的阴影下》

外国文学研究的跨学科方式及其缘由——从美国文学研究谈起

【作　者】金衡山
【单　位】华东师范大学美国研究中心
【期　刊】《四川大学学报（哲学社会科学版）》，2021 年，第 6 期，第 83－92 页
【内容摘要】“跨学科”作为一种被期望能带来突破的研究方式，有其普遍的应用前景，也是外国文学研究界近年来时常讨论的对象。从美国文学研究的历史，追溯跨学科研究的渊源，可以发现跨学科研究方式的发展过程、留下的轨迹和产生的影响；从文化研究影响和西方文论的理论支撑中，可以看到跨学科方式的必要和必然。从中可勾勒出跨学科方式的历程，发现其特征所在，同时也可以看到存在的问题——最为明显的是文学研究中过分偏向政治立场的倾向，以及脱离文学性谈文学的现象。跨学科方式的学理根源于“共同问题意识”，但就文学研究而言，无论怎么“跨”学科，都不能离开文学的本体性。
【关键词】跨学科；美国文学研究；文化研究；西方文论；共同问题

威廉·莫里斯《希望的朝圣者》中的伦敦书写

【作　者】李兆前
【单　位】湖南师范大学外国语学院
【期　刊】《外语教学》，2021 年，第 42 卷，第 6 期，第 102－106 页
【内容摘要】威廉·莫里斯《希望的朝圣者》中的伦敦既是罪恶之地，也是希望和革命的摇篮，更是承载社会主义愿景的福地。资本主义社会的国内外压迫和掠夺使伦敦成为罪恶之地；伦敦作为社会进步力量的聚集地，具有进步和革命的潜能，是生产希望和实现社会主义的摇篮。莫里斯通过在虚构的故事中植入现实的伦敦和相关的社会历史事件宣传马克思主义社会主义思想，以期培养更多的社会主义者，所以他的伦敦重写本带有自觉的政治介入目的。
【关键词】威廉·莫里斯；《希望的朝圣者》；伦敦；政治宣传

文化创伤与“想象的受害者”：马梅特的犹太身份书写

【作　者】徐砚锋；冯伟
【单　位】徐砚锋：南京大学外国语学院
冯伟：山东大学外国语学院

【期　刊】《南京社会科学》，2021 年，第 7 期，第 122－129 页

【内容摘要】大卫·马梅特是当今美国剧坛最具影响力的犹太裔剧作家。自 20 世纪 90 年代起，他的戏剧、小说、电影和散文开始有了明显的“犹太转向”，其中《杀人拼图》《犹太人的消失》《逾越节》最具代表性。马梅特从不直接描写犹太人大屠杀，但他积极地把以大屠杀为代表的犹太文化创伤融入了他的犹太写作中，通过文化创伤建构个体层面和群体层面的犹太身份认同，操演了当代美国犹太人的“想象的受害者”身份。本文以马梅特的三部犹太代表作品为例，基于操演性理论探讨了马梅特的犹太身份书写和犹太文化创伤的关系。

【关键词】大卫·马梅特；文化创伤；犹太身份；操演性

文化空间政治与现代主义批判：兰斯顿·休斯的诗歌《立方块》解读

【作　者】罗良功；李淑春
【单　位】华中师范大学外国语学院

【期　刊】《外语与外语教学》，2021 年，第 2 期，第 115－122、146 页

【内容摘要】兰斯顿·休斯是 20 世纪美国重要的非裔诗人，但他 20 世纪 30 年代的诗歌由于常常被认为政治性过强而没有引起学界足够重视。本文则以休斯 1934 年的诗作《立方块》为研究对象，剖析其政治表达与艺术实验之间的关系。分析发现：以立体主义为代表的精英现代主义在西方文化空间政治中充当了同谋者的角色，帮助西方宗主国加强了对非洲殖民地的意识形态操控；休斯基于对精英现代主义批判和回写，表达并展演了自己的大众现代主义诗学观。本文认为，这首诗反映了休斯在 20 世纪 30 年代坚守的艺术为政治服务的实用诗学原则，也体现了他毕生追求的艺术与政治融合的诗学理想。

【关键词】兰斯顿·休斯；现代主义；文化空间政治；诗学观念

文化转向与“经典”论争——以 20 世纪 90 年代美国文论为中心的讨论

【作　者】汤黎
【单　位】四川大学学报（哲学社会科学版）

【期　刊】《四川大学学报（哲学社会科学版）》，2021 年，第 6 期，第 93－101 页

【内容摘要】20 世纪 90 年代是西方文论问题集中呈现的阶段，这一时期由于新的社会文化现象更迭加速以及固有观念不断受到质疑，不仅文学研究的范式发生了转移，同时对包括“经典”在内的问题的论争也持续不断，其中尤以美国学界最具代表性。“经典”问题作为文学研究领域持续关注的焦点之一，既涉及人们对文本“经典”性的阶段性认知，又与文化秩序的改变等因素密不可分。美国文学研究的文化转向带来了文学理论范式的剧烈冲突，形成 90 年代关于“经典”的论争，因为文化转向不仅是研究视角的改变，更是文学观念之间的博弈，受制于时代思想语境和社会体制。文学研究的文化转向促成了文学“经典”范畴的扩大和文学批评方法的增殖，由此所导致的论争体现着意识形态冲突、价值判断和社会文化走向，因而“经典”的构建是一种体制化的过程，也是文学观念和文学生产、传播以及接受的关键所在。

【关键词】文学研究；文化转向；“经典”论争；政治话语

沃格尔戏剧《狂热与悸动》中的叙事

【作　者】张巧珠；陈爱敏

【单　位】南京师范大学外国语学院
【期　刊】《当代外国文学》，2021 年，第 42 卷，第 2 期，第 46－52 页
【内容摘要】美国剧作家保拉・沃格尔的剧作《狂热与悸动》融多种叙事手法于一体，是颇具革新性和后现代主义特征之作。本文从非自然叙事学视角入手，对剧中的叙事手法与策略进行考察。本文认为：“剧内音”与“剧外音”的使用，架起了观演双方间的桥梁，帮助观众了解剧情，推动故事发展。普通舞台灯光和蓝色舞台灯光塑造的两个横向平行空间叙事，外化了人物内心世界，揭露了单身女性的生存状态。纵向、非线性、碎片化的意识流空间叙事，则展露了女主人公的意识流动，凸显了不同角色的追求与欲望。通过非自然叙事，剧作者批评了当下美国社会的家庭暴力与失衡的男女关系。
【关键词】保拉・沃格尔；《狂热与悸动》；非自然叙事

西尔维亚・普拉斯前期诗歌中的“艺格敷词”

【作　者】魏磊
【单　位】扬州大学；淮阴师范学院外国语学院
【期　刊】《外国文学研究》，2021 年，第 43 卷，第 1 期，第 129－140 页
【内容摘要】相对于西尔维亚・普拉斯诗集《爱丽尔》的研究，学界对其 1960 年之前的诗歌关注较少。事实上，虽然是普拉斯成长期的诗歌，但前期诗歌的跨界艺术性却不容忽视。尤其是作为画家诗人的普拉斯以“艺格敷词”为媒介实施的语图互仿、对视觉艺术的诗歌再生产及把作为空间艺术的绘画技巧融会到作为时间艺术的诗歌中的操演手段等，在前期诗歌中均有突出表现。文学与图像的关系在当下成为一门显学，在文学描写的色彩化及视觉体验被充分强调的学术背景下，这些特征成为其前期诗歌艺术价值的明证。
【关键词】西尔维亚・普拉斯；前期诗歌；“艺格敷词”；艺术价值

西方传统与“影响的焦虑”：论小亨利・路易斯・盖茨喻指理论中的“重命名”策略

【作　者】段丽丽；陈后亮
【单　位】段丽丽：华中科技大学外国语学院；石河子大学外国语学院
陈后亮：华中科技大学外国语学院
【期　刊】《外语教学》，2021 年，第 42 卷，第 1 期，第 109－112 页
【内容摘要】小亨利・路易斯・盖茨的喻指理论既立足于黑人土语传统，又借鉴西方主流理论。他重新命名了西方主流批评原则，创立非裔文学批评理论并运用于批评实践，打破了非裔文学无理论的偏见。命名是一种授权行为，体现了对具有非裔特点的元素进行赋权的意识。喻指理论采用重命名的方式修正当代理论，与其说是对西方传统的防御手段，不如说是对它的依赖策略，体现了源自西方传统的“影响的焦虑”。
【关键词】小亨利・路易斯・盖茨；美国非裔文学；喻指；西方传统

小说—音乐跨媒介指涉与意义生成——以卡森・麦卡勒斯小说为例

【作　者】王晓丹
【单　位】哈尔滨师范大学西语学院
【期　刊】《学习与探索》，2021 年，第 6 期，第 181－187 页

【内容摘要】近年来，小说中的音乐化书写受到学界越来越多的关注。然而大部分小说—音乐关联性研究面临着概念滑动、框架缺失的问题，而且较多关注了小说与音乐形式上的相似性，对其功能关注不足。本文以美国作家卡森·麦卡勒斯的小说为例，采用沃尔夫等人的类型学方法，从跨媒介指涉的视角，分析小说—音乐跨媒介指涉的形式，阐述跨媒介指涉对文本主题意义生成的影响及其产生的文本对话性和复调性，解读多媒介在文本上的融合如何另辟蹊径地展现了后工业时代人们的生存压力和心灵困境，是作家以独特的审美表达和传意方式扩展了文学性的内涵。

【关键词】小说；音乐；跨媒介指涉；卡森·麦卡勒斯

泄密的声音：爱伦·坡小说中的视听之争

【作　者】于雷

【单　位】北京外国语大学外国文学研究所

【期　刊】《外国文学研究》，2021 年，第 43 卷，第 4 期，第 75－86 页

【内容摘要】爱伦·坡小说往往突出听觉认知对视觉认知的消解或改造，以某种超前意识预设了麦克卢汉围绕人脑认知结构所做出的视听空间阐述。基于这一理论意义上的同构现象，拟考察女性气质与听觉空间在爱伦·坡笔下所产生的耦合效应，着重分析女性（乃至于某些情形下的象征性动物）如何挑战权力化的视觉认知空间，悄然将传统视觉思维的线性逻辑反转为以“去中心化”“去等级化”的听觉模式为认知内核的非线性逻辑，说明声音如何在爱伦·坡小说的关键节点成为揭示文本社会政治内涵的独特通道。

【关键词】爱伦·坡；麦克卢汉；声音；视听之争

羞耻的能动性：《无声告白》中的情感书写与华裔主体性建构

【作　者】汪小玲；李星星

【单　位】上海外国语大学英语学院

【期　刊】《当代外国文学》，2021 年，第 42 卷，第 1 期，第 37－43 页

【内容摘要】《无声告白》中充满了情感书写，蕴含着情感能动性。本文以小说中华裔主人公遭遇种族歧视后产生的羞耻感为主线，探讨白人凝视与族裔羞耻的关系，分析主人公试图通过自我否定融入主流社会的失败尝试，论证羞耻情感所蕴含的能动性。羞耻激发了华裔主体性，将负面情感转化为抨击种族主义、反抗白人凝视的力量，强化族裔认同进而改善了族裔间关系。

【关键词】《无声告白》；羞耻；能动性；华裔主体性

一种复写：汤亭亭的《女勇士》（英文）

【作　者】刘小青

【单　位】美国巴特勒大学

【期　刊】《国际比较文学（中英文）》，2021 年，第 4 卷，第 1 期，第 105－128 页

【内容摘要】汤亭亭（又名马克辛·洪·金斯顿）的《女勇士》是最为成功的亚裔美国文学作品之一。本文并未将此书当作一名在唐人街长大的亚裔美国女孩的个人自传来阅读，而是将它看作是对那些在追忆和当下之间徘徊、以中美纽带的符号形象存在的亚裔美国女性故事的全面讲述与书写。汤亭亭以其独特的复写策略重新审视了亚裔女性的生存意义。她不仅揭露了有关

亚裔美国人的“官方”史册中禁忌的、隐匿的、不言而喻的、被误读或被掩盖的事实，而且还改写并重铸了这段历史。尽管如此，她并不打算用她的故事来抹去或取代其他故事版本。与此相反，当她把自己和像她一样的女性写进历史的时候，各种不同的声音和版本于书中互补，有时甚至相互冲突，从而形成了历史的现实。不仅如此，她还以全新的写作风格，将亚裔女性的梦想、幻想和想象也写进了历史。正因为此，汤亭亭超越了各种界限，通过多重声音和不同版本的互动，改写了亚裔女性的历史。她不仅以这种方式使自己成为一名女勇士，更使所有为这场斗争贡献力量的女性成为女勇士。

【关键词】复写；亚裔美国文学；女勇士；自传；女性写作

医学人文学视角下《灰色马，灰色的骑手》中的疾病叙事

【作　者】骆谋贝
【单　位】湖南大学外国语学院
【期　刊】《外国文学研究》，2021 年，第 43 卷，第 2 期，第 153－164 页
【内容摘要】主流医学人文学注重疾病叙事在疾病诊疗与医学教育方面的工具性，因而将疾病叙事局限于自传等文类中的线性叙事，旨在突破线性叙事和实现社会批判的批判性医学人文学，是传统医学人文学的发展趋势。美国作家凯瑟琳・安・波特的自传性小说《灰色马，灰色的骑手》通过意识流、主体的碎片化和语言的非指涉性等现代主义手法，传达出非虚构性疾病叙事难以记叙的疾病的混沌体验，从而在一定意义上克服了 1918 年大流感由于一战的遮蔽与疾病表征的困难而造成的文化缺场状态。将该小说纳入疾病叙事体裁，还可利用文学批评中的残疾研究方法，考察疾病的污名化这一社会建构本质；通过打破疾病与残疾的概念界限，将获得对于疾病、残疾、身体与社会之间关系的全面认识，进而为实践批判性医学人文学提供思路。
【关键词】凯瑟琳・安・波特；《灰色马，灰色的骑手》；疾病叙事；1918 年大流感；污名化

艺术与道德——《一位女士的画像》中的“如画”审美

【作　者】修立梅
【单　位】北京大学外国语学院
【期　刊】《外国文学研究》，2021 年，第 43 卷，第 2 期，第 140－152 页
【内容摘要】艺术与道德的关系一直是美国作家亨利・詹姆斯研究的重点之一，此类研究往往将唯美主义视作亨利・詹姆斯作品的重要文化背景和参照，然而，在早期代表作《一位女士的画像》中，詹姆斯对英美流行一时的“如画”审美表现出极大兴趣。女主人公伊莎贝尔的“如画”审美，尤其是其变化过程，体现了彼时的詹姆斯对艺术与道德关系所做的思考。在她的成长过程中，“如画”审美逐步显示出内在的道德维度和潜能，艺术品位与道德关怀互为催化剂，引导她体悟“如画”特质美背后所蕴含的历史和苦难，其“如画”审美实现了从“低等”到“高贵”的转变，体现出艺术与道德和谐统一、相互提升的关系。
【关键词】亨利・詹姆斯；《一位女士的画像》；艺术；道德；“如画”

异变的身体与入侵的机器——论品钦小说《V.》中的后人类想象

【作　者】蒋怡
【单　位】江南大学外国语学院

【期 刊】《当代外国文学》，2021 年，第 42 卷，第 2 期，第 13－22 页

【内容摘要】托马斯·品钦的首部长篇小说《V.》聚焦于 19 世纪末以来人与技术物之间的界线不断发生松动与游移的状况，以双重时空体的叙事架构拼合起一幅西方社会里人类身体不断被无生命物侵蚀的“末世论”图景。本文分析该小说中身体与技术的交互界面，指出技术对身体的重构存在着双重逻辑：它一方面增补身体的功能，促进人体的自我延伸，另一方面又暴力地肢解身体，实现技术物对身体的解构。小说人物积极寻求技术介入身体的行为隐含着技术权力意志的内在控制欲望，不仅是后现代种种复杂关系的具体体现，也与法西斯主义意识形态存在着隐秘的亲缘性，技术改造身体的操作实践最终指向了后人类时代里身体的终结与技术的统治，展现了品钦对当代技术文化发展的深刻反思。

【关键词】托马斯·品钦；《V.》；身体；技术；交互界面；假体植入；后人类

隐蔽的原则：激进的形式与玛丽安·摩尔式的颠覆

【作 者】何庆机

【单 位】浙江工商大学外国语学院

【期 刊】《外国文学》，2021 年，第 1 期，第 49－59 页

【内容摘要】美国现代主义诗人玛丽安·摩尔诗歌形式的激进与内容的保守长期以来被认为是一对无解的矛盾。本文首先通过诗歌文本分析，挖掘诗人“隐蔽的原则”观，同时结合阿多诺和伊格尔顿关于诗歌形式的论述，说明摩尔诗歌的这一矛盾在理论上是伪矛盾。在此基础上，本文试图挖掘出诗歌中隐蔽的女性声音，这种声音或隐蔽于激进的形式之下成为消失的声音，或融合于摩尔式的复调中，其诗歌的颠覆性也因此处于被掩饰状态。本文认为，摩尔以其独特的陌生化手法，将诗歌中“隐蔽的原则”潜藏起来，而读者必须要有对应的陌生化阅读方式进行解读和阐释。同时，本文认为摩尔式的颠覆乃有限性颠覆，而不是后现代式的颠覆；这种颠覆又与其诗歌形式特点相吻合。

【关键词】玛丽安·摩尔；形式；颠覆；隐蔽的原则

印象/后印象画派与美国现代派小说的生成和流变

【作 者】鲍忠明

【单 位】北京理工大学外国语学院

【期 刊】《国外文学》，2021 年，第 4 期，第 40－51 页

【内容摘要】本文以印象/后印象派绘画艺术对美国现代派小说生成与流变的影响为问题轴心建构研究坐标，聚焦詹姆斯、斯泰因、安德森、海明威与福克纳五位小说家，纵向绎解个体作家的巴黎经历、小说理论、艺术批评、文本实践等所标识之印象/后印象派美学指数，横向梳理美国现代主义印象派小说的发展脉络，彰显代表性文本在创作理念、手法与风格、主题与形式方面的印象/后印象主义表征，并据此对其跨媒介美学内涵进行规划提炼，进而实施缘起、承接、巅峰三阶段界分。

【关键词】印象/后印象画派；美国现代派小说；印象主义小说

尤金·奥尼尔的早期戏剧创作及其对美国现代戏剧的先驱作用

【作 者】范方俊

【单　位】中国人民大学文学院
【期　刊】《山东社会科学》，2021 年，第 1 期，第 54－61 页
【内容摘要】1918 年是第一次世界大战的结束之年，它既是西方社会从近代转向现代社会的标志，也是现代主义文艺获得蓬勃发展的重要时刻。在美国，1918 年被公认是美国现代主义戏剧发展的重要转折之年，其标志就是尤金·奥尼尔在美国剧坛的快速崛起：他不仅创作出了代表美国现代主义戏剧最高水准的剧作，为美国戏剧赢得了世界性的声誉，而且开启了美国现代主义戏剧的“黄金时代”。本文以尤金·奥尼尔 1918 年的戏剧创作为时间界限，细致地梳理了他与美国现代主义戏剧发展之间的历史性关联，同时着重探讨他的早期戏剧创作对于引领后来美国现代主义戏剧“黄金时代”的先驱作用。
【关键词】尤金·奥尼尔；早期戏剧创作；美国现代戏剧；先驱作用

约克纳帕塔法世系故事中的毯包客

【作　者】王元陆
【单　位】北京外国语大学英语学院
【期　刊】《外国文学评论》，2021 年，第 1 期，第 109－141 页
【内容摘要】本文通过梳理毯包客在美国历史叙事中的形象变迁及约克纳帕塔法世系故事中的毯包客形象，分析福克纳在南北冲突、种族矛盾、传统与变革、农业文明与工业文明之间的紧张关系等重大议题上所持的立场。因为有内战失败和重建屈辱这样的南方家国历史记忆，福克纳格外警惕出于抽象原则乃至高蹈说辞而对南方社会所进行的改造，他认为这样的做法罔顾南方传统自身的运行机理和逻辑，无视南方传统的具体性和差异性，破坏了其有机完整性，不仅在实际效果上可能会适得其反，而且在道德和价值层面也是有缺陷的。约克纳帕塔法世系故事中的毯包客书写即体现了福克纳这一鲜明的南方立场。
【关键词】福克纳；约克纳帕塔法世系故事；毯包客；南方传统

越界的“反成长小说”——《神秘匹兹堡》的非自然不可靠叙述

【作　者】尚广辉
【单　位】嘉兴学院外国语学院
【期　刊】《国外文学》，2021 年，第 4 期，第 134－143 页
【内容摘要】“越界的第一人称叙述”是迈克尔·夏邦在《神秘匹兹堡》中使用的非自然叙事技巧，凸显人物叙事者的“契约型不可靠性”。小说使用不可靠叙述书写了一部当代美国“反成长小说”，通过主人公的视角透视了当代美国梦，呈现了主人公在即将步入成年之时对爱情的渴望、性别身份的困惑、家庭的失望等，叙述了后大屠杀时代背景下犹太个体即将步入成年之时的创伤心理与复杂的人生体验。不可靠叙述旨在彰显小说的隐含作者：主人公这类背离美国社会主流价值的人群要承受来自家庭及社会等各方面的压力，经历更为复杂和艰辛的成长过程。
【关键词】迈克尔·夏邦；《神秘匹兹堡》；“反成长小说”；不可靠叙述

杂糅的意义：杰弗瑞·尤金尼德斯《中性》中的“自我重塑”传奇

【作　者】孙璐
【单　位】上海外国语大学英语学院

【期　刊】《外语教学》，2021 年，第 42 卷，第 4 期，第 109－113 页
【内容摘要】杰弗瑞・尤金尼德斯《中性》通过一个杂糅视角的叙述者，将其家族故事与个人的成长回忆录融为一体。小说聚焦一个希腊裔美国移民家庭，分别讲述了 20 世纪 20 年代到 21 世纪初，一家三代人追求美国梦和诠释“自我重塑”神话的传奇人生，戏剧化地展现了绝对化身份造成的悲剧和杂糅身份的意义。此外，小说采用的历史编纂元小说叙事形式使其成为后冷战时代美国“自我”审视的寓言式书写，杂糅也为美国民族性的再建构提供了一种启迪。
【关键词】杰弗瑞・尤金尼德斯；《中性》；杂糅；“自我重塑”；美国梦

战争・重建・记忆：论《大进军》中的历史叙事伦理

【作　者】朱云
【单　位】扬州大学外国语学院
【期　刊】《湖南科技大学学报（社会科学版）》，2021 年，第 24 卷，第 1 期，第 46－52 页
【内容摘要】E. L. 多克托罗的《大进军》是对美国南北战争末期北方军深入南方腹地的大进军的历史再想象。小说以战争宏景为依托，借广角镜式的历史全知视角、“大人物”与“小人物”并存的个体视角，融合客观史实与主体或主动或被动的主观感悟，共同再现战争暴力下历史个体存在的不自由，质疑内战神话，彰显战火中的家国与美国现代化转型期的创伤记忆。《大进军》以“伪文献”的形式凸显个体叙述与见证的历史，还原历史可能的本真面目，展现了多克托罗历史叙事中的他者历史正义观。
【关键词】E. L. 多克托罗；《大进军》；战争暴力；创伤记忆；历史叙事

真诚或真实？——格吕克抒情诗歌中的家庭书写

【作　者】葛希建
【单　位】南京大学外国语学院
【期　刊】《外国文学》，2021 年，第 3 期，第 92－104 页
【内容摘要】2020 年诺贝尔文学奖获得者格吕克是当代美国最重要的抒情诗人之一。贯穿其半个多世纪诗歌创作的核心理念是诗人对抒情诗歌真诚的警惕和对真实的追求。本文以格吕克擅长的家庭书写为例，从与之相关的三个主题，即“疏远家庭”“丧失亲人”和“婚姻困境”，分析诗人如何抵达真实。在分析的过程中，本文结合诗人与特里林对真实与真诚的理解，认为诗人在处理相应的主题上，分别以“冷峻”挖掘家庭生活中家庭角色掩盖之下的真相；以“内省”探照家庭生活中亲人离世带来的悲痛；以“反讽”烛照婚姻困境中的悔悟和无奈。
【关键词】格吕克；家庭；真诚；真实

种族主义的过去与将来：论科茨的《在世界与我之间》

【作　者】孙琪
【单　位】南京大学外国语学院
【期　刊】《外国文学动态研究》，2021 年，第 4 期，第 141－151 页
【内容摘要】美国国家图书奖获奖作品《在世界与我之间》是黑人作家塔那西斯・科茨于 2015 年发表的著作。在书中，科茨详细记述了黑色身体长久以来承受的暴力对待、黑人贫民区的严重隔离、美国白人与黑人生活状况间的明显差别以及“美国梦”的虚伪性。本文借助福柯的规

训理论、韦伯的社会屏蔽理论及现有对种族主义的诸多研究，分析科茨探讨的种族主义问题的根源和他对当前美国社会种族压迫新趋势的观察。本文认为，白色凝视及其对黑色身体的伤害、黑人贫民区等都是种族主义的产物，科茨呼吁他的读者反抗这种种族主义压迫，并希望未来的美国社会在尊重人群多样性的同时达到一种精神上的联合。

【关键词】《在世界与我之间》；种族主义；身体；社会屏蔽

自然叙事学中叙事性的两个面向——《埃德加·亨特利》中双重经验主体的互动

【作　者】李宛霖

【单　位】北京大学外国语学院

【期　刊】《外国文学》，2021 年，第 1 期，第 60－69 页

【内容摘要】弗鲁德尼克在《建构“自然”叙事学》一书中对叙事性这一传统的结构叙事学概念进行了颠覆与重建，引发了学界长达二十几年的讨论。弗氏定义虽然有建设性的意义，但也存在一些不清楚、不连贯之处，比如作为叙事性重要衡量依据的经验性所对应的主体似乎既有故事世界内事件的经历者，又有现实世界中叙事文本的接收者。本文结合布朗的小说《埃德加·亨特利》，说明这两种经验主体如何通过一种文本层面的邀约机制产生交互作用，从而将经验性的两个面向紧密结合在一起。本文作者认为，厘清这两者之间的关系，对于我们重新认识自然叙事学与经典叙事理论之间的关系，以及从认知角度进一步了解哥特小说的运行机制都有积极的作用。

【关键词】自然叙事学；叙事性；经验性；邀约机制；《埃德加·亨特利》

（八）加拿大及其他美洲国家文学研究论文索引

The Existential Arab Antihero in Rawi Hage's *Beirut Hellfire Society*

【作　者】Salma Kaouthar Letaief；Yousef Awad
【单　位】The Department of Foreign Languages，the University of Jordan，Jordan
【期　刊】《世界文学研究论坛》，2021 年，第 13 卷，第 2 期，第 234—251 页
【内容摘要】This article aims at investigating the transformation of the contemporary Arab protagonist into an existential antihero in Rawi Hage's *Beirut Hellfire Society* (2018) which is set during Lebanon's civil war. The crafting of postmodern antiheroism in the context of war has become a medium to voice out the traumatic experiences of this individual around whom events of death，loss，destruction，and chaos are centered. The representation of the antihero in postmodern Anglophone Arab war fiction is of paramount importance as it reclaims the past through depicting historical events. It also dwells on the representation of the antihero's psyche reflecting the complex nature of the antihero figure in times of conflicts. This research is theoretically framed using *The Archetypal Antihero in Postmodern Fiction* (2010) by Rita Gurung to scrutinize the character's evolution and transformation into an antihero，and trauma studies including Cathy Caruth's readings of traumatized literary figures and her findings of trauma in her *Trauma：Explorations in Memory* (1995). It also incorporates Craps and Beulness' ethical direction of trauma to understand how war can shape and influence the antihero's transformation，and to position the existential Arab antihero in Hage's novel in the field of Anglophone Arab war fiction. Thus，interweaving politics，history and psychology，this article aims at bridging the gap between postmodern Anglophone Arab war literature and the concept of antiheroism through examining the deranged psyche of Hage's protagonist Pavlov in order to delineate the metamorphosis he undergoes to become an existential antihero in the context of war.
【关键词】antiheroism；Anglophone Arab war fiction；existential antihero；metamorphosis；trauma

“文学之用”：当代拉美侦探小说创作管窥

【作　者】楼宇
【单　位】中国社会科学院拉丁美洲研究所
【期　刊】《外国文学动态研究》，2021 年，第 4 期，第 78－86 页
【内容摘要】作为一种程式化文学，传统侦探小说的规则在拉美不断被打破。当代拉美小说呈现诸多新特征，具有社会性和现实主义色彩的拉美黑色小说成为创作主流。本文在梳理当代拉美侦探小说发展趋势的基础上，聚焦墨西哥作家埃尔梅尔·门多萨和阿根廷作家克劳迪娅·皮涅伊罗的作品，进一步阐释拉美侦探小说的创作特色。
【关键词】拉美文学；侦探小说；黑色小说；毒品小说

《Pi 的奇幻旅程》中的跨物种交际境遇与小说叙事动力学

【作　者】唐珂
【单　位】上海外国语大学英语学院
【期　刊】《上海交通大学学报（哲学社会科学版）》，2021 年，第 29 卷，第 3 期，第 119－128 页
【内容摘要】物种之间的交际、交涉与共存是自然界生态圈中的普遍现象，正因为彼此环境界的符码规则不兼容，生命体在参照对观中可更深刻地认识自身。人“认识你自己”的向内探索以浪漫主义反讽的方式展现在扬·马特尔等作家虚拟的人与其他生物互动共处的故事中。突破俗常理性经验的特殊事件，以及人为应对事件而对旧有习惯规则所作的调整，使交际系统在产出新的构成元素的过程中得以维持运转，这一交际系统的存续反过来为叙事的推进提供持续的动力。与物种交际系统同时开启的还有人的观察者系统，交际系统停止运转时，观察者系统却不能同步终止，惯性所导致的巨大张力负责制造小说意义场的情感效应。
【关键词】跨物种交际；环境界；自生系统；叙事动力学；《Pi 的奇幻旅程》

《安妮儿的鬼魂》中的身份认同与佛教“缘起”论

【作　者】徐怀静
【单　位】北京邮电大学人文学院
【期　刊】《外国文学研究》，2021 年，第 43 卷，第 3 期，第 168－176 页
【内容摘要】翁达杰作品中的长篇小说《安尼尔的鬼魂》具有作家诸多作品的共同元素：考古学家、尸体、悬疑、暴力、战争等。这些元素都服务于人物对自我身份的探求。以联合国法医身份返回祖国斯里兰卡的安尼尔，肩负调查斯里兰卡内战大屠杀真相的使命。她的具体任务是识别一具骷髅的身份，然后塑造它的面貌。这一过程也是安尼尔对自己“根”的探寻和对身份的思考，折射斯里兰卡的佛教文化，展现了佛教的“缘起”理论。
【关键词】《安尼尔的鬼魂》；身份认同；佛教；“缘起”

《别名格雷斯》中的空间表征与爱尔兰移民的伦理选择

【作　者】王青璐
【单　位】华中师范大学文学院；玉溪师范学院文学院
【期　刊】《外国文学研究》，2021 年，第 43 卷，第 4 期，第 144－153 页

【内容摘要】加拿大作家玛格丽特·阿特伍德在小说《别名格雷斯》中虚构了历史人物爱尔兰移民格雷斯·马克思移民北美的经历。小说的空间既是各种社会关系的表征，也承载了相应的伦理规范。格雷斯在移民船中陷入伦理冲突，在殖民地雇佣空间中受到伦理禁忌的约束，在全景敞视监狱遭受他人凝视的控制，同时也做出相应的伦理选择，化解各类危机。小说还原了加拿大前殖民地上存在的针对底层移民与弱势边缘人群的空间暴力，批判围绕族裔、阶级、性别产生的不平等现象。阿特伍德借格雷斯的伦理选择反思了加拿大与前宗主国英国的关系，用格雷斯的苦难历程隐喻加拿大在英国殖民统治下受到的伤害。
【关键词】玛格丽特·阿特伍德；《别名格雷斯》；空间表征；伦理选择

《残月楼》的叙事策略与文化政治

【作　者】蔡晓惠
【单　位】南开大学外国语学院
【期　刊】《当代外国文学》，2021 年，第 42 卷，第 3 期，第 86－93 页
【内容摘要】在代表作《残月楼》中，华裔加拿大作家李群英运用多种叙事策略实现其文化政治诉求：作者通过非线性叙事，并置自我与社群、过去与现在、男性与女性，引导读者思考加拿大华裔身份背后的“群体自我”和社区历史；而大量的叙述者干预成为作家彰显身份立场、构建当代华裔加拿大女性主体性的方式；叙述人称的转换则有助于讲述华裔社区历史，打破社群沉默，抗击加拿大历史上对华裔社区的不公正待遇。
【关键词】李群英；《残月楼》；叙事策略；文化政治；加拿大华裔社区

《混血布鲁斯》：“种族正统政治”批判与“中间通道”范式超越

【作　者】綦亮
【单　位】苏州科技大学外国语学院
【期　刊】《外国文学》，2021 年，第 1 期，第 145－154 页
【内容摘要】埃西·埃多彦的《混血布鲁斯》是加拿大黑人文学的代表作之一，它的主要特点在于既承接又背离黑人文学创作和批评经典范式。一方面，小说把黑人音乐元素融入文本肌理，向黑人文学经典叙事传统致敬，不仅在形式上具有突出的音乐性，更借助音乐探究身份认同，反思对种族身份的本质主义理解，呼应了吉尔罗伊在《黑色大西洋》中对“种族正统政治”的质疑。另一方面，该作跳出强调蓄奴制历史记忆的“中间通道”范式，开辟了二战/战后时间线，聚焦“莱茵兰杂种”这一特殊历史时期的特殊黑人群体，揭示出“黑人性”的复杂性，呈现了一个充满悖论和张力的异质欧洲空间，丰富了黑人文学的书写资源。这两方面相反相成，体现了《混血布鲁斯》对种族问题和黑人身份的多维思索。
【关键词】埃西·埃多彦；《混血布鲁斯》；黑人音乐；“中间通道”；黑人性

《神经漫游者》的三重空间书写与批判

【作　者】王一平
【单　位】四川大学文学与新闻学院
【期　刊】《外国文学研究》，2021 年，第 43 卷，第 2 期，第 128－139 页
【内容摘要】加拿大籍美国裔著名科幻小说家威廉·吉布森的代表作《神经漫游者》是经典的

赛博朋克小说，其创造了一个不久将会出现的想象的时代。在这个全球化时代里，技术和资本共治，资源与信息等高频流通，大都市文明发达。《神经漫游者》集中考察了三重空间及其现实隐喻：首先，小说描绘了族裔多元、犯罪频仍的当代都市，投射出高度写实的都市“内城”的混杂性与犯罪丛生的危机；其次，小说展现了一幅当代“世界城市”的新网络画面，强调了世界大都市的重要性及其功能性区分，以及其蕴含的政治潜能；最后，小说还描绘了近地太空殖民点的开发，显示出对其重演地球都市中内城与郊区失衡、出现飞地化“门禁之区”的隐忧，探索了“前塑”文化中的青少年亚文化。《神经漫游者》对多重空间的设置与渲染，显现出了强烈的社会批判意味。

【关键词】威廉·吉布森；《神经漫游者》；赛博朋克科幻；都市内城；世界城市

《小径分叉的花园》中的文化异托邦

【作　者】顾梅珑
【单　位】江南大学人文学院
【期　刊】《国外文学》，2021 年，第 3 期，第 102－109 页
【内容摘要】博尔赫斯的民族立场与身份定位是学界一大谜题。《小径分叉的花园》被忽视的“花园”是典型的文化迷宫，有着中西合璧的外在形态，并置着时空交错的多元历史镜像，是承载着对于文明丰富哲思的异托邦。在对花园进行的跨越时空的玄思中，博尔赫斯看清了民族强弱与文化冲突的暂时性，超越了特定历史语境下纠结的民族难题，达到了对世界的和谐认知。然而，真实时间与艺术时间壁垒分明，个体的现实选择最终确立各自的文化姿态与立场。博尔赫斯没有重复以往关于无限的书写，独创了关于文化身份的新探索。无论历史风云如何变幻，人在选择中成就其自身；而只有穿越时空，才能突破现实局限做出本真的选择。自我的身份价值，就存在于这看似悖谬的互动关系中。
【关键词】《小径分叉的花园》；迷宫；异托邦；镜像；文化身份

《坠物之声》：打开哥伦比亚宏大历史叙事的缺口

【作　者】谷佳维
【单　位】南开大学外国语学院
【期　刊】《外国文学动态研究》，2021 年，第 5 期，第 59－69 页
【内容摘要】哥伦比亚作家胡安·加夫列尔·巴斯克斯的小说《坠物之声》通过展示历史断裂处他异性的存在，对该国的毒品恐怖主义场景和城市暴力史进行了重构。与此同时，作品在深入宏大历史裂隙的发现之旅中，揭示出当代哥伦比亚人在暴力与恐惧之下深陷集体无意识与结构性失忆的困境，并探索个体在与历史的对话中领悟自身命运与国家历史的联结，进而重建身份认同的可能。小说带有新历史主义的色彩，反映了巴斯克斯将文学视为构建历史的能动力量的创作理念，其对历史的讲述包含了未来的维度，寄托了作者对哥伦比亚和平前景的深切期望。
【关键词】《坠物之声》；胡安·加夫列尔·巴斯克斯；哥伦比亚；历史重构

艾丽丝·门罗作品的主体之思——以短篇小说《忘情》为例

【作　者】黄川；王岚
【单　位】黄川：上海外国语大学外国语言文学博士后科研流动站

王岚：上海外国语大学英语学院
【期　刊】《河南大学学报（社会科学版）》，2021 年，第 61 卷，第 1 期，第 115－120 页
【内容摘要】艾丽丝·门罗的短篇小说《忘情》借助书信写作和梦中呓语等手法，以时空倒错的跳跃性叙事，展示出图书管理员路易莎相对完整的生命体验，蕴含着作者对人物主体性与身份建构、两性关系、社会责任等问题的深刻思考。从精神分析视角来看，路易莎通过书信写作实现了“想象界”与镜像的认同，通过自我言说满足了主体欲望，对自我有了重新认识。两次世界大战和经济大萧条虽然只是故事发生的背景，却影响了人物的自我认知、行为方式以及对周围世界的看法，使得路易莎在对镜像与他者的认同中实现了主体的身份建构，摆脱了“局外人”身份，成为一名坚忍不拔、自强自立的女性。
【关键词】艾丽丝·门罗；《忘情》；主体；镜像；身份

边缘空间的力量——加拿大先锋戏剧《一绺卷发》的空间性解读

【作　者】王岚；刘强
【单　位】上海外国语大学英语学院
【期　刊】《戏剧艺术》，2021 年，第 5 期，第 105－116 页
【内容摘要】加拿大当代黑人女同性恋剧作家特雷·安东尼的代表作《一绺卷发》具有鲜明的空间特征。通过黑人口传文化，该剧将美发院表现为一个充满乌托邦色彩，却又汇聚种族、性别等现实矛盾的边缘空间。借助于贝斯菲尔德的戏剧空间理论和当代黑人女性主义理论家胡克斯的边缘空间理论，可以发现《一绺卷发》通过舞台空间、修辞空间、身体空间和女性边缘空间等空间内涵的构建，展现了流散加勒比裔黑人女性群体在加拿大所处的困境以及她们为摆脱困境所做的努力。
【关键词】特雷·安东尼；一绺卷发；空间性；黑人；加拿大；边缘空间

不确定的国度——从魁北克文学看法裔加拿大人的身份认同演变

【作　者】陈燕萍
【单　位】北京大学外国语学院；北京大学加拿大研究中心
【期　刊】《外国文学》，2021 年，第 4 期，第 3－12 页
【内容摘要】从新法兰西时期的法国人到大征服之后的加拿大人，从加拿大联邦下的法裔加拿大人到 20 世纪 60 年代平静革命后的魁北克人，生活在魁北克的法裔加拿大人民的身份几经转换。这些称谓变化的背后是魁北克社会身份认同的不确定性。由于独特的历史境遇和生存环境，身为法裔的魁北克人一方面传承了古老欧洲的传统，另一方面他们身处新大陆，深受北美价值观的影响，成了拥有“法国灵魂、美洲肉体”的混合体，不断在新旧大陆之间游移，在传统与现代、传承与决裂之间纠结徘徊，使得自身文化认同的确立变得微妙而复杂。这一特点充分反映在魁北克文学想象中。
【关键词】魁北克文学；身份认同；不确定性；魁北克性；美洲性

从见证者到亲历者——2020 年巴西文学叙事转向研究

【作　者】樊星
【单　位】北京大学外国语学院

【期　刊】《外国文学动态研究》，2021 年，第 3 期，第 78－86 页
【内容摘要】2020 年，巴西文坛延续了前两年的变革趋势，严肃文学与娱乐文学的壁垒被进一步打破，对现实困境的观照依然是文学创作的核心。由于疫情引起的社交隔离与网络“曝光”运动兴起，巴西社会越来越习惯于从个人视角出发参与公共讨论。因此，本年度的巴西文学在探讨社会议题的同时，叙事视角也变得更为主观与内倾，以第一或第二人称叙事的作品明显增多。作家或者站在受害者立场，以独白或追问引发读者共情；或者同时展现多种视角，全面反映巴西当前的对立与冲突。
【关键词】巴西年度文学研究；叙事视角；主观化；社会议题

当代哥斯达黎加生态文学研究

【作　者】孟夏韵
【单　位】外交学院外语系
【期　刊】《外语教学》，2021 年，第 42 卷，第 3 期，第 109－112 页
【内容摘要】本文以生态学为理论依据，以文本细读、文化批评为研究方法，选取四部哥斯达黎加小说，从生态危机产生的根源、二元维度空间之争、爱的主题三个方面研究当代哥斯达黎加文学书写的生态意识、生态理念和生态思想，即博爱万物的仁爱观、“天人合一”的宇宙观、人类命运共同体下和谐的发展观。
【关键词】哥斯达黎加；生态文学；生态危机的根源；二元维度空间之争；爱的主题

基于“共同体”视阈论《孤独的伦敦人》

【作　者】赵晶辉；杨洁
【单　位】江苏海洋大学外国语学院
【期　刊】《湖南科技大学学报（社会科学版）》，2021 年，第 24 卷，第 2 期，第 51－56 页
【内容摘要】特立尼达黑人英语作家塞缪尔·赛尔文的小说《孤独的伦敦人》讲述了加勒比移民在二战后伦敦的城市生活。小说聚焦加勒比移民在城市各领域的日常生活和存在状态，探讨处于流动之中的群体被英国工业社会族阈共同体的同一性要求分解为不完整个体的社会过程，通过加勒比移民的生存境况，体现作家对在后工业社会的运行机制中共同体的再造以及对社会合作秩序建设的反思。
【关键词】塞缪尔·赛尔文；《孤独的伦敦人》；共同体；城市空间

秘箓新启：美洲殖民地时期的三大文学奇观

【作　者】陈众议
【单　位】中国社会科学院外国文学研究所
【期　刊】《海南大学学报（人文社会科学版）》，2021 年，第 39 卷，第 3 期，第 1－11 页
【内容摘要】西、葡殖民者和后来的英、法殖民者对美洲古代文明的洗劫和毁灭众所周知。殖民者留下的大量信史和一代代印欧混血儿的记述便是明证。同时，个别传教士和众多原住民的控诉也见证了这一切。至于文学，人们大抵只关注殖民地道统的一贯评骘，对其间的旁逸斜出则视为“异端邪说”，或讳莫如深，或弃若敝屣，或打压禁毁。这里仅就美洲殖民地时期文学的三大奇观略呈管见：作为古代遗产的《波波尔·乌》、作为“道统”的“第十缪斯”和作为“异

端”的“禁毁小说”。

【关键词】美洲殖民地时期；《波波尔·乌》；“第十缪斯”；“禁毁小说”

语言的力量与隔阂——2020年美国与加拿大文学回顾

【作　者】赵婧

【单　位】上海译文出版社

【期　刊】《外国文学动态研究》，2021年，第4期，第49－57页

【内容摘要】2020年是艰辛的一年，非裔美国文学抛却“后种族时代”泡沫，以现代视角回溯历史，关注个人与族群的精神世界，表现出强烈的现实观照；移民文学穿越空间与时间的维度，陈述物理与精神的隔阂，实现了艺术手法的多种创新；灾难文学构想灾难的源头与形式，展现不同群体面对灾难的迥异表现，引起关注；摹写亲密关系的作品则探讨人的复杂身份属性与被社会定义的角色担当。与“文化熔炉”美国相比，加拿大文坛则相对平静，种族、移民、身份、家庭等话题依旧是写作热点。

【关键词】美加年度文学研究；族裔文学；移民文学；灾难文学

月相三阶段：从新月、满月到残月——论莱昂诺拉·卡灵顿“双联”创作中的多文化女性主义

【作　者】郑楠

【单　位】北京大学外国语学院

【期　刊】《国外文学》，2021年，第1期，第79－87页

【内容摘要】虽然莱昂诺拉·卡灵顿时常被定义为一位英国超现实主义女画家、德国画家马克思·恩斯特的“缪斯”，但她的绘画创作与其文学写作相融相生，并与其个人经历紧密相连。卡灵顿的文学和艺术创作经历了新月初探期、满月过渡期和残月成熟期三个重要阶段，各阶段借鉴的文化灵感和采用的审美意象各有侧重。除了超现实主义，还包括崇奉强大女性神祇的异教文明和凯尔特神话，以及墨西哥前哥伦布时期文化及民间传统等等。本文通过例证和分析不同阶段文学和绘画之间“双联画”式的互文创作，旨在揭示卡灵顿如炼金术士般对新旧大陆不同魔幻意象的融合，挑战了固有的审美和文化定式，并成功构建了一种撷取自女性日常生活经验、从被物化的“缪斯”蜕变为强大“神母”的女性主义。

【关键词】莱昂诺拉·卡灵顿；“双联画”；三相女神；魔幻与现实；多文化女性主义

（九）文艺理论与批评研究论文索引

Ethical Literary Criticism：A Basic Theory

【作　者】Nie Zhenzhao
【单　位】School of International Studies，Zhejiang University
【期　刊】《世界文学研究论坛》，2021 年，第 13 卷，第 2 期，第 189—207 页
【内容摘要】Ethical literary criticism is a theory of interpreting and analyzing literature from an ethical perspective. It examines literature as a unique expression of ethics and morality within a certain historical period，and argues that literature is not just an art of language，but also an art of text. Ethical literary criticism is aimed at interpreting literary texts，claiming that almost all literary texts are the records of human beings' moral experiences and contain ethical structures or ethical lines. Ethical lines form the main ethical structure. Compared to the written text in literature，the text of oral literature，which can be termed as brain text，is stored in the human brain. The material and fundamental existence of literature is based on written context. The evolving definition of literature is dependent upon the culture and context from which it originated.
【关键词】ethical literary criticism；ethical consciousness；brain text

Ethical Literary Criticism：Sphinx Factor and Ethical Selection

【作　者】Nie Zhenzhao
【单　位】School of International Studies，Zhejiang University
【期　刊】《世界文学研究论坛》，2021 年，第 13 卷，第 3 期，第 383—398 页
【内容摘要】Charles Darwin's biological selection offers a forceful explanation of biological evolution. With reference to Darwin's concept of biological selection，the article puts forward its counterpart：ethical selection. While biological selection answers how humans are different from animals physically，ethical selection explains the distinction between human beings and animals in a cognitive sense. The riddle of the Sphinx can be viewed a story about the evolution of ethical consciousness，the progression from natural selection to ethical selection. The feature of the

Sphinx's combination of a human head and an animal body implies that the most important feature of a human image lies in its head, which stands for the reason of human beings emerged in the evolutionary process, and that human beings evolved from animals and thus still contain some features belonging to animals. The "Sphinx factor" is composed of two parts: the human factor and the animal factor. In literary works, it is exemplified in the combination of natural will, free will, and rational will in characters. The interplay of the three wills is embodied in individuals as contrasting yet interrelated forces in determining their ethical choices and moral behaviors.
【关键词】ethical literary criticism; biological selection; natural selection; ethical selection; "Sphinx factor"

Ethics of Place in a High-Mobility Era from the Perspective of Ethical Literary Criticism

【作　者】Kim Taehee
【单　位】Academy of Mobility Humanities, Konkuk University, R. O. Korea
【期　刊】《文学跨学科研究》，2021 年，第 5 卷，第 4 期，第 622—637 页
【内容摘要】Ethics, a necessary condition for intersubjective existence, would be impossible without a genuine sense of place. Around the contemporary globalized world, however, the sense of place is being undermined by more temporary, unsettled affects and perceptions that result in volatile intersubjective and ethical relations. To explore how literary works may represent and establish the ethics of place, this article, drawing on ethical literary criticism initiated by Nie Zhenzhao, considers a collection of short stories by Korean novelist Pyun Hye-Young, titled *Evening Proposal*. In the eight stories included in this collection, monotony and mobility lead to a loss of authentic individual identity. A dull and dry life of pseudoidentity gives rise to depression, boredom, or fear. With these negative affects in mobile and monotonous places, social relations are fragmented, a logical consequence of which is ethical egoism. Beyond these negative ethical values, we nevertheless can also identify a dim possibility of reshaping positive ethical values. The sudden proposal of the main character in the title story, "Evening Proposal", is a reversal of his ethical attitude, showing the potential of reconstructing the ethical order and intersubjective relations with others. In particular, it is the perception and recognition of human vulnerability that encourages this conversion; only one's apprehension of own death is capable of causing the conversion of one's overall ethical attitude.
【关键词】ethics of place; mobility; ethical literary criticism; Nie Zhenzhao; *Evening Proposal*; Pyun Hye-Young

Interdisciplinary Literary Studies: Text, Print, Medium

【作　者】Jung Sandro; Yang Xiao
【单　位】Shanghai University of Finance and Economics
【期　刊】《文学跨学科研究》，2021 年，第 5 卷，第 3 期，第 377—396 页
【内容摘要】In this interview conducted by Dr. Yang Xiao in June 2021, Sandro Jung, Distinguished Professor of English and Comparative Literature at the Shanghai University of Finance and Economics, talks about his research on textuality broadly defined as well as about how the adoption

of the concept of the medium can complicate and amplify our modern understanding of historical processes involving the production，reading，and reception of literary works. Complementing the literary scholar's almost exclusive focus on typographical textuality with other kinds of printed (not necessarily paper-based) media，he points out that reading (and apprehending the meaning of) literature often occurred intermedially and that frequently different kinds of literacy，including visual literacy，allowed readers and consumers to understand objects inscribed with literary meaning (or epitexts) as iterations of what Jerome McGann's terms the "textual condition". A work is shown to exist in a virtual realm of appropriation where it can be given shape and manifested as an object that－to a modern reader unfamiliar with historical object and media cultures－may not have any connection with the literary work itself. To the historical reader this would have been far from the truth，however，since the print economy and consumer market capitalising on the currency and popularity of literary works ensured that the literary meaning transferred to an object such as a fan or a ceramic jug was recognisable and advertised as such.
【关键词】textuality；historical media cultures；reception；history of reading；print media；typographical/visual literacy

Mobility Infrastructure，Literary Ethics，and Anti-Colonial Politics

【作　者】Lee Jinhyoung
【单　位】Academy of Mobility Humanities，Konkuk University，R. O. Korea
【期　刊】《文学跨学科研究》，2021 年，第 5 卷，第 4 期，第 607－621 页
【内容摘要】This paper explores the entanglement of literary ethics and anti-colonial politics in Kirim Kim's novella，*The District along the Railway*，by analyzing and interpreting its ethical structure while addressing the historical context of colonial Korea via the ethical literary criticism terminology elaborated by Zhenzhao Nie. The ethical structure of Kim's work is transposed over the railway which is representative of the modern mobility infrastructure developed mainly through Japanese colonialism in the early modern period of Korea，which embodies the colonial modernity. Starting with the inception of railway construction and culminating with its finalization，its ethical line is constituted of a series of ethical conflicts between modern ethics of money and traditional ethics of solidarity which serve as ethical knots，focusing on the fracture of a Korean family. The ethical value emerges in Kim's critical representation of both ethical contexts (i.e.，money and solidarity) which encourage contextualizing literary ethics historically，while positing an alternative moral for colonial Koreans through his manipulation of metaphor in the arena of anti-colonial politics.
【关键词】mobility infrastructure；colonial modernity；modern ethics；traditional ethics；colonial politics；anti-colonial politics

Race，Gender，and Genre in American Civil War Literature：An Interview with Shirley Samuels

【作　者】郝运慧；雪莉・塞缪尔斯
【单　位】郝运慧：北京交通大学语言与传播学院
　　　　雪莉・塞缪尔斯：美国康奈尔大学
【期　刊】《外国文学研究》，2021 年，第 43 卷，第 2 期，第 1－14 页

【内容摘要】雪莉·塞缪尔斯是康奈尔大学英文与美国研究教授，其主要研究领域为 19 世纪美国文学与文化，重点关注种族与性别。她是美国内战文学领域的知名学者之一，著述广泛，颇具影响力。其中重点和具有代表性的著述包括《文化证词与内战》（2020）、《解读 1780—1865 年间的美国小说》（2012）、《亚伯拉罕·林肯剑桥指南》（2012）、《直面美国：图像学与美国内战》（2004）、《文学与内战》（收录于《美国文学指南》，2020）、《审视林肯》（收录于《美国内战文学史》，2016）等。在本次访谈中，塞缪尔斯教授介绍了一个半世纪以来美国内战文学书写的流变，聚焦于该文学谱系中的种族、性别和文类三个重要议题。她指出了近几十年间内战文学在种族和奴隶制问题上的深化与新颖研究。同时，她格外关注了女性作家（包括非裔女性作家）对内战的记录与书写，以及日记和奴隶叙事等时常被人忽视的文类。她还建议内战文学学者们将视野置于更为广阔的 19 世纪美国历史及文化语境，拓展理解内战文学的疆界。
【关键词】美国内战文学；种族；性别；文类

The Academic Value of "Chinese School" Ethical Literary Criticism

【作　者】Lim Dae Geun
【单　位】Hankuk University of Foreign Studies，R. O. Korea
【期　刊】《文学跨学科研究》，2021 年，第 5 卷，第 2 期，第 191－204 页
【内容摘要】This study examines the academic significance of ethical literary criticism. First of all，according to the premise that ethical literary criticism is a complex concept of three conceptual words，we will explore how "literature"，"ethic"，and "criticism" are articulated，and discuss what implications each case has. Furthermore，the meaning of "ethic"，which can be called the key conceptual word among these three，is verified through the etymology of the West and the East. Ethic operates in human society as a norm or a principle，and ethics studies human behavior，various problems and standards. Ethics is the reason that people who live in groups and people who make up society should possess. Placed in the net of ethical standards，ethical environment，and ethical selection，human subjects always become a being in conflict with values that cannot be attained. The ethical situations openly emerge in times of social transformation. This is because the society in transformation is in a state of confusion and transition with dismantled old order and incomplete new order. Professor Nie Zhenzhao is a scholar who pioneered the discourse of ethical literary criticism in the Chinese school. Based on criticizing Western literary criticism，his discussion establishes claims on the moral and instructive functions of literature through ethical literary criticism，and applies them to practical criticism on world literature.
【关键词】ethical literary criticism；literary criticism；ethics，Chinese school；Nie Zhenzhao

The New Development of Marxist Literary Criticism Today：An Interview with Barbara Foley

【作　者】张生珍；芭芭拉·福莱
【单　位】张生珍：北京语言大学英语学院
芭芭拉·福莱：美国罗格斯大学
【期　刊】《文艺理论研究》，2021 年，第 41 卷，第 2 期，第 97－105 页
【内容摘要】本访谈考察了马克思主义理论、马克思主义文学批评、马克思主义教学法等领域的批评方法和当下挑战。福莱教授认为马克思主义理论提供了一种"元理论"，一种"特权"立

场，对研究文学、政治和历史之间的联系及其内部关系而言极为有利。在审视了马克思主义基本理论，如历史唯物主义、政治经济学和意识形态批评等的基础上，福莱教授阐释了长期以来有关文学本质的争论并确立了马克思主义文学批评基本话语范式。本访谈也探讨了自古典时期迄今、兼具保守性和革新性气质的诸多文学文本，力图表明马克思主义在阐释抽象的社会力量及其文学表现形式之间多样式、多层次的交往和呼应等领域仍发挥着持续的功能。福莱教授《当代马克思主义文学批评》以方便教学为目标，能够为21世纪那些对新颖突出的文本、体裁和文化争论与唯物主义研究的传统原则之关联感兴趣的读者提供指引。
【关键词】马克思主义；马克思主义文学批评；马克思主义教学法；无产阶级文学

Theoretical Innovation，Academic Contribution，and International Communication of Ethical Literary Criticism：An Interview with Su Hui

【作　者】Li Mengyu；Su Hui
【单　位】Li Mengyu：College of Liberal Arts，Journalism and Communication，Ocean University of China
Su Hui：School of Chinese Language and Literature，Central China Normal University
【期　刊】《文学跨学科研究》，2021年，第5卷，第4期，第559－580页
【内容摘要】Su Hui is a professor of Chinese Language and Literature and the director of the International Center for Ethical Literary Criticism at Central China Normal University. She is the chief editor of *Foreign Literature Studies* and has authored，edited or co-edited more than ten books. *The Development and Variations of Western Comic Aesthetics* (2005)，*Black Humor and the Humor Tradition of American Novel* (2013)，and *Ethical Literary Criticism of American Literature* (2020) are among her best-known works. Her extensive research ranges from European and American literature，ethical literary criticism，the aesthetics of drama to comparative literature. In this interview，Prof. Su starts off by sharing her insights on theoretical innovation，academic contribution，and international communication of ethical literary criticism. She then comments on the scholarly achievements made by Prof. Nie Zhenzhao and other Chinese and international scholars in this field. She believes that ethical literary criticism poses bold questions to existing literary theories while significantly enriching them. With its unique theoretical and discourse systems，ethical literary criticism provides a significant guidance for practice. Under the leadership of Prof. Nie Zhenzhao，Chinese scholars have been committed to the spread of ethical literary criticism worldwide by forging international collaboration，publishing scholarly articles in international journals，founding international academic associations and organizing international conferences.
【关键词】ethical literary criticism；theoretical innovation；academic contribution；international communication

Transductive Convergence of Digital Humanities/Trans Media Art/World Literature

【作　者】Kim Youngmin
【单　位】Hangzhou Normal University；Dongguk University，R. O. Korea
【期　刊】《世界文学研究论坛》，2021年，第13卷，第4期，第693－713页
【内容摘要】The singular and constant interaction of form and matter，as well as the potential and

dynamism of matter，have been overlooked in material morphology theory. Gilbert Simondon's individuation theory ingeniously identifies these blind spots and defines individual as the consequence of the "individuation process". By revealing the potentials of a "pre-individual" that has not yet been individuated as a focus，Simondon demonstrates how "pre-individual forces" as the conditions of natural and technological existence contribute to the formation of "individuals" such as organisms，non-organisms，biological entities，and individual technical objects. The "pre-individual forces" exist temporally prior to the individual and possess the energy of the sustaining constitutive force by which the individual sustains and evolves itself. The pre-individual condition of being is an endless "resource of potentiality" from which being emerges from becoming，which is analogous to Heidegger's concept of "Bestand/Standing Reserve" in his "Question concerning the Technology". Once the pre-individual is conceptualized as a metastable being in relation to its surroundings or "associated milieu"，the individual's movement is termed as "transduction"，referring to an operation that generates itself by elaborating，concretizing，and structuring the surrounding area. Similarly to how deduction and induction seek to solve problems associated with an already-individuated context，transduction is a problem-solving ability. While elucidating transduction in terms of "feedback loops" within the associated milieu of humans，science，and technology，the purpose of this work is to apply transduction logic to the convergence of transmedia，world literature，and digital humanities in terms of aesthetics and ethics.

【关键词】convergence；transduction；individuation；pre-individual；Gilbert Simondon；feedback loops；ethics；world literature

"不可挽救的自我"——论维也纳现代派文学中的自我认知

【作　者】贾晨
【单　位】广东外语外贸大学西方语言文化学院
【期　刊】《外国文学评论》，2021 年，第 3 期，第 159－178 页
【内容摘要】19 世纪末 20 世纪初，哈布斯堡王朝走向没落，奥地利进入了一段特殊的历史文化时期。在政治危机与民族冲突的历史语境中，"自我"观念成为这一时期的哲学、精神分析和文学所共同关注的话语。本文认为，世纪之交形成的维也纳现代派对自我的认知发生了根本改变，自我观念被重新建立，新的自我意识崛起，"不可挽救的自我"奠定了维也纳现代派的文学审美原则，彰显出崭新的自我视角和表现力。
【关键词】自我；感觉；维也纳现代派

"瞪大眼睛去呈现纯粹事实"：从本雅明、阿多诺的一次通信看本雅明的唯物主义文艺批评观

【作　者】谢俊
【单　位】中央戏剧学院戏剧文学系
【期　刊】《文艺理论与批评》，2021 年，第 3 期，第 4－18 页
【内容摘要】1938 年 10 月，本雅明将《波德莱尔笔下的第二帝国的巴黎》一文投给《社会研究杂志》，遭到阿多诺退稿。阿多诺写了一封长信说明了退稿理由，本雅明也回信作自辩。从马克思主义历史唯物主义内部视角看，这次"退稿"事件呈现出一个重要的理论分歧。阿多诺的主要指控是本雅明将文化表征和经济基础直接关联，这一做法缺少对"中介"和社会总体过程

的认识。但本雅明“瞪大眼睛去呈现纯粹事实”的方法受到“静止状态里的辩证法”的支持，这一辩证法对各元素的呈现以空间上并置而不以过程中的扬弃为特点，这一方法在保护物的不可消融性的同时，依然以“星座”闪现的方式在捕捉整体意义，这呈现出一种远离观念论的更激进的唯物主义方法。

【关键词】本雅明；阿多诺；中介；辩证法；唯物主义

“第二自然”：古典文学研究的新方法

【作　者】秘秋桐
【单　位】清华大学历史系
【期　刊】《外国文学动态研究》，2021 年，第 2 期，第 150－156 页
【内容摘要】白根治夫在《日本的四季文化：自然、文学和艺术》中提出了“第二自然”的理论，系一种区别于原生自然界的、经由人类重构或再绘的自然现象，既为人类世界的延伸，亦为对原生自然的替代和补充。本文作者将着力剖析该理论中存在的长时段理论、人文地理学及比较文学文化的三重视角，并指出白根在塑造“第二自然”理论的过程中，对中国古代文化在东亚地区的影响、辐射情况存在认识不足的缺陷，同时本文也对新时代日本乃至东亚地区古典文学、文化的研究方法与前景做出展望。
【关键词】“第二自然”；四季文化；古典文学；比较文化

“东风西进”：法国激进左翼文论与毛泽东思想

【作　者】韩振江
【单　位】大连理工大学人文学部
【期　刊】《中国比较文学》，2021 年，第 4 期，第 2－17 页
【内容摘要】20 世纪 60 年代至今，在“东风西进”的语境下以阿尔都塞、巴迪欧、齐泽克、朗西埃、巴里巴尔等为中坚的法国激进左翼文论不断地接受和阐释毛泽东思想（包括毛泽东文艺思想），这促进形成了阿尔都塞的结构主义马克思主义文论和当代法国激进左翼文论。毛泽东的矛盾论、群众路线、文艺与政治、人民文艺等革命理论被法国左翼当作主要的理论创新资源，充分渗透进了他们的思想体系和文论实践中。阿尔都塞、巴迪欧和齐泽克在持续接受和诠释毛泽东《矛盾论》的基础上，进一步创新了唯物辩证法，不过其中有正读也有误读。而朗西埃则在“五月风暴”中转向工人研究，深度吸收了毛泽东的群众路线和文艺政治观。我们在朗西埃的政治歧义、感性分配和文学政治中能够看到毛泽东人民文艺的当代回响。当然，法国左翼眼中的“Maoism”不能完全与中国语境中的毛泽东思想画等号，这样“东风西进”过程中就存在着对毛泽东思想的继承和创新、正读和误读。
【关键词】法国激进左翼；毛泽东思想；矛盾论；人民文艺

“对象的确定性”的整体性阐释

【作　者】高楠
【单　位】辽宁大学文学院
【期　刊】《学习与探索》，2021 年，第 7 期，第 160－168 页
【内容摘要】继 2014 年《强制阐释论》之后，张江教授又推出《再论强制阐释》一文，把中国

阐释学建构推向深入，并使对西方强制阐释的批判锋芒更加犀利。“对象的确定性”被逻辑地置于阐释起点位置，并通过“整体性意义”这一重要中介范畴的建构，使阐释的确当性与强制阐释的非确当性得以进一步厘清。心理学的期望与动机论的引入，明晰了强制阐释的心理机制，揭示出阐释运作的复杂性，使阐释学得以在更高层次的具体研究中展开。随之，一个重要的阐释学论题被令人瞩目地显示出来，即本体论阐释学与主体论阐释学的建构及交互关系的阐发。
【关键词】阐释；强制阐释；“对象的确定性”；整体性

“故事社会”与后现代的散布——从网络文艺的新叙事形态说起

【作　者】王玉玊
【单　位】中国艺术研究院马克思主义文艺理论研究所
【期　刊】《外国文学动态研究》，2021 年，第 1 期，第 70－80 页
【内容摘要】当代中国网络文艺发展过程中出现了可称为“格叙事”的新叙事程式，它区别于现实主义叙事，并非以宏大叙事，而是以创作者和受众共有的叙事数据库为公共叙事平台。作为叙事表层的文字、图像、声音都以数据库索引标签的形式发挥作用，受众通过提取数据库中的资料补完叙事。格叙事的基本逻辑从文艺领域经由饭圈文化进入网络社交空间，形成了网络空间中的“故事社会”，其所具有的后现代本性意味着后现代境况正成为当代中国互联网用户的普遍生存感受。
【关键词】格叙事；萌要素；数据库消费；网络文艺；粉丝文化；“故事社会”

“后理论”语境下的中国文论话语建设

【作　者】生安锋；刘丽慧
【单　位】生安锋：清华大学外文系
刘丽慧：国防科技大学信息通信学院
【期　刊】《天津社会科学》，2021 年，第 6 期，第 119－124 页
【内容摘要】西方理论在 20 世纪末遭遇到了危机，而中国学界也从 21 世纪初开始反思理论，尤其是西方文论所带来的种种问题，进入了所谓的“后理论时代”。西方理论所遭遇的危机并非理论消亡的前兆，而是发展到一定程度之后的反思与调整。中国学界与西方学界所遇到的困难并非完全一样，二者的理论发展进程也不是同步的。我们在批评理论所带来的问题时，不应该忽视中国译介外国理论的主动性和我国理论建设的主体性问题。我们要基于中国的社会现实发展状况和文化状况，寻找新的理论生长点，在中国语境中建设好中国的文论话语。
【关键词】“后理论时代”；文学理论危机；中国文论话语建设；主导性；主动性

“科学地再现”：从“科学”的歧义性重审卢卡奇—布莱希特论争

【作　者】李轶男
【单　位】清华大学人文学院写作与沟通教学中心
【期　刊】《文艺理论与批评》，2021 年，第 3 期，第 19－31 页
【内容摘要】以现实主义艺术的再现机制为框架，在“表象”“实质”和其自身三个层面，卢卡奇与布莱希特展现出对“科学”的理解和运用差异。卢卡奇与布莱希特的论争，除去在具体议题上的对立，更重要的是在对“艺术如何作用于政治”这个问题上，着力点产生了视差。现实

主义的认知功能将“科学”引入传统的艺术领域，挑战了艺术领域的诸多议题，也带入了政治斗争的急迫性与强度，从而激发出这一论争持久的“内在活力”。

【关键词】科学；再现；卢卡奇；布莱希特；视差

“量子力学”与“流动的现代性”——当代流行文艺中的“价值相对论”

【作　者】王玉王
【单　位】中国艺术研究院马克思主义文艺理论研究所
【期　刊】《探索与争鸣》，2021 年，第 2 期，第 169－176 页
【内容摘要】21 世纪以来，与量子力学、相对论相关的理论、概念与假说日益频繁地出现在幻想类流行文艺中，特别是在中国网络文艺作品中。后牛顿时代艰深的物理理论被转译为生动的文学表述，成为幻想类作品中极为常见的设定。以牛顿力学为代表的近代科学体系曾在现代化进程中承担着祛魅的重任。而现在，量子力学与相对论却似乎悖论般地成为“复魅”的利刃。量子力学与相对论所提供的新的时空观念不是通过科学的、理性的方式，而是通过文艺的、想象的方式影响着当代青少年对于世界与自身的看法，进而带来某种对于道德与价值的新的理解方式。文学化的“量子力学”与“价值相对论”正在文艺领域迅速生成着新的审美风格、主题意涵与叙事要素。
【关键词】网络；文艺青年；亚文化；后现代；“价值相对论”

“美学大讨论”与马克思主义经典文艺思想中国化的美学发展

【作　者】梁玉水
【单　位】吉林大学中国当代马克思主义文艺学研究中心；吉林大学文学院
【期　刊】《学习与探索》，2021 年，第 6 期，第 164－173 页
【内容摘要】20 世纪五六十年代的“美学大讨论”是一次有组织的文艺、美学批判及批评实践。在相关单位组织下，以“百花齐放、百家争鸣”为方针，为确立社会主义新中国的文艺工作指导思想、文艺政策，进行了文艺理论、美学的哲学基础与思想路线的讨论。作为一个有特殊发生学意义的文化事件，“美学大讨论”被不断地提及，不断地“当代化”。考察“美学大讨论”的发生和在新中国成立前后的事件发酵和理论准备，以及其作为“美学”自觉而对之后文艺理论、美学领域的学术回响与意义影响，有助于我们历史地把握马克思主义经典文艺思想中国化当代化的时代进程。
【关键词】“美学大讨论”；马克思主义；文艺思想；中国化；“当代化”

“你不过是老屋中的追随者”——本雅明《卡尔·克劳斯》中的语言与媒介

【作　者】王凡柯
【单　位】厦门大学外文学院
【期　刊】《国外文学》，2021 年，第 4 期，第 10－20 页
【内容摘要】本雅明 1931 年 3 月分四期连载在《法兰克福报》上的《卡尔·克劳斯》涉及语言危机、媒介技术、战争经验以及都市生活等广泛主题。本文聚焦于其中的语言反思与媒介批评，它们不仅衔接本雅明早期神学范式下的形而上语言哲学思考，也与其后期的马克思主义诉求息息相关，两者并非相互对立，而是统一于作为“欧洲最后一个真正知识分子”的本雅明的时代

关怀中。这在媒体高度饱和以及技术批评此起彼伏的今天，在有关技术时代传统人文精神危机的讨论越发激烈，而知识分子在公共话语空间的式微之态也越发明显的当今社会具有特别的启示意义。

【关键词】本雅明；《卡尔·克劳斯》；语言反思；媒介批评

“皮靴好于普希金”——皮萨列夫文艺观的伦理学渊源

【作　者】刘雅悦

【单　位】对外经济贸易大学外语学院

【期　刊】《外国文学评论》，2021 年，第 2 期，第 192－215 页

【内容摘要】德米特里·皮萨列夫是 19 世纪 60 年代俄国著名的革命民主主义者，也是该时期文学艺术领域典型的“虚无主义者”。1864 年，陀思妥耶夫斯基在俄国文坛的“审美派”与“功利派”的论战背景下提出了“皮靴好于普希金”的说法，用于指代皮萨列夫等人的文艺观。事实上，皮萨列夫的本意并不是否定普希金在艺术美学层面的造诣，“皮靴好于普希金”主要是一种功利主义伦理学评判。皮萨列夫对普希金的指责背后，是对文学应当有利于实现俄国底层人民的“最大幸福”的道德要求。皮萨列夫等“60 年代人”的文艺观看似反对传统审美标准和文学偶像，实则却有着自古罗斯基督教化以来的俄罗斯思想文化中广泛而深远的伦理学渊源。在这个意义上，“皮靴好于普希金”可被视作将俄罗斯文学的功利主义伦理传统推向极致的表达。

【关键词】德米特里·皮萨列夫；陀思妥耶夫斯基；虚无主义；功利主义

“强制阐释论”的基本立场、理论建树与学术关怀

【作　者】泓峻

【单　位】山东大学马克思主义文艺理论研究中心

【期　刊】《社会科学辑刊》，2021 年，第 3 期，第 45－52 页

【内容摘要】强制阐释产生的原因、发生的影响及怎样使当代阐释学和人文社会科学研究走出强制阐释的误区一直是“强制阐释论”的问题意识所在。“强制阐释论”虽然在不断深化与调整，但理论首先应当来源于实践、阐释对象的确定性、阐释者的中介地位、公共理性为阐释设定边界等作为其基本立场这一事实却没有改变。“强制阐释论”的理论建树主要体现在对于强制阐释发生原因的深入解析、对阐释伦理的强调、对阐释公共性问题的深入思考，以及对中国阐释学思想的总结与借鉴等方面，而学术研究是否还保有科学性与客观性一直是其学术关怀的焦点。

【关键词】“强制阐释论”；基本立场；理论建树；学术关怀

“全球大变局”语境中外国文学研究的“变”与“不变”

【作　者】乔国强

【单　位】上海外国语大学区域国别研究院

【期　刊】《社会科学战线》，2021 年，第 5 期，第 172－179 页

【内容摘要】文章从“全球大变局语境”的三个层面出发，结合作家的创作及文学思潮和流派的一些规律特征，论述了外国文学研究中的“变”与“不变”的问题。从理论上说，“变”是永恒的，而“不变”则是暂时的，但是具体到外国文学研究中来，“变”与“不变”——何时变、何时不变，则是分外夹缠与复杂，不能简单地把文学问题与外部的社会问题等同为一体。此外，

文学创作与文学研究无论怎么“变”，总会有“不变”的部分，这是由文学与人性相关的特性所决定的。

【关键词】全球大变局；外国文学研究；变与不变；规律；人文精神

“人生如旅，何须匆忙”：人文主义、多元主义与犹太想象（英文）

【作　者】郑丽；丹尼尔·施瓦茨
【单　位】郑丽：北京航空航天大学外国语学院
丹尼尔·施瓦茨：美国康奈尔大学

【期　刊】《外国文学研究》，2021 年，第 43 卷，第 5 期，第 1－17 页

【内容摘要】丹尼尔·施瓦茨是美国康奈尔大学弗雷德里克·惠顿英文教授，被公认为一名教学名师和极具影响力的文学评论家。他丰硕的著述涵盖了广泛的主题，从约瑟夫·康拉德、詹姆斯·乔伊斯和华莱士·史蒂文斯到批评理论、大屠杀和纽约市文化。此外，他还定期为《赫芬顿邮报》撰写有关媒体和高等教育的博客，并在世界各地发表演讲，1993 年在北京大学以客座学者身份任教。郑丽代表《外国文学研究》对施瓦茨教授进行了访谈，话题包括他的人本主义和多元主义的批评方式、阅读的哲学、现代艺术和现代文学之间的联系、大屠杀研究和犹太研究。施瓦茨认为阅读是一种旅行，从中我们可以探索在我们自己的和不同的文化中，别人是如何生活和思考的。施瓦茨坚信，没有什么能比目前肆虐全球的新冠病毒更能说明，我们是休戚与共的“命运共同体”，互相依存。最后，施瓦茨感恩他的教师和学者生活给自己带来的机遇，并用自己喜爱的 C. P. 卡瓦菲的诗歌《伊萨卡》中的诗句给了我们一句忠告：“人生如旅，何须匆忙。”

【关键词】施瓦茨；人文主义；多元主义；犹太文化和文学；阅读哲学；现代文学与艺术；“命运共同体”

“赛博格”概念考辨

【作　者】李国栋
【单　位】中国人民大学文学院

【期　刊】《文艺理论研究》，2021 年，第 41 卷，第 5 期，第 131－139 页

【内容摘要】“赛博格”自 20 世纪 60 年代以来逐渐成了学术研究与大众文化中的流行术语，但其内涵却多有含混之处。从其概念谱系来看，克莱恩斯与克莱因发明的赛博格以机器化的人为形象基础，但赛博格的释义“控制论有机体”却包含了纯粹的机器。哈拉维对赛博格进行了后现代哲学的阐释，将赛博格升扬为本体论隐喻与反讽的政治神话，衍生出了抽离所指的赛博格知识话语。这两种阐释丰富了赛博格的实体义与隐喻义，但也造成了赛博格意指的混乱。基于维特根斯坦的理论，赛博格所表达的是一个游戏化的词汇场域和类聚化的形象群体，它在具体使用中表现为填补型、器置型、代理型和虚拟型这四种实体类型。如果否认其实体义共识，赛博格就可能会随着无边的隐喻而走向混乱。

【关键词】赛博格；克莱恩斯；克莱因；哈拉维；控制论；隐喻

“神经美学之父”泽基的“人脑—艺术契合论”

【作　者】胡俊

【单　位】上海社会科学院思想文化研究中心
【期　刊】《江汉论坛》，2021 年，第 7 期，第 68－72 页
【内容摘要】依据一系列的实证研究成果，神经美学家们对审美脑机制的组织原则提出了一些理论构想。其中，“神经美学之父”泽基基于阿恩海姆等关于大脑与艺术具有紧密联系的研究，提出“人脑一艺术契合论”，认为艺术遵循大脑的运行法则，在瞬息万变的世界中追求审美的恒定性，包括情景恒定性和暗示恒定性，并指出“模棱两可”和“未完成”是艺术家追求艺术本质的两种异曲同工的方式。泽基这一建立在大脑活动机制之上的美学理论，得到学术界的基本认同，但其侧重审美认知的局限性，也受到一部分学者的质疑。
【关键词】泽基；神经美学；“人脑一艺术契合论”

“审美特性”的凸显——“恢复与反思阶段”的马克思主义文学反映论

【作　者】张永清
【单　位】中国人民大学文学院
【期　刊】《中国人民大学学报》，2021 年，第 35 卷，第 5 期，第 136－146 页
【内容摘要】1979 年至 1983 年是马克思主义文学反映论的恢复与反思阶段。此间，学界对文学的“形象反映论”“特殊意识形态论”等原有基本理论命题存在的诸多问题进行了深刻反思，取得了文学反映现实的形式不只是认识还是情感、文学反映是包括政治在内的内容丰富的反映、文学反映是符合审美特性的情感反映等理论共识。审美特性、情感特质在文学的“形象反映论”与“特殊意识形态论”这两大基本理论命题中的孕育、萌生，为文学的“审美反映论”“审美意识形态论”这两个新理论命题在“发展与深化阶段”的正式提出、系统论证奠定了坚实的知识基础。
【关键词】马克思主义文学反映论；恢复；反思；审美特性；情感

“说不尽”的“现实主义”——19 世纪现实主义研究的十大问题

【作　者】蒋承勇
【单　位】浙江工商大学西方文学与文化研究院
【期　刊】《社会科学战线》，2021 年，第 1 期，第 120－132 页
【内容摘要】19 世纪现实主义作为世界文学史上一种极为重要的文学思潮，是百余年来在我国文学领域传播最深入广泛，同时又争议最多的西方文学思潮，有待深入研究的问题颇多。诸如其跨学科意义上的与自然科学之关系，与“现代性”之关系，与理性精神之关系，与马克思、恩格斯文艺思想之关系，与浪漫主义、自然主义及现代主义之关系，“写实”与“真实”内涵之深度阐释，审美价值之再发掘等，均是有待深入探讨和全面阐释的重大学术问题。可以说，关于 19 世纪现实主义文学思潮及与之相关的文学现实主义理论问题的研究，有其“说不尽”的“无边性”。在“网络化一全球化”的新时代，我们有必要对其作进一步研究，阐发其本原性特质，为建构有中国特色的外国文学和文学理论学科体系、学术体系和话语体系提供支撑。
【关键词】19 世纪现实主义；跨学科；“现代性”；理性精神；审美价值

“图文缝合”——文学生产系统运行机制探究

【作　者】周文娟

【单　位】南通大学外国语学院
【期　刊】《南通大学学报（社会科学版）》，2021 年，第 37 卷，第 2 期，第 62－69 页
【内容摘要】“图文缝合”是基于系统理论视角探究文学接受可控性的研究命题，是文学生产系统中由作家视觉镜像语象化思考与图像化叙事词语表述，以“期待视域”结构图式引发读者相应记忆联想形成阅读共情，最终实现文本表述与读者接受意义缝合的有机运行机制。在这个文学生产的系统运行中，镜像、语象、形象与意象层层递进，建构了事物形象与故事情节，成就了文学生产的“图文缝合”效应。“图文缝合”探索旨在拓宽文学研究当代视野，促进文学生产理论与时俱进发展。
【关键词】“图文缝合”；生产系统；构成要素；运行机制

“为诗一辩”：论文学的伦理教诲功能

【作　者】王松林
【单　位】宁波大学外国语学院
【期　刊】《文学跨学科研究》，2021 年，第 5 卷，第 1 期，第 46－55 页
【内容摘要】文学的基本功能是伦理教诲。伦理教诲是文学的根本属性，也是文学的最高目的，审美只是实现道德教诲的手段。优秀的文学批评总是以伦理为向度的。文学旨在构建人的情感、美感和道德的高度统一。善是美的基础，美是善的最高表达形式。美善一体是文学的最理想境界。文学最根本的目的是让读者通过审美体验获得道德教诲并由此使人的灵魂变得高贵。
【关键词】文学的功能；伦理教诲；审美；美善一体

“文学性”理论原点溯源——论作为现代斯拉夫文论基本命题与轴心话语的“文学性”

【作　者】周启超
【单　位】浙江大学人文学院
【期　刊】《社会科学战线》，2021 年，第 8 期，第 124－132 页
【内容摘要】“文学性”这个现代文学理论的基本命题，堪称现代斯拉夫文论对世界文学理论的一大贡献。这一命题 1919 年由罗曼·雅各布森提出，后成为现代斯拉夫文论的一个轴心话语。百年来，学者们一直在追问何为“文学性”，一直在探索“文学性”有哪些生成路径。对“文学性”理论深耕，有必要回到原点，回到雅各布森提出“文学性”命题的语境；有必要回到元典，回到“文学性”这一话语诞生于其中的文本。从对大语境与小语境的梳理和对元典文本的探析可以看到，“文学性”这一命题是俄罗斯革命时代的产儿，是俄罗斯形式论学派“文学革命”的产儿。
【关键词】“文学性”；文学学；罗曼·雅各布森；现代斯拉夫文论；轴心话语

“西方”如何作为方法——反思当代西方文论的知识论维度与方法论立场

【作　者】段吉方
【单　位】华南师范大学文学院；华南师范大学审美文化与批判理论研究中心
【期　刊】《学术研究》，2021 年，第 1 期，第 157－164 页
【内容摘要】当代西方文论诞生在 20 世纪以来西方社会复杂的历史文化语境之中。首先，当代西方文论反思研究应该基于历史文化语境的知识论维度的考察，即考察当代西方文论在知识

话语层面上的特性；其次，要深入到方法论层面上，辨析当代西方文论的有效性及其弊端。在当代西方文论反思研究中，探究“西方”如何作为方法问题既是理论反思研究的目标，也是中国文论话语建构的核心问题。当我们建立起有效的反思研究的方法与路径的时候，理论话语的反思研究就是一种积极的建设性策略，这种策略的意义体现在有效把握中西文论研究的不同语境以及理论范式上的特征，从而起到跨越中西文论阐释间隔及其理论模式间的理解应用差异的作用。中国文论建构需要在“作为‘方法’的西方”与“‘西方’作为方法”所提供的路径上，在参照借鉴的过程中走向理论建构和体系建设，最终锤炼出中国文论建构的学理问题及其解决之道。

【关键词】当代西方文论；知识论；方法；反思研究；中国文论

“新世界文学”的范式特征及局限

【作　者】郝岚

【单　位】天津师范大学跨文化与世界文学研究院；天津师范大学文学院

【期　刊】《文艺理论研究》，2021 年，第 41 卷，第 6 期，第 148－157 页

【内容摘要】始自 20 世纪 90 年代的“新世界文学”理论显现出本体论、认识论以及方法论上的根本改变：它不再是稳定的、本质主义的，而是关系的、网络的，是过程性的“发生”；其认识论的“单元观念”不再是民族和语言，不是二元的，而是多元的、更加关注作为现象学的翻译研究；由于人文学科研究中“语文学的破产”，以及世界文学文本的日趋庞杂，研究者提倡合作、使用跨学科的研究方法，特别是在大数据时代，数字人文的兴起在方法论上解决文本过剩的问题。虽然“新世界文学”理论面临陷入相对主义的危险，但却形成了新的比较文学研究共同体，凸显本学科的人文价值。

【关键词】“新世界文学”；范式；本体论；认识论；方法论；局限

“叙事”还是“叙述”？——关于“诗歌叙述学”及相关话题

【作　者】孙基林

【单　位】山东大学诗学高等研究中心

【期　刊】《文学评论》，2021 年，第 4 期，第 67－75 页

【内容摘要】在英语或法语语言系统中，“叙事/叙述”本为同一语词，“叙事学/叙述学”亦然；但是，译为汉语后却出现了两组具有微妙差异的概念，并且在学界引发了较大的争议。就诗歌而言，它并不像小说那样追求讲出故事，即便叙事也往往采用反叙事的叙述方式；内容层面不仅有事，而且更多是物，并不像“叙事”那样预设一个故事。依照现代观念，即便“叙事”也必然在叙述话语中呈现，并没有离开叙述话语的“事”。“诗歌叙述学”比“诗歌叙事学”更为确切，它更注重的是“叙述”而不是“叙事”。当下诗歌书写者往往奔“事”而去，缺乏一种自觉的叙述意识，其结果离诗的本质渐行渐远。诗的本质在于诗性，诗歌叙述的所指和目的自然也是诗性。

【关键词】“叙事”；“叙述”；“诗歌叙述学”；叙述的诗性

“衍”“生”辨

【作　者】张江

【单　位】中国社会科学院大学阐释学高等研究院；中国社会科学院文学与阐释学研究中心
【期　刊】《社会科学战线》，2021 年，第 11 期，第 148－156 页

【内容摘要】与西方后现代阐释理论主张阐释是无限制的意义生产不同，中国阐释学中“衍生”一词，在“阐宏使大”中蕴含“约束规范”之意，使阐释在扩张与守约之间找到平衡。在文字学意义上，“阐”“衍”同义，“阐衍”“阐化”“衍化”均为传统经学常用之语；在阐释学意义上，“衍”是阐的方式，阐乃由衍而阐，“衍”显明“阐”不同于“诠”“解”之个性，更发展出古代释义“阐衍”与“诠解”两条主要脉络，离散与递归两种思维方式。“衍生”之“生产”更能确当表达文本阐释在合理性约束下的扩张与流溢，也提示我们全面客观地认识西方后现代阐释理论。“衍生”当为中国阐释学理论体系中具有节点性意义的重要概念。

【关键词】“衍生”；“生产”；阐释；约束

“厌恶”的情感符号分析及其社会、审美功能

【作　者】谭光辉
【单　位】四川师范大学文学院

【期　刊】《文艺理论研究》，2021 年，第 41 卷，第 5 期，第 157－166 页

【内容摘要】厌恶并不是一种纯粹消极的情感，有了厌恶人才知道区别脏与净、美与丑、善与恶，厌恶的核心意思是否定他者的存在。厌恶可以分为身体性厌恶、物质性厌恶、情感性厌恶和符号性厌恶四种。厌恶可以与恐惧组合成恶心，与喜感组合为轻蔑，与悲感组合成悲厌，与欲望组合成傲慢或破坏欲。人类历史上的大多数道德规范都是通过培养人的厌恶感来实现的。人类首先通过定义“脏”来确定禁忌，通过禁忌建立道德，通过群体厌恶使道德体系得以稳固。共同的厌恶感的转变甚至可以移风易俗，并使社会安定团结。厌恶感始终伴随着审美活动，时时参与审美过程，而且令人厌恶的事物也可以是审美的对象。表现或唤起厌恶感，是现代艺术的一个重要目标。艺术和文学，不断尝试在厌恶管辖的领域探索，以此形成艺术革命的动力源泉。批判性的文学作品，通过唤起共同的厌恶感来实现改造社会的目的，唤起普遍厌恶感是文学家的一种使命。

【关键词】厌恶感；情感符号学；道德研究；厌恶美学；情感研究

“一切科学的科学”：德语文艺学概念史

【作　者】毛明超
【单　位】北京大学外国语学院

【期　刊】《文艺理论与批评》，2021 年，第 1 期，第 4－19 页

【内容摘要】当今德语“文艺学”学科的自我定位，扎根于这一概念自 19 世纪至 20 世纪中期的发展历程。文学文本既是历史文献又是艺术作品，这一双重特性决定了文艺学既关注文本的生成，又关注形式与效果。德语文艺学产生于语文学实践，饱含民族情结，虽是“不精准科学”，但在发展过程中融合了实证主义与体验哲学，在不同历史阶段与社会学、心理学、民族思想史和文本内在性研究产生互动，充分体现了其内涵的丰富性。归根结底，文艺学研究的是作为“一切科学的科学”的文学，其目的在于以多重角度阐释审美体验。

【关键词】德语文艺学；“不精准科学”；实证主义；作品内在性

“以美均衡真善”的儿童文学价值观念

【作　者】刘俐俐
【单　位】三峡大学文学与传媒学院
【期　刊】《社会科学战线》，2021 年，第 1 期，第 166－172 页
【内容摘要】针对儿童文学既有的摒弃认知真相而倾斜于善良愿望实现的基本模式，提出“应然”型的“以美均衡真善”的儿童文学价值观念。此观念的理据为，儿童文学的“对话性”决定调整和均衡的必要性，美学史也呈现了侧重点不断调整的特点，中西方儿童文学观念均有观念更新的历史传统，当前儿童文学领域亦提出了真善倾斜的挑战性问题。此观念坚守审美本位，看重均衡真善实现的娱乐和教益功能，倡导多维度的“均衡”。“均衡”以国家民族发展长远利益的大视野为参照，继而根据儿童认知与人类童年认知同构原理以及黑格尔美学原理，提出“以原始诗的观念方式”为途径，实现“以美均衡真善”，坚守审美本位。在个案分析的基础上，简要概括“以美均衡真善”儿童文学价值观念的理论与批评实践意义。
【关键词】“以美均衡真善”；儿童文学；价值观念；批评实践

“隐含作者”概念反思：“隐含作者”还是“融合作者”？

【作　者】申洁玲
【单　位】华南师范大学文学院
【期　刊】《广东社会科学》，2021 年，第 6 期，第 162－171 页
【内容摘要】“隐含作者”概念在 60 年的发展过程中，极大地推动了“不可靠”叙事理论的发展，但也带来了一系列问题。通过反思修辞学派在这一概念上的含混和认知学派在这一概念上的矛盾，分析“隐含作者”概念伦理价值的困境，说明“隐含作者”概念已经完成使命，难以作为继续深入研究的基础。“融合作者”是读者、文本和作者“融合”的产物，居于叙事交流的末端而非信息发出的位置。确立作为读者叙事交流成果的“融合作者”概念有利于将读者研究和叙事交流研究推向深入。
【关键词】“融合作者”；“隐含作者”；叙事交流

“有效的整理与明确的连接”——论福柯以“人的限定性”为核心的“人文科学”的诞生

【作　者】张锦
【单　位】中国社会科学院外国文学研究所
【期　刊】《国外文学》，2021 年，第 3 期，第 1－10 页
【内容摘要】对福柯来说，“人文科学”的诞生是 19 世纪知识型配置的结果和表征，在“人的科学”发展的基础上，以人的有限性和历史性所构成的经验与先验、我思与非思、起源的退却与返回等三个对子成为人文科学的内在模型。人文科学正是在此基础上讨论生物学、经济学和语文学的外在条件和合法性的学科，所以人文科学将在心理学、社会学和文学与神话分析的区域中建立与数学、哲学反思和经验科学（生物学、经济学和语文学）的复杂关系。
【关键词】“人文科学”；“人的科学”；知识型

“至法无法”论的当代意义

【作　者】刘毅青
【单　位】南昌大学人文学院
【期　刊】《社会科学战线》，2021 年，第 11 期，第 157－166 页
【内容摘要】“至法无法”或曰“无法之法”是中国文论和美学的一个重要问题，对其理解关涉到对中国文艺创作论的理解，以及在审美品位上的定位。法度与自然所构成的理论辩证只有放在道与艺张力的背景中才能得到恰切的理解。“法”的获得来自技艺训练、技艺习惯养成的本能。但一味地在技巧上求工，只能在技巧上有突破，并不能达到“无法”之“法”的境界。技巧的超越来自主体精神修养境界的提升，修养是最终突破技巧的关键。对“至法无法”的理论建构不能局限于文献的梳理，而应该从中国哲学美学的层面展开，并将其置于当代的文论语境中，凸显其对解决当代文论和美学问题所具有的理论价值。
【关键词】法；“至法无法”；中国文论

“作为文学批评”的文化批评——论文学理论公共性的实现之途

【作　者】肖明华
【单　位】江西师范大学文学院
【期　刊】《社会科学战线》，2021 年，第 11 期，第 167－174 页
【内容摘要】文化批评的发生和文学理论是有内在关联的。文学理论需要借助文化批评彰显知识的公共性，文化批评则需要借助文学理论来获取合法性。当前，要凸显文学理论的公共性，有必要继续倡导文化批评。为了让文化批评区分于“文化讨论”与“文化研究”，就特别需要发展“作为文学批评”的文化批评，而为了让“作为文学批评”的文化批评不至于过度他律，则需要有文学公共领域的评价机制。理论地言说文化批评，对于彰显文学理论的公共性不无益处，但我们更应该多加强调和落实“作为文学批评”的文化批评对于文学理论公共性的实际作用。
【关键词】文化批评；文学理论；文学批评；公共性

18 世纪西方启蒙思想中的道德情感与审美情感

【作　者】金雯
【单　位】华东师范大学
【期　刊】《国际比较文学（中英文）》，2021 年，第 4 卷，第 4 期，第 636－654 页
【内容摘要】情感是 18 世纪启蒙时代西方思想的核心问题。从笛卡儿及其同时代哲学家开始，情感就与身体感官和生理活动即神经、血液的运动联系在一起，身体和灵魂变得不可分割。大多数启蒙思想家致力于经由情感问题考察身心之间的互动关联。18 世纪的道德哲学和美学理论集中论述了“情感”的特性，应对身体对心灵发出的挑战。在这两条话语脉络中，情感及其表征的身心连接都被赋予有利于主体性建构的阐释。法国感觉主义哲学和沙夫茨伯里影响下的苏格兰启蒙时代道德哲学将源于身体的感受和情感变成道德判断的基础，提出了“道德感”和“道德情操”等概念。由鲍姆伽通创立但渊源更长的德国美学致力于证明灵魂的感性和理性层面彼此融洽协调。美感不仅是对外物和谐的评价，也是头脑对自身和谐的赞许。作为道德原则的情感和作为审美判断条件的情感是紧密联系在一起的，都体现了启蒙思想建构人的主体性——即人的自洽性和独立性——的诉求。

【关键词】18 世纪；启蒙；情感；道德哲学；美学

1930—1950 年代社会主义现实主义理论在中国的译介与探索

【作　者】杨雅洁
【单　位】四川大学艺术学院
【期　刊】《当代文坛》，2021 年，第 6 期，第 202－207 页
【内容摘要】源于苏联的社会主义现实主义自 20 世纪 30 年代传入我国后，经历了一个长期的复杂的接受与转化过程，其间有起伏和反复，也有探索与论争，并在 50 年代逐渐成为具有主导性和权威性的文艺理论话语，被第二次文代会确立为文艺创作的原则。虽然它的指导地位在第三次文代会后被“两结合”所取代，但它仍旧对中国当代文艺产生了重要的影响，在中国当代文艺史上具有重要地位。
【关键词】社会主义现实主义；文艺理论

巴赫金表述诗学的狂欢模式

【作　者】张丽
【单　位】江西省社会科学院
【期　刊】《贵州社会科学》，2021 年，第 12 期，第 54－60 页
【内容摘要】表述诗学在狂欢思维的指导下呈现出不断发展的趋势，表述之所以会形成狂欢的模式，源于表述所形成的潜在的结构与双声的表述。潜在的结构使表述形成了多主体、多线索、复杂的运动体系。表述所要表达的世界是开放、敞开的世界，是不断创新、变化的世界。因此，狂欢模式证明了表述是一个动态的过程，要求的是新旧思想的交替，新思想的不断生成。它排斥一切可终结、可完成的东西，面向的是一个未完成、开放的未来和世界。
【关键词】巴赫金；狂欢模式；潜在的结构；双声的表述；未完成的表述

巴赫金对作者意图的独到诠释

【作　者】列夫
【单　位】《回族文学》杂志社
【期　刊】《浙江大学学报（人文社会科学版）》，2021 年，第 51 卷，第 1 期，第 210－221 页
【内容摘要】诠释学者在诠释文学作品的意义时，总是会涉及如何看待作者意图这一问题。诠释学界对这一问题有不同看法，巴赫金的看法与之有相近之处，同时又有巴赫金的独到之处。巴赫金始终认为，作品中总是存在或明或暗、可以揭示的作者意图，巴赫金主要是从小说话语中的多声性和对话性视角来深入诠释作品中的作者意图，这一点在复调小说理论中也得到了集中体现。巴赫金把陀思妥耶夫斯基的小说视为复调小说，认为这类小说不同于独白小说的一个根本之处就在于作家在实现自己的作者意图时，采用了一种与人物对话的表现方式，从而使复调小说的作者意图充满了对话性表现力。
【关键词】巴赫金；作者意图；独白小说；复调小说；诠释学

巴什拉想象哲学与当代间性文学批评

【作　者】张璟慧
【单　位】河南大学英美文学研究所
【期　刊】《河南大学学报（社会科学版）》，2021 年，第 61 卷，第 2 期，第 107－112 页
【内容摘要】法国思想家巴什拉以科学哲学家的身份进入诗学领域，建立了“想象哲学”，关注人与物的相互唤醒，后期更是直接以现象学的手法宣告，想象就是存在本身。以此建立起的文学批评，摒弃批评“方法”，倡导阅读主体与作者、文本的生命融合，推进了当代间性文论，影响了西方诸多批评学派。巴什拉想象论及其文论是法国思想传统的缩影，将哲学与文学、艺术、人文相连，关注差异性，使个体性的现象学成为可能。
【关键词】巴什拉；想象哲学；当代间性文学批评；贡献

把康德的启蒙事业推进到底——福柯论启蒙与现代性

【作　者】王丽丽
【单　位】北京大学中文系
【期　刊】《文艺理论与批评》，2021 年，第 5 期，第 12－30 页
【内容摘要】福柯的启蒙论述以对康德的短文《什么是启蒙》这一档案文本的话语分析为切入口。他先是将康德的启蒙问题置换成主体、真理和权力的关系问题，将处理问题的方式置换为考古学、谱系学和战略统筹三位一体的、历史的、哲学的实践，完成了对理性和合理性的批判性反思，既而又将批判的锋芒对准塑造了西方现代社会和现代人性的启蒙运动，并对受到启蒙运动历史性地决定的西方“自我”的本体论展开批判性的分析。在此当中，福柯所论及和体现的批判态度或曰哲学气质，定义了福柯的现代性概念。从思想史的视角观之，福柯是想重启康德当年未竟的启蒙事业，并努力将之推进到底。
【关键词】批判；启蒙；康德；福柯；现代性

百年沧桑：文学研究中一场范式革命的回望——论当代俄罗斯学界对“形式论学派”的记忆与反思

【作　者】周启超
【单　位】浙江大学人文学院
【期　刊】《学习与探索》，2021 年，第 9 期，第 150－159 页
【内容摘要】以“陌生化”与“文学性”为理论标识的“俄罗斯形式主义”，通常被誉为现代文学理论的“第一驿站”。其实，它更是 20 世纪文学研究中最早的一场范式革命的发动者。“俄罗斯形式主义”这样的表述并不严谨，应该正本清源，为其正名，称之为“俄罗斯形式论学派”。梳理艾亨鲍姆、雅各布森、什克洛夫斯基这些形式论者当年对“形式论学派”的反思，勘察形式论学派在俄罗斯本土的形象变迁（苏联时代与后苏联时期），尤其是百年纪念中俄罗斯学界对形式论学派的最新记忆与回望，有助于推进我们对于俄罗斯形式论学派整体理论建树之新的理解。
【关键词】文学研究；范式革命；“俄罗斯形式论学派”；“文学性”；“陌生化”

百年中国马克思主义文艺价值观的思想谱系与理论积淀

【作　者】谭好哲
【单　位】山东大学文艺美学研究中心
【期　刊】《文学评论》，2021 年，第 3 期，第 5－14 页
【内容摘要】从价值中心变迁的历时性角度观察，百年中国马克思主义文艺价值观的嬗变大致经历了四个阶段：20 世纪 20—40 年代是以政治革命为核心的宣教价值为主的阶段，新中国成立后的五六十年代是以现实生活反映为核心的认识价值为主的阶段，八九十年代是以张扬情感和形式自律为核心的审美价值为主的阶段，新世纪以来是以时代精神价值重塑为核心的文化价值为主的阶段。四个阶段的理论探求与实践取向在历史性变化中合力共构了中国马克思主义文艺价值观的思想谱系，并在理论逻辑上认同和持续强化了意识形态文艺本质观，在文艺价值源泉的理论追索中建构起了文艺与时代生活之间的辩证反映关系，在文艺价值的主体归属上把人民的需要作为文艺的根本价值所在，从而成为指引中国现代文艺走向进步、服务人民的思想火炬与灯塔。
【关键词】中国马克思主义文艺价值观；宣教价值；认识价值；审美价值；文化价值

被“遗忘”的塔罗斯：古希腊“自动机器”的伦理叙事

【作　者】郑杰
【单　位】新加坡南洋理工大学
【期　刊】《文学跨学科研究》，2021 年，第 5 卷，第 1 期，第 99－110 页
【内容摘要】关于“自动机器”（αὐ τομάτους）伦理叙事的最早思考，见于亚里士多德的《政治学》。他以古希腊神话中代达罗斯的雕像和赫菲斯托斯的三脚架为例，说明工具能实现人的意志，为人投身优良生活提供条件。这可被视为西方人机伦理叙事传统的开端。吊诡的是，亚里士多德并未提及赫菲斯托斯发明的塔罗斯（Ταλως）——现有记载中第一个符合“人工智能”概念的自动机器。本文通过考察古希腊经典文献中塔罗斯神话的不断重构指出，关于塔罗斯的描述（或想象）指涉的表面问题是人机关系，而终极问题则是人的本质，即机器是否具备和人一样的意识和思维能力。古希腊早期文献中关于机器自主性和道德性的思考之所以在西方思想史上并未引起足够注意，在很大程度上源于柏拉图和亚里士多德关于人机伦理关系的哲学认识导向。如果说斯芬克斯之谜是人类关于人兽之别的早期思考，那么塔罗斯之死则指向了技术想象下的人机差异——两种关系都体现了人类对伦理意识和伦理选择的早期认知。
【关键词】塔罗斯；自动机器；伦理选择

本土化与祛魅化——哈罗德·布鲁姆诗学中国旅行分析

【作　者】高永
【单　位】河北大学文学院
【期　刊】《文学评论》，2021 年，第 5 期，第 96－104 页
【内容摘要】哈罗德·布鲁姆诗学的中国接受具有四个方面内容，经历了三个历史阶段，表现出四种接受态度，体现为三个接受层面。布鲁姆诗学的中国境遇鲜明地呈现了外来理论中国旅行情状的复杂性。布鲁姆诗学中国旅行的过程是外来理论与接受主体的碰撞、冲击、排斥、调整与融合，经历了一个从传入到变化再到创新的过程，这是其重新发现自我的过程，也是一个

特殊的自我超越过程。布鲁姆诗学中国本土化必须在接受主体的批判精神视界中才可能完成，它必然是一个外来理论的祛魅过程。

【关键词】哈罗德・布鲁姆诗学；理论的旅行；本土化；祛魅化

本雅明论波德莱尔：福柯的伦理谱系学解读

【作　者】杜玉生
【单　位】南京信息工程大学文学院；上海交通大学外国语学院
【期　刊】《文学跨学科研究》，2021 年，第 5 卷，第 2 期，第 277－290 页
【内容摘要】在 1984 年去世前夕出版的《性史》第二卷《快感的运用》中，福柯转向了对伦理问题的谱系探查，并明确指出：为了建构一种伦理的谱系学，我们需要特别注意本雅明关于波德莱尔的论述。本文借助福柯提出的伦理谱系学的四重框架（伦理实体、伦理实践、屈从化模式和伦理目的），试图对本雅明关于波德莱尔的阅读及其巴黎拱廊街计划加以阐释，认为在本雅明的论述中，波德莱尔的艺术创作体现为一种典型的自我“品性塑造”的伦理学，其伦理实体表现为欲望的匮乏，伦理实践表现为浪荡子的修行，屈从化化模式表现为忧郁与愤怒，伦理目标是塑造熔真理与体验于一体的伦理诗学。这种艺术生活最终是为了在当前社会创造一种关涉“生存方式”的伦理艺术。波德莱尔的伦理艺术是一种典型的文学伦理学批评实践，其伦理选择在于文学教诲主体身份的建构和英雄主义的抗争，目的是发挥文学创作的社会批判和伦理教诲功能。
【关键词】福柯；本雅明；波德莱尔；伦理谱系；生活艺术

比较解剖学之于“平行研究”：认识论意义与方法论启示

【作　者】林玮生
【单　位】广东外语外贸大学外国文学文化研究中心；广东外语外贸大学中文学院
【期　刊】《湖南师范大学社会科学学报》，2021 年，第 50 卷，第 5 期，第 101－107 页
【内容摘要】近代以来，比较解剖学通过对各种脊椎动物器官的比较，揭开了动物的亲缘关系及人类的起源之谜。作为甲乙文学生命体之比的“平行研究”，因为与比较解剖学的相似性，可从其中获得认识论和方法论的重要启示，重树崭新的学理观念。在认识论方面，亲缘动物身体对应器官之“相同模式”的可比性，可以启悟“平行研究”的可比性问题；动物发育过程中器官组员的“此消彼长”规则，可以阐释文学生命体中某一形态的“此盛彼衰”规律；动物身体中的“痕迹器官”现象，可以解释文学生命体中某一形态在新变语境中的式微与退场。在方法论方面，比较解剖学常用的两大方法：同源器官之比与同功器官之比，可以直接转化为“平行研究”的两大基本方法：“同源性之比”与“同功性之比”。
【关键词】比较文学；“平行研究”；比较解剖学；“同源性之比”；“同功性之比”

比较生态批评的兴起及其中国启示

【作　者】胡燕春
【单　位】北京语言大学一带一路研究院
【期　刊】《中国文学研究》，2021 年，第 4 期，第 195－204 页
【内容摘要】作为人文社科前沿性学术范畴之一的比较生态批评，由美国学界于 21 世纪初首倡

提出，当下呈现方兴未艾之势，未来延拓空间可期。比较生态批评贯穿于美国生态批评研究的延拓历程，历经了由自发呈现至自觉推进的发展进程，相关研究实绩体现出对比较文学本体研究的深拓，且呈现出超越冲突的文化价值理念与交叉学科范式。与此同时，依据中国对比较生态批评的引介与研究状况来看，相关研究在范围、数量与影响力等方面尚待发力。比较生态批评在美国的发展态势，对于中国在时代语境中提升比较生态批评意识、自觉推动比较生态批评理论建设、拓展比较生态美学与推动比较生态教学而言，深具借鉴价值与启示意义。

【关键词】比较生态批评；美国发展沿革；中国借鉴及进路

辩证综合的理论难度与中国当代文论的自否定创新

【作　者】杨水远

【单　位】湖南第一师范学院文学与新闻传播学院

【期　刊】《中国文学研究》，2021 年，第 2 期，第 17－24 页

【内容摘要】20 世纪 80 年代以来，随着学术研究领域的快速拓展，辩证综合被确立为文论学理创新最主要的方法。辩证综合创新以辩证法的对立统一为哲学基础，强调在中西古今资源之间，在文论基本问题的各个层面、视角和问题之间进行综合，以实现理论原创。这一方法的理论难度在于，辩证综合容易忽视中西古今之间文化的异质性和所综合观念之间的内在差异，不可避免地造成了辩证综合创新方法的内在紧张。重回辩证法的原初语境，从自否定的角度重新解释辩证法的否定规律，充分展开辩证法的批判和反思维度，以中国现当代文论新传统为逻辑起点，实现当代文论的自否定创新，或可成为中国文论原创的重要方法论路径。

【关键词】辩证综合；理论难度；自否定；理论原创

别出机杼、兼容并蓄的《文学伦理学批评理论研究》

【作　者】戴鸿斌

【单　位】厦门大学外文学院英文系

【期　刊】《文学跨学科研究》，2021 年，第 5 卷，第 1 期，第 169－175 页

【内容摘要】聂珍钊教授和王松林教授主编的《文学伦理学批评理论研究》于 2020 年 8 月付梓，是文学伦理学批评发展到重要节点的产物。除了两个妙笔生花的总序外，该作表现出三方面的显著特色：该书是集体智慧的结晶，源自一支高端、强大的作者队伍；彰显了鲜明的自主独创特征，提出了许多创新理念与术语；体现出了明显的跨学科特征。《文学伦理学批评理论研究》是一部适应时代发展的重要论著，对于推动文学伦理学批评乃至中国特色话语体系的发展具有深远的意义，是中国学术界在国际舞台上发出中国声音、增强文化自信的成功典范。

【关键词】文学伦理学批评；聂珍钊；集体智慧；自主独创；跨学科特征

伯明翰学派“双重意识”表征政治研究

【作　者】邹威华；伏珊

【单　位】邹威华：成都师范学院外国语学院

伏珊：成都师范学院教师教育学院

【期　刊】《当代外国文学》，2021 年，第 42 卷，第 1 期，第 127－133 页

【内容摘要】斯图亚特·霍尔和保罗·吉罗伊是英国文化研究的思想集大成者，他们为伯明翰

学派理论发展做出了卓越的贡献。“双重意识”表征政治是其思想中最重要的内核。本文以“双重意识”为主题，以他们独特的文化身份认知为底色，深入考察该理论研究缘起和流变，着力阐释“双重意识”蕴含的丰富内核，为思考当代英国马克思主义文艺理论提供话语空间，突显它对后殖民文学和文化理论的价值。

【关键词】表征政治；“双重意识”；双重刻写；熟悉的陌生人；“黑色大西洋”；后殖民文学

布尔迪厄的“文学场”考古学

【作　者】刘晖
【单　位】中国社会科学院外国文学研究所
【期　刊】《外国文学》，2021 年，第 4 期，第 81－94 页
【内容摘要】本文从布尔迪厄“文学场”研究的已有成果出发，参考近年来法国瑟伊出版社推出的布尔迪厄《法兰西学院课程》，试图对文学场进行福柯意义上的考古学研究，澄清文学场关涉的理论体系和内在思路，说明文学场的产生条件、变化过程、内部规则与介入力量。布尔迪厄从文学场研究中抽象出“场”的一般特征，将场与习性、资本确立为其社会学理论的三大支柱概念。一方面，文学场理论试图超越内部分析与外部分析、创作过程与完成的作品、作家分析与作品分析的对立；另一方面，文学场范式努力为新“文人共和国”（文化生产场）乃至理性乌托邦（权力场）提供创立法则。
【关键词】文学场；考古学；习性；资本；“文人共和国”

超逾本质主义与反本质主义：文学伦理学与为他者的人道主义

【作　者】王嘉军
【单　位】华东师范大学中文系
【期　刊】《中国比较文学》，2021 年，第 4 期，第 30－44 页
【内容摘要】我国近 20 年有关本质主义与反本质主义的讨论，标志着后现代主义更深入地渗入文学知识建构中。相关争议虽已逐渐平息，但通过将视角从知识论转向存在论，可以继续深化相关探讨。但这依旧是不够的，“本质论”并非文学研究中的“第一哲学”，我们更应当超逾“本质之争”而从伦理的视角来重申文学的价值，这也契合于文学理论在世界范围内的“伦理转向”潮流。借助引入列维纳斯“为他者的人道主义”，并融合“文学是人学”等中国现当代文学研究中的“人道主义”思想资源，我们有可能构建一种新的文学伦理学来回应当前的文化和现实。
【关键词】反本质主义；文学伦理学；人道主义；列维纳斯；“文学是人学”

重读《德意志意识形态》：对马克思恩格斯意识形态论与文学理论相关命题的思考

【作　者】高楠
【单　位】辽宁大学文学院
【期　刊】《中国文学研究》，2021 年，第 4 期，第 1－9 页
【内容摘要】马克思与恩格斯在《德意志意识形态》中对一般意识形态与德意志意识形态进行了深刻研究，使之成为马克思主义意识形态论的经典著作，也为文学意识形态研究提供了经典理论根据。随着文学研究的深入，社会实践语境的强化，文学意识形态问题以其重要性与复杂性突显出来。与此相应，国内外对《德意志意识形态》的错读、误读及断章取义也以其严重性

突显出来。其中意识形态的物质力量、意识形态的实践形式、意识形态现实生活过程的反射和回声，以及意识形态历史发展的阶段性条件，均构成本文重读《德意志意识形态》予以深思的要点。

【关键词】一般意识形态；《德意志意识形态》；文学理论

重访英美“新批评”：起源、承继与超越

【作　者】赵元

【单　位】清华大学外国语言文学系

【期　刊】《社会科学研究》，2021 年，第 4 期，第 191－197 页

【内容摘要】流行于 20 世纪四五十年代的英美“新批评”虽被其后出现的更新的批评理论所取代，但是面目各不相同的批评理论仍带有“新批评”的诸多痕迹。当前，西方批评理论走到了一个关口，重访“新批评”的起源及其对后世的影响，不仅对“新批评”的遗产做出了一次重估，更为重要的是，这有助于更好地看清西方批评理论的整体走向及其所面临的问题和挑战。本文的最后着重讨论了卡勒的近著《抒情诗理论》如何再次聚焦“新批评”最能发挥优势的诗歌领域，并指向了一种超越当代批判理论而又不同于“新批评”的新的可能性。

【关键词】“新批评”；文学本体论；内部批评；乔纳森·卡勒；《抒情诗理论》

重建一种“马克思主义”的文化政治学——詹姆逊后现代主义文化理论与文化政治诗学的批判性反思

【作　者】李艳丰

【单　位】华南师范大学文学院

【期　刊】《南京社会科学》，2021 年，第 3 期，第 136－146 页

【内容摘要】詹姆逊将马克思主义置放于后现代与消费主义的历史处境之中，推动马克思主义与各种非马克思主义理论的对话与耦合，最终实现了马克思主义对各种西方理论的“祛伪”，将马克思主义文化理论导向开放与多元的历史发展路径。詹姆逊的文学理论与批评实践，同样具有深刻的马克思主义内涵，他坚信文学审美形式与叙事机制背后有隐秘的政治欲望与阶级意识，认为真正的马克思主义文学批评不是单纯形式主义的审美，而是在文学文本的寓言结构中发现历史和政治内涵。这种文学理论与批评实践虽有助于我们理解文本深层的意识形态要素，进而在文学阅读与接受中获取塑造阶级意识的文化政治力量，但泛政治化的批评很有可能造成阐释的偏执与牵强，导致为某种深度意义的理论解码而损伤文学审美的诗与真。

【关键词】马克思主义；文化政治；后现代主义；文化理论；政治批评

重审典型论：罗施的新范畴论及其对本质主义典型论的超越

【作　者】何辉斌

【单　位】浙江大学外国语学院

【期　刊】《文艺理论研究》，2021 年，第 41 卷，第 5 期，第 120－130 页

【内容摘要】经典范畴，如人是两只脚的动物，所赖以进行判断的属性有着明显的缺陷：从横向的广度看，无法涵盖所有的成员；从纵向的丰富性看，内容过于单薄，无法充分体现这一类的特性。以这种范畴论为基础只能形成本质主义的典型论，认为典型就是普遍的本质再加上具

体的特殊性，无法充分阐释典型的魅力。罗施的重要发现为：人们在日常生活中，并不以经典范畴论的抽象属性判断事物的类别，而以范畴中最有代表性的典型为参照进行分类：典型最全面地具有这个范畴的属性，如知更鸟，最丰富地具有鸟的特性——会下蛋，长有喙、双翅、羽毛等，范畴中的其他成员的鸟的特性逐步减少，从典型到边缘形成一个特性不断减少的梯度，因此能够充分体现纵向的丰富性，也能涵盖横向的广度。以罗施的理论看，文学典型深受人们喜欢，关键在于最全面地具有这一类人的特性，从纵向和横向两个维度超越了本质主义典型论。罗施还把范畴分为三个层次：基本层次范畴，如狗，在感知方面特征最明显，是范畴体系的基础，是上位和下位范畴的典型；上位层次范畴，如哺乳动物，成员之间共享的属性很少；下位层次范畴，如猎犬，成员之间的区别比较有限。文学作品的典型，以普通意义上的人这个基本层次范畴为基础，以英雄、吝啬鬼等下位层次范畴为特色，其丰富性是典型的本质，为普遍性提供了可能。

【关键词】罗施；范畴化；典型论；本质主义

崇高的性别维度——女性主义视野中的崇高论

【作　者】陈榕
【单　位】北京外国语大学外国文学研究所
【期　刊】《文艺理论研究》，2021 年，第 41 卷，第 4 期，第 98－108 页
【内容摘要】本文从女性主义角度出发，重新解读了崇高理论的概念史，辨析了父权制权力话语在经典崇高论中的深刻印痕，勾勒了当代女性主义对崇高美学的重塑，展现了基于女性经验的审美范式、主体立场以及伦理驱动如何影响了当代的概念演进。一种跨越边界、尊重情感、拥抱异质性、提倡主体间性的新的崇高美学主张正在发展中。这是女性主义为崇高美学的理论场域带来的新动能。
【关键词】崇高；女性主义；女性书写；越界；主体间性

从“《诗》无达诂”到“诗无达诂”：一个诠释学问题的探讨

【作　者】李建盛
【单　位】北京外国语大学中文学院
【期　刊】《清华大学学报（哲学社会科学版）》，2021 年，第 36 卷，第 6 期，第 44－56 页
【内容摘要】“《诗》无达诂”现在被人们称为中国古代一个重要的诠释学命题，多数论者结合和根据哲学诠释学或接受理论对它进行比较和阐释，特别突出强调“《诗》无达诂”的理解开放性和差异性维度，但忽视了这个命题的其他诠释学含义，存在着盲目对应比较、简单优劣评价以及随用意挪用的现象。这个命题包含丰富深刻的内容，可以做更深入全面的阐释；不能单纯从经学转变的历史考察“《诗》无达诂”的应用性经学阐释向“诗无达诂”的审美性诗学阐释的转变，而必须重视“文学的自觉时代”的文本自觉和本体诗学的发展在这个转变中具有的举足轻重的作用。中国古代诠释学命题与现代诠释学理解既有某种“暗合”之处，也有诸多显著的差异，我们既要深入理解“《诗》无达诂”的中国阐释传统，也要完整地把握西方诠释学的理论和逻辑，才能在差异性的中西比较阐释中实现某种诠释学的“视域融合”。
【关键词】“《诗》无达诂”；诠释学；经学阐释；诗学阐释；差异性

从“比较”到“超越比较”——比较文学平行研究方法论问题的再探索

【作　者】刘耘华
【单　位】上海大学文学院
【期　刊】《文学评论》，2021 年，第 2 期，第 150－157 页
【内容摘要】作为一个在全世界大学知识生产体系中具有稳固而独特位置的学科，比较文学的方法论之根却仍然不够牢靠；比较文学的固有界定无法完满地解决现代思想界提出的“他异性”难题，故学科理论建设在西方已经长时间地陷入停滞状态。这一状况既是一个挑战，同时也给我国比较文学学者提供了与西方学界并譬前行，甚至率先突破的机会，而国内外比较文学界所长期轻忽的“平行研究”正好提供了一个绝佳的突破口。本文以“不—比较”的观念为切入点，对“超越比较”的平行研究方法论及其主要蕴含和运作机制进行探索。
【关键词】平行研究；他异性；“不—比较”

从“翻译诗学”到“比较诗学”与“世界诗学”——建构中国文论国际话语体系的路径与指归

【作　者】王洪涛
【单　位】北京外国语大学英语学院
【期　刊】《中国比较文学》，2021 年，第 3 期，第 176－188 页
【内容摘要】作为中国本土诗学思想的结晶，中国古典文论拥有自己独立完整的诗学话语体系，其对外翻译与传播是建构中国文论国际话语体系的关键。鉴于当前中国古典文论基本囿于本土而国际文化场域又以西方为中心的现状，中国文论国际话语体系的建构应以中国古典文论的对外译介为切入，逐步实现其从本土诗学到“翻译诗学”，再到“比较诗学”与“世界诗学”的跨越，由此推动中国古典文论从本土走向世界。而在此进程中，以中国古典文论为根基的整个中国文论可以逐渐在国际文艺理论界发出自己的声音，获得国际话语权力，赢得国际话语地位，从而为中国文论国际话语体系的建构奠定坚实的基础。
【关键词】“翻译诗学”；“比较诗学”；“世界诗学”；话语权力；中国文论国际话语体系

从观念先锋到媒介先锋：20 世纪以来的声音诗

【作　者】张洪亮
【单　位】北京市社会科学院文化所
【期　刊】《外国文学动态研究》，2021 年，第 2 期，第 123－130 页
【内容摘要】达达主义艺术家雨果・巴尔提出“声音诗”的概念时，旨在强调声音自身的物性，抛却意义的枷锁。声音诗创作的定位和诉求经历了多次变化：从最初表达文艺革命观的武器，到以新技术为风向标的创作，再到强调多维感官沉浸及交互界面的搭建。信息时代的声音诗仍在自发对抗着商业和精英文化，但这种对抗是零散、随机、温和的，技术将声音革命逐渐弱化为对抗性的实验游戏。
【关键词】声音诗；先锋派；媒介技术；交互诗歌；临场体验

从记忆到诗意：走向美学的非遗

【作　者】高小康

【单　位】汕头大学文学院
【期　刊】《文学评论》，2021年，第2期，第158－164页
【内容摘要】对传统文化价值的现代认识经历了从遗物、遗产到活化的非遗这样一个进程，但传统文化如何活化传承，在理论和实践上都是难题；历史遗存需要通过情感体验和意象建构的审美活动唤醒记忆才得以活化，即从史学走向美学；非遗美学是对民间文化审美价值的发现，意义在于使民间文化遗产在审美中复活，发掘传统生活技艺的诗意内涵并回归当代生活。
【关键词】非遗美学；记忆的活化；草根诗学；技艺的诗意

从静态诗学走向过程诗学——认知视阈下的叙事聚焦理论发展

【作　者】黄灿
【单　位】长沙学院影视艺术与文化传播学院
【期　刊】《外国文学动态研究》，2021年，第3期，第128－137页
【内容摘要】认知叙事学是后经典叙事学的重要分支，它继承了经典叙事学的结构主义思想，但也将叙事学由静态、扁平、封闭的体系，带入动态、多元、开放的研究领域中，是一种过程的诗学。其中，聚焦理论是认知叙事学的核心，它不仅填补了传统聚焦理论的空白，更尝试建立一种全新的认知—阐释模型，对于认知过程诗学的建立具有举足轻重的作用。
【关键词】假定聚焦；聚焦之窗；后经典叙事学；戴维·赫尔曼；曼弗雷德·雅恩

从生命意识到审美观念——论“直觉”在跨文化语境中的流变与融通

【作　者】姜智慧
【单　位】华东师范大学中文系；浙江外国语学院英语语言文化学院
【期　刊】《东北大学学报（社会科学版）》，2021年，第23卷，第6期，第114－122页
【内容摘要】“直觉”是英文单词intuition的汉译，但是这一汉译并非完全的等值翻译，它只是在传达intuition部分内涵的基础上，融合中国传统直觉思维特征的一种跨文化表达。朱谦之和朱光潜等将中国的情感论渗透进“直觉”概念的意义结构之中，使之逐渐演变为中国现代文艺美学与文学批评中的确定话语概念。“直觉”在中国现代哲学与文艺美学中的跨文化阐释，是一个在特殊的历史语境下古今中西思想文化交融的过程，它不仅促进了中国传统哲学、文艺美学与文学批评话语的现代转型，也印证了中国传统学术与西方思想互相阐发的可能。
【关键词】“直觉”；唯情论；生命意识；审美观念

从文本到修辞：论解构主义阅读策略

【作　者】郑楠
【单　位】浙江大学人文学院
【期　刊】《安徽大学学报（哲学社会科学版）》，2021年，第45卷，第2期，第46－53页
【内容摘要】从结构主义到解构主义，“作者”消失形成巨大的话语空场，激起了无数有关文本阅读的理论战争，其中尤其值得注意的是解构主义对各路思想的吸收借鉴和翻转使用。通过文本—修辞—阅读的视角递进分析，可以发现解构作为阅读策略不仅囊括了哲学与文学的互释，能指的自由游戏，还注重挖掘文本的内在逻辑，揭示阅读的双重效果以及修辞的运作机制，因而具有一种不断推进和自我增强的阐释力量。

【关键词】解构主义；结构主义；文本；喻说；反讽

从文本实验到实验文本："人工智能文学"的表达性重复

【作　者】朱恬骅
【单　位】上海社会科学院文学研究所
【期　刊】《文艺理论研究》，2021 年，第 41 卷，第 5 期，第 140－147 页
【内容摘要】人工智能诞生 70 年来，用计算机进行文学"创作"的尝试贯穿于技术发展的各个阶段。这一"人工智能文学"从技术研究者围绕字词进行的"文本实验"逐步演变为探索文学观念可能性的"实验文本"，机器思维问题、文本生成问题和机器创作问题等原始问题贯穿其中，体现了社会观念和技术实践的双向构成。早期实践中艺术主张和技术路径选择的闭环互证走向失效，而在当下技术情境中依托人工智能技术施行的表达性重复，是"人工智能文学"从为技术可能性作证转变为文学价值自证的关键。
【关键词】人工智能；文本实验；实验文本；表达性重复；机器创作问题

从文学的介入之用到文学的无用之用：试论巴塔耶的文学观

【作　者】赵天舒
【单　位】法国巴黎第十大学文学、语言、表演博士院
【期　刊】《文艺理论研究》，2021 年，第 41 卷，第 4 期，第 129－137 页
【内容摘要】本文试图通过比对萨特的介入文学观念和巴塔耶与之相对立的文学愿景，探讨巴塔耶独特的文学观。介入文学的核心意义在于文学的介入之用，其三个重要原则分别是文学服务社会，文学承载意义，文学是社会历史的积极推动力。针对萨特的观点，巴塔耶提出了文学无用的思想：文学是至尊的耗费行为，文学呈现世界的未知，文学的核心是无用的否定性。这种思考体现了巴塔耶对文学现代性传统的继承与反思：文学作为一种反抗社会与历史的否定性力量，呈现出一种无用的特征，但这种无用性并非否定一切，而是在更深的维度中思考人的存在，以求解放主体性，恢复人的主体价值。
【关键词】介入文学；至尊性；耗费；未知；无用的否定性；主体性

从文学思潮到文学批评理论：文学伦理学批评理论构建之道

【作　者】杨革新
【单　位】浙江大学外国语学院
【期　刊】《文学跨学科研究》，2021 年，第 5 卷，第 1 期，第 1－6 页
【内容摘要】《中国社会科学》2020 年第 10 期刊发的"文学伦理学批评的价值选择与理论建构"一文，在学界产生了广泛的影响，学者们纷纷就此文发表看法和做出回应。《文学跨学科研究》作为国际文学伦理学批评研究会的会刊特意组织专栏，为学者们对文学伦理学批评的理论价值和实践意义进行深入探讨提供平台。本期专栏文章分别从理论基础和创新、批评话语和价值功能等角度探讨了文学伦理学批评作为一种文学批评理论和方法如何从基础理论出发构建其理论框架、话语体系和批评范式。文学伦理学批评虽然受到美国伦理批评的影响，但是二者有着本质的不同。美国的伦理批评只是一种文学思潮，并没有构建自己的理论体系和方法论。中国的文学伦理学批评已经在自然选择的基础上构建了以伦理选择为核心的基础理论，并以伦理

选择为核心构建了自己的学术话语体系。作为一种批评理论和批评方法，中国的文学伦理学批评从西方伦理批评的提出、兴起、发展、衰落和复兴的过程中获取灵感并一路发展至今，表明基础理论和学术话语对于一种批评理论的重要性。
【关键词】文学思潮；文学批评理论；文学伦理学批评

从文学文本的三种形态看文学伦理学批评的理论基础

【作　者】吴笛；顾发良
【单　位】浙江大学世界文学与比较文学研究所
【期　刊】《文学跨学科研究》，2021 年，第 5 卷，第 1 期，第 7－13 页
【内容摘要】本文认为聂珍钊的近作“文学伦理学批评的价值选择和理论建构”中关于文学文本的三种形态的阐述，遵从了语言文学发展的历史渊源和规律，丰富了文本理论，适应了科学的发展和时代的进步，对文学伦理学批评的理论建构和系统阐释，具有重要的意义。文学文本中的脑文本、书写文本、电子文本的阐释，不仅囊括了文学生成、成长和传播中真实发展的三个基本历程，而且也为文学伦理学批评确立了现实的理论基础。而且，对电子文本的关注，使得文学批评有了可贵的科学精神，并以开放性的胸襟引发人们对文学功能的反思和重新审视，力求文学研究更加逼真地贴近文学的本质特性。
【关键词】文学文本；文学伦理学批评；理论建构

从舞台冲突到社会心理：悲剧审美的文化阐释

【作　者】王杰；连晨炜
【单　位】王杰：浙江大学传媒与国际文化学院
　　　　　连晨炜：上海交通大学人文学院
【期　刊】《南通大学学报（社会科学版）》，2021 年，第 37 卷，第 3 期，第 18－25 页
【内容摘要】作为一种经典的文学样式，悲剧已经在人类历史中发展了上千年并在此过程中形成了独特的审美内涵。传统的悲剧作品在审美接受上强调通过描写主人公的不幸凸显对社会的抗争，以此完成对崇高精神的升华，让大众获得心灵的净化。但是在现代社会，由于物质主义的盛行与审美研究自身所遭遇到的困境，悲剧不再能给人以直接的崇高式精神力量而面临衰落的危险。为此学界需要借助于马克思主义的人本思想重建崇高精神，以此恢复悲剧审美的内核与价值取向，完成它在当代社会文化中的精神复归。
【关键词】悲剧审美；崇高；悲剧心理；文化阐释；悲剧人文主义

搭建文学批评与社会现实的桥梁：文学伦理学批评的价值选择与理论建构

【作　者】陈后亮
【单　位】华中科技大学外国语学院
【期　刊】《文学跨学科研究》，2021 年，第 5 卷，第 1 期，第 38－45 页
【内容摘要】文学伦理学批评既借鉴西方理论资源，又深入中国的文学文化语境，以强烈的责任感搭建文学批评与社会现实的桥梁。在立足于文本的前提下，文学伦理学批评关注文学的伦理价值及道德教诲功能，提出了能够有效运用于具体文本的文学批评方法论，充分体现出以聂珍钊教授为代表的中国学者对文学批评现状的整体把握和对文学研究走向的深切关怀。

【关键词】文学伦理学批评；价值选择；理论建构；伦理选择

大众文化语境下诺贝尔文学奖作品的通俗性

【作　者】侯海荣
【单　位】吉林师范大学文学院
【期　刊】《社会科学战线》，2021 年，第 3 期，第 259－264 页
【内容摘要】在当代大众文化视域下，受后现代主义文学思潮的影响，“精英文学”与“通俗文学”的界线已被打破，通俗性成为欧美当代文学的基本特征，而一直被视为“精英文学”的诺贝尔文学奖作品也加入了通俗文学的创作。从对近年来诺贝尔文学奖获奖作家的颁奖词及代表性作品的研究中发现，获奖作品在形式上均具有后现代主义文学的通俗性特征，然而其思想内涵却仍体现该奖的“理想倾向”。在并非“激进”但却“进步”的大众文化影响下，诺贝尔文学奖作品的通俗性既顺应了当代文学的发展潮流，又具有推动社会变革的积极作用。
【关键词】大众文化；通俗性；诺贝尔文学奖颁奖词；形式与内容

当代儿童图画书中的元小说叙事法探究

【作　者】程诺
【单　位】中国海洋大学文学与新闻传播学院
【期　刊】《东北师大学报（哲学社会科学版）》，2021 年，第 1 期，第 72－80 页
【内容摘要】20 世纪后半叶以来，儿童图画书的创作风格发生了明显的转向，以各种方式“突破常规”的作品大量涌现，其中非常值得研究的是运用元小说叙事法进行创作的图画书。这类图画书刻意暴露文本的虚构性，质疑虚构与现实之间的关系，给读者带来趣味盎然的阅读感受。本文即以这类图画书为中心，分类解析其中运用元小说叙事法的各种具体情况，提出“虚实层”这一概念，来解释这类书何以能够达成“跨越虚实”的奇妙效果，并指出这种手法背后所折射出的是后现代主义的世界观。同时，中国原创图画书也可以尝试在创作中引入元小说叙事法，以提升图画书的互动性、设计感与阅读趣味。
【关键词】儿童图画书；原创图画书；元小说叙事法；后现代主义

当代批判理论的审美政治及其美学进路——以阿甘本为中心的考察

【作　者】王大桥；刘晨
【单　位】兰州大学文学院
【期　刊】《江苏社会科学》，2021 年，第 4 期，第 207－216 页
【内容摘要】作为当代批判理论的代表性作家，阿甘本以“装置”思考生命权力对个体感觉方式的钝化问题，推动了当代批判理论经由生命政治、感觉政治转向审美政治，感觉及其意义的社会发生机制是审美政治的深层逻辑。阿甘本以贴近生活形式的潜在性感知推动当代批判理论的审美政治转向，审美政治逐渐融入日常生活的经验语境，赋予审美参与并改写社会实践的现实介入性。当代批判理论下沉于生命基底之处的感觉方式，其审美介入性在权力治理等议题上具有激进的理论锋芒。
【关键词】当代批判理论；阿甘本；审美政治；感觉政治；审美介入

当代事件文论的主线发生与复调构成

【作　者】刘阳
【单　位】华东师范大学中文系
【期　刊】《学术研究》，2021 年，第 8 期，第 154－164 页
【内容摘要】事件文论已成为当代文论的重要组成部分。它直接受到事件思想这一晚近人文学主题的影响，将其“动变与转化”内涵运用于文论。就基本内容而言，事件文论不是简单重复人类思想方式进入 20 世纪后逐渐从静态向动态演进这一前提，而是以此为基础，强调动变与转化在文学艺术上的差异性与异质性，以及独异性力量的介入与冲击。这是以往文论研究所普遍重视不够的。在发生学层面上，事件文论发生于语言论/反语言论/非语言论这条三元交织的主线中。在形态学层面上，事件文论则呈现出复调特征，即在意识、历史与语言三个层面上，不同程度地融渗了精神分析、现象学、存在论、解释学、过程哲学、技术哲学、符号学与话语政治及其生命形式、后结构主义与解构主义等当代思想，并不断形成相互之间的论争关系，而客观上带出了一部以事件为核心、从内在丰富张力中获得清晰图形的前沿文论史，为我国当代文论朝向后理论范式的研究标示了学理推进的新生长点。
【关键词】事件；文论；主线；复调；张力

当代文学女性创伤叙事的三个维度

【作　者】张舒
【单　位】中国社会科学院研究生院
【期　刊】《浙江工商大学学报》，2021 年，第 2 期，第 141－148 页
【内容摘要】女性创伤叙事具有独特而重要的价值。作为文化记忆的创伤、作为认同困境的创伤和作为个体体验的创伤是当代女性创伤叙事的基本图景。那些具有大事件性质的“缠绕式”的创伤是历史的骨架和关节；历史演进中各种新的创伤是具有时代症候的特质呈现；历史和时代之外的个人创伤构成历史骨架之外的血肉和脉络。当代文学的女性创伤叙事呈现出三个可能的维度，从女性创伤出发，又超脱出性别的界限，将女性创伤叙事的视野和层次提升到两性、国民甚至人类的高度，形成一种现实主义的人文情怀，显现出更为广阔的形态。
【关键词】女性创伤叙事；文化记忆；认同困境

当代中国艺术理论对西方现代派的接受与反思

【作　者】张冰
【单　位】西南大学文学院
【期　刊】《江西社会科学》，2021 年，第 41 卷，第 1 期，第 74－81 页
【内容摘要】改革开放以来的中国艺术被称为“当代艺术”，它的确立和发展，与西方现代派艺术在中国的传播和接受直接相关。在中国视作西方现代派艺术的东西，包括了西方艺术发展中的现代派艺术和后现代艺术。这些艺术风格直接引发了当代西方的艺术终结命题。从这个角度来看，中国当代艺术在接受西方现代派艺术的同时，也接受了艺术的终结指向的基本话语。然而，中国艺术界对西方现代派艺术热情模仿，但对艺术的终结这一话题则反应寥寥。这与中国艺术界并不需要这一话题作为自己的话语资源有关。由此可知，在接受西方话语的过程中，中国从来没有丧失自己的主体性，一直以本土的文化现实需要为基本的接受前提。

【关键词】西方现代派；艺术的终结；中国当代艺术；理论旅行

德勒兹的“小文学”概念探析——以语言论为中心的考察

【作　者】石绘
【单　位】中国人民大学文学院
【期　刊】《浙江学刊》，2021 年，第 4 期，第 201－209 页
【内容摘要】“小文学”是德勒兹从卡夫卡日记中提取并加以发展的重要概念，它不仅直接关乎德勒兹对文学的理解，而且与其政治论和生命论息息相关。本文以“小文学”为讨论对象，首先分析它在语言层面上的特征——“非语法性”；其次从语言的政治维度入手呈现“小文学”的革命性；继而借助德勒兹视域下的尼采“权力意志”学说和斯宾诺莎“感兴”理论，指出“小文学”所呼唤和创造的新的生命类型；最后勾勒文学与其他艺术以及与哲学之间的关系，标示出其在德勒兹思想中的位置。
【关键词】“小文学”；小语言；政治；“感兴”；生命

德勒兹的情动理论与生成文学

【作　者】葛跃
【单　位】亳州学院中文与传媒系
【期　刊】《文艺理论研究》，2021 年，第 41 卷，第 4 期，第 109－116 页
【内容摘要】在情动理论成为诸多学科分析热点的背景下，情动理论仍有颇多争议之处。检视斯宾诺莎和德勒兹情动理论可以发现，斯宾诺莎的情动体现的是身体和心灵的被动反应；而德勒兹把情动概念去背景化，用以构建瓦解权力规训、恢复生命潜能的通路。德勒兹认为符号是权力流转的主要途径，基于情动这个观测点，他在文学场域中捕捉到众多能够有效瓦解权力的方式，创造性地提出了生成文学理论，把文学创作带入政治斗争场。
【关键词】德勒兹；情动；权力；生成文学

第三人称叙事中的不可靠叙述

【作　者】王浩
【单　位】云南大学大学外语教学部；云南大学叙事学研究中心
【期　刊】《思想战线》，2021 年，第 47 卷，第 2 期，第 140－147 页
【内容摘要】不可靠叙述研究自诞生以来一直以第一人称叙事文本为主要研究对象，但第三人称叙事文本中存在的诸多不可靠叙述现象不容忽视。韦恩·布思最初的研究同时涉及第一、三人称叙事的情况，但由于叙述者与人物存在根本差异，以“不可靠叙述者”为核心概念的研究难以从学理上涵盖第三人称叙事中的不可靠叙述。基于柏拉图对“模仿”和“讲述”的区分，把叙述归于叙述者，把可靠性或不可靠性归于人物，则无论第一还是第三人称中的不可靠叙述都是叙述者的模仿叙事使然。对第三人称叙事中的不可靠叙述现象保持敏感，有助于读者对文本进行阐释，甚至从不同的角度对第三人称叙事作品获得新的认识。
【关键词】不可靠叙述；第三人称叙事；模仿叙述；叙述者；人物

第一世界过度消费的性别表征——格里塔·加德少数族裔女性与生态环境的关联性理论研究

【作　者】王秀花
【单　位】山东科技大学文法学院
【期　刊】《湘潭大学学报（哲学社会科学版）》，2021年，第45卷，第5期，第127－131页
【内容摘要】格里塔·加德的生态女性主义批评，特别是其批判性生态女性主义论述，分析了人类与世间万物休戚相关的共生共存关系及人类文化的层级性，强调生态、性别、阶级、种族及叙事策略等各种因素是相互交织在一起的，与人类面临的文化多样性和生态困境问题密不可分，而且第一世界的过度消费对少数族裔女性造成了很大的伤害。加德从批判性生态女性主义的论述、生态理论应与文艺评论联姻、少数族裔女性生存状态与生态环境息息相关三个方面展开讨论，并且关注女性生理特征所蕴含的族裔政治和性别文化，力图建立一个不同族裔、不同性别的人类与所有物种间和谐共生的公正世界，丰富了生态女性主义文学理论，产生了世界性的影响。
【关键词】格里塔·加德；少数族裔女性；生态女性主义；文学批评

蒂尼亚诺夫与维诺格拉多夫“序列”研究的融通与延展

【作　者】李懿
【单　位】西安外国语大学俄语学院
【期　刊】《俄罗斯文艺》，2021年，第1期，第113－123页
【内容摘要】20世纪20年代中期，蒂尼亚诺夫与维诺格拉多夫在各自研究范畴内均表现出对文学文本中“序列”相关问题的关注。论证进程中，两位学者在“序列”的动态性、双重向度和系统结构等方面表现出明显的研究共融，但由于研究立足点不同，蒂尼亚诺夫着重“文学序列”在文学动态演变中的关联功能，构成其文学动态发展观的圆融状态；维诺格拉多夫以“话语序列”为研究起点，渐进过渡到语层、文本布局研究，为文学修辞学的建立奠定基础。
【关键词】“文学序列”；“话语序列”；文学演变；文本布局

对康德美学时间性内涵的引申性阐发

【作　者】陈海静
【单　位】深圳大学人文学院
【期　刊】《东南学术》，2021年，第6期，第231－237页
【内容摘要】在《纯粹理性批判》中，康德把时间视为感性直观的纯形式，认为它是人的内感官对感性杂多进行综合的先天条件。受传统形而上学思维方式的影响，康德的这一理解还带有机械物理学线性思维的痕迹。在其晚年写就的《判断力批判》中，康德隐约开示出了一种新的时间观念。虽然康德并未直接将其作为显在的主题加以展开，但依其思路可推演出四个方面的内涵：其一，审美发生的时机具有非现成性；其二，审美体验的过程具有自我参照性；其三，审美领会的次序具有主观的合规则性；其四，审美呈现的态势具有突破瞬间的包孕性。这四个方面相互关联，共同构成了审美时间的独特结构，集中彰显了审美活动的超越性内涵。
【关键词】康德美学；审美判断；时间性；非现成性；合规则性；包孕性

多元混杂与间性论：比较美学的反思

【作　者】麦文隽；麦永雄
【单　位】广西师范大学文学院
【期　刊】《广东社会科学》，2021 年，第 5 期，第 153－163 页
【内容摘要】我们正在见证和参与着一个多元文化混杂和不断解辖域化的新游牧时代。在比较美学的理论框架中，东方美学的当代会通研究聚焦于三个关键词：多样性、混杂性和间性论。人类文化与世界美学的多样性是混杂性生成的基础，当今混杂性隐然成为全球化的文化逻辑和伞状概念，促使传统思想定式的二元论转向多元流变的间性论。当代世界美学的多样性和混杂性生成了万花筒式的交互文化视界，由此对惯常的比较研究模式提出了新的理论挑战，催生了“间性文化美学转向”（Intercultural Aesthetics Turn），促使东方美学研究迈向以“间性论”（Interology）为内核的新时代跨语境美学。
【关键词】国际美学视野；多样性；混杂性；“间性论”；跨语境美学

俄罗斯形式论学派对能量的直觉

【作　者】C. H. 森津；许金秋（译者）
【单　位】C. H. 森津：俄罗斯国立人文大学高等人文研究院
许金秋：吉林大学东北亚研究中心
【期　刊】《社会科学战线》，2021 年，第 8 期，第 133－140 页
【内容摘要】俄罗斯形式论学派重要学说中的一些核心概念、动机和模式都指向“能量”思想。他们用能量的转移和转换阐释诗歌文本意义的集聚、小说文本的阶梯式构造、文学体裁和文学界限的流动性，甚至文学话语的机制，但形式论者很少论述“能量”思想，这一思想在他们的著作中大多是以“对能量的直觉”的形式出现的，他们关于文学现象动态形式的思考都以对“能量的直觉”为基础。从“能量”思想出发，可以重新解读形式论学派一些美学问题，譬如“形式”和“内容”的对立是否近似于能量和信息的对立。分析俄罗斯形式论学派的“能量”思想有助于考察该学派一心要使文学研究“科学化”的追求。
【关键词】形式论学派；能量；文学；艺术；诗歌

俄罗斯元小说理论研究论略

【作　者】刘淼文
【单　位】俄罗斯莫斯科国立大学
【期　刊】《俄罗斯文艺》，2021 年，第 1 期，第 103－112 页
【内容摘要】元小说是 20 世纪 70 年代在欧美兴起的一个文学术语，半个多世纪来国内研究者对英语世界元小说相关理论进行了较为系统的梳理，但鲜有学者关注俄罗斯的元小说理论发展状况。以此为契机，本文探讨了从形式主义到塔尔图—莫斯科学派对元小说现象的解释；描述了苏联解体后俄罗斯文艺学界对元小说术语的引进、理论的接受与研究；同时着重介绍了祖谢娃-奥兹坎的元小说分类及元小说历史诗学理论，旨在评述俄罗斯文艺理论家在元小说理论上所做的贡献与不足。
【关键词】元小说；理论；关于小说的小说；俄罗斯；分类

耳朵里的故事——文学叙事的三种聆听模式辨析

【作　者】周志高
【单　位】九江学院外国语学院；江西师范大学叙事学研究中心
【期　刊】《中国文学研究》，2021 年，第 4 期，第 26－33 页
【内容摘要】耳朵是人类接收声音的器官。和眼睛受到视角的限制不同，耳朵对声音的接收是全方位的。对于纷至沓来的声音，人类具有足够的智慧和方法进行处理。法国声音理论家皮埃尔·舍费尔提出了人类倾听的三种基本模式：因果聆听、语义聆听、简化聆听。因果聆听是最常见的，它是为了获得发声源的聆听。语义聆听是指为了对一段信息进行解释而编码或组织语言的聆听模式。简化聆听是指那种以声音本身的特点为中心的聆听模式，与它的因果和意义无关。综合运用三种不同的聆听模式，读者可以辨析和享受许多美妙的故事，更好地理解叙事蕴含的意义。
【关键词】听觉叙事；因果聆听；语义聆听；简化聆听

法国自然主义诗学在中国的传播与接受研究

【作　者】范水平
【单　位】江西师范大学文学院
【期　刊】《中国文学研究》，2021 年，第 4 期，第 17－25 页
【内容摘要】百余年来，法国自然主义诗学在中国的传播与接受呈现出 U 字形图景。从 20 世纪初被陈独秀、胡适、梁启超、茅盾等美誉与大力倡导引进，到 30 年代至 70 年代被彻底批判和清算，法国自然主义在中国经历的是政治化的接受历程，其传播际遇与传播者的权力密切相关、也与被混同于“日式”与“苏式”自然主义有关；文学界的学术性阐释行为无法有效突破其时社会学与政治学的偏见。从 20 世纪 80 年代至今，法国自然主义诗学在中国经历的是学理性的接受过程，理论界与法国文学、外国文学研究界对其进行了纯学术性考察，从谱系学的角度，法国自然主义诗学被学界公认为是现代主义的温床。
【关键词】法国自然主义；接受；传播；中国

非虚构文学的审美特征和主体间性

【作　者】梁鸿
【单　位】中国人民大学文学院
【期　刊】《中国现代文学研究丛刊》，2021 年，第 7 期，第 90－100 页
【内容摘要】非虚构文学的出现激活了自现代文学诞生以来的内在传统，即其“社会性”和“公共性”的一面，它把这两者重又带回到文学之中。非虚构的跨学科书写，不单单是学科之间的工具化使用，而且让知识还原其情感的一面，关注现实场景中的“个人性”和“情感性”，最终形成一种更加宽阔的、融会贯通的认知体系和文学审美特征。非虚构的写作主体并不全然掌握主动权，它和写作对象互相监督，互为主体，从而形成一种主体间性，写作主体—写作对象—世界三个维度互相依赖，也互相生成。非虚构写作的“真实”也正是在这个意义上完成的，它是几方在不断博弈中形成的理解“活生生的生活和个人”的通道，不是一劳永逸的确定。在此意义上，非虚构文学为当代文学提供了一种新的写作类型和写作精神。
【关键词】非虚构文学；审美特征；主体间性

粉丝批评的崛起——粉丝文艺批评的形态、策略与抵抗悖论

【作　者】李雷
【单　位】首都师范大学文学院
【期　刊】《探索与争鸣》，2021 年，第 1 期，第 86—94 页
【内容摘要】泛社交化的当下，粉丝们对于大众文化文本的“盗猎”活动不再是单独的、私人的行为，而是社会的、公开的过程。由不同粉丝群体结成的大大小小的阐释共同体，使得粉丝文艺批评逐渐崛起为一种新型的文艺批评形态。与学院派批评不同，粉丝批评多采取沉浸式文本解读，这主要体现在沉浸于文本所营造的切身的虚拟现实及相关文本所带来的持续性情感记忆。粉丝批评合法性的确立，建基于文艺批评公共领域的有效建构，但粉丝社群的圈子化、狭隘性和排他性等弊病，及其文艺批评呈现出的“信息茧房”趋向，使其容易封闭于自身所严格设定的价值观、本真性、文本等级之中，从而破坏了文艺批评公共领域的构建，并限定了其文艺批评的价值与文化抵抗的效力。
【关键词】粉丝；粉丝批评；阐释共同体；沉浸式批评；公共领域

概念辨析的意义

【作　者】陈大康
【单　位】华东师范大学中文系
【期　刊】《文艺理论研究》，2021 年，第 41 卷，第 4 期，第 28—39 页
【内容摘要】概念是文学研究中的基本要素，概念辨析的结果甚至会影响研究的内容、方式与判断。本文结合文学研究的具体案例，对决定研究方向、价值估量与具有时间内涵等三类概念的使用情况进行讨论，阐述概念辨析的意义。
【关键词】文学研究；概念；辨析

格丽克诗学的生命哲学美学价值论

【作　者】胡铁生
【单　位】吉林大学公共外语教育学院；吉林大学文学院
【期　刊】《学习与探索》，2021 年，第 1 期，第 175—183 页
【内容摘要】露易丝·格丽克的生命诗学以生命的个体存在和个体体验为基础，形成其生命哲学美学的特殊性，并在古典神话和宗教典故与现实中的人进行互映方式的基础上，将生命体验、表达、理解和生命意义融会贯通，使其生命诗学为人类了解自身精神世界和生命的存在提供了全新的认知视角和表达方式，探讨了生命存在的意义，形成了其生命诗学审美的全新途径，进而使其生命哲学美学由个体体验的特殊性上升到集体意识的普遍性。在各种文艺思潮影响下和后现代主义文学语境中，其诗歌的生命哲学美学价值为回归文学经典和肯定文学审美传统做出了贡献。
【关键词】露易丝·格丽克；生命哲学美学；生命诗学；美国文学

公共阐释及其感知生成——一个现象学—阐释学的增补

【作　者】金惠敏；陈晓彤

【单　位】四川大学文学与新闻学院

【期　刊】《学习与探索》，2021 年，第 7 期，第 143－151 页

【内容摘要】公共阐释与感知的关系是理解活动中的一个重要问题。狄尔泰与海德格尔分别以生活体验与此在知觉尝试突破理解活动中感性与理性的二元范式。从现象学、新现象学到后现象学的发展进路中，施密茨与唐·伊德以感性知觉的具身性与技术性超越了胡塞尔的先验知觉与纯粹意识，从而为理解意识的客观化奠定基础。感知在理解活动中的持续在场与当代生活世界的新变，说明公共阐释需要一种新的表达形式以捕捉这种新质，梅洛-庞蒂与维利里奥为此提供了一种思考的方向。现代阐释学的发生与现象学紧密联系，在现象学—阐释学内部的裂变与发展中对这一问题做出考察，可以对感知在理解与阐释活动中的位置展开辩证思考，同时也为中国当代阐释学理论的实施提供补充性的阐发。

【关键词】公共阐释；感知；现象学—阐释学；理解活动

关于当前外国文学“中国话语”建设三大关系的思考

【作　者】刘建军
【单　位】上海交通大学外国语学院

【期　刊】《东北师大学报（哲学社会科学版）》，2021 年，第 6 期，第 1－10 页

【内容摘要】建设今天的外国文学的“中国话语”，要在三个基本关系的视野上进行深入理解和把握。一是坚持以马克思主义的文艺反映论做指导与处理好从生活的细节出发、从文学现象的具体表现出发的关系；二是要处理好外国文学经典的跨文化性及其与我国当代文化建设需要的关系；三是要处理好“阐释的自由”与“历史主体性”“文本主体性”的关系。

【关键词】“中国话语”建设；立场与方法；经典的共同性；有效阐释

关于审美世界主义的思考

【作　者】迈克·费瑟斯通；刘宝（译者）
【单　位】迈克·费瑟斯通：伦敦大学金史密斯学院文化创意研究所
　　　　　刘宝：南京邮电大学外国语学院

【期　刊】《东岳论丛》，2021 年，第 42 卷，第 11 期，第 136－143 页

【内容摘要】世界主义作为一种冲动和野心，指出了人们在熟悉的参照系之外发现更多关于社会和文化世界的方式，超越了人们的当下处境和有限的人类关切，它伴随着全球化和全球文化的前景浮现而产生，通过团结和认同陌生他者的道德理想而获得动力。然而，世界主义的愿景在处理多元文化主义时遭遇了困难，因为它对人类更高层次的身份认同里蕴含着更严重的从现有文化抽象出来并分离的危险。理解世界主义，必须放弃绝对性和普遍性的观念，把它看作为一个充满变化又没有终点的动态过程，多元文化所产生的差异的情感电荷为审美世界主义和消费文化开辟了道路。

【关键词】审美；世界主义；多元文化主义；消费文化

关于修辞性叙事学的辩论：挑战、修正、捍卫及互补

【作　者】申丹
【单　位】北京大学外国语学院

【期　刊】《思想战线》，2021 年，第 47 卷，第 2 期，第 131－139 页
【内容摘要】修辞性叙事学是最为重要的后经典叙事学流派之一。美国《文体》期刊 2018 年春夏季合刊专门就这一流派展开了辩论，由该流派的权威詹姆斯·费伦撰写目标论文，多位来自不同国家和不同流派的学者对其进行回应，从不同的角度探讨和挑战费伦的观点，费伦则在该合刊的最后加以回应，捍卫修辞立场、说明相关问题。这场辩论涉及修辞性叙事学的基本模式和基本立场。通过评论这次学术观点的集中交锋，指出和纠正有关偏误，我们可以更好地了解修辞性叙事学的本质特征，以及不同模式、不同流派之间的互补关系。
【关键词】修辞性叙事学；辩论；挑战；捍卫；互补

关于艺术的个人独创性问题

【作　者】冯黎明
【单　位】武汉大学文学院
【期　刊】《社会科学》，2021 年，第 1 期，第 167－176 页
【内容摘要】艺术的个人独创性是近代以来形成的一个普遍信念，这一信念借助于浪漫主义、唯美主义和先锋主义的艺术实践而得到现代审美文化的共同认可。艺术的个人独创性信念的思想来源是建立在理性主义和个性主义基础之上的主体论哲学，主体论哲学通过艺术自律论将个人独创性普及于现代审美文化场；进入 20 世纪后，随着主体论哲学的式微，艺术的个人独创性信念也开始动摇。尼采、福柯等人对理性主义文化的反思质疑了主体论证哲学，而结构语言学、话语理论、互文性理论、文化研究等理论形态以及大众文化的兴起使得艺术的个人独创性信念逐步失去了普遍有效性。
【关键词】个人独创性；主体论；艺术自律论；互文性

观念博弈与话语促变：维多利亚晚期英国关于自然主义的论争

【作　者】宋虎堂
【单　位】兰州财经大学商务传媒学院
【期　刊】《四川大学学报（哲学社会科学版）》，2021 年，第 5 期，第 101－109 页
【内容摘要】维多利亚晚期英国关于自然主义展开的论争，集中体现了当时英国对待自然主义文学的反应，因而论争的内容、焦点、实质是探究自然主义在英国传播的重要方面。从论争内容来看，英国关于自然主义的论争围绕“小说描写”和“小说革新”展开，自然主义小说的描写问题是引发论争的导火索，小说革新的论争是小说描写论争的延续。从论争焦点来看，“小说描写”的论争聚焦于小说的“模仿”问题，“小说革新”论争聚焦于小说的“真实”问题。从论争实质来看，“小说描写”的论争说到底是不同文学观念的对峙与冲突，而“小说革新”的论争究其根底是不同文学话语的碰撞和更迭。英国关于自然主义的论争在客观上推动了当时英国文学创作与批评的发展和转变。
【关键词】维多利亚晚期；自然主义；模仿；小说观念；文学话语

和而不同，多元之美——乐黛云先生的比较文学之道

【作　者】张辉
【单　位】北京大学比较文学与比较文化研究所

【期　刊】《中国比较文学》，2021 年，第 4 期，第 195－206 页

【内容摘要】乐黛云教授是新时期中国比较文学的拓荒者之一。她不仅在文学关系研究、比较诗学等诸多方面积累了丰硕的成果，也在长期的思考和实践中形成了自己独特而具启发意义的比较文学观念。本文从她的比较文学研究实绩、思想师承，以及她对比较研究的哲学思考等三个方面，讨论乐黛云先生的比较文学观。在一个全球化的时代，如何既反抗霸权主义又克服部落主义，以追求和而不同、多元之美的境界，乐黛云先生的努力留给我们巨大的思考空间和深刻启迪。

【关键词】新时期比较文学；乐黛云；多元文化；和而不同

后结构理论与中国女性主义批评——以社会主义文化研究中的妇女“主体性”为中心

【作　者】刘希
【单　位】西交利物浦大学中国研究系

【期　刊】《文艺理论研究》，2021 年，第 41 卷，第 1 期，第 177－188 页

【内容摘要】本文首先以“主体性”概念为中心，梳理后结构理论对西方女性主义的影响和两种理论间的复杂关系，然后转向 20 世纪 80 年代以来对中国社会主义时期性别文化的研究，探讨妇女“主体性”概念和研究范式在中国妇女和性别研究领域的发展历程。本文以三个在“主体性”观念上对此领域影响较大的理论家阿尔都塞、福柯和巴特勒为例，试图呈现后结构理论与当代中国女性主义批评的复杂谱系：有从自由主义女性主义立场对后结构理论的运用，有后结构主义女性主义视角下“去本质化”和历史化的批评实践，也有从历史唯物主义立场对后结构理论的反思和批评。这个过程反映了 20 世纪 80 年代以来西方批判理论对中国人文和社会学科的冲击，也反映了意识形态和社会话语的变迁对研究范式的影响。

【关键词】后结构理论；女性主义批评；“主体性”

后理论语境下的文学理论境况与特征

【作　者】生安锋；林峰
【单　位】生安锋：清华大学外文系
林峰：闽江学院外国语学院

【期　刊】《学术研究》，2021 年，第 12 期，第 163－171 页

【内容摘要】20 世纪末，“理论的世纪”行将结束，人们开始反思和质疑理论的功效及其对文学以及文学研究、文学批评的正副作用，“反理论”或者“后理论”等词悄然映入人们的眼帘，一个充满张力的“后理论时代”就此拉开帷幕。有些西方学者对理论提出质疑甚至唱衰理论，但很多主流学者并不认为理论已死。理论热潮的回落与传统文学及经典在整体上的衰落、全球化信息时代的到来和图像化消费方式的盛行关系密切，也与世界范围内人文学科的式微和“冷战”结束、区域研究萎缩等因素相关。所谓后理论时代的来临，是理论自身发展到一个特定历史阶段所体现出的特征之一，并不意味着理论的彻底终结和死亡。如果从正面的、积极的、建设性的角度去思考，那么，后理论概念的提出恰好为文艺理论研究提供了一个反思和重新校正方向的机会。我们应该在彻底反思过去一个多世纪对西方理论过度崇拜和狂欢式套用的基础上，思考理论的中国在地化问题并着手建构适合中国文学和文化语境的文学理论。后理论时代的理论需要更加强调实践性、文学性，需要加强理论对现实的关注度，更需要彰显一种后人文性。

【关键词】后理论时代；文学理论；反思；后人文性

后殖民批评的“去殖民性”——跨文化研究的一个新趋势

【作　者】彭秀银；顾明栋
【单　位】彭秀银：扬州大学外国语学院
　　　　　顾明栋：美国得克萨斯大学达拉斯分校人文艺术学院
【期　刊】《中国比较文学》，2021 年，第 1 期，第 158－169 页
【内容摘要】自 21 世纪初以来，后殖民研究领域异军突起，出现了一个新的趋势，该趋势由拉美的思想家和美国的学者首先发起，以“去殖民性”为中心，展现出与美英后殖民研究颇为不同的旨趣，已经在跨文化研究领域引起广泛关注。这一新趋势的具体表现是 2018 年由美国杜克大学出版社出版的专著《论去殖民性》，以及 2020 年刚由后殖民研究的旗舰学刊《后殖民研究》围绕该书发表的一组讨论文章。本文介绍了《论去殖民性》这本书以及后殖民研究的新动向，并对后殖民研究的这一新趋势予以分析，表达中国学者对去殖民性这一理论问题的看法。
【关键词】后殖民研究；“去殖民性”；去殖民化；精神殖民；比较文化研究

话语分析、后价值论、后知识论——芭芭拉·赫恩斯坦·史密斯解构批评的三个主题及其意义

【作　者】王文博；汪正龙
【单　位】南京大学文学院
【期　刊】《湖北大学学报（哲学社会科学版）》，2021 年，第 48 卷，第 5 期，第 51－59 页
【内容摘要】芭芭拉·赫恩斯坦·史密斯是美国重要的解构批评家，其思想涵盖了三个相互关联的领域：文学的话语分析、后价值论和后知识论。文学的话语分析反驳了传统的形式语言学路径，为文学提供了新的分析框架；后价值论否定了价值的客观性、永恒性、绝对性等传统价值论，阐明了价值的或然性；后知识论解构了传统的真理观，倡导相对主义的知识论与真理观。史密斯代表了解构批评的经验主义路径，值得我们研究与重视。
【关键词】芭芭拉·赫恩斯坦·史密斯；解构批评；话语分析；或然性；相对性

回到语境与文本重读——推动与建设马克思主义文学批评的文本学研究

【作　者】段吉方
【单　位】华南师范大学审美文化与批判理论研究中心；华南师范大学文学院
【期　刊】《中国文学研究》，2021 年，第 3 期，第 1－9 页
【内容摘要】马克思主义文学批评的文本学研究旨在突出和彰显马克思、恩格斯等经典理论家文学与批评文本的思想、内涵以及批评实践影响，是一种从经典文本出发涉入文学批评全过程，进而回溯到作为方法论高度的马克思主义文学批评的研究观念。马克思主义文学批评的文本学研究无意重新建立一种新的文学批评研究范式，而是经典研读、批评阐发和方法应用的应有之义。推进与建设马克思主义文学批评的文本学研究需要回到马克思主义文学批评的文本语境，在艰深专能的理论探究中，通过系统整理、文本分类及个案研究等综合研究过程，在马克思主义文艺理论原典文本研究上精耕细作，展现马克思主义原典文本的理论价值及其当代意义，这是当代马克思主义文学批评值得尝试的工作。
【关键词】马克思主义文学批评；文本学研究；文本重读；语境；方法

基于经济学与社会学交叉点的文学研究——詹姆斯·英格利希访谈录（英文）

【作　者】芮小河；詹姆斯·英格利希
【单　位】芮小河：西安外国语大学欧美文学研究中心；西安外国语大学英语学院
詹姆斯·英格利希：宾夕法尼亚大学普莱斯数字人文研究所
【期　刊】《外国文学研究》，2021 年，第 43 卷，第 5 期，第 18－32 页
【内容摘要】詹姆斯·英格利希是宾夕法尼亚大学约翰·威尔士百年英语教授、宾夕法尼亚大学普莱斯数字人文实验室的创始人兼主任，曾担任 2016 年度美国国家图书奖（小说类）评委会主席。他在专著《声誉经济》（哈佛大学出版社）中研究了文学和艺术奖项的历史、功能和影响，该书被《纽约杂志》评为 2005 年最佳学术书籍。英格利希提出的“声誉经济”理论在文学理论、文化社会学、文化经济学等领域中产生了广泛的影响。受《外国文学研究》委托，富布莱特访问学者芮小河在宾大访学期间（2019—2020），于 2020 年 1 月对英格利希教授进行了专访。访谈涉及文学与经济学的跨学科研究，布迪厄和詹明信之后文学经济学理论的发展，以及数字人文等方法的具体运用。英格利希教授认为，文学与经济学的跨学科研究应把重点放在文学世界中文学价值的生产体系上。基于经济学与社会学交叉点的文学研究应重视文学经济学的非货币维度；在文学价值产生于整个社会领域的背景下，这就涉及文化声誉和社会资本。此外，他还分析了当今文学奖所面临的挑战。
【关键词】文学经济学；社会学；文化声誉；资本；数字人文

记忆、想象与现实主义——关于文学创作的对话

【作　者】许钧；勒克莱齐奥
【单　位】许钧：浙江大学外国语学院
勒克莱齐奥：南京大学
【期　刊】《外国文学研究》，2021 年，第 43 卷，第 1 期，第 20－29 页
【内容摘要】自 2011 年以来，法国著名作家、诺贝尔文学奖获得者勒克莱齐奥先生在南京大学执教，为南京大学本科生开设通识教育课，讲授文学、艺术和文化及其之间的互动关系。在他讲学期间，浙江大学许钧教授就写作的观念、写作与想象、记忆及旅行的关系等问题与其进行了持续而深入的探讨。就写作、想象与记忆而言，勒克莱齐奥认为小说创作始于质疑现实，它将神话与想象融入现实，而想象是唯一行动的形式，它激发记忆活动；阅读在其间最为关键，因为它让情绪与记忆都具象为文字。在写作源头与生命历程关系上，勒克莱齐奥不讳言自己所有作品或多或少都与自传有关，认为口头语言（经历）可以创作文学，正如文学记忆可以创作文学；他从中国古典诗歌中惊奇地发现经历与梦境、真实与想象尤其是自我与世界之间的联结，并将这种联结视之为世界文学的范式。就旅行与诗意历险而言，勒克莱齐奥坦言自己写作的东西首先都是想象的，真实的旅行于他而言并不那么重要，虽然他曾经历过身体和精神都是第二次出生的一次非洲之旅，相比于生活旅行，他更钟情于书本旅行。
【关键词】勒克莱齐奥；写作；想象；记忆；诗意历险

既存状态与瘟疫讲述（英文）

【作　者】塞缪尔·韦伯

【单　位】美国西北大学
【期　刊】《国际比较文学（中英文）》，2021 年，第 4 卷，第 1 期，第 9－24 页
【内容摘要】本文首先将流行性淋巴腺鼠疫（即黑死病）等传统鼠疫与当前的流行疾病区分开来，指出两者之间存在某些相似之处，但也不尽相同。作者随即提出了一个问题，即人们对疫情的体验是如何又是为何在很大程度上依赖于故事性的讲述的。本文认为，瓦尔特·本雅明发表于 1936 年的文章《讲故事的人》为探讨该问题提供了一套有效的理论框架：此文得出一个结论，即讲故事是对极端困境（亦即德语中的 Ratlosigkeit）的一种回应。而这种回应并不是要解决困境，而是为了提供“建议”或者忠告（Rat），吁请人们创造更多的故事。简言之，即便是史诗中最宏伟的篇章《奥德赛》也倾向于佐证本雅明的观点：“任何一个故事都应当以这样一个问题收尾，亦即‘接下来又会发生什么呢？’”假如讲故事的人只能从死亡手中借用权威，那是因为死亡根本无法给予任何人永恒的权威。讲故事的人所拥有的时间，就像人的生命一样有限。话虽如此，前面总会有另一个故事在等着我们。
【关键词】瘟疫；讲述；既存状态；回应

加里·斯奈德诗歌之“不隔”

【作　者】罗坚
【单　位】湖南师范大学外国语学院
【期　刊】《湘潭大学学报（哲学社会科学版）》，2021 年，第 45 卷，第 4 期，第 118－123 页
【内容摘要】中西诗学相互参照与印证，学界多以西方文学理论观照中国文学作品，从中国文学理论视角解读西方文学作品范例较少。如以王国维诗学理论之“不隔”说，考察美国深层生态诗人加里·斯奈德的诗歌美学追求，应有一定学术创见。基于中国禅宗与道家文化的深刻影响，斯奈德多部诗集中充分呈现出“不隔”的独特美学特征，其众多诗作意境悠远，充满生趣，简洁美好，语语如在目前。具体而言，斯奈德诗歌的“不隔”亦可分为“景”之“不隔”，“情”之“不隔”，以及由此融会而成的“意境”之“不隔”。
【关键词】加里·斯奈德；“不隔”；禅宗；道家

建构生物叙事学研究范式——评戴维·赫尔曼的《超人类叙事学：故事讲述与动物生命》

【作　者】宋杰
【单　位】浙江大学外国语学院
【期　刊】《外国文学动态研究》，2021 年，第 5 期，第 143－151 页
【内容摘要】在《超人类叙事学：故事讲述与动物生命》中，戴维·赫尔曼深入探讨了叙事文本中人类如何重新认识自己和动物在生态系统中的地位、人类与动物的关系、动物如何建构主体身份等问题，力图建构生物叙事学研究范式。这种研究具有鲜明的跨学科、跨媒介特色，内蕴人类与动物命运共同体的深刻思想。该书继承了赫尔曼的后经典叙事学思想，贯彻了其认知叙事学思想中最核心的“世界建构”理念，不同以往的关注点体现了他在叙事学研究上的不断创新。
【关键词】戴维·赫尔曼；超人类叙事学；生物叙事学；后经典叙事学；“世界建构”

建构世界文论共同体

【作　者】杨玉华

【单　位】成都大学文学与新闻传播学院
【期　刊】《河南大学学报（社会科学版）》，2021 年，第 61 卷，第 5 期，第 78－83 页
【内容摘要】在“人类命运共同体”视野下，世界各国相互联系、相互依存的程度空前加深，建构世界文学（文论）共同体也日益成为国际共识。如何就此契机，在中华民族伟大复兴伟业中重建具有鲜明民族特色的中国文论话语，在世界文论界发出自己的声音，为建构世界文论共同体擘画中国方案、贡献中国智慧、彰显中国特色。初步厘清上述问题，将有助于中国文论建构和文学批评。
【关键词】文化自信；中国文论；西方文论；世界文学；世界文论共同体

建设后工业化时代的香格里拉——鲁枢元的生态批评与陶渊明的桃花源精神

【作　者】张嘉如；张昭希
【单　位】张嘉如：美国纽约市立大学布鲁克林学院
张昭希：黄河科技学院生态文化研究中心
【期　刊】《当代文坛》，2021 年，第 1 期，第 180－186 页
【内容摘要】作为一位反思现代性、力倡精神生态的学者，鲁枢元是中国本土生态批评、生态文化研究界的代表人物之一。他对人类精神与地球生态交叉领域持之以恒的探索，对充实环境人文做出了积极贡献。他立足于中华民族文化传统、立足于中国现实社会、从后工业时代的视野对中国古代田园诗人陶渊明的研究，提供了一种东方文明的生存智慧、生态理想，为“边缘环境话语”的论述提供了一个重要的参照，也为构建人类生态共同体提供了一种充满诗意的选项。鲁枢元也因此确立了他在当下中国生态批评界的学术地位。
【关键词】生态批评；精神生态；陶渊明；生态乌托邦

交往、应答、对话：论巴赫金表述诗学的本质

【作　者】张丽
【单　位】江西社会科学院江西社会科学杂志社
【期　刊】《中州学刊》，2021 年，第 12 期，第 146－151 页
【内容摘要】表述诗学经历了一个不断发展与完善的过程，它的完善离不开巴赫金的复调思想。巴赫金的复调思想是多种声音融合、平等对话的思想。它存在于众生喧哗语境中，这种对话超出了语言学领域，扩大到言语交际的任何领域。在言语交际中，不同表述主体突破边界进行对话、进行思想的交流，从而创造新的表述条件、表述语境。具体的表述在言语交际中与其他表述进行交往，形成对话，实现“表述参与对话，并引起对话”的功能。
【关键词】巴赫金；交往；应答；对话；复调思想

交往对话、文化转型与平行比较：巴赫金理论的中国接受

【作　者】李松
【单　位】武汉大学文学院
【期　刊】《中国比较文学》，2021 年，第 4 期，第 45－55 页
【内容摘要】巴赫金理论为中西方文论之间的对话提供了丰富的思想资源，深刻地影响和改变了当代中国文学与文化批评的面貌。中国学者运用巴赫金理论阐释文学、文化以及社会问题，对

文学理论的建构与批评实践的深化具有重要的思想史意义。巴赫金的复调理论、对话思想、狂欢化批评为中国文学与社会的转型提供了理论启迪，为新时代文论的未来发展提供了新的思路。学术界的本土化研究提供了创造性的思路与方法，可以概括为巴赫金理论中国接受的三种范式，即交往对话、文化转型与平行比较。

【关键词】巴赫金理论；交往对话；文化转型；平行比较

节奏即境界：从福斯特的小说观说起

【作　者】殷企平

【单　位】杭州师范大学外语学院

【期　刊】《文学跨学科研究》，2021 年，第 5 卷，第 1 期，第 133－144 页

【内容摘要】福氏所说的“节奏”相当于中国文论中的“境界”。鉴于福斯特论述“节奏”还欠明晰，我们借助朱光潜的“境界”论，并吸取詹姆斯、克莫德和米勒的相关学说，进行阐释，进而确认节奏的三大环节，即起念、缝合之力与物我两忘的状态。其中要数“缝合之力”的探讨余地最大，因此，本文拟以詹姆斯、哈代和艾略特的四部小说为例，探究“重复”之力——即“缝合之力”——如何作为从内部缝合作品的力量，进而达到境界的高度。

【关键词】“节奏”；“境界”；“重复”；起念；更大的存在

解释的限度与有效性问题——赫施解释学思想的中国回声

【作　者】曹顺庆；黄文

【单　位】曹顺庆：北京师范大学；四川大学

黄文：北京师范大学文学院

【期　刊】《社会科学辑刊》，2021 年，第 3 期，第 40－44 页

【内容摘要】“强制阐释”这一话题紧扣“边界”与“有效性”，如何回归界限、实现有效性的问题则紧随其后。张江教授提出重建中国当代文论的路径是由“强制阐释”到“本体阐释”。根据张江教授的提法，本体阐释包含核心、本源、效应这三个层次，核心阐释是对原生话语的阐释，其中包含着文本与作者所能传递与表达的所有信息。本体阐释的根本是回归文本与作者，同时正确处理次生话语和衍生话语。这种路径与赫施的解释学思想不谋而合，赫施理论以“保卫作者”为核心指归，对作者意图的有效性验定又在于对文本“言说主体”的想象性重建。作为对强制阐释的修正，本体阐释强调阐释的边界性和有效性，本体阐释的“本体”是指对文学、文本以及作者的回归，赫施理论在回归作者意图与重建文本言说主体这两个方面与其有一定契合之处。

【关键词】解释的限度与有效性；强制阐释；本体阐释；赫施解释学

近十年生态批评在中国的学术态势分析

【作　者】纪秀明

【单　位】大连外国语大学科研处

【期　刊】《湖南大学学报（社会科学版）》，2021 年，第 35 卷，第 2 期，第 125－131 页

【内容摘要】基于比较与数据统计方法、旨在对当代生态批评在中国的发展态势与转向进行分析，本研究基于近十年中国知网生态批评数据，并对照前三十年（1979—2009）的生态批评数

据，对我国生态批评研究现状进行量化分析，提出近十年生态批评中国学术态势的四个转向：1）深层议题转向；2）前沿热点转向；3）中国经验与话语主体意识的勃兴；4）哲学、社会学转向。本研究进而对中国生态批评的未来进行方向预测，即前沿性、社会化、中国化（传统资源回溯与意识形态性）。
【关键词】生态批评；中国；态势；转向

经典现实主义及其反思

【作　者】赵炎秋
【单　位】湖南师范大学文学院
【期　刊】《学术研究》，2021 年，第 6 期，第 152－159 页
【内容摘要】经典现实主义创作方法是在 19 世纪现实主义理论与实践和马克思主义经典作家的现实主义观的基础上归纳、总结出来的，是现实主义发展的最重要阶段。经典现实主义的基本原则，一是真实表现现实生活的本来面貌，包括严格地按照现实生活的本来面貌描写生活，表现生活的真实和强调细节的真实性等方面；二是正确处理主客关系，包括作者的主观思想要服从客观现实，作者的思想应该通过形象间接地流露出来，作者不能以自己的主观思想干扰作品中的生活与人物自身的逻辑等内涵；三是塑造典型环境中的典型人物，包括正确处理共性与个性、典型人物与典型环境的关系、运用好典型化方法等内容。经典现实主义在 20 世纪受到挑战并有新的发展，但其基本原则与方法并没有过时。当前重提经典现实主义的创作方法与基本原则，有其现实意义。
【关键词】经典现实主义；现实生活；主客关系；典型人物；典型环境

静默叙事的书写模式、运作机制及价值研究

【作　者】涂年根
【单　位】江西财经大学外国语学院
【期　刊】《江西社会科学》，2021 年，第 41 卷，第 11 期，第 101－107 页
【内容摘要】静默是指叙事交流中“不言言之”“不写之写”的内容。它以省略、暗示和隐含的形态存在于文本中，并以语义激活扩散和双轴共现的模式在文本中发挥作用。在这种运作机制下，形成了静默叙事独特的价值。在作者层面，静默叙事拉近了作者与读者的心理距离，通过读者对静默事件的挖掘从而达到一种“一默如雷”般的叙事效果，实现作者的期待视野。在读者层面，对静默叙事所隐藏事件的思考和探索，让读者更深入、更持久地卷入叙事交流进程中，进而促成读者对文本的再创作过程。
【关键词】静默叙事；文本形态；运作机制；交流价值

绝境和布朗肖的死亡经历——论德里达的死亡实质理论

【作　者】肖锦龙
【单　位】南京大学文学院
【期　刊】《外国文学》，2021 年，第 5 期，第 96－104 页
【内容摘要】死亡是人类生活中最基本最重要的现象之一，也是文学艺术的永恒主题。海德格尔一举突破了源远流长的自然论和文化论死亡观念，提出了空前独到深刻的存在论死亡学说，列

维纳斯站在海德格尔的对立面，提出了实存论死亡学说。德里达在《绝境》中通过反思批判海德格尔和列维纳斯的死亡学说提出了绝境论死亡理论。他明确指出，死亡包含着客观事件与主观理解两种相反相成的因素，内在是二元矛盾、绝境性的。德里达在《持存》中通过分析阐述布朗肖二战期间的一次死亡经历充分印证了死亡的绝境性实质，深刻揭示了死亡无限丰富的复杂性，还原了死亡的本相，将西方的死亡理论探讨推向了新高度。

【关键词】德里达；布朗肖；死亡；绝境；情感；见证

凯利的“个人建构论”及其文学心理学批评功效

【作　者】杨丽娟

【单　位】东北师范大学文学院

【期　刊】《当代外国文学》，2021 年，第 42 卷，第 1 期，第 119－126 页

【内容摘要】凯利的“个人建构论”心理学原理，以个人的“构念系统”以及“核心构念”等概念为核心内容，强调个体心理的成长性和超越性，对于阐释文学作品中个体意义上的人物的心理独特性，具有重要的价值和功用。如“核心构念”的僵化会导致人物的自毁；“益性焦点”和“益性范围”的偏差会导致人物人格的畸形发展；而“核心构念”的不断突破和超越则会实现人物心理的强劲成长。也正因如此，这一心理学批评方法的运用，有助于严肃审视很多文学作品中对虚无主义和玩世不恭所做的连篇累牍的描写。

【关键词】“个人建构论”；“核心构念”；“益性焦点”；“益性范围”

康德审美正义思想探究

【作　者】范永康

【单　位】绍兴文理学院人文学院

【期　刊】《学习与探索》，2021 年，第 2 期，第 146－154 页

【内容摘要】康德作为美学学科的真正创始人，同时也为“审美正义”立下了基准：以“道德法则”为道德基础，以“共通感”为情感特质，以“道德的人”为终极目的，以“以美显善”为表现方式。与社会正义、法律正义、政治正义相比，审美正义关注的焦点不是政治法律制度、社会结构、社会关系等社会现实问题，而是人的价值、人的尊严、人的自由、人的道德、人的义务、人的信仰等审美人学问题。康德审美正义思想虽然在以“后人文主义”为主流的后现代哲学和美学中受到了质疑和挑战，但是，随着西方学界出现的“伦理转向”，仍然具有重要的指导意义。

【关键词】康德；“审美正义”；人文主义

科技人文与中国的新文科建设——从比较文学学科领地的拓展谈起

【作　者】王宁

【单　位】上海交通大学人文学院

【期　刊】《上海交通大学学报（哲学社会科学版）》，2021 年，第 29 卷，第 2 期，第 11－16 页

【内容摘要】新文科建设在当今中国的教育界已然成为一个热门话题，在这一进程中科技人文将起到某种范式的作用。它对传统的人文学科研究模式提出了强有力的挑战，并给人文学科的建设和发展注入了科学的因素和技术的手段。讨论具有范式意义的新文科建设和发展，不可能

回避科技人文这个话题，因为它所起到的作用是举足轻重的。科技人文命题的提出绝不只是科学技术加上人文，而是可以同时包含这两者，并达到其自身的超越。新文科理念的诞生就是这种超越的一个直接成果。因此，它更具有范式的意义和引领作用。多年前比较文学学科就已经在跨学科的研究中先行了一步，比较文学学科在美国的发展流变证明，科技人文将在未来的人文学科建设和发展中起到引领和示范的作用，同时它也可以给中国的人文学科研究带来方法论上的更新。

【关键词】科技人文；新文科；范式；跨学科；比较文学

科学伦理反思——《浮士德博士》以来的西方“科学戏剧”传统

【作　者】武静
【单　位】北京外国语大学英语学院
【期　刊】《外国文学研究》，2021 年，第 43 卷，第 4 期，第 121－133 页
【内容摘要】“科学戏剧”在当代西方戏剧舞台上占据重要一席，它伴随着西方现代科学的兴起而诞生，其源头可以追溯至克里斯托弗·马洛的《浮士德博士的悲剧》，发展至今已有四百多年的历史。自诞生以来，科学戏剧始终以审慎的态度批判和反思现代科学中存在的问题，伴随着三次科学革命经历了三次创作高峰，并在这个过程中形成了以反思科学伦理为重点的创作传统：第一次科学革命后，以《浮士德博士》为代表的科学戏剧对现代科学的怀疑与伦理担忧；1945 年日本遭受原子弹轰炸后，以《伽利略传》为代表的科学戏剧对科学潜在危险性和伦理困境的反思，以及 20 世纪 80 年代后兴起的涵盖现代科学各学科的第三次创作热潮，囊括了更广泛和细致的伦理探讨。纵观科学戏剧的发展历史，从早期对广义上“科学”的伦理担忧，到后来深入具体学科的伦理探讨，科学戏剧确立了以反思科学伦理为核心的创作传统。
【关键词】科学戏剧；伦理反思；科学戏剧传统；科学史；三次创作热潮

科学与文学理念之现代性转型——现实主义“写实”特质成因考论

【作　者】蒋承勇
【单　位】浙江工商大学
【期　刊】《社会科学》，2021 年，第 11 期，第 171－178 页
【内容摘要】作为 19 世纪西方文学思潮的现实主义，因其“写实”之特质又被称为写实主义。这种“写实”特质的形成主要得益于自然科学的深度影响。19 世纪自然科学的巨大成就给欧洲人以强有力的精神鼓舞，崇尚科学和理性成了一种时代风尚和文化特征。科学精神与实证理性激发了现实主义作家以文学创作“分析”与“研究”社会及人的生存状况的浓厚兴趣，他们力图使文学文本所展示的艺术世界与现实生活世界达成同构关系。现实主义借助科学实证的观察、实验方法，改造了传统“模仿说”，使文学“写实”从先验性抽象思辨走向了经验性、实证性分析，从而更新了文学的观念、叙述方式和文本的样式，进而从一种层面上促成了西方文学在创作理念与方法上的现代性转型，具有“先锋性”特质与意义。
【关键词】自然科学；实证理性；现实主义；“写实”；现代性

可能世界理论视域下的虚构人物类型

【作　者】邱蓓

【单　位】深圳技术大学外国语学院
【期　刊】《文艺理论研究》，2021 年，第 41 卷，第 3 期，第 97－103 页
【内容摘要】可能世界理论认为，真势模态有必然性、可能性和不可能性三种类型。以这种理论为依据，文学作品可以被看作一种特殊的可能世界——虚构叙述世界，虚构人物即为虚构叙述世界的栖居者。按照虚构人物与真实人物的通达关系，可以把虚构人物划分为仿真的虚构人物、物理不可能人物和逻辑不可能人物，这三种人物覆盖了文学作品中的所有虚构人物类型。通过这种方式，论证可能世界理论为划分虚构人物类型、建构可能世界人物理论提供了一个全新的研究视角和理论框架。
【关键词】可能世界理论；虚构人物类型；仿真虚构人物；物理不可能人物；逻辑不可能人物

空间辩证法与历史的效价——论詹姆逊文化批评的哲学基础

【作　者】章朋
【单　位】惠州学院文学与传媒学院
【期　刊】《文学评论》，2021 年，第 3 期，第 62－70 页
【内容摘要】基于后现代文化空间化的历史语境，詹姆逊通过恢复辩证法的时间性内涵，将资本主义的历史进程视为一种辩证叙事，认为其作为一个将多样性、差异性的历史统一进单一的世界体系的总体化运动，体现了一种“历史的效价”。对辩证法空间维度的拓展以及对时间或历史维度的强化，形成了詹姆逊独特的空间辩证法理论，他据此对资本主义历史进行文化分期，最终构成了其文化批评理论的哲学基础。但作为马克思主义者的詹姆逊并没有捍卫马克思思想的基础性地位，其文化批评理论更多地承袭了黑格尔抽象的肯定与否定模式，抽空了现实的具体情境，凸显了形式分析的优先性，也因明显的政治倾向遭到不少批判。某种意义上，詹姆逊以黑格尔式的雄心冲淡了其理论中的马克思主义成分，走向了“黑格尔式的马克思主义者”。
【关键词】詹姆逊；空间辩证法；时间；历史化；叙事

空间非正义的科幻城市表征：从激进技术景观生产到反抗叙事

【作　者】许栋梁
【单　位】广东外语外贸大学外国文学文化研究中心
【期　刊】《浙江工商大学学报》，2021 年，第 2 期，第 23－31 页
【内容摘要】现代城市空间生产的资本逻辑与政治性，使得空间非正义问题在全球化背景下贯穿城市化的历史与当前，并且将无可避免地向未来延续，也成为城市批判话语的重要视域。而科幻关于未来城市的想象，还通过技术维度凸显此问题，并与现实城市之间形成互文和张力。科幻电影以技术想象来进行城市景观生产，从而对空间生产中的非正义问题进行激进表征，并通过反抗叙事来展示空间政治斗争的路径。以《大都会》《极乐空间》《雪国列车》等科幻电影为例，它们分别通过纵向对立、漂移隔离、横向浓缩等激进技术景观生产，来直接展示未来空间非正义的科幻城市形态。而这些科幻电影遵循文化消费逻辑的景观生产和反抗叙事，虽然蕴含着不同的话语策略，但是都呈现出以二元对立为模式，从而将空间非正义及其反抗简单化的倾向。
【关键词】空间生产；空间非正义；科幻城市；技术景观；反抗叙事

空间美学的理论生成与知识谱系

【作　者】裴萱
【单　位】河南大学文学院文艺学研究中心
【期　刊】《云南社会科学》，2021 年，第 4 期，第 168－177 页
【内容摘要】空间美学绝非仅限于审美和文艺领域的知识资源，更是与广泛的社会学、政治学、意识形态等理论进行融合，成为独特的“美学意识形态”，能够有效地参与文化反思和资本主义技术批判活动。现代空间本体的确立与马克思主义空间哲学息息相关，从经典马克思主义对资本空间的理论发掘，到新马克思主义对主体异化生存状况的批判，都凸显出浓厚的空间批判特质。在空间文化批判的进程中，空间自身的审美感性元素与审美符号形式逐步凸显，并将地缘政治学、空间压缩、空间流动等因素纳入美学领域，塑造出空间美学的流动性、公共性话语形态。空间美学立足于“微观革命论”和“文化诗学论”双重视角展开后现代文化批判进程，推进后现代美学话语的不断释放。
【关键词】马克思主义；空间美学；文化批判；空间符号；“美学意识形态”

空间转向之后的存在、写作与批评——评塔利的《处所意识：地方、叙事与空间想象》

【作　者】方英
【单　位】浙江工商大学外国语学院；浙江工商大学西方文学与文化研究院
【期　刊】《外国文学》，2021 年，第 3 期，第 181－191 页
【内容摘要】《处所意识》是罗伯特·塔利多年来文学空间研究的成果精粹。该书阐释了多个关键空间概念，融合了不同学科的空间理论与成果，探究了乌托邦、奇幻、冒险叙事、文学空间等理论问题，并勾勒出空间、地方、绘图对于文学活动和文化理论的意义。该书始终围绕一个核心话题：空间转向之后的存在、写作与批评是怎样的？针对这个问题，塔利围绕“处所意识”“文学绘图”和“地理批评”展开详细讨论，认为在后民族全球化时代，作为存在与感知的处所意识日益加剧，这要求我们将文学写作看作地图绘制，以建构一种想象的整体性，并需要拥抱一种地理批评进路，以分析文本中的空间性。塔利的研究主要受到存在主义、人文地理学和马克思主义的影响。
【关键词】罗伯特·塔利；处所意识；文学绘图；地理批评；马克思主义

跨国主义视角下的文学研究——评范德博什和德汉的新著《文学跨国主义》

【作　者】李顺鹏
【单　位】华中师范大学文学院
【期　刊】《外国文学研究》，2021 年，第 43 卷，第 2 期，第 172－176 页
【内容摘要】达格玛·范德博什和西奥多·德汉主编的《文学跨国主义》重新审视了时下在不同领域受到较多关注的跨国主义概念，并从多个方面探讨了跨国主义视角或方法下文学研究的相关问题。该书研究材料丰富，对文学跨国主义的论述具有不同的切入点，对当下社会、政治的讨论体现了其对现实的观照，传达了跨国主义视角或方法下文学研究的现实意义。与以往有关文学跨国主义书写的著作不同，该书超越了只讨论某一国的文学跨国主义这一模式，并在指出文学跨国主义的意义时有着多重落脚点。对处于跨国实践越发频繁的当今世界这一背景中的

文学研究来说，《文学跨国主义》具有重要意义。
【关键词】《文学跨国主义》；达格玛·范德博什；西奥多·德汉；跨国主义；现实性

跨媒介性的四种话语

【作　者】延斯·施洛特；詹悦兰（译者）
【单　位】延斯·施洛特：德国波恩大学媒介研究中心
詹悦兰：三江学院文学与新闻传播学院
【期　刊】《中国比较文学》，2021 年，第 1 期，第 2—11 页
【内容摘要】“跨媒介性”的领域和话语是非常多样的。本文尝试建构这个领域，并描述跨媒介性的不同话语。所有这些话语都是从相关的理论文本中重构的，因此本文可被视为对“跨媒介性”这个概念进行元理论探索的途径。我们要探究的问题是，不同的话语在不同媒介之间带来了怎样的联系？我们至少可以发现有四种模式：综合的跨媒介性、形式/超媒介的跨媒介性、转换的跨媒介性和本体论的跨媒介性。首先，综合的跨媒介性模式围绕着将不同媒介融合成一个超级媒介这一观念而建构起来。这种模式根源于 19 世纪瓦格纳关于“总体艺术作品”的概念，据于此，跨媒介性具有高度的政治内涵。该模式存在的一个问题是，如何对跨媒介性和多媒介性进行区分。其次，形式/超媒介的跨媒介性模式围绕着以下观念而建构，即存在着并非某种媒介“专属”而是在不同媒介中都可以找到的形式结构，比如，将一部电影和一部小说之间的叙事实践过程进行比较的情形。该模式围绕着“超媒介的”手段而展开。其问题在于，“媒介特殊性”已不再能被概念化。再次，转换的跨媒介性模式则围绕着这一中心而展开，即一种媒介的表征通过另一种媒介来实现。问题是，这是否完全符合“跨媒介性”，因为被表征的媒介就不再是一个媒介，而是一种表征。然而，鉴于媒介是充满争议的领域，这一形式是至关重要的，因为媒介的定义有赖于它们之间诸种跨媒介的表征。最后，本体论的跨媒介性，即媒介总是在与其他媒介的关联中存在。所以，如果人们无法颠倒这些关联，那么最终我们不得不面对这个问题。并不是说先有单一媒介，然后跨媒介性才出现。但跨媒介性是本体论意义上不可或缺的条件，它总是先于“纯粹的”及“特定的”媒介而存在，而这些媒介都必须从更具普遍意义的跨媒介性中提取出来。
【关键词】跨媒介性；综合的跨媒介性；形式/超媒介的跨媒介性；转换的跨媒介性；本体论的跨媒介性

跨媒介研究：拉斯·埃斯特洛姆访谈录（英文）

【作　者】欧荣；拉斯·埃斯特洛姆
【单　位】欧荣：杭州师范大学外国语学院
拉斯·埃斯特洛姆：瑞典林奈大学跨媒介与多模态研究中心
【期　刊】《外国文学研究》，2021 年，第 43 卷，第 2 期，第 15—30 页
【内容摘要】拉斯·埃斯特洛姆是瑞典林奈大学比较文学教授、跨媒介与多模态研究中心主任，国际跨媒介研究学会主席。已发表的论著和编著包括《神性之癫：文学、音乐和视觉艺术的反讽阐释》（2002）、《媒介边界、多模态和跨媒介研究》（2010）、《媒介转换研究：媒介中的媒介特征转换》（2014）以及《超媒介叙事研究：不同媒介的叙述与故事》（2019）。此外，他还发表了大量有关诗歌、性别、反讽、符号学研究的论文。欧荣在林奈大学访学期间于 2020 年 1 月 28 日对埃斯特洛姆教授进行了访谈。访谈中，埃斯特洛姆论及跨艺术研究发展到跨媒介研究的

必要性、跨媒介研究的核心概念、跨媒介研究的主要路径、跨媒介研究的学术评价、跨媒介研究与文学研究的相互助益以及国际跨媒介研究学会的发展历程等。访谈的最后，埃斯特洛姆期待有更多的中国和亚洲学者参与跨媒介研究的国际学术交流。

【关键词】跨艺术研究；跨媒介研究；跨媒介性；学术评价

跨文化和世界文学语境下书写文学批评史的有益尝试——评王宁《当代中国外国文学批评史》

【作　者】邹理
【单　位】上海交通大学外国语学院
【期　刊】《外语教学》，2021 年，第 42 卷，第 4 期，第 105－108 页
【内容摘要】王宁的新著《当代中国外国文学批评史》是迄今以来中国第一部外国文学批评史，填补了中国的外国文学批评史领域的空白。同时该书第一次向中国乃至国际学界推出中国的文学批评大家，对构建具有中国特色的文学批评体系和中国人文学术走向世界具有重要意义。在书中，作者将中国的外国文学批评放在一个跨文化和世界文学的大背景之下，系统考察了中国的外国文学评论与中国历史、现代性和政治文化话语，与西方理论思潮，诸如马克思主义、现代主义和后现代主义的相互关系以及朱光潜、季羡林、杨周翰、王佐良、袁可嘉、钱中文和柳鸣九等批评大家的文学批评实践。通过这些考察，作者反思了中国文学批评的民族性和世界性价值以及中国人文学术走向世界的策略。该书不仅为文学批评史的书写提供了新的范式，还展示了当代中国领军人文学者的民族情怀和对国际学术态势的把握与精深洞见。
【关键词】《当代中国外国文学批评史》；中国外国文学批评大家；中国外国文学研究策略；王宁

拉康的精神分析伦理学：一种批判的姿态

【作　者】赵淳
【单　位】四川外国语大学
【期　刊】《外国文学研究》，2021 年，第 43 卷，第 5 期，第 93－105 页
【内容摘要】精神分析伦理学是整个伦理学知识谱系中不可或缺的一环，也是文学伦理学批评的理论支撑之一。通过对亚里士多德、边沁、康德、萨德、弗洛伊德的伦理观进行清理和质疑，拉康敏锐看到，亚里士多德那种带有强烈等级属性的“善”不可能属于多数人，人们也无法如启蒙哲学家呼吁的那样“爱邻犹爱己”。精神分析的伦理要求主体遵从自身欲望，而主体欲望来自体现为象征秩序的大他者的欲望。虽然囿于认知局限，拉康从未从社会、历史、文化的角度对伦理的内容进行过填充，但他却撼动了此前西方几乎所有关于善的认知。貌似空洞的精神分析伦理学，实则将某种对传统伦理思想进行全面重审、修正甚至颠覆的诉求铭刻到了自身的内在逻辑之中。这种否定的动因恰如其分地呈现了精神分析伦理学的批判姿态，批判的目标乃是权力话语之下的主人伦理和宣称为了所有人福祉的虚伪道德。
【关键词】拉康；精神分析伦理学；批判性；亚里士多德；康德

兰色姆“诗歌本体论”与康德美学

【作　者】张婷
【单　位】四川外国语大学英语学院
【期　刊】《国外文学》，2021 年，第 1 期，第 10－19 页

【内容摘要】新批评代表人物约翰·克娄·兰色姆自称继承了康德思想，但其“诗歌本体论”却对康德美学实施了改造。从艺术自律论看，康德“美的无功利说”强调审美愉悦的主观普遍可传达性，兰色姆则认为诗歌作为独立的价值领域应重建客观的、异质的“世界肉体”。从语言论看，康德“艺术美”通过感性想象力与智性概念的协同发动、在追求概念的完善性中企及“理性理念”的象征，而兰色姆以诗歌“肌质”所代表的感性话语对抗概念确定性的“构架”，推崇意义的多种可能性和含混。从认识论看，康德将审美导向主观普遍性，艺术与科学共同将人类引向超验的理性世界，而兰色姆则坚持以艺术的感性和具体性反对科学理性，强调诗歌超越并取代科学认识世界本真的能力。康德美学主张中的“以美启真”发展为兰色姆的“以美代真”，反映出美国南方农业主义者以保守的地方主义美学对抗进步理性和工业化的努力。
【关键词】约翰·克娄·兰色姆；“诗歌本体论”；康德；判断力批判；南方农业主义

理解奥登的一个思想线索：从“共在”到“双值”的潜在对话

【作　者】杨慧林
【单　位】中国人民大学
【期　刊】《人文杂志》，2021 年，第 7 期，第 30－34 页
【内容摘要】诗人奥登在西方思想传统中的独特渊源及其从“共在”所延展的论说，或可通过克里斯蒂娃对“颠覆性小说”的解析得到理解。而克里斯蒂娃将“关系”取代“本体”、将“类比”取代“同一”的文学表达视为“逃离”传统形而上学的“语言实践”，这不仅可以串联当代西方的相关思考，也直接回应着“相待而成”的中国古代智慧。本文试图在这样的关联和比较中，为奥登的思想提供一种说明。
【关键词】“共在”；“双值”；关系；类比

理论的历史性：重访布轮退尔的“戏剧规律”论说

【作　者】孙柏
【单　位】中国人民大学文学院
【期　刊】《中国人民大学学报》，2021 年，第 35 卷，第 2 期，第 152－162 页
【内容摘要】以布轮退尔（常译为“布伦退尔”）“戏剧规律”论说为中心，对现代戏剧理论的发生过程进行回顾，展开从理论文本到历史语境的跨越式阅读，以期重新阐发现代戏剧理论书写自身的历史性。布轮退尔关于“戏剧规律”的论说实际承范于黑格尔，但在 19 世纪末再次提出大体相同的论述，对于已经走过历史上升阶段的资产阶级的戏剧文化来说，却具有相当不同的意味。这种历史的错位形成了一种内在于现代戏剧理论自身的症候，包括布轮退尔在内的众多理论家的努力实际构成了一种精神分析式的“否认”，即无法直面曾经作为历史主体的资产阶级行动的失败，不愿承认西方戏剧文化的历史连续性的幻觉已经在易卜生之后被打破。理论自身对于某种恒定的戏剧“规律”或“本质”的孜孜以求，受到了它得以产生的时代性的质询。
【关键词】现代戏剧理论；行动/情节；布轮退尔；黑格尔；易卜生

理论缘何衰退？——对理论发生的物质条件及制度因素的考察

【作　者】陈后亮
【单　位】华中科技大学外国语学院

【期　刊】《外国文学研究》，2021 年，第 43 卷，第 5 期，第 106－116 页

【内容摘要】学界已经讨论了很多有关理论兴起的社会政治语境，但高等教育的市场化因素对理论的刺激作用并未受到足够关注。理论的发生和发展与西方学术体制所提供的物质条件有着密不可分的关系，这些条件主要包括既有知识传统、学术惯例、经济状况以及文化氛围等。某些发展看上去像是理论自身内在演变的结果，但也可能更多受到外界制度性因素变化所致。理论的发展并非仅是理论家们的思想接力，它不仅产生在理论家的头脑中，也发生在现实的学术体制之内，受到诸多外部因素的影响。理论的制度化、市场化和过度的技术—职业化趋势是它当下面临的主要挑战。

【关键词】理论的衰退；学科体制；社会语境；制度化

理念·寓意画·思维方式——从“思想图像”的语义流变看本雅明思想图像写作的三个面向

【作　者】姜雪
【单　位】中国社会科学院外国文学研究所；中国社会科学院文学理论研究中心

【期　刊】《外国文学动态研究》，2021 年，第 6 期，第 131－140 页

【内容摘要】本文旨在梳理 Denkbild（思想图像）一词在德语史中的语义流变，考察本雅明的思想图像本身就内在于该词多重语义中的写作特点。理念、寓意画和以“图像思考”为核心的运思方式蕴含了本雅明思想图像的三个不同面向：思想图像是与本雅明的认识论理想相契合的思维方式；尽管有别于柏拉图意义上的“理念”，但它却是本雅明以剥去假象的具体经验来建构客观哲学星丛的尝试；尽管题材与主旨都不同于寓意画，但它却是本雅明以图像性的文字实施批判的现代寓意画。

【关键词】本雅明；思想图像；理念；寓意画

历史、创伤与文学——拉卡普拉的“书写创伤”理论及其伦理意义

【作　者】章朋
【单　位】惠州学院文学与传媒学院

【期　刊】《文艺理论研究》，2021 年，第 41 卷，第 6 期，第 129－138 页

【内容摘要】20 世纪中后期史学研究领域出现了历史表征危机，当代重要的创伤理论家多米尼克·拉卡普拉在批判传统史学方法的基础上，主张打破学科界限，促进历史与精神分析学、文学、哲学和伦理学等诸学科之间的对话互动，重建了历史书写的可能。他在跨学科视域下探索了极端历史事件“否定的崇高”的美学特征与创伤类型，并诉诸言语行为理论和伦理学，提出了“书写创伤”说。作为历史创伤的一种行动化复现，“书写创伤”借助述行语言与被压抑的历史意识进行对话、协商，从而修通历史创伤，是一种富含诗性特质的“言语行为”，它搁置了历史书写“真实再现”的客观标准，在伦理学层面融合了历史与文学要素，由此成为一种具有社会伦理意义的文化实践。拉卡普拉关于历史、创伤与文学的思考，对当下文学理论中相关论题的研究具有深刻的启发意义。

【关键词】多米尼克·拉卡普拉；“否定的崇高”；“书写创伤”；言语行为；伦理

历史、生存与艺术创造——别尔嘉耶夫的时间美学之维

【作　者】李一帅

【单　位】中国社会科学院文学研究所
【期　刊】《湖北大学学报（哲学社会科学版）》，2021 年，第 48 卷，第 5 期，第 60－68 页
【内容摘要】俄罗斯著名思想家别尔嘉耶夫对“历史、生存、艺术创造”关系的理解是他重要的美学思想遗产之一。别尔嘉耶夫提出历史哲学时间概念的三种类型——宇宙时间、历史时间、生存时间，并强调生存时间的重要性，他的美学思想和生存时间有深入的关联。别尔嘉耶夫提出积极的“末世论”，认为艺术在历史时间内会终结，但是会在生存时间内永生。别尔嘉耶夫的美学思想从宗教观出发，但最终指向人的生存——人应不断进行美的创造，产生精神意义，来抵抗瓦解与毁灭。别尔嘉耶夫的艺术创造论在历史哲学、文化哲学与美学中具有一定的现实意义。
【关键词】别尔嘉耶夫；历史哲学；宗教哲学；生存时间；艺术创造；美学思想

两次世界大战期间俄国文论之最新研究成果——评加林·提哈诺夫教授的近著《文学理论的生与死》

【作　者】刘茜茜
【单　位】华中师范大学文学院
【期　刊】《外国文学研究》，2021 年，第 43 卷，第 1 期，第 171－176 页
【内容摘要】加林·提哈诺夫教授的近著《文学理论的生与死》突破文学理论研究的传统习规，聚焦于文学理论所适用的“关联性机制”——文学阐释和运用中普遍存在的模式，对两次世界大战期间诸如俄国形式主义、施佩特的文学理论、巴赫金的文化诗学、语言古生物学派、流亡批评理论等俄国文论展开探讨，高度概括出文学理论“激进的历史性”特点，即文学理论从生到死的短暂性，重现了俄国文论跨越文化疆界的旅行，对俄国文论与当下世界文学研究的内在关联予以揭示，呈现出准确的历史把握、独特的问题意识、开阔的比较视野等特征。该研究对揭示文学理论内在发展规律，特别是展望其未来发展趋势具有启示意义，是一部两次世界大战期间俄国文论研究的力作。
【关键词】《文学理论的生与死》；加林·提哈诺夫；“激进的历史性”；“关联性机制”；“理论的旅行”

论“世界文学”在中国近代的派生

【作　者】王韬
【单　位】江苏省社会科学院文学研究所
【期　刊】《江海学刊》，2021 年，第 5 期，第 232－240 页
【内容摘要】综观近代世界文学，英、法、德三国文学相对成熟，自然地批判和继承了传统，影响了整个世界的文学潮流；俄、美两国文学的兴起宛若对洪荒大地的开拓；日本隶属汉字文化圈，对汉文学“情有可通，亦有所隔”，其变革阻力较我国为轻。唯有我国文学在近代步履蹒跚，一方面必须打破传统的禁锢，变革已是大势所趋；另一方面，一国文学之本质必然是以保存国粹为己任。就此而论，我国近代文学虽显一般，却最能反映传统与现代、民族性与世界性的矛盾。我国近代文学以世界为背景题材的作品以小说为主，大致可分为科学、政治、无政府主义、浪漫主义四类：在中西文明的碰撞中，西方凭借先进的科学占尽优势，故我国学习西方的初衷便是科技兴国，于是科学小说大兴；出于宣传、启蒙的需要，政治小说也多以世界为背景题材，以飨革命、改良之需；无政府主义“去家”“去国”“崇尚个人”的主张，可谓天然的世界主义背景；对近代民族主义响应热烈的文学潮流首推浪漫主义，西方浪漫派作家们化感伤

为激进，把对自我的关注转向种族，被我国近代思想界普遍接受。我国近代“排满兴汉”思想有赖于“物竞天择”之说，严复翻译的《天演论》以《易经》为依据，调和斯宾塞与赫胥黎学说，为近代中国提供了新的价值标准。王国维的思想更能体现文学方面的中西调和，他一方面强调我国古典文学不重形象原则，另一方面又提出了“古雅”范畴，以补充康德的“优美”和“崇高”。

【关键词】世界文学；近代；背景题材；“物竞天择”；“古雅”

论 VR 绘画空间中的身心合一机制——基于梅洛-庞蒂的空间现象学研究

【作　者】苏昕
【单　位】安徽大学马克思主义学院
【期　刊】《文艺理论研究》，2021 年，第 41 卷，第 5 期，第 148－156 页
【内容摘要】在身体为图形—背景的知觉场中，本文以身体空间这一处境的空间为基点，将虚拟空间纳入身体空间，不断拓宽知觉的触角，并引用了梅洛-庞蒂后期的关于侵越的概念，将身体空间和虚拟现实空间描述为互相交织、互相影响的关系，两者呈现互相侵越的态势。虚拟现实绘画的创作者通过意向性的创作活动产生意义，虚拟现实绘画体验丰富了身体图式的结构，突破了关于虚拟空间是真实还是虚假的二元论定义，破除了虚拟空间中身心分离的谜题。
【关键词】VR 绘画；身体空间；虚拟现实空间；梅洛-庞蒂

论本雅明悲悼剧研究中的文学史方法

【作　者】姚云帆
【单　位】华东师范大学中文系
【期　刊】《华东师范大学学报（哲学社会科学版）》，2021 年，第 53 卷，第 3 期，第 113－123 页
【内容摘要】《认识批判序言》是本雅明《德意志悲悼剧的起源》的序言。它并非仅仅是一篇哲学论文，而是蕴含了本雅明特殊的文学史研究方法。通过区分“理念”和“概念”所体现的两种普遍性，本雅明将“悲悼剧”定义为一种“理念”，并将之置于文艺复兴戏剧和社会转型的前历史和后历史的处境中，从而以悲悼剧这一极端特殊的范例，呈现同时代戏剧发展的普遍图景。这一研究呈现出细节和普遍性的辩证综合，反对以线性进化论为基础的文学史书写方式。
【关键词】悲悼剧；理念；概念；线性进化

论阐释的四种模式

【作　者】陆扬
【单　位】复旦大学中文系
【期　刊】《文学评论》，2021 年，第 5 期，第 67－75 页
【内容摘要】当代阐释理路可选取四种主要思路，不妨命名为小说家、哲学家、批评家和理论家的阐释模式。在小说家，阐释尽可以海阔天空大胆假设，但是文本最初的历史和文化语境不容忽视。在哲学家，具体来说是实用主义哲学家，他们认为意义原本就存在，严格运用某种方法可将之阐释出来，那是荒唐透顶。在批评家，不温不火的阐释呼应共识，然而平庸无奇，阐释一样需要想象，是以但凡有文本依据，所谓的“过度阐释”并不为过。在理论家，阐释本质上应是超越私人性质的“公共阐释”，须具有“共通理性”。凡是往事，皆为序章，一切阐释洞见，

说到底是建立在百分之九十九的汗水之上。
【关键词】阐释边界；实用主义；“过度阐释”；“公共阐释”

论德勒兹的“精神分裂分析”文论

【作　者】蔡熙
【单　位】湘潭大学文学与新闻学院
【期　刊】《广东社会科学》，2021 年，第 6 期，第 154－161 页
【内容摘要】从弗洛伊德、荣格及拉康发展而来的精神分析批评已经成为当代文艺美学研究的一个重要领域。尽管国内学界对德勒兹的研究日益升温，但是德勒兹倡导的“精神分裂分析”却为学界所忽视。精神分裂并非一种疾病，而是一种思考生命的方式，它批判了精神分析的欲望观，提出了非正统的欲望生产的新理念。精神分裂分析文论是一种彻底的反精神分析，它拒斥一切模仿的观念，始终坚持差异和生成，舍弃结构、符号和能指，其目的是发现表述的集体装配；精神分裂分析文论弘扬生命的文学观，将作家视为临床医生，将文学视为症状学，极大地拓展了文学人类学的新理念。深入发掘精神分裂分析的学理依据和文学批评功能，对于当下中国文论的建构具有重要的启迪意义。
【关键词】德勒兹；精神分裂分析文论；反精神分析；症状学

论杜威对“表现论”美学的重构

【作　者】李永胜
【单　位】深圳大学美学与文艺批评研究院
【期　刊】《江西社会科学》，2021 年，第 41 卷，第 1 期，第 94－101 页
【内容摘要】杜威批判性地吸收了英国浪漫主义者、托尔斯泰、克罗齐、鲍桑葵等人的表现理论，并将之融入自己的经验论美学体系当中。经过杜威的重构，表现论美学的四个基本问题呈现出了更为系统、更有阐释力的理论样貌：表现的主体由原来的直觉或情感的认知者被重构为一个生存的行动者，还原了表现主体的复杂性；表现的对象由直觉或情感被重构为一个完整的经验及其意义，改变了表现论美学重情感而轻理智的状况；表现的意义由获得初步的或对于情感的认知变为对于原有经验及其意义重建与提升，提高了艺术在生活中的作用和地位；表现的过程由艺术家主观的创造被重构为一个完整经验及其意义的创造性转化，指明了表现形式和生活经验之间的紧密关联。
【关键词】杜威；表现论美学；情感；思考；意义

论俄罗斯后现代主义文学成因中的俄苏本土文化因素

【作　者】刘胤逵
【单　位】首都师范大学文学院
【期　刊】《俄罗斯文艺》，2021 年，第 1 期，第 94－102 页
【内容摘要】俄罗斯后现代主义是本土传统文化、西方同类现象及 20 世纪俄苏文化进程综合作用下的产物，在上述影响下它形成了两大主要思潮——新巴洛克和莫斯科概念主义。鉴于以往研究中学界对于前两种成因的论述较为充分，本文尝试从俄苏当代文化进程的角度入手，分析俄罗斯后现代主义文学成因中的俄苏本土文化因素，以期能够弥补以往此类研究中的缺憾。

【关键词】俄罗斯后现代主义；文化起源；苏联语境；新巴洛克；莫斯科概念主义

论范畴的审美感知功能——以沃尔顿的艺术范畴理论及其对当代自然审美理论的影响为讨论中心

【作　者】程相占；杨阳
【单　位】山东大学文艺美学研究中心
【期　刊】《郑州大学学报（哲学社会科学版）》，2021 年，第 54 卷，第 3 期，第 72－76 页
【内容摘要】沃尔顿艺术范畴理论的要点是如何借助正确的艺术范畴，去适当地感知艺术品的审美属性。正因为这样，沃尔顿所说的艺术范畴其实也就是审美范畴，其审美理论意义在于凸显了审美范畴的功能，即对于审美感知的内容及其方向的引领，初步解答了“如何适当地欣赏艺术品”这个艺术美学的问题。正因为如此，卡尔森在探讨“如何适当地欣赏自然事物”的时候，就借鉴了沃尔顿的理论思路。卡尔森遇到的理论困难在于，现成的自然审美范畴无法引领对于自然的适当的审美欣赏。为了解决范畴方面的困难，卡尔森走向了自然科学，试图借鉴自然科学提供的自然范畴来解决自然审美的适当性问题。这种解决方案固然取得了一定的理论成果，但其天然缺陷在于科学范畴并非审美范畴，在自然审美欣赏中运用自然科学范畴必须解决这样做的合法性问题。卡尔森的科学认知主义立场之所以遭受很多批判，深层原因正在这里。巴德否定将艺术理论移植到自然审美欣赏中的可行性，最终导向自由主义。帕森斯立足于卡尔森与沃尔顿理论之间的联系，提出“审美关联”“使美标准”等术语来修正科学认知主义立场。伊顿则认为范畴的特殊性是进行自然审美欣赏的关键因素，倡导范畴界限下的认知模式。所有这些讨论最终都凸显了范畴的审美感知功能，从一个侧面推进了审美理论的进展。
【关键词】艺术范畴；审美感知；自然欣赏；自然范畴；适当的审美欣赏；审美理论

论非虚构文学的叙事学问题

【作　者】张卫东
【单　位】南京理工大学外国语学院
【期　刊】《国外文学》，2021 年，第 2 期，第 10－18 页
【内容摘要】迄今为止的叙事学理论大多只适用于虚构文学，而非虚构文学则被已有的叙事学理论悬置了。本文从经典叙事学和后经典叙事学两个方面考察非虚构文学的叙事学问题。在经典叙事学方面，通过考察非虚构文学的叙事单元、叙事行为和叙事系统发现，“功能”仍然是最小意义单元，叙事行为可概括为去中心化的述谓关系，叙事系统通过扩展、延异、拟态及整合来实现意义。在非经典叙事学方面，文章提出建立一种“文化自然叙事学”，主张将非虚构文学文本视作一种模仿自然的文化产物，在形式上考察非虚构文学的拟真性叙事特性，在内容上考察非虚构文学作品中的身份、主体性、后现代性、意识形态等问题。
【关键词】非虚构文学；经典叙事学；后经典叙事学；“文化自然叙事学”

论建设中国叙事学的学术路径问题：以傅修延“听觉叙事研究”为例

【作　者】刘亚律
【单　位】江西师范大学文学院
【期　刊】《文学跨学科研究》，2021 年，第 5 卷，第 3 期，第 536－549 页
【内容摘要】复数形态的中国叙事学呼唤建设路径的多样化。在与世界的对话中凸显民族特

色，探究人类叙事活动的某些共通规律，是建设与发展中国叙事学的重要目标。"听觉叙事研究"为此贡献了方法论范例，主要表现在：第一，在研究角度上，从人类叙事活动中的听觉感知入手，冲破视觉中心主义一统天下的研究格局，恢复了叙事研究的"感觉生态"，更好地体现叙事即为讲述故事的基本特征。第二，在理论框架上，强调阅读活动中主体体验的优先性，以"音景"和"聆察"为核心概念搭建起"听觉叙事研究"的理论系统，为阐释与批评提供了有效的理论武器。第三，在研究范式上，以穷根溯源式的问题意识为先导，通过人类学、传播学、心理学、历史学与文学等多学科知识的深度融合，构筑起研究的知识谱系。"听觉叙事研究"标志着中国叙事学螺旋式发展进入了新的历史阶段。

【关键词】听觉叙事；中国叙事学；方法论；发展

论罗杰·弗莱的"情感说"

【作　者】高奋

【单　位】浙江大学外国语学院

【期　刊】《广东社会科学》，2021 年，第 6 期，第 144－153 页

【内容摘要】英国艺术批评家罗杰·弗莱的"情感说"曾有力地推动欧洲审美趣味的转向，其观点值得梳理与阐明。20 世纪初期，弗莱汲取并修正托尔斯泰的"情感论"，提出"艺术是情感交流的手段，以情感本身为目的"的定义。他阐明"情感说"美学意义上的四大突破，提出"以情为目的"的表现原则和"技法与元素——构图——情感"表意途径，其观念基于英国经验主义哲学，与中国诗学的"情志说"和立象尽意的表现原则相通。其"情感说"的价值在于：彰显艺术的情感性与表现性本质，阐明其传统性、原创性、突破性和形式性，实现从印象主义到后印象主义的审美趣味转向。

【关键词】罗杰·弗莱；"情感说"；后印象主义

论潘诺夫斯基透视理论的认知价值——基于符号形式解读

【作　者】曹晖

【单　位】黑龙江大学哲学学院；黑龙江大学文化哲学研究中心

【期　刊】《社会科学辑刊》，2021 年，第 2 期，第 40－48 页

【内容摘要】在卡西尔符号理论的影响下，潘诺夫斯基将透视作为一种符号形式，探讨了从古代社会到文艺复兴时期人的认知随空间观和世界观的变化所发生的改变，以及艺术的知觉形式和表现形态与特定时代的哲学观所发生的密切关联，这集中体现在他的《作为符号形式的透视》中。潘诺夫斯基吸收了卡西尔符号形式的结构范式和功能性特征，并通过对德语国家形式理论的批判性继承和发展，将空间感、世界观、艺术、视觉、功能和现代性等一系列主题统摄到透视之中，建构出一种连续体，从而显示出蓬勃的生命力和深刻的理论性，这些都对艺术史、美学、图像学以及后来的文化研究具有重要的意义。透视的探讨不仅指向视觉艺术的空间认知，更指向在认知背后的人类精神和哲学倾向。

【关键词】透视；视觉；符号形式；空间观；世界观

论区隔虚构的双原则——以卡勒的逼真性概念为中心

【作　者】周飞

【单　位】河南大学文学院
【期　刊】《国外文学》，2021年，第2期，第19—27页
【内容摘要】美国学者乔纳森·卡勒在《结构主义诗学》一书中提出逼真性概念。从其结构主义的理论背景来看，他所使用的逼真性概念可以等同于文学理论中的虚构概念。法国早期结构主义者托多洛夫仅将逼真分为“体裁惯例”和“公共舆论”两个部分，而卡勒则将逼真性划分为五个层次：世界文本、文化的逼真性、体裁模式、约定俗成的自然和扭曲模仿与反讽。结合多勒泽尔、帕维尔的阐释，这一细分可以归纳为区隔虚构与非虚构的两条相互参照的原则：文学性与虚构强度。前者是文学与非文学的界线，后者则揭示了虚构与非虚构之间的连续性。二者共同构成区隔虚构的双原则。
【关键词】逼真性；乔纳森·卡勒；虚构；文学性；虚构强度

论施克莱“文学对于政治理论的馈赠”

【作　者】李晓林
【单　位】厦门大学人文学院
【期　刊】《厦门大学学报（哲学社会科学版）》，2021年，第4期，第129—135页
【内容摘要】在当今美国政治哲学领域，有一批学者从“恶”的角度拓展了自由主义理论，哈佛大学政治学教授施克莱就是其中一位。施克莱“平常的恶”与阿伦特“平庸之恶”的着眼点都是“恶”之“寻常”，而非康德在形而上学意义上的“根本恶”。施克莱基于“以残酷为首恶”的“恐惧的自由主义”思想对于后现代哲学家罗蒂产生深刻影响，使他认同施克莱对于自由主义的界定，即以残酷为最坏的行为；施克莱对于文学之于政治理论贡献的思考，启发罗蒂提出“放弃理论，转向叙事”这一学说。
【关键词】施克莱；“平常的恶”；“以残酷为首恶”；“恐惧的自由主义”

论文学伦理学批评理论在韩国文学教育上的活用可行性

【作　者】申寅燮；尹锡珉
【单　位】申寅燮：韩国建国大学师范学院
尹锡珉：韩国江原国立大学人文学院
【期　刊】《文学跨学科研究》，2021年，第5卷，第2期，第241—267页
【内容摘要】文学伦理学批评理论提出了“伦理欠缺”的问题意识，由于具有精巧的概念和理论构成、有效的分析方法，因此通过将其应用在文学教育上来实施道德教育和培养伦理意识是绰绰有余的。尤其在当今韩国的中高等教育中，哲学和伦理教育正在日益衰退，通过文学开展伦理教育则变得异常珍贵。本文探索了将文学伦理学的批评理论作为韩国中高等教育机关的文学教育方法论的可能性。本文以韩国的离散（diaspora）文学和多元文化文学的小说与诗为例，探索了文学伦理教育的可能性。这些文学作品都包含诸如伦理环境、伦理身份、伦理结、伦理线、伦理选择、伦理价值、伦理语境等核心概念。本文以在日本文学中凸显的伦理环境、伦理身份、伦理线、伦理选择等概念为中心，以及以多元文化文学中凸显的伦理环境、伦理价值、伦理语境等概念为中心，探讨了对这些文学作品的解读可能性。在此基础上，本文考察了文学伦理学在韩国文学教育中的可行性。此外，我们期待作为文学和哲学的跨学科研究，文学伦理学的建立和扩展将会成为克服韩国人文学危机的全新研究领域。

【关键词】文学伦理学；韩国文学教育；伦理环境；伦理身份；伦理价值；伦理语境

论文学批评的常识

【作　者】寇鹏程
【单　位】西南大学文学院
【期　刊】《学术界》，2021 年，第 2 期，第 134－140 页
【内容摘要】文学批评的名声一直不太好，最基本的原因在于它丧失了某些批评的常识。文学批评的常识有：一是要阅读了文学作品再进行文学批评；二是文学作品里的人物不是作者本人；三是一个人的文学见解不是百分之百的真理；四是不能做莫须有的诛心之论；五是坚守艺术原则。真正的文学批评必须回归批评的常识，只有这样，文学批评才会摆脱困境，获得自己应有的尊重与学术品格。
【关键词】文学批评；常识；困境

论文学史叙事的故事性

【作　者】乔国强
【单　位】上海外国语大学
【期　刊】《南京社会科学》，2021 年，第 1 期，第 117－126 页
【内容摘要】本文要论证的主要观点是文学史叙事故事性的三个基本特征，即“往事”“差异”以及“建构”。这三个基本特征具体体现在文学史框架的构建、文学史文本的开放性及文学史的潜文本和超文本。这三者或有部分重叠之处，不过它们还是有所不同：文学史框架揭示的是因其支撑性和约束性而演绎出来的故事；文学史文本的开放性主要指向阐释的多种可能性，不同的阐释演化出不同的故事；文学史的潜文本和超文本道出了文学史文本内部和文学史文本外部相关联的故事。
【关键词】文学史叙事；故事性；文学史框架；开放性；潜文本；超文本

论现代主义文学的文化性——重新认识现代主义文学

【作　者】易晓明
【单　位】首都师范大学跨文化跨媒介研究中心
【期　刊】《甘肃社会科学》，2021 年，第 4 期，第 80－88 页
【内容摘要】文学研究在 19 世纪现实主义时期，主要遵从社会历史批评的范式，推崇文学的社会的反映论，关注阶级关系等。进入 20 世纪初，电媒技术带来大都市化，现代性的卷入力量进一步增强，整个社会向技术化管理转型。现代主义文学的兴起，是新的工业体制社会、技术社会、电媒介环境、社会现代性等诸多因素引发的，而非文学内部演变的结果，因而仅从文学内部研究现代主义，存在很大局限。自动化技术与电媒介环境等塑造了现代主义文学的全新的空间感知，兴起感官审美转向，形成了反观念文化或者说反文化的特质。它具有复杂的外部关系，其所承担的文化功能，不同于过去的文学教化功能，而成了现代社会的救赎力量。全面审视现代主义，可以看出它在六个维度上具有过去文学所不具有的新文化特质，单纯的文学视野无法框定，它是一种文化现代主义。
【关键词】技术；媒介；文化意义；文化特质；文化现代主义

论雅克·朗西埃的话语观

【作　者】谢云开
【单　位】北京大学中文系
【期　刊】《河南大学学报（社会科学版）》，2021年，第61卷，第1期，第121－125页
【内容摘要】在法国当代理论家雅克·朗西埃的话语理论中，模仿原则的消逝与现实主义小说的诞生共同导致了话语秩序的断裂；话语的平等带来文学的民主；而对文学话语的重新书写则是话语重建并沟通感性和理性世界的重要途径。朗西埃的话语观源自其对西方传统与社会的批评与反思，他提出以生活总体性发现文学话语的复杂性，恢复文学话语的平等，并通过对文学话语的重新书写与阐释来更新和激活文学，从而实现话语的重建。
【关键词】雅克·朗西埃；话语；文学

论伊利格瑞的女性主义植物诗学

【作　者】康毅
【单　位】北京外国语大学英语学院
【期　刊】《外国文学》，2021年，第1期，第126－135页
【内容摘要】当代西方理论中，“动物转向”之后兴起了植物问题的研究。露西·伊利格瑞的植物理论是在性别差异理论基础之上发展起来的一种性态化的女性主义植物诗学。性态化理论关注人与包括植物在内的其他生命体的关系，强调变化和差异。植物的张合摇曳、生长衰败自有其节奏，这是植物的性态化属性，是对减损物种间本质差异的逻各斯的颠覆。西方传统追求抽象理性，将植物边缘化的同时遗忘了构成生命体的元素，伊利格瑞运用女性主义的视角和精神分析的方法分析了元素的流动性和繁殖能力，批判父权文化的同时呼吁建构人与自然的性态化关系，以抵抗或直面后现代性的虚无，解放困在逻各斯之内的自然、女性以及男性。
【关键词】露西·伊利格瑞；植物；性态化；性别差异；逻各斯；女性主义自然观

论张世英的审美观对海德格尔的接受

【作　者】牟方磊
【单　位】湖南师范大学文学院
【期　刊】《中国文学研究》，2021年，第1期，第15－24页
【内容摘要】张世英审美观的建构与其对海德格尔的接受密切相关。其审美意识论接受了海德格尔的存在论差异、批判传统形而上学、在世结构、惊异等思想；其艺术观接受了海德格尔的世界观、真理观、艺术观和栖居观；其语言观接受了海德格尔的语言之本质乃是道说、道说与人言之关系、诗乃本真人言等思想。张世英对海德格尔的接受呈现出深刻全面、中西对话的特点。张世英的接受实践具有重要的理论和现实意义，其不足之处亦应得到充分注意。
【关键词】海德格尔；张世英；审美意识论；艺术观；语言观

论中国马克思主义文学批评的自觉

【作　者】季念；季水河
【单　位】湘潭大学文学与新闻学院

【期　刊】《湖北大学学报（哲学社会科学版）》，2021 年，第 48 卷，第 4 期，第 48－59 页

【内容摘要】20 世纪 30 年代伊始至 40 年代初是中国马克思主义文学批评的自觉阶段。“自觉”是针对“自发”而言的，其判断标准是中国马克思主义文学批评的代表性人物、标志性成果和总体性态势。中国马克思主义文学批评的自觉以马克思主义文论在中国的系统译介、世界左翼文学的蓬勃发展、中国共产党的直接引导为背景，突出表现为对马克思主义文学理论和批评观念的理论自觉、对无产阶级文学与无产阶级身份的一致认同和对新人新作与文学现状的主动关注。中国马克思主义文学批评自觉的意义在于科学地运用了马克思主义批评方法，较好地适应了中国社会的发展需要，成功地实现了理论与实践的基本统一，为 40 年代马克思主义文学批评的成熟奠定了基础，也对 20 世纪中国文学批评整体格局的定性和走向产生了不容忽视的重要影响。

【关键词】中国马克思主义；马克思主义文论；文学批评；理论自觉

洛特曼“符号圈”理论在中国接受的主体性研究

【作　者】杨昕
【单　位】上海交通大学外国语学院

【期　刊】《俄罗斯文艺》，2021 年，第 1 期，第 134－143 页

【内容摘要】“符号圈”作为洛特曼文化符号学的核心概念之一，于 21 世纪初在接受语境向文化转向的背景下被引介入我国学界。继而动静交融的研究态势逐步凝定，主要形成了两种研究路径：语言学学者排除外力，力求化繁为简探寻“符号圈”的规律性，并对其理论层面的进路进行持续性探索；文学学者基于艺术思维，由简向繁，复杂地、变化地看待“符号圈”，并从方法论的维度不断开拓“符号圈”模式下的文学现象解读的多元路径。回眸“符号圈”理论的中国接受历程，社会意识形态的变化、接受主体自身的知识基础和主体的需要，均直接影响着阐释目的及其结果，并推动了我国学界在为我所用的理论接受中呈现出鲜明的主体性特征。

【关键词】洛特曼；文化符号学；“符号圈”；接受；主体性

马克思主义“现代悲剧”的提出及其美学价值——重读马克思、恩格斯《致斐迪南·拉萨尔》

【作　者】何信玉
【单　位】浙江大学传媒与国际文化学院；黑龙江大学文学院

【期　刊】《学习与探索》，2021 年，第 3 期，第 158－165 页

【内容摘要】马克思与恩格斯关于现代悲剧的核心观点，集中体现在二人 1859 年分别致斐迪南·拉萨尔的两封信中。在革命成为时代主题的历史背景下，他们敏锐地发觉欧洲 1848 年革命的世界历史意义与现代内涵——这次革命首次与反对资产阶级的“中心点”联系在一起。在此基础上，他们将悲剧创作与现实革命之间紧密联系起来，正式提出现代悲剧的理论范畴。在美学史上，这一概念的提出对于突破和革新西方传统悲剧观念、打破资产阶级戏剧文学的束缚，具有非常重要的历史作用和理论影响。

【关键词】马克思主义悲剧批评；现代悲剧；《致斐迪南·拉萨尔》；《弗兰茨·冯·济金根》

媒介批评与当代文论体系的话语生产——兼及“强制阐释”媒介发生的可能性

【作　者】张伟

【单　位】广东外语外贸大学阐释学研究院
【期　刊】《探索与争鸣》，2021 年，第 12 期，第 130－138 页
【内容摘要】作为技术媒介介入文学批评场域的形式表征，媒介批评的提出不仅是文学批评对“媒介文艺论”的回应与调适，更是非语言符号对文学批评语言专属地位的挑战。作为媒介时代兴起的文学批评样式，媒介批评形构了复合符号的批评文本形态及其集成式叙事策略，构建了媒介转化与批评实践集于一体的隐形批评结构，创造了集体协商的批评机制与公约性话语生成模式，同时也增强了感官审美体验在文学批评中的比重。媒介批评的现代发生既源于科技发展的文化供给，同时也离不开日常生活审美化与消费意识等语境参数的潜在规约，其作为文学批评范式的现代凸显为当下文论建设中的“强制阐释”论提供了新的议题，使得基于媒介层面考察强制阐释问题成为可能。
【关键词】媒介批评；技术媒介；文学阐释；文论体系；强制阐释

媒介—特定分析模型下的电子文学文本生成机制研究

【作　者】陈静
【单　位】南京大学艺术学院
【期　刊】《外国文学动态研究》，2021 年，第 2 期，第 40－54 页
【内容摘要】电子文学批评及相关理论以实践所开启的契机，对印刷技术以来所形成的认识论惯例进行了反思，并尝试建立一种新的理论模式。本文视博尔特、海尔斯等人所开启的媒介特性理论为新理论模式的潜在可能，从文本性议题入手，对具有代表性的电子文学作品进行理论和批评层面的考察，探讨这些作品是如何建构了机器、媒介、作品和用户之间的关系，从而就人机合作、算法、代码与写作、阅读和共同栖身于一个数字环境中所具有的意义进行阐释。
【关键词】媒介—特定分析；电子文学；超文本；赛博文本；代码文本

美国经典化论争背景下的“莎士比亚崇拜”——哈罗德·布鲁姆莎评思想的诗学立场与历史境遇

【作　者】尹兰曦
【单　位】南开大学文学院
【期　刊】《国外文学》，2021 年，第 2 期，第 28－37 页
【内容摘要】作为文化保守派的哈罗德·布鲁姆以坚持“审美中心”的批评原则著称，而他重申莎士比亚正典地位的主张一直未被放置在“莎士比亚崇拜”和其个人诗学体系这两个具体语境之中加以考查，导致无法将其与“莎士比亚崇拜”这一在欧洲存在数百年的深厚文化传统以及莎士比亚在“影响诗学”体系中的特殊位置真正联系起来。本文拟从美国经典化论争的文化语境出发，重新阐释布鲁姆的“莎士比亚崇拜”主张，探讨布鲁姆如何通过揭示“审美尊严”的二重性及其背后的文化英雄主义历史观，超越主流文化研究理论和以社会功用衡量文学文本的批评倾向。
【关键词】哈罗德·布鲁姆；“莎士比亚崇拜”；“审美尊严”

美学和文学的政治——雅克·朗西埃的启示

【作　者】张弓；张玉能
【单　位】张弓：华东政法大学传播学院
张玉能：华中师范大学文学院
【期　刊】《江汉论坛》，2021 年，第 5 期，第 72－78 页
【内容摘要】美学和文学与政治的关系，历来是一个非常重要的问题。但是，关于政治的概念在美学和文论中的用法比较模糊，产生过许多误会和误解。法国当代著名哲学家和美学家雅克·朗西埃明确区分“政治”（politics）和“治安”（police）两个概念，并提出了明确的元政治的概念，认为元政治是对预设的平等的追求。由此可以启发我们：美学和文学的政治主要是指这种元政治，即在审美体制下的艺术对预设平等的追求。因此，美学和文学的政治主要不是指“为政治服务”“服从于权力”，更不是“图解政策”“服务治安管理”，而是使社会共同体中的每一个人都成为平等的人，成为自由发展的人。雅克·朗西埃的这种美学和文学的政治观，尽管明显地受到卢梭的平等思想和席勒的人性美学的影响，但是，对于我们建设中国特色当代美学和文论仍然是一种可供借鉴的思想资源。
【关键词】美学；文学；政治；元政治

民间文学遭遇形式论——普罗普的故事分类方案

【作　者】周争艳
【单　位】中国社会科学院大学
【期　刊】《民族文学研究》，2021 年，第 39 卷，第 5 期，第 13－22 页
【内容摘要】形态学通常被视为研究事物结构组成的学说，但事实上，形态学的内涵并没有如此简单归一。歌德承认形态学的根本原则是理念，这种说法影响了普罗普的故事形态学研究，而这历来为学界所忽视。阐明理念是形态学的另一层含义，既是对形态学的再还原，也是对故事形态学在何种意义上是形式研究的一次厘定。
【关键词】故事形态学；形式；功能项；分类法；理想类型

女性主义叙事意识形态阐释中的类比转义

【作　者】程丽蓉
【单　位】浙江工商大学人文与传播学院
【期　刊】《浙江工商大学学报》，2021 年，第 6 期，第 23－31 页
【内容摘要】转义（trope）和类比（analogy）是女性主义叙事意识形态阐释的核心逻辑，是对男权主义传统的“性类比思维”进行逆向类比推理，从底层思维逻辑质疑二元对立模式，受到 20 世纪 60 年代至 80 年代思想学术界研究范式转型的深刻影响。以“个人的即政治的”理念变迁、伍尔夫叙事的价值之争、对《笑忘书》的意识形态阐释为例，可见女性主义理论批评从理念、理论批评到阐释案例不同层面以类比转义方式解构“二元对立”。借助类比转义，女性主义叙事的意识形态阐释得以深入揭示类比叙事、二元对立的“确定性”与“非确定性”等深层社会意识和文化符码，但也可能因推理方式本身的缺陷出现主观偏误。
【关键词】女性主义叙事；意识形态阐释；类比转义

欧美奇幻文学理论中的恐惧——以四个经典视角为中心

【作　者】张怡
【单　位】外交学院外语系
【期　刊】《国外文学》，2021 年，第 2 期，第 47－56 页
【内容摘要】自 19 世纪初奇幻文学诞生以来，恐惧始终是奇幻文学研究的核心议题。20 世纪相关理论研究不断丰富，研究者从多个角度对奇幻文学中恐惧的生成机制进行了阐释。目前，国内外学界对此尚缺乏系统性的整理，本文尝试从庞大纷杂的各类奇幻文学理论中爬梳出四家经典论述——弗洛伊德、洛夫克拉夫特、卡伊瓦、博泽托，以线索明确的专题呈现，梳理其论证逻辑，指出各理论的侧重点。在系统呈现各自视角的基础上，勾勒恐惧理论的发展脉络和时代迁移，并对比主题学的方法，探求四种经典视角在揭示何为奇幻文学方面的意义。
【关键词】奇幻文学恐惧理论；弗洛伊德；洛夫克拉夫特；卡伊瓦；博泽托

批评何为？——重探萨伊德的批评思想

【作　者】石涎蔚
【单　位】首都师范大学文学院
【期　刊】《当代外国文学》，2021 年，第 42 卷，第 2 期，第 151－158 页
【内容摘要】文本指出，萨伊德批评“纯化”研究，批判“东方主义”，目的是建立一种多元的文学和文化发展观，并揭示一种深层的、与知识生产、权力政治、文化抵抗血脉相连的压迫性话语。萨伊德希望通过文学与文化批评达成非强制性知识和实现作为“社会性”的人的自由和解放。重新探析萨伊德的批评思想，可以为“何为批评”与“批评何为”提供可能的视角、方法和经验。
【关键词】萨伊德；差异；流亡；世俗批评；民主批评

普罗普与巴赫金——试论 20 世纪民间文艺学的两种范式

【作　者】王杰文
【单　位】中国传媒大学艺术研究院
【期　刊】《文学评论》，2021 年，第 5 期，第 86－95 页
【内容摘要】普罗普与巴赫金是 20 世纪苏联著名的民间文艺理论家。普罗普在科学主义思想的指导下开展幻想故事的形态学与历史学研究，巴赫金则在现象学的原则下探讨言语体裁与社会交往的复杂关系。普罗普试图在幻想故事文本中寻找稳定不变的要素，从而建构故事类型的“基本形式”与“派生形式”，并为其历史起源研究奠定基础；巴赫金则把文本还原为言语交流活动，着眼于人类言语行为的整体，努力探索的是人类“派生的言语体裁”中所隐藏的社会学诗学问题。在国际民间文艺学界，上述两种研究范式都产生了广泛而深远的影响，然而，当前民间文艺学家反思与批评“民间文学”这一概念，转而关注“口头艺术”的文本化问题，显然是对巴赫金思想的继承与发展。
【关键词】民间文学；“口头艺术”；形态；讲述

启蒙现代性、审美现代性与审美虚无主义

【作　者】张红军
【单　位】洛阳师范学院文学院
【期　刊】《山东社会科学》，2021 年，第 3 期，第 174—181 页
【内容摘要】启蒙现代性和审美现代性的本质都是审美虚无主义，即一种既强调虚无、否定与毁灭，又强调存在、肯定与创造的虚无主义。西方现代性的历史并非主要表现为审美现代性与启蒙现代性的紧张关系史，而是表现为审美虚无主义的发生发展史。克服西方现代性危机的关键不是用审美现代性对抗启蒙现代性，而是要走出审美虚无主义的思想逻辑，即改变西方现代个体对待传统、法则和标准的彻底虚无化态度，改变个体改造外在世界的唯意志论和工具理性态度。
【关键词】西方现代性；启蒙现代性；审美现代性；审美虚无主义；虚无主义心绪

强制阐释与比较文学阐释学

【作　者】曹顺庆；翟鹿
【单　位】曹顺庆：四川大学
翟鹿：四川大学文学与新闻学院
【期　刊】《天津社会科学》，2021 年，第 6 期，第 112—118 页
【内容摘要】强制阐释已成为当今文学研究中的普遍现象，也是一个亟待解决的问题。在比较文学学科领域，西方理论对中国文学、中国文论的强制阐释一直存在，并产生了明显的阐释变异。从阐释学视角进入比较文学研究，可以将比较文学中的双向阐释纳入比较文学的研究范式。作为比较文学学科提出的新话语，比较文学阐释学包括六个基本方法论：理论阐释作品、作品阐释作品、理论阐释理论、翻译阐释学、跨文明阐释学和阐释变异学。比较文学阐释学可以为我们提供一个反思当前强制阐释问题的新视角，化问题为机遇，通过对比较文学研究中的阐释实践进行系统性建构，为目前中国比较文学研究开辟一片新领域。
【关键词】强制阐释；比较文学阐释学；阐释变异；中国话语

强制阐释与阐释的合法性

【作　者】王宁
【单　位】上海交通大学
【期　刊】《社会科学辑刊》，2021 年，第 3 期，第 33—39 页
【内容摘要】关于“强制阐释”及其批判是一个具有原创性意义的理论话题，这一话题并非国际学界本来就有的，而是由中国学者张江自己设计并提出的，并吸引了相当一批重量级的国际学者的关注，国际主流学界围绕这一话题开展的讨论以及与中国学者的对话开启了中西文学理论平等对话的征程。强制阐释的现象已经流行很广，而且涉及人文社会科学的各个分支学科，它有可能成为一种学术范式。因此，即使是强制阐释本身，也有合法的强制阐释与不合法的强制阐释之分；此外，还有成功的强制阐释与失败的强制阐释之分。合法的强制阐释可以导致理论的创新，而不合法的强制阐释本身就会被人们所忽视，更无法引起人们的关注和讨论。同样，成功的强制阐释所导致的是一种新的理论概念或范式的诞生，而失败的强制阐释则由于其本身不能自圆其说而很快就被人们所忽视进而彻底遗忘。
【关键词】强制阐释；海德格尔；过度阐释；中国阐释学

乔伊斯圣症——拉康精神分析视域下的文学与书写

【作　者】叶娟娟
【单　位】华东师范大学中文系
【期　刊】《文艺理论研究》，2021年，第41卷，第3期，第113－122页
【内容摘要】文学历来是精神分析中的常见话题。从弗洛伊德到拉康，由于二者所持理论立场与伦理关切的变化，文学从主体的“症状”升格至“圣症”。拉康通过分析“乔伊斯圣症”，实现了其在文学批评维度上的理论建构，即文学作为主体的圣症：一方面，文学以书写实现对想象界和象征界的挣脱，以意义缩减的方式使字符复位，呈现了作者的无意识欢爽；另一方面，作者通过书写为自己命名，进而以圣症的形式形成了波罗米安结的第四环，避免了其因不能内嵌入想象界、象征界而招致溃散的结果。在拉康精神分析视域下，文学乃至其他类型的艺术创作，都具有圣症的性质，它们以关于人“做的知识”使人远离了欲望的吞噬，从而实现对人之主体的保护。
【关键词】精神分析；拉康；乔伊斯；文学；圣症

青春美学：艺术治疗与尼采的“生命透镜”

【作　者】吴红涛
【单　位】上饶师范学院文学与新闻传播学院；上饶师范学院图书馆
【期　刊】《浙江学刊》，2021年，第2期，第157－164页
【内容摘要】尼采创造性地借用“青春”来隐喻“艺术”之于人的重要性，这种青春语态，不仅告示了艺术所包含的生命话语，还特别指向了艺术形塑的生命政治。当灿烂的古希腊文化不断走向衰朽，人类原有的青春之美被逐步消解，无论是公共生活还是个体生命，都在诸种病症的侵蚀下丧失了机体免疫的希望。尼采从作为“生命透镜”的艺术那里发现了治疗的可能，其背后寄寓了深刻的“有痛伦理”。在阿波罗与狄奥尼索斯两位青春之神的交融对话中，尼采将艺术治疗最终转向了希腊悲剧，他相信只有置身于纯正悲剧搭建的审美空间中，不可避免的痛苦才能被真正理解、认可和治疗，进而衍化为意志的强劲动力，让人重返生命的美好青春。从这个意义上说，尼采美学亦可称为青春美学。
【关键词】尼采；青春；艺术；治疗；希腊

情感、性别和伦理——评戈尔的《19世纪小说中的残障叙事》

【作　者】郑洁儒
【单　位】杭州师范大学外国语学院
【期　刊】《外国文学》，2021年，第2期，第182－191页
【内容摘要】克莱尔·戈尔的学术著作《19世纪小说中的残障叙事》论述了查尔斯·狄更斯、威廉·威尔基·柯林斯、夏洛特·扬、戴娜·克雷克、乔治·爱略特和亨利·詹姆斯六位维多利亚时期作家笔下的残障叙事。通过文学残障研究这一跨学科视角，该著作深入剖析了不同类别维多利亚小说中的残障人物塑造和情节构建，并揭示了19世纪的残障观念及残障叙事在情感、性别、伦理等维度的纵深发展。戈尔的研究既为维多利亚小说的阐释提供了新视角，又从文学角度阐发了残障概念在19世纪英国社会的历史嬗变与文化意涵。
【关键词】残障叙事；19世纪小说；情感；性别；伦理

情境与建构：文学理论知识学属性审思

【作　者】姜文振
【单　位】河北师范大学国际文化交流学院
【期　刊】《江西社会科学》，2021 年，第 41 卷，第 1 期，第 90－99 页
【内容摘要】在后现代知识观和知识社会学的理论视野中，文学理论作为一种体系性的知识，具有确定的情境性和建构性。通过反思以西方文论范式为重要理论资源的中国现代文论，考察世纪之交文论建构的现代性与后现代知识型分化及转换状况，可以看出，文学理论的“真理性”仅仅存在于它与文学“现实”的互相映照与互相生成的动态历史过程之中。只有立足于百余年来中国文化由古代到现代、由现代向后现代转型的宏观历史语境，以及各种文论范式所由生成的知识型基底和具体情境，方可深刻把握文学理论知识的建构特质，获得阐释中国文学与当代文化的理论合法性。
【关键词】文学理论；知识学属性；情境；建构

趣味即文化：阿诺德对文学批评的贡献

【作　者】殷企平
【单　位】杭州师范大学外语学院
【期　刊】《外国文学研究》，2021 年，第 43 卷，第 5 期，第 43－54 页
【内容摘要】在贬损阿诺德的声音中，有两种观点最具影响：第一，阿诺德是精英主义者，他的文学批评思想只为统治阶级服务；第二，与其说阿诺德是批评家，不如说他是文学批评的宣传家。我们有必要多角度地从事阿诺德研究，进而说明上述观点为何失之偏颇。欲熟谙阿诺德文学批评的精髓，须着眼于作为他文化蓝图中枢的趣味观。他主张建立一个“趣味中心”，主张“集体标准和理想”，这不仅是为了防止个人趣味的盲目性和武断性，更是为了防止整个国家妄自尊大。我们可以借用阿甘本的“完美点”一说，来形容阿诺德的批评实践。理由是阿诺德虽然没有用这一概念表述他的标准，但实际上正是依循是否具备“完美点”来评价文学作品，从而展示“完美点”所体现的趣味。
【关键词】趣味；文化；权威；“完美点”；文学批评；阿诺德

全球化背景下跨族群华语写作的文化症候与解决之道

【作　者】韩元
【单　位】上海财经大学国际文化交流学院
【期　刊】《东岳论丛》，2021 年，第 42 卷，第 2 期，第 107－117 页
【内容摘要】全球化背景下人口与文化的跨族群流动融合使文化的民族性边界变得模糊，一些跨地区、跨族群的华语作家的写作因而表现出文化认同、身份认同的困惑，比如海外华人作家严歌苓、张翎，以及香港作家李碧华等。他们的作品书写了文化“杂交”的第三空间，解构了二元对立的价值判断，却因为没有稳定统一的文化认同而产生边缘的或幽怨的文化心态，因为身份认同的困惑而在小说中创造了一系列非同常人的具有精神症候的人物形象。作家自身尝试过解决文化症候之道，由小说改编的影视剧则进一步提出解决之道：以中华文化为主体认同，以儒家伦理为价值准则，以血缘亲情为凝聚力，以“团圆”“和合”精神来迎接“游子”归来，构建团结统一的中华民族共同体，展现中华民族文化的包容与自信。这种文化认同、文化自信也

是全球化时代跨族群文化交流时应具备的一种文化心态。

【关键词】跨族群华语写作；文化症候；身份认同

人皆认可的不实之事：对新历史主义与或然历史小说的比较研究（英文）

【作　者】李锋；伊扎克·刘易斯
【单　位】李锋：上海外国语大学犹太研究所
　　　　　伊扎克·刘易斯：昆山杜克大学

【期　刊】《文艺理论研究》，2021 年，第 41 卷，第 1 期，第 150－166 页

【内容摘要】新历史主义与或然历史小说在历史观念和意识形态上提出了相似问题——新历史主义将一切文本视为某种或然历史叙事，而或然历史中的叙事模式可以激发我们深入理解那些由新历史主义推动的批评观念。本文对两者的历史叙事观念进行比较研究，包括其历史的互文性、叙事性、非线性结构和空间性，同时试图在该批评理论和该文学体裁之间建立一种对话关系，探索两者对凡人俗事的关注，对当下的暗指和对未来的设想，及其各自的意义与问题。新历史主义与或然历史小说都强调历史与当下的互动，并将“历史时间”置于同时代的各种指涉关系中予以概念化处理，两者协力突显了历史叙事的诗学结构，并为我们领会历史话语的美学维度增添了政治意义。这一比较研究的目的，是对文学与批评的界线提出质疑。在重新认识或然历史的基础上，本文力图为文学与历史的相关问题指出一条通向“后后结构主义”立场的有效路径。

【关键词】新历史主义；或然历史；互文性；非线性叙事；空间叙事；对话主义

人类命运共同体视域下的英美诗歌瘟疫书写

【作　者】王松林
【单　位】宁波大学外国语学院

【期　刊】《外国文学动态研究》，2021 年，第 2 期，第 17－28 页

【内容摘要】几乎每一次瘟疫的爆发和流行，都伴随人类文明的发展而来。重大的瘟疫往往导致社会的转型和文明结构的变化，同时也对人类命运共同体提出挑战。“移动性”是疾病和瘟疫流行的重要因素，涉及身体、情感乃至政治等诸多问题。英美历史上的瘟疫已沉淀为一种文化记忆和历史想象。英美诗歌的瘟疫书写是一部记叙人的身体和心灵受难的历史，更是一部探索和思考人类个体命运和整体命运的历史。诗人们以直接或隐喻的方式对瘟疫与人类命运共同体之间的关系展开了深度思考。

【关键词】英美诗歌；瘟疫书写；“移动性”；人类命运共同体

人类世权力话语的建构——论 21 世纪西方气候小说的中国形象

【作　者】姜礼福；孟庆粉
【单　位】姜礼福：南京航空航天大学外国语学院
　　　　　孟庆粉：南京信息工程大学文学院

【期　刊】《湖南科技大学学报（社会科学版）》，2021 年，第 24 卷，第 1 期，第 53－58 页

【内容摘要】在 21 世纪，气候变化议题已成为意识形态交锋的战场，气候变化小说则是这一场域的重要载体。西方作家通过三种策略，建构了西方主导的、关于中国的人类世权力话语，即

把气候变化全球问题"中国化"、气候变化"中国问题"政治化，以及将中国历史文化符号化。这三种策略形成一种连环结构，将中国形象定格在西方话语谱系之中。对 21 世纪以来西方气候小说中的中国元素进行系统研究，揭示其中有关中国形象的"套中套"，深刻把握西方塑造中国形象的内在机制和本质意图，不仅有利于维护中国国家形象，而且可以反思人类世问题，探索走出人类世困境的正确路径。

【关键词】人类世；气候变化；气候小说；中国形象

认知符号学：重新思考文学艺术的新路径

【作　者】马大康

【单　位】温州大学人文学院

【期　刊】《江海学刊》，2021 年，第 1 期，第 232－237 页

【内容摘要】符号首先是人与世界的"关系模式"，是人把握世界的中介。人类符号建模的发生过程存在三个序列：行为建模、语言建模、符号建模。其中，语言诞生是关键。语言具有对象化及符号化能力，它不仅将行为建模转化为"行为语言"，并且协同行为建模共同构造了其他所有符号。人的世界和文学艺术世界就是由各式各样的符号建构的，因此，最终都可以用"行为语言"与"言语行为"二维张力结构加以解释。这种二维张力结构决定了人与世界之关系既是一元的，又是二元的。西方理论之所以难以摆脱语言中心主义、理性中心主义，难以超越二元思维，其原因就在于忽略了行为语言与言语行为存在着实质性差异，认为语言可以单独解释一切其他符号，这就势必走向谬误。唯有从行为语言与言语行为的二维张力结构入手，才可以对文学艺术和文化实践做出更加贴切的新阐释。

【关键词】文学艺术；认知符号学；符号建模；关系模式

日本性灵说的反思与江户后期以唐诗为主的折中倾向

【作　者】刘帼超

【单　位】上海师范大学人文学院

【期　刊】《上海师范大学学报（哲学社会科学版）》，2021 年，第 50 卷，第 4 期，第 55－61 页

【内容摘要】江户中后期，日本的性灵说主张自出机杼和师法多元，扭转了古文辞派一统诗坛的局面，对于诗歌的题材范围和语言方式产生了深远影响。随着其流布的广泛，弊端也日渐暴露，论家通过诗话、序跋等批评资料，对这一理论展开批评与反思。他们将性灵说的弊端概括为鄙俚、奇僻和粗率，且认为这是由提倡者的理论偏向和创作示范，以及追随者的不当解读共同造成的。这种反思又促进了诗学风尚的转变，在充分认识唐宋诗之争偏颇的基础上，论家吸收了"性灵"与"格调"两说的合理内涵，形成了以唐诗为主、兼采他代所长的折中倾向，使得汉诗创作和评论朝着通脱、调和的方向发展。

【关键词】日本江户后期；性灵说；反思；唐诗；折中

如何进入和开展比较文学？——与青年研究生一席谈

【作　者】张沛

【单　位】北京大学比较文学与比较文化研究所

【期　刊】《中国比较文学》，2021 年，第 4 期，第 189－194 页

【内容摘要】比较文学是一个开放型的学科，但是也有一定的入门要求和操作规则，简单概括即语言、文本、问题和方法。首先，外语是比较文学研究的生命线。掌握一门外语是一名比较文学研究者的基本素质和要求。其次是文本。在经典文本与核心文本之外，比较文学学者还应注意“副文学文本”及种种话语—权力关系交织而成的“大书”或“超文本”。再次是问题意识。比较文学研究需要思想的贯注和引领，但这并不意味着比较文学等同于思想史，事实上文学研究要谨防成为“时代精神”的传声筒和任何权力话语的同谋。最后是方法。比较文学本身是一门方法论，但比较不是目的，而应指向切己的问题，即具体的问题研究，而非外来和时髦理论的炫耀性消费。

【关键词】比较文学研究；语言；文本；问题；方法

萨特的报刊媒体实践与文学风格的嬗变

【作　者】阎伟

【单　位】中南财经政法大学新闻与文化传播学院

【期　刊】《外国文学研究》，2021 年，第 43 卷，第 4 期，第 87－98 页

【内容摘要】1945 年以后，萨特为践行“实践文学”的主张，高度介入媒体，从而形成“媒体实践文学”。其中在报刊媒体的实践活动极大地影响了他的文学创作。通过采取比较研究方法，对比分析同时期萨特的新闻文本与文学文本，可以发现萨特的报刊媒体实践活动拓展了其文学创作题材，强化了新的文体意识，激进的新闻立场催生了语言暴力修辞，最终导致其文学风格的嬗变。萨特的“媒体实践文学”从理论到实践都存在瑕疵，但从实际效果来看它实现了其介入社会、改变世界的初衷。

【关键词】“媒体实践文学”；文学风格；“正面”特点；“背面”特点

三重生态学及其精神之维——鲁枢元与菲利克斯·加塔利生态智慧比较

【作　者】胡艳秋

【单　位】厦门大学人文学院

【期　刊】《当代文坛》，2021 年，第 1 期，第 187－193 页

【内容摘要】法国当代哲学家菲利克斯·加塔利提出的“三重生态学”与中国文艺理论家鲁枢元提出的“生态学三分法”皆是“全息”式的生态智慧，二者以“横惯性”和“三分法”为方法论，将“精神生态学”“社会生态学”和“自然生态学”作为一个有机整体进行通观研究。其中“精神生态学”是核心，为凸显这一核心，二者皆从结构主义语言学出发，通过打破封闭的语言结构推动主体性生产，并尝试建立新的语言体系和审美体系。二者在理论与方法上有同有异，这赋予二者思想对话以张力，也使东西方的生态智慧呈现彼此呼应、相互生成的状态。

【关键词】鲁枢元；菲利克斯·加塔利；三重生态学；生态智慧

三种“理论—事件”关系型与中国后理论选项研判

【作　者】刘阳

【单　位】华东师范大学中文系

【期　刊】《探索与争鸣》，2021 年，第 1 期，第 168－176 页

【内容摘要】理论在发生时呈现为事件，但其后的发展逐渐失去对这一本性的敏感。因为理论

基于语言论的进展而致力于祛魅，却与自身得以存在的基本估计形成悖论，为掩饰这一悖论的起点而反复操演，其吸附性印证了晚近后学所揭示的在场幻觉。这并非以观察沉思即事件的发生为词源的理论之本性。这种本性使理论每每自然地暗合于文艺实践，即不是意图去解释现实而生产意义，并相应地固化符号区分关系，而是出于理解未来的陌生感，与文艺实践一样在语言中创造意义并不断打破符号区分关系，成为晚近后学所同样揭示的差异性重复事件而积极兼容政治。这由此指向汉语书写对后理论的可持续支撑前景，提供了后理论中国化进程中的学理选项。

【关键词】理论；事件；吸附；暗合；话语创造

桑德拉·多尔比个人叙事研究述评

【作　者】毛晓帅

【单　位】山东工艺美术学院艺术人类学研究所

【期　刊】《民族文学研究》，2021 年，第 39 卷，第 4 期，第 89－98 页

【内容摘要】桑德拉·多尔比是美国民俗学个体叙事研究的拓荒者和奠基人，其研究拓展了美国民俗学的研究范围，确立了个人叙事研究的合法性。她的《文学民俗学与个人叙事》是美国民俗学、叙事学研究的经典之作，几乎所有研究个人叙事的学者都难以绕开这本著作。她建构的一系列概念和分析方法促进了美国民俗学学科的发展和研究范式转型。直到今天，她的个人叙事研究仍然具有重要的理论意义和借鉴价值。

【关键词】桑德拉·多尔比；个人叙事；美国民俗；日常交流实践

身体与阴影——黑格尔对于艺术思考的二重性

【作　者】李钧

【单　位】复旦大学中文系

【期　刊】《复旦学报（社会科学版）》，2021 年，第 63 卷，第 5 期，第 87－98 页

【内容摘要】黑格尔对于艺术有双重看法：一方面他根据艺术的独特性来构建艺术，形成了以“身体”为特征的古典型艺术理论，艺术史成了古典型艺术发生与解体的过程；另一方面，他又根据艺术的概念对艺术进行全面考察。在这个考察中，艺术内容突破了狭义的艺术范围，延伸到宗教和哲学，显示了宽广的生命力。与此同时，艺术形式也达到对于“显现”的超越，以时间性的“阴影”为更高形式，在精神的“回忆”中成为历史性的“画廊”，以表达更深的内涵。这种广义的思考，是黑格尔艺术哲学中更复杂、更深刻的地方，表现了他的思想对于现代艺术的前瞻性意义。

【关键词】黑格尔；艺术；身体；阴影；画廊

审美之维与现实之思——走向现实介入的哈贝马斯与维尔默

【作　者】刘子飞

【单　位】南开大学马克思主义学院

【期　刊】《外国文学动态研究》，2021 年，第 3 期，第 147－153 页

【内容摘要】哈贝马斯与维尔默对美学的思考均受到阿多诺影响，但哈贝马斯认为审美是交往活动的中介及公共空间生成的条件，甚至审美体验本身就是一种交往活动；而维尔默则继承了

阿多诺美学思想，试图用交往改造走向封闭的自律性艺术。两人的美学思想虽有差异，但最终目的均是为了通过审美拯救现实。

【关键词】哈贝马斯；维尔默；阿多诺；审美；现实

生存的美学维度与文学记忆本体内涵的阐释

【作　者】沙家强
【单　位】河南财经政法大学素质教育中心
【期　刊】《齐鲁学刊》，2021 年，第 6 期，第 154－160 页
【内容摘要】基于创作主体的文学记忆研究，重在关注作家记忆对文学生成的意义。记忆与人之生存具有密切的关联性，从“生存”这个本源性问题出发，能窥视到人类诸多精神现象的内核。基于生存的多维性、苦难性和符号性等人之生存的一般性特征，美学意义上的生存应是指生存的多维向度、生存苦难的美学升华及生存符号的诗意栖居。因此，文学记忆的本体内涵承担了以穿越时间的方式追求生命的完整、以苦难性记忆承载生命的厚重、以诗意的记忆符号安放“存在”之灵魂的叙事功能。立足当下消费时代或后现代现实语境，秉持文学记忆本体的美学维度，我们能理性考量现代人类活动的得与失，客观评判作家对记忆资源的选择给文学带来的诸多影响，帮助作家及时纠偏负面的生存观念，使生存记忆的文学书写无愧于新时代人们对美好生活的向往。
【关键词】生存；美学维度；文学记忆；本体

生态叙事学及其对于文学研究的推进

【作　者】唐晓云
【单　位】中国地质大学（武汉）外国语学院
【期　刊】《东岳论丛》，2021 年，第 42 卷，第 1 期，第 85－94 页
【内容摘要】生态批评长期以来偏好以环境为主题和内容的现实主义文本，当遇到未明确主题化环境的叙事文本，则显得捉襟见肘。有鉴于此，伊琳·詹姆斯提出生态叙事学的阅读模式，从内容和主题转向形式和策略，从而为所有的叙事打开了生态话语之门。故事世界的生态叙事学阅读，即通过对那些帮助读者沉浸于主观空间、时间和体验中的文本线索的分析，为读者提供对全球环境的文化多样性理解和体验，培养读者的环境洞察力和对差异的敏感性，重塑读者的环境想象，从而实现文学在保护地球方面发挥的不可或缺的作用。生态叙事学不仅拓宽和推动了生态批评的发展，而且丰富了叙事学研究的政治和环境维度，同时也是发展跨文化议程的一种有效方法。
【关键词】生态批评；叙事学；生态叙事学

声音诗、语言诗、概念诗与乌力波——玛乔丽·帕洛夫教授访谈录（英文）

【作　者】玛乔丽·帕洛夫；冯溢
【单　位】玛乔丽·帕洛夫：美国斯坦福大学
冯溢：东北大学
【期　刊】《国际比较文学（中英文）》，2021 年，第 4 卷，第 1 期，第 149－159 页
【内容摘要】作为美国最重要、最有影响力的现代主义和当代诗歌批评家之一，玛乔丽·帕洛

夫教授撰写了 14 部学术著作，其中最近出版的是《反讽的边缘：哈布斯堡帝国阴影下的现代主义》（2016）和多篇论文。在 2019 年的一次会议上，帕洛夫教授做了题为“向后阅读诗歌：埃兹拉庞德《诗章》中的视觉和声音设计”的大会主旨发言。冯溢的这次采访主要围绕诗歌的声音及其在诗歌中如何传达意义的重要性展开。从庞德在《诗章》中使用无声的中国表意汉字谈起，帕洛夫教授讲到了她对各种主题的独特理解，从声音诗、谐音翻译、乌力波到语言诗，概念诗和当代最新趋势美国诗歌。她认为，庞德使用中国的表意文字会使《诗章》中的意思丰富并增值，因为“一个表意文字可以传达正常书写中许多单词所能表达的内容”。作为长期研究语言诗歌的重要评论家，帕洛夫教授展示了她对语言诗歌与其后继者概念诗歌之间关系的深刻理解。她对数字化和多媒体时代的诗歌未来表达了自己的信心。同时，她还提供了对声诗的定义，举例说明了声音模式如何创造意义，并阐明了乌力波这一重要的诗歌运动。在采访的最后，帕洛夫教授回顾了她 70 年的诗歌评论家的经历，并谈到了在历史和文化背景下理解当代诗歌的重要性。

【关键词】声音诗；语言诗；概念诗；乌力波；当代美国诗歌；玛乔丽·帕洛夫

声音文化研究：界说、类型与范式

【作　者】刘岩

【单　位】深圳大学外国语学院；广东外语外贸大学英语语言文化学院

【期　刊】《外国文学》，2021 年，第 6 期，第 123－133 页

【内容摘要】声音文化研究旨在针对社会文本和文学文本中的各种声音做出文化政治阐释，既观照文本中各种声音的生产过程，也涉及听者对不同声音的感知、领悟和体验。文本中往往交织着作为现象以及作为编码的声音，包括来自大自然的天籁之声、人类制造的生活之音、人类发出的言说之声、人类创造的美学之声，以及复制与编辑后的声音等，这些纷繁的声音景观从多角度记录并反映了人类的生存状况。从情感、文化和政治三个维度研究各种声音实践和听的行为，可以审视种族、阶级、性别等文化研究的核心命题，从文化政治的视角理解声音背后的人类经验、文化特质和文学表征。

【关键词】声音；文化研究；声音研究定义；声音类型；声音研究范式

声音与书写：论文学的语言问题及其意义生成

【作　者】王晓路

【单　位】四川大学文学与新闻学院；四川大学外国语学院

【期　刊】《外国文学》，2021 年，第 6 期，第 111－122 页

【内容摘要】本文梳理并分析了声音与文学语言的密切关联。声音不仅在语言和文艺的历史发生学中具有构成性作用，而且在文学书写和批评中持续发挥着多重功能。声音在文本中的表层沉默与书写的在场构成了更为深沉的结构性关系，由此也成为文学的存在方式与阐释的前提。声音能够有效地体现出差异性，因此当代文学书写与批评在侧重区域、族群、文化、阶层、性别等层面的表征均与声音的隐喻方式有关。声音与书写作为一种并置的文本编码方式凸显了文学语言的特质，与此同时也能有效地形成文学书写与批评的意义指向。重新重视文本的声音分析对于基于单一书写符号的理论盲点而言，不仅可以还原文学意义的呈现方式，而且是一种重要的历史性建构。

【关键词】声音；书写；文本；意义

诗性基因谱系的延续与人类命运共同体的建构

【作　者】杨丽萍；覃德清
【单　位】杨丽萍：广西师范大学教育学部；广西师范大学广西民族教育发展研究中心
　　　　　覃德清：广西师范大学文学院
【期　刊】《民族文学研究》，2021 年，第 39 卷，第 3 期，第 78－87 页
【内容摘要】诗性基因谱系在漫长的人类文明演进过程中生成并延续，并且凝练成以诗性思维与诗性智慧为主体的诗性传统。在构建人类命运共同体的过程中，很有必要借助诗性文化基因与审美创造活动，营建令人赏心悦目的意境，涵容诗性精神特质，构筑诗性空间，让人深度感知诗性智慧的文化魅力，引导现代人从“物役”的状态中解脱出来，以丰富的想象力敞开生命存在的无限可能性，以“自为”的积极人生态度和生命体验，回归身心愉悦、心境澄明的“诗性人生”境界，实现诗意的栖居。
【关键词】诗性基因；人类命运共同体；审美心性

诗学的契合与批评的误读——什克洛夫斯基对斯特恩《项狄传》的接受

【作　者】张婉玲；赵晓彬
【单　位】哈尔滨师范大学斯拉夫语学院
【期　刊】《俄罗斯文艺》，2021 年，第 4 期，第 131－139 页
【内容摘要】作为斯特恩批评史上最重要的研究者之一，什克洛夫斯基一直以来并未得到应有的重视，其由斯特恩而生发的诗学思想亦无系统深入的探讨。在对《项狄传》的具体研究中，他摒弃了学界一贯的主题性或情感性阐释方法，将目光转向了科学化的叙事形式批评，对叙事情节、叙事时间、陌生化等小说写作技巧与手法进行阐述，并开辟了对感伤主义风格的新颖解读视角。什克洛夫斯基的诗学批评方法与斯特恩写作意图存在着内在契合，同时前者的批评也因建立在自身的诗学理论基础上而具有鲜明的误读色彩。
【关键词】什克洛夫斯基；斯特恩；《项狄传》；诗学；误读

世界文学：超越流通（英文）

【作　者】加林·提哈诺夫
【单　位】英国伦敦大学玛丽女王学院
【期　刊】《国际比较文学（中英文）》，2021 年，第 4 卷，第 4 期，第 609－622 页
【内容摘要】本文试图思考与当前盎格鲁-撒克逊世界文学话语体系相关的一些核心概念。通过聚焦其中的概念之一——流通，本文作者揭示了此概念对我们如何思考和书写世界文学史的潜在影响。重新考察流通给我们带来了切实好处，让我们更加清楚敏锐地意识到一部文学作品在不同语言体系中被多方挪用时可能遭遇的根本上的文本缺失。这一观点是从我们目前所急需的高瞻远瞩的视角提出的；在当前文学文本被不断碎片化和介入重组的大环境下，该论点的有效性亦得到了充分印证。
【关键词】世界文学；盎格鲁-撒克逊话语体系；流通

世界文学在中国的传播与马克思主义的发展

【作　者】王杰；连晨炜
【单　位】王杰：浙江大学传媒与国际文化学院
　　　　　连晨炜：上海交通大学人文学院
【期　刊】《中国文学研究》，2021 年，第 3 期，第 17－24 页
【内容摘要】19 世纪，歌德首倡“世界文学”的概念，其后马克思和恩格斯结合全球性市场形成的时代背景又对此做出了进一步的论述。清末以来，世界文学的概念也开始影响到中国的学界。近代以来深重的民族危机使得世界文学作为一种启蒙救国的思想资源被引入古老的中国，并在此后深刻地影响了中国文学的发展。在知识界大量引进世界文学的同时学者们也开始系统性地接触到马克思主义的思想，从这一意义上两者在中国的传播几乎是同时进行的。从 20 世纪初到新时期，世界文学的传播与接受在不同的时间段呈现出了不同的面貌，并在不同程度上受到了马克思主义发展的影响。本文梳理了百年来不同时期世界文学在中国的传播情况以及马克思主义对世界文学概念演变的塑造作用，探索了它们两者逐步走向和谐互动的历程，以期对理论界在当代研究世界文学，增强中国文化在世界的影响力有所借鉴。
【关键词】世界文学；中国；马克思主义；翻译

事件、话语与艺术——重审利奥塔、利科之争

【作　者】刘欣
【单　位】杭州师范大学人文学院；杭州师范大学文艺批评研究院
【期　刊】《浙江学刊》，2021 年，第 4 期，第 193－200 页
【内容摘要】利奥塔与利科各自启用“事件”概念思考话语和艺术问题。如果说利奥塔在语言游戏、短语连接及现实历史事件的扭结处发现的“异识”是哲学的终极任务，利科则在事件带来的“分歧”中看到政治步入良性循环的可能；利奥塔对事件的颠覆性让我们获得新的短语连接方式，利科则坚持在注视独异事件的深渊后，面向未来的我们需要有限度地走向“自由”的价值；利奥塔以“后现代艺术”为赌注开启了激进的“非人”未来，利科则将艺术视为亟待解释的事件，它奠定人类共同生活的根基。重审利奥塔、利科之争，旨在理解他们各自的观点和差异，获得继续事件之思的契机。
【关键词】利奥塔；利科；事件；“异识”；独异性

事件思想的七种新走向：演进逻辑与文学效应

【作　者】刘阳
【单　位】华东师范大学中文系
【期　刊】《社会科学》，2021 年，第 2 期，第 172－182 页
【内容摘要】活跃于晚近学术前沿的事件思想，出现了七种具备内在演进逻辑的新走向：第一，时间加速对空间的取代及其事件性分形。维利里奥揭开事件这一实质，为文学的现代性变革提供了依据。第二，空间的物与自然由此作为时间的事件得到把握。马德与德拜聚焦物及其自然广义，示范了虚拟体验的合法性。第三，事件由此获得本体论解释学意义，不再拘囿于变异。扎巴拉与格朗丹对此的辨析赋予了苦难与荒谬以关怀，而这是文学的主题。第四，事件由此在被建构的意义上贯通审美与政治。马苏米演绎的身体政治敞开了文学的前景。第五，事件由此情

境化。曼彻斯特学派强调情境建构的变化性，巩固了文学的优势。第六，事件由此形成情境建构的主体机制。帕西菲奇澄清事件的政治符号学运作，关联起文学副本。第七，事件由此展开主体与他者之间的好客伦理。卡普托、克罗克特与韩炳哲共同强化此点，开启了文学的他者镜像。这七种仍在持续着的走向，因而在形成现实意义的同时相应地产生了不同程度的文学效应，图绘出当前我国文论研究的新追踪点，也留下了值得进一步反思的问题。

【关键词】事件思想；时间分形；虚拟体验；身体政治；好客伦理

试论本雅明诗学体系的创构路径与话语谱系

【作　者】张清民

【单　位】河南大学文学院

【期　刊】《社会科学战线》，2021 年，第 1 期，第 173－184 页

【内容摘要】本雅明以其独有的话语言路创造性建构了一个颇具现代色彩的诗学体系，该体系循艺术本体论、艺术生产论、艺术形态论、艺术功能论四个途径以行。这四个路径的认识恰好分属四种理论形态，且在精神血脉上构成一个完整的家族谱系。在这一谱系中，“技术”是该家族的“基因”和“血脉”，“经验”“体验”“魅灵”“技术复制”等独创性概念则是该家族的核心成员，四种理论形态之间以及各核心概念之间相依相亲、共生互联。本雅明诗学体系对古典艺术与现代艺术在类型差异上的本体根基、艺术生产变迁的中介诱因、艺术形态区分的技术表征、艺术功能认知的辩证抉择等问题做出了迥异于其他理论家的解释，成为西方诗学发展链条中的一个独特节点。

【关键词】本雅明；现代诗学体系；创构路径；话语谱系

视觉文化时代主流意识形态的图像化传播

【作　者】魏则胜；苗存龙

【单　位】华南师范大学

【期　刊】《贵州社会科学》，2021 年，第 1 期，第 35－41 页

【内容摘要】图像是承载文化信息的载体，是人类接受、传播信息的媒介。经过编码的图像被赋予了思想观点和价值理念内核，具有潜在的意识形态传播功能。编码图像不仅能传播“是什么”的基本知识，而且传递着“为什么”“要怎样”的价值导向。图像传播意识形态的主要方式包括象征、隐喻、叙事和形塑等。当前，传统的主流意识形态传播方式面临前所未有的挑战，西方媒体凭借科技优势向中国实施意识形态图像化渗透，图像信息传播乱象频发。从系统论视角探寻主流意识形态图像化传播，将围绕增强主流意识形态工作者的图像传播能力、挖掘创新主流意识形态图像资源、推进主流意识形态图像传播大众化、推动主流意识形态图像传播国际化等方面展开。

【关键词】主流意识形态；图像；载体；传播方式；实践

视野・思维・限度：“后疫情时代”的灾害写作

【作　者】周惠

【单　位】河南师范大学文学院

【期　刊】《江海学刊》，2021 年，第 2 期，第 211－219 页

【内容摘要】“后疫情时代”为灾害写作提供了新语境和新现实，也对文学与灾害的融合调整提出了新要求。“后疫情时代”的灾害写作要重新审视全球化时代的灾害特征和文学语境，以人类整体视角观照地方灾害经验。要以间性思维还原灾害的生成机制和存在态势，展现人与自然、社会的融合关联和生态系统的内在悖论，以构成论和关系性超越灾害认知的本质化和符号化，揭示思维方式和认知习惯中的意识形态机制。要立足文体自觉，回归人学本位，凸显自身优势，构建灾害写作的话语机制，提升灾害写作的境界与厚度。
【关键词】“后疫情时代”；灾害写作；全球视野；间性思维；文体限度

数字技术、虚拟现实与网络功能——数字文学的审美新变化与发展新趋势

【作　者】李斌
【单　位】成都大学文学与新闻传播学院
【期　刊】《当代外国文学》，2021 年，第 42 卷，第 1 期，第 134—141 页
【内容摘要】近年来，数字技术与文学发展之间的关系引发热议。一方面，数字文学的外部特征引起广泛关注，非线性叙事、非稳定结构、读者参与性以及多媒体特征等被视为对传统文学理论以及文学审美的挑战；另一方面，数字文学的内部特征成为新研究视角，编程功能、数字代码、计算机算法等数字文学内部运行机制被视为新美学基础和美学特征。与此同时，互联网络和虚拟现实为数字文学营造新的媒介生态，数字文学呈现动态发展特征。在新技术支撑下，智能创作、人机交互、虚拟场景、沉浸体验等成为数字文学发展新趋势。
【关键词】数字文学；数字技术；虚拟现实；网络功能；人机交互

数字人文中的文学话语研究——理论和方法

【作　者】秦洪武
【单　位】曲阜师范大学
【期　刊】《中国外语》，2021 年，第 18 卷，第 3 期，第 98—105 页
【内容摘要】本文探讨信息技术与文学研究融合的理论问题及实现途径，探索数字文学研究可能的实施方式，提出有待探索的问题，展望其未来发展前景。研究认为，作为数字人文研究的子领域，数字文学研究不是单纯的计量文体研究，而是质性和量化结合的混合型研究。研究认为，频次为基础、比较为方法、探索性与证实性研究并作是数字文学研究的基本特征。研究以多个应用实例说明，随着文本数据挖掘技术和人工智能技术的广泛应用，大规模数据分析和深度文本分析正在为文学研究带来更大潜能，数字文学研究有望探索传统研究方法难以应对的问题，拥有广阔的发展前景。
【关键词】数字人文；数字文学研究；语料库语言学；研究方法

数字时代的俄罗斯文学：趋势、体裁、作家

【作　者】阎美萍；玛丽亚·切尔尼亚克
【单　位】阎美萍：山东大学外国语学院
玛丽亚·切尔尼亚克：俄罗斯国立师范大学
【期　刊】《俄罗斯文艺》，2021 年，第 1 期，第 149—156 页
【内容摘要】本文是作者对俄罗斯国立师范大学切尔尼亚克教授就其 2018 年出版的著作《数字

时代的小说——趋势、体裁、作家》的访谈录。首先，针对此书的内容，在访谈中切尔尼亚克教授阐释了数字时代对俄罗斯文学的影响，俄罗斯人工智能战略与科幻文学发展的关系，作者、读者与批评家之间的关系等问题。其次，访谈论述了 21 世纪俄罗斯文学发展现状，与百年前的俄罗斯文学发展做了比对和总结，并对俄罗斯文学未来的进程做了预测。最后，访谈具体解答了关于《祖列伊哈睁开眼睛》影视化后产生的争论问题及俄罗斯女性文学现象。

【关键词】数字时代；俄罗斯文学；大众文学；作品影视化

数字文学审美理论研究及启示：文学性、媒介属性与人机交互

【作　者】李斌
【单　位】成都大学文学与新闻传播学院
【期　刊】《外国文学动态研究》，2021 年，第 2 期，第 55－63 页
【内容摘要】数字文学是一种技术指向型文学艺术，在形式、结构和阅读等方面与传统文学存在较大差异。数字文学审美理论研究主要坚持两条路径：一是从数字文学外部特征入手，坚持文学性与媒介属性，强调文学新形式、新结构，塑造新美学；二是从数字文学运行机制入手，强调跨学科研究，注重人机交互影响下形成的新文学风格和审美体验。整体看来，数字文学审美理论在语义和文本分析基础上，强化媒介技术的美学功能，将机器结构、程序功能、人机交互、计算机算法等数字化技术作为文学审美要素，实现文学审美向作品内部结构和运行机制发展。
【关键词】数字文学；审美理论；文学性；媒介属性；人机交互

数字性作为文学研究视角

【作　者】李沐杰
【单　位】英国萨塞克斯大学媒体、艺术与人文学院
【期　刊】《外国文学动态研究》，2021 年，第 2 期，第 64－72 页
【内容摘要】电子文学展示了当今数字科技条件下的文学创作如何运用数字媒介来构建计算、生成审美经验。电子文学的实践与理论提供给文学研究一种数字性视角，一种从科技物质角度出发、检视文学作品的媒介特异性与数字美学的研究方法。本文通过介绍一系列电子文学和数字美学的理论，结合分析三个数字文学作品，来具体说明数字性如何在不同媒介（纸质、计算机屏幕与 3D 虚拟环境）中生成审美经验，并阐明数字性视角如何作为一种研究方法应用于文学研究。
【关键词】数字性；电子文学；媒介特异性；数字美学

思辨美学与主客关系：以安东尼奥尼与贝克特为例

【作　者】陈畅
【单　位】南京大学外国语学院
【期　刊】《文艺理论研究》，2021 年，第 41 卷，第 5 期，第 68－78 页
【内容摘要】思辨实在论探问人类主体思维框架之外的客体实在。在此辐射下，西方美学界近五年出现了由诸多分支构成的思辨美学思潮，引发了现有艺术范式的转型，但其中以思辨唯物主义与以客体导向本体论为起点的两派美学讨论各自为营。本文尝试以思辨美学何以谈论人类主体思维框架之外的艺术——即其如何以全新的方式解决艺术的主客关系问题——为线索，厘

清思辨美学思潮内部各条分支脉络间的张力与互通，并最终落脚于海勒客体导向探问美学范式对于西方现有思辨美学形态的补充作用与优势地位，且以安东尼奥尼与贝克特的艺术创作为例证予以检验。本文对思辨美学的梳理及对海勒范式的阐发旨在证明，思辨美学并非如思辨实在论一般取消与驱逐人类的位置，而是力图超越人类中心视阈并真切体现艺术家、艺术作品与受众间主客平等共生的联结。

【关键词】思辨实在论；思辨美学；海勒；安东尼奥尼；贝克特

斯丛狄、巴赫金与现代戏剧的“叙事性基本结构”

【作　者】赵英晖

【单　位】复旦大学外文学院

【期　刊】《当代外国文学》，2021 年，第 42 卷，第 3 期，第 139－146 页

【内容摘要】萨拉扎克在对现代戏剧特征的描述中认为：斯丛狄承袭自布莱希特的“叙事化”概念不足取，宜用巴赫金的“小说化”取代之。然而，还原两概念在斯丛狄和巴赫金处的含义可发现它们的一致性：两者均指现代戏剧呈现出主（叙述者）客（叙述内容）对立的“叙事性基本结构”，原生、闭合、自足，也即“绝对”的 drame 在这个结构中成为受主体（叙述者）规定和支配的客体（叙述内容）。两概念具有高度凝练的概括力，于现代戏剧形形色色的创新中辨识出了共同的演变模式。

【关键词】drame；叙事化；小说化；“叙事性基本结构”

四重扬弃：美国新批评的作品本体论建构

【作　者】张文初

【单　位】广州华商学院；湖南师范大学文学院

【期　刊】《湖南师范大学社会科学学报》，2021 年，第 50 卷，第 1 期，第 91－97 页

【内容摘要】美国新批评是 20 世纪中期倡导作品本体论的著名学派。美国新批评的作品本体论经由四重扬弃建构而成。四重扬弃包括：排斥功利与道德，确立审美的第一性；否定科学的言说方式，推崇诗歌言说的独特性；放弃“生成批评”，坚持作品的非生成性；拒绝机械论，强调作品的内在生命与有机性。

【关键词】美国新批评；本体论；文学作品

苏珊·桑塔格论阐释

【作　者】崔玮崧

【单　位】华东政法大学外语学院

【期　刊】《当代外国文学》，2021 年，第 42 卷，第 2 期，第 121－127 页

【内容摘要】在苏珊·桑塔格的理论体系中，阐释是人类为了理解事物所做出的积极努力，事物是可以被阐释的。但对艺术作品内容与形式的失衡性阐释会成为过度阐释滋长的温床，人们同时也应该对转换型和隐喻化的阐释方式保持警惕。桑塔格为语言创作者因受困于语言的不可靠性而颇感担忧，因而鼓励人们重视静默的力量以恢复语言的张力。艺术家选择中止创作而踏入完全崭新的领域和直白创作手法的呈现都是静默在文学中的重要体现。在静默的众多功用之中，桑塔格着重强调了阻隔性功用，即创作者借由静默可以从尘世的眼光和历史的重压中抽离出

来，更加自由而专心地投入创作。

【关键词】苏珊·桑塔格；阐释；静默；隐喻

泰戈尔访华与新月社的戏剧实践

【作　者】费冬梅
【单　位】中国社会科学院文学研究所
【期　刊】《现代中文学刊》，2021 年，第 2 期，第 54－71 页
【内容摘要】1924 年泰戈尔访华是中国文化界的一件大事，当时引起了广泛关注和反响。因在泰戈尔生日宴上演出泰氏戏剧《齐德拉》，并大获成功，徐志摩、林徽因等开始在文坛崭露头角；泰戈尔访华作为一个文化“事件”，一定程度上促成了现代文学史上重要文学流派新月社的集聚、命名和在文坛的闪亮登场，并间接促进了中国现代戏剧人才的联合。闻一多、余上沅、熊佛西等人的加盟，让新月社得以诗剧并重，围绕着《晨报副刊·诗镌》和《晨报副刊·剧刊》，积极开展现代格律诗写作和戏剧实践，从而对中国新诗和戏剧的发展都产生了比较深远的影响。
【关键词】泰戈尔；《齐德拉》；新月社；戏剧实践

体验形式论：哈斯的抒情诗学方案

【作　者】殷晓芳
【单　位】大连理工大学外国语学院
【期　刊】《外国文学动态研究》，2021 年，第 5 期，第 134－142 页
【内容摘要】罗伯特·哈斯的体验形式，旨在纠正语言怀疑论以超验冲动为特征的表象形式和新批评主义以理念统一为标志的层级形式。体验形式论强调形式源自感知体验，且应呈现一个有张力和深度的感知过程，形成一个感知与被感知的整体性动态关系及一种以多元力量平衡为标志的秩序完成感。体验形式具有唯物性、复杂性和增进性。作为抒情实践的展现，体验形式既因及物性和参与性将诗的向内抒情与社会情境有机融合，又以专注性和重复性使诗的当下完成融入历史的进程。
【关键词】罗伯特·哈斯；体验形式；抒情实践；社会性；历史性

听觉叙事的问题意识与理论建构

【作　者】张泽兵
【单　位】江西省社会科学院文学与文化研究所
【期　刊】《江西社会科学》，2021 年，第 41 卷，第 11 期，第 108－115 页
【内容摘要】从叙事学的理论发展来看，听觉叙事研究弥补了过去叙事学在“受述者”“隐含读者”“真实读者”等方面研究的不足。听觉叙事研究针对听觉钝化和视听失衡等问题展开理论研究，以“语音独一性”作为理论基础，将幻听、灵听、偶听、聆听、聆察等各种听的行为纳入听觉叙事的理论观照之下。从听觉叙事流程我们可以看到，真实作者的聆察与真实读者的聆听构成一对叙事交流范畴；隐含作者的“叙述声音”与隐含读者的“倾听”构成一对叙事交流范畴；叙述者与受述者在声音层面的叙事交流共同构成文本内的各种声音，这个叙事流程揭示出听觉叙事的声音符号、声音能指是如何在交流中实现信息传递的。
【关键词】听觉叙事；“隐含读者”；“受述者”；叙事交流

同质、线性还是双重？——耶鲁学派文论家对传统文学观念的批判

【作　者】戴登云
【单　位】西南民族大学中国语言文学学院
【期　刊】《当代文坛》，2021 年，第 2 期，第 155－159 页
【内容摘要】耶鲁学派文论家认为，文学书写是双重性的，文学文本是一种使无数意义错综复杂地交织在一起的话语触媒。对于这一“新”文学观，简单地用一种“修辞性的文学观”来概括它，是无法揭示其真正内涵的。耶鲁学派的文学观，发端于对传统的同质性文学观和线性文学观的解构和批判。厘清这一解构和批判的立场与理据、逻辑与策略，是真正领会耶鲁学派文学观念的内涵的首要前提。
【关键词】耶鲁学派；思想史；同质性文学观；线性文学观；双重书写

图像与拟真——后现代的“美”与“真”

【作　者】史良
【单　位】北京外国语大学德语学院
【期　刊】《外国文学》，2021 年，第 1 期，第 168－179 页
【内容摘要】后现代时期的艺术迎来了一种异样的繁荣，艺术创作与消费成为日常生活的一部分。然而与这种普遍化的美学诉求相伴而生的庸俗化却也使艺术失去了崇高感，高雅与通俗艺术之间的界限日趋模糊。在大众媒介的推动下，后现代社会沦为一个被图像充溢和编织的世界。这一趋势带来的问题在于，图像不再满足于充当世界的呈现载体，而是开始担当现实的生产机制。图像利用表象和幻象生产现实，将现实内化于自身之中，并最终以一种“拟真”的方式完成对整个世界的吞噬。在这一过程中，传统意义上图像与现实之间的模仿关联被颠覆，这一切均迫使美学面临重新界定自身的问题。在此背景下，德语文学以其特有的批判性与反思性提供了应对后现代的方案。
【关键词】拟真；后现代性；图像时代；相对主义；侦探小说

脱欧文学：当代英国小说研究的新方向

【作　者】黄强
【单　位】北京外国语大学英语学院
【期　刊】《外国文学》，2021 年，第 2 期，第 58－67 页
【内容摘要】脱欧文学（BrexLit）是一类新兴文学类型，集中出现在 2016 年至今的英国文坛，特别是英国小说领域。其名称由“英国脱欧”（Brexit）和“文学”（literature）两词组合而成，由英国学者克里斯蒂安·肖于 2018 年首先公开提出。植根于英国历史文化传统，受到 2016 年英国脱欧事件的触发，以小说为代表的一系列脱欧文学作品直接回应或间接影射了英国退出欧盟的历史史实，同时探讨了英国脱欧后产生的诸多社会、文化、经济、种族和世界主义发展问题，其常涉及的文学话题包括国家身份、情感、共同体构建等。通过分析脱欧文学产生的历史背景以及脱欧小说的创作特点、主题与内涵，广大读者和文学评论家可以更深刻地理解当代英国小说发展的现状及其与英国当下社会政治文化间的关系。
【关键词】脱欧文学；英国脱欧；脱欧小说；英国当代小说

外国文学的计量研究：研究背景、发展现状及研究路径

【作　者】王永
【单　位】浙江大学外国语学院
【期　刊】《文学跨学科研究》，2021 年，第 5 卷，第 4 期，第 638－650 页
【内容摘要】计算机技术的发展不仅使社会生活发生了重大变革，也为学术研究带来了很大的便利。借助数据库，研究者可以节约大量耗费在文献检索方面的时间，并且可以通过数据分析发现传统研究无法发现的特征。然而，外国文学界对此关注较少，产出的相关成果不多。本文通过对文学计量研究成果的综合分析，阐明在外国文学研究中运用计量方法的必要性与可行性，同时，结合相关研究详细介绍文学计量研究的步骤和方法。本文不仅有助于外国文学研究者了解数据、统计方法及文学研究的关系，还可以为其提供具体的研究路径，推动外国文学计量研究成果的产出。
【关键词】外国文学；计量方法；数据库；统计分析

王元化与黑格尔的对话及其文论史意义

【作　者】杨水远
【单　位】湖南第一师范学院文学与新闻传播学院
【期　刊】《文学评论》，2021 年，第 2 期，第 125－133 页
【内容摘要】20 世纪 50 年代后，王元化始终与黑格尔处于紧张的对话状态。在第二次反思中，王元化通过对黑格尔理性精神和知性方法的领会，重建个人理论自信，将黑格尔学说运用于学术研究，为新时期《文心雕龙》研究和文学观念建构提供了新思考。就王元化与黑格尔的对话来说，可谓之“入”。在第三次反思中，王元化以对黑格尔同一哲学所蕴含的“绝对理性”“普遍规律”“具体普遍性”等问题的反思为跳板，最终指向“五四”激进主义和意识形态化的启蒙心态，重估《社会契约论》，可谓之“出”。一“入”一“出”，王元化完成了其与黑格尔长达半个世纪的理论对话，这一对话与中国当代文论发展同脉搏、共轨迹，成为当代文论学理演变的重要象征。
【关键词】王元化；黑格尔；学术参照；思想跳板

网络文艺批评的存在形态与特质

【作　者】韩模永
【单　位】南京林业大学人文社会科学学院
【期　刊】《江西社会科学》，2021 年，第 41 卷，第 9 期，第 125－133 页
【内容摘要】网络文艺批评的存在形态包括以网民为主体的游戏式批评、以企业为主体的商业化批评、以媒体为主体的价值论批评和以学院派为主体的艺术性批评。其批评特质也迥然不同，游戏式批评具有交互性、娱乐性和碎微化的特征，商业化批评以消费为导向和以用户为中心，价值论批评强调对新闻价值、经济价值和社会价值的引导，而艺术性批评则重视文艺的思想性、艺术性和专业性。
【关键词】游戏式批评；商业化批评；价值论批评；艺术性批评；马克思主义文艺批评

唯物史观对中国现代文论建构影响的另一种面相——兼论向培良“人类的艺术”观及其相关问题

【作　者】郭景华
【单　位】怀化学院文学与新闻传播学院
【期　刊】《中国文学研究》，2021 年，第 1 期，第 131－137 页
【内容摘要】苏俄文艺理论不仅对现代中国马克思派文论家产生巨大影响，而且对非马克思派的中国现代文论家也有一定的影响。作为在中国现代文艺理论建设上独具特色的一名学者，向培良在其“人类艺术学”体系构建过程中，对苏俄文艺理论思想有一个批判的吸收过程。向培良对苏俄文艺理论的接受，是中国现代学者对苏俄马克思主义文论进行中国化的一个异数。对向培良“人类艺术学”的考察，可以见出唯物史观对中国现代文论建构影响的另一种面相。
【关键词】向培良；“人类艺术学”；苏俄文艺理论；唯物史观

维度・向度・强度：小说修辞认同机制的基本构架

【作　者】黄晓华
【单　位】湖北大学文学院
【期　刊】《湖北大学学报（哲学社会科学版）》，2021 年，第 48 卷，第 4 期，第 39－47 页
【内容摘要】小说故事层的人物之间、叙事层的叙述者与受述者之间、叙述层的隐含作者与隐含读者之间存在着复杂的认同关系，小说修辞的认同机制由此构成一个复杂的动态系统。综合考察小说修辞的多重主体间性，深入把握小说修辞认同机制的基本构架，可以建构一种有效的小说评价体系。通过认同维度可以深入理解人物主体、叙述主体、创作主体的精神结构，考察小说修辞主体建构的完善程度；通过认同向度可以清楚辨识外在型权威、内在型权威及个人型权威主导的不同认同方式，评估小说修辞交流过程的协调程度；通过认同强度可以明确衡量认知维度的冲击力、审美维度的感染力、伦理维度的同化力的不同强度，把握小说修辞功能发挥的有效程度。统筹考量小说修辞认同机制的维度、向度与强度，宏观上有助于更准确地把握小说修辞的内在机理，推进小说修辞理论的深化与发展；微观上可以更切实地指导文本细读，建构一种新的小说批评方法。
【关键词】小说修辞；认同机制；主体间性；文本细读；小说批评

文本的距离：数字人文发展中的文学

【作　者】陈永国
【单　位】延边大学外国语学院；清华大学外文系
【期　刊】《东疆学刊》，2021 年，第 38 卷，第 3 期，第 1－8 页
【内容摘要】在过去的 20 年中，数字人文发展迅猛。各种算法分析和量化研究已经进入语言学、翻译学、历史、文学等诸多领域，并取得了丰硕成果，其未来发展前景可观。通过将文学研究置于数字人文发展的大环境中，就文学之算法分析和量化研究的主要发展进行历史梳理和现状分析，可以发现文学“距离阅读”的发展前景，及其对传统文学批评所起到的积极作用。
【关键词】数字人文；算法分析；“距离阅读”

文本分析的方法论：小森阳一访谈

【作　者】韦玮
【单　位】南京大学；南京晓庄学院
【期　刊】《外国文学动态研究》，2021 年，第 3 期，第 154－160 页
【内容摘要】2019 年 9 月 10 日至 18 日，小森阳一教授在南京大学开设以“理论、方法与前沿”为主题的系列讲座。在这期间，本文作者对小森阳一教授进行了访谈，访谈涉及小森阳一从事文学研究的契机、关注巴赫金理论的缘起、使用记忆概念时的问题意识以及对今后的文学的期待等内容。
【关键词】小森阳一；文本分析；声音；记忆

文本中叙事空白的省略形态及其价值

【作　者】匡凤
【单　位】井冈山大学外国语学院
【期　刊】《江西社会科学》，2021 年，第 41 卷，第 6 期，第 112－117 页
【内容摘要】小说叙事过程中的空白被称为叙事空白，文学创作中，叙事空白的运用既能体现出作者的创作水平，也能激发读者的阅读兴趣。省略是体现叙事空白比较常用的一种创作方法，指作品中的某些内容被略去不写的文学“空白”现象。文学作品中的省略形式多种多样：有的省略没有任何文字表达，有些通过省略号来代替，有的则直接告诉读者此处省略多少字（或告诉读者对某个事件和内容不进行叙述或无法叙述），有的在文本中留下一个“空白”页或一个黑页。文本中的省略激发了读者对文本中空白的再创造，从而形成对文本的二次叙述。
【关键词】空白；叙事空白；省略；再创造

文化地理视角下的文本空间

【作　者】刘岩
【单　位】广东外语外贸大学英语语言文化学院
【期　刊】《社会科学研究》，2021 年，第 1 期，第 69－73 页
【内容摘要】文化地理学旨在考察不同地理环境与文化传统之间的互动关系，这一视角丰富了文学批评中的文本空间及其意义：一方面，自然地理不仅仅作为人物活动的场景，而且景观本身也成为可以阐释的文本，蕴含了集形态、表征和意义为一体的文化政治命题；另一方面，文学在世界不同地理区域的传播会产生形态和内容上的流变，使同一文学流派在不同区域的文学作品中获得了独特的呈现方式。关注文化地理视角下的文本空间，将有助于体察文艺作品与人类社会和群体生活之间互为因果、相互制约的复杂关系，拓宽文艺批评的材料来源和分析范围，从而更有效地洞悉文艺作品的意义生产机制和流变轨迹。
【关键词】文化地理；文本空间；文学批评；意义；流变

文学“意识批评”：钱穆与布莱

【作　者】牛军
【单　位】河北师范大学文学院

【期　刊】《山东社会科学》，2021 年，第 4 期，第 74－81 页
【内容摘要】现象学被很多学者视为沟通中西文论的一个平台、中国古代文论现代转换的一条途径。钱穆从人格角度思考文学的观点与日内瓦学派的代表性学者乔治·布莱的文学意识批评理论有着诸多相通之处。二人都将读者对作者的认同作为文学批评的前提条件，都强调作家的意识或人格是文学作品形成的最后根据，都认为作家的意识或人格以鲜明的个性姿态显示着一个时代乃至一种文化传统的普遍性。不同之处在于：布莱重在探索作者意识的特征，钱穆则重在通过文学作品提升读者的人格境界。在这两种理论的相互启发下，建构一种融合心性文学批评与现象学意识批评的新理论将成为可能。
【关键词】现象学；意识批评；钱穆；乔治·布莱

文学阐释的特性与“本体阐释”问题

【作　者】赖大仁；朱衍美
【单　位】赖大仁：江西师范大学文学院；江西师范大学当代形态文艺学中心
朱衍美：江西师范大学文学院
【期　刊】《学术研究》，2021 年，第 12 期，第 33－40 页
【内容摘要】文学阐释的特性取决于文学的特性，真正的文学阐释应当建立在对文学特性的深刻认识和自觉遵循的基础上。文学阐释有两种不同观念与类型，传统文学阐释建立在过去古典文学观念基础上，与其他各种实用文类的理解与阐释没有多大差别；现代文学阐释建立在现代文学观念与建制的基础上，强调文学的虚构想象性特点和审美化意义价值。有必要着重探讨文学阐释区别于其他阐释类型的特殊性或“异质性”特点。文学的本体阐释主要有两个方面的问题：一是如何理解和把握文学的本体意义，涉及对“文学阐释”与“非文学阐释”的认识；二是关于文学作品的本体阐释，涉及如何理解与阐释文学作品中所蕴含的意义。文学的本体阐释应当契合文学的特性，即文学作品的文本特性、意义特性和价值特性，这样的文学阐释才更有意义价值，真正的文学阐释学理论建构，也应当建立在这样的基础上。
【关键词】文学阐释；本体阐释；文学特性；文学观念；文学建制

文学地位不再？何种地位？谁之地位？（英文）

【作　者】埃伦娜·卡瓦良·布埃斯库
【单　位】葡萄牙里斯本大学
【期　刊】《文艺理论研究》，2021 年，第 41 卷，第 4 期，第 81－88 页
【内容摘要】在过去的几十年里，人们常说，而且往往夸大其词地说，人文科学——尤其是文学——已失去了象征性地位。这一悲观的立场认为，我们将无路可退。我建议以更深刻的历史洞察力来看待这个问题，并考虑到对地位（无论是获得还是失去）的讨论往往出于一个视角、一种立场，其性质也关乎我们作为观察者和读者在文化上处理的文学百科全书。因此，我讨论了所谓“地位不再”的性质，以强调它根植于将文学作为首要的民族的表达这一理解。然而，如果我们采取其他立场，这一讨论的问题性质就会发生有趣的变化。然后，通过强调损失往往意味着转化，我继续讨论“归属形式”对于理解文学和人文学科的象征性质的关键作用。我们应该考虑到知识和文化资本之间的区别，这种区别有助于我们理解周围的诸多实践领域。总之，我们应该将所有困扰我们领域的“终结”和“死亡”予以相对化的处理，因为它们认为文学注定会成为一种文化和象征意义上的损失，或标志着注定消失的过去。

【关键词】文学的象征价值；文学与民族；文学的终结

文学法律批评 vs 法律与文学

【作　者】吴笛
【单　位】浙江越秀外国语学院；浙江大学文学院
【期　刊】《外国文学研究》，2021 年，第 43 卷，第 5 期，第 33－42 页
【内容摘要】“文学法律批评”和“法律与文学”同属跨学科研究，但是有着不同的研究目的和研究范畴。前者属于文学跨学科研究，后者属于法律跨学科研究。风靡欧美的“法律与文学”学术运动主要产生于法学界，在法学研究中使用文学素材，其着眼点是借鉴文学要素的法律研究，所探讨的是法律方面的相关命题，多半属于法学研究的范畴；而“文学法律批评”是我国学者所使用的学术话语，属于文学研究的范畴，以文学为本体，所强调的是文学批评中法律视野的介入，即借鉴法律视野和恰当的研究方法来审视文学作品。尤其要审视文学作品中的法律事件、法律主题、作家的法学思想，以及法律要素在文学作品的措辞、风格、结构等方面的体现，这样才能加深我们对作家及其作品的理解和认知。
【关键词】“文学法律批评”；“法律与文学”；跨学科视野

文学空间形式：现代说图及其意义

【作　者】王东
【单　位】南京特殊教育师范学院语言学院；南京信息工程大学语言文学跨学科研究院
【期　刊】《江西师范大学学报（哲学社会科学版）》，2021 年，第 54 卷，第 3 期，第 52－59 页
【内容摘要】弗兰克的空间形式论是一种现代说图理论，具有像似性思维、综合性和包容性的特点。它体现了文学向现代艺术模仿学习的文化趋势，揭示了文学向艺术模仿学习的“出位之思”情结，而且也能更好地阐释《追忆似水年华》《到灯塔去》等现代文学作品的“整体说图”价值。它也能够很好地见证文学与艺术关系的历史形态变化：从前现代的模仿再现图画内容，到现代时期注重并置组合、反复回环等艺术手段的文学移用，呈现的是文学从外在形象内容转向内在精神情绪的趋势。
【关键词】弗兰克；空间形式；说图；现代说图；“出位之思”

文学跨学科发展——论科技与人文学术研究的革命

【作　者】聂珍钊
【单　位】浙江大学外国语学院；浙江大学世界文学跨学科研究中心
【期　刊】《外国文学研究》，2021 年，第 43 卷，第 2 期，第 31－43 页
【内容摘要】科技与人文学术研究革命的话题，实际上是关于人文学科跨学科研究的话题。科学技术不断进入文学研究领域，文学的形式、内容和功能，有关作家或读者的研究如人的意识、认知、思维和思想等方面的研究，已经不是完全抽象的问题，而变成了客观的科学问题。同以往的时代相比，科学技术已经有形或无形中融入了我们的生活，出现了以科学主导的跨学科研究转向。智能机器人取代作家意味着作家的消亡，作家的消亡也意味着文学的消亡，这是文学的危机，也是文学观念和文学理论的危机，是 20 世纪以来有关人的科学认知引起的。科学同人文的跨学科融合是大势所趋，我们需要做出符合科学的伦理选择。

【关键词】科技人文；跨学科；人工智能；伦理选择

文学理论若干命题的内涵、联系与延展

【作　者】南帆
【单　位】福建社会科学院
【期　刊】《东南学术》，2021 年，第 4 期，第 82—95 页
【内容摘要】文学的功能、意义的生产与再生产、个别与特殊的分析单位、审美的冲击、文学形式等构成了文学艺术的初始问题，这些命题之间存在着紧密的内在联系和呼应关系，汇聚为一个相对完整的理论图景。作为人工作品，文学在很大程度上是历史的产物。在历史环境之中，人类的社会意图以及实现的技术手段均为变量。这一点内在地决定了诸多命题，包含与社会历史的互动。
【关键词】文学的功能；意义生产；个别；审美；文学形式

文学理论之生与死——加林·吉汉诺夫院士访谈录

【作　者】加林·吉汉诺夫；陈涛
【单　位】加林·吉汉诺夫：英国伦敦大学玛丽女王学院
　　　　　陈涛：中华女子学院
【期　刊】《学习与探索》，2021 年，第 9 期，第 160—163 页
【内容摘要】加林·吉汉诺夫的新著《文学理论之生与死：俄罗斯与其他国家的关联机制》以 20 世纪两次世界大战之间的数十年为背景，以俄罗斯文学理论的盛衰及其对欧美理论界产生的巨大影响为主线，从方法论的角度对文学理论的发展及现状展开反思。吉汉诺夫将文学理论置于更为多元的文化语境之中，提炼其“俄罗斯性”，展现了俄罗斯文学在多元文化语境下厚重的文化情结。
【关键词】文学理论；关联机制；俄罗斯形式论学派；世界文学；加林·吉汉诺夫

文学伦理学批评：基于中西文化的文学批评理论创新

【作　者】陈红薇
【单　位】北京科技大学外国语学院
【期　刊】《文学跨学科研究》，2021 年，第 5 卷，第 1 期，第 14—21 页
【内容摘要】作为文学伦理学批评理论的创始人，聂珍钊教授在《文学伦理学批评的价值选择与理论建构》一文中从伦理选择、脑文本、伦理与审美、文学的伦理功能四个方面全面论述了文学伦理学批评的理论要旨，不仅指出了当代文学批评中存在的问题，同时创造性地提出了基于伦理选择的文明三段论、基于脑文本的文本观、基于伦理教诲的文学观，构建了具有时代意义和中国特色的文学研究新方法和话语批评新体系，重新解释了人类文明的发展，弥补了西方文本理论的缺憾，解决了伦理与审美的争论，并以跨学科的伦理视域拓展了文学研究的新疆域。
【关键词】文学伦理学批评；批评新方法；话语新体系；理论创新

文学伦理学批评：伦理选择、伦理意识与伦理行动

【作　者】尚必武
【单　位】上海交通大学
【期　刊】《文学跨学科研究》，2021年，第5卷，第1期，第22－30页
【内容摘要】同西方伦理批评相比，文学伦理学批评的重要特征与突出贡献在于其建构了独特的批评话语体系，并使之发展成为一种行之有效的批评模式。在文学伦理学批评的话语体系中，伦理选择是最为核心的概念。从某种意义上说，具体的伦理选择活动构成了文学作品的主要内容。与之相对应，读者只有对伦理选择有了充分的认识，才能对文学作品有比较深刻的理解。伦理选择与伦理身份密切相关，同时又受到伦理意识的制约和影响。问题在于，人有了伦理意识，是否就意味着他一定会将伦理意识化为伦理行动并做出相应的伦理选择呢？本文试图以托尼·莫里森的《慈悲》、伊恩·麦克尤恩的《蝴蝶》《家庭制造》和《我的紫色芳香小说》为例，从三个方面来探讨这个问题：第一，具有伦理意识的人物将伦理意识化为伦理行动，做出正确的伦理选择，如托尼·莫里森小说《慈悲》中的黑人奴隶妇女；第二，伦理意识混乱的人物未能受到应有的伦理意识的指引，从而采取了错误的伦理行动，做出了不当的伦理选择，如伊恩·麦克尤恩小说《蝴蝶》和《家庭制造》中的两位叙述者；第三，具有伦理意识的人物并没有像读者所期待的那样将伦理意识化为伦理行动，没有做出正确的伦理选择，如麦克尤恩小说《我的紫色芳香小说》中的帕克·斯帕罗。在前两种情况下，伦理意识与伦理行动基本一致，即伦理意识引导了人物的伦理行动。在第三种情况下，人物的伦理意识与伦理行动出现了断裂，即便人物具有了区分善恶的伦理意识，但并未采取相应的伦理行动，未能做出正确的伦理选择。
【关键词】文学伦理学批评；伦理选择；伦理意识；伦理行动

文学伦理学批评的方法论价值阐释

【作　者】张杰；许诗焱
【单　位】南京师范大学外国语学院
【期　刊】《文学跨学科研究》，2021年，第5卷，第1期，第31－37页
【内容摘要】文学伦理学批评自提出以来，大多数学者主要是依据该批评理论本身的观点和陈述，来探究其合理性或存在问题。然而，文学伦理学批评的价值不仅仅在于其理论或批评自身，更在于其批评理论构建的方法论价值。从方法论的维度分析，不少关于该理论的争议也许就不存在了，至少可以更深刻地理解文学伦理学批评的初衷。本文将主要以聂珍钊教授在《中国社会科学》发表的论文为依据，从问题提出的基础出发，围绕文学文本功能的客观性、脑文本、艺术形式的伦理性和包容性等方面展开探讨，努力挖掘文学伦理学批评提出的缘由，揭示这一批评理论的方法论价值和有待进一步思考的问题，为我国的文艺理论建设，提供有价值的参考。
【关键词】文学伦理学；方法论；脑文本

文学伦理学批评的理论拓展与范式构建：评五卷本《文学伦理学批评研究》

【作　者】陈靓
【单　位】复旦大学外国语言文学学院
【期　刊】《文学跨学科研究》，2021年，第5卷，第4期，第728－736页

【内容摘要】文学伦理学批评理论的提出，立足于中国传统文艺理论中的伦理观，通过对文学作品的价值判断，系统构建了伦理学相关批评话语，展示了中国学者高度的主体性自觉和立场。该批评理论不仅具有鲜明的当代问题意识和强大的跨学科兼容性，展示了严谨的学理性和理论创新价值，而且在文本批评实践层面亦具有很高的指导价值。五卷本《文学伦理学批评研究》作为近年来文学伦理学批评的标志性成果，全面、系统地展示了文学伦理学批评的最新发现。其中，《文学伦理学批评理论研究》卷拓展了文学伦理批评批评的理论基础和相关理论话语，在中西文化和文学理论发展的历史中探求理论源起，以及与其他西方文学批评理论的关联和结合，不仅在理论建构方面体现出开放性和包容性的特点，而且学理性架构完善。另外四卷运用文学伦理学批评方法和理论观点，研究美国、英国、日本和中国文学中的重要文学思潮、文学流派、文学现象以及经典作家与作品，从东方和西方两个文化语境对不同时期的作品进行伦理价值的再挖掘，建构了文学伦理学批评的范式，为运用文学伦理学批评理论研究世界文学提供了范例。
【关键词】文学伦理学批评；聂珍钊；理论拓展；批评范式

文学伦理学批评与文学教育传播机制

【作　者】曾巍
【单　位】华中师范大学文学院
【期　刊】《文学跨学科研究》，2021 年，第 5 卷，第 1 期，第 56－64 页
【内容摘要】文学伦理学批评作为一种文学批评方法提出，经过语言转向与认知转向，实现了从方法到理论的飞跃，彰显出鲜明的跨学科品质，建构起完备的知识体系与话语体系。文学伦理学批评认为，文学具有伦理教诲功能。因此，文学教育更应发挥塑造人格、促进道德完善的作用。文学教育可看作由教育者、受教育者、文学文本、世界四要素构成的特殊的信息传播活动，其目的不仅在于向受教育者传递知识信息，更在于帮助他们形成正确的世界观、人生观和价值观。在传播场中，教育者、文学文本、世界都与受教育者发生信息交流；受教育者对多个来源的信息选择、加工，并与意识中的“前经验”相互作用后进行编码，从而生成“脑文本”。这一过程中还存在信息反馈与干扰噪声，其机制具有能动性与复杂性。要提升学习者的道德修养与伦理意识，实现文学的道德教诲功能，可从提升教育者思想素质、改善教学环境、编选适宜的教学材料、改进教学方式等着手，不断提高文学教育的质量。
【关键词】文学伦理学批评；伦理教诲；文学教育；传播机制

文学批评：催化文学与思想的融合

【作　者】蒋洪新
【单　位】湖南师范大学
【期　刊】《文学跨学科研究》，2021 年，第 5 卷，第 2 期，第 268－276 页
【内容摘要】文学思想是文学与思想的相互契合与交融。通过文学批评，不仅能对文学创作产生自觉或不自觉的影响，还将对文学思想的产生、形成与发展起到“隐性”的规范、制约和驱动作用。文学批评既是一种创造性活动，也是一种目的性活动，也需要注重方法论的创新。推进文学思想的研究，应克服文学批评泛化的现象，弘扬文学的纯粹性和人文性，并更加关注文学作品及其思想。文学思想研究，若不能感受文学创作显示出的思想倾向，不能把握文学主体的思想个性及其审美风格，也就难以准确理解文学思想发展的主流与大势。

【关键词】文学；文学思想；文学批评

文学侨易学何以可能：从穿越文学中的时空结构谈起

【作　者】董琳璐
【单　位】上海外国语大学
【期　刊】《国际比较文学（中英文）》，2021 年，第 4 卷，第 3 期，第 559－569 页
【内容摘要】随着侨易学的理论建设逐步完善，在文学研究中使用侨易学方法论逐渐取得普适性，经由大量个案验证，文学与侨易学的学科互涉成为可能。文学世界中的侨易现象较现实世界更加多元，同时又与现实世界关系紧密，这种复杂多变的侨易现象不但充实扩展了侨易学理论，而且为阐释文本、批评研究文学史的传统方法开辟了新路径。穿越文学中特有的逆时空侨易现象就是其中较为独特的一种，以典型的穿越文本《康州美国佬在亚瑟王朝》为例，举证“时间迁变—物质位移—精神质变”的时空错序侨易现象及其对研究文学世界与现实世界关系的作用。文学世界的侨易现象为理解整体文学世界的重要一步，侨易学为我们提供了分析现实世界中从物质位移（时间维度和空间维度在现实世界的物质位移是合二为一的）联系精神质变的思路，而文学世界中，可将时间维度单独剥离出来，形成了“时间迁变—物质位移（空间迁变）—精神质变”的时空错序侨易现象，两个时空的牵连、互动、影响以及侨易主体在其中的多元与消解是文学侨易学理论及相关文学批评方法的核心内容。文学侨易学对时空结构的分析是将时间的变化和空间的变化作为“变”之现象的大前提，即将时间和空间的重要变量功能作为分析现实层面的时空结构和时空结构异于现实的文学世界中的侨易现象的核心要素。
【关键词】文学侨易学；逆时空侨易；穿越文学

文学人类学：一种新型的人文学

【作　者】彭兆荣
【单　位】厦门大学人类学系
【期　刊】《吉首大学学报（社会科学版）》，2021 年，第 42 卷，第 1 期，第 99－105 页
【内容摘要】作为一个人文学新的分支学科，文学人类学表象上似乎仅仅是文学与人类学相互走近、聚合，实际上却包含着历史语境、认知逻辑、学理依据、学科整合和方法采用等综合价值。它既是两个学科在反思原则背景下的协同产物，又具有强烈的实验色彩。
【关键词】文学；人类学；文学人类学；人文学

文学人类学批评范式转换的理论背景和语境探赜

【作　者】程金城；乔雪
【单　位】兰州大学文学院
【期　刊】《兰州大学学报（社会科学版）》，2021 年，第 49 卷，第 3 期，第 118－128 页
【内容摘要】文学人类学批评范式的转换，面临现代主义与后现代主义不同理论范式的制约和当代语境的影响。如何克服这些制约因素并适应语境变化，建构具有理论基础和实践价值的批评范式，需要进一步深入探讨。本文认为应在以下方面取得突破：第一，人类学与文学的真正融通，即：人类学的“大道理”与文学人类学的元理论融通，人类学的“小道理”与文学人类学的具体研究和批评方法融通。第二，突破由比较的方法最终导致的二元对立的庞大体系，跳

出现代与后现代各执一端的理论范式和思维模式，以及同一性与差异性的理论对峙，在新的基点上进行整合。第三，通过文学艺术的人类学“还原”，探讨人类与文学艺术的本源关系，为当代人类文学艺术的发展提供借鉴。第四，文学人类学要直面当代文学艺术的现实和未来发展趋势，重新建构人类精神需求与文学的价值关系，这是文学人类学范式转换的重要目标。
【关键词】文学人类学；范式；理论建构；文学；艺术；价值

文学是“人学”也是“物学”——物叙事与意义世界的形成

【作　者】傅修延
【单　位】江西师范大学文学院；江西师范大学叙事学研究中心
【期　刊】《天津社会科学》，2021 年，第 5 期，第 161－173 页
【内容摘要】文学作品中意义世界的形成，与对物的讲述大有关系，物叙事是语言文字之外的另一套话语系统，如果不懂得这套系统，作者植入文本的意义无从索解。对物的轻视导致我们读不懂许多与物相关的叙事，人物的服饰、饮食、住宅，均为携带意义的符号，与物相关的行为，如物的保有、持用、分享、馈赠、消费、呵护和毁弃等，更值得做深入文本内部的细究和详察。物只有作为与人有关，尤其是与需求、欲望等有关的隐喻与象征，才会在叙事中获得特别的意义，成为耐人寻味的符号。与拥有与匮乏相联系的物叙事，在传世经典中屡见不鲜。物在人们之间的流通，常常是一种以物为话语符号而进行的言说。物的显现带来诱惑，而欲望的满足往往又意味着幻灭，许多故事都是始于诱惑而终于幻灭。中国文化中人相信“心中之物”胜于“心外之物”，对物叙事的认识应该置于这样的思想史背景之上，如此方能准确把握我们这方面的叙事传统。
【关键词】物；叙事；符号；意义

文学艺术中的语图界限

【作　者】贾佳
【单　位】四川大学文学与新闻学院
【期　刊】《当代文坛》，2021 年，第 1 期，第 65－70 页
【内容摘要】图像转向的出现以及符号学理论的普适化发展，为理解文艺中语图符号关系提供了新的理论视角。伴随文本作为重要的符号学概念，是认知符号并最终实现获意的关键。语图关系问题虽然逐渐成为学界讨论的热点，但其着眼点往往置于语言和图像之间的联系、互文和相通之处，从符号形式与文本意义关系着眼，语图界限问题在形式意义上有了新的切入点。“情感伴随文本”“框架伴随文本”和“风格伴随文本”为理解语图文本各形式部分表意提供了新的框架。
【关键词】图像转向；伴随文本；语图文本

文学与文化的相遇——斯文德·埃里克·拉森教授与金惠敏等中国学者对谈录

【作　者】斯文德·埃里克·拉森；金惠敏；周姝
【单　位】斯文德·埃里克·拉森：丹麦奥胡斯大学
金惠敏：四川大学文学与新闻学院
周姝：四川大学文学与新闻学院

【期　刊】《东岳论丛》，2021 年，第 42 卷，第 11 期，第 144－150 页

【内容摘要】作为四川大学比较文学研究基地国际系列讲座的第四讲，丹麦奥胡斯大学的比较文学教授斯文德·埃里克·拉森讲授在 2020 年 12 月 27 日晚带来了一场名为“文学与文化的相遇：泰戈尔的《家与世界》”的精彩线上讲座。在讲座中，拉森教授以文学与文化的相遇为切入点，讲解了例外主义、片面相遇、文化相遇、文学相遇、对话相遇这几个概念，并以《家与世界》为例分析了小说中所包含的多元文化相遇。讲座结束后，拉森教授与听众展开线上交流与对谈。本文记录并整理了此次对谈的全部内容，也将对谈所包含五个主题——“文学和艺术如何推动了文化对话”“文化与物质”“世界文学的定义及形成”“翻译作为源语言和目标语言之间的对话”及“读者接受与文学作品之间的相互关系”悉数呈现。

【关键词】多元文化；世界文学；文化对话

文艺的历史发生与区域流变

【作　者】王晓路
【单　位】四川大学文学与新闻学院；四川大学外国语学院

【期　刊】《社会科学研究》，2021 年，第 1 期，第 63－68 页

【内容摘要】本文从文化地理学视角探讨文艺研究的基本问题。作为物理空间的地理从来都离不开人类群体的活动，而文学艺术自伊始阶段起，其发生、生产、流传以及接受等环节，都是在具体空间范围内展开并与其自然条件与社会风貌密切相关。因此，文艺研究不仅应当针对文本进行系统研究，而且还需要结合文化地理要素去追溯历史文化条件和观念形态的演进轨迹。在当代地缘政治日益复杂的历史语境中，有必要将文艺研究的基本问题置于文化地理的视域中加以考察，重视地缘关系和文化地理因素在文艺创作和文艺批评中的作用，这一跨学科方式无疑有利于该分支领域的学理性推进。

【关键词】文艺；文化地理；形态；流变；研究

文艺批评：人工智能及其挑战

【作　者】刘建平
【单　位】西南大学文学院

【期　刊】《学术界》，2021 年，第 5 期，第 70－80 页

【内容摘要】人工智能是指人类开发出来的、具有深度学习能力甚至自主思考能力的、非自然出生的智能人，人工智能本质上是对人类的补充、完善，是否符合对生命友好、“可持续性”运行应成为衡量人工智能创新的价值准则。作为艺术创造的主体，人工智能挑战了传统文艺生产的“人学”范式；其介入文艺创造的过程是一个先验的“计算”，即执行一个特定程序的结果；人工智能缺乏艺术创造的主体意识和精神自觉，否定了艺术作品的个性化和不可重复性。作为文艺批评的主体，人工智能代表的是一种科学主义的文艺批评观，它推动了从文献检索的数据化到量化分析等批评方法的完善，但是唯数据论则会使文艺批评失去价值维度而只是技术指标，人工智能未来的跨越式发展取决于思维方法上能否开发出对事物定性分析的能力。我们应当重视人工智能在文艺批评价值导向和批评舆论监控机制上的作用，同时又要反思人工智能对文艺批评中人的主体性地位和批评标准、伦理及价值观念上的新挑战，警惕文艺批评“非人化”的倾向。

【关键词】人工智能；文艺批评；主体性；“非人化”

五四时期吴宓传播的美国新人文主义文学理论

【作　者】王小林
【单　位】湖南师范大学文学院
【期　刊】《中国文学研究》，2021 年，第 1 期，第 174－183 页
【内容摘要】五四时期吴宓传播的美国新人文主义文学理论体系由四个层面构成：第一，文学批评观，主张遵循道德标准、传统规则和价值尺度对文学作品进行评判。第二，文学本体观，将人性和受理性节制的情感作为文学的本体。第三，文学发展观，主张文学发展受人事之学的制约，新不一定胜旧。第四，文学创作观，要求在选择的基础上模仿。在当时的语境中，吴宓所传播的美国新人文主义文学理论与进化论文学观、杜威的实验主义文学理论以及温彻斯特的文学理论构成理论对话格局。
【关键词】五四时期；吴宓；新人文主义文学理论；传播

西方理论的中国问题——话语体系的转换

【作　者】刘康
【单　位】美国杜克大学亚洲与中东研究系
【期　刊】《中国比较文学》，2021 年，第 4 期，第 69－82 页
【内容摘要】中国文艺理论的话语体系的转换是西方理论的中国问题的重要部分。“中国式德苏话语”是当代中国文艺理论的主流，显现了回归德国古典即康德、黑格尔一脉的特征。“中国式后学话语”是 2000 年以来中国文论界大量译介西方后学（后结构、后现代、后殖民）形成的学术时尚，力图超越德国理性主义和启蒙话语。但两种话语互不交集、各说各话，几乎是近十几年来中国文艺理论界的常态。要实现不同话语的转换，需要开展多元对话与争鸣。一方面对于各种理论的教条化要保持警觉，另一方面要不忘学术研究的现实意义、世俗关怀。
【关键词】“中国式德苏话语”；“中国式后学话语”；话语转换

西方文论关键词：残障研究

【作　者】杨国静
【单　位】上海财经大学外国语学院
【期　刊】《外国文学》，2021 年，第 2 期，第 110－120 页
【内容摘要】术语“残障研究”于 20 世纪 80 年代中期进入当代人文社会科学的批评话语体系，随即成为文学理论界的研究热点之一。残障研究与医学无关，它不研究致残疾病的消除和伤残康复，而是将残障视为现代社会的产物，旨在探索残障个体如何被构建为“不正常的人”进而被排除在社会参与体制之外的过程、意义和社会学根源。残障研究为我们重估文学史上的残障书写传统提供了一个全新视角，有利于进一步深化我们对文学作品中的残障人物形象、残障作家及其创作，以及疯癫、后人类主义等相关艺术主题的理解。
【关键词】残障研究；不正常的人；残障书写；疯癫；后人类主义

西方文论关键词：交织性

【作　者】朱云

【单　位】扬州大学外国语学院
【期　刊】《外国文学》，2021 年，第 1 期，第 103－113 页
【内容摘要】“交织性”一词 1989 年作为女性主义的概念范畴在司法领域首先被提出，提出者克伦肖使用它的目的在于揭示黑人女性的交织性体验，阐明黑人女性遭遇的叠加性压迫因素。然历经近 30 年的使用，它早已不再局限于女性主义领域，而是被作为阐释框架与方法论用于政治、社会、教育等多领域现象的解析与实践。本文拟探源交织性与女性主义的渊源，考察其对女性主义的发展及当下交织性的知识谱系；厘清交织性的学术发展史与其作为理论范式与方法论的建构；探究其作为文学研究阐释框架的可行性与实践路径。
【关键词】交织性；交织性女性主义；交织性压迫；交织性阅读

西方文论关键词：历史诗学

【作　者】孙磊
【单　位】北京外国语大学俄语学院
【期　刊】《外国文学》，2021 年，第 3 期，第 105－117 页
【内容摘要】“历史诗学”是维谢洛夫斯基在 19—20 世纪之交创立的影响深远的俄国学院派文艺学批评理论，是一种文学批评的理念和方法路径。这一批评理论坚持社会历史批评与文本的形式诗学分析相结合，并将文学事实和现象置于世界文学和文化历史发展的语境中，旨在从文学的历史演变中揭示其具有普遍意义的内在规律。本文从历史诗学批评的理念与范畴、历史诗学的两大基石——总体文学史和诗学批评，以及历史诗学批评的方法论概要四个方面揭示历史诗学批评的丰富内涵。文学批评和文学史的边界由于历史诗学的提出而被大大拓展了，但这一批评理念和方法的一些局限性也限制了其更多实际的创获。
【关键词】维谢洛夫斯基；历史诗学；总体文学史；诗学批评

西方文论关键词：生命写作

【作　者】贺秀明
【单　位】河北大学燕赵文化高等研究院；河北大学外国语学院
【期　刊】《外国文学》，2021 年，第 2 期，第 100－109 页
【内容摘要】生命写作是关于叙述者自己或者他人生活经历、生命历程的写作，包括自传、传记、回忆录、书信、日记、邮件、博客等。自 20 世纪 70 年代以来，欧美学界逐渐厘清生命写作与传记文学的区别，认为生命写作不再是精英群体的专属，而是作为一个新的叙事研究领域，为我们研究多元化的生命主体提供了新的思路和方法。21 世纪以来，西方学界逐渐打破地域、文化和学科的局限，将生命写作与国别、族裔、文化、文学、医学、生命科学、历史、战争创伤、媒体等结合起来进行多元化的跨学科研究，取得了显著成果。当今中国生命写作研究在很大程度上仍然局限于传记文学研究，我们需要对接国际研究动态，拓宽研究内容和思路，进一步开拓跨国界、跨文化、跨学科研究模式。
【关键词】生命写作；传记文学；研究动态；研究方法

西方文论关键词：移动性

【作　者】张杰

【单　位】海南师范大学文学院
【期　刊】《外国文学》，2021 年，第 3 期，第 118－130 页
【内容摘要】2006 年以来，厄里、谢勒尔等学者共倡一种“新的移动性范式”，反对传统社会科学的安栖主义所推崇的稳定性、意义与地方性，重视距离、变化、无地方性，呼吁建立一种由运动和变化驱动的社会科学。该研究范式将人身移动、物的传送、想象性旅行、虚拟旅行、依赖电子手段的交际皆纳入移动性所指范畴，并视移动性为现代性的本质属性。它重视移动性政治：谢勒尔、克雷斯维尔与阿迪等人均指出，关注移动资本、移动能力的差异性，而非片面强调移动的速度或普适性，乃是当前移动性研究的重心所在。因其鲜明的跨学科、反本质主义特征，移动性理论很快成为文化研究、批评理论等人文学科的新视角。
【关键词】移动性；移动性范式；厄里；移动性政治

西方文论关键词：主题批评

【作　者】车琳
【单　位】北京外国语大学外国文学研究所
【期　刊】《外国文学》，2021 年，第 1 期，第 92－102 页
【内容摘要】主题批评是一种主要流行于法语世界的文学批评方法，是形成于 20 世纪中叶的法国文学“新批评”的一种。从法国哲学家加斯东·巴什拉经由“日内瓦学派”到法国文学评论家让-皮埃尔·里夏尔，主题批评的理念和实践揭示了文学想象和潜藏在作品中的创作意识的重要性。批评者关注充满细微具体意象的感性世界在文本中的体现，探究作家的意识生活及其结构并加以描述，揭示作品的整体意义，重新审视作品与生活、创作与现实之间的关系。主题批评至今仍是法国学院派文学研究中的重要批评方法。
【关键词】主题批评；日内瓦学派；巴什拉；布莱；里夏尔

西方文学文本理论研究的现状、反思及问题域

【作　者】付昌玲
【单　位】山东大学文学院
【期　刊】《学习与探索》，2021 年，第 8 期，第 167－174 页
【内容摘要】作为 20 世纪西方文学理论最重要的成果之一，文学文本理论为人们重新思考文学的本质、深入开展文学批评与文学研究提供了重要视角与方法。国内外文论界在文本理论研究方面取得了相当多的优异成果，但在研究过程中，也存在一些问题需要反思，例如，“文本理论”缺乏进行整体把握和研究、批评实践与理论主张脱节等问题。对此，一条行之有效的解决路径是重新审视文本理论研究的问题域，通过深入考察文学文本从古典型到现代型，再到后现代型的理论形态和逻辑理路，才能推动文本理论研究的发展，促进当代文论建设。
【关键词】文本理论；语言学转向；超文本

西方现代性的构成——阿格尼丝·赫勒的探讨

【作　者】李世涛
【单　位】北京外国语大学中文学院
【期　刊】《湖北大学学报（哲学社会科学版）》，2021 年，第 48 卷，第 2 期，第 85－92 页

【内容摘要】尽管阿格尼丝·赫勒论著的内容颇为丰富、复杂，但其最主要的议题是现代性，她最关切的问题仍然是人类在现代社会中的遭际、沉浮、命运变迁及其引发的精神世界的变化，尤其是现代人的自由、精神的健康、精神家园的建设。赫勒现代性研究的总体思路是，首先弄清楚现代的含义，再研究现代性的成分，廓清现代性的基本要素后，分析现代性的三种逻辑及其关系，探究现代性的运作、运行机制，最后研究个体在现代性中的沉浮、命运。赫勒通过严谨、缜密、精细的勘探，能够使我们清楚地认识西方世界进入现代的复杂而艰难的历程，推进了对西方现代世界、现代社会、现代人命运的理解，尤其深化了对现代性的复杂性、脆弱性、局限性的认识。借助于赫勒的研究成果，我们不但能够看到现代性带给我们的机遇以及进步、光明、辉煌的积极面，也能够看到其挑战以及艰难、灰暗、危机的消极面。只有客观地认识、把握现代性的整体及其复杂性，人类才能够顺势而行，抓住机遇，避免危机。唯其如此，才能促进现代人精神的和谐、健康发展。
【关键词】西方现代性；现代性成分；现代性动力；社会格局；辩证关系

西方叙事学知识体系中的中国因素——以《劳特利奇叙事理论百科全书》为中心

【作　者】曾军
【单　位】上海大学文学院
【期　刊】《文学评论》，2021 年，第 3 期，第 168－175 页
【内容摘要】《劳特利奇叙事理论百科全书》是国际上第一部叙事理论百科全书，其中部分内容涉及中国叙事传统和叙事理论问题。编撰者以“今西”所确立的叙事学知识体系为基础，关注到了“非西方古代”叙事资源中的“差异”或特色之处。对“中国叙事传统”的介绍侧重于汉学视角，聚焦口语/书面、历史/叙事等问题，表现出编撰者个人的学术偏好；中国叙事理论的呈现形态多样，既有从非西方古代叙事理论的角度对中国古代叙事理论的介绍，也有从西方叙事理论的视角对中国叙事特质的发现，还包括中国学者对当代叙事理论知识体系构建的贡献。
【关键词】叙事理论；知识体系；汉学视角；中国叙事传统

希利斯·米勒——文学研究的一代大师

【作　者】顾明栋
【单　位】深圳大学外国语学院
【期　刊】《外国文学》，2021 年，第 4 期，第 185－191 页
【内容摘要】希利斯·米勒是世界公认的英美文学研究大师。在其非凡的一生中，他不仅孜孜不倦地从事文学研究，取得了令人叹为观止的成就，而且追求学者的人格完美，在学术道德方面为学界树立了楷模。通过追忆与米勒教授在学术研究方面的一些交往及其令人感动的道德修为，可以毫不夸张地说，他颇有中国古代大师的风范，堪称文学研究界的一位圣贤，他留下的丰厚学术遗产和对中国文学界一些尚未人知的看法，也许能给我们从事文学研究带来有益的启迪。
【关键词】希利斯·米勒；英美文学；文学研究；学界圣贤

习性分类叙事：从身份幻想到风雅比拼——以现代小说中的身份转型人形象为中心

【作　者】余岱宗

【单　位】福建师范大学
【期　刊】《文艺理论研究》，2021 年，第 41 卷，第 1 期，第 167－176 页
【内容摘要】社会学或人类学罗列不同阶层身份人士的习性细化清单，侧重从政治文化、经济水平乃至代际再生产的角度解析习性的社会分类斗争的策略与效果，现代小说则从感知体验、情感变化与趣味偏好刻绘习性分类斗争的不同形态。现代小说中的习性分类叙述，呈现旧习性的顽固性、新习性的脆弱性以及分类斗争过程中习性的进攻性，其细化分类的洞察能力与审美剖解将提供比社会学著作分析更精密的区分方式和更复杂多变的区分过程。
【关键词】习性；身份；分类；斗争

戏剧世界之情绪的认知研究

【作　者】何辉斌
【单　位】浙江大学外国语学院
【期　刊】《外国文学研究》，2021 年，第 43 卷，第 5 期，第 79－92 页
【内容摘要】从效价的角度看，消极情绪比积极情绪容易引起注意力和认知能力的聚焦；从动机强度和唤醒度的方面来说，高强度的和高唤醒度的情绪更容易促使注意力和认知能力集中于一点；目标实现前注意力与认知能力更容易专注于一点；与这三种情况相反的情景则使注意力和认知能力具有更大的宽度、弹性和创造性。戏剧倾向于选择高动机强度高唤醒度的消极情绪，并聚焦于目标实现之前，以便能够死死地将观众吸引住，但在戏剧性强的情景中，认知的灵活性、创造性、多样性会大大降低。
【关键词】戏剧；情绪；认知

细读/粗读：生产性文学批评的阅读状况

【作　者】姚文放
【单　位】扬州大学文学院
【期　刊】《文学评论》，2021 年，第 2 期，第 115－124 页
【内容摘要】“细读”概念是 20 世纪初兴起的“新批评”的产物。随着批评实践的发展，“细读”集阅读方法、批评策略和文学观念于一身，成为“新批评”的灵魂。20 世纪 60 年代以来，一种新的批评形式代之而起，从固守文本、专注诗艺的“新批评”到指点江山、包罗万象的“理论”，其阅读状况也为之一变，从文本阅读向社会政治分析转移，从“细读”向“粗读”腾挪。这一转折在“文学社会学”中得到充分的表现。在文学社会学的不同流派中，值得重视的是罗贝尔·埃斯卡皮领导的波尔多学派，他们弃置囿于文本本身的微观细察，放眼社会历史的宏观视野，并在此基础上提出了“创造性的背叛”概念，重视读者在阅读中发掘、曲解、改造的反馈工作，肯定“创造性的背叛”创造、建构和生产的意义。
【关键词】细读；粗读；生产性文学批评；阅读状况

细节的政治：分裂分析

【作　者】郑海婷
【单　位】福建社会科学院文学研究所
【期　刊】《学术月刊》，2021 年，第 53 卷，第 2 期，第 160－169 页

【内容摘要】细节是现实主义文论中的一个关键问题。关于细节的溢出和描写的过度，现代文论界有各种各样的批评与辩护。雅克·朗西埃在与卢卡奇、布勒东、罗兰·巴特等理论家的对话中重新阐释了现实主义文学过度描写的审美政治意义。朗西埃认为溢出的细节不参与情节，也不参与文本的整体，而是以独立于整体之外的歧义姿态对抗整体。细节的溢出中断了整体中既有关系的正常运作，织就了逃逸的路线，这是感性的重新分配，是细节的政治。通过这种后结构主义分裂分析的方法，朗西埃将溢出的细节从无法纳入功能分析的“顽强渣滓”升华为“微物之光”。朗西埃富有成效的追踪和探索重新发现了过度描写的价值，打开了现实主义文学政治性阐释的空间，开启了迄今仍然隐藏着的许多可能性。
【关键词】溢出的细节；虚构理性；分裂分析；政治

现代、民族与性别——试论中国现代主义文论的三维结构

【作　者】马春花
【单　位】中国海洋大学文学与新闻传播学院
【期　刊】《南开学报（哲学社会科学版）》，2021 年，第 2 期，第 149－158 页
【内容摘要】作为 20 世纪中国最为重要的文艺思潮之一，现代主义及其理论批判构成 20 世纪 80 年代文论的重要内容。总体上看，现代主义在中国的接受过程伴随着双重焦虑：被延迟的现代化焦虑与民族文化主体性焦虑。由此造成的现代主义与民族主义、第一世界与第三世界间的内在张力结构，成为中外学者探讨中国现代主义的基本二元论框架。这些二元论架构带来了启示与盲点，将性别维度植入中国现代主义文论，在全球本土化视野中洞察现代主义的权力关系及其性别修辞，即可在揭示现代主义文艺隐含父权无意识的同时，尝试建立现代、民族与性别互动对话的三维理论结构。
【关键词】现代主义；民族寓言；性别

现代西方诗学的还原论——四家例说

【作　者】张文初；罗益民
【单　位】张文初：广东财经大学华商学院文学院
罗益民：宜春学院文学与新闻传播学院
【期　刊】《湖南大学学报（社会科学版）》，2021 年，第 35 卷，第 4 期，第 78－85 页
【内容摘要】高扬文艺还原现实事物与生存经验的资质是现代诗学的一种重要意向。柏格森、兰色姆、葛利叶、梅洛-庞蒂是秉持现代诗学还原论的有代表性的四家。柏格森希望拆除功利化感官意识的屏障，让人回归现实事物。兰色姆否定科学理性，其还原目标是本原世界。葛利叶颠覆文化观念，要还原的是事物本身。梅洛-庞蒂解构笛卡儿哲学传统和现代自然科学的思维机制，其还原目标指向“世界之肉”。现代艺术哲学的“还原”不是运动，但依旧可从逻辑和历史的层面考量。还原论与传统再现论有密切关联，但其以“效应”为重心和以“失落”为前提的思考方式迥然有别于历史上的“再现”。
【关键词】现代；诗学；还原

现代主义文学中的“物”之美——里尔克、瓦尔泽的“物—人”间性解读

【作　者】范捷平

【单　位】浙江大学外国语学院
【期　刊】《德语人文研究》，2021 年，第 9 卷，第 1 期，第 1－7 页
【内容摘要】现象学颠覆了康德以来“物”的“自在与自为”说，胡塞尔认为“物”不仅不是自在的，也不是孤立的，更不是自为的，“物”始终处在一种与世界的关系之中。“物”也是一种“In-der-Welt-Sein”（寓于世界之中）。被感知的“物”永远不会独自存在，而是在我们的眼前显现，“物”存在于我们感知所及的“物”的环境之中。在这种可以感知的物质性中间，“自我身体”总是属于其中。里尔克和瓦尔泽一样，都是咏“物”的大师，在他们的文学作品中，“物”（Ding）既非“面临物”（Gegenstand）、也非“东西”（Sache），而是一种与人的关系，或曰人与世界的关系。
【关键词】“物”；“物—人”间性；里尔克；瓦尔泽

现实主义文学研究的勃勃生机

【作　者】王守仁
【单　位】南京大学当代外国文学与文化研究中心
【期　刊】《浙江社会科学》，2021 年，第 10 期，第 129－134、142 页
【内容摘要】现实主义文学并未如一些批评家所言“过时”或“枯竭”，而是在向更加多元化、多样化形态发展，呈现出新的时代特征。当代现实主义理论也有很多建树，出现了“新现实主义转向”，从新的角度审视文学与现实的关系，探索质疑传统观念、范式和认知，显示出这一研究领域的丰富性和复杂性。中国的外国文学研究成果以中文和外（英）文为载体，两个知识体系应该是对话的关系，互为支撑。以莫言、阎连科为代表的中国作家在现实主义的创作实践和理论建构方面对世界现实主义做出贡献，促使中国外国文学学者的现实主义研究融通中外，在全球学术空间进行现实主义理论话语的创新。
【关键词】现实主义；现实；真实；知识体系；神实主义

协商中的“远读”

【作　者】徐德林
【单　位】中国社会科学院文学理论研究中心
【期　刊】《山东社会科学》，2021 年，第 11 期，第 59－68 页
【内容摘要】意大利马克思主义文学批评家弗朗哥·莫莱蒂是最新一轮世界文学论争的代表人物之一，他基于“同一而不平等的”世界文学这一认知而提出的与细读相对的“远读”，是一种为获取宏观观察视野而牺牲细节的新的阅读方法，直接联系着耦合社会史与文学史的努力，颇具方法论意义。“远读”有效地促成了人们关注“伟大的未被读”，因而延续和深化了世界文学论争，但同时也遭遇了若干质疑和挑战，关乎其理论依据、摒弃细读、适用性、创新性等诸多方面。其间的原因何在？莫莱蒂的回应何为？对“远读”的正确认知何谓？对这些问题的探寻既是本文的问题意识之所在，也是本文的重点考察之所在。
【关键词】“远读”；“伟大的未被读”；协商；世界文学论争；世界文学体系

新世纪 20 年的外国文学研究：回顾与前瞻

【作　者】黄晖；王青璐

【单　位】华中师范大学文学院
【期　刊】《文学跨学科研究》，2021 年，第 5 卷，第 2 期，第 336－348 页
【内容摘要】新世纪 20 年的外国文学研究出现了新动态、新形态，形成了多样化、多元性的特点，主要表现为从注重经典作家、作品的研究，到关注当下文学与文化的跨学科研究的发展历程。本文利用中国知网学术文献总库，对 2000—2019 年我国外国文学研究领域的 5 种 CSSCI 来源期刊论文进行了多种类型的数据统计。通过分析 20 年来刊载的 9196 篇论文，本文试图揭示外国文学研究在新世纪的研究重点、方向、成就和问题，探索当代外国文学研究的理论体系、话语体系的形成和发展，进而提出对外国文学研究未来发展方向的建议。
【关键词】外国文学；文学研究；CSSCI；来源期刊；回顾与前瞻

新维多利亚小说研究中的“古今之争”及其时间错位

【作　者】黄瑞颖
【单　位】南京大学文学院
【期　刊】《国外文学》，2021 年，第 1 期，第 20－29 页
【内容摘要】自 20 世纪 80 年代末以来，英语文学界不断涌现重写维多利亚时代及其经典文本的新维多利亚小说，逐渐形成相应学术衍生领域并取得丰硕成果。本文主要厘清研究者围绕该文类探索过去和现在的方式及内容这一基本问题所进行的“古今之争”，并追溯这一纷争面貌背后更加基本的文学发生学问题，试图获得审视该文类的新视角，最终将新维多利亚小说作为一个文类整体所包含的混杂性与矛盾性视为过去与当前更为复杂的连续性和变化性之间辩证的体现，展示出明显的时间错位特征。
【关键词】新维多利亚；历史小说；当代；时间错位

新语文学/世界语文学的方法论启示：中国学术如何融入世界学术？

【作　者】贾晋华
【单　位】澳门大学；扬州大学
【期　刊】《国际比较文学（中英文）》，2021 年，第 4 卷，第 1 期，第 25－35 页
【内容摘要】语文学是中西共有的学术传统。在西方，始于公元前 3 世纪古希腊的语文学源远流长，被誉为现代人文各学科的源头。在中国，涵括文字学、音韵学、训诂学、校勘学、目录学、文献学和考据学的语文学自汉代以来就成为学术的根基，至清代乾嘉学术达到高峰。20 世纪初以来，由于现代语言学的兴起及人文学科的分枝散叶，语文学在东西方都衰落了一段时期。但近三四十年来，语文学正在世界范围内呈现复兴和变革的趋势，先后出现各种新语文学，并正在发展成为世界语文学。新语文学/世界语文学强调通过考证和阐释原始文献（文本的和其他载体的）而全面探讨其社会历史背景和语言文化意义，从而有可能将人文各学科重新融会贯通。由于是中西共有的传统方法，新语文学/世界语文学可以抛开无休止的中学西学之争。由于强调考据训诂与分析评论相结合，新语文学/世界语文学的研究方法可以导致既有厚实文献基础、又有深刻义理阐释并遵循国际学术规范的世界一流成果，从而真正融入世界学术。
【关键词】中国学术；世界学术；语文学；新语文学；世界语文学

新中国初期对西方马克思主义文论的批判性接受

【作　者】曾军；汪一辰
【单　位】上海大学文学院
【期　刊】《社会科学辑刊》，2021 年，第 6 期，第 182－190 页
【内容摘要】西方马克思主义是新中国初期对西方文论展开批判性接受的重要一环，涉及的范围包括以卢卡奇的批判现实主义、布莱希特的现代主义戏剧理论、加洛蒂等人的“无边的现实主义”等为代表的西马现实主义维度，以列斐伏尔、萨特、梅洛-庞蒂、考德威尔、弗洛姆等为代表的西马美学维度以及卢森堡、葛兰西、东欧新马克思主义等。西方马克思主义与马克思主义的学术渊源，以及其身处的发达资本主义时代的学术语境，导致新中国初期在对西方马克思主义接受过程中采取“资产阶级文艺思想”和“马克思主义在 20 世纪的新发展”的双重视域，形成了批判性接受的特点。新中国初期对西方马克思主义的批判性接受为改革开放之后重新接续对西方马克思主义文论的接受做了铺垫。
【关键词】新中国初期；西方马克思主义文论；批判性接受

信与欲：文艺复兴早期人文主义者的爱情意象

【作　者】赵立行
【单　位】复旦大学法学院
【期　刊】《上海师范大学学报（哲学社会科学版）》，2021 年，第 50 卷，第 1 期，第 133－143 页
【内容摘要】文艺复兴的早期人文主义者开始关注人性，爱情自然进入他们探讨的视野之中。但是由于无法摆脱宗教思维的影响，他们演化出两种截然不同的爱情观，即“精神之爱”和“肉欲之爱”。前者试图在宗教的框架里确立爱情的正当性依据，后者则试图从对抗宗教的角度阐释爱情本质。最后两者殊途同归，都没有能够触及爱情的本质，一方在万般纠结中回归宗教，一方因为宗教和社会所不容而改弦易辙。但是，这两种爱情观都代表着对中世纪禁欲主义的挑战，提出了爱情正当性这一重要命题，体现了人文主义者对人性的思考。
【关键词】文艺复兴；早期人文主义；爱情；“精神之爱”；“肉欲之爱”

行动者网络理论

【作　者】刘珩
【单　位】首都师范大学外语学院
【期　刊】《外国文学》，2021 年，第 6 期，第 64－76 页
【内容摘要】行动者网络理论中的行动者并非单个的行动者，而是依附特定网络联系而存在的某种实体。行动者既可以是人，也可以为物，它们平等地在集合的连锁效应中发挥各自的能动性。网络则是指诸多行动者可以依附的关系场域，它具有变化以及扩展的作用，从而将诸多人与非人的行动者组合在一起，形成异质纷呈的联合形式。行动者网络以人与非人的行动者之间的交织缠绕和相互依存为前提，近年来在物的理论、自我以及文本与阐释的本体论等相关文学批评领域引起广泛共识。从科学领域发展而来的行动者网络理论，势必对科技时代、数字时代的文学研究产生颇为有益的启示作用。
【关键词】行动者网络；物；存在模式；阐释

行为构建、人的构形及其存在形式——在巴赫金的诗学与哲学之间

【作　者】钱中文
【单　位】中国社会科学院文学研究所
【期　刊】《文学评论》，2021 年，第 1 期，第 22－38 页
【内容摘要】巴赫金的伦理哲学，以责任为中心，从现实的人的生活出发，把人的行为作为人的基本活动与相互之间的关系而形成所谓“行为即事件”，它探讨人的行为构建，行为的现实性、选择、责任、价值、应分、参与、信仰、行为动机与行为产品。从这些行为的构成因素中，引出、确立于行为交往中的“我与他人”“我与你”的构建，人的存在的最高构形原则。在“我与你”的关系中，我负有责任，甚至牺牲也在所不惜，以达到行为责任的统一的追求。这种伦理哲学和以它为基础的哲学人类学，其积极方面，有助于我们对于伦理哲学的认识；对于只讲物质追求、感情思想可以任意买卖的当代生活来说，能够从精神方面提升我们行为的品格；在弥补生活与文化之间的失衡方面，有一定的参考意义。巴赫金在后来的美学、作家研究、超语言学等多种著作与笔记中，提出了意识的内在的社会性特征，它必然要形之于外，通过对话与人的存在的形态、本质的阐发，进一步把“我与他人”“我与你”的关系具体化。人如何存在？他的存在的方式又是如何？这些问题，从诗学方面来说，在文学研究中建立了独创性的对话诗学、文化历史诗学，深刻影响了当今的文学理论与文学史论。同时，这些问题在 20 世纪又受到不少哲学家的不断追问，巴赫金对此做出了独特的回答，建立了一种具有高度人文精神的、广泛意义上的对话哲学，提出人类生活按其本性是对话性的，要求对人和人类的命运持有对话立场。这种对话哲学思想，流行于当今人文科学界与社会生活。
【关键词】巴赫金；行为构建；人的构形；对话哲学；诗学哲学的交融

形式与意义：数字人文视域下一种可能的文本分析理论

【作　者】尹倩；曾军
【单　位】上海大学文学院
【期　刊】《山东社会科学》，2021 年，第 11 期，第 69－77 页
【内容摘要】20 世纪西方文论在研究重心上历经两次转向，无论是从作者转移到文本，还是从文本转移到读者接受，其本质旨在探究文本的意义是什么以及意义是如何生成的。对文本意义的探究，使“作者—作品—读者—世界”紧密相连。而后随着数字技术和新媒体的发展，数字人文异军突起，技术的介入使得文本的形式各异。一方面，伴随数字时代的到来，数字化的文本和由数字生成的文本越来越普及，这在潜移默化中影响了作者的创作方式和作品的呈现形式。另一方面，基于研究方法和研究理念的数字化趋势，或可给传统文学研究注入新的内容：一是聚焦作品、文本和数据间的逻辑转换，探究数字时代文学语境的生成；二是通过阐释电子语言的文学场、数字时代的文本观以及文本意义的复杂性，研究数字技术何以介入文学研究；三是依据不同技术实践下所产生的不同文本形式，初步探讨一种基于文本技术想象的多元阐释的文本分析理论。
【关键词】数字人文；文本分析；形式；意义；数据

形式越界与意义指涉——论理查森的“反模仿”叙事诗学

【作　者】李亚飞

【单　位】电子科技大学外国语学院
【期　刊】《国外文学》，2021 年，第 4 期，第 1—9 页
【内容摘要】理查森把超越“模仿”规约的叙事实践界定为“反模仿叙事”，并提出建构“反模仿”叙事诗学，以增补现有的叙事理论。反模仿叙事作为一种“形式越界”不只是一种纯粹的形式问题，它作为一种特殊的叙事形式与“意义指涉”之间存在关联。理查森的叙事诗学破除了将叙事研究仅仅停留在形式描述层面的禁锢，关注了叙事形式在意义生成层面的重要作用。此种研究思路进一步深化了将叙事形式研究与意义指涉研究相结合的批评路径，同时为形式批评和文化批评贡献了新颖视野。不过，理查森只是较为粗略地挪用“模仿”的表层含义，并未厘清该概念牵涉的一系列复杂问题，这使得他的叙事诗学在收获众多批评关注的同时也引发了不少争议，其理论合法性备受质疑。
【关键词】理查森；“模仿”；“反模仿”；诗学

虚构文本与可能现实

【作　者】张书圣
【单　位】上海大学文学院
【期　刊】《文艺理论研究》，2021 年，第 41 卷，第 2 期，第 115—121 页
【内容摘要】本文试图理解虚构文本的指涉问题，亦即其与现实的关系。利科认为诗性语言的指涉问题并未被取消，而只是被悬置，它通过语义创新而具有对现实进行变形的能力，能使我们的个人环境成为可居住的世界。通过海德格尔和伽达默尔对“世界”与“环境”这两个概念的解释，我们认为文本世界的现实意义在于它也同样在本体论意义上为我们提供了可能的存在样态，即是说，虚构能够表达可能现实。为此，我们重点从布鲁门贝格的研究出发，进一步探讨现实概念的历史转变对虚构的现实理念所产生的影响。新的现实理念允许人通过虚构扩展自己的可能性领域，在阅读中不断获得新的视角性立场，进行本体论意义上的旅行。
【关键词】虚构；文本；现实；可能；利科；布鲁门贝格

虚构叙事如何为时间塑形？——论保罗·利科叙事学的时间维度

【作　者】苏宏斌；肖文婷
【单　位】浙江大学文学院
【期　刊】《中国人民大学学报》，2021 年，第 35 卷，第 1 期，第 147—154 页
【内容摘要】叙事与时间的关系问题是保罗·利科叙事学理论中的一个核心问题。在他看来，虚构叙事是一种为时间进行塑形的重要方式。热奈特曾经把虚构叙事中的时间划分为三种形态：故事时间、叙事时间和叙述时间，但他主要探讨的是故事时间和叙事时间的关系，对于叙述时间则只是略加分析。利科则主张，叙述时间是叙事时间的根本来源，因为叙述行为出自一个虚构的叙述者，它能够悬置叙述行为所具有的现实性，从而把叙述行为变成一场对单一线性的故事时间进行随意切割和自由组合的游戏。这场游戏关乎叙事的成败，因此就变成了一场危险的赌博。正是在这种与时间的游戏和赌博中，叙述行为创造出了多种多样的叙事时间，并且为故事中的人物创造了一种虚构的时间经验，由此达到了为时间塑形的目的。
【关键词】叙事时间；叙述时间；虚构时间经验

叙事主义中的人格及其对传统自我观念的挑战

【作　者】宫睿
【单　位】中国政法大学人文学院
【期　刊】《江西社会科学》，2021 年，第 41 卷，第 2 期，第 5－14 页
【内容摘要】作为新兴的人格同一性理论，叙事主义拒斥传统进路，主张人格是在叙事中构成。这一理论源流广泛，近来由玛雅·舍希特曼等人做了深入系统的阐发。但它也不乏争议，有人认为叙事的主观性过强，与虚构纠缠不清，作为规范性主张易流于虚伪、造作；还有人认为叙事不能成为人格的充分条件，因为叙事预设了一些传统的自我观念。不过，这两种批评均未能触动叙事主义的要点，稍加修正就能应对。从“叙事”概念本身可以揭示叙事主义难以回避的一些困难。
【关键词】叙事主义；人格同一性；优先性问题；特性化问题

亚里士多德“形式”的美学意蕴探究

【作　者】曹晖
【单　位】黑龙江大学哲学学院；黑龙江大学文化哲学研究中心
【期　刊】《学习与探索》，2021 年，第 2 期，第 139－145 页
【内容摘要】在亚里士多德的哲学中，形式占有十分重要的地位。形式是事物的本体，它既指称普遍，又意味着个体。形式也是本质，即“是其所是”；形式是现实，而质料是潜能。亚里士多德将动态性和功能性赋予形式，使其具有“实现”的意义。其形式的美学内蕴在于以下几个方面，即形式是感觉和认知的中介、是一种“中间性”因素、是个体性和普遍性的结合、是一种不断实现的活动等。亚里士多德的形式理论以其丰富性、多样性和深刻性不断迸发着鲜活的生命力，对后世美学产生了极大的影响。
【关键词】亚里士多德；形式；本体；普遍；个体；美学意蕴

延安道路的世界凝视——解放区外国作家创作的归属和文学性问题

【作　者】周维东；史子祎
【单　位】四川大学文学与新闻学院
【期　刊】《当代文坛》，2021 年，第 5 期，第 99－105 页
【内容摘要】外国作家的解放区书写如何界定，实际上关涉到解放区文艺的外延究竟如何确定的问题。以革命史与文学史的双重视角介入考察，可以有效地厘清这一问题，进而对解放区外国作家的创作归属加以梳理。以此为基础进入解放区外国作家创作的内部，可以发现外国作家的解放区书写具有多重意义。首先，解放区书写将中国抗日战争与世界反法西斯战争纳入了同一体系，并对中国抗战和红色革命起到了宣传和正名的作用。其次，这一部分书写关注到中国民生、弱势群体解放等话题，使中国革命超越民族解放的范畴，成为世界革命的重要组成部分。最后，外国作家群体还构成了观察中国抗战和革命的独特视角，通过新闻报道、社会学研究的专业眼光审视中国社会，对历史细节及历史氛围的把握与中国作家创作形成互补效应，并由此形成解放区外国作家创作的独特文学性。
【关键词】解放区文学；外国作家；世界视野

扬·穆卡若夫斯基后期文论取向转变路径新探——从彼得·斯坦纳的研究说开去

【作　者】朱涛
【单　位】华南师范大学外国语言文化学院
【期　刊】《学习与探索》，2021 年，第 9 期，第 164－170 页
【内容摘要】长期以来，由于历史的原因，扬·穆卡若夫斯基的后期文论思想始终是扑朔迷离的。学界最为关注的莫过于他从前期的结构主义向后期的“庸俗”马克思主义转向的话题，在这一转向的动机、成效、影响等问题上莫衷一是。事实上，在探讨穆卡若夫斯基后期文论取向转变时，我们不宜将其人品与学品混为一谈，并以此来揣测其转向的动机。虽然后期在结构主义和马克思主义之间不断摇摆，在一定程度上表现了穆卡若夫斯基学术立场的不坚定，但这也未尝不是其对结构主义局限性之自觉超越与反思的尝试，他尝试引入马克思主义来修正自己的结构主义，这是非常大胆，也是极其难能可贵的。结构主义也好，马克思主义也罢，都不是理论探索的终点，任何符合文学研究规律的理论，我们都应该大胆地拿来，而不应该囿于某一种理论框架。
【关键词】扬·穆卡若夫斯基；彼得·斯坦纳；结构主义；马克思主义

耶鲁学派、解构主义及耶鲁学者——J. 希利斯·米勒先生访谈

【作　者】宁一中；J. 希利斯·米勒；兰秀娟
【单　位】宁一中：深圳大学；北京语言大学
J. 希利斯·米勒：美国约翰·霍普金斯大学；耶鲁大学；加州大学尔湾校区
兰秀娟：中山大学外语学院
【期　刊】《外国文学研究》，2021 年，第 43 卷，第 3 期，第 1－12 页
【内容摘要】J. 希利斯·米勒（1928—2021）是当今世界文学批评和文学理论研究领域里最重要的人物之一。其著作与学术生涯有着世界性的影响。他在哈佛大学获得博士学位，而后执教于约翰·霍普金斯大学、耶鲁大学和加州大学尔湾校区，2002 年荣退。1986 年，他作为美国现代语言学会会长为美国的学术和学术组织做出了重要贡献。作为耶鲁学派的重要代表人物，他与雅克·德里达、保罗·德曼、杰弗里·哈特曼和哈罗德·布鲁姆这些当代文学界的巨擘过从甚密。宁一中博士于 1997 至 1998 年在他指导下做博士后研究。本访谈就是当时他对米勒先生进行多次访谈的一部分。在这个访谈中，米勒对耶鲁学派做了总体评价，对德曼、布鲁姆以及法国哲学家加盟的耶鲁“五人帮”做了细致的阐述。诚然，作为同事和密友，他对这几位学者的人格魅力、学术活动等了解得更多更深。从对他的访谈中，我们得以了解解构主义之发轫以及所谓“解构主义宣言”写作之来由；了解由德曼二战期间在纳粹报纸上撰写文章而引起的美国学界唇枪舌剑的辩论；得以知道布鲁姆传奇般的天赋，也让我们能窥他们之间友谊之一斑，这种友谊促成了美国耶鲁学派的建立。因此，访谈内容具有很高的史料价值，为我们了解美国文学理论和文学批评的历史发展提供了珍贵的资料，也为我们做文学研究提供了宝贵的背景资料。如今，这五位学界大师都已作古，这些出自米勒本人的资料便尤显珍贵。哲人其萎，这个访谈也权作对他们的庄严纪念吧。
【关键词】J. 希利斯·米勒；耶鲁学派；解构主义；雅克·德里达；保罗·德曼；哈罗德·布鲁姆

一个典型的伦理悲剧：丧子情节中的伦理困境与伦理选择

【作　者】张必春；刘敏华

【单　位】华中师范大学政治与国际关系
【期　刊】《文学跨学科研究》，2021年，第5卷，第4期，第709－719页
【内容摘要】作为一个典型的伦理悲剧，文学文本中的丧子情节不仅是一个有力推动故事发展、形成矛盾冲突的叙事情节，更是一个蕴含人物伦理困境和伦理选择的伦理事件。丧子事件不仅使丧子者长期陷入无法逃离的伦理环境，而且使其面临夫妻关系伦理和血脉祭祀伦理等无法跨越的伦理困境。在丧子之思的伦理焦虑中，夫妻双方的伦理选择蕴含人性因子与兽性因子彼此冲突的斯芬克斯因子。丧子夫妻之间聚合离散等多种形式的伦理选择，改变并重塑夫妻双方的伦理身份。因此，丧子情节映照出人类社会中普遍存在的伦理困境和伦理选择问题，兼具文本叙事、伦理探讨和思想分析等多重功能。
【关键词】丧子情节；伦理困境；伦理选择；文学伦理学批评

移民、跨界及英国后殖民研究：艾略克·博埃默访谈录（英文）

【作　者】黄怡婷；艾略克·博埃默
【单　位】黄怡婷：中国社会科学院外国文学研究所
艾略克·博埃默：英国牛津大学英文系；英国沃尔夫森学院牛津生命书写中心
【期　刊】《外国文学研究》，2021年，第43卷，第4期，第1－13页
【内容摘要】艾略克·博埃默是牛津大学英文系世界文学教授，英国殖民与后殖民研究创始人，以英国文学中的帝国和反帝国研究享誉世界。同时，她也是一名作家。她还是牛津大学出版社的“牛津后殖民研究系列丛书”总编辑。在后殖民研究最初推介到中国时，许多中国学者就是通过她的著作《殖民与后殖民文学：移民隐喻》（1995）来认识后殖民研究的。本次采访包括两个部分，分别完成于新冠疫情暴发前和暴发高峰期，梳理了英国后殖民研究的一些关键议题，包括英国后殖民研究的历史、英国学者关注的核心问题、殖民与后殖民研究之间的关系、族裔和移民作家对当代英国文学发展的影响、后殖民研究的前景以及新冠疫情对该领域研究的影响等。博埃默教授始终认为“移民”是核心议题，强调后殖民研究中“跨界”，以及完善跨学科研究方法的重要性。
【关键词】后殖民研究；移民；跨界研究；跨学科研究

艺术符号学：必要性与可能性

【作　者】陆正兰；赵毅衡
【单　位】四川大学符号学—传媒学研究所
【期　刊】《当代文坛》，2021年，第1期，第49－58页
【内容摘要】艺术符号学，集中讨论艺术文本特殊表意方式，在当代学术界有无可替代的价值。本文首先回顾艺术符号学大半个世纪的发展过程。这段历史成果固然丰富，但当今的“泛艺术化”社会文化，以及艺术本身的剧烈演变，迫使学界不得不重新审视艺术的特殊表意方式。艺术的意义方式，在三个对立冲突之中展开：艺术是在与“非艺术”对比中实现的，二者没有截然分明的区别；艺术是感性与理性结合的产物，不是纯粹感性的形式“自律”；艺术是个别的，却又是文化决定的，是社会性的“展示”的结果。而要解决这几种对立，剖析日新月异，风格各异的艺术意义及其表达与解释过程，就必须靠符号学，因为符号学就是意义学。
【关键词】艺术；符号学；“物—符号”三联体；“泛艺术化”

疫病与种族主义：2020 年英语文论研究回顾

【作　者】萧莎
【单　位】中国社会科学院外国文学研究所；中国社会科学院文学理论研究中心
【期　刊】《外国文学动态研究》，2021 年，第 3 期，第 43－51 页
【内容摘要】英美防控新冠疫情不利导致社会不公和种族主义痼疾恶化，2020 年英语文论研究的核心由此落在重访人类流行病史以诊断当下处境以及反思和批判种族主义上。本文通过回顾英国《全球史》学刊召集的跨学科国际论坛“改变世界的大流行病：关于新冠疫情的历史反思”，解读《后殖民文学批评》的《黑豹》研究专刊，评述重写美国种族主义历史的新著《种姓》，简要展示 2020 年英语文论的研究态势及重要成果。
【关键词】流行病；《全球史》；种族主义；《黑豹》；《种姓》

饮　食

【作　者】张秋
【单　位】北京航空航天大学外国语学院
【期　刊】《德语人文研究》，2021 年，第 9 卷，第 2 期，第 18－25 页
【内容摘要】从自然学科的研究领域发展到人文社会学科的研究对象，饮食以其多维度和复杂性的特征逐渐成为社会学、人种学、人类学、文化学等学科的聚焦点。本文尝试从历时视角出发，概述饮食的双重属性，回溯饮食研究的主要脉络，并观照饮食研究在“文化转向”的背景之下与文学批评的互动关联。
【关键词】饮食；双重属性；“文化转向”；膳饮学

英国文学叙事中的民族认同建构

【作　者】吴庆军
【单　位】外交学院英语系
【期　刊】《上海大学学报（社会科学版）》，2021 年，第 38 卷，第 2 期，第 129－140 页
【内容摘要】民族认同是一个民族的集体身份认同，是民族成员对民族独特的价值观念、神话原型、象征体系和文化风俗的复制和诠释。文学是民族文化的结晶，文学样态、创作范式叙述和建构着不同时期的民族认同，英国不同时期的文学作品叙述、复制和彰显了民族认同的时代特征。早期的英国文学叙述的盎格鲁-撒克逊文学、文艺复兴以及 17 世纪文学准确地表征了民族认同中不断演变的英格兰性；18 世纪以降的英格兰文学、苏格兰文学和爱尔兰文学的多样性准确建构出民族认同的不列颠性；20 世纪少数族裔文学的兴起拓展了英国文坛的全球化文学叙事样态，同时建构出英国文学民族认同的世界性特征。
【关键词】英国文学；民族认同；英格兰性；不列颠性；世界性

英美文学伦理批评的当代新变及其镜鉴

【作　者】韩存远
【单　位】山东师范大学文学院
【期　刊】《文学评论》，2021 年，第 4 期，第 86－94 页

【内容摘要】20 世纪 80 年代末，英美文学伦理批评在历经波折后重获新生，并表征出两重新变：就理论层面而言，批评家在深度清理传统道德批评之积弊的同时，着力拓展“伦理”范畴的边界，并规设了文学伦理批评的对象与范式；就批评实践而言，文学伦理批评实践一改往昔纯粹道德训诫的策略，转而注重揭示文学文本在审美和伦理维度上的交融与互证。转型后的英美文学伦理批评之于我国文学伦理学批评不乏镜鉴价值。二者的理论根基、实践路径、建构模式、学科背景差异显著，后者在逻辑严密性、概念精确度、理论自反性、学科涵容度等方面仍有提升或完善的空间。
【关键词】文学伦理批评；道德批评；伦理价值；审美品格；文艺伦理

语言、文字与物质的实证问题——论“四重证据法”的“物证优先”原则

【作　者】赵菡
【单　位】上海交通大学中文系
【期　刊】《中国比较文学》，2021 年，第 3 期，第 48－58 页
【内容摘要】传统考据学在现代转型过程中形成了以“疑古派”为代表的新型考据史学。“疑古辨伪”的矛头指向传统学术的“文献中心主义”，在实证科学经验主义原则的支持下，发展成以“四重证据法”为方法论、以“物证优先”说为标志的“考古学转向”。本文通过西方阐释学和分析哲学中的“语言转向”指出语言问题的复杂性，通过中国文化不同于西方的“字本位”指出“文字中心主义”的合理性，通过考古学自身的局限指出“物证优先”的有限性，试图还原在语言、文字和物质之间进行等级排序背后的哲学预设，并揭示由此引起的不自洽。
【关键词】新考据学；实证主义；“物证优先”；“语言转向”；文字本位

元认知与英美小说对莎士比亚的挪用

【作　者】肖谊；谢梦昕
【单　位】四川外国语大学英语学院
【期　刊】《外语与外语教学》，2021 年，第 2 期，第 123－129 页
【内容摘要】莎士比亚作品是世界文学经典，也是英美小说创作的重要源泉。自 18 世纪中叶以来，小说家们就不断地将莎士比亚作为原型或典故运用到小说创作中，这种倾向在之后的两个多世纪中变得更加明显。英美小说创作中存在着大量对莎士比亚进行挪用的实例，挪用包含着创作中的认知过程、认知行为以及文化认知等要素。同时，对莎士比亚进行挪用的过程也是一种元认知过程。本文在梳理英美文学史上对莎士比亚进行挪用的实例后研究发现：小说创作过程中，作者既是作者又是读者，元认知是贯穿于文本世界的认知机制。探索与分析小说创作中的元认知，有益于进一步探析认知与小说叙事之间的关系，对探索认知叙事学有建设性意义。
【关键词】元认知；小说创作；莎士比亚；挪用；认知叙事学

运动的文艺：媒介文艺学之文本构成论研究

【作　者】李志艳
【单　位】广西大学文学与文化研究中心
【期　刊】《广西大学学报（哲学社会科学版）》，2021 年，第 43 卷，第 6 期，第 61－69 页
【内容摘要】当前媒介文艺学的瓶颈在于文本构成研究的不足，这导致了以媒介文艺研究由外

部研究向内部研究沟通的梗塞。媒介文艺学文本构成论的研究必须立足于文艺的媒介属性，以此为理论元点，追溯文艺的发生起源，提出文艺的媒介发生学，进而发现媒介文艺的基本构成单位为媒介基质，它具有媒介基因的特性。以媒介的物质生成性为核心，媒介基质运动形态构成了文本的四个层级，即平行级、组织生长级、完形级、全时完形级。文本构成论是贯通媒介文艺内外部系统研究的关键，也是媒介文艺生产与批评的理论依据。

【关键词】媒介；媒介文艺学；文本构成

在文本前理解自己——保罗·利科的文本意义观念

【作　者】吴飞

【单　位】中国人民大学文学院

【期　刊】《文艺理论研究》，2021 年，第 41 卷，第 5 期，第 176－183 页

【内容摘要】保罗·利科批评结构主义把语言看作封闭的符号系统，他则从语义学的角度认为语言内在地拥有一种动态的意指结构。这种意指结构在语言层面意味着话语作为事件被实现并作为意义被理解。但意义不是纯主观的，它在意向外化的过程中被固定为语言文字，使人的经验在某种程度上成为客观可理解的。这种外化在文学作品中达到了极致，随着对真实语境的取消，文本得以指称关于生存的世界命题并扩大我们的存在视域。这样，意义最终被导向对主体自身的客观理解。

【关键词】保罗·利科；话语事件；文本意义；指称；客观理解；主体

詹姆逊乌托邦思想研究再出发

【作　者】姚一诺

【单　位】中国人民大学文学院

【期　刊】《江西社会科学》，2021 年，第 41 卷，第 7 期，第 100－106 页

【内容摘要】要深入开展詹姆逊乌托邦思想研究，需重新审视其思想及研究的意义和价值。首先，“乌托邦”是詹姆逊理论批评系统中的关键词，几乎贯穿他所有著作；乌托邦作为一个三元辩证结构，开启了詹姆逊的未来想象，并被赋予寻找资本主义“他者”的历史使命。其次，詹姆逊乌托邦思想的基本目标是为乌托邦正名，基本方法是运用历史分析，对其既有意涵进行再转义，由此维护了乌托邦思想反资本主义的基本旨义。最后，詹姆逊的乌托邦思想存在悖论，要挖掘其乌托邦思想的精髓，必须正确面对乌托邦与后现代的关系问题。总之，詹姆逊的乌托邦思想是多质多维的，且仍在途中。

【关键词】詹姆逊；乌托邦思想；资本主义；马克思主义；后现代

褶子与巴洛克风格

【作　者】郭悦

【单　位】上海大学

【期　刊】《国际比较文学（中英文）》，2021 年，第 4 卷，第 4 期，第 714－725 页

【内容摘要】德勒兹借用莱布尼茨的“单子”思想，发展出了“褶子”思想。莱布尼茨认为作为单一实体的单子组成了复合的东西，单子是没有广延的。莱布尼茨的动力论和视角主义思想，在德勒兹的褶子思想中得到了进一步的阐发。褶子不仅是单子内部的折叠，而且是单子与单子

之间的折叠，这是外部的折叠。褶子不断延伸，延伸不是褶子的消亡，而是褶子的不断变化。正是在这里，德勒兹找到了巴洛克与褶子的共同点，并用褶子定义了巴洛克。巴洛克与本质无关，而是与运作功能和特点相关，它不停地制造褶子。褶子和巴洛克的关键在于弯曲，弯曲才是核心，弯曲在不断地生成。褶子的弯曲特点在巴洛克艺术中不仅使得绘画作品的画面充满流动性和活力，而且令巴洛克风格的建筑带给观者强烈的视觉冲击力。巴洛克艺术作品中的光线则体现出了褶子的折叠特性。光、影的折叠关系，不仅使画面具有空间感，也象征着灵魂和身体的折叠。最后，德勒兹认为，每个单子都从一个不同的侧面展现了宇宙，这种观点是一种从中心到视点的转化，因此不存在中心和边缘之分，这构成了巴洛克艺术的新和谐。

【关键词】单子；褶子；巴洛克风格；德勒兹

政治地理学视域与“外地”的日本文学论

【作　者】柴红梅；刘楚婷
【单　位】柴红梅：大连外国语大学日本语学院；大连外国语大学比较文化研究基地
　　　　　刘楚婷：北京师范大学外国语言文学学院
【期　刊】《山东社会科学》，2021 年，第 10 期，第 62－69 页
【内容摘要】在 21 世纪，空间的革命和地理学的再认识推动了认识论范畴的变革。政治地理学的研究视角以其兼具广度和深度、跨越时间和空间、破译空间与权力关系的特性，开辟了认识问题的崭新领域。在这一视域下重新审视“越境”到“外地”的日本文学，便会打破呆板的二元对立的研究方法，以开放的、动态的意识破解这一文学的多元性、复杂性和独特性，揭示以往鲜有探讨的“外地”的日本文学的“孤儿”特性、“混血性”和迥异于欧洲的“现代性”特质，解析在日本的“内地”所无法解明的复杂难题，这些新认识和新发现在一定意义上可以改写“外地”的日本文学在日本文学史上的位相，是对日本近现代文学研究的有益补充。
【关键词】政治地理学；“外地”；日本文学；“越境”

政治无意识：理论构成与阐释实践

【作　者】杨建刚
【单　位】山东大学文艺美学研究中心
【期　刊】《天津社会科学》，2021 年，第 4 期，第 123－130 页
【内容摘要】詹姆逊提出的“政治无意识”已经成为西方马克思主义文学理论中非常重要的关键词。詹姆逊提出“政治无意识”的目的是对当时美国文学理论与批评中新批评与历史文化学派之间的矛盾予以介入和回应，并恢复马克思主义的理论活力。詹姆逊对精神分析的“无意识”进行了马克思主义的“符码转换”，并与“政治”相嫁接，形成了“政治无意识”理论。这种理论以“政治”为主符码，强调历史化方法，认为政治和历史都必须经过文学的形式化，才可以成为文学中的“政治无意识”。以探寻文学中的“政治无意识”为目标，詹姆逊提出了一种“三个同心圆”的马克思主义文学阐释模式。这种阐释模式本质上是一种充满空间想象的文学认知理论。
【关键词】“政治无意识”；马克思主义；结构主义；精神分析

症候阅读：从哲学研究到文学批评

【作　者】汪正龙

【单　位】南京大学文学院
【期　刊】《天津社会科学》，2021 年，第 1 期，第 108－114 页
【内容摘要】症候阅读法是法国哲学家阿尔都塞在《读〈资本论〉》一书中提出的阅读方法。阿尔都塞认为文本存在着特定的论题间所构成的客观内在的关联系统，即决定所给定的答案的问题体系，需要超越字面含义进行阅读。在阿尔都塞那里，症候阅读大致涵盖了时代症候、文本症候和症候阅读法三个层面。症候阅读法带有明显的结构主义与唯理主义色彩，对于经验主义阅读模式是一个突破。症候阅读法是一种开放性阅读，对后结构主义、解构主义与互文性理论产生了深刻影响。但是症候阅读法对理论文本与文学作品效用不一，在其蔓延至文学批评领域，往往较多地带有精神分析的烙印。
【关键词】症候阅读；《资本论》；文学批评；阿尔都塞

中国情结、东亚民族主义与朝鲜想象

【作　者】韩琛
【单　位】青岛大学文学院
【期　刊】《文学评论》，2021 年，第 5 期，第 148－156 页
【内容摘要】中国现代文学视界中的朝鲜，往往于亲近中隐含疏离，是一个咫尺天涯的“内他者”。基于跨界内外之内他者来塑造民族认同，是东亚民族主义的普遍症候。至于无所不在的历史中国，则是包括中国在内的东亚诸国无法祛除的内在情结，东亚民族主义处理的首要问题从来不是西方，而是彼此之间的历史、文化和地缘纠葛。在现代社会，人们难以根据某种同质性形成稳定的社群，只能在流动的世界状况中反复界定彼此关系，进而想象性地建立内外有别的身份认同，内他者概念正是为了表征民族、阶级等现代共同体的间杂性。追溯中国现代文学的朝鲜想象，意在建构一个内外连带的文学地缘学图景，钩沉东亚民族国家认同的中国情结，以图打开理解民族主义的新视野。
【关键词】朝鲜想象；中国情结；民族主义；内他者；文学地缘学

中国小说与人类理想——以歌德对《玉娇梨》的论述为引介

【作　者】叶隽
【单　位】同济大学人文学院
【期　刊】《中国比较文学》，2021 年，第 3 期，第 89－106 页
【内容摘要】本文通过歌德对以《玉娇梨》为代表的中国小说的认识，来切入其晚年对人类理想的思考。歌德一生精神凡三变，在 19 世纪第一个十年后又因席勒之殇而进入第三期思想的再次升华阶段，此中受中国文化启迪不少，但这种文化关系的实质究竟如何，有待深入考察。歌德对中国文化（尤其是中国小说）当然谈不上全面的认知，可文化交流史轨迹的有趣恰恰在于，经由中介者（如传教士、翻译家、汉学家）的“加工转介”，使得本国文化场域中的知识精英有可能接触到最新的“文化资源”，也使这种“触媒”与“创造”有了可能。歌德思想的发展，自身的不断学习固然最为根本，但外来之“关键启迪”亦不可忽视。如此，这一个案性阅读史的考索，不仅牵涉文学史、交流史、文化史诸端，还上升到思想史的高层境界，即由中国小说而引发的关于人类理想的思考，在某种意义上也预告了歌德“世界文学”思想的发端。
【关键词】德国思想史；歌德；《玉娇梨》

中国左翼文学版图中的卢那察尔斯基

【作　者】侯敏
【单　位】辽宁大学文学院
【期　刊】《中国现代文学研究丛刊》，2021 年，第 9 期，第 54－62 页
【内容摘要】卢那察尔斯基与中国左翼文学有密切关联。其文艺阶级论、能动反映论和大众文艺论对左翼文学产生重要影响。文艺阶级论不仅促发了左翼理论家从革命、阶级的角度品评与估衡文艺价值，而且提供了反对资产阶级的和平主义与人道主义思想的重要理论依据；能动反映论使左翼学界意识到应该充分注意文学的功能学价值与意义，即发挥文学介入和影响现实生活的主观能动作用；大众文艺论则使左翼学界认识到大众文艺审美形式的重要性。
【关键词】中国左翼文学；卢那察尔斯基；文学版图

转型焦虑的新维度：英国“两种文化”之辩再探

【作　者】欧荣
【单　位】杭州师范大学外国语学院
【期　刊】《浙江大学学报（人文社会科学版）》，2021 年，第 51 卷，第 1 期，第 222－231 页
【内容摘要】如果说 19 世纪英国文人的文化观蕴含着转型焦虑，贯穿着对机械文明所代表的“进步”话语的质疑和批判，那么进入 20 世纪以后，英国社会的转型焦虑呈现出新的特征。第二次世界大战在结束的同时，也终结了人类社会“线性进步”的神话，但“科技进步”“福利至上”的话语仍然不绝于耳。这给当年由托马斯·卡莱尔等人开创的、针对“进步”话语的批评语境增添了新的语料和新的视角，促使文化批评向新的深度拓展。斯诺和利维斯之间的“两种文化”之辩并非简单的科学与人文之争，而是体现二者文化观念的不同，折射出二战后英国文化观念的嬗变，尤其是科学主义、技术功利主义话语对文化观念的侵蚀。该事件及其余波极大地影响了二战后英国文坛的文学创作和文化观念之间的互动。
【关键词】英国；“两种文化”之辩；斯诺；利维斯；转型焦虑；文化观念

走向“后批判”：西方文学研究的未来之辩

【作　者】但汉松
【单　位】南京大学外国语学院
【期　刊】《文艺理论研究》，2021 年，第 41 卷，第 3 期，第 76－85 页
【内容摘要】“理论之后”的西方文学研究“该往何处去”，一直是学术界讨论的热点。近年来，菲尔斯基与诺斯对文学研究如何走出方法论和学科建制上的困局都提出了自己的反思。菲尔斯基在深入厘清当代文学批评的缺陷之后，提出摆脱“怀疑的阐释学”并走向“后批判”，以拉图尔所倡导的“行动者网络理论”来重组文学批评的未来版图；诺斯则以新的文学史分期法为出发点，批判了新自由主义主导下文学批评的“学者转向”，并在检视了新世纪各种新式文学批评潮流的基础上为批评范式的转换提出预言。两人看似立场迥异，但对“理论”危机的反思具有对话性，为我们思考西方文学研究的未来道路提供了有益参考。
【关键词】批判；“后批判”；菲尔斯基；怀疑的阐释学；文学研究

作为伦理行动的“模仿”——R. S. 克兰诗学研究中的伦理批评

【作　者】梁心怡
【单　位】中国社会科学院文学研究所
【期　刊】《国外文学》，2021 年，第 3 期，第 11－20 页
【内容摘要】作为芝加哥文学批评派的领军人物，R. S. 克兰最富争议的事业是对亚里士多德《诗学》的研究与复兴。在形式主义文学批评引导风潮的时期，克兰将目光放在“文类”与“模仿”等经典问题上，以重回亚里士多德《诗学》的方式思考现代文学批评的改革之路。在克兰看来，文本是一个具体、完整的对象，形式是将文本各要素统筹组织起来的动态建构原则，这一建构活动是创作者基于自身自然心性而完成的“模仿”行动。“模仿”作为伦理行动与创作者及批评者对自我的理解及塑造密不可分。学会对“模仿”的技巧与品质做出伦理判断，正是克兰在其诗学研究中试图探索的伦理批评路径。
【关键词】R. S. 克兰；韦恩 · 布斯；伦理批评；“模仿”；诗学

（十）比较文学研究论文索引

Revisiting George Orwell's *Animal Farm*，Yaşar Kemal's *The Sultan of the Elephants and the Red-Bearded Lame Ant* within the Context of Socialist Realism

【作　者】Nilay Erdem Ayyildiz
【单　位】School of Foreign Languages，Fırat University，Türkiye
【期　刊】《世界文学研究论坛》，2021 年，第 13 卷，第 2 期，第 208－223 页
【内容摘要】English author George Orwell (1903－1950)'s novella *Animal Farm* (1945) is an allegorical portrayal of the difficulty of creating classless societies because of power-hungry leaders. Likewise，Yaşar Kemal (1923－2015)'s children's novel entitled *The Sultan of the Elephants and the Red-Bearded Lame Ant* (1975) depicts elephants and ants in an anthropomorphic portrayal of totalitarianism. This paper intends to disentangle the two authors' socialist realist depictions through these works from distinct literatures. Therefore，the paper aims at comparing and contrasting Orwell's and Kemal's selected works to indicate how socialist realism functions through the genre，characters and content in the works. The paper applies for the tenets of socialist realist literature stated by Maxim Gorky (1868－1963)，who is among the leading founders of socialist realist literary theory，to enrich the close reading of the selected works. The analysis indicates that although they appeared in different countries and years，they bear parallelism in terms of genre，characters and content within the context of socialist realism. However，while *Animal Farm* warns against the betrayal of the revolution through its suspicious approach to the realisation of a socialist society，*The Sultan of the Elephants and the Red-Bearded Lame Ant* creates hope out of despair for a socialist society.
【关键词】Yaşar Kemal；*The Sultan of the Elephants and the Red-Bearded Lame Ant*；George Orwell；*Animal Farm*；socialist realism

The Unending Waiting of Homo Sapiens：A Comparative Study of Anand's *Untouchable* and Beckett's *Waiting for Godot*

【作　者】Sadia Afrin；Sheikh Md Muniruzzaman

【单　位】Department of English，Bangabandhu Sheikh Mujibur Rahman Science and Technology University，Bangladesh
【期　刊】《世界文学研究论坛》，2021 年，第 13 卷，第 1 期，第 163－181 页
【内容摘要】Indian novelist Mulk Raj Anand's Bakha and Irish Nobel laureate dramatist Samuel Beckett's Estragon and Vladimir have encompassed the whole world where Bakha is from the East and Estragon and Vladimir are from the West bearing uniformity in their voices. They are standing in the labyrinth of waiting as if waiting is the essence of human existence. Through the characterization of these three characters，Anand and Beckett have depicted the existential and identity crises of humankind on earth. They represent those people who are entangled with their surroundings and circumstances，being completely unaware of their forthcoming future. Although the three protagonists have been shaped from two different worlds，there is a symphony of voices. The protagonists of both texts bear resemblance to some incidents of the contemporary world which are socially，culturally and politically significant to the world intelligentsia. This is a qualitative study and the objective is to critically analyze the unending waiting of Homo sapiens (the scientific name of human beings) in relation to their existential crisis and their optimism for a better future in light of the masterpieces *Untouchable* and *Waiting for Godot*. The psychological trauma and never-ending waiting of the three protagonists Bakha，Estragon，and Vladimir can be observed through the lens of the materialistic class distinction，attempt of mimicry，oppression of the high caste，identity crisis of the inferior class and their living under the fear of continual dominatio n and exploitation. To elucidate these socio-psychological dynamics，psycho-analysis and post-colonial theories and writings have been considered.
【关键词】waiting；Homo sapiens；*Untouchable*；mimicry；existentialism

“认同”与“偏离”——苇岸对梭罗《瓦尔登湖》的接受研究

【作　者】龙娟；张曦
【单　位】湖南师范大学外国语学院
【期　刊】《中国文学研究》，2021 年，第 1 期，第 184－191 页
【内容摘要】文本永远都处在未完成状态，潜对话性是伟大作品在文学史发展中的重要属性之一。梭罗的《瓦尔登湖》就是这样的经典之作。作为这种潜对话的例证之一，中国作家苇岸对梭罗的接受与偏离值得学术界关注。受到过梭罗影响的中国作家苇岸就与梭罗展开了一场基于文学创作层面上的对话。在这种对话中，苇岸既有在写作模式、自然观念、语言特色等方面对梭罗的接受与认同；也有因时代、地域和个人等方面原因而对梭罗的创造性偏离。从苇岸的创作出发，我们可以管窥中国作家参与美国环境文学文本对话的深层动因，并对我国环境文学创作的特质及未来走向做出一定的预测。
【关键词】梭罗；苇岸；《瓦尔登湖》；对话；接受

“休斯在中国”与 1930 年代的左翼国际主义及其限度

【作　者】季剑青
【单　位】北京市社会科学院文化研究所
【期　刊】《文艺理论与批评》，2021 年，第 1 期，第 33－49 页

【内容摘要】1933 年 7 月美国黑人诗人休斯访华是 20 世纪 30 年代左翼国际主义的大背景下的文化事件，其意义亦应在这一背景下探讨。30 年代初共产国际对“黑人问题”的重视，为休斯走向国际舞台提供了条件。休斯本人对 20 年代美国黑人文学中“异域化”倾向的反思，构成了他向左转的内在动力。他对现代中国的体验与书写，传达出跨越民族边界的基于共同被压迫境遇的连带感。左翼国际主义虽然促成了休斯的苏联与中国之行，但其中隐含的以民族为单位的认识框架仍构成了某种内在限制，并影响了 30 年代中国文坛对休斯的接受。而鲁迅对休斯和黑人的共情则体现出他对这一框架的超越，这与休斯对连带感的体认是内在相通的。
【关键词】休斯；左翼国际主义；“异域化”；鲁迅

“一种独特的诚实”：叶维廉先生论艾略特的诗与诗学

【作　者】黄宗英
【单　位】北京联合大学应用文理学院
【期　刊】《北京联合大学学报（人文社会科学版）》，2021 年，第 19 卷，第 2 期，第 75－83 页
【内容摘要】叶维廉先生是我国台湾最早系统研究和评论艾略特诗歌和诗学理论的学者。本文在释读叶维廉先生 1957—1960 年发表的《陶潜的〈归去来辞〉与库莱的〈愿〉之比较》《〈焚毁的诺顿〉之世界》《艾略特的批评》《静止的中国花瓶——艾略特与中国诗的意象》等文章的基础上，就叶维廉先生关于“客观应和的事象”“沉思的展现”“一种独特的诚实”“真诗的暗示性”等观点进行综述、比较和评论，进而揭示叶维廉先生在我国艾略特诗歌创作、诗学理论研究与诗歌翻译方面的杰出贡献。
【关键词】叶维廉；艾略特；诗歌；诗学；诗歌翻译

“语象三角”中的反叙画诗学——比较文学视野下叙画诗的古典修辞学转向与形象文本的多元视角建构

【作　者】熊莺
【单　位】上海师范大学比较文学与世界文学研究中心
【期　刊】《中国比较文学》，2021 年，第 2 期，第 73－85 页
【内容摘要】西方传统意义上的 ekphrasis 既指一种古老的修辞现象（艺格敷词），亦指以被描述客体为叙述主题的一种特殊的诗歌体裁（叙画诗）。米歇尔针对叙画诗中语词与图像的内在关系提出了“语象三角”一说，亦开启了诗人与被描述客体、语词与图像权力关系以外，来自读者的他者凝视。本文试图超越西方评论界传统的“诗画一致说”和“诗画异质说”之辩，结合东西方两种语境探讨叙画诗如何通过语象三角中的反叙画诗学——即一种古典修辞学的转向，以及建立在诗人与读者共知经验基础之上的形象文本多元视角建构——来消解叙画诗学中的他者威胁。
【关键词】“语象三角”；反叙画诗学；古典修辞学转向；形象文本；多元视角建构

“之间诠释学”：比较文学方法论新探索

【作　者】刘耘华
【单　位】复旦大学中文系
【期　刊】《中国比较文学》，2021 年，第 3 期，第 2－12 页

【内容摘要】本文提出“之间诠释学”的方法论理念并阐述其主要内涵，指出该理念所标举的差异对话及其所蕴涵的“孕育力”和“创造力”，一方面来自相互否定与竞争所生发出来的“之间”，另一方面则始终奠基于“结合”的本能驱动。两者相杀相爱、相反相成，才能造就新新不已、生机勃勃的精神生命洪流。
【关键词】“之间诠释学”；平行研究；比较文学方法论

“知人论世”与“以意逆志”：罗杰·弗莱艺术批评与中国传统批评的相通性

【作　者】高奋
【单　位】浙江大学外国语学院
【期　刊】《华中师范大学学报（人文社会科学版）》，2021 年，第 60 卷，第 3 期，第 98－106 页
【内容摘要】英国艺术批评家罗杰·弗莱具有宽广的全球视野。他将批评视为基于生命体验的心灵对话，强调在深入了解艺术创作者的性情与时代背景的基础上，以批评家之情志领悟作家作品之情志，以揭示作品之意味。其艺术批评特性与中国传统批评的“知人论世”和“以意逆志”相通，这一点充分体现在他对中国艺术和欧洲艺术的批评中。弗莱艺术批评的价值在于，不仅将狄德罗的文学性艺术批评、罗斯金的道德性艺术评判和瓦特·佩特的印象式批评推进到审美批评层面，而且努力推进古今艺术与世界艺术的互鉴。剖析其批评特性与价值，有益于我们反思文艺批评的本质和方法。
【关键词】罗杰·弗莱；艺术批评；中国传统批评；“知人论世”；“以意逆志”

“中国景观”的发现与变奏——现代性语境中的波德莱尔与中国

【作　者】杜心源
【单　位】华东师范大学中文系
【期　刊】《思想战线》，2021 年，第 47 卷，第 6 期，第 107－116 页
【内容摘要】波德莱尔作品中的中国意象，带有独特的诗意，来自他现代性体验的极致化。同时，中国意象和其他诗性意象结合在一起，彰显了波氏在现代时间的碎片中重建某种整体秩序的努力。而在中国方面，波氏对 20 世纪 20 年代到 30 年代的中国新诗有着重要的影响，这在戴望舒那里体现为对波氏的官能化符号进行的朦胧化和抽象化处理，而在卞之琳那里，则蕴含了现代性的机械时间中个体情感家园的毁灭，以及由此产生的对乡土文明的追忆。
【关键词】现代性；波德莱尔；中国意象；中国新诗

《被掩埋的巨人》与电影《潜行者》联动的双重叙事进程

【作　者】沈安妮
【单　位】厦门大学外文学院
【期　刊】《东北大学学报（社会科学版）》，2021 年，第 23 卷，第 1 期，第 121－126 页
【内容摘要】石黑一雄的《被掩埋的巨人》与塔可夫斯基的电影《潜行者》在运用神话方法以及在建构双重叙事上有互文性关联。将小说与电影进行联动叙事解读，能揭露出石黑一雄小说中隐藏的、与表面情节发展轨道所奠定的基本叙事基调相悖的另一层隐性表意轨道及主旨。在小说的表面情节发展轨道上，叙述者以一种宏大叙事式的、对聚焦人物不施评判的客观立场和叙述目光进行叙事；而在小说的隐性表意轨道上，叙述目光又在跟文本外部的电影的互文及共

鸣中，透露出一种与读者所认识的故事表面意义相对立的深层反讽意义。

【关键词】石黑一雄；《被掩埋的巨人》；联动叙事；隐性进程；《潜行者》

《当你老了》的"艺格符换"：世界文学流通中的跨艺术转换

【作　者】王豪；欧荣
【单　位】王豪：杭州师范大学
　　　　　欧荣：杭州师范大学外国语学院
【期　刊】《中国比较文学》，2021 年，第 2 期，第 106－122 页
【内容摘要】《当你老了》自问世以来，在进入世界文学的流通过程中，先后经历了从龙萨法语诗、叶芝英语诗到中文译诗的跨语言转换，再到赵照中文歌曲，以及多语种翻唱歌曲的跨艺术转换。学界多关注叶芝对龙萨的改写以及叶芝诗作的中文译介。本文聚焦叶芝诗作在中国文化流通语境中的跨艺术转换和主题嬗变，重点分析从爱尔兰诗人叶芝到中国歌手赵照之间的"艺格符换"现象，分析其发生原因及意义生成，探讨此个案对世界文学和比较文学研究的意义，为新媒体时代的文艺创作与传播提供借鉴。
【关键词】《当你老了》；"艺格符换"；叶芝；赵照；跨艺术转换

《古今百物语评判》对儒学典籍的引用：兼论日本近世"弁惑物"的伦理功用

【作　者】任洁
【单　位】浙江大学外国语学院
【期　刊】《文学跨学科研究》，2021 年，第 5 卷，第 1 期，第 111－119 页
【内容摘要】日本近世"弁惑物"是隶属于"怪谈本"门类下的文学样式，其特色在于不仅收录了志怪故事，还大量引用儒学典籍以解释故事中出现的"怪异"现象。囿于儒学在近世日本被奉为官学的时代背景，弁惑物作家引用儒家典籍并以儒学为思想依据解析"怪异"现象，不仅最大程度地保留了弁惑物以消遣为目的的文学特征，同时还大大提升了作品的伦理功用，这体现为：一定程度上廓清了自古以来日本民众对"怪异"现象的蒙昧认知，具有思想启蒙的作用；以民众喜闻乐见的文学样式，通过破除"怪异"之神秘性与超越性以强调儒学的优势地位，有助于幕府推行儒政，具有稳固封建统治的功用；依据"妖不胜德""妖非德之理"等儒学原理，对人之"德"性提出要求，试图以此协调掌握政治权利的武士阶层与掌握经济实力的工商业者之间的关系，在推进日本近世伦理建构方面起到积极作用。
【关键词】《古今百物语评判》；弁惑物；儒学；引用；伦理功用

《花外》与《花上》：比较视野下的"花间范式"

【作　者】叶晔
【单　位】浙江大学文学院
【期　刊】《江海学刊》，2021 年，第 1 期，第 210－220 页
【内容摘要】日本室町后期的五山汉诗选集《花上集》，据《花间集》改名而来。较之王沂孙《花外集》在词体内部对"花间范式"的突破，《花上集》因其"词外""方外""域外"的特征，造成了多种距离下的陌生感，有助于我们反思"花间"的本意及其诗学特质。《花外》与《花上》，不只是《花间集》接受史的重要组成部分，同样还是返观"花间范式"并将其研究推向精细化

的重要路径。在东亚汉文学的比较视野下，《花间》《花外》《花上》三者在语言、文体、风格、著述形式、作者身份等方面的异同，或可为中国词史提供一种新的阐释视角，亦可与已成熟的“花间”“东坡”“清真”三种词审美范式形成新的对话。

【关键词】《花上集》；绮语禅；《花外集》；“花间范式”；东亚文学

《失乐园》与《神曲》的同一“三维空间”及“美德线路”

【作　者】陈则恩；吴玲英

【单　位】中南大学外国语学院

【期　刊】《江西师范大学学报（哲学社会科学版）》，2021 年，第 54 卷，第 4 期，第 76－83 页

【内容摘要】但丁在《神曲》里匠心设计的“三维空间”深刻影响了弥尔顿的《失乐园》之创作，以致弥尔顿同样以地狱、人间、天堂三界为叙事场景，以“史诗主人公在两位向导指点下的美德追寻”为叙事模式。文章从“空间诗学”的视角对两部史诗展开互文式探究，指出：两位诗人以各自独特的民族语言为载体构建了同样蕴含物理和精神双重意义的创造性张力，彰显了文艺复兴时期诗人共同的道德探索及其以“美德线路”为核心的史诗情怀。但弥尔顿将但丁对个体灵魂救赎的关注提升至整个人类命运共同体的高度，通过书写“每一个灵魂”之代表亚当夏娃的美德追寻而创造出被誉为“文学史诗之冠”的《失乐园》，其史诗史上的经典地位“永远无法被超越”。

【关键词】《失乐园》；《神曲》；“三维空间”；“美德线路”；人类命运共同体

《小约翰》与“准中期”鲁迅的形成

【作　者】朱崇科；梁立平

【单　位】中山大学中文系（珠海）

【期　刊】《文艺理论研究》，2021 年，第 41 卷，第 4 期，第 1－8 页

【内容摘要】在鲁迅生活中跨度 22 年（1906—1928）的《小约翰》鲁迅中译本终于面世，但这部一直萦绕在侧的杰作对于鲁迅的影响显然不止于单纯的翻译事务。简单而言，“准中期”鲁迅此时段的《野草》《朝花夕拾》和部分《故事新编》的创作都与《小约翰》有直接的关联，不管是书写风格、主题关涉，还是场景再现与想象力铺陈。但需要指出的是，鲁迅的创制与《小约翰》在整体文学成就上又各擅胜场，而鲁迅更是有自己的后发特色，彰显出“民族魂”的思想高度与诗学魅力。

【关键词】《小约翰》；“准中期”；鲁迅；童话

19 世纪欧洲文学中的青年形象

【作　者】叶禾令

【单　位】东北师范大学文学院

【期　刊】《社会科学战线》，2021 年，第 11 期，第 249－253 页

【内容摘要】19 世纪，欧洲完成了由封建社会向资本主义社会的过渡，人的生存处境发生了重大变化，文学主题主要为个人与人、与社会、与自然界的对立，文学作品多以青年为主角，借助青年的人生处境展示人的处境，表现新文明带给个人的新束缚。这与青年阶层在 19 世纪的崛起密切相关，而青年的生理、心理、精神特点与资本主义上升期人类的集体品格共通。因此，19

世纪欧洲文学以青年构成艺术典型的主体并非偶然，而是艺术逻辑与社会历史的统一。

【关键词】19 世纪；欧洲文学；青年；青年形象；现代性

比较文学与翻译研究再识——兼论谢天振的比较文学研究特色

【作　者】王宁
【单　位】上海交通大学；中国比较文学学会
【期　刊】《中国比较文学》，2021 年，第 2 期，第 1－13 页
【内容摘要】从事比较文学研究可以从不同的视角切入。已故中国学者谢天振的比较文学研究就是从翻译学的角度切入，并取得了突出的成就。他在广泛阅读了大量国外的比较文学和翻译研究文献后，发现这两者有着不可分割的关系，于是自创了“译介学”这门独具中国特色的比较文学分支学科，旨在从比较文学的角度，研究一国文学通过翻译的中介在他国的接受和传播效果。谢天振从比较文学的视角研究翻译现象，不同于那些基于语言文字层面上的对比和对应式的翻译研究，而是更加注重翻译过来的译文在另一语境的接受效果和传播效应。因此就这一点而言，他又从翻译研究的角度进入比较文学研究，给后者带入了一些新鲜的东西。通过这样的个案研究，作者认为，越是具有独特风格的译者越是试图在译文中彰显其主体意识，因为文学翻译毕竟是一门再创造的艺术。优秀的译作应与原作具有同等的价值，因而应受到学术共同体的同样尊重。
【关键词】比较文学；世界文学；翻译研究；谢天振；“译介学”

才学小说与百科全书式小说的比较研究

【作　者】李锋；金雯
【单　位】李锋：上海外国语大学犹太研究所
　　　　　金雯：华东师范大学中文系
【期　刊】《中国比较文学》，2021 年，第 1 期，第 197－206 页
【内容摘要】中国清代中叶的“才学小说”与西方的“百科全书式小说”都具有专业知识含量庞大、体现民族整体文化的特点，但两者在历史成因、知识内容、发展轨迹等三方面又存在明显差异。本文尝试以这三个方面为切入点，通过平行研究的方式（包括文类学的视角和异同比较的方法），对这两种颇为相似的文类进行系统的对照分析，旨在更好地理解和把握它们各自的历史嬗变、主旨思想和艺术特色，同时为比较文学研究和文类研究提供有益的参考和示例。通过研究，本文认为这两种文类都是对现代审美自主性的颠覆，虽然它们具有内在的局限性和不确定性，但其代表的时代精神、叙事理念和审美意识，却以各种形式在文学创作中不断地延续和发展，可以成为我们审视文类疆界、发掘文化内涵的有效视角。
【关键词】才学小说；百科全书式小说；鲁迅；爱德华・门德尔松；文类研究

程式与情思——朱光潜诗文音节论的演变轨迹及其中西资源

【作　者】成玮
【单　位】华东师范大学国际汉语文化学院
【期　刊】《文学评论》，2021 年，第 6 期，第 23－31 页
【内容摘要】朱光潜论诗文，特重音节效果，其观点颇经变迁。他先是冶诗文于一炉，不久又

分而治之，原因在于发觉旧诗音节的程式化必须单独解释。转变前，朱氏依赖桐城派文论、克罗齐美学与行为主义心理学立说。转变后，关于旧诗，他广泛征用实际创作经验、人类学、布洛的心理距离说以及冯特的民族心理学，为其音节程式论辩护；关于新诗，则受20世纪30年代后期、50年代后期两次格律讨论影响，对句内节奏单位给出不同思考。朱氏又借助私塾教法，提出在诵读层面，无论诗文，白话均较文言自由，更宜抒发个人情思，文白之别于是压倒诗文之辨，成为主导因素。由诗文音节论也可略窥朱光潜理论思维的整体特征：经验性格浓厚，却又富于弹性，后者尤胜于前者。

【关键词】朱光潜；音节论；程式；情思；中西资源

重提当代文学研究的中苏比较视野——从差异化的革命与文学经验出发

【作　者】夏天

【单　位】上海师范大学人文学院

【期　刊】《文艺理论与批评》，2021年，第4期，第31－39页

【内容摘要】重提当代文学研究中的中苏比较视野，能够为我们提供一种更具“内在性”的研究视角，从而突破既有研究过度“理论化”与“史料化”的问题。新的中苏文学比较视野意味着从宏观的结构性比较转向革命实践过程中的经验比较。这一视野强调文学与文化在中国与苏联的革命、建设进程中都具有特殊的位置，由此出发既可以重新讨论集体与个人、革命者人格、新人书写等理论问题，又能够在重新解读《被开垦的处女地》以及中国的合作化小说中更细致地辨认革命经验的不同维度。

【关键词】中国当代文学史；文学史方法论；中苏文学比较；个人主义；合作化小说

从文艺功能论重谈“境界”

【作　者】赵毅衡

【单　位】四川大学文学与新闻学院

【期　刊】《文学评论》，2021年，第1期，第59－66页

【内容摘要】很多学者认为“意境/境界”是贯穿中国文艺思想史的核心观念乃至总纲。自20世纪初王国维重新启用此二术语以来，学界景从如云。但到80年代后，争议极多，辩论纠缠枝蔓。“意境”与“境界”两个概念虽经常混用，但中国古代论者以及王国维本人都赋予它们不同的意义。这是解开“意境”纠缠的办法，而且单独讨论“境界”是有文献根据的。“境界”既是创作者的对世界的观照，也是接收者对文艺作品的观照，是艺术进入的超越庸常利害的程度。“境界”借用中国古典文艺学，尤其借自佛教影响下的中国诗话批评，同时也是在呼应18、19世纪德国哲学的直观说。“境界说”值得推崇，因为它比较完美地体现了对文艺的本质功能的中国式理解。

【关键词】“境界”；“意境”；佛教；德国哲学；王国维

德语文学公共领域中的中国文学接受机制

【作　者】顾文艳

【单　位】华东师范大学中文系

【期　刊】《当代文坛》，2021年，第3期，第192－198页

【内容摘要】中国文学在德语世界的接受场域是一个具有私人性、批判性和政治功能转换趋向的文学公共领域，其历史文化特征是探索当代中国文学在德接受形态的关键。德语文学公共领域的中国文学接受主要依赖文字、视听和事件三种媒介。文字媒介是跨文化文学传播的基本形式，通过文字语言转换和物质形式生产传播文学作品。当书面文字媒介从纸质印刷的物质形式延展到了数字空间，视听媒介也开始作用于德语文学公共领域的运作与演变。事件媒介将参与文学交流的个体直接聚集到共同的时空场景之下，呈现的是一种直接的公共性，同时也有强烈的互动戏剧性。德语文学公共领域始终占据以事件媒介为主、文字与视听媒介为辅形成的中国文学接受空间。
【关键词】德语文学；公共领域；中国文学；接受机制；媒介

颠覆性的语言与空间化的诗行——斯泰因和洛伊的形式实验

【作　者】吴佳美
【单　位】四川外国语大学英语学院
【期　刊】《外语研究》，2021 年，第 38 卷，第 6 期，第 91－96 页
【内容摘要】现代派女诗人格特鲁德·斯泰因和米纳·洛伊是 20 世纪初英美先锋诗人中的先锋。两位诗人具有相似的族裔背景、流亡经历和现代艺术渊源，但都因诗歌的激进形式遭遇最多的误解和抵触。本文通过分析斯泰因对日常语词和传统语法规则的颠覆，以及洛伊的多语杂糅和空间化诗行建构，阐明两位诗人在对文学传统的质疑中，基于相同的语言和意识想象力，以殊途同归的形式实验协力将早期英美现代诗歌推至盛期现代主义才有的高峰样态，她们的审美先锋意识和语言观对同期及后代诗人的创作具有开拓意义。
【关键词】颠覆；空间化；格特鲁德·斯泰因；米纳·洛伊；形式实验

俄罗斯民族性话语与“中俄相似性”的建构

【作　者】龙瑜宬
【单　位】浙江大学人文学院
【期　刊】《中国比较文学》，2021 年，第 1 期，第 108－120 页
【内容摘要】在五四时期的俄国文学热中，多种俄罗斯民族性话语被引入中国，为中国知识分子挑战西方权威提供了重要资源；但同时，俄罗斯民族性话语中反思启蒙理性的一面又与他们已有的现代想象，包括关于本国国民性的本质化论说存在明显分歧。在建构“中俄相似性”的过程中，中国知识分子努力对这两面进行铰接。而随着时代日益激进化，无论是关于俄罗斯民族性的论说空间，还是“中俄相似性”的指向，都被急剧压缩。
【关键词】俄罗斯热；五四时期；俄罗斯灵魂；“中俄相似性”

方法的焦虑：比较文学可比性及其方法论构建

【作　者】李伟昉
【单　位】河南大学莎士比亚与跨文化研究中心；河南大学文学院
【期　刊】《中国比较文学》，2021 年，第 3 期，第 27－36 页
【内容摘要】“同源性”“类同性”和“差异性”研究标志着比较文学发展进程中可比性探寻的三个重要阶段，它们不仅共同奠定了比较文学的可比性基础，而且充分证明了比较文学方法论

构建是在可比性基础上进行的，没有可比性意识，就难以形成比较文学的方法论。对方法论构建的焦虑和探索始终贯穿于比较文学发展的各阶段。我们以法国、美国和中国比较文学研究为中心，从可比性入手考察比较文学方法论构建的历程，并从中领悟留给我们的价值启示，以便于更好地聚焦问题意识，寻求研究新领域、新方法的不断拓展。

【关键词】可比性；比较文学方法论

非西方国家如何建构世界文学：可能与途径

【作　者】代乐
【单　位】美国纽约州立大学宾汉姆顿分校
【期　刊】《东南学术》，2021 年，第 1 期，第 202－209 页
【内容摘要】近年来，关于世界文学，以美国为代表的西方学界出现了“非西方中心”的理论走向。世界文学概念在诞生之初就包含着对强势文学话语霸权的消解，具有明显的弱势文学内涵，存在着非西方文化血统。世界文学有两种类型：一种是客观存在着的作为各民族文学总和的世界文学，另一种是通过翻译建构起来的为各国读者所能感知的世界文学。和杰出的作家一样，杰出的译者也是世界文学的关键人物和世界文学价值的重要创造者。本土读者对世界文学图景的认知通常是民族文学引导的结果，世界文学在本质上是跨文明比较诗学，非西方国家对于世界文学的建构具有不容忽视的力量。
【关键词】非西方国家；世界文学；翻译；民族文学

古代欧亚“三条鱼的故事”图像的跨文化流变与图文关系

【作　者】陈明
【单　位】北京大学东方文学研究中心
【期　刊】《上海交通大学学报（哲学社会科学版）》，2021 年，第 29 卷，第 2 期，第 129－150 页
【内容摘要】印度古代佛教故事在丝绸之路流传甚广，并以西亚文化为中介，远传欧洲。巴利文佛教《本生经》中的“三条鱼的故事”，不仅出现在印度史诗《摩诃婆罗多》、民间故事集《五卷书》《益世嘉言集》和《故事海》之中，也出现在阿拉伯语《凯里来与迪木奈》、粟特语民间故事写卷、波斯语《玛斯纳维》、波斯语《苏海力之光》、泰语《娘丹德莱的故事》以及《凯里来与迪木奈》的多种译本或转译本（比如格鲁吉亚语译本、拉丁语译本等欧洲多种语言的译本）等多元与多语种文字文本之中。该故事不仅以文字文本的形式流传亚欧大陆，而且还依托这些文本的插图本，以图像的形式进行跨时空、跨文化的流传，本文通过梳理这一故事的文图源流与图文关系的变化，展示古代印度文学与宗教对外传播的复杂性，并为理解古代欧亚的文化交流提供一个有效的实证事例。
【关键词】“三条鱼的故事”；图文关系；跨文化流变；欧亚文化交流

古希伯来文学对亚瑟王传奇的改写

【作　者】高红梅
【单　位】长春师范大学文学院
【期　刊】《社会科学战线》，2021 年，第 1 期，第 133－139 页
【内容摘要】亚瑟王传说在欧洲源远流长，其源自英国，法国浪漫传奇将之发扬光大，继而流

行于欧洲各国，涌现了德国、荷兰、西班牙、意大利等多个版本。13 世纪后半期，希伯来版本实现了亚瑟王传奇印欧语系之外的传播。欧洲各版本与希伯来版本之间的文化共通性问题，就成为一个需要解决的问题。文章探讨了作为古希伯来文学经典之一的《旧约》对亚瑟王传奇的改造从隐性走向显性、从幕后走向台前的历程，试图改变对亚瑟王传奇基督教色彩浓厚的刻板看法。亚瑟王传奇版本演变的过程也体现了东方文化与西方文化融合与分化的辩证关系。

【关键词】亚瑟王传奇；版本演变；古希伯来文学；原型

古希腊与中国先秦历史散文特征考察

【作　者】潘明霞
【单　位】南京审计大学外国语学院
【期　刊】《青海社会科学》，2021 年，第 2 期，第 179－185 页
【内容摘要】古希腊历史散文，在数量、类型以及史学、文学价值方面，都丝毫不比中国先秦的历史散文逊色，但因希腊民族神话意识大大强于历史意识，所以，相对来说，古希腊的历史散文，就不如神话、史诗的成就那样突出。中华民族长期以来关注史事，历史意识要大大强于神话意识，因此，中国具有较为深厚的史学传统，历史散文比较发达。本文拟从史学形成的年代、史书的作者类型、史书中文学因素的来源等方面入手，对古希腊和中国先秦历史散文的特征进行对比分析。
【关键词】古希腊；中国先秦；历史散文；特征考察

汉诗、和歌与神风：论谣曲《白乐天》的白居易叙事

【作　者】赵季玉
【单　位】北方工业大学文法学院
【期　刊】《外国文学评论》，2021 年，第 4 期，第 115－132 页
【内容摘要】在室町时代的谣曲《白乐天》中，作者以戏剧形式虚构了唐代大诗人白居易东渡日本与住吉明神展开诗歌竞争的场景，其结果是白居易被“神风”驱逐回国。这一情节设计迥异于日本传统的白居易叙事，透露出对中华文化的贬抑以及对“华夷秩序”的挪移，标志着那个时代日本民族国家意识的萌兴，也展现出一代日本知识分子试图摆脱中国文化影响、争取本民族文化和政治独立性的诉求。
【关键词】白乐天；松浦；和歌；神风；对华意识

何为可能生活：现代鲁滨逊们的伦理选择

【作　者】任海燕
【单　位】湖南师范大学外国语学院
【期　刊】《文学跨学科研究》，2021 年，第 5 卷，第 3 期，第 498－508 页
【内容摘要】《鲁滨逊漂流记》（鲁滨逊现多译为“鲁滨孙”）开辟了一块生活试验场，面对荒岛赋予的近似绝对自由的选择权，鲁滨逊故事从伦理角度抛出了一个基本问题：伦理选择如何塑造生活？后世作家的重写从不同维度回应了这个问题。图尼埃的鲁滨逊选择从过去和未来两个时间向度、在物质和精神层面，围绕好的生活，展开了乌有史实验；库切将鲁滨逊抽象化为权力的化身，以寓言笔法，建构了善遭到权力侵蚀的世界；而沃尔科特则提出了艺术—幸福生活

的模型。这些来自不同历史文化背景的重写，在跨区域的空间里呈现了存在的多逻辑结构，从伦理选择的视角，为探索生活的可能性，提供了重要启示。

【关键词】鲁滨逊·克鲁索；米歇尔·图尼埃；库切；伦理选择

后人类理论：比较文学跨学科研究的新方向

【作　者】江玉琴
【单　位】深圳大学人文学院
【期　刊】《中国比较文学》，2021 年，第 1 期，第 144－157 页
【内容摘要】比较文学跨学科研究在今天产生了比较文学本体论与方法论的争议。本文基于这一争辩，梳理了比较文学学科史上跨学科概念的提出与发展过程，并再次回归跨学科概念本身，提出比较文学跨学科研究应该摒弃本体论与方法论的争议，而以问题导向模式为核心，建立比较文学研究的整体系统。目前人们聚焦的后人类理论呈现了比较文学跨学科研究的这一问题研究模式，开拓了比较文学跨学科研究的两条新路径，即以“间性批评”为导向，聚焦问题，探讨跨越自然、生态、生物、科技、文学、伦理等学科而生成的人类本体论与认知论；以“系统批评”为导向，致力于比较文学总体文学建设，推动比较文学学科整体发展。
【关键词】比较文学跨学科研究；本体论；方法论；问题模式；后人类理论

黄梅戏《无事生非》对莎剧的移植与创新

【作　者】陈云燕
【单　位】淮北师范大学音乐学院
【期　刊】《河南大学学报（社会科学版）》，2021 年，第 61 卷，第 3 期，第 79－84 页
【内容摘要】黄梅戏《无事生非》在情节、主题、形式，乃至细节等方面与莎士比亚的同名剧作皆有相通之处，但其在关键情节的处理上有自己的独到之处，它与莎剧的差别恰好体现着中西两种文化的本质差异。黄梅戏《无事生非》对莎剧的成功移植体现着中国传统戏曲改编他国经典戏剧的可能性，这一实践为戏剧改编带来很多启示：故事仍是改编中必须重视的要素；改编有自身需要遵循的原则，其要负起文脉留存、文化传播的重任。
【关键词】莎士比亚；黄梅戏；《无事生非》；戏剧来源；移植；改编

酒神生命唤起的情感：悲剧合唱的演变

【作　者】童明
【单　位】美国加州州立大学洛杉矶分校
【期　刊】《国际比较文学（中英文）》，2021 年，第 4 卷，第 4 期，第 623－635 页
【内容摘要】亚里士多德侧重情节的悲剧理论影响广泛，但他对悲剧情感和实质的解释似有缺失。尼采以酒神合唱为侧重的理论是对希腊悲剧本质更通透的解读。顺此探索，可发现现代伟大的悲剧作者，暗合希腊酒神生命的精神，以新形式继续悲剧合唱，也有力支持尼采的理论。本文分四部分：第一，在希腊悲剧起源于酒神崇拜的语境里阐释悲剧的悖论以及早期悲剧合唱如何表达酒神生命力；第二，在尼采理论的语境里阐释日神和酒神的相互作用是个体融入酒神生命力产生的惊骇和喜悦交集的情感；第三，阐释悲剧合唱中的“我”是酒神生命的发声，因而莎剧中“合唱”常常在独白中（以《哈姆雷特》和《麦克白》的片段为例）；第四，以福克纳

《八月之光》和伍尔夫《达洛维夫人》的段落为例阐释悲剧合唱在现代小说中的另一个变异即“合唱片段”。悲剧中“我”是我又不是我，其情感是合唱唤起的情感。悲剧人物承受不可承受的苦难，经酒神洗礼，以酒神生命发声。惊骇和狂喜并存的情感，个体生命拥抱酒神生命时的感悟，这些就是悲剧合唱的内涵。

【关键词】酒神生命；悲剧合唱；尼采；莎士比亚；伍尔夫；福克纳

凯瑟琳·曼斯菲尔德与中国“五四”作家文学关系论析

【作　者】赵文兰
【单　位】聊城大学大学外语教育学院
【期　刊】《山东社会科学》，2021 年，第 1 期，第 70－76 页
【内容摘要】英国现代短篇小说家凯瑟琳·曼斯菲尔德与中国“五四”作家的文化交流，促进了其作品在现代中国的广泛译介和传播，促成了她与“五四”作家之间文学对话的发生。以徐志摩和有着“中国的曼殊斐儿”之称的凌叔华为代表的“五四”作家，对曼斯菲尔德的小说进行模仿和借鉴，作品在故事情节和叙事形式方面呈现不同程度的关联性，确证了曼斯菲尔德对“五四”作家小说创作的影响。而中国文学传统潜移默化的熏陶，又使“五四”作家对曼斯菲尔德小说的接受发生创造性变异，小引和旧体诗的穿插等使他们的作品呈现中西交汇、古今相融的特点。探究曼斯菲尔德与中国“五四”作家之间的文学关系，对于实现中西现代文学的对话具有一定的现实意义。
【关键词】凯瑟琳·曼斯菲尔德；中国“五四”作家；文学影响；创造性变异

利顿·斯特雷奇对中国古代文明的审视与反思

【作　者】谢雅卿
【单　位】北京师范大学外国语言文学学院
【期　刊】《外国文学研究》，2021 年，第 43 卷，第 2 期，第 104－113 页
【内容摘要】英国布鲁姆斯伯里学派核心成员利顿·斯特雷奇对中国文化兴趣浓厚，他在中国古代诗歌中发现了一种审美意义上的灵动性和对崇高友谊主题的关注，这与他作为自由人文主义者的审美伦理理念相一致。而在剧作《天子》中，斯特雷奇进一步思考了中国古代文明在新的世界秩序和西方现代文明冲击下的命运。斯特雷奇对古代中国的审视与反思体现了“中国”这面镜子如何映照出他作为一个自由人文主义者的困惑与危机，也揭示了英国自由派文化精英在 20 世纪初的矛盾立场与所处困境。
【关键词】利顿·斯特雷奇；《天子》；自由人文主义；中国古代文明；布鲁姆斯伯里

鲁迅与《俄罗斯的童话》之相遇——以“国民性”问题为中心

【作　者】李一帅
【单　位】中国社会科学院文学研究所
【期　刊】《文学评论》，2021 年，第 3 期，第 107－115 页
【内容摘要】鲁迅晚年翻译高尔基作品《俄罗斯的童话》，认为书中的人物形象展现了“俄罗斯国民性”，对中国国民性也有医治作用。高尔基“俄罗斯童话”的文体源于俄国艺术政论文“小品文”，鲁迅 20 世纪 20 年代初建立的童话文体观，受《俄罗斯的童话》的影响有所转变。本文

考证、比较了高尔基原作和鲁迅译文曲折的发表过程，分析了《俄罗斯的童话》中的国民性问题与民族意识、政治意识的关系，阐述了鲁迅对“俄罗斯国民性”的解读、鲁迅与高尔基在社会批判与知识分子批判等方面的异同。

【关键词】翻译；童话；国民性；政治意识

鲁迅与夏目漱石关系论考：基于翻译的考察

【作　者】郑依梅

【单　位】复旦大学中国语言文学系

【期　刊】《现代中文学刊》，2021 年，第 5 期，第 68－78 页

【内容摘要】鲁迅从留学日本时代起已是夏目漱石文学的热心读者，这份敬佩与喜爱集中体现在他在 1921—1922 年与其兄弟共同编译的《现代日本小说集》中。鲁迅选择翻译夏目漱石《永日小品》中《挂幅》与《克莱喀先生》两篇，并以直译方式竭力还原漱石文学的原本风貌。他在译介作品的同时，也对其“低回趣味”“有余裕的小说”的文学主张加以介绍并表示欣赏。而在其后鲁迅对漱石“余裕”观的吸收与改造，则体现出他翻译外国文学的本心。

【关键词】鲁迅；夏目漱石；翻译；直译；“余裕”

论 21 世纪初期的中俄文学关系

【作　者】陈建华

【单　位】华东师范大学

【期　刊】《中国比较文学》，2021 年，第 4 期，第 130－141 页

【内容摘要】21 世纪前 20 年，中俄之间的文学交流逐步增加，文学关系出现向好势头。随着国家对学术研究支持力度的加大，俄罗斯文学研究成果的数量超越此前任何一个时期，尽管高质量的成果并不是很多，但不少成果显示出开拓意识和创新精神。比较突出的成绩表现在现代文论研究、文学思潮研究、经典作家研究、文学关系研究，以及重要文学现象研究等方面。与此同时，俄罗斯文学的译介仍然为中国文学和文化的发展提供着重要的思想资源。翻译家和学者是中国俄苏文学研究中最重要的学人群体，一批基础扎实的学者走向收获期，一批理论思维活跃的年轻学者成为研究的主力军。尽管时代变迁，但是在新世纪的中国文坛仍有不少作家在自己的作品中书写着与俄苏作家及其作品的精神联系。

【关键词】中俄文学交流；21 世纪前 20 年；学人群体

论后现代主义思潮中的英美文学通俗性

【作　者】张龙海；张英雪

【单　位】厦门大学外文学院

【期　刊】《厦门大学学报（哲学社会科学版）》，2021 年，第 6 期，第 155－163 页

【内容摘要】后现代主义文学思潮的兴起与发展是英美社会后现代性的产物，“精英文学边缘化”与“大众文学市场化”是其发展的基本走向。在这种不可逆转的文学发展潮流中，“高雅文学”与“通俗文学”之间的界线已被打破，从 20 世纪 80 年代以来的诺贝尔文学奖和英美文学大奖获奖作品的颁奖词以及作品可以看出，非主流意识叙事、小说体裁的通俗性、文学跨界现象、不确定性的故事叙事策略等特征颠覆了既有的文学传统，助推了当代英美文学的通俗化发

展。从英美当代通俗文学这些后现代主义特征观之，其通俗性特征仅是文学作品的外部表征而已，深刻的思想内涵仍是其价值取向的核心，只不过其作品改换了文学反思的方式，把文本世界的完美性与现实生活中的非完美性连接起来，从而赋予了当代人理想的完美性以确定的应然性意义。因此，英美后现代主义文学作品虽然在形式上看似“通俗”，但思想内涵上却并不“庸俗”，其通俗性实质上是后现代主义文学对人类终极价值追求的另一种表现方式。

【关键词】英美文学；后现代主义思潮；通俗性；形式与内容

论胡风早期文艺观与藏原惟人革命文学理论的关系

【作　者】陈朝辉

【单　位】清华大学人文学院

【期　刊】《中国现代文学研究丛刊》，2021 年，第 1 期，第 106－120 页

【内容摘要】本文通过考证梅志记述胡风的一份材料，梳理出了胡风接受日本无产阶级文学理论的一个特殊路径和脉络，进而再现了胡风批判性接受藏原惟人革命文学理论的全过程。尤其对胡风因何先接受了藏原惟人 1931 年前后推出的“唯物辩证法的创作方法”，而后才去逆时针地认同藏原惟人 1929 年提出的“普罗现实主义的创作方法”的问题，予以了一次细致论证。

【关键词】日本无产阶级文学；胡风；藏原惟人；鲁迅

论老舍对布莱希特的接受与创新——兼及《茶馆》与《四川好人》之比较

【作　者】谢昭新

【单　位】安徽师范大学文学院

【期　刊】《民族文学研究》，2021 年，第 39 卷，第 2 期，第 59－67 页

【内容摘要】老舍在旅美期间接受布莱希特的影响，且将接受布莱希特史诗（叙事）剧的影响因素带进了《茶馆》的创作。文章从戏剧创作运思过程、对社会矛盾的揭示、主题表达的哲理深度以及史诗剧叙事形式等方面将《茶馆》与《四川好人》进行比较，揭示老舍对布莱希特的接受与创新。《茶馆》和《四川好人》的先锋戏剧传播，具有独特的戏剧美学价值。

【关键词】老舍；布莱希特；茶馆；四川好人；先锋传播

论欧美华人女作家自传性作品的不可靠性叙述

【作　者】赵小琪

【单　位】武汉大学文学院

【期　刊】《中国比较文学》，2021 年，第 3 期，第 151－164 页

【内容摘要】自传性写作是处于边缘位置的汤婷婷等欧美华人女性作家反抗主流话语、建构自我声音和形象的极为有力的武器。在她们的自传性作品中，不可靠性叙述主要表现在三个方面：首先，是叙述人记忆的不可靠。她们自传性作品中的个体记忆既是一个遗忘的过程，也是一个加工的过程，其目的都在缓解和消除男权社会带给女性内心的伤害和恐惧，维护和重建自我身份。其次，是隐含读者阅读中的不可靠叙述。在中西文化的双重冲击下，汤婷婷等欧美华人女作家自传性作品中叙述人与读者的关系是极为复杂的，她们的不可靠性叙述既可能拉大她们与读者的距离，导致读者的疏离；也可能迎合了某些特定族群读者的期待视野，缩短她们与这些读者的距离。最后，是互文性文本对比中的不可靠叙述。她们的自传性文本无论是对自己作品

中故事的引入，还是对其他文学文本故事的引入，都在改写中彰显了强烈的女性主体意识。
【关键词】欧美华人；女作家；自传性作品；不可靠性叙述

论钱谦益诗学对江户时代诗风诗论的影响

【作　者】范建明
【单　位】日本电气通信大学信息理工学院
【期　刊】《苏州大学学报（哲学社会科学版）》，2021 年，第 42 卷，第 6 期，第 127－139 页
【内容摘要】钱谦益是明末清初的文坛领袖。他编撰的《列朝诗集》传到日本后，对江户时代诗风诗论的变迁产生了极大影响。荻生徂徕等古文辞派对钱氏诗学痛加贬斥和攻击；而不满古文辞派的梁田蜕岩，特别是主张清新性灵的山本北山则积极利用钱氏诗学以反对徂徕派的古文辞说，对促使江户时代诗坛由拟唐摹明的第二期向提倡学习宋诗清新性灵的第三期转变起到了关键性作用。然而，钱氏诗学对于江户时代诗学的影响尚未受到学界足够重视和公允评价，这不符合江户时代诗学发展的实际。因此，对日本文士是如何解读、批评、吸收或利用钱谦益诗学等问题做多角度考论，不但可以正确认识和评价钱氏诗学对江户时代诗风诗论的影响，而且能够更加客观地把握江户时代诗学的变迁轨迹。
【关键词】钱谦益诗学；《列朝诗集》；山本北山；《作诗志彀》

论松本清张与鲁迅对“大团圆”思想的批判

【作　者】李圣杰；程一骄
【单　位】武汉大学外国语言文学学院
【期　刊】《河南师范大学学报（哲学社会科学版）》，2021 年，第 48 卷，第 4 期，第 145－150 页
【内容摘要】松本清张在日本开创了社会派推理小说，他的文学创作直面社会现实，描写了许多底层人的真实生活以及他们的反抗，但这些人物和抗争却大都是弱小无力的，这与鲁迅所描写的底层小人物的生活状态有异曲同工之效。两位生活在不同时代、不同国度的文学家的创作有相似之处，他们在对“大团圆”式情节模式的自觉反抗上，表现出了相近的立场。松本清张在批判“大团圆”思想的文学创作中，将人物形象扩展到知识分子群体，在叙述模式上导向推理，从而形成自己的特色，在日本文学史上具有重要的意义。
【关键词】鲁迅；松本清张；“大团圆”思想；《父系之手指》；《阿 Q 正传》

论索因卡对莎士比亚创作艺术的借鉴

【作　者】陈梦
【单　位】惠州学院文学与传媒学院
【期　刊】《江西社会科学》，2021 年，第 41 卷，第 6 期，第 118－124 页
【内容摘要】尼日利亚作家沃莱·索因卡为非洲获得第一个诺贝尔文学奖，素有“非洲的莎士比亚”的美称。他在戏剧创作上时常以莎士比亚为师，推出了《狮子与宝石》《森林之舞》《裘罗教士的磨难》《死亡与国王的侍从》《巴阿布国王》等一系列颇具莎士比亚艺术风格的戏剧作品。这些作品不仅展现了莎士比亚戏剧中经常出现的五幕结构、五步韵律等结构特点，而且借鉴了莎士比亚的死亡描写、预言描写、狂欢仪式、丑角编排、内心独白、词汇表达等创作技巧。索因卡对莎士比亚创作艺术的借鉴既是莎士比亚戏剧的现代价值体现，也反映了索因卡融会贯

通和开辟创新的戏剧才能。

【关键词】沃莱·索因卡；莎士比亚；喜剧艺术；悲剧艺术

论严绍璗先生的比较文学“变异体”与“发生学”理论

【作　者】王旭峰；王立新
【单　位】南开大学文学院
【期　刊】《中国比较文学》，2021 年，第 3 期，第 138－150 页
【内容摘要】20 世纪 80 年代以来，严绍璗先生逐渐形成了自己的比较文学“变异体”与“发生学”理论。他的这一理论具有坚实的文学基础、广阔的文化视野和科学的思维底色，树立了比较文学研究中客观公正的价值标准。在思想和文化层面，严绍璗先生的比较文学“变异体”和“发生学”理论反映了一种动态的和开放的思想路径，展现了比较文学跨学科研究的真正内涵和影响。
【关键词】严绍璗；“变异体”；“发生学”

略论“讽寓”和“比兴”

【作　者】张隆溪
【单　位】香港城市大学中文及历史系
【期　刊】《文艺理论研究》，2021 年，第 41 卷，第 1 期，第 1－14 页
【内容摘要】公元前四五世纪，希腊哲学兴起，挑战荷马史诗传统的经典地位和权威，形成所谓哲学与诗之争。柏拉图等哲学家贬低诗和诗人，但又有斯多葛派的哲学家提出“言在此而意在彼”的“讽寓”（allegory）概念为荷马辩护，认为荷马史诗在文本字面意义之外，有完全符合经典地位要求的精神意义。在犹太教和基督教的《圣经》里有一篇《雅歌》，语言旖旎香艳，极具情色（eroticism），其作为经典的正当性和权威性曾受到质疑和挑战，有评注者也用讽寓解释来为之辩护，用完全不同于经文字面的精神意义来替换和取代引起争议的字面意义。在中国儒家经典评注传统中，《诗经》十五国风中有许多诗篇，表面看来似乎为言情之作，而从毛郑到孔颖达以来的汉唐注疏的传统，也是通过“言在此而意在彼”的阐释方法，断定这些作品都另有寄托，可以起到符合儒家观念之美刺讽谏的作用。“比兴”为作诗之法，“美刺讽谏”则是预设解释这些诗的语境，并以此规定诗之意义和作用。在经典文本的正当性和权威性受到质疑和挑战时，讽寓解释为之辩护，有保存经典的作用，但不顾文本字面本意而强作解人，又往往会产生不合理的过度阐释，甚至产生深文周纳、罗织罪名的文字狱。王国维曾批评中国传统诗人不能忘情于政治、缺乏独立精神，这值得我们深思。从阐释学理论的角度看来，任何解释都必须以文本字面意义为基础，必须防止脱离文本本意的强制阐释或过度阐释。
【关键词】经典；荷马史诗；《雅歌》；《诗经》；讽寓；阐释学；过度解释

马克思“世界的文学”与工业革命理论

【作　者】方汉文
【单　位】苏州大学文学院
【期　刊】《广东社会科学》，2021 年，第 6 期，第 172－178 页
【内容摘要】在中文版《马克思恩格斯选集》中，《共产党宣言》的原德文“世界文学”一词被

新译为“世界的文学”，并被加以注释——这是一个重要的、未被“发现”的马克思主义理论中国化的创新。马克思“世界的文学”以“第一次工业革命”为历史语境；编者注释说明“文学”包括“科学、艺术、哲学、政治等方面的论著”，意在解释马克思所说的“精神生产”的整体性。《共产党宣言》发表于 1848 年，时间正处于“第一次工业革命”的结束时期，综观四次工业革命的进程，正是马克思“世界的文学”揭示了全球化时代精神生产的实质与特性；部分西方理论家批评马克思“世界的文学”是“经济决定论”并不符合历史事实。马克思早就明确指出社会经济发展与艺术发展有“不平衡关系”，否定了庸俗唯物论的经济决定精神生产的观念；工业文明时代的“精神生产”如马克思所指出，是民族文化的互相往来与互相依赖关系，而不是西方“世界经济体系”的一体化模式。马克思“世界的文学”也并非美国学者的“世界体系化”理论所说的“资本主义经济扩展”的结果，而是工业革命进程中世界各民族的互相往来与依赖的共同体。

【关键词】马克思“世界的文学”；工业革命；经济决定论；多元文明

民族主义的祛魅——印度布克奖小说的人文主义反思

【作　者】尹晶
【单　位】北京科技大学外国语学院
【期　刊】《国外文学》，2021 年，第 1 期，第 30－40 页
【内容摘要】20 世纪 80 年代后，印度布克奖小说《午夜之子》《微物之神》《继承失落的人》和《白老虎》纷纷对发端于西方人文主义传统的印度民族主义展开了批判性反思。这些布克奖小说对印度民族主义及其民族—国家观念进行了祛魅，对塑造它们的错位文化想象进行了剖析，并对后民族主体和共同体进行了尝试性建构。但这些小说家均出身于中产阶级，而源于欧洲的小说形式本身又与中产阶级有着难解之缘，导致他们未能真正地从底层人视角出发，建构出超越殖民认同的后民族主体，探索出能够真正融合宗教、语言、种姓等差异的后民族共同体。因此，这种批判性反思不仅揭露了印度民族主义的局限性，也间接暴露了其思想之源西方人文主义传统的局限性。
【关键词】印度布克奖小说；民族主义；文化想象；后民族主体和共同体；人文主义反思

女性诱惑与寓言诗学——论斯宾塞对塔索的接受

【作　者】吴玲英；郭龙
【单　位】中南大学外国语学院
【期　刊】《湘潭大学学报（哲学社会科学版）》，2021 年，第 45 卷，第 4 期，第 124－129 页
【内容摘要】诱惑是西方史诗的传统母题，史诗中的女性诱惑往往因其丰富的寓意内涵而被史诗诗人用作建构寓言诗学的绝佳媒介。“福乡”是英国 16 世纪最伟大的史诗诗人埃德蒙·斯宾塞在其史诗《仙后》中设计的女性诱惑情节——该情节所传递的节制内涵构成了该史诗第二卷寓意之核心，同时也成为斯宾塞建构其寓言诗学之关键。斯宾塞笔下的女性诱惑情节及其寓言诗学均源自意大利 16 世纪最伟大的史诗诗人塔索，受其影响很深。塔索在史诗《被解放的耶路撒冷》中通过设计“阿米达花园”之女性诱惑情节再现了理性与欲望之冲突的伦理意蕴，并在此基础上形成了其关于寓言的史诗诗学。从女性诱惑的视角解读“福乡”对“阿米达花园”的模仿与改写，不仅能揭示两部史诗的核心寓意，而且有助于深入理解斯宾塞对塔索寓言诗学的接受。

【关键词】女性诱惑；寓言诗学；斯宾塞；塔索；接受

欧洲古典牧歌中的情诗类型与叙事空间

【作　者】姜士昌
【单　位】河南师范大学外国语学院
【期　刊】《河南师范大学学报（哲学社会科学版）》，2021 年，第 48 卷，第 6 期，第 145－151 页
【内容摘要】欧洲古典牧歌中的情诗以各自独特的叙事空间来表现人类追求爱情时的不同价值取向。田园挽歌借助情感误置手法将人与自然之间的密切关系以及爱与恨、虔诚与亵渎、神圣与世俗、永恒与短暂等主题表达融为一体；门畔哀歌中横亘在情人之间的种种障碍与牧女恋歌中男女主人公气质、面貌、身份、地位等方面的差异一样，都是道德规训的载体；色情牧歌更是以色情在文学中的泛滥来展开社会批判，预示社会变革的必然。这些情诗寓严肃的主题于戏仿、幽默、讽刺等叙事话语中，是各自时代人文精神的文学表达，堪称田园教谕诗。
【关键词】田园情诗；田园挽歌；门畔哀歌；牧女恋歌；色情牧歌

平行研究在中国——兼论比较文学中国学派的特征

【作　者】高胜兵
【单　位】安徽理工大学外国语学院
【期　刊】《中国比较文学》，2021 年，第 3 期，第 37－47 页
【内容摘要】平行研究这一范式在比较文学学科中取得合法性的地位归功于美国学派，它也是美国学派的标签。20 世纪 80 年代复兴的中国比较文学深受美国学派的影响，沿袭美国学派对比较文学的界定，甚至很多人误将平行研究等同于美国学派的研究范式。实际上，就中国比较文学研究的实践来说，平行研究作为一种研究范式并不是在美国学派形成以后才有的，而是与生俱有，在内涵上也并不局限于美国学派的研究范式，它体现了中国比较文学研究跨文化的独特性，是比较文学中国学派存在的根本依据。
【关键词】平行研究；美国学派；中国学派；跨文化；比较文学学科

钱锺书“虚色”论的下位论点

【作　者】丁乙
【单　位】日本东京大学人文社会系
【期　刊】《文学评论》，2021 年，第 6 期，第 104－112 页
【内容摘要】钱锺书在对莱辛《拉奥孔》的诗画观作批判性应答时，提出了独特的文学理论“虚色”论。此理论最初阐发于《读〈拉奥孔〉》，相关论点在《管锥编》中得到发展。钱锺书以汪中的古典诗论作为理论基础，参照《孟子》以及卢梭的思想，对“虚”的概念导入了作者的“诚”，即道德无功利性的内涵。此外，他援引艾尔德曼及伯克的思想对“虚”作用于读者的想象力、传达作者的情感价值的机制进行阐释。通过分析钱锺书“虚色”论的结构，可以窥见其对古今中外思想的广泛引用并非无意识的罗列，而是作为推进理论构建的有效手段，具有内在逻辑性。这种中西比较的手法在中国 20 世纪文艺论中独树一帜，也是钱锺书作为思想家应当被认可的贡献。
【关键词】钱锺书；“虚色”；《管锥编》；中西比较；《拉奥孔》

儒家生态智慧的美国之旅及其精神还乡——以梭罗的《瓦尔登湖》为例

【作　者】孙霄
【单　位】西安外国语大学中国语言文学学院
【期　刊】《南通大学学报（社会科学版）》，2021 年，第 37 卷，第 6 期，第 95－101 页
【内容摘要】美国文艺复兴时期的超验主义者梭罗在接触儒家的生态智慧后，结合美国文化进行了创造性转化，其代表作《瓦尔登湖》体现出中国儒家生态智慧与美国超验主义生态思想的融合。随着生态批评的兴起，《瓦尔登湖》对中国当代文坛产生了较大影响，成为中国当代作家生态思想的渊源之一。这种中西文化双向交流互动的现象，可以概括为儒家生态智慧的美国之旅及其精神还乡，是比较文学研究领域的“互鉴创新”现象。
【关键词】《瓦尔登湖》；《四书》；生态智慧；“互鉴创新”

社会总体性想象的东方表征——巴尔扎克与中国

【作　者】钱林森
【单　位】南京大学文学院
【期　刊】《思想战线》，2021 年，第 47 卷，第 6 期，第 97－106 页
【内容摘要】巴尔扎克对体系化和总体化有执着的追求，这使他对中国的论述有一种将片面印象上升为全体的化约倾向。他悖论性地将中国的滞后性视为优势，这其中蕴含了他保守的社会政治主张。而在中国方面，巴尔扎克的形象在 20 世纪 30 年代的左翼文化运动中被固化为现实主义，这一定位推动了他在中国文坛的影响力。这在典型作家如茅盾身上体现为对社会面貌的总体化再现，而对巴尔扎克的解释和借鉴，则成为中国现实主义文学品质的重要组成部分。
【关键词】巴尔扎克；中国形象；社会总体性；现实主义

沈从文与威廉斯历史书写中的人类意识

【作　者】李慧
【单　位】吉首大学国际教育学院
【期　刊】《吉首大学学报（社会科学版）》，2021 年，第 42 卷，第 5 期，第 139－145 页
【内容摘要】沈从文与威廉斯是中美两位同时代极具本土意识的乡土作家，他们毕生坚守为人类立命的创作理念，对历史进行深入体悟与深刻反思。其思想主题大致经历了从“个体性”延伸到“群体性”进而提升到“类性”的过程，其文化视野也从本土拓展到整个人类、从过去延伸向未来。他们积极关注人性、深切关怀人类整体命运，其艺术思想远远超越他们所身处的时代，在时间长河中历久弥新。
【关键词】沈从文；威廉斯；历史书写；人类意识

生态美学意象与诠释：《格萨尔史诗》与《荷马史诗》之比较

【作　者】王军涛
【单　位】西藏大学文学院
【期　刊】《贵州民族研究》，2021 年，第 42 卷，第 6 期，第 135－141 页
【内容摘要】《格萨尔史诗》与《荷马史诗》都是闻名于世的史诗，两部史诗各自都已形成了蔚

为壮观的研究体系。对它们的比较研究，以往主要是从史诗理论的角度、从文学的创作模式角度、从复合角度等三个方面进行比较。随着生态美学的方兴未艾，以此观点对两部史诗的比较研究虽略有涉及，但总体上还显得比较薄弱。文章从生态美学意象入手，对两部史诗有典型意义的草原与海洋、骏马与快艇、湖泊与岛屿、雪山与云山等四对意象进行了诠释，旨在明确两部史诗蕴含着丰富的生态美学意象且各有特色，其背后有着深厚的民族文化底蕴及独到的民族生态美学理念，其生态意象审美观具有启示意义和研究价值。

【关键词】生态美学意象；《格萨尔史诗》；《荷马史诗》；诠释

诗格与故事：日本汉诗人的禁体诠释及其仿拟

【作　者】张志杰
【单　位】复旦大学中国语言文学系
【期　刊】《中国文学研究》，2021 年，第 1 期，第 67－74 页
【内容摘要】欧阳修、苏轼的聚星堂雅集故事及其禁体物语诗，不但被历代的中国诗人奉为典范，也深受日本汉诗人的仰慕和推崇。从五山禅僧到江户学者到明治文人，诠释禁体诗格、续修禁体故事、仿拟禁体创作形成一种诗学传统，这一方面展现出欧苏尤其苏轼在日本汉诗中的典范意义，同时折射着日本诗人继承典范、续写传统的文化意识。日本汉诗人的禁体诠释与仿拟，是中日汉文学共同传统的一个典型呈现。
【关键词】禁体物语；白战；苏轼；日本汉诗

石黑一雄与小津安二郎电影中的空景

【作　者】沈安妮
【单　位】厦门大学外文学院；厦门大学比较文学与跨文化研究中心
【期　刊】《外国文学研究》，2021 年，第 43 卷，第 2 期，第 94－103 页
【内容摘要】石黑一雄在《远山淡影》中对于小津安二郎电影中极具物哀特点的“空景”手法的借鉴，使之与日本文学文化传统之间形成了一种张力关系。空景被小说的叙述者用作一种帮助其脱离因自身问题所致的精神困苦的情感及心理策略。石黑由此揭示了其叙述者与过去的自己、他人及集体错误和解过程中回避责任的问题。通过小说与电影的关联，石黑一方面表达了与小津的《东京物语》源自相似历史文化语境而出于不同情感张力的、对新旧秩序更迭的感伤，一方面也督促读者去反思情感在个人及国家历史责究过程中所具有的推责性和混淆性。
【关键词】石黑一雄；《远山淡影》；小津安二郎；《东京物语》；物哀

食可以群——试论叙事作品中的共食书写

【作　者】钟泽芳
【单　位】江西师范大学文学院
【期　刊】《江西师范大学学报（哲学社会科学版）》，2021 年，第 54 卷，第 6 期，第 58－64 页
【内容摘要】中外叙事作品均有不少对同餐共饮活动的书写。这些聚食的场面不仅构成了故事情节不可或缺的部分，其背后还蕴含深刻的社会意义。从共食的社会功能角度来看，分享食物是群体得以建立与维系的重要纽带，而纽带是否牢固与如何巧妙利用共食的手段密不可分。通过考察叙事作品中的共食维群事件，本文发现共食在群体的建立与维系中只是一种表象功能，食

可以群的本质在于共食者的善行美德感化他人，飨食享德方能真正凝聚人心，结而为群。
【关键词】共食；叙事；群体维系

视角视域下的反讽建构与认知识解——以欧·亨利小说和鲁迅《故事新编》对比为例

【作　者】杨庆云；张义芬
【单　位】北京师范大学外文学院
【期　刊】《重庆理工大学学报（社会科学）》，2021 年，第 35 卷，第 1 期，第 132－143 页
【内容摘要】语言是认知主体对社会现实的表征形式。因时空有别，立场不一，言说者/作者建构的语言，往往是视角化的语言。视角不同，生成的意义迥异。以“辞里”与“辞面”相异而构建的反讽是视角和视角化策略的表征。研究表明：时空视角、感知视角、观念视角、移情视角和互文视角为探讨反讽的建构和识解提供了社会认知理据。
【关键词】反讽语篇；视角；社会认知；识解；“辞里”；“辞面”

屠格涅夫对歌德《浮士德》的接受——以《父与子》为例

【作　者】李希卢
【单　位】黑龙江大学俄语学院
【期　刊】《俄罗斯文艺》，2021 年，第 1 期，第 67－75 页
【内容摘要】在 19 世纪俄罗斯很多作家的作品中，都不难发现德国文学，尤其是歌德的影响。屠格涅夫的《父与子》即为显例，从中可以找到很多对歌德悲剧《浮士德》的共同点和呼应：在巴扎洛夫的身上就有浮士德的影子。比较两者可以发现，巴扎洛夫这个人物的内核与其创造者建构《父与子》的内涵与意图，都体现出整部作品的深刻思想及其作者对世界与美的理解。探讨屠格涅夫对《浮士德》的接受，对于理解巴扎洛夫的死亡结局也有所裨益。
【关键词】《浮士德》；歌德；《父与子》；屠格涅夫；巴扎洛夫

晚清科幻政治小说与押川春浪科幻小说的主题比较研究

【作　者】蔡鸣雁
【单　位】山东师范大学文学院
【期　刊】《首都师范大学学报（社会科学版）》，2021 年，第 5 期，第 119－128 页
【内容摘要】晚清科幻政治小说在发生过程中选择性接受了外来科幻作品的影响，押川春浪是晚清时期被译介最多的日本科幻作家，将押川春浪的科幻小说与晚清科幻政治小说的主题进行比较，可以发现二者在异域空间想象、世界新秩序构想和西方现代文明批判三大主题上均融入本国的时代政治主音。押川春浪科幻小说中的“国家主义+科幻想象”完美切中晚清文人现代转型期的文学理想，晚清科幻政治小说认同、接受这一文学主题范式，并在本土创作中呈现出独特的文学面貌。
【关键词】晚清科幻政治小说；押川春浪；异域空间想象；世界秩序想象；西方现代文明批判

文学与瘟疫的不解之缘

【作　者】王宏图

【单　位】复旦大学中文系
【期　刊】《国际比较文学（中英文）》，2021 年，第 4 卷，第 2 期，第 352－360 页
【内容摘要】自古至今，瘟疫与人类社会如影随形，不时影响着历史的发展进程。它也在众多文学作品中得到了反映。意大利作家薄伽丘的《十日谈》，是文艺复兴时期的一部名作，全书的叙述框架则与 14 世纪横扫欧洲的黑死病息息相关。法国作家加缪的《鼠疫》《戒严》展示了疫情的全景图，展现了人的反抗意志和精神上的畸变；当代中国作家迟子建的《白雪乌鸦》则对百余年前在东北蔓延的鼠疫做了详尽的描绘，聚焦哈尔滨傅家甸的芸芸众生在瘟神的威压下的挣扎与痛苦，绘制出一幅百年前哈尔滨日常生活的浮世绘。在一些文学作品中，作者虽然没有展示瘟疫流行时期的全景图，但疫情在其笔下人物的生活历程中扮演了重要的角色，直接改变了其命运的走向。英国作家毛姆的《面纱》中的女主人公凯蒂在随丈夫深入疫区后，她的人生观发生了蜕变，灵魂得到了净化。她鼓足勇气，决意开始新的人生。而德国作家托马斯·曼的《死于威尼斯》中的作家阿申巴赫在水城威尼斯度假，一场霍乱疫情不期而至。由于陷入了对波兰美少年塔齐奥不可遏止的恋情，他对猖獗的疫情毫不在意，留守在疫区，还经常在威尼斯迂曲的小径上尾随着心爱的美少年，直至不知不觉间染上了疫病，猝然身亡。在作者眼里，他获得了“超越一切文明生活经验的生命感觉的提升”，这与德国浪漫主义文化传统一脉相承。
【关键词】瘟疫；全景图；畸变；命运

文雅之力：论中朝诗赋外交对古代朝鲜汉诗的形塑

【作　者】张景昆
【单　位】山西大学文学院
【期　刊】《江西社会科学》，2021 年，第 41 卷，第 4 期，第 126－134 页
【内容摘要】明代中国与朝鲜的诗赋外交对古代朝鲜具有重要的政治文化意义，彰显了汉诗在东亚文化圈作为国家文化软实力的功能和价值。诗赋外交重且难，需要文士广泛参与，引发科举试诗、文官课诗等汉诗制度的联动，这为朝鲜汉诗发展提供了有力的动力支撑。在诗赋外交影响下，朝鲜保持与中国的文化黏性。朝鲜汉诗次韵、律诗的比重较高，杂体诗从无到有，形成敏捷富赡的价值标准。充分认识汉诗的“文雅之力”与朝鲜“以诗华国”的创作观念，是理解朝鲜当时以国家行为推崇汉诗的关键，也是把握中国文学域外传播机制与朝鲜汉诗艺术风貌的关键。
【关键词】诗赋外交；古代朝鲜；“文雅之力”；“以诗华国”；汉诗制度

吴敬梓《儒林外史》与朴趾源小说实学思想比较

【作　者】王玉姝
【单　位】白城师范学院文学院；韩国东国大学东亚海洋文明与宗教文化研究所
【期　刊】《明清小说研究》，2021 年，第 3 期，第 147－162 页
【内容摘要】生于清代科举世家的吴敬梓，因受当时颜李学派“礼乐兵农”实学思想的影响，基于儒家的社会担当，在揭露科举制度危害的同时，尤其借机对当时深受科举毒害的骄人、傲人者进行了深刻的批判，对封建礼教和封建习俗予以无情地鞭挞，同时对社会底层的人民寄予了深切的同情。他关注民生，希望重振礼乐以匡扶世风，并提出了一系列社会改革方案，这些在《儒林外史》中都有充分的表现。生于朝鲜李朝时期的朴趾源，因受当时实学思想影响和其特殊的生活经历，他的短篇小说对当时两班贵族的种种丑恶以及那些迂腐、道德堕落的儒学士进行了无情的讽刺和揭露，颂扬了以天下为己任的正面人物，对人民的苦难寄予了深切的同情。

朴趾源的小说，表现出他对经济和商业的重视，力求建立一个没有剥削和压迫的社会。可见吴敬梓和朴趾源都深受实学思想的影响，虽然讽刺的对象因国情而不同，但都对当时社会的弊端进行了揭露和批判，同时提倡对人民生活有着深远意义的实学思想。

【关键词】吴敬梓；《儒林外史》；朴趾源；小说；实学思想

新移民作家抗战史叙事的伦理困境建构与文化褒贬倾向

【作　者】刘起林

【单　位】河北大学文学院

【期　刊】《江汉论坛》，2021 年，第 8 期，第 89－93 页

【内容摘要】新移民作家的抗战史叙事存在一种以伦理困境为内容核心、以文化比较为意义方向的审美建构，明显表现出批判中国文化、推崇西方价值观的思想倾向。实际上这是以国际化言说姿态体现的、借助启蒙文化逻辑的自我东方化，价值根基是西方人文话语的观念逻辑，而非“二战”世界话语的历史逻辑。由此达成的局部、个体层面的叙事真实，置于中国历史全局中则体现出背离历史基本状况、意义线索和价值逻辑的特征。

【关键词】新移民作家；抗战史叙事；伦理困境；文化褒贬；历史全局

学者、译者与作者：庞德在中国古典诗歌现代阐释中的多重身份

【作　者】褚慧英；崔学新

【单　位】湖州师范学院外国语学院

【期　刊】《外语研究》，2021 年，第 38 卷，第 6 期，第 17－20 页

【内容摘要】诗性语言往往凸显作者理解的个性化和阐释身份的特殊化，诗歌翻译从某种程度上也就表现为语言、体裁和文化互相协调的再创作。庞德通过学者、译者和作者身份的转变，从中国古典诗歌汲取营养，构建意象主义诗歌创作，在对中国文化进行本土化改造和与世界文学交流互鉴的基础上，创新探索了维多利亚旧诗体新路径。

【关键词】庞德；中国古典诗歌；身份；阐释

亚洲形象与世界意识：《门德斯・品托旅行记》中的暴力书写——兼论比较文学形象学的可能向度

【作　者】周云龙

【单　位】福建师范大学文学院

【期　刊】《福建师范大学学报（哲学社会科学版）》，2021 年，第 2 期，第 136－143 页

【内容摘要】近年来，比较文学意义上的异域形象研究往往从巴柔的“社会集体想象物”观念出发，在一种差异逻辑中，把他者形象解读为自我投射或文化利用，形象由此成为身份政治的载体。这种经典的研究路径导致了比较文学形象学观念与方法的封闭和停滞。有关《门德斯・品托旅行记》的形象研究也在重复这一习见套路。作为早期近代欧洲关于亚洲最重要的旅行书写之一，《旅行记》中的亚洲形象关联着循环往复的暴力场景。在大航海时代的欧亚交通脉络中，《旅行记》中暴力的内涵其实是对他者欲望的模仿与竞争。在这个意义上，欧洲与亚洲成为彼此的“丑恶的替身”，复杂多面的亚洲形象隐喻着世界一体化想象。自我与他者互相模仿的视角有效颠覆了既往形象研究的差异逻辑前提，打开了比较文学形象学的其他可能向度。

【关键词】《门德斯・品托旅行记》；比较文学形象学；亚洲形象；世界意识；模仿

遗音重寻：论 20 世纪初法国与中国的一种女性主义（英文）

【作　者】王浪
【单　位】北京理工大学外国语学院
【期　刊】《国际比较文学（中英文）》，2021 年，第 4 卷，第 4 期，第 655－677 页
【内容摘要】在法国无政府主义地理学家瑞尔科斯（Elisée Relcus）的影响下，李时曾开始信奉无政府主义。1907 年 6 月 22 日，李时曾和吴稚晖在巴黎创立了无政府主义杂志《新世纪》。他们成为在法国无政府主义者和在东京的中国无政府主义者之间的桥梁，后者于 1907 年 6 月 10 日创办《天义》。中法两国无政府主义错综复杂的族谱根源为比较研究提供了丰富的素材。无政府女权主义者对反权威主义的坚持和对下层阶级的关注为当代被种族、阶级和国家所割裂的女权主义提供了灵感。它为当前的女权运动提供了战胜分裂的可能。然而，当前的无政府主义研究主要集中在男性无政府主义者上。这削弱了无政府女权主义者的话语，也忽略了诸如安妮·马赫和何殷震等鲜为人知的无政府女权主义者的贡献。本研究将对在《无政府主义者》《自由思想》《无政府状态》《新世纪》和《天义》等期刊上发表的文章进行细致的文本分析，并结合历史材料来重构无政府女权主义者在性、女性教育和妇女劳动三个方面的理论贡献。本研究展示了早期无政府女性主义遗留的丰富理论遗产，并探讨了其对当前女性主义讨论和实践的影响。
【关键词】女权主义；自由恋爱；何殷震；蒲鲁东；《天义》

语图在场：晚清东亚诗歌交流的一种路径探索

【作　者】吴留营
【单　位】复旦大学中文系
【期　刊】《文学评论》，2021 年，第 2 期，第 25－33 页
【内容摘要】晚清东亚各国间的文艺交往不辍，且呈现出一些典型性的新变色彩。除了政治格局的变迁外，不可忽视的时代背景是交通与传媒技术的空前发展。由此引发的交往路径的嬗替，其意义不限于方式本身，更影响交往双方的文化心态乃至诗学理念的调整。从严辰《辑志图》到石川鸿斋《海外四图》，既是文化认同与反馈的一个完整结构，也是“非共域”各方凭借历史记忆与文学想象，以语图为中介，实现的一次精神体验式唱和。各交往主体具备的灵视显像的主观感知力，使得语图代替身体“在场”成为唱和活动的现实可能。语图耦合，互涉、互补，共同成为文学叙事的一种理想范式。唱和文人对诗画一体的艺术追求，也促进这一交往路径趋于典型化与扩大化。
【关键词】语图互涉；灵视诗学；诗画一体；文学想象

在类比的绳索上舞蹈：比较文学中的平行、流通和体系

【作　者】金雯
【单　位】华东师范大学中文系
【期　刊】《中国比较文学》，2021 年，第 3 期，第 13－26 页
【内容摘要】本文旨在提出一种新的描绘比较文学方法论历史的路径。它从“类比”的概念史入手，进而分析平行研究的两种常见模式——同时比较和错时比较的学理依据，并指出平行研究难以避免的思维困境。文章指出，翻译流通研究不仅改造了传统的影响研究，更是对平行研究所使用的类比思维的改造和推进；而平行研究与翻译流通研究相结合，就从一元体系的想象

中挣脱出来，催生了对世界文学体系的重新构建。

【关键词】平行研究；类比；翻译和流通研究；世界文学体系

战前中日两国间的桃太郎形象建构

【作　者】贺迪

【单　位】厦门大学台湾研究院

【期　刊】《文学评论》，2021 年，第 6 期，第 57－67 页

【内容摘要】桃太郎是全面抗战前中日两国重点关注的童话形象。日本建构的桃太郎形象始终围绕着“正义—桃太郎—日本”和“恶者—鬼—被征伐地区”的近代殖民文化逻辑展开。日本借助文人赴台宣讲、小学课本增列《桃太郎》、报刊宣传等方式，促成了桃太郎形象在中国台湾地区的普及、移植和变貌。但是，中国文人早已识破了日本对外殖民掠夺过程中以桃太郎为核心的“殖民合理化宣传”陷阱。如章太炎批判了此故事蕴含的侵略意念，启发了芥川龙之介改写桃太郎并揭露日本“桃太郎主义”中的伪善正义；连横追溯了桃太郎的汉文化传统、展现出浓厚的民族认同和家国情怀；杨逵则提炼出桃太郎故事的左翼精神，主张积极践行“行动主义”，激发劳苦大众勇于抗争殖民掠夺和阶级压迫。

【关键词】桃太郎形象；“桃太郎主义”；去日本化；国民性

中西“文学自觉”现象比较研究——以六朝文学与唯美主义思潮为例

【作　者】蒋承勇；马翔

【单　位】浙江工商大学西方文学与文化研究院

【期　刊】《中国比较文学》，2021 年，第 1 期，第 121－134 页

【内容摘要】中西“文学自觉”现象分别发生于魏晋六朝时期与 19 世纪唯美主义思潮。传统价值观念激变、文化观念重组显露出生活的可能境遇和生命本真状态，“为艺术而艺术”是“为人生而人生”的自然延伸。“文学自觉”直接体现为“形式自觉”，唯美主义诗学是西方客观论形式主义美学在 19 世纪的变体，而六朝诗学试图打破客观论美学的禁锢，两者殊途同归，推动中西文学形式的解放。“形式自觉”伴随着“情感自觉”，中西文学的“情感自觉”沿着“自然—人体—人工”的审美对象演变轨迹，各自呈现为情感的“解放”与“隐退”之不同范式，从而产生群体本位的“感物”与个体本位的“恋物”的审美心理。

【关键词】“文学自觉”；审美自觉；魏晋六朝；唯美主义

中西文学审美自由理想的文化发生问题

【作　者】马小朝

【单　位】烟台大学人文学院

【期　刊】《烟台大学学报（哲学社会科学版）》，2021 年，第 34 卷，第 4 期，第 77－87 页

【内容摘要】古希腊文明和中国秦汉前文明应该是中西方古代文化的发生时期。古希腊文明是海洋为基础的商品经济，强调分工合作的社会关系，实行民主政治，科学理性健全发育。中国秦汉前文明是农耕为基础的自给自足经济，强调血缘宗亲的伦理关系，实行君主专制政治，伦理理性超常发育。从文化发生的角度而言，西方文化的基本性质是历史理性主义，中国文化的基本性质是伦理理性主义。

【关键词】商品经济；自给自足经济；历史理性主义；伦理理性主义

中西小说真实作者意图伦理之比较

【作　者】江守义
【单　位】南京师范大学文学院
【期　刊】《中国文学研究》，2021 年，第 2 期，第 9—16 页
【内容摘要】从中西小说比较的角度看，小说叙事主体的意图伦理不能局限于隐含作者和叙述者，真实作者的意图伦理同样重要。中国古典小说真实作者现身的方式较为固定，且往往隐姓埋名，但都从伦理规范出发，表现出强烈的伦理说教意图；西方小说真实作者现身方式较为多样，且一般用真名，有时因为社会的性别歧视导致女性作者使用男性笔名，但都从各自的小说观念出发来理解道德问题，小说显示的是对具体的道德品性的理解，而不是道德规范的宣扬。
【关键词】意图伦理；真实作者；中国古典小说；西方小说

朱光潜前期文艺思想中的“席勒元素”研究

【作　者】莫小红
【单　位】湘潭大学文学与新闻学院
【期　刊】《湖南师范大学社会科学学报》，2021 年，第 50 卷，第 2 期，第 112—118 页
【内容摘要】席勒文学、美学思想是朱光潜前期文艺思想的重要理论资源。从席勒的“游戏说”出发，朱光潜以游戏来解释艺术的起源，并将艺术扩大至整个人生，主张“人生艺术化”，形成了中国形态的游戏理论；以席勒的讽刺诗学为参照，朱光潜将谐趣区分为“悲剧的诙谐”和“喜剧的诙谐”，主张以“至性深情”评价文学作品；以席勒悲剧理论为背景，朱光潜批判亚里士多德悲剧观，误读尼采悲剧学说，强调悲剧冲突，让悲剧与崇高紧密相连。朱光潜接受席勒是自我的学术选择，也是“借思想文化以解决问题”的时代需要。
【关键词】朱光潜；席勒；文艺思想；“游戏说”；悲剧观

朱光潜意象理论及其对当代美学的影响

【作　者】周奕希
【单　位】湖南第一师范学院文学与新闻传播学院
【期　刊】《中国文学研究》，2021 年，第 2 期，第 25—32 页
【内容摘要】探索美感与美的关系，解释美与艺术的本体意义，始终是朱光潜意象理论的核心内容。20 世纪 50 年代之前，朱光潜以克罗齐学说为基底，以美感心理与经验生成为主要研究方法，在有机整体观与超越的人生观的基础上，提出“心物同一”的意象理论，初步讨论意象与理想美的关系。50 年代以后，他吸收马克思主义意识形态论和劳动生产实践观，提出“主客统一”的意象理论，在保持与前期观念一致的同时，建立起意象与美的深层联系，最终实现对艺术与审美的本体阐释。朱光潜意象理论的思路与方法影响着当代美学从更多的研究渠道“接着讲”。
【关键词】朱光潜；意象；物的形象；“心物同一”；“主客统一”

自然童话中的动物与人——论鲁迅对爱罗先珂的翻译、接受及其精神交往

【作　者】孙尧天
【单　位】华东师范大学中文系
【期　刊】《中国比较文学》，2021 年，第 4 期，第 142－158 页
【内容摘要】本文旨在以动物与人的关系为线索，探讨鲁迅对爱罗先珂的翻译、接受及其由此展现的相关思考。鲁迅在 1921 至 1923 年翻译了爱罗先珂的多篇童话，这些作品大多涉及动物与人的关系问题。爱罗先珂反对人类中心的叙事，并试图从动物界发掘拯救性力量，这契合了 20 世纪 20 年代初期鲁迅内心深处对人类主体性的怀疑，同时鲁迅也像爱罗先珂一样，赞美动物的自然天性，批评人类文明的堕落。爱罗先珂多次描写因博爱而逾越自然法则的动物，以表达对现实秩序的不满；鲁迅在爱罗先珂童话中发现了自己早年追逐过的“白心”理想，但区别在于，鲁迅没有遁入幻想，而是立足在不完美的自然世界向强权者发出反抗的声音。
【关键词】鲁迅；爱罗先珂；自然童话；动物与人类

（十一）翻译文学研究论文索引

“翻译说服论”视角下中华典籍外译与传播策略研究——以明清小品文英译为例

【作　者】张晓雪
【单　位】华东师范大学外语学院
【期　刊】《湘潭大学学报（哲学社会科学版）》，2021 年，第 45 卷，第 5 期，第 171－176 页
【内容摘要】在中国文化“走出去”的大背景下，国内掀起了一股典籍外译的热潮，尤以“大中华文库”系列丛书为代表。然而，时至今日，很多学者意识到并指出，这些译本在海外的接受效果欠佳，实则沦为自产自销、自娱自乐的对象。本研究以明清小品文英译本为例，基于译本在海外主要图书馆的馆藏量，学界对译本的关注和评论，以及译本在网上书店的销量等数据，展开细致的分析与探讨。结合翻译说服论的相关启示，从译者、受众、译本、译境等方面探讨林语堂译本相对成功的原因，进而总结一系列积极有效的翻译和传播策略，为促进中华典籍外译和中国文化对外传播提供借鉴与参考。
【关键词】典籍外译；传播与接受；明清小品文；影响因素；策略

“反常的忠实”：邦斯尔《红楼梦》英译本的翻译策略

【作　者】朱薇；李敏杰
【单　位】中南民族大学外语学院
【期　刊】《中南民族大学学报（人文社会科学版）》，2021 年，第 41 卷，第 4 期，第 147－154 页
【内容摘要】邦斯尔完成的《红楼梦》120 回英文未刊本，是《红楼梦》英译史上第一个英文全译本。译者出于对中国文化的热爱，肯定《红楼梦》的伟大艺术价值，在翻译中恪守“完整翻译”这一原则，力图尽可能完整传达原作的思想内容和艺术价值，体现了“反常的忠实”这一翻译策略。不过，其“一字一译”的翻译方法，也影响译作的可读性。结合特定的社会时代背景对该译本做出客观评价，有利于正确认识该译本的成绩与不足。
【关键词】邦斯尔；《红楼梦》；翻译策略；“反常的忠实”；翻译效果

“十七年”文学翻译批评的场域、路径与进程——以译家书信、日记为中心

【作　者】操乐鹏
【单　位】浙江财经大学人文与传播学院
【期　刊】《中国翻译》，2021年，第42卷，第4期，第26—33页
【内容摘要】爬梳“十七年”（1949—1966）时期文学翻译批评的发生、路向与进程，于刊物言说空间之外，引入译家的书信和日记，可以打开另一类混沌、散逸的文学翻译批评场域。其中既蕴藏着诸译家的翻译诗学，且与公开的文学译场充满着错杂的张力关系。译家书信、日记中的文学翻译批评短小零散而不失灵动，亦不乏调侃、随意抑或冷嘲、偏激的一面，自有一股淋漓的生气和隐匿的译家心史贯注其内。这都彰显出“十七年”文学翻译批评的殊异路径、驳杂涵容与复调进程。
【关键词】文学翻译批评；书信；日记；场域；“十七年”

“微音迅逝”的《乌有乡消息》首译本

【作　者】张锐
【单　位】浙江工商大学外国语学院
【期　刊】《浙江工商大学学报》，2021年，第5期，第157—164页
【内容摘要】大革命失败后，进步人士渴望在左翼书籍中找到出路。1930年，威廉·莫里斯的《乌有乡消息》全译本应运而生，译者是林徽因。林徽因的译本看似“忠实”，却置换了其中最重要的概念并“陌生化”了书名与作者名，间离了读者累积十年的阅读期待。如此种种翻译策略看似规避国民党当局查禁，实则寄寓了林徽因消极的人生态度和“为艺术而艺术”的文艺观。“摩登”的林徽因为译本晕染了一抹彼时黄埔滩头消费主义的色彩，使“去左翼化”进一步滑向“庸俗化”。因此，该译本不仅有负20世纪30年代读者以革命文学促成革命政治的期待，亦难以规避查禁。“上下”交困的首译本虽“微音迅逝”，但莫里斯所倡导的艺术社会主义却渐成时代强音。
【关键词】《乌有乡消息》；威廉·莫里斯；林徽因

“异语写作”与“无本回译”理论的提出及其发展——兼与周永涛博士商榷

【作　者】江慧敏；王宏印
【单　位】江慧敏：北京第二外国语学院翻译学院
　　　　　王宏印：南开大学外国语学院
【期　刊】《中国翻译》，2021年，第42卷，第2期，第131—138页
【内容摘要】《中国翻译》2018年第5期在“学术争鸣”栏目里，刊登了周永涛博士的文章《文化回译视域下“异语写作”一词之考辨》。因为涉及的相关问题较多，有必要对该理论的提出与发展过程进行简要的回顾，以便系统而准确地阐发和掌握这一新生的理论。现拟对“异语写作”与“无本回译”等概念的提出过程与新近发展进行梳理，并据此对“考辨”一文提出的质疑进行回应与澄清。
【关键词】“异语写作”；“无本回译”；文化还原；原文复现

“影像文化志”视野下“活态”史诗口头表演特征的翻译——以《玛纳斯》史诗英译为例

【作　者】陈卫国；梁真惠
【单　位】西安外国语大学高级翻译学院
【期　刊】《外语教学》，2021 年，第 42 卷，第 3 期，第 94－97 页
【内容摘要】“活态”史诗是表演的史诗，具有很强的口头表演特征，这一特征在“文本化”过程中不可避免地被丢失，成为该类史诗在记录、转写以及翻译中的一大缺憾。影像文化志将影像作品视为对民众日常生活的一种翻译“文本”，是对原生态文化的视觉化立体呈现，为翻译“活态”史诗口头表演特征提供了理论方法。本文以我国三大“活态”史诗之一的《玛纳斯》为例，探讨“活态”史诗的口头表演特征以及在翻译中的缺失，认为在文字译本之外提供原生态表演的真实影像文本可以在某种程度上弥补口头表演特征的缺失，实现“活态”史诗在他者文化中的立体呈现。
【关键词】影像文化志；“活态”史诗；《玛纳斯》；口头表演特征；视觉化翻译

《红楼梦》译名之考：互文性的视角

【作　者】罗选民
【单　位】广西大学外国语学院
【期　刊】《中国翻译》，2021 年，第 42 卷，第 6 期，第 111－117 页
【内容摘要】《红楼梦》全译本的译名有两种，*The Dream of Red Mansions* 和 *The Story of the Stone*，学界过去绝大部分研究认为前者更优，因为更能反映中国文化精神，而且前者的异化翻译优于后者的归化翻译。本文从互文性的视角，对小说版本进行了考证，详析了两种译名的语言要点和文化因素，考虑了两个译本在西方受众中的接受状况，明确指出：两个书名不存在异化和归化翻译之争；第二个译名不仅能体现中国文化精神，还能与西方文化和文学产生互文效应，从而产生最大的可接受度。文章结论是：在不同译本同时出现文化层面和语言层面的互文时，前者优于后者。这可以成为两种译名的评价公式。
【关键词】互文性；《红楼梦》；《石头记》；版本；文化视域；可接受性

《金瓶梅》新版俄语全译本的“深度翻译”及其学术视角

【作　者】陶源
【单　位】《俄罗斯文艺》编辑部
【期　刊】《俄罗斯文艺》，2021 年，第 4 期，第 32－44 页
【内容摘要】1977 年，В. С. 马努辛的《金瓶梅》俄译本出版，译本经过了大幅度的删节和修改。1993—2016 年，А. И. 科布泽夫等将马努辛译本整理并增加了综合性注释、分类注释和多篇研究性文章后出版。本文以阿皮亚“深度翻译”理论为基础，对新的《金瓶梅》俄文版共四卷五册（其中第四卷为上下册）的多种副文本信息进行了分类梳理。研究发现：新版全译本《金瓶梅》包括丰富的副文本信息，如，注释、所引哲学、道教、佛教、中医和中国戏曲、词牌名称列表，大事年表、人物关系表，以及 27 篇研究性论文；“所引医学、道教、佛教经典列表”对中国文化的相关问题进行了分类阐释；综合性注释为译文读者理解原文提供了便利；研究性文章主要讨论了小说的作者、绣像和结构问题，其中不乏独到的观点，因此，新版全译《金瓶

梅》可视为深度翻译的典范。而俄罗斯经典翻译和汉学结合的深厚传统是《金瓶梅》深度翻译的学术背景。

【关键词】《金瓶梅》俄译本；深度翻译；副文本；学术视角

《离骚》的译入与译出：情感元素与屈原形象再造

【作　者】徐佐浩；蒋跃；詹菊红
【单　位】徐佐浩：西安交通大学外国语学院；湖南理工学院外国语学院
蒋跃：西安交通大学外国语学院
詹菊红：西安交通大学外国语学院
【期　刊】《外语研究》，2021 年，第 38 卷，第 4 期，第 81－88 页
【内容摘要】《离骚》蕴含屈原强烈而复杂的情感，为了探索它们在翻译中的再现情况，文章基于六个英译本构建语料库，借助 USAS 语义标注系统，对比译入与译出译本在情感元素再现方面的差异，分析屈原形象在不同翻译方向的再造情况。研究发现：第一，译入的情感多样性超过了译出；第二，译入的情感总量不及译出，但二者的差距随着翻译年代的推近越来越小；第三，随着翻译年代的推近，译入的积极情感越来越多，同时译出的消极情感越来越少。由于情感元素的差异，译入与译出译本塑造的屈原形象也不尽相同。译入的屈原形象更具复杂性、多面性和模糊性，感染力相对不足；译出的屈原形象清晰分明，感染力更强。历时地看，译入和译出的屈原形象都更加积极和正面。研究结果表明，翻译方向确实能够影响文学作品的情感传递，进而影响文学形象的再造，最后波及文学和文化的对外传播。
【关键词】《离骚》；译入与译出；情感元素；屈原形象

《女勇士》与《喜福会》里中国符号的书写、译介与认同

【作　者】周晓梅
【单　位】上海财经大学外国语学院
【期　刊】《外语与外语教学》，2021 年，第 6 期，第 90－99 页
【内容摘要】通过分析《女勇士》和《喜福会》里中国符号的呈现方式，本文试图考察作者和译者的文化认同过程。研究发现，在源语文本中，两位华裔作家的文化认同方式呈现流动性特征，尽管更加趋同美国文化，她们还是巧妙地运用中国符号，使其记忆书写有别于西方叙事；而在目标语文本中，译者的文化认同方式则相对固定，再现符号的方式也更符合中国读者的阅读习惯。本研究突显了文化认同对于中国符号书写与译介的重要意义。
【关键词】中国符号；记忆书写；文化认同；流动性；固定性

《三体》在日本的生态适应——英日间接翻译与汉日直接翻译的交叠

【作　者】卢冬丽；邵宝
【单　位】卢冬丽：南京农业大学外国语学院
邵宝：苏州大学外国语学院
【期　刊】《中国翻译》，2021 年，第 42 卷，第 6 期，第 95－102 页
【内容摘要】《三体》在日本的翻译特征体现为英日间接翻译与汉日直接翻译两种翻译行为的交叠，这表明《三体》在日本语境中同时经历了内生态的选择性适应与外生态的适应性选择两种

生态适应模式。外生态语境主导下的译者再选择，促使直接翻译的文本经由中介语英译本，间接翻译为全新的译本。中介语社会的外语境评价以及出版社、评论家、相关机构等日本内生态语境的大力推介，共同促进了《三体》在日本语境的生态适应，获得日本读者的广泛认可。《三体》的日译是中国科幻文学在日本生态适应的个例，有其独特性，同时给中国科幻以及中国文学外译提供了诸多参考。

【关键词】《三体》；日本；生态适应；英日间接翻译；汉日直接翻译

《西游记》德译本中副文本对中国文化形象的建构研究

【作　者】胡清韵；谭渊
【单　位】华中科技大学外国语学院
【期　刊】《中国翻译》，2021年，第42卷，第2期，第109－116页
【内容摘要】副文本不仅仅是翻译文本的补充，更是文化的重要载体，能有效地在目的语中塑造和传播源语言文化形象。瑞士汉学家林小发2016年发表的首部《西游记》德语全译本具有文化信息丰厚的文字和图像副文本。针对《西游记》中独特的宗教思想和中国文化元素，林小发在文化形象建构方面强化了译本中道家思想和内丹修炼学说，丰富了译本中梵文佛教和《易经》卦象，纠正了译本中的基督教术语和西方神话意象可能引起的理解偏差，成功地输出了“文化中国”的积极形象。
【关键词】副文本；林小发；德译《西游记》；文化形象建构

《戏剧概论》与田汉民众戏剧思想的跨文化考论

【作　者】陈思
【单　位】清华大学人文学院
【期　刊】《文学评论》，2021年，第4期，第188－197页
【内容摘要】学界对田汉所译《戏剧概论》存在广泛误解，因寻遍全书只见一位原作者之名，即岸田国士。殊不知被田汉多次有意无意隐去的楠山正雄，其实是该书另一位原作者。围绕《戏剧概论》，通过文本细读与话语分析，可以管窥田汉民众戏剧思想的一个侧面及其与国际民众戏剧思想的连带关系。编译《戏剧概论》作为撬开田汉“左转”前后的一个文学事件，蕴藏着田汉“左转”的思想密码，于长期断裂式的理解之外，为我们提供了另一种把握20世纪二三十年代田汉戏剧思想连续性的可能性，同时也为我们呈现了中日两国民众戏剧思想与社会思想之间互动交往的历史图景，以及20世纪初世界民众戏剧思想从法国到日本再到中国的旅行过程中的在地化过程。
【关键词】田汉；岸田国士；楠山正雄；民众戏剧；《戏剧概论》

《逍遥游》英译若干问题述论

【作　者】于雪棠
【单　位】北京师范大学文学院
【期　刊】《社会科学辑刊》，2021年，第4期，第196－204页
【内容摘要】《逍遥游》篇题的多种英译揭示了题旨的丰富意蕴，有的翻译富有启发性。有深厚传统文化修养的中国学者，其英译多将“逍遥”与乐相关联，而英美学者则否。对关键词如“逍

遥”“游”“鲲”“化”“无己”等的英译，可以寻绎出中西学术及文化语境的差异。对《逍遥游》文本，葛瑞汉和梅维恒的英译做了改动，林顺夫对此做了详细评析，其评论有助于认识《庄子》文本的特殊性，也提示我们应当尊重文本的本来面目，不要对文本做主观任意的改动。

【关键词】《逍遥游》；“鲲”；“化”；利维坦；冯友兰；葛瑞汉

《域外小说集》与周氏兄弟的女性关怀

【作　者】侯桂新

【单　位】华南师范大学文学院

【期　刊】《现代中文学刊》，2021 年，第 4 期，第 73—79 页

【内容摘要】周氏兄弟在译介近代域外小说时大量选取与女性有关的题材，除了个人成长经历的影响，主要源于他们在清末对女性的理性认知。在南京和日本求学期间，通过阅读新式书刊，周氏兄弟已经从社会制度、两性关系、女性文化、性道德、性心理等各方面对女性有了广泛而超前于国人的理性认知。他们带着已有的认知翻译域外小说，对翻译的选材与价值取向等均产生了重要影响。《域外小说集》中出现了丰富多样的女性形象，其中多数女性处于受鄙夷和受压迫的境地，显示出周氏兄弟对女性充满深切的人文关怀。而这一次翻译实践，又反过来深化和推动了周氏兄弟对女性的认知，并影响到他们在五四文学革命后的创作。

【关键词】《域外小说集》；周氏兄弟；女性关怀；女性认知；女性书写

19 世纪英文报刊对《三国演义》的译介研究

【作　者】李海军；李钢

【单　位】李海军：长沙学院外国语学院

　　　　　李钢：湖南科技学院外国语学院

【期　刊】《中国翻译》，2021 年，第 42 卷，第 1 期，第 59—67 页

【内容摘要】19 世纪《三国演义》在英语世界的译介中，英文报刊发挥了主导作用。通过研究 19 世纪英文报刊对《三国演义》的译介，本文发现译介者大都正面评价《三国演义》；译介方式以译述为主；译介中存在一定误译。本文认为，尽管译介存在一些问题，但为《三国演义》在英语世界的传播做出了重要贡献。

【关键词】19 世纪；英文报刊；《三国演义》译介

百年英诗汉译的节奏演变：问题与展望

【作　者】王东风

【单　位】中山大学外国语学院

【期　刊】《中国翻译》，2021 年，第 42 卷，第 3 期，第 64—74 页

【内容摘要】本文聚焦英诗汉译的节奏演变，指出在以往的英诗汉译中，节奏的翻译问题一直存在欠缺，即便是最常用的“以顿代步”的方法实际上也没有解决节奏的节拍转换问题，更没有触及节奏的声律问题。本文对百年英诗汉译在节奏上的演变进行了概括性的梳理，并对存在的问题和未来的发展进行了讨论。

【关键词】诗歌；翻译；节奏

被低估的文学遗产——“十七年”时期巴西文学在中国的译介

【作　者】樊星
【单　位】北京大学外国语学院
【期　刊】《文艺理论与批评》，2021 年，第 1 期，第 50－63 页
【内容摘要】在讨论“十七年”时期外国文学译介时，学界一贯强调当时政治对文学所产生的不利影响，但这一观点不适用于拉丁美洲尤其是巴西的译介研究。本文通过回溯 1949—1966 年巴西文学的译介与阐释情况，结合这些译作的政治立场、文学地位与学术评价，论证当时的文艺工作者是从当时文化建设的需求出发，力图引进各时期最具文学价值与艺术特色的作家作品。无论从作品本身还是译介过程来看，“十七年”巴西文学汉译都并不缺少文学性，但在以“纯文学”为主导的评价体系中，其文学价值长期受到低估。
【关键词】文学译介；“十七年”时期；巴西文学；文学与政治

本雅明的文学翻译诗学与哲学——文学的本质、纯语言和译者的任务

【作　者】李志岭
【单　位】聊城大学外国语学院
【期　刊】《外语研究》，2021 年，第 38 卷，第 3 期，第 73－78 页
【内容摘要】瓦尔特·本雅明强调文学语言的本质，其纯语言也具有形而上的性质，故本雅明应是本质主义者，而不是反本质主义者。本雅明由此开启了真正的哲学或形而上学意义的翻译之思。本雅明的纯语言及其译者的任务所强调的原文的诗性，其实即罗伯特·弗罗斯特所说的“译之所失”的东西。纯语言概念打破了原作与译作、源语与目标语的非此即彼、二元对立的传统翻译研究的思维局限。从这种意义上说，他又不是逻各斯中心主义者。但同时，纯语言又高于具体语言，具有形而上的，或逻各斯的性质。换言之，纯语言是一种元语言。整体上看，本雅明关于译者任务的言说不属于术的层面，而是道的层面的关于翻译的哲学之思。它的指归乃是理想的翻译或翻译的理想。
【关键词】纯语言；元语言；本雅明；文学翻译

不可靠叙述作为翻译文学的诗学悖论——以《芒果街上的小屋》的两个汉译本为例

【作　者】王峰；姚远飞
【单　位】王峰：吉林大学外国语学院
　　　　　姚远飞：西华师范大学外国语学院；长春科技学院语言文化学院
【期　刊】《外语研究》，2021 年，第 38 卷，第 3 期，第 87－92 页
【内容摘要】在文学叙述作品中，不可靠叙述蕴含着丰富的主题内涵。由于不可靠叙述与隐含作者的价值规范龃龉，译者在翻译过程中采取回避或改写策略，势必会销蚀译文的诗学价值。本文以《芒果街上的小屋》为例，对其整体细读，通过推断隐含作者价值观，发掘不可靠叙述的语例，展开双重解码，回答《小屋》不可靠叙述的文学意义，即为受父权制压迫的女性发声以及对阶级与种族身份的重构。本文通过探讨潘帕和林为正两位译者对不可靠叙述采用的不同翻译策略，发现潘译本再现了原作的不可靠叙述，而林译本的增译、省译等变通手段造成译本“去陌生化”效果，属于译者主体性的不当发挥。本文力图从不可靠叙述出发，关注翻译文学的文学性，以期弥补文化转向对文本关注的不足。

【关键词】不可靠叙述；隐含作者；双重解码；去陌生化；诗学悖论

从《Воскресение》到《心狱》：近代文学翻译与小说主题异变——列夫·托尔斯泰《Воскресение》首部汉译本研究

【作　者】叶芳芳
【单　位】北京大学外国语学院
【期　刊】《外语研究》，2021 年，第 38 卷，第 5 期，第 92—96 页
【内容摘要】托尔斯泰长篇小说《Воскресение》(《复活》)首部汉译本由我国近代翻译家马君武译出，取名《心狱》。汉译者对原作题名进行重设以及对原作文本进行裁剪，这种翻译操控导致小说主题意旨发生明确异变，从而使得原作宗教层面的个人“精神复活”主题转化为世俗道德层面的“良心发现”议题。在近代中国历史语境中，译者采取这样的做法有多重原因，其中的决定性因素系彼时文学翻译作为“改良群治”的社会—政治工具理性和“拿来主义”文化建设的价值理念。
【关键词】托尔斯泰；《复活》；《心狱》；近代文学翻译

从翻译的生成性看《诗经》法译

【作　者】甘露；刘云虹
【单　位】甘露：华东师范大学外语学院
刘云虹：南京大学外国语学院
【期　刊】《外语与外语教学》，2021 年，第 6 期，第 73—79 页
【内容摘要】17 世纪末，《诗经》经由耶稣会士译介进入西方人的视野，法国的《诗经》翻译由此开启了从萌芽、兴盛到平缓发展的漫长历程。作为文本生命的一种存在方式，文学翻译体现出文本生命力的不断延续，因而“生成性”是文学翻译最核心、最重要的本质特征。从翻译的系统性来看，翻译之“生”存在多种动因，从翻译的本体论来看，翻译之“成”具有多重表征。本文立足文学翻译的生成性，考察《诗经》在法国的译介，提出翻译的生成并非完全自发、依靠惯性实现的，而是有其脆弱的一面。在中国文学文化“走出去”的背景下，我们需要深化对翻译生成性的认识，力求为原作生命空间的拓展提供更多可能。
【关键词】《诗经》法译；翻译生成性；系统性；本体论

档案所见傅雷译巴尔扎克的出版、署名与津贴问题

【作　者】肖进
【单　位】上海政法学院语言文化学院
【期　刊】《现代中文学刊》，2021 年，第 6 期，第 61—65 页
【内容摘要】傅雷 20 世纪 50 年代初起致力于巴尔扎克作品的翻译，一度面临译作署名与出版困难与经济收入的危机。本文结合新见档案史料，尝试澄清傅雷被划为“右派”之后译作出版与署名的问题：首先，傅雷作为巴尔扎克翻译专家，其译作之所以可用原名出版，在于人文社以组织名义做出的努力，其原因有二：一为“辟谣”，二为译作量大质优，不可替代。其次，傅雷译作出版的规格被降低，所译作品失去作为国庆献礼的资格，且实际上译作最后并未出版；最后，傅雷作为人文社特约译者，早期虽然待遇优厚，“反右”后逐渐恶化，作为一个缩影，以

傅雷为代表的一批老翻译家在60年代的经济待遇值得关注。

【关键词】傅雷；巴尔扎克；出版；署名；津贴

党的文艺观的源头之一：东北解放区的苏联文论译介

【作　者】张丛皞
【单　位】吉林大学文学院
【期　刊】《学习与探索》，2021年，第7期，第169－174页
【内容摘要】建党百年之际，总结中国共产党领导中国革命和社会发展实践的历史过程和精神历程，重新回顾和审视有关党的领导和建设现代中国文化的重要事件和珍贵记忆尤为重要。东北解放区时期，文艺工作者在党的领导下翻译和介绍了当时苏联前沿和热点的文论。这些文献既关涉国家主义文学观、社会主义现实主义文学观和典型人物与英雄人物塑造等问题，又对异己的文艺思想进行了反思和批判。这类总结苏联社会主义文艺发展经验，聚焦其时重大文艺问题的苏联文论在新中国成立后新的文学体制中获得了更大范围的讲述和阅读，对新中国成立后的文艺理论与文艺生产产生了深远影响。
【关键词】党的文艺观；苏联文论；文艺批评；社会主义现实主义文艺观

德国汉学视野下老舍作品的译介与研究

【作　者】张帆；高鸽
【单　位】上海外国语大学德语系
【期　刊】《民族文学研究》，2021年，第39卷，第2期，第77－86页
【内容摘要】满族作家老舍是德国汉学界翻译、研究最多的中国现代作家之一，译介历程逾七十载，历经遇冷期、高峰期、回落期及低潮期。德国汉学视野下的老舍译介以文学性、审美性阐释取代西方惯常的猎奇性、政治性解读，不断丰富拓展德语读者的“期待视野”，彰显老舍文学经典的世界性魅力，在中国文学海外译介传播中可谓独树一帜。
【关键词】老舍；德国汉学；译介；接受

狄公系列小说的译创研究

【作　者】许明武；罗鹏
【单　位】华中科技大学
【期　刊】《中国外语》，2021年，第18卷，第4期，第82－88页
【内容摘要】荷兰汉学家高罗佩一生用英文书写中国。与林语堂类似，高罗佩为传播中国文化做出了巨大贡献。其译创的狄公形象被誉为“东方的福尔摩斯”，狄公系列小说成为西方了解古代中国文明的重要媒介。本文探究狄公系列小说的形成过程，发现高罗佩以翻译古代公案小说为始，以创作改编古代诉讼案件为续，构建了独特的县令神探——狄仁杰这一人物形象。这种译创一体的模式让狄公小说顺利进入西方侦探小说场域，在侦探小说的“黄金时期”占据一席之地。
【关键词】高罗佩；狄公；译创

东方想象：外籍译者对中国现代文学作品的删改与整合——以伊万·金为例

【作　者】马宇晴；李宗刚
【单　位】山东师范大学文学院
【期　刊】《江西社会科学》，2021 年，第 41 卷，第 8 期，第 106－113 页
【内容摘要】1945 年，伊万·金于纽约出版的《洋车夫》，是对老舍长篇小说《骆驼祥子》进行翻译及删改的产物，其后续译作也一再对其他中国现代文学作品予以删改。伊万·金大幅删改中国现代文学作品，却能够广受英语世界读者的追捧，可见中国现代文学作品融入英语世界过程中对外籍译者主体创作意识的妥协和包容。因其外籍身份而体现出的文化书写差异，体现了外籍译者与作家、外籍华裔译者和中国国内译者在分别试图构建东西方文化空间时的拉锯痕迹。以伊万·金为代表的 20 世纪上半叶的外籍译者，是中国现代文学内涵的重要书写者，他们以“接受—创造”模式进行跨文化交流实践，缓解中国译者译本传播效率低、效果差的困境，为中国故事的海外传播提供了某些可以借鉴的思路与方案。
【关键词】《骆驼祥子》；老舍；伊万·金；英译研究

儿童文学翻译研究：现状与反思

【作　者】李文娜；朱健平
【单　位】李文娜：湖南大学外国语学院
　　　　　朱健平：西南民族大学外国语学院
【期　刊】《外语与外语教学》，2021 年，第 4 期，第 43－52 页
【内容摘要】本文对国内外儿童文学翻译的研究现状进行了反思。论文首先分析了国外研究的发展路径、关注焦点和研究范式，指出国外研究主要是多学科视野下复杂议题的描写性研究。接着分析了国内研究的边缘地位和所关注的议题，发现该领域的研究忽视了特殊翻译问题的复杂性和译者主体的多元化。为此，本文指出国内研究应充分借鉴多学科描写性研究范式揭示儿童文学翻译的复杂性和丰富性，同时还应关注当代儿童文学作品的译介，助力中国文化的国际传播。
【关键词】儿童文学翻译；研究范式；描写性研究；多学科视角

翻译、阐释与跨文类：金庸武侠小说在韩国的认同与重构

【作　者】张乃禹
【单　位】苏州大学外国语学院
【期　刊】《西南大学学报（社会科学版）》，2021 年，第 47 卷，第 1 期，第 165－174 页
【内容摘要】金庸武侠小说在韩国的跨文化呈现，是中华武侠文化在近邻东亚汉字文化圈内传播与接受的鲜活案例。其跨文化呈现主要表现在三个方面。第一是基于翻译阅读的情感认同。金庸小说自 1972 年首次译介至韩国以来，获得了广泛的阅读情感认同，在满足韩国读者阅读期待的同时，促发其领悟和解读中国武侠文化的精神内核。第二是基于阐释研究的价值认同。学术界从文化分析、人物形象、叙事学、价值判断等多维视角切入进行阐释研究，由此衍生和强化了对金庸小说的价值认同。第三是基于跨文类演绎的武侠文化体系重构。金庸小说在韩国本土武侠小说创作、传统武艺小说新变、武侠诗歌发展、武侠漫画延拓和武侠游戏开发等方面，全面助推了韩国武侠文化精神体系的创新重构。

【关键词】金庸小说；武侠小说；价值认同；体系重构；多元阐释

翻译“福尔摩斯”与维新视域下《时务报》的说部实践

【作　者】张弛
【单　位】湖南师范大学文学院
【期　刊】《中国比较文学》，2021 年，第 1 期，第 61－75 页
【内容摘要】《福尔摩斯探案集》经过张坤德在《时务报》上的翻译，首次登陆中国，其作为侦探小说的叙事功能和文体价值却并不被重视。在维新运动特殊的历史语境中，这部小说与报译栏目一起，构成了对于文化现代性的一种译介，迎合了中国士人有关广译世界知识、更新文明的期待；但译者在翻译过程中呈现出的文化干预姿态，也显露出维新士人强调“群”而忽略“个”的精神症候，成为戊戌时期说部实践乃至维新运动的一个现实缩影。
【关键词】维新运动；侦探小说；文化现代性；文化干预；《时务报》

翻译传播主体控制效应解析——以当代中国文学作品英译出版为例

【作　者】尹飞舟；李颖
【单　位】尹飞舟：湖南师范大学翻译传播研究所
李颖：湖南师范大学新闻与传播学院
【期　刊】《湖南师范大学社会科学学报》，2021 年，第 50 卷，第 6 期，第 76－82 页
【内容摘要】基于异语传播环境，翻译传播主体具有不同于一般传播主体的特殊性，担负着更多责任，因而对传播过程各个环节的影响和控制表现出特殊规律。根据所处的语言环境，翻译传播主体可分为原语主体和译语主体，对传播过程的控制表现为原语主体控制、译语主体控制、原语主体与译语主体联合控制三种形式。当代中国文学作品的英译出版活动展现了翻译传播主体的这些特征。恰当运用翻译传播主体对传播过程控制效应的规律，能促进当代中国文学作品更好地“走出去”。
【关键词】翻译传播；主体；控制；当代文学；英译出版

翻译文学史研究中的方法论意识——兼评《翻译、文学与政治：以〈世界文学〉为例（1953—1966）》

【作　者】耿纪永；刘朋朋
【单　位】耿纪永：北京交通大学语言与传播学院
刘朋朋：同济大学外国语学院
【期　刊】《中国比较文学》，2021 年，第 1 期，第 95－107 页
【内容摘要】一般认为，作家、作品以及事件是翻译文学史书写的基本构成要素，但循此写法，却不足以体现翻译文学史的深度，还需具有通性意义的历史研究方法论的介入。具有通史性质的翻译文学史侧重点在于史料挖掘与梳理，囊括了翻译文学史书写的各要素，却难以围绕各要素进行深入探索，而以作家、作品或事件某一具体要素作为对象的翻译文学史研究侧重点在于深度，则需要运用较为系统的方法论。因此，作为历史研究方法论内在构成要素的史识、问题意识、研究方法以及理论，在翻译文学史各要素内部研究深度的体现上，有待进一步彰显，而崔峰的《翻译、文学与政治：以〈世界文学〉为例（1953—1966）》对于体现此四要素助力翻译

文学史研究为我们提供了一定的启示。

【关键词】翻译文学；翻译史；方法论；《翻译、文学与政治：以〈世界文学〉为例（1953—1966）》

翻译修辞学的纵深发展路线：从个体探索到集体介入

【作　者】冯全功
【单　位】浙江大学外国语学院
【期　刊】《东方翻译》，2021 年，第 2 期，第 20－25 页
【内容摘要】作为翻译学的一个跨学科研究领域，翻译修辞学主要指用修辞学理论来研究翻译问题以及研究翻译中的修辞问题。本文从个体和集体两个层面探讨了翻译修辞学的纵深发展路线，其中个体层面包括寻觅供体学科，了解彼此概况，选择研究视角，学会重点突破，贵在持之以恒，终于融会贯通；集体层面主要包括建立学术共同体，共同攻克翻译修辞学的主要论题，形成集体发声的学术格局。融会贯通是跨学科翻译研究的最高境界，它不仅要求打通学科界限，还要能打通古今中外界限，有利于翻译学和供体学科的协同发展。
【关键词】翻译修辞学；跨学科；学术共同体

翻译中的认知意象对等研究——以《格萨尔王》说唱文本的英译为例

【作　者】邵璐；周以
【单　位】邵璐：中山大学外国语学院；天津外国语大学中央文献翻译研究基地
周以：内江师范学院外国语学院
【期　刊】《外语教学》，2021 年，第 42 卷，第 1 期，第 94－99 页
【内容摘要】认知文体学旨在探索读者对文学文本意义的体验，而作为意义的心理认知对应体，意象应成为认知文体学视角下翻译研究的焦点。本文基于认知文体学研究范式，通过对比分析阿来小说《格萨尔王》及其英译本，描述了认知主体识解方式的区别，揭示了原文和译文中意象构建存在的差异。研究发现，由于译者调整识解方式，采用不同于原文的语法形式，导致原文意象完整性和体验性在译文中发生偏移，改变了原文文本意义以及作者意图。文章指出，认知文体学视角下的意象翻译研究能为文学翻译中意义的重构及作者意图再现的评估提供有效的方法论。
【关键词】意象；识解；翻译对等；《格萨尔王》；认知文体学

翻译中的意义再生和话语融通——韩素音国际翻译大赛法汉互译评析（2020）

【作　者】曹娅；陈昉；文雅
【单　位】四川外国语大学应用外语学院
【期　刊】《中国翻译》，2021 年，第 42 卷，第 2 期，第 154－161 页
【内容摘要】本次大赛法语组全国参赛人数众多，共收到法译汉译文 524 篇，汉译法译文 108 篇，分成对应的两个小组，经过初评、复评、终评和终审讨论四个环节，层层选拔，遴选出优秀译文。本文拟对参赛译文中出现的常见问题做出分析，同时我们也关注到：在法译汉中，意义再生仍具有持续的探讨价值，而话语融通已成为近年来汉译法的新焦点。
【关键词】意义再生；原文本；汉译法；四字结构；名词化结构；韩素音

副文本视角下《三国演义》三个英文节译本研究

【作　者】彭文青
【单　位】苏州大学外国语学院翻译系
【期　刊】《明清小说研究》，2021 年，第 2 期，第 240－250 页
【内容摘要】关于中国古典名著《三国演义》的英译本，除了两个知名度较高的全译本（邓罗译本和罗慕士译本），另有近 30 个英文节译本，但鲜有文章对此展开深入研究。本文选取《三国演义》卜舫济节译本、潘子延节译本、1852 年不具名译者节译本作为研究对象，通过分析译本序言、出版社信息、脚注、译者演讲及报道等副文本信息，结合译本正文中的语言特色，阐述副文本中的翻译目的、目标读者、译本之间的互文关系，将译本与西方文学作品进行类比，以此探讨副文本中书写的价值取向，探究副文本在翻译研究中的作用，也为中国古典文学译介提供参考路径。
【关键词】副文本；《三国演义》英译；卜舫济译本；潘子延译本；1852 年译本

副文本与《小王子》在中国的传播和接受

【作　者】马梦遥
【单　位】武汉大学外国语言文学学院
【期　刊】《江汉论坛》，2021 年，第 4 期，第 73－76 页
【内容摘要】副文本是文本不可分割的一部分，为文本研究提供了一个新的视角。本文从杰拉德·热奈特等人的副文本理论出发，通过对法国作家安托瓦纳·德·圣-埃克絮佩里的《小王子》诸多副文本进行分析，发现副文本对中国读者在选择译作、理解译作、接受译作等方面起到了不可忽视的作用，有利于扩大《小王子》在中国的影响力，从而增强了《小王子》在中国的接受度。
【关键词】副文本；《小王子》；传播；接受

概念整合理论视域下的翻译过程研究——基于《红楼梦》中量度反义复合词的英译

【作　者】吴淑琼；杨永霞
【单　位】吴淑琼：四川外国语大学外国语文研究中心
杨永霞：四川外国语大学研究生院
【期　刊】《外语研究》，2021 年，第 38 卷，第 3 期，第 79－86 页
【内容摘要】翻译是从源语到目的语的动态实践过程。本研究从认知视角解析了翻译中的两次概念整合过程：第一次整合是“识解源语语义过程”。此过程是译者与源语的整合互动，产出源语的部分或全部语境语义。第二次整合为“译文产出过程”。译者先进行翻译与否的预判：当原文可译时，译者将源语与目的语进行映射整合；反之，译者返至第一次整合过程，即重读原文本。翻译预判后译者开始翻译实践并产出译文。在解析翻译过程之后，本研究对比分析了《红楼梦》不同英译本中量度反义复合词的翻译，剖析了不同译者产出相同译文或不同译文的整合机制，例示了翻译过程中概念映射和整合的具体操作过程。
【关键词】翻译过程；概念整合；量度反义复合词；《红楼梦》英译

格雷戈里夫人戏剧在中国的接受——以茅盾的译介为中心

【作　者】翟月琴
【单　位】上海戏剧学院戏文系
【期　刊】《中国比较文学》，2021 年，第 4 期，第 83－96 页
【内容摘要】爱尔兰剧作家格雷戈里夫人的《月亮上升》作为中国抗战时期演出次数最多的改译本话剧，总被贴上民族国家主义与政治意识形态的标签。茅盾的译介凭借对新旧文学的敏感，触及语言文化、女性独立等民族解放话题；本着“为人生”的文学观念，颇认同新浪漫主义戏剧中“写实的”一派；区别看待悲剧与喜剧，与评论界普遍视格雷戈里夫人喜剧为“不发趣的”悲喜剧截然有别。以茅盾译介为中心，分析格雷戈里夫人戏剧在中国现代戏剧史上的评介、改译与演出，有利于深入理解中国现代戏剧从爱尔兰民族文学精神汲取资源，为本土戏剧探寻“理想的实在”的文化选择与审美诉求。
【关键词】茅盾；格雷戈里夫人；《月亮上升》；译介

葛浩文反讽翻译艺术的诗学分析

【作　者】王树槐
【单　位】华中科技大学外国语学院
【期　刊】《中国翻译》，2021 年，第 42 卷，第 6 期，第 86－94 页
【内容摘要】反讽是文学的重要表现手段。基于自建的“葛浩文反讽翻译语料库”，我们从诗学角度总结了葛浩文实现反讽的五个维度，以及具体的诗学手段：1）在陌生化维度，他采用了质的偏离和量的偏离；2）在张力维度，他表现于语义张力、语域张力、口吻张力、节奏张力；3）在意象维度，他基于通约性大量地保留意象，并辅以少量的省略、补充、替换；4）在韵律方面，他通过改写以求尾韵，并展现恒定的“徐长、抑扬型句式音步”；5）在叙事维度，他根据语境选用了恰当的叙说方式、描写主次。最后，基于对英语母语读者和汉学家的调查，我们指出了葛浩文反讽翻译的失误。对葛浩文反讽翻译的诗学分析，能为中国文学外译和高级汉英人才培养提供借鉴。
【关键词】葛浩文；反讽；翻译；诗学

各有偏爱的选译——1937—1949 年间中国诗坛对雪莱的译介

【作　者】张静
【单　位】上海师范大学人文学院
【期　刊】《文学评论》，2021 年，第 1 期，第 161－169 页
【内容摘要】1937—1949 年，包括吴兴华、宋淇、徐迟和袁水拍在内的中国新诗人都曾翻译英国浪漫主义诗人雪莱的作品，将他们的诗歌译介与创作并置进行考察，可以窥见在各自诗学发展路径中，不同的新诗人们，或者隐微地不忘浪漫主义中恒常的诗意美学，或者在现代主义的探索中不经意地折返至浪漫主义寻找资源，或者以新的革命视角对浪漫主义曾经的伟大事业进行全新的阐释。同时，雪莱政治诗歌中具有的功利性和革命性成为其在中国最主要的身份标签，而抒情诗中充溢的对疗救自身的不懈追求、对智性的无尽探索以及对于希望的永恒崇拜，也为“放逐抒情”之后的中国新诗人寻找“新的抒情”提供了资源。
【关键词】雪莱；中国诗坛；浪漫主义；抒情诗；政治讽刺诗

关于森三千代《鲁迅先生的印象》——《日本鲁迅资料搜集译介考论》之一

【作　者】张哲暄；潘世圣
【单　位】华东师范大学外语学院
【期　刊】《现代中文学刊》，2021 年，第 5 期，第 79－83 页
【内容摘要】《鲁迅先生的印象》是日本现代女诗人、小说家森三千代于 1947 年发表的回忆录。这是一篇非常珍贵的“自传体回忆”类鲁迅史料，但此前却一直所在不明，真容未见。森三千代及其夫君于 1928—1929 年居留上海数月，其间与鲁迅结识交往。回忆录具有自传性记忆文本的典型特征，“写生”“记录”“纪实”，内容浓密且可证，在异邦人和旅行者视线下，把捉大量“事实”“细节”的空间表象，形成了文本的历史资料价值；作者又以女性诗人的敏锐纤细，通过多点透视方式捕捉和描述不同瞬间的鲁迅，凸显了其鲁迅记忆的丰富面向；而毕现心灵和情感历史动态过程的写法，展示了其与鲁迅及中国文坛交流的心灵契合，甚至成为日后其“反战”立场的内在依据之一。
【关键词】鲁迅；森三千代；金子光晴；《鲁迅先生的印象》；记忆文本

关于深化中国文学外译研究的几点意见

【作　者】许钧
【单　位】浙江大学外国语学院
【期　刊】《外语与外语教学》，2021 年，第 6 期，第 68－72 页
【内容摘要】中国文学外译已有一段历史，取得了重要进展，相关研究亦成绩显著。要将中译外研究继续引向深入，构建具有中国气派的翻译理论话语，还有几个方面的工作亟待完成：一是加强基于文学译介与生成全过程的系统研究；二是加强翻译家研究，深化翻译主体性探索；三是加强语言与审美维度的研究。最为重要的是，树立正确的翻译历史观和翻译价值观。如此方能准确定位中国文学外译，充分认识到其社会、语言、文化、创造和历史价值。
【关键词】中国文学外译；生成过程；翻译家研究；语言与审美；翻译价值观

国外研究机构与中国当代文学的译介传播——以“利兹大学当代华语文学研究中心”为例

【作　者】杨陇；张文倩
【单　位】杨陇：西北工业大学外国语学院
张文倩：爱丁堡大学文学语言文化学院
【期　刊】《中国比较文学》，2021 年，第 2 期，第 40－55 页
【内容摘要】中国当代文学的译介传播需要多方面力量来共同推动完成，目前为止对国外研究机构在这方面发挥的作用还关注不够。本文对“利兹大学当代华语文学研究中心”的一些主要活动进行了述评和总结，并分析了这些活动对于中国当代文学的译介传播所起到的推动作用，以期引起国内学界对该项目更多的关注，共同助推中国当代文学“走出去”。
【关键词】“利兹大学当代华语文学研究中心”；中国当代文学；译介传播

哈格德、男子气概与林纾的翻译

【作　者】陈兵

【单　位】南京大学外国语学院
【期　刊】《中国文学研究》，2021 年，第 2 期，第 177－185 页
【内容摘要】19 世纪晚期英国作家莱德·哈格德以富于异国情调的非洲历险小说颂扬英国人的冒险精神和男子气概，受到读者的欢迎。同时期中国的文学家和翻译家林纾翻译了大量哈格德的作品。富有爱国主义思想的林纾有感于中国积贫积弱、面临西方列强瓜分的危险，试图借助翻译哈格德等人的作品来倡导尚武精神，希望以此来重塑荏弱的中国国民性，从而强国保种。为此，林纾在翻译中刻意凸显哈格德小说中人物的男子气概，并将其改造为一种带有儒家伦理内涵的豪侠精神。
【关键词】莱德·哈格德；男子气概；林纾；翻译；国民性

汉语古诗英译策略体系运作机制的相关性研究

【作　者】刘锦晖；文军
【单　位】北京航空航天大学外国语学院
【期　刊】《外语教学》，2021 年，第 42 卷，第 5 期，第 75－81 页
【内容摘要】本文以汉语古诗英译策略体系为研究对象，借助自建的诗歌译本库及小型英汉平行语料库对汉语古诗语言、形式与内容等层面的翻译策略进行质性与量化相结合的实证分析，观察翻译策略层级间的关联运作，探究汉语古诗英译策略体系运作机制的相关性。研究发现译诗语言易化、译诗形式多样化、译诗词语转换策略和附翻译扩展策略之间呈现出较为规律的关联运作模式。汉语古诗英译策略体系的运作机制也体现了诗学、历时语境、译者等多重外部影响因素与语言本体的交互作用。
【关键词】汉语古诗英译策略体系；运作机制；相关性；英汉平行语料库

后殖民主义语境下的中国古典文学英译研究——以《西游记》韦利译本为例

【作　者】严苡丹
【单　位】大连海事大学外国语学院
【期　刊】《社会科学战线》，2021 年，第 1 期，第 261－265 页
【内容摘要】文章以霍米·巴巴后殖民文化翻译观为基础，探究译者阿瑟·韦利“英格兰—犹太”的双重身份如何影响其对翻译策略的选择及对译本“第三空间”的建构，译本的混杂性特征如何在特定历史时代的“间隙”中使中国古典文学在西方世界大放异彩。韦利对《西游记》的翻译结合西方文化和西方文学传统，呈现了译本在文学规范、叙事结构和人物塑造等方面的混杂性，展现了其在 20 世纪初西方文化动荡的特定历史时期及反犹浪潮压迫下建构其双重身份所采取的翻译策略，建构了独特的中国古典文学翻译范式。其译本对于中西方文化交流及中国文学“走出去”具有借鉴意义。
【关键词】文化翻译理论；霍米·巴巴；阿瑟·韦利；《西游记》；典籍英译

胡适、罗家伦翻译的《娜拉》与易卜生在现代中国的接受

【作　者】刘倩
【单　位】英国华威大学现代语言与文化学院
【期　刊】《清华大学学报（哲学社会科学版）》，2021 年，第 36 卷，第 6 期，第 77－84 页

【内容摘要】易卜生的作品对现代中国文学和文化影响巨大，而其在中国的接受过程又充满了误读、曲解和断章取义。究其原因，胡适和罗家伦翻译的《娜拉》作为该剧在中国的第一个译本，对易卜生在现代中国的接受有着至关重要的影响。胡适和罗家伦在翻译的过程中对剧中一对次要人物——林敦夫人和柯乐克——的形象和关系进行了改写，对海尔茂的人物设置也有所变动。这些误译和改写看似微不足道，其实却至关重要，因其遮盖了易卜生原著对人物设置、结构安排的精巧设计，简化了原著对“浪漫”“幻想”“现实”等问题的深刻反思。由此，这部译作中的误译和改写对《娜拉》在中国的接受产生了重要的影响，促使人们忽视作品的艺术性而更关注其思想性；并使人们在关注该剧思想性的时候，又集中关注其社会改革的方面，即女权主义的因素，相应地忽视了易卜生思想中更深刻而复杂的内涵。

【关键词】易卜生；《娜拉》；胡适；罗家伦；误译

基于读者反馈的《西游记》英译版海外传播研究

【作　者】余承法；郑剑委

【单　位】余承法：湖南师范大学外国语学院；湖南师范大学翻译传播研究所
　　　　　郑剑委：湖南师范大学外国语学院；武汉工程大学外语学院

【期　刊】《湖南师范大学社会科学学报》，2021 年，第 50 卷，第 6 期，第 83－89 页

【内容摘要】本文以《西游记》余国藩英译版的读者反馈为研究对象，采用情感分析、内容分析等方法，从文学、翻译、传播三个维度考察该版本的海外传播效果。研究发现，该版本在 2011—2020 年的读者评论热度呈曲线上升态势，表明其海外传播效果较好，具体表现在：在文学维中，人物维与叙事维的读者评论情感分值相对较低，而格调维和素材维相对较高，这是因为人物性格缺乏动态发展，部分情节存在复述，而幽默格调、文化素材是小说的特色和亮点；在翻译维中，译者的翻译技艺获得读者高度赞赏，大多数读者欣赏诗歌的全译及增加的副文本；在传播维中，读者反馈，他们是通过《西游记》的多模态作品接触小说英译版，阅读小说带来心理变化、推荐意向、阅读行为甚至创作行为。翻译传播者应该在遵循译语习惯和诗学范式的前提下尽力再现这些特色，并进行渐进式、多模态的跨文化传播。

【关键词】读者反馈；传播效果；《西游记》余译版；跨文化传播

基于语料库的《摆手歌》英译语言特征

【作　者】舒静；李伟

【单　位】舒静：华中科技大学外国语学院
　　　　　李伟：中南民族大学生物医学工程学院

【期　刊】《中南民族大学学报（人文社会科学版）》，2021 年，第 41 卷，第 4 期，第 155－160 页

【内容摘要】在语料库翻译学的框架下，将《摆手歌》英译本 *Sheba Songs* 与戴乃迭翻译的《阿诗玛》以及英国本土民间故事 *Beowulf* 的现代散文体版本进行语内比较，从词汇、句法和语篇探讨《摆手歌》英译本的翻译语言特征。研究发现《摆手歌》英译作品呈现复杂的翻译语言特征：《摆手歌》英译作品在词汇多样性和句法复杂性方面呈现翻译语言的简化特征，但是，其词汇密度值高于英语原创文本，却低于英语母语者的英译文本 *Ashima*，其高频词和低频词的使用状况也显现不同于一般翻译语言特征，更多受源文本和译者的中介语使用特征影响。人称代词和连接词使用状况则表明《摆手歌》英译文本没有体现翻译语言的语法显性特征。

【关键词】语料库；《摆手歌》；民族典籍外译；逆向翻译；翻译语言

跨文化传播与翻译策略：《醒世恒言》“心”字译法探析

【作　者】张星；王建华
【单　位】中国人民大学外国语学院
【期　刊】《湖南科技大学学报（社会科学版）》，2021 年，第 24 卷，第 3 期，第 162—168 页
【内容摘要】中国文化“走出去”的必然要求以及西方世界对中国文化及其文化价值观的关注，必然会带动中国典籍英译的发展。文章以 2011 年由杨曙辉和杨韵琴夫妇合译的冯梦龙《醒世恒言》译本中“心”字的译法为考察对象，使用文本案例分析与文本定量分析相结合的方式，较好地诠释了译者在跨文化传播视角下的翻译策略，从而为中国典籍英译的最佳实践提供经验与启示。
【关键词】翻译策略；充分性翻译；译者主体性；跨文化传播

礼仪之争与《中华帝国全志》对中国典籍与文学的译介

【作　者】谭渊；张小燕
【单　位】华中科技大学外国语学院
【期　刊】《中国翻译》，2021 年，第 42 卷，第 4 期，第 49—56 页
【内容摘要】1735 年在巴黎出版的《中华帝国全志》在中学西传历史上占有重要地位。书中选译的《诗经》诗篇、元杂剧《赵氏孤儿》和三部选自《今古奇观》的短篇小说成为 18 世纪早期西方读者了解中国文学的主要途径。同时，《中华帝国全志》的出版也是耶稣会在礼仪之争中为扭转不利局势而进行的一次重要努力。在选择翻译对象时，耶稣会士精心挑选中国文学作品来宣扬其立场，为自己在礼仪之争及道德神学之争中的观点进行辩护。中国文学也通过《中华帝国全志》走向西方，在 18 世纪欧洲引发了改写热潮，推动了中国文化和价值观念在西方的传播。
【关键词】《中华帝国全志》；《赵氏孤儿》；《诗经》；礼仪之争；中学西传

林纾小说翻译过程中的伦理选择与译者伦理身份

【作　者】陈勇
【单　位】天津工业大学人文学院
【期　刊】《文学跨学科研究》，2021 年，第 5 卷，第 2 期，第 362—376 页
【内容摘要】本文考察林纾面对西方小说中的伦理事实与晚清社会伦理秩序之间可能产生的冲突所做的伦理选择，并探讨其背后的译者伦理身份。研究发现，林纾采用了保留、替换、改写、删除和增添五种伦理选择形式，对西方伦理事实既有保留也有删改。这是由于林纾“中体西用”的伦理身份使然，即他主要是传统伦理捍卫者同时也是维新派，这种身份使得林译小说既改写了原文的伦理结构和人物的斯芬克斯因子，也呼应和建构了目的语社会的伦理禁忌和伦理秩序。同时，这种身份本身的悖论导致林纾伦理观的悖论性和林译小说伦理效果的悖论性。
【关键词】林译小说；伦理选择；伦理身份；翻译；“中体西用”

林语堂《浮生六记》自我改译研究——基于两个英译版本的对比分析

【作　者】冯全功；王雅婷
【单　位】浙江大学外国语学院

【期　刊】《天津外国语大学学报》，2021 年，第 28 卷，第 5 期，第 109－120 页

【内容摘要】林语堂英译的《浮生六记》在国内外都广受欢迎。中国发行的版本大多以 1939 年西风社出版的《浮生六记》为依据，而在国外兰登书屋 1942 年出版了林语堂用英语创作的《中国与印度的智慧》，其中包含的林译《浮生六记》更为英语读者所熟知。通过对比 1939 年与 1942 年的版本不难发现林语堂对前译进行了许多修改，这些修改大致可分为两类，即译者对译文的进一步润色以及针对不同的发行环境而对译文进行的修改，涉及措辞置换、句子重组、语篇调整、文化负载话语重译等多个方面。林语堂不厌其改、精益求精的翻译家精神以及对接受语境的精准把握对中国文学“走出去”不无启发。

【关键词】林语堂；《浮生六记》；自我改译；翻译家精神

刘心武在法国的接受与阐释

【作　者】庞茂森
【单　位】南京大学外国语学院；法国索邦大学文学院

【期　刊】《当代文坛》，2021 年，第 3 期，第 199－203 页

【内容摘要】刘心武是最早一批中国当代作家海外译介的成功范例。其作品最先在法国得到译介，迄今已有 40 余年的历史。本文梳理刘心武作品在法国的翻译与传播，考察作家作品的接受情况，从传统与现代融合的创作手法、反思伤痕的创作动机、歌颂无名之辈的创作主题三个方面呈现刘心武作品的法国阐释，揭示其作品立足本土文化之根、表达世界性主题的特点，以期能为我国的当代文学研究和传播提供有益的思考。

【关键词】刘心武；法国；译介；接受；阐释

论欣顿山水诗翻译话语的生态哲学意义

【作　者】陈琳；魏春莲
【单　位】同济大学

【期　刊】《中国外语》，2021 年，第 18 卷，第 4 期，第 89－96 页

【内容摘要】当代美国重要的中国典籍翻译家戴维·欣顿对中国山水诗进行了专题性的深入译介。欣顿对山水诗的荒野宇宙观的独特认知与翻译书写，挖掘并阐发了山水诗直觉生态智慧的世界意义与当代价值，赋予了古老山水诗以现代生态诗的世界文学形象。生态译诗的翻译话语是西方生态哲学与中国道禅哲学对话的结果，是东西方生态文明互鉴的具体表现，体现了翻译话语对跨文明关系发生的意义以及对民族文化创造性转型与创新性发展的建构作用。

【关键词】道禅哲学；深层生态学；翻译话语；生态诗；戴维·欣顿

毛泽东《沁园春·雪》的译者行为研究

【作　者】李正栓；张丹
【单　位】河北师范大学外国语学院

【期　刊】《外语教学》，2021 年，第 42 卷，第 3 期，第 82－87 页

【内容摘要】毛泽东诗《沁园春·雪》具有高度的文学价值和政治价值，立意高远，意象突出，深受读者青睐和译者宠爱，先后被译为多种语言，广泛传播。本文以三个译本为例对《沁园春·雪》三组译者进行译者行为研究，以期探讨译文中的诗人形象。从翻译外而论，三个版本

分别为英国、美国和中国译者，背景不同，素养不一，翻译思想和读者意识自然也有所不同。三位译者在词汇翻译、句法翻译和修辞翻译上有许多相通之处，但也不乏思维差异，在典故翻译方面差异最大，体现了文化知识在翻译中的重要作用。
【关键词】《沁园春·雪》；译者行为；批评

毛泽东著作英译与国家形象建构：基于语料库的考察

【作　者】石欣玉；黄立波
【单　位】西安外国语大学外国语言文学研究院
【期　刊】《外语教学》，2021 年，第 42 卷，第 3 期，第 75－81 页
【内容摘要】本研究采用翻译研究的形象学路径，以同源文本这一概念为基础，以毛泽东著作译入和译出文本为考察对象，使用语料库方法比较不同译本在人称代词使用上的差异，进而探讨两种翻译方向下的译本对国家形象的建构。研究发现，由于人称代词使用差异，各译本从不同视角建构国家形象，凸显出不同的国家形象特征。本文指出，各译本在建构国家形象上的差别主要取决于翻译活动所选择的原文版本。
【关键词】翻译研究的形象学路径；同源文本；毛泽东著作英译；国家形象；语料库

末松谦澄《源氏物语》英译中的“皇”与“国”

【作　者】张楠
【单　位】宁波大学外国语学院
【期　刊】《外国文学评论》，2021 年，第 1 期，第 62－79 页
【内容摘要】明治维新以后，构建独立自主的近代化中央集权制国家成为日本政府的重要课题。外交官末松谦澄的《源氏物语》英译本便是这一历史变革期的产物。本文聚焦于末松谦澄《源氏物语》英译本中的“皇”与“国”，围绕末松对“天皇”称呼的译介处理，探究他向西方传达近代日本天皇制度和国体变化时所采取的文化手段与政治策略，并分析它们与建构近代日本形象的关系，以此重新审视作为经典的《源氏物语》在近代日本文化外交上的作用。
【关键词】末松谦澄；《源氏物语》英译；天皇；近代日本

偏离叛逆/传播传承——“创造性叛逆”的历史语义和翻译文学的归属

【作　者】范若恩；刘利华
【单　位】中山大学国际翻译学院
【期　刊】《人文杂志》，2021 年，第 4 期，第 1－11 页
【内容摘要】法国文学社会学家埃斯卡皮提出的“创造性叛逆”概念对当下国内比较文学和翻译研究产生了深远影响，“翻译文学是译入语民族文学或国别文学的一部分”的论断即为其一，但埃斯卡皮曾多次明确反对过这一论断。由于历史条件的限制，国内对“创造性叛逆”的阐释基本限于对其概论性著作《文学社会学》中某一段的解读，甚少谈及埃氏专门就这一概念撰写的长文《文学读解的关键词：创作性偏离》。这一关键性资料的缺失导致国内学界对“创造性叛逆”存在一定误读，而《文学社会学》等已有资料的中译本在关键处存在的误译则进一步加深了这一误读。通过疏通埃斯卡皮“创造性叛逆”的词源意义并探讨埃氏相关论述的思想脉络，本文指出，埃斯卡皮“创造性叛逆”的深层意义迥异于其字面意义，它实则兼具“背叛偏离/

传播传承”等既相反又相辅的双重含义。从这一观点出发，本文首先肯定“翻译文学是译入语民族文学或国别文学一部分”这一命题在人类社会还处在民族国家阶段时具有的合理性；进而，本文认为，埃斯卡皮的“创造性叛逆”和古希腊口头文学时代的作品及作者观一脉相承，即一部作品虽归于某一作家名下，但其实质为历代跨越国家或民族疆域的创作流变总和。这也为我们理解翻译文学的归属提供了另一种可能：翻译文学并非背叛、脱离原作母体的独立存在，它是在对原作的偏离和传承中产生的变体，我们最终应该超越民族文学的畦封，将其视为世界文学的一部分。

【关键词】“创造性叛逆”；创作性偏离；翻译文学；世界文学

青年巴金译者主体性的建立——《夜未央》译本中的“翻译立场”和“翻译冲动”

【作　者】周春悦

【单　位】北京大学法语语言文学系

【期　刊】《中国翻译》，2021 年，第 42 卷，第 2 期，第 94－101 页

【内容摘要】“翻译立场”和“翻译冲动”是安托瓦纳·贝尔曼为译者主体性研究提出的重要概念，前者指译者在原文和译文间的自我定位，后者指译者通过直译改造母语的隐秘欲望。本文将青年巴金作为译者主体性研究个案，以他的翻译立场和翻译冲动为研究对象，首先通过对比巴金在公开发表的序言中对个人翻译立场的表述，与其翻译《夜未央》时实际采取的翻译策略，发现其所述与所为间矛盾之处；其次通过与清末李石曾译本的比较，从细节的微妙处理中解读巴金真实的翻译立场；最后通过对巴金重译行为的分析和解读，从他顺应现代思潮改造母语（文言文）的“冲动”之中，剥离出另一股向古典回归的逆流。译者的主体性在个人选择和历史演进的交缠互动中逐渐确立。

【关键词】巴金；《夜未央》；译者主体性研究；翻译立场；翻译冲动

清末民初“少年”的修辞语义和文化影响——兼谈林译《鲁滨孙飘流记》中的少年形象

【作　者】郑晓岚

【单　位】福建师范大学文学院；福州大学外国语学院

【期　刊】《东南学术》，2021 年，第 2 期，第 214－223 页

【内容摘要】对“少年”的发现与重视，是近代中国的重要文化现象。生理学意义上，“少年”是一个年龄范畴；政治文化意义上，“少年”是一个政治、思想、社会、文化等不同话语建构的体系，被赋予“希望”“冒险”“尚力”“革新”“独立”“自由”等修辞语义，成为清末民初特有的文化符号，与西方近代、中国古代“少年”既有联系又有区别。林译《鲁滨孙飘流记》（飘流现多译为“漂流”）言说全新的少年形象，参与清末民初文化语境中“少年”的修辞语义生成与理解。清末民初有识之士通过理论论述、文学书写、社会活动等方式，建构少年形象和少年话语，弘扬尚力美学，驱动国民精神重塑，也影响了整个民族的生存哲学。

【关键词】“少年”；修辞语义；文化符号；林译《鲁滨孙飘流记》

清末民初译诗与新诗的诗体建构——以《新青年》译诗的诗体演进为视角

【作　者】李向阳

【单　位】河南大学文学院

【期　刊】《中国现代文学研究丛刊》，2021 年，第 3 期，第 124－136 页

【内容摘要】清末民初，在中国诗歌自新的内在诉求中，作诗与译诗的中外合力，共同促成了新诗诗体的最终确立。作为“五四”诗国革命的重要阵地，《新青年》译诗由接续晚清到完成白话自由体转换的诗体演进及其在各阶段与作诗的关联互动，清晰地勾勒出新诗诗体建构的步骤和历程。在新诗运动的理论倡导下，作诗率先突破旧体束缚，由尝试白话到试验自由体，分两步实现诗体的大解放；受理论与作诗的影响，“五四”译诗因其建立起的新诗格局，后来居上地引领与示范新诗的创作。对“五四”译诗的自觉参照，使现代新诗同时具备包括中西诗学传统在内的双重精神特质。

【关键词】清末民初；译诗；新诗；《新青年》；诗体演进

莎士比亚戏剧网络翻译批评研究

【作　者】朱安博；刘畅

【单　位】朱安博：华北电力大学外国语学院

刘畅：北京外国语大学国际中国文化研究院

【期　刊】《外语研究》，2021 年，第 38 卷，第 1 期，第 76－84 页

【内容摘要】莎士比亚戏剧网络翻译批评为传统莎剧翻译批评拓展了新的空间，注入了新的活力。本文通过豆瓣网上收藏人数最多的莎剧三个译本，即《哈姆莱特》（现译《哈姆雷特》）《罗密欧与朱丽叶》和《威尼斯商人》的汉译数据收集对比和网络翻译批评案例整理分析，对莎剧网络翻译批评的现状进行分析和思考，探讨网络平台的莎剧翻译批评特点、优势与不足。本文发现，莎剧网络翻译批评从批评空间、批评形式、批评主体和批评话语等方面都显示了与传统莎剧汉译批评的不同，呈现出鲜明的时代特色。

【关键词】莎士比亚戏剧；网络翻译批评；《哈姆雷特》；朱生豪

上海题材小说英译中的“上海人”形象

【作　者】董琇

【单　位】同济大学外国语学院

【期　刊】《同济大学学报（社会科学版）》，2021 年，第 32 卷，第 4 期，第 110－124 页

【内容摘要】上海题材的汉语小说呈现了上海人的形象，在将小说译为英文的过程中，译者在原文塑造的上海人形象的基础上，采用不同翻译方法对上海人形象进行了适度提升，这些加工离不开译者翻译背后的动因。所选取的现当代上海题材小说的汉语原文在展现上海人正面形象的同时，也塑造出上海人偏负面的形象。其塑造的上海人偏负面的形象包含“狡猾算计”“虚荣势利”“崇外抑内”“惧内懦弱”“自傲排外”五个特征。英译本适度“优化”了前四个负面形象特征，在外国读者眼中，对应呈现出“勤劳务实”“大胆自信”“开放包容”“开明体贴”四个特征，而第五个特征“自傲排外”则得到了保留。上海人形象的处理与译者所处的文化有关，这些译者多为英美人，由于上海特殊的租界历史以及上海文化与欧美文化的种种联系，译者在心理上对上海人有一种亲近感；由于译者的汉学家背景，他们对中国文化熟悉、对中国人有好感；译者往往带着自身母语文化的价值观对异域文化形象进行想象、解读，而上海人及其背后的上海文化中的某些精神特质符合译者自身母语文化心理，因此译者表现出美化上海人的倾向。这些译者在提升上海人形象时所采用的“浅化”“等化”和“深化”等翻译方法具有一定的可借鉴性，有利于展现今天上海人积极开放的正面形象并促进上海城市对外形象的构建。

【关键词】上海人的形象；上海题材小说英译；形象提升

社会翻译学视阈下英汉自译惯习研究——以熊式一《天桥》汉语自译本为例

【作　者】宇文刚；高慧；郭静
【单　位】宇文刚：山西工程科技职业大学外国语学院
郭静：山西工程科技职业大学外国语学院
高慧：山东政法学院外国语学院
【期　刊】《外语研究》，2021 年，第 38 卷，第 5 期，第 77－82 页
【内容摘要】从布尔迪厄社会翻译学理论入手，分析熊式一的《天桥》汉自译本中译者行为痕迹，从文化专有项明晰化、人物塑造明晰化、叙事空间明晰化和家国情怀明晰化等角度，探讨译者社会经历中所积攒双重文化惯习与自译过程中译创机制，阐明自译中译者翻译惯习和译者创作惯习之间的交互关系，并厘清自译惯习、场域和资本与译者自译行为的实践逻辑关系，为今后的自译研究提供一定的文本参照。
【关键词】熊式一；自译；多重文化惯习；明晰化；译者行为；社会翻译学

谁的文本，谁的声音？——翻译小说叙事交流研究

【作　者】刘小刚
【单　位】杭州师范大学人文学院
【期　刊】《当代文坛》，2021 年，第 1 期，第 173－179 页
【内容摘要】认真梳理西方翻译和叙事学交叉研究的发展脉络，可以发现隐含作者在当前的翻译叙事交流研究中，存在着纷繁无序的状态，这导致了隐含译者在认识上的混乱。本文认为，隐含译者是在翻译某部作品时处于某种翻译状态的译者，翻译状态包括翻译目的、翻译策略、文化特质、意识形态、审美标准等。此外，在翻译叙事交流中，翻译叙事者是另一个重要角色。翻译叙事者分为可靠叙事者和不可靠叙事者，而不可靠叙事主要体现在事实/事件轴、伦理/感知轴与知识/感知轴等三条轴线上。对隐含译著与翻译叙事者的研究，可更深入地理解翻译交流中译者的角色、存在方式以及翻译话语的忠实性等问题。
【关键词】叙事交流；隐含译者；翻译叙事者

身份、创伤和困境意识：《金锁记》译写再探

【作　者】段峰
【单　位】四川大学外国语学院
【期　刊】《四川大学学报（哲学社会科学版）》，2021 年，第 5 期，第 93－100 页
【内容摘要】在文学翻译史上，张爱玲的文学自译是一个特殊现象，特别是从 1943 年到 1971 年，张爱玲在中英文之间往复自译和改写其成名小说《金锁记》。在作者和译者兼于一身的文学自译中，张爱玲通过语际转换和他语叙事，在一个更大的空间里实现了自我身份、心理创伤和困境意识的表达，从而将《金锁记》这样一个具有特定意义、关注个人的家族叙事扩延成了一部具有普遍意义、思考人类命运的作品。对其特殊案例的挖掘，不仅可以拓宽对文学自译的理解，也有助于为张爱玲研究提供更多元的视角。
【关键词】张爱玲；《金锁记》；文学自译；身份意识；创伤理论

诗歌翻译的形式对等选择——以日本和歌汉译为例

【作　者】何志勇；孟海霞
【单　位】何志勇：大连外国语大学日本语学院
　　　　　孟海霞：大连外国语大学多语种翻译研究中心
【期　刊】《外语与外语教学》，2021 年，第 4 期，第 53－59 页
【内容摘要】翻译研究中存在的形式对等与意义对等之争在诗歌翻译中体现得尤为突出。本文站在形式对等的立场，主要借鉴翻译语言学派对形式与意义的理论阐发，以日本和歌汉译为例，从诗学、可译性与历史演变的三个维度论述了诗歌汉译中选择形式对等的重要性、可行性与历史必然性。在此基础上，本文作者认为在当今的文化语境中，文学作品中译外的归化取向与外译中的异化取向是二者处于不同历史发展阶段的策略体现，在本质上不仅不是矛盾的，反而是一体的两面，共同服务于我国当今的文化战略与精神文明建设。
【关键词】诗歌翻译；形式对等；音步对应；归化；异化

诗人译者与个性化反叛——论肯尼斯·雷克斯罗斯杜诗英译的翻译策略

【作　者】徐依凡
【单　位】复旦大学中文系
【期　刊】《国际比较文学（中英文）》，2021 年，第 4 卷，第 1 期，第 56－82 页
【内容摘要】1956 年，肯尼斯·雷克斯罗斯出版了他的第一部汉诗选译集《中国诗百首》，其中共有 35 首杜甫诗歌的英译。这部译诗集不仅是汉诗翻译的优秀作品，也称得上是一部美国诗歌经典，本文作者立足于雷克斯罗斯既为诗人又为译者的双重身份，探讨在 20 世纪前半叶的美国诗歌发展背景下，雷克斯罗斯通过汉诗英译对诗坛领袖艾略特所提出的“非个性化”理论所展开的质疑与挑战，而这种反叛的内核，正是对这一理论背后的整个西方传统价值的颠覆。本文作者通过具体文本的技术性分析与翻译研究领域的理论阐释，求取雷克斯罗斯在特定的目标与立场下所采取的翻译策略，并进一步讨论他在这些翻译策略中所投射的审美反思，尤其是重新观照了人与世界之相处、情感普遍性与个别性以及传统与个人的意义等诸种问题。通过这些特殊的策略，雷克斯罗斯把异域文化的差异审美价值引入了本土语境，并开启了英语表达的更新与激活，推动了个体审美思想与价值观念的修正。本文在翻译史、翻译理论与美学理论的交汇点上，讨论雷克斯罗斯的英译杜诗在整合异质性与本土价值的过程中，把第一人称唤回文本并解放个体情感，从而在诗人译者对杜甫诗歌的个性化诠释中完成对本土诗学理论的反叛。
【关键词】肯尼斯·雷克斯罗斯；杜诗英译；诗人译者；翻译策略；《中国诗百首》

试论“五四”时期的文言古体诗译诗——以《学衡》的英诗汉译为例

【作　者】姜筠
【单　位】北京大学外国语学院
【期　刊】《外语研究》，2021 年，第 38 卷，第 3 期，第 93－100 页
【内容摘要】学衡派是“五四”时期以文言古体诗翻译西诗的代表。一方面，学衡译者的译诗实践的确受到文类规范的困囿；另一方面，他们努力挖掘文言古体诗容纳新材料的潜能。学衡译者采用“以新材料入旧格律”的策略，有三个目的：捍卫诗的本质特征——音律节奏；接续中国的语言、文学和文化传统；引入中国古典文学中稀缺的现代精神和西方元素。学衡译者的

努力表明，文言古体诗并未在文学革命中彻底丧失价值，反而以融合中西新旧的方式获得新的活力，并参与着中国传统文学与思想的变革历程。

【关键词】西诗汉译；文言古体诗译诗；《学衡》；“以新材料入旧格律”；表意潜能

数字人文视域下名著重译多维评价模型构建

【作　者】刘泽权
【单　位】河南大学外语学院
【期　刊】《中国翻译》，2021 年，第 42 卷，第 5 期，第 25－33 页
【内容摘要】本文通过对名著重译概念的重新界定、对其本质和评价方法的梳理、审视，从数字人文视角出发，设计并论证了名著重译等级评价模型及相关变量，并以《老人与海》与《红楼梦》“香菱学诗”三首诗的原文及其多个译本进行了验证考察。该评价模型体现了远读和近读的即时切换，打通了质性和量性评价的路径，期望能为名著重译或文学翻译及译本身份构建评价提供借鉴。
【关键词】数字人文；名著重译；评价模型；多维考察

苏轼古文译者身份的多元化及其建构

【作　者】李雪丰
【单　位】华东师范大学国际汉语文化学院
【期　刊】《外语研究》，2021 年，第 38 卷，第 2 期，第 95－100 页
【内容摘要】苏轼是“唐宋八大家”之一，其文学成就斐然，各类文体皆有佳作名篇流传至今。无论是国内翻译家还是海外汉学家，都对苏轼古文及其翻译产生了浓厚的研究兴趣。由于他们的身份各异，译文也各具特色。本文以译者身份的多元化为切入视角，在对苏轼古文多位译者的身份进行分类的同时，剖析并归纳其在翻译过程中身份建构的方式，同时探讨译者身份对翻译活动所产生的影响。苏轼古文翻译的译者可以分为本土译者和海外译者两类，其中部分译者具有跨文化的双重身份，海外译者又兼有汉学家的身份。译者主要通过文本的选择、文本的创译和文本序言等对自己的身份进行了不同程度的建构。
【关键词】译者身份；多元化；身份建构；苏轼古文

孙毓修的儿童文学编译思想研究

【作　者】江建利；徐德荣
【单　位】江建利：青岛理工大学外国语学院
徐德荣：中国海洋大学外国语学院
【期　刊】《中国翻译》，2021 年，第 42 卷，第 3 期，第 104－110 页
【内容摘要】孙毓修的儿童文学编译思想是其《童话》丛书编译行为和编译事件形成的内在驱动力，具有重要的研究价值。本文结合孙毓修的编译言论与编译策略，探究其编译思想的特质和价值。研究发现，从“听之皆乐”到“合于管弦”的读者效果意识、“纯用白话文”又倚重文学性的文体意识以及打动“贤父兄”又适应读者认知的语境顺应意识构成了孙毓修编译思想的主体，体现了他编译思想的独特性、深刻性和整体性。在这三者之中，贯穿始终的是他独树一帜的读者意识，这构成了他儿童本位思想特质的底色，突出的文体意识体现出孙毓修作为译者

的境界和水准，而清晰的语境顺应意识则体现出他作为编辑和出版者的眼界和见识。孙毓修的编译思想和相应实践起到了重大的历史作用，是对“矮化”与“小视”编译功用观点的有力反驳，并为当下儿童文学作品的编译提供了思想源泉、价值标准和策略参考。
【关键词】孙毓修；儿童文学编译；《童话》丛书；翻译思想

唐诗中的隐转喻与转隐喻及其翻译研究

【作　者】金胜昔
【单　位】东北师范大学中国赴日本国留学生预备学校
【期　刊】《东北师大学报（哲学社会科学版）》，2021 年，第 2 期，第 30－36 页
【内容摘要】隐喻与转喻的连续体观为唐诗中隐喻和转喻的翻译提供了新视角。唐诗中隐喻和转喻的互动关系外化为特殊的隐转喻和转隐喻现象，是诗人隐喻思维和转喻思维操作互动的结果。翻译唐诗中这些隐转喻和转隐喻现象，要以强调译语读者最大相似体验和最佳相似体验为内核的认知等效原则为依规，采取保留源语喻体以及隐喻与转喻互动关系、变更源语喻体以及隐喻与转喻互动关系、舍掉源语喻体以及消解隐喻与转喻互动关系等三种可行路径来进行。
【关键词】隐转喻；转隐喻；唐诗翻译

唐诗中象征性女性形象的诗学功能及英译策略研究

【作　者】王洒
【单　位】西安外国语大学出国留学人员培训部
【期　刊】《外语教学》，2021 年，第 42 卷，第 4 期，第 88－92 页
【内容摘要】唐诗创造性地继承了屈原在《楚辞》中开创的美人喻，类型更为丰富，涵盖世俗、史典与神话中的各类女性形象。其诗学功能更为多元，衍生出政治托寓、社会讽喻、文学隐语和伦理卫道等寓意，形成了较完整的女性形象诗学象征系统——本文称为象征性女性形象。本文提出，可将副文本理论应用于唐诗英译实践，强化副文本的宣介、阐释与导航功能，通过序跋导读、加注释义、外副文本宣介等具体翻译策略，向目的语读者系统译介唐诗中象征性女性形象的诗学功能。
【关键词】象征性女性形象；唐诗英译；副文本

通俗翻译与“女小说家”的中西杂交——从包天笑、周瘦鹃的同名译作谈起

【作　者】马勤勤
【单　位】中国社会科学院文学研究所
【期　刊】《清华大学学报（哲学社会科学版）》，2021 年，第 36 卷，第 1 期，第 111－122 页
【内容摘要】民国初年，《中华妇女界》与《妇女杂志》先后刊出两篇《女小说家》，主要译者为包天笑与周瘦鹃，皆为通俗小说界的代表人物。他们以不同的翻译策略塑造了两个形象相异的西方女小说家形象，内里蕴含了对女性写作小说的赞同或否定态度。将两篇小说还原到文学生产的历史现场，可以复原当时小说场域中的嘈杂声音及其相应支点。两篇小说表面看似对立，但却存在着深层的文本的“复义”与参与的“互文”，呈现出两位译者对古今中西文化资源的权衡博弈与参差挪用。借此，可以使“鸳鸯蝴蝶派”的翻译小说从单一的文学评价的层面解放，揭示其在文化研究与翻译研究上的双重价值。

【关键词】通俗翻译；鸳鸯蝴蝶派；包天笑；周瘦鹃；《女小说家》

投其所好・择其所要——晚清日语译才转译小说研究

【作　者】汪帅东
【单　位】北京科技大学外国语学院
【期　刊】《明清小说研究》，2021 年，第 1 期，第 252－265 页
【内容摘要】甲午战争结束以降，日语译才的疾步登场有力推动了中国文学的近代转型与发展。尤其于 20 世纪初期，日语译才培养机制的形成促使晚清西方小说转译事业蓬勃发展，各类译作纷纷涌现，蔚为大观。通过对陈景韩、吴梼与包天笑转译文本的校读和分析发现：一方面，晚清日语译才深受日本翻译文学惯用的“日本化”影响，善对译文进行解衣般礴式的中国化处理，叛逆甚至不忠现象俯拾皆是，以致部分译本可否归入翻译文学尚无定论；另一方面，尽管不少译本存在胡译、漏译、误译以及缺陷翻译等瑕玷，但是其在翻译题材、翻译体裁、翻译模式及翻译主题等方面的突破，不但打通了中国古代小说与现代小说之间的纵向断层，同时也实现了作育人才与开发民智的文化理想和政治目的。
【关键词】译文学；日语译才；转译小说；归化策略；缺陷翻译

图像叙事与小说话语层的偏离型重构——以插图版鲁迅小说英译本的考察为例

【作　者】王逊佳
【单　位】北京大学外国语学院
【期　刊】《思想战线》，2021 年，第 47 卷，第 2 期，第 148－156 页
【内容摘要】21 世纪以来，图像叙事研究逐渐兴起。在此类研究中，插图版译本的图像叙事研究较为特殊，因为在插图版译本中，不仅存在由一种文字至另一种文字的语际转换，还存在由文至图的符际转换，且二者共存于跨文化交际的语境中。插图的图像叙事往往形成对源文话语层的偏离型重构。在鲁迅小说的英译本中，这种偏离型重构主要有三种类型：插图对源文的情节进行预叙、插图对源文的叙述视角进行转化、插图对译入语读者的观察位置进行具化。它们以不同方式影响译入语读者对小说的理解。由此，建构一个涵盖偏离型和忠实型重构的分析框架，能够助益今后的相关研究。
【关键词】图像叙事；小说话语层；偏离型重构；插图版鲁迅小说英译本；分析框架

晚清《时报》翻译小说探析

【作　者】余芬霞；余玉
【单　位】余芬霞：南昌大学人文学院
余玉：南昌大学新闻与传播学院
【期　刊】《明清小说研究》，2021 年，第 3 期，第 252－269 页
【内容摘要】晚清《时报》呼应“新小说”的启蒙要求，在民营日报中首开先河设立小说栏目，并大量译介域外小说。在翻译方法上《时报》采用以意译为主的“自由翻译”法，折射的是时代的文学观念、《时报》的受众意识，更是《时报》坚守传统文学观念的文化立场。《时报》以“趣味”作为文学翻译的起点和评价标准，在“趣味”中启蒙大众，阐明了追求文学通俗性的文学态度。《时报》翻译在文学观念、语言、创作方法上都有所创新，暗含着现代性的多种可能。

【关键词】《时报》；翻译小说；文化立场；文学态度；现代意义

王安忆作品在俄罗斯的译介与阐释

【作　者】白杨；白璐
【单　位】白杨：沧州职业技术学院
　　　　　白璐：沧州师范学院
【期　刊】《俄罗斯文艺》，2021 年，第 4 期，第 54－62 页
【内容摘要】王安忆是中国文坛最具思想性的当代作家之一，虽然在商业利益的驱动下，其作品俄译本发行数量为数不多，但研究成果视角独特、观点鲜明，对汉学界具有启发意义。文章以俄罗斯最早出现的关于王安忆的介绍性文字为切入点，系统考察了其作品在俄罗斯的译介历程与研究情况，总结了研究特点：对中国评论界的批判性接受、对中国传统文化因素的关注和对作品艺术世界的整体观照。
【关键词】俄罗斯；王安忆；译介；阐释

文明吸收中的他国化创新与叛逆——《五卷书》的异域流传与变异

【作　者】曹顺庆；胡钊颖
【单　位】四川大学四川省比较文学重点研究基地
【期　刊】《吉首大学学报（社会科学版）》，2021 年，第 42 卷，第 5 期，第 132－138 页
【内容摘要】印度寓言故事集《五卷书》以它出色的思想和艺术特色在印度文学史上占据着重要地位。以阿拉伯语译本《卡里来和笛木乃》《一千零一夜》及印度教、佛教为载体，《五卷书》辗转流传到亚洲、欧洲的多个国家，译本数量仅次于基督教的《新约》《旧约》。在东方与东方、东方与西方的文明交流中，《五卷书》都产生了不可忽视的影响，为世界文学的发展贡献了卓越力量。由于社会风情、民族性格、宗教信仰和翻译者风格等差异，以及时代跨度、文化过滤与文化误读等因素，《五卷书》在各国形成了“创造性叛逆”的变异，甚至有了更深层次的文化规则和文学话语方式上的改变，即发生文学他国化变化。变异现象发生于文明交流活动的始终，根本上还是要通过对异质文明的比较推进到异质文明的交汇上来，以开放、多元、包容的眼光看待各种文明的碰撞与融合，探索其中的本质规律。
【关键词】《五卷书》；文学；文化；寓言；故事

文坛问题文学史化：谢六逸的外国文学史编译

【作　者】史瑞雪
【单　位】北京邮电大学人文学院
【期　刊】《现代中文学刊》，2021 年，第 1 期，第 32－40 页
【内容摘要】谢六逸是中国新闻学和新文学的开拓者之一。他利用日本学术资源编译的《西洋小说发达史》《农民文学 ABC》及 4 种体例不同的日本文学史，不但在相关领域具有开拓性，且这些文学史文本中始终存在一种张力。他一方面有着追赶世界文学潮流的紧迫感，另一方面在碰触世界文学潮流的同时又有着立足于中国文坛的立场。通过修改底本中的思潮划分、核心概念、增加日本古典文学的例文翻译等手段，谢六逸以文学史的形式回应了当时文坛发生的自然主义论争、农民文学提倡、神话学之比较方法的应用等问题。这种在文学史编制中与同时代文

坛或文学研究形成的呼应，对“文学”概念不断变化的当今的文学史书写仍有启发意义。
【关键词】谢六逸；外国文学史；自然主义；农民文学；日本文学

文学译介视野中的莫言

【作　者】刘云虹
【单　位】南京大学外国语学院
【期　刊】《文学跨学科研究》，2021 年，第 5 卷，第 2 期，第 349－361 页
【内容摘要】获得诺贝尔文学奖给莫言带来了巨大的国际声誉，有力提升了莫言作品在世界范围内的影响力，但也引发了各界的诸多质疑与争论。本文从莫言作品的异域生命空间、阐释参照与莫言作品的经典化以及原作生命丰富性的拓展三个方面，揭示文学译介视野下莫言作品在异域的新生命之旅及其中呈现出的鲜明特点。本文指出，通过译介及其所拓展的阅读空间，莫言作品的世界性传播持续推进；而在跨文化的多元阐释中，文学伦理价值与审美价值的彰显促使莫言作品的丰富性不断拓展，逐步实现其经典化。
【关键词】文学译介；莫言；阐释；经典化；新生命

无产阶级文学运动的组织化与理论批评的跨国再生产——以冯雪峰翻译列宁文论为线索

【作　者】王中忱
【单　位】清华大学人文学院
【期　刊】《文学评论》，2021 年，第 3 期，第 26－37 页
【内容摘要】20 世纪前半期的无产阶级文学运动是一个世界性的潮流，其理论论述和词语概念在跨国旅行的过程中，因和实际运动的密切相连而不断变化且衍生新义。在“左联”筹组时期，冯雪峰通过冈泽秀虎的日文译本翻译了列宁的《党的组织和党的文学》，为中国左翼文学家的组织化提供了“指导理论”。而在和“自由人”“第三种人”进行理论论辩之时，冯雪峰又以藏原惟人的译本为底本重新翻译了列宁的这篇论文，并依据自己的旧译补充了藏原译本的删节部分。冯译利用有限资源以“集纳”方式追求列宁文本的完整性，也表达了中国左翼理论家对列宁的文学党性原则的理解和思考。
【关键词】无产阶级文学；理论旅行；列宁文论；重译；冯雪峰

现代时期诗译莎剧活动寻踪

【作　者】张旭
【单　位】广西民族大学外国语学院
【期　刊】《中国翻译》，2021 年，第 42 卷，第 6 期，第 29－37 页
【内容摘要】现代翻译研究认为：翻译就是对原文的一种重写。所有的翻译，无论其目的何在，都会反映某种意识形态和诗学观，进而以某种方式操纵特定社会的文学。这点在诗歌翻译领域同样如此吗？本研究尝试运用现代翻译理论，以现代时期诗译莎剧为个案展开研究。文章主要考察众译家诗译莎剧时如何做出自己的诠释和再现，重点体察其采取的翻译策略和规范，进而探讨译作在接受文化圈内的文化内涵以及取得的诗学效应，最后提出自己的反思意见。
【关键词】莎剧；诗译；诗学观；意识形态；重写

现象学阅读模式下听觉格式塔意象的生成与翻译研究

【作　者】谢辉；宫齐
【单　位】谢辉：广东财经大学外国语学院
宫齐：暨南大学外国语学院
【期　刊】《中国翻译》，2021 年，第 42 卷，第 3 期，第 57－63 页
【内容摘要】文学作品是作者声音文本化的结果，具有视听双重感官的审美价值。在文学翻译活动中，格式塔意象翻译是再造原文视听审美的重要途径，但是，现有的格式塔意象翻译研究没有明确区分视、听格式塔，主要从视觉的语言编码和认知审美维度展开，忽视了直观的听觉感知。本文从现象学阅读模式入手，以听觉意象为研究对象，运用听觉格式塔相关理论，结合具体实例分析文学作品中听觉格式塔意象的生成机制及传译策略。
【关键词】文学翻译；现象学阅读；声音表演；听觉格式塔意象

新时期汉学家对英译中国小说读者的范畴化和重新定位

【作　者】谭业升
【单　位】上海外国语大学《外国语》编辑部
【期　刊】《中国翻译》，2021 年，第 42 卷，第 5 期，第 49－56 页
【内容摘要】本文从范畴化理论和斯戴宾（Stebbins）的阅读理论出发，对新时期汉学家有关英译中国小说读者范畴的观念和重新定位进行评述和理论化概括，进一步阐释和明确了英译中国小说读者范畴的构成、特征和分布形态。文章提出，对新时期的翻译读者进行定位，应充分认识新时期英译中国小说读者范畴的异质性、历史性和变动性等特征，明确中国文学国际声誉的实质，关注读者和出版者的双向认知关系，以及分众传播的趋势。在进行读者原型范畴化时，应避免认知定型的局限。开展新时期翻译读者的范畴化研究，对中国文化和文学“走出去”具有重要理论和实践意义。
【关键词】汉学家译者；中国小说翻译；英语国家读者；范畴化；重新定位

新世纪海峡两岸莎士比亚戏剧翻译的渊源与发展

【作　者】孙宇
【单　位】东北林业大学外国语学院
【期　刊】《河南大学学报（社会科学版）》，2021 年，第 61 卷，第 5 期，第 84－90 页
【内容摘要】自 1921 年田汉出版《哈孟雷特》（现译《哈姆雷特》）中译本至今，中国大陆莎剧翻译对台湾地区的影响长期而持久。新世纪初，彭镜禧和傅光明相继开始从事莎剧翻译。以这两位具有代表性的莎剧译者所译的《威尼斯商人》为例，对比两者所做翻译的特色与异同，探讨诗体译莎与散体译莎的优势与不足，不但可以展示海峡两岸莎剧翻译的渊源以及蓬勃发展的现状，还可以进一步论证两岸文化同根同源的事实。
【关键词】莎士比亚戏剧；莎戏曲；翻译；海峡两岸

叙事距离的现代性与中国现当代小说的译写

【作　者】方开瑞

【单　位】广东外语外贸大学英文学院
【期　刊】《中国翻译》，2021 年，第 42 卷，第 6 期，第 118－124 页
【内容摘要】在叙述者、叙事、叙事效果等密切关联的三个要素当中，“叙事”涉及叙事距离。作为叙述者调节信息的主要方式，叙事距离发挥着重要的功能性作用，并直接影响叙事效果。从 19 世纪后半叶到 20 世纪初，因文化交流与文艺思想的推动，国际国内的小说在叙事距离上发生了现代性变革，这深入影响小说的叙事肌理和格调。本文阐述了叙事距离的内涵与现代性，提出了中国现当代小说在叙事距离译写上应当注意的问题。
【关键词】叙事距离；现代性；中国现当代小说；译写

学衡派旧体译诗的多元实践——以李思纯、杨葆昌、萧公权为例

【作　者】王彪
【单　位】武汉大学文学院
【期　刊】《中国翻译》，2021 年，第 42 卷，第 3 期，第 75－83 页
【内容摘要】现代诗歌翻译中，学衡派系统规模的旧体意译实践有着重要价值。学衡译者虽在选诗取向、对接诗体与修辞艺术有别，但承续严复、苏曼殊等的翻译事业，对西方经典诗歌做归化翻译是一致的。其中，李思纯《仙河集》以 378 首古体对法国 24 位古今著名诗人介译，是其由新派向学衡派过渡的产物，也开启国内规模介译法诗的先河；杨葆昌《王孙哈鲁纪游诗（第三集）》以 122 首五古对译英国诗人拜伦的抒情史诗，是学衡早期翻译观的力践，亦是拜伦汉译史的重要一环；萧公权《唾余集》以 18 首词意译英国近现代 13 位古典主义倾向的诗人诗作，则是学衡派 20 世纪 40 年代介译的独特成果。这些译诗不仅是学衡诗学理念的别样实践，也为建构多元、互动的现代诗歌翻译生态做了重要贡献。
【关键词】学衡派；旧体译诗；系统规模；李思纯；杨葆昌；萧公权

杨绛译作与创作中幽默元素的互文性研究

【作　者】刘静观；刘杨
【单　位】刘静观：河南师范大学外国语学院
刘杨：莽原与南腔北调杂志社
【期　刊】《中州学刊》，2021 年，第 8 期，第 160－164 页
【内容摘要】杨绛译作和创作中的幽默品质既有内在的强关联性，也有外在的差异性，其译作和创作的幽默表达风格形成一种典型的相互反哺关系。在译作的幽默风格影响下，杨绛自身的本我智慧与悲悯情怀的乖讹化在其后的文学创作中展现出不同的表达形式，她慈悲冷峻地注视众生，笑中含泪地铺展幽默，睿智达观地行走世间。她丰盛、平静而又多姿多彩的文学精魂和幽默品质，留存在她的著作和译作中，成为一种宝贵的精神财富。
【关键词】杨绛；创作；译作；幽默风格；互文性

业绩、风格与情调：论梁遇春的文学翻译

【作　者】于辉
【单　位】南开大学汉语言文化学院
【期　刊】《东岳论丛》，2021 年，第 42 卷，第 1 期，第 41－46 页

【内容摘要】梁遇春在现代文学史上虽以小品文著称，但在文学翻译方面贡献更大，译文数量之大不仅远超小品文，而且译文坚持“信”的同时，还不失“达”和“雅”的更高追求，包括其译作中的译者注和译注，更是确立了其与众不同的翻译风格。关注其翻译业绩，探讨其翻译风格与情调，有助于推进梁遇春研究进一步走向全面和深入。

【关键词】梁遇春；文学翻译；直译；译注

译介学的理论基点与学术贡献

【作　者】许钧

【单　位】浙江大学外国语学院

【期　刊】《中国比较文学》，2021 年，第 2 期，第 14－19 页

【内容摘要】谢天振的译介学研究，源于他对文学翻译与中国现代文学关系的深刻思考。从“创造性叛逆”这一理论基点出发，谢天振对文学翻译、翻译文学、翻译的本质、翻译的使命及中国文化外译等重要问题进行了开拓性的探索，提出了一系列创见，具有重要的学术贡献。

【关键词】译介学；创造性叛逆；翻译文学

译介学研究：令人服膺的中国声音——从学科史视角重读谢天振《比较文学与翻译研究》论文集

【作　者】江帆

【单　位】上海外国语大学高级翻译学院

【期　刊】《中国比较文学》，2021 年，第 4 期，第 116－129 页

【内容摘要】本文从学科史视角重读谢天振教授《比较文学与翻译研究》论文集，以揭示译介学研究在比较文学和翻译学科发展史上的重要意义：1）中国翻译学科得以真正建立的关键，在于方法论意识的确立和有效范式的引入，就这一过程而言，译介学研究在国内译学界起到了重要的引领和示范作用。谢天振和廖七一、王东风等先行者一起，最早引导国内翻译学者认识到描述性研究和纯理论研究的重要性，为翻译学科的建立奠定了学理基础。2）译介学研究展现了从比较文学视角进行翻译研究的全新路径，引导国内翻译学者发现和探讨了许多与社会文化发展密切相关、却长期被忽视的翻译和文学现象。这极大地增强了翻译研究对重要社会文化现象的解释力，促成了翻译学科的社会地位和影响力的不断上升。3）谢天振教授和佐哈尔、图里、勒菲弗尔等国外同行一起，走在“系统/描述”范式的行列中，各自独立发展出具有一定普适意义的翻译研究体系，发出了令各国学者服膺的声音。译介学研究融汇了“翻译研究派”的方法论，却能强有力地解释根植于中国土壤的翻译文化现象。这对于一味推崇“中国特色翻译学”而拒斥西方翻译理论的认识误区，做出了有力的回应。

【关键词】谢天振；译介学；翻译研究；“系统/描述”范式；学科史视角

译者的选择——陈国坚的中诗西译之路

【作　者】侯健

【单　位】西安外国语大学欧洲学院

【期　刊】《中国翻译》，2021 年，第 42 卷，第 3 期，第 96－103 页

【内容摘要】文学外译是中国文化“走出去”的必经之路，最能体现中国文学和文化特点的中国诗歌的外译又是其中的重要组成部分，而作为翻译主体的译者在这一过程中进行的持续选择

又具有决定性作用。在西班牙定居近30年、被誉为“中诗西译领军人物”的陈国坚为中国诗歌在西班牙语国家的译介和传播做出了突出贡献。本文以陈国坚的中诗西译历程为研究对象，以“翻译什么”“怎么翻译”和“如何传播”这三个中国文学外译的核心问题为线索，解析陈国坚在翻译过程中在翻译文本、翻译策略和传播策略等方面做出的持续选择，并探究这些选择对我国文学和文化西译事业带来的积极影响。

【关键词】中国诗歌；译介；陈国坚；选择

英语世界张竹坡《金瓶梅》评点的翻译与研究

【作　者】张义宏
【单　位】陕西师范大学外国语学院
【期　刊】《中国文学研究》，2021年，第4期，第71—78页
【内容摘要】张竹坡《金瓶梅》评点的部分英语翻译向英语世界展示出张竹坡评点的主要内容与特征，很大程度上推动了张竹坡评点在英语世界的传播与接受。张竹坡《金瓶梅》评点的英语研究虽然受制于国内张竹坡评点研究整体水平的影响，但是在张竹坡评点的研究方法与理论视角上不乏独到之处，涉及张竹坡生平与身世的考察、评点中蕴含的小说理论、评点的来源与影响研究等几个方面。作为英语世界《金瓶梅》研究的重要组成部分，它们为多角度审视张竹坡《金瓶梅》评点的价值提供了具有借鉴意义的参照视角。
【关键词】《金瓶梅》；张竹坡评点；英语翻译与研究

语料库辅助下余华小说在美国的译介效果研究

【作　者】傅悦；吴赟
【单　位】傅悦：同济大学外国语学院；安徽大学外语学院
　　　　　吴赟：同济大学外国语学院
【期　刊】《安徽大学学报（哲学社会科学版）》，2021年，第45卷，第2期，第34—45页
【内容摘要】译介效果重在探寻跨文化语境下读者接受的规律性特征。我们在区分专业读者和普通读者的基础上，通过数据搜集、语料库辅助下的主题词分析和褒贬程度量化分析，结合文本细读，发现余华小说在美国的译介效果具有矛盾统一体和多维差异化特征。余华“实验派”的创作标签对于专业读者而言更有意味，其蕴含共同价值观的精神内涵和相对成熟多变的文风分别构成了跨文化视角下文学审美价值的内核和表征。普通读者通过融入个人感悟的诠释和强烈的共情体验，潜移默化地完成了对有关“家庭”“苦难”“生死”等中国传统价值观和作者个人哲思的差异化认知。
【关键词】译介效果；余华；中国当代小说；读者；语料库

原型理论观照下的翻译单位辨析

【作　者】冯全功
【单　位】浙江大学外国语学院
【期　刊】《中国翻译》，2021年，第42卷，第1期，第21—29页
【内容摘要】翻译单位有过程指向和产品指向两种类型，语篇以及语篇的任何组成单位都是潜在的产品指向型翻译单位。鉴于翻译单位的多元性和动态性，本文把其视为一个原型概念，分

为操作和理论两个层面，认为句子是操作层面的翻译单位原型，语篇是理论层面的翻译单位原型，一些其他可能的翻译单位在这两个层面具有不尽相同的典型性或隶属度。操作层面侧重转换，理论层面侧重分析，两者统一于具体的翻译行为之中。原型理论视角下的翻译单位双层面研究有利于译者选择最适宜的翻译单位，培养译者整体细译的意识与能力。
【关键词】原型理论；翻译单位；句子；语篇

越南百年中国小说译介简述

【作　者】段氏明华；姚新勇
【单　位】暨南大学文学院
【期　刊】《中国比较文学》，2021 年，第 2 期，第 56－72 页
【内容摘要】19 世纪中叶法国殖民主义入侵越南，强行推广拉丁字母的新“国语”，切断了传统中—越文化交流的直接汉字通道，拉开了越南翻译中国文学的历史序幕。百年现代翻译史，大致经历了“起步”（20 世纪初至 1945 年）、“发展”（1945 年至 20 世纪 70 年代末）和恢复繁荣（1991 年至今）三个阶段。越南百年中国小说译介既深受时代变迁的影响，也与越南政治地理板块的分割关系密切。《四书》《五经》等传统经典、《五虎平西》《江湖女侠》等演义武侠、鸳鸯蝴蝶派作品、鲁迅等人的新文学作品、金庸的武侠和琼瑶的言情、20 世纪 80 年代以来的“伤痕”“反思”“女性主义”“网络言情”等先后被译介，广受欢迎。百年越译中国文学历史，既见证了两国文学、文化的交流，也呈现了复杂的东亚“翻译现代性”。
【关键词】越南；中国小说翻译；“翻译现代性”

在翻译与写作之间：文学翻译的二重性之辩

【作　者】党争胜；李楠楠；李秋靓
【单　位】党争胜：西安外国语大学英文学院
　　　　　李楠楠：西安外国语大学研究生院
　　　　　李秋靓：西安外国语大学研究生院
【期　刊】《外语教学》，2021 年，第 42 卷，第 1 期，第 83－86 页
【内容摘要】文学翻译是一种具有约束性和局限性的语言艺术活动。“译意”和“译艺”构成文学翻译活动两个根本要求。译者唯有在同时完成“译意”和“译艺”的情况下，才能使文学翻译的结果成为翻译文学。这一目标的实现，则需要译者同时扮演好译者与作者的双重角色，在翻译与写作之间寻求恰当的平衡，使得所译作品既有原著之种种原生美，又有译著之种种新生美，转化为另一种语言文化中的原著。
【关键词】“译意”；“译艺”；译写；二重性

郑振铎与经典译本《飞鸟集》的生成

【作　者】杨华丽；李琪玲
【单　位】重庆师范大学文学院
【期　刊】《现代中文学刊》，2021 年，第 1 期，第 25－31 页
【内容摘要】在泰戈尔诗集《飞鸟集》（*Stray Birds*）的中国传播与接受史中，郑振铎翻译的《飞鸟集》具有异常重要的地位。他所译的《飞鸟集》选译本是最早面世的中译本，在 20 世纪 20

年代即已产生较为广泛的影响；而他 1956 年出版的全译本，进一步奠定了《飞鸟集》的经典地位。郑译《飞鸟集》在泰戈尔 *Stray Birds* 翻译潮流中的最终胜出，与它最早面世密切相关，但也离不开商务印书馆及郑振铎在 20 世纪 20 年代的影响力，离不开他采取的直译策略。

【关键词】郑振铎；*Stray Birds*；《飞鸟集》；经典化

秩序的偏移——张枣与史蒂文斯的诗学对话

【作　者】彭英龙
【单　位】暨南大学文学院
【期　刊】《中国比较文学》，2021 年，第 4 期，第 159－175 页
【内容摘要】张枣是当代著名诗人，也是诗歌翻译家。他翻译了史蒂文斯的不少诗作，在创作上也受其影响。“基围斯特的秩序观”是一首颇能体现史蒂文斯诗学观念的作品，张枣不仅对其做了翻译，还在自己的诗作中致敬和回应之。张枣的翻译在一些关键之处偏移了原诗，而致敬之作也对史蒂文斯的观念做了改写。像史蒂文斯一样，张枣也追求“秩序”，但他的秩序与史蒂文斯的秩序并不等同。造成这一差异的根本原因在于，张枣将中国传统文化的某些要素吸收到其诗学里，从而对史蒂文斯的诗学做了中国化的改造。
【关键词】张枣；史蒂文斯；诗学；秩序；传统

中国古典诗词英译中的显化现象

【作　者】冯全功
【单　位】浙江大学外国语学院
【期　刊】《山东外语教学》，2021 年，第 42 卷，第 1 期，第 97－107 页
【内容摘要】中国古典诗词体裁特殊、言简意赅，中西语言、文化、思维、诗学等方面又存在很大差异，所以中国古典诗词英译过程中有很多显化现象。本文将这些显化现象总结为四类，即句法显化、语用显化、思维显化和意境显化，涉及人称、数量、时体、典故、专名、逻辑、比兴、意象、情志等多个方面。显化主要通过在译文中增添相关表述或副文本信息实现，适宜的显化有助于传达原诗的意境，提高译文本身的审美价值与可接受性。
【关键词】中国古典诗词；英译；显化；意境

中国古典小说英译研究的底本问题——以《西游记》为中心

【作　者】吴晓芳
【单　位】香港城市大学翻译及语言学系
【期　刊】《中国比较文学》，2021 年，第 4 期，第 97－115 页
【内容摘要】近十几年来，海内外学界对中国古典小说在英语世界的翻译与传播之研究持续升温，但翻译底本的问题总体上较少获得重视和仔细考证，尤以《西游记》的英译为甚。作为译本研究的初步环节，讨论厘清底本问题有助于对后续问题的正确全面认识，包括译者对小说主旨的理解和对小说版本的思考，译者的翻译动机和翻译策略等等，也可为今后《西游记》英译事业的发展开辟新的道路和方向。本文利用一手档案，结合《西游记》英译史和学术史的发展脉络，详述传教士翻译时期（1854—1929）、通俗化翻译时期（1930—1976）和学术性翻译时期（1977—2012）三个阶段各自涉及的底本问题。

【关键词】《西游记》英译；翻译底本；《西游记》版本史；翻译史

中国科幻小说英译发展述评：2000—2020 年

【作　者】高茜；王晓辉
【单　位】高茜：北京语言大学
王晓辉：中国互联网新闻中心
【期　刊】《中国翻译》，2021 年，第 42 卷，第 5 期，第 57－64 页
【内容摘要】21 世纪以来，中国科幻小说出现英译热潮，特别是 2015 年起，中国科幻作品以前所未有的速度和规模译介到英语世界，成为中国文学“走出去”的一张新名片。本文通过数据调查与统计的方法，系统梳理了 2000—2020 年中国科幻小说在英语世界的译介情况，根据不同时期译著出版的特点将中国科幻文学英译划分为三个阶段：零星出现期（2000—2010），初步探索期（2011—2014），稳定发展期（2015—2020）。在此基础上，本文分析译介热潮背后的影响因素，为后续中国科幻小说的海外传播提供一些启示。
【关键词】中国科幻小说；英译；出版；海外传播

中国诗歌的具身隐喻英译研究

【作　者】潘震
【单　位】江苏师范大学外国语学院
【期　刊】《外语研究》，2021 年，第 38 卷，第 4 期，第 64－68 页
【内容摘要】具身性意象是贯穿中国诗歌发展史的主流意象之一，该类意象蕴含着丰富的生命体验与哲学思考。本研究从认知隐喻的视角，详细解读中国诗歌具身性意象的基本类型及其内涵，对比分析其哲学思想及情感色彩的传译过程与传译效果，以利于译者对中国诗歌深层心理、文化成因以及审美价值等要素的进一步考量与哲思。
【关键词】中国诗歌英译；具身隐喻；认知隐喻；情感；哲思

中国特色翻译理论：回顾与展望

【作　者】冯全功
【单　位】浙江大学外国语学院
【期　刊】《浙江大学学报（人文社会科学版）》，2021 年，第 51 卷，第 1 期，第 163－173 页
【内容摘要】在国家大力提倡理论自信与文化自信的大环境下，中国特色翻译理论建设显得尤为重要与迫切。中国特色翻译理论指的是基于中国传统哲学、美学、文论等学术话语资源发展而来的翻译理论，国内学者提出的文章翻译学、和合翻译学、大易翻译学等是其典型的样态，理论构建遵循“本位观照，外位参照；古今沟通，中西融通”的基本原则，具体方法视研究对象与研究目的而定。中国特色翻译理论具有广阔的发展空间，除广为人知的信（达雅）、神（似）、（化）境之外，其他如道、气、诚、本、和、韵味、阴阳、自然等重要哲学、文论范畴还有待深度引入翻译研究之中，但也面临着志士难寻与方法论层面的发展困境。我们唯有扎扎实实地做下去，才有望在国际译坛上发出自己独特的声音。
【关键词】中国特色翻译理论；理论自信；文章翻译学；和合翻译学；大易翻译学

中国文化的视觉翻译：概念、议题与个案应用

【作　者】吴赟；李伟
【单　位】同济大学外国语学院
【期　刊】《华东师范大学学报（哲学社会科学版）》，2021 年，第 53 卷，第 2 期，第 84－92 页
【内容摘要】由于异质文化体系间语言文化、价值观念与思维方式的差异，传统意义上以语言符号转换为主的语际翻译造成的文化稀释难以避免，不利于中国文化与世界其他文化间的交流与对话。鉴于此，文章提出视觉翻译概念，解析了视觉翻译的四大核心议题，并以《中国绘画三千年》及乐府诗《木兰辞》的对外传播为个案，描写了文字、图形、图像与视像的信息重构对于目标语受众解读中国优秀文化的推动力，揭示了视觉翻译的多符号体系互动对于文化话语传播的重要意义。同时，本研究也启发相关传播主体要最大程度减弱文化稀释现象的不良影响，打造融通多种视觉符号的传播链条，推动视觉翻译策略的深入运用，使得中国文化话语的对外传播更具感染力、亲和力与可对话性，实现中外文化的真正融通。
【关键词】中国文化；文化稀释；视觉翻译；多符号体系互动

中国文学经典英译策略的“连续轴规律”考察——基于葛浩文英译《檀香刑》中比喻翻译策略的分析

【作　者】文炳；王斌华
【单　位】文炳：浙江理工大学
　　　　　王斌华：英国利兹大学
【期　刊】《中国外语》，2021 年，第 18 卷，第 5 期，第 98－105 页
【内容摘要】文化含义丰富的比喻的翻译是中国文学经典作品英译中的典型困难。莫言的《檀香刑》中使用了大量的比喻，本文通过对葛浩文译本中比喻的翻译策略分析发现：除极少数的误译以外，译者所采取的八种翻译策略并非可简单归结为遵循描写翻译学所提出的“充分性”和“可接受性”两端的翻译原则，而是分布于两端之间的连续轴上，呈现翻译策略的“连续轴规律”。当汉语比喻的喻体形象及喻义能够在目标语中得到接受和理解时，其译文就体现出“充分性”特征；反之，如果不能被认同接受时，译者要么更改喻体，要么删除喻体只译出喻义，其译文就体现出“可接受性”特征；多数情况下汉语比喻的喻体形象须经过译者适当调适后才能被目标语系统所接受，这时候译本就呈现出相应的中间状态，而这种中间状态所涉及的复杂性远远超过连续轴的两端。由此可见，中国文学经典作品翻译策略的复杂性并非早期译论的比喻翻译三分法模式，或纽马克的比喻翻译七分法模式，或图里的比喻翻译六分法模式可以全面归结，也并非“直译”或“意译”、“形似”或“神似”、“形式对等”或“功能对等”、“归化”或“异化”等二元式译论可以解释。
【关键词】莫言《檀香刑》；葛浩文英译本；比喻；翻译策略；“连续轴规律”

中国文学外译批评的审美维度

【作　者】刘云虹
【单　位】南京大学外国语学院
【期　刊】《外语教学》，2021 年，第 42 卷，第 4 期，第 76－82 页
【内容摘要】中外文化的交流互鉴是中国文学外译的根本目标。针对当前中国文学外译接受中

存在的非文学性倾向及其对中国文学文化“走出去”的现实影响，本文提出，翻译界与批评界应进一步重视中国文学外译批评的审美维度，在树立明确的审美批评意识基础上，充分认识文学作为一种语言艺术的根本审美属性，进而以审美价值为导向探析翻译从生产到接受的整个生成性过程，发挥翻译批评应有的阐释、评价与引导作用。

【关键词】中国文学译介；批评；审美

中国现代文学在英语世界的经典化译介——张爱玲个案研究

【作　者】钱梦涵；张威

【单　位】钱梦涵：北京第二外国语学院英语学院
　　　　　张威：北京外国语大学英语学院

【期　刊】《外语研究》，2021 年，第 38 卷，第 6 期，第 66－71 页

【内容摘要】本文以张爱玲为例，探讨中国现代文学在英语世界经典化的过程、原因及宏观制约因素。研究发现，翻译文学经典化有赖于本质主义与建构主义因素的合力。海外译者、出版社与学者参与中国现代文学作品价值生产，在其经典化译介中发挥了积极作用。然而，受译入语地区社会文化心理影响，经典化过程未能摆脱对中国文学的偏见误识。同时，世界文学权力结构与入籍制度也制约着张爱玲的经典化之路，使其未能进入世界文学“超经典”行列。

【关键词】中国现代文学；翻译；经典化；张爱玲

朱自清日记之王瑶译本与全集本比勘举例

【作　者】徐强

【单　位】东北师范大学文学院

【期　刊】《清华大学学报（哲学社会科学版）》，2021 年，第 36 卷，第 3 期，第 134－145 页

【内容摘要】朱自清日记中存在大量外文书写条目，王瑶曾整理若干条目公开发表。后来《朱自清全集·日记编》又另请人加以翻译。两本条目内容常有较大差异。在目前无法见到原始手稿的情况下，将两本比勘考辨，有助于接近事实：参差处能够互为补充，抵牾处则能显示出歧义的缝隙，进而引导考辨方向，或提供意外线索，再结合翻译规律，很多时候能够还原出合乎逻辑的“真相”。沿此举出 7 例展开考察，可澄清若干事实。一般说来，王瑶对于清华大学及朱自清的生活史较为熟悉，对日记语体的掌握也更加熟稔，一些内容翻译起来更加准确、翔实，但翻译发表时往往有所删略；也有一些条目，全集本在准确性上胜过王译本。

【关键词】朱自清；日记翻译；冯友兰；汪辉祖；黄节

朱自清散文意象翻译的认知诗学探究

【作　者】袁圆；屠国元

【单　位】袁圆：中南大学外国语学院
　　　　　屠国元：宁波大学外国语学院

【期　刊】《外语研究》，2021 年，第 38 卷，第 2 期，第 90－94 页

【内容摘要】意象是构成朱自清散文美感与诗性不可或缺的元素。对于散文这种特殊的文学体裁，译者要以一定的经验模式和认知结构对散文意象进行识别、重构与转换，并在不同认知方式的交互作用下生成最终译文。本文拟从译者的认知加工方式及策略出发，尝试利用认知诗学

中的范畴理论、文学图式理论以及空间映射理论分别对朱自清散文意象翻译的三个心理阶段进行分析，探索翻译主体在识象、构象和换象过程中逐步深入的认知过程，旨在更好地揭示译者翻译时从解释到发现，再到赋予散文新生的再创作这一过程的心理规律，为研究散文翻译以及中国散文的海外传播与接受提供新的视角。

【关键词】朱自清；散文意象；认知诗学；范畴识别；文学图式；跨空间映射

转生、再生与共生：中国当代科幻文学英日转译的文本生命存续

【作　者】卢冬丽
【单　位】南京农业大学外国语学院
【期　刊】《外语与外语教学》，2021 年，第 6 期，第 80－89 页
【内容摘要】中国当代科幻文学经由中介英译本的“两大延续两大叛逆”，在日本转生并延续科幻文学的文本生命，原文本回归是转译文本复活与重生的关键因素。中国当代科幻以其鲜明的中国元素与多样性特征，构成了中国科幻在海外场域再生的内在驱动力。转译文本的转生和再生进一步延续并拓展了中国科幻的海外生存时空，反哺中国当代科幻，双向互动获得更为丰富的生命活力，从而构筑起“生生与共”的中国当代科幻文学共同体，共筑世界科幻文学。
【关键词】科幻文学；英日转译；文本生命；共生

二、专著索引

比较文学与跨文化研究

【作　者】彭青龙
【出版信息】北京：外语教学与研究出版社，2021 年第 1 版
【内容简介】本书设有会议综述、比较文学学科建设论坛、跨文化译介研究、比较文学与跨学科研究四个栏目，收录了《中国外国文学学会比较文学与跨文化研究会第一届双年会暨学术研讨会会议综述》《比较文学与跨文化研究与外语学科建设——以杭州师范大学为例》等文章。

部分诗学与普通读者

【作　者】许志强
【出版信息】杭州：浙江大学出版社，2021 年第 1 版
【内容简介】本书收入许志强教授近年所写的外国文学评论、随笔等，既谈具体的文艺作品（包括哲学和画论），也论及文学批评的性质和责任，反映了作者近期的阅读和思考。所谓“部分诗学”，指的是反对批评家以权威立场和客体化目光来傲慢、冷淡地“总结”作品，而应以伍尔夫所定义的“普通读者”身份——“未受文学偏见腐蚀”，非学院、不教条，基于真实的感觉去评论作品，尊重小说的“终极的不可描述性”。作者学识渊博，研究功底扎实，谈论了奈保尔、卡佛、马尔克斯、奥威尔、托卡尔丘克、波拉尼奥、维特根斯坦等当代知名作家的著作，既帮助读者理清作家们的文学谱系和写作追求，又直面了 20 世纪以来文学批评领域最热门的问题之一：何为文学作品中的诗学意义。

当代非裔美国文学中的母性书写

【作　者】毛艳华
【出版信息】杭州：浙江大学出版社，2021 年第 1 版
【内容简介】本书结合西方母性理论，探讨当代非裔美国文学中母性的书写模式、建构策略及其历史、社会文化内涵。本书重点研究托尼·莫里森、格洛丽亚·内勒、洛林·汉斯贝利、特瑞·麦克米兰、奥古斯特·威尔逊等知名作家的多部著名作品(包括《秀拉》《宠儿》《篱笆》《布鲁斯特街的女人们》《妈妈》《阳光下的葡萄干》《斯苔拉如何回到最佳状态》《妈妈·戴》《慈悲》)，通过分析文本与理论之间的对话关系，审视当代非裔美国作家在定义母性、反思母性及重塑母性等方面的处理模式与独特态度，以此论证作家们在书写母性的过程中所彰显出的反思意识、超越精神与人文关怀。

当代外国文学纪事. 西班牙卷

【作　者】王军
【出版信息】北京：北京大学出版社，2021 年第 1 版
【内容简介】该卷按小说、诗歌、戏剧、理论与批评 4 种类别，对 1980 年至 2000 年间西班牙文学的主要成就进行梳理，介绍了 400 余位作家、约 630 部作品，以及部分重要的文学活动与事件，充分展现了其间西班牙文学流派的嬗变。全书除编年主体外，另收 4 篇综述文章，分别对不同类别的创作进行整体评介；3 个附录，为主要文学组织、期刊和奖项的基本信息；3 个索引，可供读者从中文和西班牙文双向检索作家和作品。

当代外国文学研究文集：文学批评话语中的思想

【作　者】陈永国
【出版信息】北京：清华大学出版社，2021 年第 1 版
【内容简介】本书聚焦 21 世纪初 15 年内我国外国文学批评研究，尤其是文学批评话语中的新思想、新方法和新动态，从不同侧面展示了我国外国文学研究领域的成果及其特征。全书辑录文章 36 篇，分上、中、下三编。上编为“作家与作品研究”，中编为“批评与理论研究”，下编为“翻译、汉学与比较研究”。

当代英国女作家“新维多利亚小说”研究

【作　者】汤黎
【出版信息】北京：科学出版社，2021 年第 1 版
【内容简介】本书共分五章，从历史编撰与文化记忆，科学与信仰、工业与自然、城市与乡村通灵术、“幽灵批评”与幽灵叙事，缄默的性别话语与被污名化的身体，性别流动与女性亚文化这几个方面探讨“新维多利亚小说”如何在不同时代之间跨越真实与虚构的藩篱，以历史编撰的形式想象性地织就了经由后现代重构的文本，从而填补了维多利亚主流文化书写中的盲点与空白。

菲茨杰拉德小说中视觉文化与表演性

【作　者】曹蓉蓉
【出版信息】杭州：浙江大学出版社，2021 年第 1 版
【内容简介】本书以视觉文化批评的视角切入菲茨杰拉德研究，以菲茨杰拉德的三部主要长篇小说及其经典短篇小说文本为中心，将文本细读与历史语境研究相结合，以探寻在美国 20 世纪初视觉文化逐渐兴起的特殊社会转型期，视觉文化如何对现代社会秩序、个人表演性身份形塑和社会关系的构建产生影响。

复旦外国语言文学论丛. 20 秋

【作　者】复旦大学外文学院
【出版信息】上海：复旦大学出版社，2021 年第 1 版

【内容简介】本书收录了语言学、文学和翻译学三大板块20余篇论文。其中包含《系统功能语言学视角下英语教师提问的互动性差异研究》《俄裔犹太人的美国之声——马克西姆·施拉耶尔访谈》《欲望、暴力和“午夜妈咪”——论笛福小说的道德模糊》等文章。

复旦外国语言文学论丛．21春

【作　者】复旦大学外文学院
【出版信息】上海：复旦大学出版社，2021年第1版
【内容简介】本书收录了语言学、文学和翻译学三大板块20余篇论文。其中语言学板块涉及日语格助词研究、现代语言学的系统观等；文学板块包括美国犹太中短篇小说研究专栏和西方文学专栏，主要论文有：《伯纳德·马拉默德短篇小说中的生存困境与救赎》《在“后真相”时代重温后现代主义戏剧——汤姆斯托帕德的〈戏谑〉中“元传记”的运用》《永远的“坏”孩子——马克·吐温儿童文学作品中的儿童观研究》等；翻译板块涉及作家资本对文学的介入，生态诗学构建、双语转换矛盾探析等内容。

复旦外国语言文学论丛．21秋

【作　者】复旦大学外文学院
【出版信息】上海：复旦大学出版社，2021年第1版
【内容简介】本书分为语言学、文学和翻译三大板块，收录了《在华国际学生个体社会网络构建与汉语语用选择研究》《丁尼生的“望远镜”：古典精神的时代回望》《英语世界数字文学审美理论的交叉学科属性及话语建构》等文章。

改　写

【作　者】陈红薇
【出版信息】北京：外语教学与研究出版社，2021年第1版
【内容简介】本书在内容上分为四个部分。第一部分挖掘人类改写创作的悠久历史，论述传统改写与现当代改写在实践上的差异，阐述改写现象的普遍性和复杂性；第二部分从改编和改写概念的辨析出发，梳理后现代改写理论的缘起与流变，厘定后现代改写的理论体系；第三部分以《改写与挪用》和《对话莎士比亚》中的改写分析为经典案例，以对当代经典改写作品《菲德拉之爱》《李尔的女儿们》《罗森格兰兹和吉尔登斯吞已死》的评析为原创案例，论述了当代改写研究的方法和路径；第四部分立足当下改写研究的未竟之地，为研究者指出了进一步拓展的研究方向和选题。

故事中的人生：西方文学中的生命哲学

【作　者】宋德发
【出版信息】北京：中国社会科学出版社，2021年第1版
【内容简介】本书从一个外国文学老师的视角，以“文学是人学”和“文学研究亦是人学”为指导思想，从“字面意义”“时代意义”和“象征意义”三个层面分析“古希腊神话”“骑士文学”，以及《荷马史诗》《埃涅阿斯纪》《神曲》《堂吉诃德》《十日谈》《巨人传》《浮士德》《叶

甫盖尼奥涅金》等经典文学作品，尤其注重挖掘、提炼和阐释蕴含其中的种种生命状态，希望给读者以人生的启迪。

后殖民理论视野中的华裔美国女性文学译介研究

【作　者】章汝雯
【出版信息】北京：外语教学与研究出版社，2021 年第 1 版
【内容简介】本书指出，近 40 年来我国在后殖民主义理论思潮、美国华裔女性文学研究、相关翻译活动，以及译学研究领域发生了较强的互动关系。本书认为，后殖民理论思潮在中国的盛行很大程度上推动了我国华裔美国女性文学作品的研究与汉译，催生了国内外国文学研究领域的“族裔文学研究热”。本书以描述性翻译理论为指导，以近 40 年来我国相关文学研究成果为阐释基础，把美国华裔女性文学作品的汉译本置于后殖民主义翻译理论框架之下，从种族、性别、他者、杂糅、话语结构、文化身份建构等方面剖析译本效果，以期呈现作品的汉译现状，并在此基础上总结出后殖民文学作品的翻译原则。

华裔美国文学与社会性别身份建构

【作　者】张卓
【出版信息】苏州：苏州大学出版社，2021 年第 1 版
【内容简介】本书以黄玉雪、朱路易、汤亭亭、赵健秀、谭恩美、任璧莲等华裔美国作家的作品为研究对象，探讨华裔美国作家如何以英语文本与美国主流社会的历史、知识和记忆对抗，借助文学的影响力努力消除美国主流社会强加给华裔的刻板形象，从而建构美国华裔的主体性。

历史语境与文本再现：福克纳小说创作研究

【作　者】张鲁宁
【出版信息】苏州：苏州大学出版社，2021 年第 1 版
【内容简介】本书主要考察美国南方文艺复兴旗手、诺贝尔文学奖获奖作家威廉·福克纳如何在文学创作中想象性地再现所处的历史语境，探究福克纳的文学作品与其所处时代的关系。以文化批评为轴点，阐释福克纳不同时期文学创作的文化内涵，透视历史语境与文学创作的内在耦合和关联。以“历史语境与福克纳的创作”主题为研究主线，从“美国南方历史语境与福克纳小说中的文化变革书写”“美国南方历史语境与福克纳小说中的阶层再现”“美国南方历史语境与福克纳小说中的人物刻画”三个部分挖掘和评价福克纳所处历史语境与文学创作的深层关联。

伦理透视法：英国摄政时期小说叙事图景

【作　者】陈礼珍
【出版信息】杭州：浙江大学出版社，2021 年第 1 版
【内容简介】本书聚焦英国摄政时期的小说，包括简·奥斯丁的《爱玛》、玛丽·雪莱的《弗兰肯斯坦》等几部有较大代表性的作品，根据情感与婚恋小说、民族与历史小说、哥特小说、幽默讽刺小说等不同类型展开具体分析。本书从叙事形式与伦理结构双线切入，从文学伦理学批

评角度探讨这一时期小说中的价值观变迁，发掘这些作品在叙事形式方面的特征，同时关注其如何捕捉和再现社会的文化风貌。

葡萄为何愤怒

【作　者】杨靖
【出版信息】杭州：浙江古籍出版社，2021 年第 1 版
【内容简介】本书所收主要为作者在《上海书评》所发的有关外国文学的评论与研究文字，如《葡萄为何愤怒》《“温和的欺诈”：从拉瓦锡的“私密科学”谈起》等，涉及英美等西方诸国文学、科学等方面。

莎士比亚戏剧与西方社会

【作　者】戴丹妮
【出版信息】武汉：武汉大学出版社，2021 年第 1 版
【内容简介】本书分莎士比亚戏剧与西方社会结构、莎士比亚戏剧与西方政治经济生活、莎士比亚戏剧与西方文化思潮三章，旨在让学生准确深入地了解莎剧艺术及莎剧所反映的社会维度，同时探索这一社会维度又在反作用于莎剧的过程中对莎剧内容产生了什么影响。

双重时间：与西方文学的对话

【作　者】柏琳
【出版信息】成都：四川人民出版社，2021 年第 1 版
【内容简介】本书中，一场场锐利的对话在柏琳的手上开刃，涵盖 5 大洲的 23 个国家。在地域与人物的交织下，柏琳用语言形成一个主题的闭环：从欧洲精神、宗教信仰在新时代的嬗变，到新一代旅行文学、全球化的争议、巴以冲突等。它们各自成因又彼此相关。

探索与批评．第四辑

【作　者】王欣；石坚
【出版信息】成都：四川大学出版社，2021 年第 1 版
【内容简介】本书分为广义叙述学研究、文类研究——科幻、批评理论与实践、跨学科研究、书评五个板块，收录了《〈洛丽塔〉中的美杜莎式语象叙事》《“不可靠叙述”辨正》《非自然叙述非自然阅读》《复古未来主义与蒸汽朋克：〈差分机〉中的后现代主义戏仿》等文章。

探索与批评．第五辑

【作　者】王欣；石坚
【出版信息】成都：四川大学出版社，2021 年第 1 版
【内容简介】本书是一本外国文学专业学术论文集，本着兼容并蓄、实践创新的学术理念，深入探索外国文学研究，同时将叙事学理论与方法系统拓展至各学科领域，沟通文学、文化、艺术、历史、哲学、电影等不同形式和领域，包含叙述学、文学批评、符号学、文类研究、文学

欣赏等专业门类，意在传播学术前沿成果，实现文学研究的跨学科旅行。

外国文学通览. 2020

【作　者】金莉；王丽亚
【出版信息】北京：外语教学与研究出版社，2021 年第 1 版
【内容简介】本书通过盘点和梳理 2020 年一年中世界各国的文学成就和不足、意义和经验，及时概括总结了 2020 年度世界各国的杰出文学作品，阐述了各国文学界在这一年中的重要事件和文学潮流变迁，探讨了各国作家的思想探索和艺术追求。

遥想手工业时代：王安忆谈外国文学

【作　者】王安忆
【出版信息】上海：东方出版中心，2021 年第 1 版
【内容简介】本书所收录的文章是王安忆自 1988 年至今的外国文学阅读史。作者带我们走进托尔斯泰、狄更斯、勃朗宁姐妹、马尔克斯、伍尔夫、阿加莎等人。一方面，她以读者的视角带我们走进人物和故事，抵达人物背后隐而未发的情感和前缘；另一方面，她又以创作者的理性，条分缕析大师们的叙述技巧、描摹手段、节奏把控，抵达创作秘密的源头与彼岸。

英国形式主义美学及其文学创作实践研究

【作　者】高奋
【出版信息】杭州：浙江大学出版社，2021 年第 1 版
【内容简介】本书将“英国形式主义美学及其文学创作实践”放置于西方“形式”概念史和英国近代美学史的历史大背景中，观照其对西方传统的继承性和创新性；同时以中国诗学为镜，用基于审美感悟的中国诗学范畴，言志说、形神说、情景说、意境说、知人论世说、以意逆志说、文人画理论等，观照同样基于审美感悟的英国形式主义美学及其文学创作实践，阐明其渊源、方法、路径、内涵和价值。在中西双重审美视野中梳理、提炼和阐明弗莱、贝尔、伍尔夫、斯特拉奇的“情感论”和“形式论”等形式主义理论，阐明它们与中国诗学的言志说、形神说、文人画理论的相通性。

战争文学

【作　者】胡亚敏
【出版信息】北京：外语教学与研究出版社，2021 年第 1 版
【内容简介】本书首先厘清了战争文学的定义，介绍了世界各国的战争文学传统及战争文学研究的当代意义，并探讨了与战争相关的哲学、政治和文化思想；接着详述了“战争与媒体”“战争、创伤与身份认同”“战争、种族与民族”和“战争、科技与民族身份”四个热点专题，并以《追寻卡西艾托》和《巴格达的弗兰肯斯坦》两部小说为例，示范相关主题下的战争文学研究；最后总结了国内战争文学研究的总体情况，并对未来研究趋势作了展望。

中国莎士比亚研究. 第 4 辑

【作　者】李伟民
【出版信息】成都：西南交通大学出版社，2021 年第 1 版
【内容简介】本书分为现代主义与文学思潮研究、续史贯珍、戏剧改编研究、翻译研究、文本与教学研究等七编，收录了《莎士比亚作品中盐的文化意义》《对莎士比亚中国化理论构想的五维考察及反思》《略谈梁译莎士比亚》等文章。

中国外国文学研究年鉴. 2018

【作　者】聂珍钊；吴笛；王永
【出版信息】杭州：浙江大学出版社，2021 年第 1 版
【内容简介】本书收录了 2018 年度国内发表的重要外国文学研究成果，主要内容包括论文索引、专著索引、译著索引、外国文学大事记等。论文索引按区域分为亚洲文学研究，西欧文学研究，东欧、北欧文学研究，中欧、南欧文学研究，非洲文学研究，大洋洲文学研究，美国文学研究，加拿大及其他美洲国家文学研究八个板块，外加文艺理论与批评研究、比较文学研究、翻译文学研究三个板块。论文、专著和译著的每一条索引均提供作品名称、作者或译者、刊物或出版社名称、内容摘要等要素，便于读者了解内容梗概，检索原文或原书等。

中世纪与文艺复兴研究（四）

【作　者】郝田虎
【出版信息】杭州：浙江大学出版社，2021 年第 1 版
【内容简介】系“中世纪与文艺复兴研究”论丛。本辑分为文艺复兴研究、中世纪文学研究、书序、书评和追思等栏目，共收录 18 篇文章，作者分别来自美国、加拿大、瑞士、日本和中国。

中世纪与文艺复兴研究（五）

【作　者】郝田虎
【出版信息】杭州：浙江大学出版社，2021 年第 1 版
【内容简介】系“中世纪与文艺复兴研究”论丛。本辑分为莎士比亚研究、中世纪研究、文艺复兴研究、书序、书评和追思等栏目，共收录 19 篇文章，作者分别来自英国、美国、罗马尼亚和中国。

三、译著索引

《杜伊诺哀歌》笺注

【作　者】[奥]里尔克
【译　者】蔡小乐
【出版信息】成都：四川人民出版社，2021 年第 1 版
【内容简介】本书不单是《杜伊诺哀歌》的翻译作品，而且作者从自身对哀歌的理解与感悟出发，以笺注的方式，对十首哀歌的内容和所表达的情感一一进行了剖析。

10½ 章世界史

【作　者】[英]朱利安·巴恩斯
【译　者】林本椿；宋东升
【出版信息】南京：译林出版社，2021 年第 1 版
【内容简介】本书讲述在上次世界末日，一只木蠹混进挪亚的方舟中。它目睹挪亚的所作所为和书中记载大相径庭。方舟在人类历史上反复重现，它或是遭劫游船，或是泰坦尼克，或是核恐慌中的海上孤舟。这个偷渡客也并未离去，它冷眼看着历史如何被歪曲，被歪曲的又如何成为“真实”历史；它附身于巴恩斯的妙笔，教他以篇篇奇文拼贴出一部看似荒诞，但振聋发聩的世界史。

1937，延安对话

【作　者】[美]托马斯·亚瑟·毕森
【译　者】李彦
【出版信息】北京：人民文学出版社，2021 年第 1 版
【内容简介】本书是美国学者毕森 1937 年 6 月到访延安的见闻与记录，是中国共产党延安时期革命实践和思想理论的重要见证。1937 年 6 月“七七事变”前夕，在斯诺的帮助下，毕森与其他几位美国同行一起，悄悄奔赴延安，亲眼见证了当年中国社会的动荡现实与革命圣地的烽火岁月，采访了毛泽东、朱德、周恩来等红军领袖，并将这些见闻与采访用铅笔记在两个笔记本上，真实记录了延安时期中国共产党人的初心、理想和奋斗实践。

82 年生的金智英

【作　者】[韩]赵南柱
【译　者】尹嘉玄

【出版信息】北京：北京联合出版公司，2021 年第 1 版

【内容简介】金智英，1982 年 4 月 1 日生于首尔，成长于公务员家庭，一家六口人住在面积为 72 平方米的房子里。她就是那种你每天都会迎面遇到的普通女孩。从小，金智英就有很多困惑。家里最好的东西总是优先给弟弟，她和姐姐只能共用一间房、一床被子。上小学时，被邻座男孩欺负，她哭着向老师倾诉，老师却笑着说，男孩子都是这样的，越是喜欢某个女生，就越会欺负她。上了中学，她常要提防地铁、公交车上的咸猪手。在学校也不能掉以轻心，也有男老师喜欢对女同学动手动脚，可她们往往选择忍气吞声。大学毕业，金智英进入一家公关公司。她发现虽然女同事居多，高管却几乎都是男性。她下班不得不去应酬，忍受客户的黄色笑话和无休止的劝酒。她 31 岁时结了婚，不久就在长辈的催促下有了孩子。在众人"顺理成章"的期待下，她辞掉工作，成为一名全职母亲。金智英感觉自己仿佛站在迷宫的中央，明明一直都在脚踏实地找寻出口，却发现怎么都走不到道路的尽头。

T. S. 艾略特的艺术

【作　者】[英]海伦·加德纳

【译　者】李小均

【出版信息】桂林：广西师范大学出版社，2021 年第 1 版

【内容简介】本书以《四个四重奏》为研究中心，分析了艾略特从创作之初一直到完成《鸡尾酒会》的创作历程，辨别其风格流变，追根溯源，探讨其诗歌观念、基本象征和意义。

阿伽门农的女儿

【作　者】[阿尔巴]伊斯玛伊尔·卡达莱

【译　者】孙丽娜

【出版信息】重庆：重庆出版社，2021 年第 1 版

【内容简介】本书包含三部中篇小说，分别是《长城》《致盲敕令》及《阿伽门农的女儿》，讨论了不同时代背景下的政治统治。小说《长城》围绕长城两侧的对峙展开，最终征服了奥斯曼帝国的帖木儿却无法突破明朝的薄弱防线。《长城》以长城为分水岭，记录了不同地区之间关于文明与野蛮的交流，长城也成为见证死亡的碑铭。小说《致盲敕令》的背景是 19 世纪奥斯曼土耳其帝国的改革，描述了一个阿尔巴尼亚家族在帝国政治下的悲哀命运，详细写出了专制政体的运作模式。《阿伽门农的女儿》再现了 20 世纪 80 年代真实的阿尔巴尼亚，借助两则希腊神话，展现现实生活中主人公和一位高官女儿的爱情的失落和国家机器的残忍，讨论了西方文化传统的根基。全书情节循环往复，有如迷宫般精巧别致，是一部充满荒诞与隐喻的黑色寓言。

阿拉伯菲利克斯：1761—1767 年丹麦远征

【作　者】[丹]托基尔·汉森

【译　者】李双

【出版信息】北京：中国社会科学出版社，2021 年第 1 版

【内容简介】本书以丹麦的档案馆中的日记、笔记本和素描为基础，这些档案直到 20 世纪才有人阅读。它讲述了知识分子之间的竞争，是一部充满讽刺的喜剧，也是一场引人入胜的冒险。书中包含多幅地图。

艾米莉·勃朗特诗全集

【作　者】[英]艾米莉·勃朗特
【译　者】刘新民
【出版信息】成都：四川文艺出版社，2021 年第 1 版
【内容简介】本书收录了艾米莉·勃朗特的抒情诗，包括《清冷湛蓝的黎明》《战斗的高潮已经过去》《母亲啊，我并不后悔》《风铃草》等。

爱的接力棒

【作　者】[日]濑尾麻衣子
【译　者】青青
【出版信息】北京：北京时代华文书局，2021 年第 1 版
【内容简介】森宫优子是一个普普通通的 17 岁女高中生，却有着令人惊异的家庭形态。母亲在她 3 岁时就去世了，父亲抛下一切远赴国外，先后跟她一起生活的是她的继母和两任继父。为此，她的名字一共换过 4 次，家庭形态在 17 年间变化了 7 次。父母的突然消失、寄人篱下的小心谨慎、好友的背叛与排斥、被周围眼光质疑的孤独滋味。种种原生家庭和青春期敏感的伤痕，都曾带给优子伤心又无助的人生难题。

爱已成诗

【作　者】[澳]朗·丽芙
【译　者】叶紫
【出版信息】杭州：浙江文艺出版社，2021 年第 1 版
【内容简介】本书分“不幸”“忧伤马戏团”“爱”三章，收录了作家朗·丽芙关于爱情的散文诗，叙述了情感生活中作者点点滴滴的心得。

爱这个宇宙

【作　者】[英]阿瑟·克拉克
【译　者】秦鹏等
【出版信息】上海：文汇出版社，2021 年第 1 版
【内容简介】本书收录了《飞出太阳》《宇宙浪子》《遥远的地球之歌》《轻微中暑》《闹鬼的宇航服》《从这永不停息地运行着的摇篮里》《犹记巴比伦》《时间问题》《追逐彗星》等小说作品。

安东尼乌斯和克娄巴特拉

【作　者】[澳]考琳·麦卡洛
【译　者】成鸿
【出版信息】北京：文化发展出版社，2021 年第 1 版
【内容简介】尤利乌斯·恺撒在权力的顶点突然遇刺后，罗马进入混乱的局面，后三巨头安东尼、屋大维、勒皮杜斯分别得到了自己的地盘。安东尼统治着富裕的东方，奥克塔维阿努斯留

在西方，两个人都宣称自己是恺撒的继承人，摩拳擦掌准备拿下对方，勒皮杜斯则远在非洲盯着另外两人。胜者将成为罗马第一人，或许还会将罗马带入新的纪元。

安娜与我

【作　者】[以]丹·夏维特
【译　者】韩雨苇
【出版信息】桂林：广西师范大学出版社，2021 年第 1 版
【内容简介】1967 年夏天，以色列同阿拉伯打了“六日战争”，1973 年秋天又打了“赎罪日战争”——本书故事就发生在这两次战争之间紧张而亢奋的年月里。丹尼尔·阿尔特是一名小学教师，他从自己的村庄迁居到大城市特拉维夫。在战争的阴霾下，他失去了方向，越来越迷茫。他与太太安娜在精神上从未契合过，婚姻也随之破裂，他们各自寻找出路，好让生活重获意义。丹尼尔的生命中出现了两位神秘的年轻人，他的人生也随之改变。

暗夜与黎明

【作　者】[英]肯·福莱特
【译　者】邓若虚；汪洋
【出版信息】南京：江苏凤凰文艺出版社，2021 年第 1 版
【内容简介】997 年，英格兰大地陷入无边黑暗——维京海盗肆虐横行，君王贵族分庭抗礼，神职人员贪色纵欲，战俘奴隶遍地哀号。造船匠埃德加因海盗侵袭被迫迁徙到蛮荒之地，生活稍现转机却接连痛失所爱；诺曼贵族之女蕾格娜满怀憧憬远嫁英格兰，却发觉联姻是场蓄谋已久的骗局；修士奥尔德雷德怀抱不凡梦想，试图肃清淫邪之风，却意外卷进主教的阴谋。本来毫无交集的三人，因对正义与公平的渴求，命运紧紧交织。

斑马流浪者

【作　者】[英]阿萨琳·维里耶·欧卢米
【译　者】何碧云
【出版信息】成都：四川文艺出版社，2021 年第 1 版
【内容简介】斑马出生于伊朗一个古老而屡遭迫害的文学世家，五岁时因战争而举家逃亡，路途中目睹了母亲的死亡。父亲教给斑马家族的文学记忆，以此来对抗悲伤。两人辗转多地，在纽约有了一个栖身之所。漫长的流浪消耗了父亲的健康，在父亲入葬时，阳光穿过树枝落下来，在棺木上形成一条条斑纹，斑马以此给自己起了新名字。双亲的相继离世让斑马陷入内心的空寂，决定重走儿时流浪的路线，用重新品味痛苦的方式治愈自己的过去。

卑微者之歌

【作　者】[尼日利]奇戈希·奥比奥玛
【译　者】陈超
【出版信息】北京：北京联合出版公司，2021 年第 1 版
【内容简介】万物浮沉在命运的旋涡中，关于人性的一切在这不灭的画卷上早已轮回千万遍。

一个年轻的男人坠入爱河，为了向他爱的女人和她的家人证明自己，不惜放弃一切。爱与牺牲的极致展现，从古老守护灵口中娓娓道来。

悲伤之镜

【作　者】[法]皮耶尔·勒迈特
【译　者】余中先
【出版信息】上海：文汇出版社，2021 年第 1 版
【内容简介】露易丝浑身是血、赤身裸体，她奔跑在巴黎大街上，也冲进了一个疯狂的历史性时刻。1940 年 6 月，德军大举进攻法国，15 天内，有上千万人逃亡在路上。在这条无头无尾的漫长队伍里，充斥着英雄与恶棍，卑劣与良知，冷漠与人情。露易丝看到，到处都是一张张脸，除了一张张脸，还是一张张脸。恰如一面面反射众生的悲伤之镜，确凿地映照出了我们的苦难与希望。

别了，上海

【作　者】[保]安吉尔·瓦根施泰
【译　者】余志和
【出版信息】上海：上海三联书店，2021 年第 1 版
【内容简介】二战前夕和大战初期，德国和奥地利“命苦”的犹太人挣脱纳粹锁链，经由柏林、巴黎、土伦、热那亚、突尼斯、埃及，辗转来到当时世界上唯一开放的城市上海，在穷愁坎坷的境遇中，在危险隐蔽的战线上，书写了犹太秘史华丽的篇章。

不安之夜

【作　者】[荷]玛丽克·卢卡斯·莱纳菲尔德
【译　者】于是
【出版信息】上海：上海文艺出版社，2021 年第 1 版
【内容简介】雅斯问上帝：非要带走我的兔子吗？不能用我哥哥马蒂斯去换吗？10 岁的雅斯拥有独特的体验宇宙的方式：在皮肤上涂乳膏来抵御严冬，把迁徙的蟾蜍身上绿色的疣状物作为斗篷。然而，马蒂斯真的死了。整个家庭分崩离析，她的好奇心开始扭曲，形成越来越不安的幻想漩涡，一家人或许就此偏离人生轨道，堕入黑暗。

不确定宣言

【作　者】[法]费德里克·帕雅克
【译　者】余中先
【出版信息】成都：四川文艺出版社，2021 年第 1 版
【内容简介】这是一部传记小说。该小说一共有三卷，是费德里克·帕雅克创作的“不确定宣言”系列的前三册，主要讲述本雅明从去伊卡萨岛到因无法逃脱纳粹魔掌而自杀的这段令人唏嘘的经历。这部小说在叙事结构上不同于通常传记小说。作者通过绘图和文字，细腻地刻画了本雅明的生命历程和他所处时代的文化氛围。作品穿插了同时代的众多知名人物的故事，以及

作者自身的经历，构成了纷繁复杂的“星丛”。作者试图通过图文对 20 世纪前半叶有一个整体的回应，同时对欧洲当代的境况表示反思和忧虑。

布罗茨基诗歌全集

【作　者】[美]约瑟夫·布罗茨基
【译　者】娄自良
【出版信息】上海：上海译文出版社，2021 年第 1 版
【内容简介】本书包括布罗茨基最具哲学思辨的叙事诗《戈尔布诺夫和戈尔恰科夫》、早期尝试译自多恩的四首诗、1977 年在美国出版的两部诗集《美好时代的终结》和《言语的一部分》，以及对应的极具研究性和学术性的背景资料、评价与注释。

布宜诺斯艾利斯的语言

【作　者】[阿根廷]豪尔赫·路易斯·博尔赫斯；[阿根廷]何塞·埃德蒙多·克莱门特
【译　者】王冬梅
【出版信息】上海：上海译文出版社，2021 年第 1 版
【内容简介】本书收录了二人撰写的探讨阿根廷语言特点的一系列文章——从清新自然的市井语言到诗人的动人词句，从阳春白雪的文章再到下里巴人的黑话、行话。它们之间存在一种共同的精神：市井的情感投射。地方语言是根，它深植于土壤，吸收汁液，滋养母语。作者反对语言学院那种僵硬死板的论述，强调语言是行动，是生命。它日日响在我们耳边，是我们的情感、我们的家、我们的信任，以及交谈出的友情。

惨　败

【作　者】[波兰]斯坦尼斯瓦夫·莱姆
【译　者】陈灼
【出版信息】南京：译林出版社，2021 年第 1 版
【内容简介】昆塔星表面覆满怪异的土丘和形似蜘蛛网的物体，但人类科学家探测到昆塔文明可能拥有先进技术，便派出“欧律狄刻号”飞船穿越漫漫宇宙，与其进行接触。面对一个陌生的异星文明，人类远征队一步步将其逼入绝境，出于无畏，抑或无知。

唱吧！未安葬的魂灵

【作　者】[美]杰丝米妮·瓦德
【译　者】孙麟
【出版信息】北京：中信出版社，2021 年第 1 版
【内容简介】约约一家到州监狱帕奇曼迎回被关押了 3 年的父亲的过程。13 岁的约约很想知道成为男子汉意味着什么。他的白人父亲迈克尔不在身边陪伴他，他的黑人母亲莱奥妮时常从他和蹒跚学步的妹妹的生活中消失。在莱奥妮吸毒兴奋的时候，她会产生幻觉，看到哥哥吉文的幽灵，她被这一幻象折磨并抚慰着。迈克尔出狱的时候，莱奥妮带上两个孩子和一个朋友，往北驶向密西西比州的中心地带与那里的州立监狱帕奇曼农场。在帕奇曼，也有一个 13 岁的男孩，

实际上他是一个囚犯的亡灵，带着南部所有不堪回首的历史四处游荡。

乘战车的人

【作　者】[澳]帕特里克·怀特
【译　者】王培根
【出版信息】杭州：浙江文艺出版社，2021 年第 1 版
【内容简介】本书讲述曾经辉煌一时的赞那社老宅现今已摇摇欲坠，女主人黑尔小姐在宅第周围蔓生的灌木中徘徊。在这里，女主人遇到了逃离祖国的犹太教授和热爱自由的土著画家。他们三人都受惠于一位坚定善良的洗衣妇。四个人背负着各自的苦难：家族由盛而衰的哀愁，大屠杀幸存者的负罪感，因遭受歧视而走向自毁的绝望，目睹亲人骤然逝去的惊骇。罪恶丛生的世界中，被侮辱与被损害的他们，因为都曾见过战车的幻象而联结在了一起，共同期盼着救赎的希望。

纯真物件

【作　者】[土]奥尔罕·帕慕克
【译　者】邓金明
【出版信息】上海：上海人民出版社，2021 年第 1 版
【内容简介】在本书中，作者将化身导览者，带领读者按照小说《纯真物件》章节的顺序，仔细凝视博物馆中每一件物品，追忆他所眷恋的伊斯坦布尔旧时光，自由穿行于故事与现实、感动与沉思、时间与空间。

达勒古特梦百货店

【作　者】[韩]李美芮
【译　者】崔海满
【出版信息】北京：化学工业出版社，2021 年第 1 版
【内容简介】本书讲述是一个只有入睡才能进场的独特城镇。在这座城镇中，有各种能吸引熟睡的人和动物的神奇元素：帮助入睡的零食车、忙着给光着身子睡觉的顾客穿租用睡袍的奇行兽、在僻静小巷尽头制作噩梦的马克西姆制作所、住在万年雪山的制梦人、制作天空之梦的莱夫拉恩精灵。不过，对熟客来说，他们最爱去的地方就是集各种梦商品于一身的“达勒古特梦百货店”。这家位于街道中心的 5 层木质建筑是最古老的梦百货店，每天都盛况空前，每层楼都出售不同类型的梦境。

大地之上

【作　者】[加]罗欣顿·米斯特里
【译　者】张亦琦
【出版信息】成都：天地出版社，2021 年第 1 版
【内容简介】1975 年的印度，民生凋敝，时局动荡，政府宣布进入紧急状态，阴云笼罩了这片大地。从一场灭门惨案中逃生的伯侄伊什瓦与翁普拉卡什，经人介绍，乘火车去往裁缝迪娜的

住处，以期获得一份工作。在火车上，他们结识了青年学生马内克。巧的是，马内克恰好是迪娜的新房客，于是三人结伴而行。门铃响起，迪娜打开房门，背负着各自苦难的四人即将在这间小屋里开始新生活，他们的命运也由此紧紧地联结在了一起。

代　价

【作　者】[美]阿瑟·米勒
【译　者】麦熙雯
【出版信息】上海：上海译文出版社，2021 年第 1 版
【内容简介】本书所说的“代价”既指待售家具的价格，同时也指个人为自己所做决定付出的“代价”。经济大萧条过后，维克多·弗兰茨为照顾父亲而放弃求学之路。30 年后，为变卖父母遗留下来的家产，他重返故地。妻子埃丝特、久未联络的兄弟沃尔特和年迈狡猾的家具商各自打着自己的如意算盘。拥挤的阁楼成为审判的场所，一场刺激、滑稽又感人的审讯正在上演，家庭创伤、对物质生活的盲目崇拜、人为何会不断犯错等最终成为被审判的对象。

待宰的羔羊

【作　者】[英]罗尔德·达尔
【译　者】马爱农
【出版信息】杭州：浙江文艺出版社，2021 年第 1 版
【内容简介】本书收录了《我心爱的女人》《牧师的喜悦》《亨利·休格的神奇故事》《偷伞的人》《待宰的羔羊》等十个童话，揭露生活中所有“欺骗”的真相。

当你起航前往伊萨卡：卡瓦菲斯诗集

【作　者】[希] C. P. 卡瓦菲斯
【译　者】黄灿然
【出版信息】上海：上海人民出版社，2021 年第 1 版
【内容简介】本书收录了卡瓦菲斯大部分的诗歌，分为 4 辑。其中，“正典”即是作者生前认可并刊印的作品，共计 154 首；另选译“未刊印诗”“早期弃诗”“未完成诗”中 95 首比较优秀的作品，共计 249 首。

第二次来临：叶芝诗选编

【作　者】[爱尔兰] W. B. 叶芝
【译　者】裘小龙
【出版信息】桂林：漓江出版社，2021 年第 1 版
【内容简介】本书收录了《记忆》《情歌》《火炉旁》《她居住在枫树林中》《悲哀的牧羊人》《披风、船只和鞋子》《印第安人给他情人的歌》《落叶纷纷》《高尔皇帝的疯狂》《偷走的孩子》等诗歌作品。

点亮星星的人

【作　者】［英］乔乔・莫伊斯
【译　者】向丽娟
【出版信息】北京：北京联合出版公司，2021 年第 1 版
【内容简介】年轻又叛逆的艾丽斯，以为只要远渡重洋，就能开启截然不同的人生。而在新大陆上的生活，却远比她期待的更为沉闷压抑。当得知“马背图书馆”项目需要女性馆员时，她不顾家人反对，毅然报名参加。艾丽斯加入的是一个奇特的小团队，这里面有得不到家人任何关爱的假小子贝丝、因为瘸腿而超级不自信的富家千金伊兹、不顾世人歧视而一直坚毅果敢的黑人女子索菲亚，还包括有个“浑蛋”爸爸并且特立独行的玛格丽。她们克服了重重困难，团结协力，给最荒远的家庭送去书、故事、知识、希望和爱。在点亮他人生活的同时，也让自己的日子因为这样的迢迢奔走而充满生机。

多嘴多舌

【作　者】［澳］梅丽莎・卢卡申科
【译　者】韩静
【出版信息】北京：作家出版社，2021 年第 1 版
【内容简介】本书讲述原住民社区中的代际创伤及其导致的家庭暴力，描述的是居住在澳大利亚新南威尔士州乡村、处在下层阶级的原住民的生活。这是一个让人很难直面的故事，同时又是一个充满蔑视和挑战的故事。这部小说中的人物并不很多，主要围绕索尔特一家，以及跟他们家有紧密联系的人，而所显现的是鲜明而非常动态的原住民生活的画面，他们所面对的个人、家庭、社会和历史问题错综复杂的交错。主题聚焦在三个方面：冲突和不协调的基调；向权力诉说真相；救赎与愈合。

感受自由

【作　者】［英］扎迪・史密斯
【译　者】张芸
【出版信息】上海：上海译文出版社，2021 年第 1 版
【内容简介】本书收录了扎迪・史密斯过去十年间的非虚构创作，从时政、艺术、哲学、文学、生活与个人经验，全方位地展现了她在这一领域的独创性。其中既有对眼下这个时代的深入体察，也延续了作家一贯对流行文化的关注和反思，体现了她多元的文化洞见。本书可以视作扎迪・史密斯对过去十年间自我写作生涯的一次全方位的总结，也证实了她不仅是一个天才的小说家，更是一位善于思辨的评论者。

骨　音

【作　者】［日］石田衣良
【译　者】千日
【出版信息】上海：上海人民出版社，2021 年第 1 版
【内容简介】本书收录了《骨音》《西一番街外带》《黄绿色的神明》《西口仲夏狂欢》《献给宝

贝的华尔兹》等小说作品。

关键词是谋杀

【作　者】[英]安东尼·霍洛维茨
【译　者】梁清新
【出版信息】北京：新星出版社，2021 年第 1 版
【内容简介】知名小说作家安东尼·霍洛维茨的上一本书刚完稿不久，忽然有新的工作找上门来。这年头侦探行业很难赚钱，于是霍桑委托他把自己正在调查的案件写成小说，五五分成。霍洛维茨很犹豫：霍桑这人很奇怪，又有点讨厌，他想把自己写进小说，却完全不透露任何个人信息。霍桑却抛出了谜面：一个阳光明媚的上午，著名男星的妈妈为自己安排了葬礼。接着当天晚上她就遭人袭击，死在家中。霍洛维茨很好奇。他要一边破案，一边记叙案件，最后写成小说。

国　宝

【作　者】[日]吉田修一
【译　者】伏怡琳
【出版信息】上海：上海人民出版社，2021 年第 1 版
【内容简介】本书讲述一位日本“国宝级”歌舞伎演员追求艺术的坎坷一生。以歌舞伎世家丹波屋的长子俊介与立花喜久雄二人的成长为线索，交代了他们因为出身不同而经受的不同考验。俊介出身不凡，但喜久雄天赋异禀，二人互相追赶，通过严苛的舞台表演训练，一步步成长为歌舞伎表演艺术家。故事同时串联起了日本歌舞伎，乃至日本社会的种种变迁。

海利科尼亚

【作　者】[英]布赖恩·W. 奥尔迪斯
【译　者】华龙
【出版信息】北京：人民文学出版社，2021 年第 1 版
【内容简介】在距离地球 1000 光年的海利科尼亚星球表面，上演着一场跨越了数个世纪的文明史诗。人族与其宿敌“法艮”，还有其他种族的命运随着这颗类地行星环绕着双恒星系统——弗雷耶和巴塔利克斯——进行漫长的公转而跌宕起伏，而这一切都以“直播”的形式被地球人尽收眼底。海利科尼亚人与地球人的命运开始交织在一起。凛冬持续了近千年，海利科尼亚大地上冰雪皑皑，风暴肆虐，寒潮驱赶着人类和兽群在坎普莱安特大陆上不住迁徙，直到小玉理和他的后代定居在奥多兰都，观察到冰雪消融、万物复苏的迹象。

和帕斯捷尔纳克在一起的岁月

【作　者】[俄]奥莉嘉·伊文斯卡娅；[俄]伊琳娜·叶梅利亚诺娃
【译　者】李莎；黄柱宇；唐伯讷
【出版信息】桂林：广西师范大学出版社，2021 年第 1 版
【内容简介】本书是伊文斯卡娅母女回忆帕斯捷尔纳克的回忆录合集。母亲伊文斯卡娅的《时

间的俘虏》讲述了作者自己的身世，与帕斯捷尔纳克的相识相知，并因之受难的历程。女儿伊琳娜的《波塔波夫胡同传奇》则与母亲的回忆形成参照，并在时间线上有所补充。

黑山羊波纳奇

【作　者】[印度]佩鲁马・穆鲁根
【译　者】卢屹
【出版信息】天津：百花文艺出版社，2021 年第 1 版
【内容简介】一个安静的傍晚，一位老人正在看着太阳下山。一位陌生人出现并呈上一个礼物：一头刚出生的黑山羊，波纳奇。从天上想抓走它的老鹰到地上想伤害它的野猫，老人和他的太太挣扎着保护他们这个小奇迹。很快地，波纳奇成为他们世界的中心。这不是一个简单的事，因为波纳奇身边的环境，以及人与事物似乎都对它有威胁。它自己的山羊母亲拒绝喂奶。成年后它自己生出 7 头小山羊，最后它也失去了真爱，成为一尊雕像。这个小镇上的人没有一位过得轻松，每个人有自己的难处。

很久很久以前，在某一个地方……

【作　者】[日]青柳碧人
【译　者】吕灵芝
【出版信息】成都：四川文艺出版社，2021 年第 1 版
【内容简介】本书收录了《一寸法师的不在场证据》《花开死者的留言》《鹤的反倒叙》《密室龙宫》《绝海鬼岛》等五篇短篇小说。

花朵与漩涡：细读狄金森诗歌

【作　者】[美]海伦・文德勒
【译　者】王柏华等
【出版信息】南宁：广西人民出版社，2021 年第 1 版
【内容简介】本书是哈佛大学教授文德勒对美国女诗人狄金森诗歌的细读之作，通过细读 150 首诗歌的突兀的词语、不规范的标点、颠倒的句法、古怪的韵律、迅疾的隐喻等，探测了爱情、自然、思想、死亡、宗教的本质。

欢乐的葬礼

【作　者】[俄]柳德米拉・乌利茨卡娅
【译　者】张慧玉；徐开
【出版信息】杭州：浙江文艺出版社，2021 年第 1 版
【内容简介】本书书写了俄罗斯犹太移民在纽约的生存境遇，通过聚焦艺术家阿利克临终的一刻，穿插各色人物经历与记忆的碎片，编织出移民者复杂的思想与彼此羁绊的情感世界。他们古怪迷人、生活失意，矛盾重重地回望故土与往事，使个体命运与民族历史互为映照，流露别样的乡愁。作者在故事辛酸、迷惘、痛苦的主题中注入了明亮、诙谐与抒情诗的品质，探索了生命深层调和与交流的情形。

回　忆

【作　者】[法]大卫·冯金诺斯
【译　者】王东亮；牛月
【出版信息】上海：上海译文出版社，2021 年第 1 版
【内容简介】本书从祖父离世讲起，以一家三代人的爱与离别为主线，讲述生活的沉痛与时间的残忍。

毁灭者亚巴顿

【作　者】[阿根廷]埃内斯托·萨瓦托
【译　者】陈华
【出版信息】成都：四川文艺出版社，2021 年第 1 版
【内容简介】本书主线是发生在 1973 年同一时间的三件事情：其一，"疯子"巴拉甘目睹的异象——一条长着 7 个头的巨龙盘踞在夜空中；其二，17 岁的纳乔看见挚爱的姐姐与房地产公司总裁有染；其三，23 岁的马塞洛因与游击队员"小棍子"之间的友谊，在警察局地下室被酷刑折磨致死。

绘本三国志

【作　者】[日]安野光雅
【译　者】夏莹
【出版信息】北京：北京十月文艺出版社，2021 年第 1 版
【内容简介】本书作者结合《三国志》相关的趣味历史故事，写下亲身感悟，归纳为 83 个主题章节，每一节均配以唯美水彩画作。

纪德道德三部曲

【作　者】[法]安德烈·纪德
【译　者】马振骋
【出版信息】北京：人民文学出版社，2021 年第 1 版
【内容简介】本书收录了 1947 年诺贝尔文学奖得主安德烈·纪德的《窄门》《违背道德的人》《田园交响曲》这三部代表性作品。在纪德的这三部作品中，欲望不是跌入陷阱，走进死胡同，就是要用谎言来掩盖。纪德的作品中表现出孤郁的诗人气质、敏锐的洞察力、明净的文笔，让人读了不仅回味隽永，同时也令人钦佩他直面人生的勇气。

加莫内达诗选

【作　者】[西]安东尼奥·加莫内达
【译　者】赵振江
【出版信息】上海：华东师范大学出版社，2021 年第 1 版
【内容简介】本书由作者和译者从加莫内达所有诗集中精心挑选，也是诗人首部汉译诗集。诗

选内容来自《洛匹达斯》《时代》《寒冷之书》《损失在燃烧》《塞西莉亚》《这光芒（1947—2004诗歌汇编）》等诗集。他的诗歌风格具有鲜明的现代主义特色，语言硬朗有力，对细节的描述客观准确。

家庭纽带

【作　者】[巴西]克拉丽丝·李斯佩克朵
【译　者】闵雪飞
【出版信息】北京：人民文学出版社，2021 年第 1 版
【内容简介】本书收录了克拉丽丝·李斯佩克朵构思精彩的 13 个故事，讲述了下面这些拙笨生活的人物：安娜一向将自己与家人的生活安排得井井有条，然而，当她看到盲人嚼口香糖时，她所认定的“真实”全然解体；长久幽禁在家庭生活中的女性无意或有意地醉酒，从而完成对丈夫或男性权威的挑战；老妇人是一家人一年一聚的理由，但几乎无人真正关心她，她只能用自己的方式表示蔑视；还有一只仓皇逃逸的母鸡，只有在夜深人静时，才能在厨房的空地中，以非常笨拙的方式，表达属于自己的小小真实等。

精神与爱欲

【作　者】[德]赫尔曼·黑塞
【译　者】易海舟
【出版信息】成都：四川文艺出版社，2021 年第 1 版
【内容简介】本书讲述两个才华横溢但天性迥异的青年纳尔齐斯与歌尔德蒙的一生。玛利亚布隆修道院的年轻学者纳尔齐斯天资出众、才华过人，一直严于律己，秉持着成为一名崇尚逻辑与理性的神学家的理想，而作为新人入学的歌尔德蒙原本秉承父亲的愿望希望成为一名修士，但在偶然中发现了世俗生活的乐趣。二人虽然被对方独特的气质所吸引，但天性的差异使两人走上了截然不同的道路。歌尔德蒙以少年之躯游历四方，品尝了爱情与感官之乐，学习了雕刻的艺术，熬过瘟疫与死神。多年过去，歌尔德蒙因偷情而被投入牢房，却在行刑前被那个一直活在灵魂里的故人所救，两段生命历史最终又交织在了一起。

鲸之殇

【作　者】[加]法利·莫厄特
【译　者】高建国；李云涛
【出版信息】桂林：广西师范大学出版社，2021 年第 1 版
【内容简介】本书为加拿大国宝级作家法利·莫厄特为鲸类发声的经典环保之作，讲述了一头怀孕母鲸被困海湾，被人类无情射杀的悲惨故事。人类无情而残忍的扫射，雄鲸不离不弃的守候，作者努力而徒劳地寻求救援，整个故事温馨与悲伤、残酷与绝望相交织。此外，全书亦梳理了两三个世纪以来，世界各大海域中所有鲸鱼惨遭屠戮、几近灭绝的真实情况，揭露了工业化时代以来人类无限膨胀的欲望，批判了人性的自私与丑陋。

竞技赛会庆胜赞歌集

【作　者】[古希腊]品达
【译　者】刘皓明
【出版信息】北京：北京大学出版社，2021 年第 1 版
【内容简介】本书分为奥林匹克竞技赛庆胜赞歌、匹透竞技赛庆胜赞歌、涅墨亚竞技赛庆胜赞歌、地峡竞技赛庆胜赞歌。

绝密手稿

【作　者】[爱尔兰]塞巴斯蒂安・巴里
【译　者】[澳]李牧原
【出版信息】杭州：浙江文艺出版社，2021 年第 1 版
【内容简介】本书通过精神病人萝珊的回忆录和格林大夫的日记这两份“秘密手稿”，揭开了一段不为人知的爱尔兰秘史。两个困守在破旧的精神病医院的老人，在病人与医生之间的相互诊断之中，通过不同的视角，分别展开了各自人生的片段。

克拉拉与太阳

【作　者】[英]石黑一雄
【译　者】宋佥
【出版信息】上海：上海译文出版社，2021 年第 1 版
【内容简介】克拉拉是一个专为陪伴儿童而设计的太阳能人工智能机器人（AF），具有极高的观察、推理与共情能力。她坐在商店展示橱窗里，注视着街头路人与前来浏览橱窗的孩子们的一举一动。她始终期待着很快就会有人挑中她，不过，当这种永久改变境遇的可能性出现时，克拉拉却被提醒不要过分相信人类的诺言。

力　量

【作　者】[英]娜奥米・阿尔德曼
【译　者】袁田
【出版信息】北京：东方出版社，2021 年第 1 版
【内容简介】一夕之间，全球各地的女孩发现，她们拥有了一种力量。只要动一动手指，就能在别人身上引发剧烈的疼痛——甚至死亡。当女孩们开始随心所欲地使用力量，世界反转，每个男人都感到，他们失去了掌控的能力。

两种孤寂

【作　者】[加]休・麦克伦南
【译　者】斯钦
【出版信息】广州：花城出版社，2021 年第 1 版
【内容简介】在一战尾声至二战前夕这段相对和平的日子里，阿萨纳斯・泰拉德带着他的法裔

和爱尔兰裔家庭在加拿大这片已被视为家园的土地上，在文化冲突中建立起自己的精神栖息地，却被英裔商人马奎因所骗，破产而死。儿子保罗，一个梦想家和作家，在糟糕的境遇中，开始了一场为自己的身份和对加拿大的憧憬而进行的奥德赛式的探索。海瑟出身于一个条件优越的英裔家庭，上学时深受马克思主义的影响。父亲在第一次世界大战中牺牲，她与母亲、姐姐受马奎因照顾。当保罗和海瑟相爱时，家族与国家命运都在急剧变化中。

鹿川有许多粪

【作　者】[韩]李沧东
【译　者】春喜
【出版信息】武汉：武汉大学出版社，2021 年第 1 版
【内容简介】本书是韩国导演李沧东于 1992 年出版的中短篇小说集，这部小说集展现了一批裹挟在复杂多变的历史浪潮中的底层人物形象，他们艰辛地在生活中追求真正的价值，与现实中的痛苦进行抗争，同时寻找个人生活的意义。作者通过这些人物的遭遇审视韩国现实，但并非止步于讲述历史事件或故事本身，而是着重刻画了人物在此过程中发生的转变——他们逐渐开始对生活中的真正价值和自己的身份认同提出疑问并进行探索。

伦敦郊区

【作　者】[英]朱利安・巴恩斯
【译　者】轶群；安妮
【出版信息】北京：外语教学与研究出版社，2021 年第 1 版
【内容简介】少年克里斯托弗从小在伦敦郊区长大，这片中产阶级开发出的枯燥土地，承载着他年幼世界里所有的期许与憎恶。他和挚友托尼一直试图摆脱这种乏味的一成不变。他们警惕好奇地观察着外界，如饥似渴地研究艺术，学习知识，希冀掌握命运的主动权，把自己塑造成更高尚而与众不同的大人，与糟糕的权威和富人们划清界限。1968 年，克里斯托弗终于迈出了成年的第一步，他申请到奖学金，到巴黎游学。但因沉溺于与法国女孩的恋爱，他错过了发生在咫尺之遥的世界风暴，错过了见证改变现实的机会。数年后，已结婚生子的克里斯托弗又回到了伦敦郊区定居生活。

伦敦围城

【作　者】[美]亨利・詹姆斯
【译　者】李连涛
【出版信息】北京：人民文学出版社，2021 年第 1 版
【内容简介】南希是个野心勃勃、行事果敢的旅欧美国女子，虽已经历过多次失败的婚姻，却依然风姿绰约，性感迷人。她竭力掩盖自己的过往经历，并施展手段向英国贵族阶层发起一次次进攻，终于俘获了涉世未深的贵族青年亚瑟・德梅斯内。然而亚瑟的母亲始终怀疑这位未来儿媳是个"不正经的女人"，千方百计想查清她的身世来历。恰在此时，唯一知晓南希秘密的那个人出现了。

玛希尔达

【作　者】[英]玛丽·雪莱
【译　者】王小可
【出版信息】天津：百花文艺出版社，2021 年第 1 版
【内容简介】我摘下一朵又一朵的花儿，哼唱山野的歌谣，或者沉醉在快乐的美梦中。我最爱葱茏树林中那一抹静谧的天空，还有大自然的变化万千。我喜欢细雨、风暴，也爱极了苍穹中美丽的云朵。湖波荡漾着我的心绪，强烈的欢欣升涌而起。

没有重量的人

【作　者】[墨]瓦莱里娅·路易塞利
【译　者】轩乐
【出版信息】上海：上海人民出版社，2021 年第 1 版
【内容简介】本书的主人公是一位女作家，她曾想要出版一位不知名的诗人希尔韦托·欧文的书。为了说服出版社主编相信欧文的地位和意义，她伪造了另一位著名诗人翻译的欧文诗歌译稿。有一天，主人公偶然在欧文住过的楼上见到了一个种着植物的花盆。

梅里雪山：寻找十七位友人

【作　者】[日]小林尚礼
【译　者】乌尼尔
【出版信息】北京：北京联合出版公司，2021 年第 1 版
【内容简介】本书以纪录片式平实而细腻的文字、壮美与温柔兼具的影像，记录了令人心碎的恐怖山难、艰辛的搜寻、梅里雪山的神秘风貌、山脚下人们的朴素生活，以及三次转山之旅和当地生活的变化。

美好时代的背后

【作　者】[美]凯瑟琳·布
【译　者】何佩桦
【出版信息】北京：新星出版社，2021 年第 1 版
【内容简介】垃圾回收者阿卜杜勒梦想有个不嫌弃他身上味道的老婆，两人一起到除安纳瓦迪以外的任何地方安家；他的母亲泽鲁妮萨则梦想在安纳瓦迪有个更干净的家，要有一扇可以排放油烟的小窗户，要铺着像广告里那样美丽的瓷砖；厕所清洁工拉贾·坎伯梦想能有钱换一副心瓣膜，好保住来之不易的工作，继续供养全家；热衷于调解邻里纠纷、从中捞取好处的阿莎梦想成为安纳瓦迪最有权有势的人物，让自己的女儿成为贫民窟第一个女大学生。在都市的繁华表象之下，他们就像世界上的大多数人一样，努力地为梦想奔走。

糜骨之壤

【作　者】[波兰]奥尔加·托卡尔丘克

【译　者】何娟；孙伟峰
【出版信息】杭州：浙江文艺出版社，2021 年第 1 版
【内容简介】本书贯穿着令人毛骨悚然的幽默感，以及关于人、自然、动物的尖锐思考。主人公雅尼娜是一位精通占星术、喜欢威廉•布莱克的诗歌，并热衷动物保护的老妇人，她幽居在波兰边境被大雪覆盖的山林里。雅尼娜给自己认识的每一个人都会取个奇怪的外号，他们是“大脚”“鬼怪”和“好消息”，她养的狗则被称为“小姑娘们”。突然有一天，邻居“大脚”被一块小鹿骨头卡住喉咙，死在家里，此后凶案接二连三发生。

蜜蜂 717

【作　者】[英]拉莱恩•波尔
【译　者】张然
【出版信息】上海：文汇出版社，2021 年第 1 版
【内容简介】蜜蜂 717，一只生于蜂群底层家族的工蜂。她体形丑陋怪异，内心却充满好奇和勇气。她像其他蜜蜂一样遵守蜂巢的意志：接受、服从和服务。也恪守蜂群的铁律——只有蜂后才能生育。突然有一天，717 发现了自己的异常。一个幼卵在她体内成形，她将为此变得疯狂。

名望与光荣

【作　者】[波兰]雅•伊瓦什凯维奇
【译　者】易丽君；裴远颖
【出版信息】成都：四川文艺出版社，2021 年第 1 版
【内容简介】本书描写起于 1914 年夏，终于 1947 年春，以末代伯爵雅努什为主角的几个波兰家庭三代人的遭遇，反映了在 30 余年的光阴里时代洪流下的波兰与波兰人民。涉及一战、社会主义革命风暴、波兰独立、苏波战争、西班牙内战、二战、奥斯威辛集中营、华沙起义等著名的历史事件。

名为帝国的记忆

【作　者】[美]阿卡迪•马丁
【译　者】孙加
【出版信息】成都：四川科学技术出版社，2021 年第 1 版
【内容简介】本书讲述群星之间泰克斯迦兰帝国雄踞的故事。对于帝国来说，帝国即世界；帝国之外，便是世界之外——要么臣服，要么，被吞并。遥远的勒塞耳空间站，新一任驻帝国大使玛希特就此启程，前往帝国首都唯一市赴任。她的使命很简单：查清前任大使“意外”背后的真相，防止空间站被帝国吞并。刚踏足唯一市的玛希特，下一秒便深陷政治权谋的漩涡，在暗藏杀机的宫廷之中，一步踏错便可能使她沦为政治斗争的牺牲品。唯一市中暴动不止，争夺王权的大戏悄然拉开帷幕，帝国边境危机四伏，而破局的关键，隐藏在玛希特掌握的空间站技术之中。

磨　坊

【作　者】[丹]吉勒鲁普
【译　者】吴裕康
【出版信息】桂林：漓江出版社，2021 年第 1 版
【内容简介】磨坊矗立在苍凉的北欧大地上，拥抱阴冷潮湿、来势凶猛的疾风。磨坊里，新鳏的磨坊主克劳森、一心上位的女仆莉泽及年轻雇工约尔根之间，一段爱恨情仇正悄然发生：挣扎在道德自律和情爱欲望中的克劳森，终于决心奔向莉泽，却在归家途中意外撞见她与约尔根在调情，怒不可遏的克劳森决计将灵魂出卖给魔鬼，疯狂旋转磨坊机械启动柄将他二人绞杀。滴答滴答，罪恶之血由此在深夜流淌不止。磨坊最终在雷雨中被毁，克劳森也选择承担自己不可救赎的恶。

末日之书

【作　者】[美]康妮·威利斯
【译　者】张希
【出版信息】北京：中信出版集团，2021 年第 1 版
【内容简介】2054 年，英国牛津大学历史系学生绮芙琳终于获准参与梦寐以求的研究项目，她将通过时间机器穿越回古代的英国，亲身感受历史。穿越进行得非常顺利，但是奇怪的是，刚刚到达古代，绮芙琳就不明原因地一病不起，陷入高烧和精神错乱之中。她命悬一线，幸得当地人救助，等她醒来却发现自己正处于一个与预想中完全不同的世界。另外，在 2054 年，发现异常后，绮芙琳的良师益友丹沃斯先生发誓要尽一切努力将绮芙琳救回现代，可其实他自己也正处于危险之中。

男　孩

【作　者】[法]马库斯·马尔特
【译　者】黄雅琴
【出版信息】杭州：浙江文艺出版社，2021 年第 1 版
【内容简介】男孩没有名字，在法国南部的森林里长大。母亲死后，男孩在天性驱使下踏上旅途。他遇到了很多人：丧失爱人后心灰意冷的约瑟夫、行走江湖的艺人布拉贝茨、文采飞扬的断臂侠士，还有爱玛——男孩的如姐如母的爱人。在旅途中，男孩开始模糊地明白生活是由什么构成：几分欣喜，几分波折；一些欢聚，许多离别。随着第一次世界大战爆发，男孩经历了人类的极度疯狂、大屠杀和我们所谓的文明。这是年轻灵魂的一段旅程；在懵懂间，男孩经历了铸就历史的大小事件，开始觉醒。

男孩、鼹鼠、狐狸和马

【作　者】[英]查理·麦克西
【译　者】汪晗雪
【出版信息】北京：北京联合出版公司，2021 年第 1 版
【内容简介】一个孤单的男孩邂逅了一只刚刚钻出地面的鼹鼠，他们决定一起在荒野里探险。

旅途中，他们先是遇到了狐狸，然后遇到了体格更大的伙伴——马。他们从春天踏上旅途，彼此依靠着向前走，经历了狂风和暴雨，也欣赏过夕阳与流星。男孩爱问问题，鼹鼠贪吃蛋糕，狐狸沉默寡言又很警觉，马则是一位优雅的绅士。他们各不相同，也有各自的弱点。

南高小说选

【作　者】[越]南高
【译　者】巫宇
【出版信息】北京：中国言实出版社，2021 年第 1 版
【内容简介】本书是有着“越南鲁迅”之誉的文学巨匠南高的中短篇小说集，包括《惹不起的面孔》《吃不上狗肉的孩子》《多余的人生》《忘记节制》等小说作品。作品描绘出法国统治越南时期越南社会各阶层的众生相，以及民众性格的内因，尤其对底层农民和落魄知识分子形象和内心做了细腻、立体的刻画。

鸟·蛙

【作　者】[古希腊]阿里斯托芬
【译　者】张竹明
【出版信息】南京：江苏凤凰文艺出版社，2021 年第 1 版
【内容简介】本书收录了《鸟》《蛙》两册书。《鸟》讲述了两个雅典人厌倦了人间生活，由鹪鹩指引找到了鸟国的所在。二人带领众鸟实施了自己异想天开的计划：在天地之间建立起一个平等自由的理想国度“云中鹁鸪国”。《蛙》讲述了酒神狄奥倪索斯冒险远赴冥府，恰逢冥府的诗人大赛，便担上了裁决诗艺的重任。为了拯救萧条的剧坛与陨落的城邦，他决意将夺得桂冠的悲剧诗人从幽冥带回人间。

诺亚·格拉斯之死

【作　者】[澳]盖尔·琼斯
【译　者】李尧
【出版信息】北京：作家出版社，2021 年第 1 版
【内容简介】意大利西西里岛上的博物馆遗失了一尊 19 世纪的雕像，警方怀疑是艺术史学者诺亚所为，积极展开调查，却发现诺亚在悉尼自家的泳池中身亡。诺亚的一对子女马丁和伊薇早已各自独立，突如其来的噩耗让他们再次聚首。儿子马丁走过毒瘾和离婚，目前已是知名画家和一个女儿的父亲；女儿伊薇曾是大学哲学教授，却毅然决然放弃令人羡慕的教职，选择在墨尔本的书店工作。两人截然不同的生命背景引领他们用不同的方式面对父亲的死：马丁飞去父亲生前刚造访的西西里岛，试图调查父亲与雕像的神秘关联。

奇山飘香

【作　者】[美]罗伯特·奥伦·巴特勒
【译　者】胡向华
【出版信息】北京：人民文学出版社，2021 年第 1 版

【内容简介】本书收录了《投诚》《格林先生》《回家路上》《童话》《蛐蛐儿》《父亲的来信》等短篇小说。

千　子

【作　者】[英]格雷厄姆·麦克尼尔
【译　者】赵笛
【出版信息】杭州：浙江科学技术出版社，2021 年第 1 版
【内容简介】伟大远征步入高潮，千子战士们尽职尽责，全力奋战。赤红的马格努斯麾下的这支军团纵然忠心耿耿，却仍然受到猜忌。马格努斯立誓效忠的帝国对他饱含疑惧，在他前往尼凯亚星球后，帝国对进行了指控。当这位命途多舛的基因原体预见到了战帅荷鲁斯的背叛时，他借助禁忌力量向帝皇作出警告，然而人类之主却派遣太空野狼基因原体黎曼·鲁斯攻打普罗斯佩罗。但马格努斯所预见到的绝不止于荷鲁斯的背叛，他所获得的启示必将永远锁定自身的命运。

切尔诺贝利的午夜

【作　者】[英]亚当·希金博特姆
【译　者】鲁伊
【出版信息】桂林：广西师范大学出版社，2021 年第 1 版
【内容简介】1986 年 4 月 26 日凌晨，切尔诺贝利原子能电站的四号反应堆发生爆炸，由此引发了历史上最恶劣的一起核灾难。自那以后的 30 年里，切尔诺贝利逐渐成为整个世界挥之不去的噩梦：阴魂不散的辐射中毒的恐怖威胁，一种危险技术脱缰失控的巨大风险，生态系统的脆弱，以及对其国民和整个世界造成的伤害。然而，这场事故的真相，却从一开始便被掩盖起来，长久以来一直众说纷纭。十多年中，亚当·希金博特姆进行了数百小时的采访，以此为依托，辅之以往来书信、未发表的回忆录和新近解密的档案文件。

清洁女工手册

【作　者】[美]露西亚·伯林
【译　者】王爱燕
【出版信息】北京：北京十月文艺出版社，2021 年第 1 版
【内容简介】本书收录了《安杰尔自助洗衣店》《H. A. 莫伊尼汉医生》《星星与圣徒》《清洁女工手册》《我的赛马骑手》《蒂姆》《视角》《第一次戒酒》《幻痛》等小说作品。

人间王国

【作　者】[古巴]阿莱霍·卡彭铁尔
【译　者】盛力
【出版信息】北京：人民文学出版社，2021 年第 1 版
【内容简介】本书以魔幻现实主义改编了海地民族独立运动的历程，通过几位主人公在革命中的浮沉，揭示了人类如蝼蚁般的命运，也解构了人类对于超然于历史的幻想。它的故事横跨海

地几十年的历史，着重讲述了白人统治下、黑人统治下、黑白混血人统治之下的三次革命。表面上，革命创造了全新的世界；事实上，它们却带来了全新的压迫。人民一直生活在水深火热之中。主人公甚至想遁入动物世界，却发现鹅群和蚁族社会的压迫依旧。所以，这庸庸碌碌的人间王国，和动物世界并无二致；那些想要创造历史、改变社会的努力，往往只是重蹈覆辙的开始。

人世的真相

【作　者】[英]威廉·萨默赛特·毛姆
【译　者】王晋华
【出版信息】西安：陕西师范大学出版社，2021 年第 1 版
【内容简介】本书收录了毛姆的十篇短篇小说。其中，《爱德华·巴纳尔德的堕落》讲述了主人公在父亲破产自杀后，被迫到南太平洋的塔西提岛去经商。起初，他决心在赢得财富和机会后返回芝加哥，并与女友伊萨贝尔结婚。可两年后，他的思想却发生了翻天覆地的变化。《赴宴之前》则刻画了一位在婚姻中遭受不幸，在远东殖民地婆罗洲经历彷徨无助、希望破灭直至内心变得冷漠无情的女性形象。

日本的妖怪

【作　者】[法]布里切特·小山-理查德
【译　者】党蕾；王聪
【出版信息】海口：南海出版公司，2021 年第 1 版
【内容简介】本书作者汇集 200 余幅古今艺术大师所绘的馆藏经典浮世绘妖怪画作，以当代视角幽默解读日本画家笔下的众多妖怪故事，探寻那些神奇生物的雏形与演变，如同充满想象力的妖怪艺术百科，带你走进神奇的日本妖怪世界。

萨伏罗拉

【作　者】[英]温斯顿·丘吉尔
【译　者】徐阳
【出版信息】北京：人民文学出版社，2021 年第 1 版
【内容简介】本书故事发生在假想的地中海国家劳拉尼亚，总统日渐失去民众支持，反对党领袖萨伏罗拉暗中策划，一场云谲波诡的政治斗争悄然拉开了帷幕。

萨拉米斯的士兵

【作　者】[西]哈维尔·塞尔卡斯
【译　者】侯健
【出版信息】北京：人民文学出版社，2021 年第 1 版
【内容简介】1939 年 1 月，距离西班牙内战结束只剩两个多月的时间，一群准备流亡法国的共和派士兵在西法边境上枪杀了一队佛朗哥派俘虏，这批俘虏中包括长枪党创始人及未来的佛朗哥政府高官桑切斯·马萨斯。他奇迹般地逃离了俘虏队并藏身树林中。一个共和派士兵发现了

他，但当两人对视时，士兵却选择放走了桑切斯·马萨斯。60 多年后，一个失败的小说家无意间了解到这段历史。这位士兵是谁，他为什么会放走桑切斯·马萨斯，桑切斯·马萨斯当时的心境如何？带着这些疑问，小说家开始调查这件尘封多年的往事。

莎士比亚：悲喜世界与人性永恒的舞台

【作　者】[澳]彼得·康拉德
【译　者】齐彦婧
【出版信息】北京：北京燕山出版社，2021 年第 1 版
【内容简介】本书中，澳大利亚文学评论家彼得·康拉德将带领我们探索“莎士比亚现象”风靡全球的原因——从他戏剧中的世界观，到他戏剧最初的起源，再到令人拍案叫绝的语言，深入挖掘他为全人类留下的丰富遗产。

伤心之家：俄国风格英国主题的狂想曲

【作　者】[爱尔兰]萧伯纳
【译　者】张谷若
【出版信息】北京：商务印书馆，2021 年第 1 版
【内容简介】本书从老船长萧特非的家里开始。剧本描写老船长萧特非家里来了一群悠闲的知识分子，他们对英国社会不满，但是又没有勇气面对现实。

少年华盛顿·布莱克云船漂流记

【作　者】[加]艾西·伊杜吉安
【译　者】姚向辉
【出版信息】北京：中信出版集团，2021 年第 1 版
【内容简介】黑人奴隶华盛顿·布莱克与白人主人历险并一路自我寻根的故事。从小在巴巴多斯的一个甘蔗种植园里长大的布莱克，一天发现自己被主人指定为另一个白人的私人奴仆。幸运的是，新的主人是名科学家，教他发明各种新工具。然而一次不幸的事故后，华盛顿受到怀疑和误解，于是新的主人带着他一起乘坐发明的热气球开始了一场逃亡之旅。

深夜日记

【作　者】[印度]维拉·希拉南达尼
【译　者】赵雯
【出版信息】北京：中信出版集团，2021 年第 1 版
【内容简介】1947 年，印度从英国统治下独立，随即分为两个国家——印度和巴基斯坦。1400 多万民众因宗教信仰不同，被迫迁徙到新的国家。途中数以万计的人死于暴力冲突。12 岁的妮莎也背着行李，和家人一起踏上了穿越沙漠的艰辛之旅。尽管大人们试图不让孩子看到背后的真相，但是妮莎用自己的眼睛观察着这个世界发生的巨大变化。一方面，她目睹着大人世界里的冲突，并为此感到困惑甚至愤怒；另一方面，她还需要在这个不安全的世界里勇敢地成长。在日记里，妮莎跟逝去的妈妈倾诉着自己经历的这一切。

失信：公共卫生体系的崩溃

【作　者】[美]劳丽·加勒特
【译　者】张帆等
【出版信息】北京：国际文化出版公司，2021 年第 1 版
【内容简介】本书用发生在印度的鼠疫、发生在扎伊尔的埃博拉等五个典型案例，讲述了全球公共卫生的历史经验与教训，再现了一幕幕抗击疫病的故事和应对突发事件的场景。

狮子之家的点心日

【作　者】[日]小川糸
【译　者】廖雯雯
【出版信息】长沙：湖南文艺出版社，2021 年第 1 版
【内容简介】33 岁的海野雫罹患重疾，且到了绝对无法治愈的程度。雫连父亲这个世上唯一的亲人也没有告知，自己带上少许必需的物品，选择了位于濑户内海柠檬岛的疗养院——狮子之家——作为最后的住所。每周日是狮子之家的点心日，每一个住在这里的人都可以提出自己人生最后时刻想吃的点心，只有雫迟迟没有做出选择。豆花、可丽露、苹果派、牡丹饼，每个点心都连着一段珍贵的回忆。最后，雫终于鼓起勇气写下了“千层可丽饼”，那是她第一次亲手为父亲做的点心，也是第一次送给父亲的生日礼物。

十三种观看方式

【作　者】[爱尔兰]科伦·麦凯恩
【译　者】马爱农
【出版信息】北京：人民文学出版社，2021 年第 1 版
【内容简介】本书是爱尔兰作家科伦·麦凯恩实验性较强的中短篇小说集，由一个中篇和三个短篇构成，故事的主题均和伤害、真相与和解有关。本书与中篇《十三种观看方式》同名，巧妙地以史蒂文森的同名诗歌中的句子作为每章的引子，用不同的视角、风格和素材去抵达发生在纽约的一桩命案，故事一直在不幸遇害的主人公门德尔松法官的主观叙述和叙述者的第三人称视角巧妙切换。《现在几点，你在哪里？》则接近元小说，小说中的一位作家受杂志邀约创作以圣诞节为主题的故事，虚构了一个在中东战场上渴望与家人联系的女兵，她最终能否顺利打通那个电话，成为小说中被无限延宕悬置的问题。

石天金山

【作　者】[澳]米兰迪·里沃
【译　者】李尧
【出版信息】北京：文化发展出版社，2021 年第 1 版
【内容简介】家庭困顿迫使梅莺和来悦兄妹逃离他们在中国的家，来到澳大利亚寻找自己的财富。然而淘金之路非常艰辛，黄金梦被残酷的现实打碎，他们放弃了淘金而去附近的梅镇打工。来悦为白人牧场主放羊，莺在当地一家商店找到了工作，并与妓女女佣梅里姆建立了友谊，梅里姆过去也曾陷入困境。当犯下严重罪行时，所有的怀疑将落在被视为外来人的身上。

时间捕手

【作　者】[英]娜奥米・A. 阿尔德曼
【译　者】朱琳
【出版信息】北京：新星出版社，2021 年第 1 版
【内容简介】博士的伙伴艾米最近遇到大麻烦了，因为有一群时间捕手正在追捕她。不久之前，这群外星人借给了她一大笔额外的时间，让她可以不断回到过去，重新开始。艾米先用一小时理了发，又花了一上午来买衣服，再拿出一整天去看望爸爸妈妈，在一天之内就做完了一周的事情。突然有一天，时间捕手再度造访，要求艾米连本带利还清借走的全部时间，否则她将性命难保。此时，艾米才意识到，借时间与还时间远没有那么简单。这一次，博士能帮助艾米打败时间捕手，成功脱险吗？

时空书信

【作　者】[俄]米哈伊尔・希什金
【译　者】王笛青
【出版信息】北京：现代出版社，2021 年第 1 版
【内容简介】他和她，一个去打仗，一个留在家乡。他是总是在思考生命的意义，但却没能活着回到心上人身边——几个月后他死在战场。失去爱人的她无法释怀，此后她的生活也不尽如人意。她不停地给他写信，仿佛这些信存在于一个平行的宇宙中，仿佛时间不重要，死亡也不重要。

世界的尽头：一场文化冲突的见证之旅

【作　者】[美]罗伯特・D. 卡普兰
【译　者】吴丽玫
【出版信息】南京：南京大学出版社，2021 年第 1 版
【内容简介】本书作者从西非出发，他行经尼罗河谷、里海海岸，最后抵达亚洲大陆，亲历充斥着种族冲突、军事动乱、人口激增、贫穷落后、传染病肆虐、环境污染等问题的第三世界。通过近距离观察，卡普兰严肃地思考和探讨了这些国家和地区从过去到现在所面临的政治、文化、社会及种族等问题背后的真相，最终得出结论：第三世界并非孤立存在，面对和思考他们的问题，是全人类的重要课题。

世界上最丑的女人

【作　者】[波兰]奥尔加・托卡尔丘克
【译　者】茅银辉；方晨
【出版信息】杭州：浙江文艺出版社，2021 年第 1 版
【内容简介】本书收录了《苏格兰月》《主体》《世界上最丑的女人》《作家之夜》《女舞者》等 19 部作品。作者以 19 个故事，书写形形色色不同意义上的孤独者，铺展独属于他们的、心灵与现实世界交错重叠的奇遇。

恃宠而骄

【作　者】[美]杰西·艾森伯格
【译　者】王凯帆
【出版信息】北京：人民文学出版社，2021 年第 1 版
【内容简介】没人喜欢本，他的幽默毒舌总会伤害身边人，来自尼泊尔的室友卡扬便每每受他欺负。本学的是导演专业，他没作品，也没收入，以“啃老”度日，却始终看不惯世界，看不上所有人。一个偶然的机会，他发现初恋莎拉要嫁给银行家同学泰德，竟不顾职业道德，创造机会跟莎拉独处。作者滑稽可笑却不失深刻地探索了当代青年纽约客充满矛盾的精神世界，既愤怒、无奈，又敏感、渴望关爱。

树　语

【作　者】[美]理查德·鲍尔斯
【译　者】陈磊
【出版信息】南京：江苏凤凰文艺出版社，2021 年第 1 版
【内容简介】如果这颗星球上的树能说话，那它会告诉我们什么？一部人类与自然的史诗，如同《瓦尔登湖》遇见《百年孤独》，几个世纪，不同种族国家的人物命运如同一棵树，地下是家族传统的文化历史，地上是新世纪文明的枝杈，他们相遇，相识，共同为自然与生命而战。从布鲁克林乡间的栗子树，到东方中国的扶桑传说，从有语言障碍的科学家，到越战中跌入树中的美国飞行员，一个瘫痪的印度游戏开发程序员，一个怀疑人性的心理学家，一个拥有神秘遗物听过古老传说的工程师，一个曾死去的女大学生。

水中血：1971 年的阿蒂卡监狱起义及其遗产

【作　者】[美]海瑟·安·汤普森
【译　者】张竝
【出版信息】上海：上海译文出版社，2021 年第 1 版
【内容简介】本书完整呈现了阿蒂卡的悲剧：阿蒂卡监狱是纽约州最臭名昭著、戒备等级最高的监狱，于 20 世纪 30 年代启用，到 1971 年爆发囚犯起义时，从未经过现代化改造。监狱设施老旧，却人满为患；2000 多名囚犯只配了 2 名医生，囚犯饱受病痛折磨，精神更是紧绷；违反州规定的低配给助长了监狱里的违法活动，而轻罪囚犯的假释无望和狱方的高歧视性管理加剧了紧张，囚犯因恐惧而团结，狱警因焦虑而更加神经过敏。然而，长期高负荷工作的狱警收入却很低，新人没有上岗培训，一根警棍一套制服就直接上岗。

睡前还有漫长的路要赶：弗罗斯特诗 100 首

【作　者】[美]弗罗斯特
【译　者】杨铁军
【出版信息】北京：人民文学出版社，2021 年第 1 版
【内容简介】本书精选弗罗斯特诗 100 首，包括《致解冻的风》《瞭望点》《割草》《现在关好窗》《十月》《不愿》《家葬》《柴垛》《好时光》《未选择的路》《一个老人的冬夜》等。

死亡寒冬

【作　者】[英]詹姆斯·戈斯
【译　者】施然
【出版信息】北京：新星出版社，2021 年第 1 版
【内容简介】1783 年，圣克里斯托弗的冬天异常寒冷。在一个浓雾弥漫的清晨，一家海边诊所迎来了三位陌生的访客，他们不记得自己是谁，也不记得是怎么到这里来的。在找回记忆的过程中，三个人意外卷入一场与死亡赛跑的阴谋。有人化为幽魂翩翩起舞，有人出于好心而谋害他人，有人在枪响之后倒地不起，有人从未撒谎却欺骗了所有人。在这个故事里，没人能够一览全貌，你需要自己去查明事实真相。

松　岛

【作　者】[德]玛丽昂·波施曼
【译　者】张晏
【出版信息】北京：东方出版社，2021 年第 1 版
【内容简介】本书是一部长篇小说，入选 2017 年布克奖短名单并获得 2019 年德国图书奖。故事讲述了：由于一个关于妻子出轨的梦境，主人公吉尔伯特·希尔维斯便同妻子大吵一架，毅然抛弃她和工作，奔赴远在东亚的日本，这个于他而言完全陌生与神秘的国家。在东京，他与拓麻与谢相遇，并受到松尾芭蕉的诗歌的启发，决定踏上前往松岛的朝圣之旅。因此，《松岛》不仅囊括了吉尔伯特的旅行记录，同样也将写给妻子的信和对夫妻生活的回忆巧妙地穿插其中。此外，通过主人公的西方视角，东方文化流露出了一种别样的色彩，使得读者在跟随主人公出逃反思的同时，也经历了一场异彩纷呈的东方文化之旅。

松香的秘密

【作　者】[丹]安妮·瑞尔
【译　者】肖心怡
【出版信息】南昌：百花洲文艺出版社，2021 年第 1 版
【内容简介】小女孩莉芙生活在一个独立的岛屿——岬角上，在那里，她有家人，有家园。爸爸说，不要和外面的人说话，他们都是坏人，会伤害你。爸爸说，家里的一切都可以从主岛上的人们那里顺手牵羊，因为物质丰富的他们根本不会察觉。因此，莉芙因为视觉敏锐成了爸爸最好的搭档。爸爸说，森林里的松脂是个好东西，能包裹着动物的尸体最终变成琥珀，那是世界上最美丽的艺术品。直到有一天，莉芙的妈妈、奶奶、妹妹都消失了。而在警察局的系统里，她却是个并不存在的人。

宿命论者雅克和他的主人

【作　者】[法]德尼·狄德罗
【译　者】罗芃
【出版信息】上海：上海译文出版社，2021 年第 1 版
【内容简介】本书是一部长篇对话体哲理小说，故事从雅克和他的主人的漫游开始，关于主仆

二人，我们既不知道他们的身份，也不知他们何去何从，他们在途中讲着各自的经历，嬉笑间对当时社会的流行话题，从阶级到男女关系、道德伦理等问题，不断加以反思和辩论。

诉提马尔霍斯

【作　者】[古希腊]埃斯奇奈斯
【译　者】郭子龙
【出版信息】上海：上海人民出版社，2021 年第 1 版
【内容简介】本书以古希腊语与汉语双语对照的形式，记载了公元前 4 世纪古希腊公共空间的关系状况，反映了当时雅典社会的法律及制度诸因素。

她　们

【作　者】[美]玛丽·麦卡锡
【译　者】尚晓蕾
【出版信息】长沙：湖南文艺出版社，2021 年第 1 版
【内容简介】本书剖析了现代女性的种种困境。凯、多蒂、波莉、海伦娜、莉比、普瑞斯、波姬、莱基，8 个 20 岁出头的女孩，刚刚从美国知名女校瓦萨学院毕业。身为受过良好教育也自认最新潮的年轻女性，她们个个满怀理想和热情，不甘于像母亲一辈那样，做一个没有姓名的家庭主妇，一心想要通过自己的努力在纽约这座城市里打拼出一片天地。而当她们走出校门，种种现实问题却让人应接不暇：恋情成谜、丈夫出轨、职场艰辛、育儿之惑、同性的攀比。她们本以为自己可以改变世界，却发现社会留给她们的选择少之又少。

太多值得思考的事物：索尔·贝娄散文选 1940—2000

【作　者】[美]索尔·贝娄
【译　者】李纯一；索马里
【出版信息】北京：人民文学出版社，2021 年第 1 版
【内容简介】本书既收录了索尔·贝娄最知名的散文，又精选了他的游记、书评、影评、访谈、演讲和回忆录等 57 篇文章。从中，我们可以读到一个作家的创作轨迹。

提　尔

【作　者】[德]丹尼尔·凯曼
【译　者】郭力
【出版信息】上海：东方出版中心，2021 年第 1 版
【内容简介】提尔·乌伦——游走艺人、杂耍演员和坚韧自豪的捣蛋鬼——于 17 世纪初降生在一个小村庄。父亲是磨坊主，酷爱用巫术为人治病、钻研世界问题，却因此被教会视为妖邪。提尔必须逃亡，相随的还有面包师的女儿尼尔。欧洲空前绝后的大战“三十年战争”正蹂躏着四面八方，他们一路逃亡，既遇到许多无名小卒，又邂逅了不少名震后世的所谓大人物。如此多人物的命运，编织出“三十年战争”的一幅时代图景和一首史诗。

天鹅酒馆

【作　者】[英]戴安娜・赛特菲尔德
【译　者】一熙
【出版信息】北京：人民文学出版社，2021 年第 1 版
【内容简介】在泰晤士河边一座有 600 年历史的酒馆里，当地人每天都聚集在这里讲述着不同的故事。一个受伤的男人突然闯进酒馆，还抱着一个被医生宣布死亡的女孩。数小时后，女孩又活了过来。在泰晤士河的上游，两个家庭在拼命寻找失踪的女儿。在秘密被揭开之前，他们的故事也一遍一遍地被讲述。

天鹅之舞：普鲁斯特的公爵夫人与世纪末的巴黎

【作　者】[美]卡罗琳・韦伯
【译　者】马睿
【出版信息】北京：社会科学文献出版社，2021 年第 1 版
【内容简介】本书以普鲁斯特的《追忆似水年华》为线索，还原 19 世纪末法国巴黎的三位名媛的社交世界和命运起落，重现世纪末巴黎的社会面貌和政治思潮。

天使飞走的夜晚

【作　者】[美]吉娜・B. 那海
【译　者】李静宜
【出版信息】北京：外语教学与研究出版社，2021 年第 1 版
【内容简介】5 岁的时候，莉莉目睹了妈妈罗珊娜从自家 3 楼阳台上一跃而下，消失在夜空中。没有再见，也没有留下只言片语。13 年后，莉莉又见到了罗珊娜，而此时的罗珊娜和过去判若两人，美貌不复，生命垂危。经历了太多痛苦的莉莉不知是否该拯救这个抛弃了自己的母亲。为了修补亲情的裂痕，罗珊娜的姐姐蜜黎安决定把家族不为人知的过去讲述给莉莉听。

吞下宇宙的男孩

【作　者】[澳]特伦特・戴顿
【译　者】胡绯
【出版信息】上海：上海文艺出版社，2021 年第 1 版
【内容简介】1983 年，布里斯班。爸爸不知所终，哥哥不会说话，妈妈蹲大牢，继父瘾君子，唯一的保姆是个臭名昭著的杀人犯，这就是男孩伊莱一无是处的生活。本来该是这样的，但伊莱收到了一条预言："你的结局，是一只断气的蓝鹩莺。"这句莫名其妙的话像一道魔咒，让伊莱的生活产生了一丝涟漪。他将会遇到善良的坏蛋，想起悲伤的往事，在糟糕的时代里学习当一个好人，并为此付出代价。最终，他将会吞下整个宇宙。

挽救计划

【作　者】[美]安迪・威尔

【译　者】耿辉
【出版信息】南京：译林出版社，2021 年第 1 版
【内容简介】浩瀚宇宙中，瑞恩·格雷斯是整个人类文明仅存的希望。但在醒来的那一刻，他连自己的名字都不记得。他在未知的恐惧中寻找身份，从记忆的碎片中获取线索。这个肩负拯救地球重任的关键人物，现已命悬一线。

唯一的故事

【作　者】[英]朱利安·巴恩斯
【译　者】郭国良
【出版信息】南京：译林出版社，2021 年第 1 版
【内容简介】伦敦郊区青年保罗大学假期回家，参加了网球俱乐部。他的搭档苏珊是位 40 多岁的已婚女人，有两个女儿。两人坠入爱河。保罗把苏珊从糟糕的婚姻中解救出来，却因为苏珊酗酒成性又不得不分开。

我从哪里来

【作　者】[德]萨沙·斯坦尼西奇
【译　者】韩瑞祥
【出版信息】上海：上海人民出版社，2021 年第 1 版
【内容简介】本书展现出一幅“我是谁”和“我从哪里来”的出身图像：作者讲述了他的祖先的人生片段，讲述了他在如今已经不复存在的祖国的童年经历，讲述了他与父母一起逃离波斯尼亚战乱、流落到德国海德堡的苦痛，讲述了德国当下的移民问题，讲述了家乡和出身的意义。

我们的土地

【作　者】[墨]卡洛斯·富恩特斯
【译　者】林一安
【出版信息】北京：作家出版社，2021 年第 1 版
【内容简介】本书分为“旧大陆”“新大陆”“另一个大陆”三部。在第一部中，西班牙国王费利佩二世建造了一座象征着王权的巨型宫殿，三个海上遇难青年——他们有着同样的缺陷：每只脚长 6 个趾头，背上有红十字印记——同时来到了灾难角。不同的时空背景里，他们与费利佩有着怎样的神秘关联。在第二部中，三位年轻人中的一位，与曾和费利佩相约寻找新大陆的老汉佩德罗一起，开启了新大陆之旅。在第三部中可以找到之前两部的所有答案。

我们这一代人：金斯堡文学讲稿

【作　者】[美]艾伦·金斯堡
【译　者】惠明
【出版信息】北京：人民文学出版社，2021 年第 1 版
【内容简介】本书作者不仅回顾了初遇凯鲁亚克、威廉·巴勒斯、格雷戈里·柯索等人的情景，更解读各位作家的代表作，尤其分析了音乐对于“垮掉一代”写作的重要性。从交往轶事、心

理侧写到文本细读，呈现了一幅生动的作家群像。

我身体里的人造星星

【作　者】[爱尔兰]希内德·格利森
【译　者】卢一欣
【出版信息】桂林：广西师范大学出版社，2021 年第 1 版
【内容简介】本书收录了《蓝色山丘与粉笔骨头》《头发》《六万英里的血》《我们共同的朋友》《十月怀胎的原子能属性》《母职的月亮》等随笔作品。

我心深藏之惧

【作　者】[比]阿梅丽·诺冬
【译　者】胡小跃
【出版信息】长沙：湖南文艺出版社，2021 年第 1 版
【内容简介】本书讲述女人的一生，不该在恐惧中度过。看似开心的生活、稳定的工作、甜蜜的恋爱，一切顺理成章地可以向前一步时，深藏内心的恐惧却翻涌而起。

无极形

【作　者】[爱尔兰]科伦·麦凯恩
【译　者】方柏林
【出版信息】北京：人民文学出版社，2021 年第 1 版
【内容简介】以色列人拉米·埃尔哈南是著名的平面设计师。巴勒斯坦人巴萨姆·阿拉敏曾因参与反抗活动入狱 7 年，出狱后参与创立“和平战士”组织，致力于以和平手段解决巴以冲突。从种族到宗教到领土到车牌的颜色，他们各自的生活原先处于对立的两极：直到 1997 年，拉米 14 岁的女儿斯玛达尔在一场自杀性爆炸袭击中丧生；10 年后，巴萨姆 10 岁的女儿阿比尔在学校外被以色列边境警察射出的橡胶子弹击穿后脑勺。两位痛失爱女的父亲决定用悲恸作为武器，不为复仇，只为和解。他们对全世界一遍遍地讲述自己的故事，挑战用暴力和谎言维持的不公正的现状。

无名之町

【作　者】[日]东野圭吾
【译　者】王小燕
【出版信息】海口：南海出版公司，2021 年第 1 版
【内容简介】神尾老师死了。退休前，神尾老师是小镇上人人爱戴的老师，亲切又有威信，陪伴许多孩子长大成人。三周前，神尾老师收到同学们邀请，答应参加他们毕业 15 年的同学聚会。一周前，神尾老师在自家后院被害，尸体被上门拜访的学生发现。同学聚会当天，在以前上课的教室里，活跃于各行各业的学生们坐在了一起，他们中有银行职员、居酒屋老板、IT 公司社长、人气漫画家。只听到哗啦一声，教室的前门开了。门口站着的，是已经死去的神尾老师。

无声的音符

【作　者】[美]莉萨·吉诺瓦
【译　者】姚瑶
【出版信息】北京：文化发展出版社，2021 年第 1 版
【内容简介】取下呼吸机。被固定在轮椅上。在窗边的光斑下坐一整天。偷听她弹钢琴。想对她说“对不起”，最终却什么也没说。这是他的一天。协助他排泄。用注射器喂他流食。每隔两小时查看他是否被痰呛住。希望他死去，却更希望他活下来。这是她的一天。从他无法再弹奏钢琴，无法再说话的那天起，音乐就成为他和她之间心知肚明的语言。

细　雨

【作　者】[西]路易斯·兰德罗
【译　者】欧阳石晓
【出版信息】北京：作家出版社，2021 年第 1 版
【内容简介】本书讲述一个生活在谎言中的家庭，因给母亲过 80 岁生日聚会而挑起的无休止的家庭纷战。生性抑郁的母亲、温顺美丽的大女儿索尼娅、叛逆乖戾的二女儿安德烈娅、饱受宠爱的幼子加夫列尔，在这场家庭战争中，每个人各执一词，频繁地向一个共同的中间人——奥萝拉诉苦。她谨守着所有人的秘密，各种版本交错着在回忆里沸腾，混杂，凌乱，一幅幅怪诞、滑稽且荒谬的场景。正如奥萝拉所担心的那样，过去的纠纷如细雨般再次现身，就要形成一条即将被冲垮的河床。

下沉年代

【作　者】[美]乔治·帕克
【译　者】刘冉
【出版信息】上海：文汇出版社，2021 年第 1 版
【内容简介】本书分为三部分，介绍了 1978—2012 年期间的美国历史，涉及的人物有迪恩·普莱斯、纽特·金里奇、杰夫·康诺顿、塔米·托马斯、奥普拉·温弗瑞、山姆·沃尔顿等。

相　伴

【作　者】[美]弗罗斯特·甘德
【译　者】李栋
【出版信息】上海：华东师范大学出版社，2021 年第 1 版
【内容简介】本书是美国当代著名诗人、2019 年普利策诗歌奖得主弗罗斯特·甘德的代表诗集。他在诗作中悼念曾经相濡以沫的亡妻，记录陪伴患阿尔茨海默病的母亲的日子。

向伯利恒跋涉

【作　者】[美]琼·狄迪恩
【译　者】何雨珈

【出版信息】北京：中信出版集团，2021 年第 1 版
【内容简介】本书是美国文化偶像琼·迪恩的代表作，率先向 20 世纪的公众揭示了二战后美国繁荣表象下的失序现实，在当时的美国社会掀起热议，并由此成为影响至今的美国文学非虚构写作经典。书中收录了琼·狄迪恩的 20 多篇名作，包括《向伯利恒跋涉》《加州梦》《黄金梦里人》等。

向一切告别

【作　者】[英]罗伯特·格雷夫斯
【译　者】陈超
【出版信息】长沙：湖南文艺出版社，2021 年第 1 版
【内容简介】本书从罗伯特·格雷夫斯的童年和学校生活写起，重点讲述了他在第一次世界大战中的经历：从战壕的生活、密友的逝去甚至自己身负重伤被误作“阵亡人员”等，到战时英国政府部门的失职和英国等级制度的荒谬。他以相对轻快、节制、略带反讽的笔调，从侧面烘托出大战滋生的失序和幻灭。书中还记述了他与其他作家和诗人如哈代、萨松等人的难忘交集，其中写到“阿拉伯的劳伦斯”的两章，令人印象深刻，刻画出了劳伦斯作为格雷夫斯的忠诚友人那日常生活的一面。

消失的另一半

【作　者】[美]布里特·本尼特
【译　者】程玺
【出版信息】北京：北京联合出版公司，2021 年第 1 版
【内容简介】在一座不为人知的奇怪小城，人人都以不像自己原来的出身为荣。有一对引人注目的美丽双胞胎，16 岁那年，姐妹俩悄无声息地毅然逃离家乡。妹妹史黛拉洗清前尘，得到想要的一切，却为隐瞒身世，一生战战兢兢。姐姐德西蕾带着年幼女儿裘德重回故里，一边和母亲隐忍度日，一边不停努力打听妹妹消息。多年后，裘德在一个派对场合见到了金发碧眼的富家女孩肯尼迪。她坚定地认为，肯尼迪的母亲便是自己从小听闻却从未谋面的史黛拉。裘德对真相不依不饶的探求在史黛拉心上掀起狂风巨浪，而生活始终在不动声色地默默向前。

消失的小镇：被遗忘的米兹扬卡

【作　者】[波兰]菲利普·施普林格
【译　者】欧阳瑾；刘雨枝
【出版信息】上海：上海社会科学院出版社，2021 年第 1 版
【内容简介】普罗伊斯铁匠铺和雷曼商店所在的那幢楼，第一次出现了地面塌陷。塌陷留下了一个大坑，连马车都掉得下去。一排房屋的墙上还裂开了一条大缝，从弗莱比面包店一直延伸到弗里贝理发店。这一切，都是一条矿道坍塌导致的。这条裂缝敲响了米兹扬卡消失的前奏，曾经兴旺的小镇最后只剩下一片断壁残垣，但这里既不是毁于纷飞的炮火，也不是灭于蔓延的瘟疫。有人说是过度开采掏空了小镇，也有人说是利益纠葛分化了小镇。时过境迁，对米兹扬卡念念不忘的镇民们再次叩开回忆之门，讲述那些事的盘根错节，道尽那些年的风雨飘摇。

小丑自传

【作　者】[法]朱尔·图诺
【译　者】常非常
【出版信息】南京：江苏人民出版社，2021年第1版
【内容简介】本书记录了小丑艺术家朱尔·图诺的一生——他如何命中注定成为小丑、作为一名表演艺人台前幕后的辛酸血泪、随着马戏团游历世界的丰盛阅历、生活中的小丑无法避免的爱憎与悲喜。作为专业从业者，作者记载了小丑的悠久历史、小丑的技艺把戏成因，以及自己在马戏团一生的所见所闻。

小说家的假期

【作　者】[日]三岛由纪夫
【译　者】吴季伦
【出版信息】北京：北京联合出版公司，2021年第1版
【内容简介】本书收录了《小说家的假期》《重症患者的凶器》《让·热内》《华托的〈舟发西苔岛〉》《我的小说创作论》《永恒的旅人——川端康成其人与作品》《在后台休息室里写下的戏剧论》等随笔作品。

星星的私语

【作　者】[埃及]纳吉布·马哈福兹
【译　者】秦程程
【出版信息】南京：江苏凤凰文艺出版社，2021年第1版
【内容简介】本书收录了《一往无前》《街区之子》《箭矢》《厄运》《人生如戏》《沙齐昆》等短篇小说。这些故事全都发生在一个拥挤的街区里，街区尽头的地窖中栖居着无家可归的人们，地窖上方耸立着古堡，那是幽灵和鬼怪出没的地方。街区的人们惧怕改变，却又热切渴望着变化。生活不易，他们在黑暗中相互私语，携手前行，寻找着光明和奇迹。

血的婚礼：加西亚·洛尔迦戏剧选

【作　者】[西]费德里科·加西亚·洛尔迦
【译　者】赵振江
【出版信息】北京：商务印书馆，2021年第1版
【内容简介】本书收录了《马里亚娜·皮内达（三幕民间谣曲）》《血的婚礼（三幕七场悲剧）》《叶尔玛（三幕六场悲剧）》《贝纳尔达·阿尔瓦之家（西班牙乡村妇女剧目）》《坐愁红颜老（单身女子罗西塔或花儿的语言）》五部戏剧文学作品。

养蜂人之死

【作　者】[瑞典]拉斯·古斯塔夫松
【译　者】王晔

【出版信息】杭州：浙江文艺出版社，2021 年第 1 版

【内容简介】本书讲述冬日的冰雪开始消融之时，由小学教师转行而来的养蜂人拉斯·莱纳特·维斯汀怀疑自己罹患癌症，时日无多。他将未开封的诊断通知扔进壁炉，拒绝在医院度过余下的时光，而选择隐居乡间，独自开始“自救之旅”。他回忆起亦真亦幻的过往，疾病令感受越发敏锐。

耶稣之死

【作　者】[南非]J. M. 库切

【译　者】王敬慧

【出版信息】北京：人民文学出版社，2021 年第 1 版

【内容简介】大卫已经 10 岁了，每周和他的朋友一起踢足球。他们没有装备或者规则，邻近孤儿院的院长邀请他们组成正式球队，和寄宿学校的球队比赛。为了在能够获胜的队伍踢球，大卫选择离开自己的家，去孤儿院生活。然而很快，他成为一种神秘疾病的牺牲品。关于大卫的病，他身边的人众说纷纭：医生、教师、朋友、父母，都以不同的方式对待、阐述着大卫的情况。大卫死后，人们开始了各自不同的纪念方式，甚至有人说，大卫给自己留下了关于世界的秘密信息。

夜莺之眼

【作　者】[英]A. S. 拜厄特

【译　者】王娟娟

【出版信息】上海：上海文艺出版社，2021 年第 1 版

【内容简介】本书收录了《玻璃棺》《死灵湾的故事》《大公主的故事》《龙息》《瓶中精灵》5 个中短篇小说，分别讲述了：不起眼的平凡小裁缝，挑战邪恶黑魔法；痛失恋人的软弱少年，在幻想世界中直面命运；注定被牺牲的配角，如何逆天改命，拯救祖国；九头恶龙肆虐，痛失亲人的三兄妹，追寻生命的珍贵与美好；藏有精灵的水晶玻璃瓶，映射出敢爱敢恨、充满勇气的女性。

一堆谎言：安东尼奥尼的故事速写

【作　者】[意]米开朗琪罗·安东尼奥尼

【译　者】林淑琴

【出版信息】成都：四川文艺出版社，2021 年第 1 版

【内容简介】本书是意大利殿堂级电影大师米开朗琪罗·安东尼奥尼的创作笔记，记录了他在工作、旅途中的所见所感和创意构思，33 篇故事皆作为酝酿中的电影素材而写就，包括《事象地平线》《南极》《两封电报》《沉默》《这污秽的身躯》《混战》《海上的四个男人》《没有房子的地方》《台伯河上的保龄球馆》等。

一卷蓝色的线

【作　者】[美]安·泰勒

【译　者】李育超
【出版信息】北京：人民文学出版社，2021 年第 1 版
【内容简介】本书叙述了一个家族三代人的故事。故事的时代有所变化，角色生活状态也随着时代出现差异，家族中几代人不尽相同却又隐隐相似的命运故事，带领读者思索家庭与血缘的意义。

易卜生主义的精髓

【作　者】[英]萧伯纳
【译　者】姬蕾
【出版信息】武汉：武汉大学出版社，2021 年第 1 版
【内容简介】本书直指社会问题真相，对传统伦理和宗教观念发起批判，对易卜生的 16 部戏剧做了介绍，驳斥当时社会上对易卜生怀有敌意的批评。同时作者还对易卜生的创作技巧进行了总结，指出易卜生所创立并倡导的“新戏剧”与传统“佳构剧”的区别，并由此提炼出他自己的戏剧创作理论。

影子游戏

【作　者】[爱尔兰]约瑟夫·奥康纳
【译　者】陈超
【出版信息】北京：北京联合出版公司，2021 年第 1 版
【内容简介】本书以布莱姆·斯托克在兰心剧院的离奇经历为线索，复刻了他与亨利·欧文间暴风骤雨似的关系，与埃伦·特里之间苦乐参半的亲密，同时探索了每个人内心中秘密的自我、试图坦陈那些不曾说出的欲望、构想了一部经典著作的诞生，以及经典作品中那人性的光亮与阴暗。

勇敢的新世界：西班牙语美洲小说中的史诗、乌托邦和神话

【作　者】[墨]卡洛斯·富恩特斯
【译　者】张蕊
【出版信息】北京：作家出版社，2021 年第 1 版
【内容简介】本书作者借助维柯和巴赫金的思想，聚焦神话、史诗、乌托邦、巴洛克等核心概念，为西语美洲小说的错综复杂及其整体性提供了一种全景的研究视角。同时，他越过漫长的时空跨度，通过对贝尔纳尔·迪亚斯·德尔·卡斯蒂略、罗慕洛·加列戈斯、阿莱霍·卡彭铁尔、胡安·鲁尔福等作家及其作品的分析与批评，勾勒出西语美洲小说独特的发展脉络，这一脉络与作家赋予文学的四个中心职能——命名、发声、回忆与渴望相互关联、彼此观照，并生发出对新世界文学、历史、文化及社会政治的深刻反思。

再次仰望星空

【作　者】[美]杰森·格林
【译　者】赵文伟

【出版信息】北京：北京联合出版公司，2021 年第 1 版

【内容简介】专栏作家杰森·格林原本和妻子斯泰西、两岁的女儿格丽塔过着平常的幸福生活。直到 2015 年的一天，格丽塔与祖母在公园里聊天时，附近高楼上的一块红砖突然飞出，砸中格丽塔头部，令她当场失去意识。格丽塔因失血过多、创伤过重不治身亡。杰森于 2016 年 10 月在纽约时报上刊登了纪念女儿的文章《孩子不会永远活着》，书写丧女之痛。这篇文章打动了无数人，他因此以一本书去记录自己和妻子艰难重建人生，与悲伤共处的过程。他希望读者不会把这本书定义成一本关于失去和痛苦的书，而是一本关于希望和爱的书。

在春天走进果园

【作　者】[波兰]鲁米

【译　者】梁永安

【出版信息】长沙：湖南文艺出版社，2021 年第 1 版

【内容简介】本书收录了《酒馆：谁带我来的这里，谁就得带我回家》《困惑：我有五事相告》《夜气：虚空与静默》《不要走近我：感受分离的滋味》《密谈：河边的会晤》等诗歌作品。

战争的女儿

【作　者】[澳]托马斯·肯尼利

【译　者】解村

【出版信息】北京：外语教学与研究出版社，2021 年第 1 版

【内容简介】怀着为母亲执行安乐死的愧疚，杜伦斯护士姐妹逃离家乡，投身第一次世界大战，与枪炮、病菌和毒气争夺生命。可惜，恶劣的医疗条件让护士们屡屡失败，愚蠢的军事计划叫她们险些丧命，对女性的羞辱和侵犯又令她们备受打击。不过，这并未让她们退却，因为“凡救一命，即救全世界”。所幸，在战火和硝烟中，破裂的姐妹之情重新弥合，两人得以互为依靠。可是，死亡的威胁依旧高悬在所有人头顶。在炮火的掩护下，致命的西班牙流感悄然来袭，医护人员接连倒下，姐妹俩也相继感染。

蟑　螂

【作　者】[英]伊恩·麦克尤恩

【译　者】宋佥

【出版信息】上海：上海译文出版社，2021 年第 1 版

【内容简介】本书描写了一只蟑螂的神奇经历：从议会大厦千辛万苦爬到首相官邸，醒来之后，蟑螂居然发现自己占据了首相吉姆·萨姆斯的身躯，同时也成为英国最有权势的人。作为英国首相，吉姆·萨姆斯的使命就是实现人民的意志——在英国贯彻“反转主义”，甚至要向全世界推行。无论是党外的反对派，党内的异见者，还是议会民主的原则，都不能阻碍新首相完成他的使命。

这里无事发生

【作　者】[芬]赛尔雅·瓦哈瓦

【译　者】何静蕾
【出版信息】北京：中信出版集团，2021 年第 1 版
【内容简介】本书共有三位主人公，他们都被一些“从天而降”的东西改变了命运——小女孩萨拉的母亲被冰雹砸中去世；渔民汉密士被闪电击中过五次，成了名人；姑妈安努则被突如其来的好运砸中，接连两次中了彩票头等奖，从生活拮据的大龄单身女变成了家财万贯的庄园女主人。这三个人的命运彼此交织在一起，萨拉的故事引出了姑妈安努的故事，而姑妈又通过电视节目与汉密士取得了联系，引出了他的故事。他们的故事微妙地改变了对方的人生。

挚　友

【作　者】[日]川端康成
【译　者】杨伟
【出版信息】长沙：湖南文艺出版社，2021 年第 1 版
【内容简介】本书讲述的是发生在容貌相似的两个少女之间的故事。惠美和霞美出生在同一天，而且她俩有着一模一样的可爱面容。在这样的机缘巧合之下，两个人自然而然地成为好朋友。她们虽然面容和生日一样，家庭环境和性格却截然不同。惠美，家境优渥，是家里的长女，性格沉稳；霞美，父亲离世，她在母亲的宠溺中长大，敏感又任性。她们在一起时发生了一件又一件意想不到的事情，而这些生活的琐碎和必然，让两个人在关系更加亲密的同时也产生了分歧，最终迎来分别的时刻。

终结的感觉

【作　者】[英]朱利安·巴恩斯
【译　者】郭国良
【出版信息】南京：译林出版社，2021 年第 1 版
【内容简介】中年人托尼对自己的生活很满意。他有过事业，有过婚姻，与前妻和女儿都保持着良好的关系，从没试图伤害其他人。然而，一份旧日女友母亲的遗嘱打碎了这一切，迫使托尼重新探寻年少时光里的谜团，曾经笃信的回忆变得疑窦丛生。他能感觉到一个结局的到来，但故事却完全不同。

坠落与重生：9·11 的故事

【作　者】[美]米切尔·祖科夫
【译　者】杜先菊
【出版信息】上海：文汇出版社，2021 年第 1 版
【内容简介】本书以灾难片的结构、扣人心弦的节奏、稳固的焦点、个体的故事讲述整个事件，揭晓了关于 2001 年 9 月 11 日鲜为人知或被人淡忘的细节。

走向千年绽放一回的玫瑰：里尔克诗 100 首

【作　者】[奥]里尔克
【译　者】陈宁；何家炜

【出版信息】北京：人民文学出版社，2021 年第 1 版
【内容简介】本书精选了“玫瑰诗人”里尔克创作的与玫瑰和少女有关的 100 首诗，包括《你是如此陌生》《紫红的玫瑰我愿意》《你可知道，我将疲惫的玫瑰编织》《如今我总是行走在同样的小路》《倘若你沿着墙在外面行走》《最初的玫瑰在苏醒》《少女群像》《少女的谣歌》《房屋里没有安宁》等。

最后的见证者：101 位在战争中失去童年的孩子

【作　者】[白俄]S. A. 阿列克谢耶维奇
【译　者】晴朗；李寒
【出版信息】北京：中信出版集团，2021 年第 1 版
【内容简介】本书是上百位二战幸存者的口述回忆，这些当年还是 3—14 岁的孩子，见证了生灵涂炭的战争场景：被夷为平地的房屋，被杀死的父母兄长，村庄里挨饿的人们，树上挂着的亲人的尸体。这些孩子在战争中过早地成为大人，他们在医院里帮忙，或是加入游击队。他们终其一生无法感受幸福，到了老年仍在思念母亲；他们害怕快乐，深切地知晓快乐是转瞬即逝的珍宝。他们是战争最后的证人。

最后来的是乌鸦

【作　者】[意]伊塔洛·卡尔维诺
【译　者】马小漠
【出版信息】南京：译林出版社，2021 年第 1 版
【内容简介】本书收录了《一个下午，亚当》《装螃蟹的船》《被施了魔法的花园》《秃枝上的拂晓》《荒地上的男人》等小说作品。

罪之声

【作　者】[日]盐田武士
【译　者】赵建勋
【出版信息】郑州：河南文艺出版社，2021 年第 1 版
【内容简介】1984 年，日本发生了一起震惊全国的谜案。该案犯罪规模空前巨大：绑架、纵火、投毒，剧毒零食遍布全国超市，犯罪分子以全国人民的性命相要挟。警方布下天罗地网，却还是被犯罪分子玩弄于股掌之上。更为诡异的是，犯罪分子与警方交涉的磁带中传出的，是三个孩子的声音。30 多年后，这场波及全国的大案依然没有告破。案发时还是孩子、现已结婚生子的曾根，在父亲的遗物中发现了录有自己声音的磁带。而磁带中的录音，竟是当年悬案中罪犯使用的声音。

昨日我是月亮

【作　者】[巴基斯坦]努尔·乌纳哈
【译　者】三书
【出版信息】北京：北京联合出版公司，2021 年第 1 版

【内容简介】本书记录了作者在叛逆成长道路上的崩塌和自我重建，展现了复杂文化背景之下，破碎家园中一颗受伤的心灵。诗歌的主题有关勇气、自爱、文化，以及为寻求心灵与艺术之间的平静而做的斗争，诗与画交融呼应，穿越时间与空间，直达心灵深处。

四、外国文学大事记

（一）国家社会科学基金项目

国家社会科学基金 2021 年度项目立项名单

编　号	课题名称	负责人	项目类别
21&ZD274	加勒比文学史研究（多卷本）	周　敏	重大项目
21&ZD275	印度古代文艺理论史	尹锡南	重大项目
21&ZD276	多维视域下的俄罗斯文化符号学研究	赵爱国	重大项目
21&ZD277	流散文学与人类命运共同体研究	徐　彬	重大项目
21&ZD278	18 世纪欧亚文学交流互鉴研究	金　雯	重大项目
21&ZD279	《西格蒙德·弗洛伊德全集》德译汉与研究	赵蕾莲	重大项目
21&ZD280	《普林斯顿诗歌与诗学百科全书》翻译与研究	何庆机	重大项目
21&ZD281	美国族裔文学中的文化共同体思想研究	生安锋	重大项目
21&ZD282		郭英剑	重大项目
21&ZD283	华兹华斯全集翻译与研究	张旭春	重大项目
21&ZD284	尤里·洛特曼著作集汉译与研究	王加兴	重大项目
21AWW001	文学伦理学批评跨学科话语体系建构研究	聂珍钊	重点项目
21AWW002	冲绳文学中的混杂文化书写研究	丁跃斌	重点项目
21AWW003	作为意识形态的私小说话语研究	杨　伟	重点项目
21AWW004	19 世纪俄罗斯文学体裁演变史研究	张　杰	重点项目
21AWW005	俄国女性写作中的性别意识及其演进研究	陈　方	重点项目
21AWW006	英国平民阶层文学公共领域研究	肖四新	重点项目
21AWW007	英国维多利亚时代文学话语传播与国家治理研究	陈礼珍	重点项目
21AWW008	新航路开辟时期英国文学的贸易帝国建构研究	陶久胜	重点项目
21AWW009	当代法国小说对现代文明危机中人类存在的多样化反思研究	张　弛	重点项目
21AWW010	英美女性诗歌中的神话改写研究	曾　巍	重点项目
21BWW001	什克洛夫斯基文艺理论与批评范式研究	赵晓彬	一般项目
21BWW002	《伯灵顿杂志》与中国艺术美学的西传研究	杨莉馨	一般项目

续表

编　号	课题名称	负责人	项目类别
21BWW003	美国文学现代怀旧思潮的历史维度研究（1830—1950）	戚　涛	一般项目
21BWW004	汉籍抄物与日本室町时代的中国文学阐释研究	郭雪妮	一般项目
21BWW005	战后日本文学论争中的“鲁迅经验”与思想重建研究	刘　伟	一般项目
21BWW006	圣彼得堡文学传统的现代性意识研究	孔朝晖	一般项目
21BWW007	当代美国重农文学研究	佘　军	一般项目
21BWW008	米诺文明时期克里特神话图像谱系研究	王　倩	一般项目
21BWW009	古罗马书信体文学研究	肖　剑	一般项目
21BWW010	美国都市文学景观书写研究	张海榕	一般项目
21BWW011	百年中国儿童文学外译研究	徐德荣	一般项目
21BWW012	德勒兹与加塔利生命诗学研究	董树宝	一般项目
21BWW013	叙事交流中的静默研究	涂年根	一般项目
21BWW014	西方反传记批评研究	梁庆标	一般项目
21BWW015	诺斯罗普·弗莱的共同体想象问题研究	张文曦	一般项目
21BWW016	英国新历史小说的历史叙事研究	王艳萍	一般项目
21BWW017	英国新马克思主义“中国智慧”文化书写研究	徐淑丽	一般项目
21BWW018	新实用主义视域下的理查德·罗蒂“团结”诗学研究	谢　梅	一般项目
21BWW019	中国现代幽默文学源流考辨中的史蒂芬·李科克与林语堂比较研究	张睿睿	一般项目
21BWW020	辜鸿铭文化理想与世界文明共同体构建研究	唐慧丽	一般项目
21BWW021	比较文学方法论与话语建构研究（1978—2020）	赵渭绒	一般项目
21BWW022	晚清民国时期中俄文学互动与互鉴研究	余晓玲	一般项目
21BWW023	明清传奇在英语国家的译介与接受研究	苏　凤	一般项目
21BWW024	《诗经》在法英美汉学界的接受研究	蒋向艳	一般项目
21BWW025	20世纪以来英美汉学家的中国神话研究	黄　悦	一般项目
21BWW026	王佐良学术思想研究	祝　平	一般项目
21BWW027	古代日本绘卷作品中的中国元素研究	丁　莉	一般项目
21BWW028	日本城市化进程中的文学书写研究	张文颖	一般项目
21BWW029	泰国文学经典《三界论》译注与研究	熊　燃	一般项目
21BWW030	韩国“非虚构文学”生成与演变研究	苑英奕	一般项目
21BWW031	20世纪上半叶汉译印度题材作品研究	王春景	一般项目
21BWW032	当代印度英语小说的城镇化书写研究	黄　芝	一般项目
21BWW033	中国古代朝鲜语口译员研究	李忠辉	一般项目
21BWW034	列夫·舍斯托夫文学批评研究	曹海艳	一般项目
21BWW035	俄罗斯民间动物故事的叙事艺术研究	陈学貌	一般项目
21BWW036	白银时代俄罗斯小说叙事转型研究	高建华	一般项目
21BWW037	19世纪俄国经典作家的西伯利亚书写研究	徐　乐	一般项目
21BWW038	美国文学经典建构的跨媒介性研究	但汉松	一般项目
21BWW039	基于语料库的托妮·莫里森创作风格及其历时演变研究	马　艳	一般项目

续表

编　号	课题名称	负责人	项目类别
21BWW040	新世纪之交美国新种族冒充小说研究	王增红	一般项目
21BWW041	欧洲启蒙思潮下纳博科夫译注《欧根·奥涅金》与小说《微暗的火》的批评史观研究	郑　燕	一般项目
21BWW042	17—18 世纪英国知识体系中的笛福小说研究	王旭峰	一般项目
21BWW043	奥登诗学与神话研究	赵　元	一般项目
21BWW044	《诺顿英国文学选集》的经典建构研究	丁兆国	一般项目
21BWW045	维多利亚时期英国作家博物馆书写研究	李立新	一般项目
21BWW046	乔叟在中国的阐释与重构研究	张　炼	一般项目
21BWW047	当代英国小说的跨媒介叙事研究	刘须明	一般项目
21BWW048	英国复辟时期精神自传及其演变研究	陈西军	一般项目
21BWW049	新世纪美国小说“混沌”书写研究	张小平	一般项目
21BWW050	澳大利亚华人英语文学中的中国形象研究	黄　忠	一般项目
21BWW051	法国汉学对中国古代神话的翻译、研究及其影响	卢梦雅	一般项目
21BWW052	柏林现代派与维也纳现代派城市书写研究	王彦会	一般项目
21BWW053	当代德语文学中的全球化叙事研究	李双志	一般项目
21BWW054	跨学科视域中的里尔克研究	陈　芸	一般项目
21BWW055	意第绪语文学史研究	陈红梅	一般项目
21BWW056	中国当代先锋文学的西班牙语译介、影响力与接受机制研究	郑柳依	一般项目
21BWW057	土耳其民间文学研究	阿不力奇木	一般项目
21BWW058	美国边疆哥特小说的空间政治研究	陈　榕	一般项目
21BWW059	二战后英国小说中的疾病书写研究	丁礼明	一般项目
21BWW060	20 世纪爱尔兰经典剧目改编与国家认同研究	祁亚平	一般项目
21BWW061	罗伯特·海尔曼戏剧批评研究	付飞亮	一般项目
21BWW062	21 世纪美国戏剧的底层叙事与共同体想象研究	赵永健	一般项目
21BWW063	莎士比亚学术考证的起源、体制化与转型研究	辛雅敏	一般项目
21BWW064	曼德尔施塔姆与古典-中世纪诗人的关系研究	裴丹莹	一般项目
21BWW065	美国现代诗声音诗学研究	黄晓燕	一般项目
21BWW066	夏班·罗伯特文学作品研究	骆元媛	一般项目
21BWW067	北美印第安文学中的共同体书写研究	刘克东	一般项目
21BWW068	非洲诺奖作家国民性话语比较研究	李明英	一般项目
21BWW069	“一带一路”沿线国家《米拉日巴传》译文整理与研究	塔　娜	一般项目
21BWW070	中古英语亚瑟王系列传奇与民族文化身份认同研究	高红梅	一般项目
21BWW071	约翰·阿什伯利的诗画诗学研究	张慧馨	一般项目
21CWW001	瓦尔特·本雅明的思想图像写作研究	姜　雪	青年项目
21CWW002	国内《更路簿》及其研究成果的英译研究	黎　姿	青年项目
21CWW003	日本《文心雕龙》校注研究	冯斯我	青年项目
21CWW004	幸田露伴的多重身份建构与中国文化表征研究	商　倩	青年项目
21CWW005	日本震灾后文学研究（2011—2020）	时渝轩	青年项目

续表

编　号	课题名称	负责人	项目类别
21CWW006	日本现代文学与绘画跨艺术诗学研究	李雅旬	青年项目
21CWW007	印度进步主义文学思潮中的“中国动因”研究	贾　岩	青年项目
21CWW008	皇家亚洲学会与丝绸之路研究	李伟华	青年项目
21CWW009	社会运动背景下 20 世纪俄罗斯左翼戏剧生成研究	姜训禄	青年项目
21CWW010	E. L. 多克托罗作品中的技术文化研究	汤　瑶	青年项目
21CWW011	斯威夫特与古典传统研究	时　霄	青年项目
21CWW012	狄更斯小说中的城市治理研究	李　佳	青年项目
21CWW013	约翰·高尔与中世纪晚期英国文学转型研究	伍小玲	青年项目
21CWW014	当代美国犹太小说的商业文化表征研究	秦　轩	青年项目
21CWW015	图尼埃叙事模式的阐释学研究	陈　沁	青年项目
21CWW016	德国表现主义疾病书写研究	刘冬瑶	青年项目
21CWW017	魏玛共和国时期德语中国游记与民族国家想象研究	陈雨田	青年项目
21CWW018	埃斯库罗斯悲剧与西方法律思想起源研究	龙卓婷	青年项目
21CWW019	古罗马修辞学对英国文艺复兴文学之影响研究	肖馨瑶	青年项目
21CWW020	维多利亚小说中的疾病书写研究	牟　童	青年项目
21CWW021	中学西渐背景下俞第德的中国书写与文化误读研究	师亦超	青年项目
21CWW022	跨媒介视域下法国当代小说中的影像叙事与视觉修辞研究	陆一琛	青年项目
21XWW001	美国小说种族问题书写与人类共同体想象研究	任虎军	西部项目
21XWW002	有机共同体视域下英国湖畔派诗人的反经济主义思潮研究	李　玲	西部项目
21XWW003	美国科幻小说中人工智能书写研究	何　敏	西部项目
21XWW004	纳桑尼尔·霍桑的马克思主义立场与方法论研究	蒙雪琴	西部项目
21XWW005	欧美生态批评文献整理与研究	胡志红	西部项目
21XWW006	本土视阈下美国诗歌中的中国书写研究（1912—2020）	郭英杰	西部项目
21XWW007	英国民谣与瑶族歌谣的诗学比较研究	颜健生	西部项目
690	朝鲜半岛古代宋诗接受研究	曹春茹	后期资助
691	俄罗斯古代诗歌发展史	吴　笛	后期资助
692	盎格鲁-诺曼语文学史	张亚婷	后期资助
693	雷蒙·威廉斯小说的思想价值研究	周铭英	后期资助
694	福音主义与达尔文主义：维多利亚社会意识形态研究	萧　莎	后期资助
695	生态符号学视角下自然文学的意义范式研究	岳国法	后期资助
696	新世界文学：范式重构与多维共生	郝　岚	后期资助
697	现代性的对话：英国文学的中国想象（1750—1935）	王冬青	后期资助
698	“垮掉派”诗歌与“第三代”诗歌后现代性比较研究	邱食存	后期资助
699	英美汉学明清世情小说译介的副文本研究	曾景婷	后期资助
700	莎士比亚在近现代中国的传播与流变研究	李伟民	后期资助
701	《红楼梦》日译研究	宋　丹	后期资助
702	《摩诃婆罗多》叙事结构研究	刘　瀫	后期资助
703	古埃及神话研究与译注	李　川	后期资助

续表

编　号	课题名称	负责人	项目类别
704	陀思妥耶夫斯基现代性思想研究	俞　航	后期资助
705	布罗茨基诗歌意象隐喻研究	杨晓笛	后期资助
706	梭罗荒野思想研究	张明娟	后期资助
707	济慈个体身份构建的焦虑与超越	崔　丹	后期资助
708	沃尔特·司各特历史小说的苏格兰文化记忆建构研究	张秀丽	后期资助
709	非裔美国小说主题研究	庞好农	后期资助
710	文化记忆语境中的美国“9·11”小说研究	王　薇	后期资助
711	英国维多利亚小说中的文化记忆研究	王　欣	后期资助
712	新时代西方通俗文学新发展研究	袁　霞	后期资助
713	儿童文学改编研究	惠海峰	后期资助
714	加拿大英语文学中的动物书写演变研究	涂　慧	后期资助
715	海明威作品多角探视	杨仁敬	后期资助
716	奈保尔小说中的世界主义研究	胥维维	后期资助
717	谢默斯·希尼与英语诗歌传统	戴从容	后期资助
718	普鲁斯特作品的存在论与伦理学研究	郭晓蕾	后期资助
719	多元视角下的古罗马作家卢奇安	牛红英	后期资助
720	“异域”的书写与迁移：从梅特林克到谢阁兰	邵南	后期资助
721	前卫思潮下的17世纪欧洲小说研究	任远	后期资助
21VJXG030	古希腊语史诗《女英雄谱》残篇译注与研究	徐晓旭	冷门绝学

（二）教育部人文社科基金项目

教育部人文社科研究 2021 年度项目立项名单

编　号	课题名称	负责人	项目类别
21JZD051	20 世纪以来海外中国文学评论中的中国话语与形象研究	查明建	重大课题攻关项目
21YJA752004	乔治・爱略特非小说类作品研究	李　涛	规划基金项目
21YJA752014	当代德语文学中的灾难书写研究	张　培	规划基金项目
21YJA752007	美国浪漫主义诗歌中的通体性书写研究	南宫梅芳	规划基金项目
21YJA752002	查尔斯・伯恩斯坦回音诗学研究	冯　溢	规划基金项目
21YJA752012	当代俄罗斯文学阐释学思潮研究	萧净宇	规划基金项目
21YJA752005	中国古代词体文学在越南生成与流变研究	梁氏海云	规划基金项目
21YJA752018	日本“后 3・11 文学”研究	邹　洁	规划基金项目
21YJA752010	哈尼夫・库雷西移民书写的（反）成长叙事及其文学伦理研究	王　进	规划基金项目
21YJA752009	萨缪尔・约翰生的文学批评研究	孙勇彬	规划基金项目
21YJA752015	文本、史料、微纪录片——加拿大华人作家大型系列访谈的构建研究	赵庆庆	规划基金项目
21YJA752003	美国河流风景研究	李　莉	规划基金项目
21YJA752008	爱尔兰大饥荒与民族想象研究	聂玉景	规划基金项目
21YJA752016	冲绳闽人三十六姓后裔民俗文化记忆场研究	赵　婷	规划基金项目
21YJA752001	朝鲜古代文人笔记的中国情结研究	车海兰	规划基金项目
21YJA752006	麦克尤恩小说危机叙事艺术与疾病书写研究	罗　媛	规划基金项目
21YJA752017	新时代背景下拉斐尔前派诗歌的叙事变异艺术研究	朱立华	规划基金项目
21YJA752013	文化转向视域下中国政治文献的多语种外译教学研究	叶　欣	规划基金项目

续表

编　号	课题名称	负责人	项目类别
21YJA752011	苏格兰启蒙运动时期文学作品中“不列颠民族”认同研究	肖先明	规划基金项目
21YJC752008	21 世纪美国灾难文学研究	黄　蓉	青年基金项目
21YJC752010	当代美国华裔女性小说中的物质书写研究	刘齐平	青年基金项目
21YJC752013	爱普施坦文学批评思想研究	石馥毓	青年基金项目
21YJC752024	当代美国戏剧中的悖论诗学研究	张连桥	青年基金项目
21YJC752021	文学绘图学视角下的英国海洋小说研究	姚晓玲	青年基金项目
21YJC752025	当代英国文学中的乡村书写研究	张牧人	青年基金项目
21YJC752006	当代美国非虚构疫病文学中的爆发叙事研究	郭　一	青年基金项目
21YJC752001	副文本中的韦尔蒂研究	蔡苏露	青年基金项目
21YJC752028	温德尔·贝瑞的重农诗学思想研究	朱翠凤	青年基金项目
21YJC752012	世界文学空间中的艾梅·塞泽尔创作研究	施雪莹	青年基金项目
21YJC752016	日本《中央公论》杂志的中国叙事研究（1946—1975）	陶思瑜	青年基金项目
21YJC752003	米歇尔·福柯伦理思想及其现代性研究	杜玉生	青年基金项目
21YJC752022	基于美国东方学会的美国汉学发端史研究	叶蕾蕾	青年基金项目
21YJC752002	维多利亚小说疾病与医学书写的现代性反思研究	陈　豪	青年基金项目
21YJC752011	萨科-樊塞蒂审判案的文学遗产研究	刘启君	青年基金项目
21YJC752018	美国反文化运动时期小说中的暴力书写研究	席　楠	青年基金项目
21YJC752009	司马辽太郎历史小说与近代日本“东洋史”关系研究	李国磊	青年基金项目
21YJC752023	艾丽丝·默多克佛教思想研究	岳剑锋	青年基金项目
21YJC752014	德里罗小说中的图像研究	孙杰娜	青年基金项目
21YJC752027	科学哲学视阈下威廉·戈尔丁作品中的西方科学文化研究	周彦渝	青年基金项目
21YJC752015	20 世纪来华犹太裔德语作家中国书写研究	唐　洁	青年基金项目
21YJC752007	保罗·利科的文本诠释学理论研究	黄　钏	青年基金项目
21YJC752020	格奥尔格·毕希纳文学的身体论研究	谢　敏	青年基金项目
21YJC752026	20 世纪以来越南对中国传统文化经典的译介研究	周　婧	青年基金项目
21YJC752005	木下杢太郎的中国书写及其影响研究	傅玉娟	青年基金项目
21YJC752004	罗斯金·邦德儿童短篇小说的生态意识研究	付文中	青年基金项目
21YJC752019	19 世纪美国小说中的饮食书写与国家想象研究	肖明文	青年基金项目
21YJC752017	美国华裔文学中的北京形象研究	王　凯	青年基金项目
21XJA752001	美国荒野文学中的命运共同体研究	胡　英	西部项目
21XJA752004	当代北美法语纪实文学的“自由”观照研究	杨令飞	西部项目
21XJA752005	英国 16、17 世纪巴罗克文学疾病诗学研究	张　敏	西部项目
21XJA752003	冰岛萨加文学研究	徐　琳	西部项目
21XJA752002	伊丽莎白·盖斯凯尔小说的博物学叙事研究	李洪青	西部项目
21XJC752001	日本军记物语对中国诗歌的接受研究	邓　力	西部项目
21XJC752002	东南亚文学共同体意识研究	吕晶晶	西部项目

续表

编　号	课题名称	负责人	项目类别
21XJC752003	威廉斯诗歌风景书写的中国古典山水美感研究	杨章辉	西部项目
21JHQ048	当代世界文学视野中的记忆话语研究	徐阳子	后期资助项目（一般项目）

（三）学术会议

1. 国际性会议

【会议名称】**厦门大学人文社会科学国际论坛分论坛“美美与共：比较文学与跨文化研究国际论坛”**
【会议时间】2021 年 4 月 6 日至 9 日
【会议地点】厦门大学，线上线下结合
【主办单位】**主办**：厦门大学
承办：厦门大学外文学院、厦门大学比较文学与跨文化研究中心
【主要议题】1）美美与共视域下的比较文学研究；2）跨文化研究；3）跨学科融合研究；4）外国文学与文化研究。

【会议名称】**第 7 届族裔文学国际学术研讨会**
【会议时间】2021 年 5 月 28 日至 30 日
【会议地点】广西南宁，线上线下结合
【主办单位】华中师范大学、广西民族大学
【主要议题】**主题**：族裔文学的全球性与地方性
分议题：1）族裔文学研究的理论建构；2）族裔文学的全球性考察；3）族裔文学的地方性品质；4）世界族裔文学关系新特征；5）族裔文学与人类命运共同体书写；6）世界华裔文学研究；7）东南亚国家的族群文学；8）非英语国家的英语文学；9）族裔文学翻译研究；10）其他相关议题。

【会议名称】**书籍、媒介与世界——第 3 届长安国际文学与文化理论讲坛**
【会议时间】2021 年 7 月 25 日至 31 日
【会议地点】线上

【主办单位】陕西师范大学“长安与丝路文化传播”学科创新引智基地、陕西师范大学文学院
【主要议题】书籍、媒介与世界。

【会议名称】**2021 中国镇江赛珍珠国际学术研讨会暨第 2 届赛珍珠研究学者研习营**
【会议时间】2021 年 8 月 30 日至 9 月 1 日
【会议地点】线上
【主办单位】**主办**：镇江市赛珍珠研究会
承办：江苏科技大学外国语学院
协办：外语教学与研究出版社、上海外语教育出版社、《江苏大学学报（社会科学版）》编辑部
【主要议题】赛珍珠研究。

【会议名称】**2021 国际诗歌诗学论坛**
【会议时间】2021 年 9 月 25 日
【会议地点】浙江大学紫金港校区，线上线下结合
【主办单位】浙江大学世界文学跨学科研究中心、华中师范大学外国语学院、宾夕法尼亚大学当代写作中心、芝加哥大学出版社、中美诗歌诗学协会
【主要议题】玛乔瑞·帕洛夫（Marjorie Perloff）诗学思想。

【会议名称】**第 10 届文学伦理学批评国际学术研讨会**
【会议时间】2021 年 10 月 16 日至 17 日
【会议地点】北京科技大学，线上线下结合
【主办单位】国际文学伦理学批评研究会（IAELC）、浙江大学世界文学跨学科研究中心、北京科技大学、《外国文学研究》编辑部
【主要议题】**主题**：人工智能时代的文学伦理学批评
分议题：1）人工智能时代的文学伦理学批评与文学经典重读；2）人工智能时代的文学伦理学批评理论研究；3）文学伦理学批评与人工智能文学；4）文学伦理学批评与后人类文学；5）文学伦理学批评与人类纪文学；6）文学伦理学批评与科幻文学；7）文学伦理学批评与科技文学；8）文学伦理学批评与数字人文。

【会议名称】**上海国际莎士比亚论坛（第 3 届）暨中国外国文学学会莎士比亚分会年会**
【会议时间】2021 年 10 月 22 日至 24 日
【会议地点】东华大学，线上线下结合
【主办单位】**主办**：东华大学外语学院、东华大学莎士比亚研究所
协办：中国外国文学学会莎士比亚分会、国际中西文化比较协会
【主要议题】**主题**：莎士比亚与比较文化和跨文化研究
分议题：1）莎士比亚作品中的跨文化现象；2）其他方式和性质的跨文化接触；3）莎士比亚创作与其素材的跨文化互文关系；4）莎士比亚与古典作家的跨文化

接触；5）莎士比亚对其他作家创作的跨时代、跨文化影响；6）莎士比亚与其他国家作家的比较研究（比如与汤显祖、塞万提斯）；7）莎士比亚传播过程中的跨文化、跨时空、跨媒体重构；8）影视莎士比亚与多元文化时代；9）莎士比亚在世界各国的接受和传播问题；10）莎士比亚翻译及跨文化文本的生成；11）欧美跨文化剧场中的莎士比亚及其话短论长；12）莎士比亚的话剧及戏曲改编；13）跨文化莎士比亚与全球化、本土化问题；15）流行文化与莎士比亚。

【会议名称】**第4届海洋文学与文化国际学术研讨会**
【会议时间】2021年10月29日至31日
【会议地点】宁波大学，线上线下结合
【主办单位】**主办：**宁波大学外国语学院、《外国文学研究》编辑部、宁波大学世界海洋文学与文化研究中心、中国社科院—宁波大学外国语言文化与宁波国际化发展战略研究中心
协办：海洋出版社
【主要议题】**主题：**“新文科”视域下的海洋文学与文化研究
分议题：1）“蓝色诗学”：理论建构与批评实践；2）海洋文学中的“海洋共同体”书写；3）海洋文学与“海上丝路”；4）海洋文学与海洋强国话语建构；5）其他。

【会议名称】**第10届《俄罗斯文艺》学术前沿论坛暨“曼德尔施塔姆与东方：纪念诗人诞辰130周年”国际学术研讨会**
【会议时间】2021年10月29日至31日
【会议地点】浙江大学紫金港校区，线上线下结合
【主办单位】**主办：**《俄罗斯文艺》编辑部
承办：浙江大学外国语学院
协办：俄罗斯曼德尔施塔姆研究中心、中国俄罗斯东欧中亚学会俄语教学研究分会
【主要议题】1）曼德尔施塔姆翻译与研究；2）俄苏文艺学、诗学研究；3）当代世界文学研究视域下的俄苏文学；4）俄罗斯文学的地域书写；5）俄罗斯文学的跨媒介研究；6）俄罗斯诗学关键词；7）俄苏符号学研究。

【会议名称】**第3届跨艺术/跨媒介研究国际研讨会暨研修班**
【会议时间】2021年11月12日至14日
【会议地点】杭州师范大学，线上线下结合
【主办单位】**主办：**杭州师范大学外国语学院
协办：杭州师范大学人文学院、杭州市哲社重点研究基地“杭州文化国际传播与话语策略研究中心”、浙江省重点研究基地“杭州师范大学文艺批评研究院”、中国外国文学学会比较文学与跨文化研究会
【主要议题】1）疫情时代跨艺术/跨媒介研究的机遇与挑战；2）跨艺术/跨媒介研究与中国；3）跨艺术/跨媒介方法论研究；4）跨艺术/跨媒介批评实践。

【会议名称】**2021 日语教育与日本学研究国际研讨会**
【会议时间】2021 年 11 月 13 日至 14 日
【会议地点】同济大学外国语学院，线上线下结合
【主办单位】**主办**：教育部外指委日语专业教学指导分委员会、中国日语教学研究会上海分会
承办：同济大学外国语学院、新世界教育集团、华东理工大学出版社、卡西欧（中国）贸易有限公司、实用日语检定（J. TEST）中国事务局、上海千羽鹤教育科技有限公司、知诸学院等
【主要议题】1）日语教育；2）日语语言学；3）日本文学；4）日本文化社会经济等。

【会议名称】**“认知研究视域下的战争文学”研讨会**
【会议时间】2021 年 11 月 27 日至 28 日
【会议地点】国防科技大学，线上线下结合
【主办单位】国防科技大学文理学院
【主要议题】1）战争文学研究的认知维度；2）中外和平与战争思想比较；3）战争文学的多学科研究；4）战争文学中的情感与记忆；5）战争叙事与国家认同；6）战争文学教学与课程思政育人；7）战争（文学/文化）与现代性；8）战争文学与文明冲突；9）其他相关话题。

【会议名称】**文学地图学国际论坛暨西南大学文学地图学研究中心成立大会**
【会议时间】2021 年 12 月 4 日
【会议地点】西南大学，线上线下结合
【主办单位】**主办**：西南大学外国语学院
协办：西南大学文学地图学研究中心筹备组
【主要议题】1）文学地图学的本体构建；2）文学地图学的批评实践；3）文学地图学与空间研究；4）文学地图学与文学地理学；5）图像与文学；6）文学地理学。

2. 全国性会议

【会议名称】**全国美国文学研究会第 20 届年会**
【会议时间】2021 年 1 月 3 日至 4 日
【会议地点】线上
【主办单位】**主办**：全国美国文学研究会
承办：哈尔滨工业大学外国语学院
【主要议题】**主题**：美国文学研究的跨学科性：理论、趋势与范式
分议题：1）美国文学跨学科研究的理论及其范式；2）美国文学与哲学；3）美国文学与语言学；4）美国文学与社会学等；5）美国文学与经济学；6）美国文学

与心理学；7）美国文学与伦理学；8）美国文学与叙事学；9）美国文学与认知诗学；10）美国文学与新闻传播学；11）美国文学与医学；12）美国文学与音乐；13）美国文学与电影；14）美国文学与中国语言文学。

【会议名称】**“新文科背景下的叙事学研究”学术研讨会**
【会议时间】2021 年 1 月 9 日
【会议地点】线上
【主办单位】江西师范大学叙事学研究中心
【主要议题】1）讲好中国故事与中国叙事学建设；2）西方叙事理论与中国叙事话语的互鉴；3）叙事学的跨学科问题；4）叙事的隐性进程；5）叙事学与符号学；6）物叙事；7）诗歌叙事；8）地理叙事；9）图像叙事；10）当代西方叙事理论新趋势；11）当代西方叙事理论新趋势。

【会议名称】**文学奖与经典化：“当代外国文学发展前沿”学术研讨会**
【会议时间】2021 年 3 月 20 日至 21 日
【会议地点】线上
【主办单位】《当代外国文学》杂志、北京科技大学外国语学院
【主要议题】1）新世纪外国文学新趋势研究；2）诺贝尔文学奖获奖作家作品研究；3）布克奖获奖作家作品研究；4）非英语国家文学奖获奖作家作品研究；5）不同地域文学奖运作机制研究；6）文学奖与文学经典化研究；7）第三世界文学经典化研究；8）翻译与文学经典化研究；9）疫情书写与后疫情时代的文学书写研究。

【会议名称】**第 2 届王佐良外国文学研究奖颁奖典礼暨外国文学研究高端论坛**
【会议时间】2021 年 3 月 29 日
【会议地点】线上
【主办单位】**主办**：北京外国语大学王佐良外国文学高等研究院
协办：外语教学与研究出版社
【主要议题】1）口头文学、脑文本与语言生成；2）关于当代外国文学研究的几点思考。

【会议名称】**中国外国文学学会文学理论与比较诗学研究分会第 14 届年会暨“接受与共生：百年外国文论在中国”学术研讨会**
【会议时间】2021 年 4 月 16 日至 18 日
【会议地点】宁波大学外国语学院
【主办单位】**主办**：中国外国文学学会文学理论与比较诗学研究分会
承办：宁波大学外国语学院、浙江大学外国文论与比较诗学研究中心
【主要议题】1）20 世纪上半叶外国文论在中国的接受与传播；2）马克思主义文论在中国的接受与传播；3）新时期以来外国文论在中国的接受与传播；4）现代斯拉夫文论经典名篇与名家名说研究：进展与问题；5）百年来中外文论的碰撞、对话与交融；

6）新文科理念下的外国文论研究；7）外国文论的翻译与误读问题；8）外国文论新动向、新趋势。

【会议名称】**“日本古代文学的生成与中日文学关系”研讨会**
【会议时间】2021 年 4 月 17 日
【会议地点】北京大学
【主办单位】北京大学东方文学研究中心、北京大学外国语学院、北京大学出版社
【主要议题】日本古代文学的生成与中日文学关系。

【会议名称】**中国外国文学学会第 16 届双年会暨“新时代外国文学研究”学术研讨会**
【会议时间】2021 年 4 月 23 日至 25 日
【会议地点】浙江工商大学
【主办单位】**主办：**中国外国文学学会
协办：浙江工商大学外国语学院、浙江社会科学界联合会、《浙江社会科学》杂志社、北京大学出版社、外语教学与研究出版社
【主要议题】**主题：**新时代外国文学研究
分议题：1）理论创新与外国文学研究；2）数字人文与外国文学研究；3）区域国别研究与外国文学研究；4）文学思潮视野与外国文学研究；5）新文科跨学科与外国文学研究；6）近现代中外关系与外国文学研究。

【会议名称】**“声音与文学”全国学术研讨会**
【会议时间】2021 年 4 月 24 日至 25 日
【会议地点】湖南长沙
【主办单位】**主办：**《外国文学》编辑部
承办：中南大学外国语学院
【主要议题】1）自然与文化中的声音；2）历史中的声音政治；3）声音、审美与艺术；4）文学中的声音表现。

【会议名称】**第 3 届“战争 · 文学 · 文化”学术研讨会**
【会议时间】2021 年 5 月 14 日至 16 日
【会议地点】战略支援部队信息工程大学洛阳校区
【主办单位】**主办：**战略支援部队信息工程大学洛阳校区教学科研处
承办：战略支援部队信息工程大学洛阳校区文学与文化研究中心
协办：外语教学与研究出版社、《解放军外国语学院学报》编辑部、《当代外国文学》编辑部
【主要议题】**主题：**新时代战争文学研究
分议题：1）战争文学研究趋势；2）文化理论研究的战争维度；3）战争、共同体与文学；4）战争、难民与文学；5）战争、女性与文学；6）战争、科技与文学；

7）其他相关话题。

【会议名称】**第 17 届中国澳大利亚研究学术研讨会**
【会议时间】2021 年 5 月 28 日至 30 日
【会议地点】哈尔滨工业大学
【主办单位】**主办：**中国亚太学会澳大利亚研究分会
承办：哈尔滨工业大学外国语学院、哈尔滨工业大学澳大利亚研究中心
【主要议题】**主题：**澳大利亚与国际社会
分议题：1）澳大利亚的国际伙伴关系；2）澳大利亚的历史与未来；3）澳大利亚与亚洲；4）澳大利亚社会文化研究；5）澳大利亚跨文化研究；6）澳大利亚生态环境研究；7）澳大利亚新闻传播；8）澳大利亚科技创新；9）澳大利亚经济；10）澳大利亚教育；11）澳大利亚文学与艺术；12）澳大利亚语言教学与研究；13）其他相关议题。

【会议名称】**相遇与融合：首届华裔/华文文学学术研讨会**
【会议时间】2021 年 6 月 25 日至 27 日
【会议地点】西北师范大学，线上线下结合
【主办单位】**主办：**中国人民大学重大规划项目“美国亚裔文学研究”课题组、中国社科院文学所“20 世纪海内外中文文学”重点学科、甘肃省外国语言文学类专业教学指导委员会、甘肃省认证与教材建设委员会
承办：西北师范大学外国语学院
【主要议题】1）华裔/华文文学的历史渊源与理论定位；2）华裔/华文文学中的国族认同与文化身份；3）华裔/华文文学中的中国书写；4）华裔/华文文学中的灾难书写；5）华裔/华文文学中的少数民族/少数族裔书写；6）华裔/华文文学中的翻译（外译中/中译外）研究；7）华裔/华文文学作家、作品研究等。

【会议名称】**第 1 届“文学与教育跨学科研究”学术研讨会**
【会议时间】2021 年 6 月 25 日至 27 日
【会议地点】山东师范大学
【主办单位】《外国文学研究》编辑部、山东师范大学外国语学院
【主要议题】**主题：**文学与教育跨学科研究
分议题：1）中外教育成长小说研究；2）文学与教育的互动共生性研究；3）文学教育与文学教学改革研究；4）文学教育的学科意义研究；5）儿童文学与教育学研究；6）中外文学中的教育叙事研究；7）全球变局下大学教育与文学教育关系研究；8）教育学对中外文学的影响研究；9）文学伦理学批评视域下的文学教育研究；10）文学伦理本质及教诲功能的理论研究；11）其他相关议题。

【会议名称】**第 4 届外语与 AI 融合发展暨莱姆百年学术研讨会**
【会议时间】2021 年 7 月 3 日

【会议地点】线上
【主办单位】**主办：**广东外语外贸大学外语研究与语言服务协同创新中心、广东外语外贸大学语言与人工智能重点实验室、广东外语外贸大学西方语言文化学院、广东外语外贸大学德语国家研究中心
承办：广东外语外贸大学中东欧研究中心
协办：《广东外语外贸大学学报》编辑部、北京外国语大学波兰研究中心
【主要议题】1）莱姆在中国的译介；2）莱姆的科幻创作；3）莱姆的技术思考。

【会议名称】**东南亚史诗与中国南方民族史诗研讨会**
【会议时间】2021 年 7 月 10 日
【会议地点】北京大学，线上线下结合
【主办单位】**主办：**北京大学东方文学研究中心、中国社会科学院民族文学研究所
协办：北京大学外国语学院东南亚系、《百色学院学报》编辑部
【主要议题】1）东南亚史诗与中国南方民族史诗的活态传承比较研究；2）史诗的文化认同；3）仪式功能比较研究；4）史诗内部诸要素的比较研究等问题。

【会议名称】**新文科视野下的外国文学研究高层论坛**
【会议时间】2021 年 7 月 14 日
【会议地点】线上
【主办单位】苏州大学外国语学院外国文学研究所
【主要议题】新文科背景下跨学科的交叉与融合。

【会议名称】**第 11 届全国英美文学研讨会暨 2021 年暑期外国文学讲习班**
【会议时间】2021 年 7 月 16 日至 19 日
【会议地点】线上
【主办单位】杭州师范大学
【主要议题】1）柏拉图的《理想国》；2）尼采的《悲剧的诞生》；3）德里达的《人文科学话语中的结构、符号和游戏》；4）卡夫卡的短篇小说《在流放地》和《法律面前》。

【会议名称】**“海上丝绸之路视域下东方文学的传播与交流”学术研讨会**
【会议时间】2021 年 7 月 17 日至 20 日
【会议地点】闽南师范大学
【主办单位】**主办：**北京大学东方文学研究中心
承办：闽南师范大学外国语学院
【主要议题】海上丝绸之路视域下东方文学的传播与交流。

【会议名称】**第2届比较文学与跨文化高峰论坛**
【会议时间】2021年7月23日至26日
【会议地点】湖南师范大学外国语学院，线上线下结合
【主办单位】**主办：**中国外国文学学会比较文学与跨文化研究学会
承办：湖南师范大学外国语学院
【主要议题】1）比较文学与跨文化的新范式研究；2）全球化语境下的“世界文学”研究；3）比较视域里的文明与文化；4）中外文学关系与文化交涉研究；5）西方文学中的中国书写研究；6）中国文论视角下的西方文学；7）数字人文与世界文学研究；8）非洲文学与中非交流研究；9）东南亚文学及其与中国交流研究；10）外国文学（思想）史书写研究。

【会议名称】**第13届中国比较文学年会暨国际研讨会**
【会议时间】2021年7月23日至26日
【会议地点】广西大学
【主办单位】**主办：**中国比较文学学会、广西大学
承办：广西大学外国语学院
【主要议题】1）文化转型中的中外文学关系研究；2）中国当代文学的海外传播；3）时代转型中的比较文学课程与教学；4）比较文学与宗教研究：文学中的终极关怀；5）数字人文与中外科幻；6）比较文学阐释学；7）世界文学：话语与实践；8）全球化与跨文化戏剧；9）比较文学变异学；10）比较文学视野中的文学批评与文学史建构；11）文学人类学；12）跨文化文学阐释：理论与个案；13）东亚文明与比较文学；14）中国文献外译与中国形象建构；15）东南亚文学文化研究；16）生态文学研究；17）远程阅读与跨文化的诗学转型；18）符号学与比较文学；19）翻译与世界文学的存在方式；20）海外华裔/华文文学研究；21）比较视野下的古典文明。

【会议名称】**2021中国外国文学跨学科研究高端论坛**
【会议时间】2021年8月21日
【会议地点】深圳大学外国语学院，线上线下结合
【主办单位】**主办：**中国高校外语学科发展联盟
承办：深圳大学外国语学院
【主要议题】**主题：**外国文学中的共同体形塑与跨学科研究
分议题：1）文明互鉴、文化共融与外国文学中的命运共同体形塑；2）现代化进程中外国文学共同体研究的跨学科表征；3）现代化、城市化与外国文学中共同体书写的范式演变；4）全球化、流动性与外国文学中的跨国界共同体书写；5）外国文学中共同体书写的伦理维度；6）疾病书写、危机叙事与外国文学中的共同体建构；7）其他相关议题。

【会议名称】**中国高等教育学会外国文学专业委员会2021年年会**
【会议时间】2021年8月27日至29日

【会议地点】云南大学外国语学院，线上线下结合
【主办单位】**主办：**中国高等教育学会外国文学专业委员会
承办：云南大学外国语学院
协办：《当代外国文学》编辑部、北京大学出版社
【主要议题】**主题：**建党百年来外国文学翻译、教学与研究的经验总结
分议题：1）中国共产党与高校外国文学事业的发展进程；2）大变局视野下高校外国文学研究的发展与创新；3）新文科视域下的外国文学教学改革；4）“新世纪”以来外国文学作品中表现的重大问题研究；5）外国文学研究的观念与方法论更新与经典的重新阐释；6）新时代外国文学翻译工作的反思与创新；7）南亚东南亚国家文学教学与研究。

【会议名称】**2021年当代外国文学年会**
【会议时间】2021年10月5日至6日
【会议地点】山东工商学院
【主办单位】**主办：**《当代外国文学》编辑部
承办：山东工商学院外国语学院
【主要议题】**主题：**当代外国文学研究新理论、新趋势与新范式
分议题：1）当代外国文学跨学科研究范式；2）当代外国文学跨文类研究；3）当代西方马克思主义文艺理论前沿问题研究；4）当代外国文学学术史研究；5）当代外国灾难文学研究；6）人工智能与当代外国文学研究；7）外国经典作家、作品的当代阐释；8）当代外国文学与大学素质教育研究；9）其他相关话题。

【会议名称】**2021年“马克思主义视阈中的外国文学研究”学术论坛**
【会议时间】2021年10月10日
【会议地点】同济大学，线上线下结合
【主办单位】同济大学外国语学院
【主要议题】**主题：**马克思主义视阈中的外国文学研究
分议题：1）国外马克思主义文学理论与批评新发展；2）外国文学研究中国学派与马克思主义中国化；3）外国文学中的共同体研究；4）外国文学中的乌托邦书写；5）其他。

【会议名称】**2021年全国法国文学研究会年会**
【会议时间】2021年10月16日至17日
【会议地点】西南交通大学外国语学院，线上线下结合
【主办单位】**主办：**中国外国文学学会法国文学研究会
承办：西南交通大学外国语学院
【主要议题】**主题：**现当代法语文学研究：经典作家作品的翻译和阐释
分议题：1）法语作家作品的翻译与译介；2）法语经典作品的阐释；3）法语文学研究的趋势与展望；4）跨学科研究；5）法语诗歌研究暨波德莱尔200周年诞辰。

【会议名称】**中国外国文学学会德语文学分会第18届年会暨“文化与政治：1871—2021年德语文学的流变”学术研讨会**
【会议时间】2021年10月16日至17日
【会议地点】湘潭大学
【主办单位】**主办：**中国外国文学学会德语文学分会
承办：湘潭大学外国语学院
【主要议题】文化与政治。

【会议名称】**中国外国文学学会英国文学分会第13届年会暨学术研讨会**
【会议时间】2021年10月22日至24日
【会议地点】南京大学仙林校区
【主办单位】**主办：**中国外国文学学会英国文学分会
承办：南京大学外国语学院
协办：《当代外国文学》编辑部、《外国语言与文化》编辑部
【主要议题】**主题：**英国文学中的城市与乡村
分议题：1）英国浪漫主义文学的乡村书写；2）英国文学中的风景与英国性；3）维多利亚时代文学的城市与乡村书写；4）当代英国文学中的城市与乡村；5）英格兰、苏格兰、威尔士与爱尔兰：文化博弈与协调；6）英国文学中的中国书写：城市与乡村；7）英国脱欧与当代英国文学；8）英国文学中的疫病书写；9）英国文学经典文本新阐释。

【会议名称】**全国美国文学研究会第14届专题研讨会**
【会议时间】2021年10月29日至30日
【会议地点】福建师范大学
【主办单位】**主办：**全国美国文学研究会
承办：福建师范大学外国语学院
【主要议题】**主题：**美国文学中的“非人类”
分议题：1）美国文学中的动物；2）美国文学中的植物；3）美国文学中的赛博格；4）美国文学中的物；5）美国文学中的残疾/身体书写；6）美国文学中的疾病；7）美国族裔文学中的“非人类”；8）美国戏剧中的“非人类”；9）美国影视中的“非人类”；10）比较文学视野下的“非人类”研究；11）“非人类”与生命政治；12）其他相关主题。

【会议名称】**第5届外语界面研究学术研讨会暨中国英汉语比较研究会界面研究专业委员会2021年会**
【会议时间】2021年10月30日至11月1日
【会议地点】重庆师范大学
【主办单位】**主办：**中国英汉语比较研究会界面研究专业委员会、四川外国语大学

承办：重庆师范大学外国语学院

协办：《中国翻译》《当代外国文学》《外语教学》《英语研究》《外国语文》编辑部

【主要议题】**主题**：新时代外语界面研究新发展：理论、方法与实践

分议题：1）外语界面研究的现状与未来；2）外语界面研究的前沿理论；3）外语界面研究的方法论；4）外语界面的互动与融合研究；5）其他。

【会议名称】**中国外国文学学会英语文学分会第7届年会**

【会议时间】2021年11月5日至6日

【会议地点】山东威海，线上线下结合

【主办单位】**主办**：中国外国文学学会英语文学研究分会

承办：山东大学（威海）翻译学院

【主要议题】**主题**：文学翻译、翻译文学与世界文学

分议题：1）文学翻译的性质、特点及作用；2）翻译文学及其在中国现当代文学史上的地位；3）中国文化“走出去”与中国经典文学的英译与传播研究；4）英语文学汉译研究；5）文学翻译中的文化主体性研究；6）翻译文学、世界文学与人类命运共同体的构建。

【会议名称】**中国外国文学学会朝鲜-韩国文学研究分会2021年年会暨“新思维·新视域·新方法——朝鲜-韩国文学的内与外”学术研讨会**

【会议时间】2021年11月5日至7日

【会议地点】线上

【主办单位】**主办**：中国外国文学学会比较文学与跨文化研究学会

承办：华中师范大学外国语学院韩国文化研究所

【主要议题】新思维·新视域·新方法——朝鲜-韩国文学的内与外。

【会议名称】**第3届“文学与经济跨学科研究”专题学术研讨会**

【会议时间】2021年11月6日

【会议地点】线上

【主办单位】《外国文学研究》编辑部、大连外国语大学英语学院

【主要议题】**主题**：新文科背景下的文学与经济跨学科研究

分议题：1）文学（与经济）跨学科研究的理论与方法；2）中外文学中的经济转型与现代性批判；3）中外文学中的经济伦理；4）金钱、资本与文学想象；5）农村经济与现代文学中的怀旧主题；6）疾病与经济的关系及其在文学作品中的呈现；7）文学跨学科研究与新文科背景下的文学教学；8）其他相关议题。

【会议名称】**新时代外国语言文学学科的守正与创新高端论坛**

【会议时间】2021年11月7日至27日

【会议地点】线上

【主办单位】清华大学外国语言文学系

【主要议题】1）思考与共识：外国语言文学学科新百年之我见；2）守正与创新：外国语言文学的基础研究与学科交叉；3）人文与科学：数字外文的机遇与挑战等。

【会议名称】**中国外国文学教学研究会 2021 年年会暨“外国文学教学—研究的‘大文学’理念”学术研讨会**

【会议时间】2021 年 11 月 12 日至 13 日

【会议地点】线上

【主办单位】**主办**：中国外国文学教学研究会

承办：电子科技大学外国语学院

协办：高等教育出版社、浙江工商大学西方文学与文化研究院

【主要议题】**主题**：外国文学教学—研究的“大文学”理念

分议题：1）外国文学教学—研究的中国立场；2）外国文学教学—研究的人类视野；3）外国文学教学—研究与中国文学；4）外国文学教学—研究与文学思潮；5）其他。

【会议名称】**“百年历程中的俄苏文学研究”学术研讨会暨中国外国文学学会俄罗斯文学研究分会 2021 年年会**

【会议时间】2021 年 11 月 13 日至 14 日

【会议地点】线上

【主办单位】**主办**：中国外国文学学会俄罗斯文学研究分会

承办：山东大学外国语学院

【主要议题】1）俄罗斯文学理论研究；2）比较文学视域下的俄罗斯文学研究；3）俄罗斯文学教学与交叉研究等。

【会议名称】**2021 第 3 届当代英语文学前沿问题研究高端论坛**

【会议时间】2021 年 11 月 20 日

【会议地点】线上

【主办单位】**主办**：中国人民大学外国语学院

承办：中国人民大学重大规划项目“西方后现代主义小说总论”课题组

协办：中国人民大学出版社、北京工商大学外国语学院

【主要议题】1）从后人文主义视角看当代英语文学中对人在世界中的地位的反思；2）从后人文主义视角看当代英语文学中人与自然生命共同体的构建；3）从后人文主义视角看当代英语文学中多元共生的后人类社会；4）从后现代伦理学视角看当代英语文学中最低限度后现代伦理共同体的构建；5）从后现代伦理学视角看当代英语文学中人类命运共同体的构建；6）当代英语小说中后现代伦理学思想及后现代伦理叙事研究；7）当代英语小说中的后现代正义观；8）当代英语小说中的生态后现代主义思想研究；9）当代英语小说中的社会生态学思想研究；10）当代英语小说中的深生态学思想研究；11）当代英语小说中的生态女性主义思想研究。

【会议名称】**中国政法大学第 5 届“外国文学青年学者高端论坛”**
【会议时间】2021 年 11 月 20 日
【会议地点】线上
【主办单位】中国政法大学外国语学院
【主要议题】外国文学研究的跨学科视角。

【会议名称】**第 5 届外国语言文学与人工智能融合发展研讨会暨外国语言文学传统与创新研究青年论坛**
【会议时间】2021 年 11 月 20 日至 21 日
【会议地点】线上
【主办单位】**主办：**广东外语外贸大学外语研究与语言服务协同创新中心、广东外语外贸大学语言与人工智能重点实验室、广东外语外贸大学西方语言文化学院、广东外语外贸大学德语国家研究中心
协办：广东外语外贸大学德国奇幻与科幻文学师生共研团队、广东外语外贸大学中德文学关系研究团队
【主要议题】1）数字与传统人文方法的碰撞；2）方法创新视角下的语言学研究；3）传统与现代技术背景下的误译。

【会议名称】**2021 年全国西葡拉美文学研讨会**
【会议时间】2021 年 11 月 20 日至 21 日
【会议地点】线上
【主办单位】**主办：**中国外国文学学会西葡拉美文学研究分会
承办：贵州财经大学
【主要议题】1）有关西葡语文学的翻译研究；2）有关西葡语文学批评及文学理论研究；3）有关西葡语文学的教学研究；4）西葡语文学创作现状与发展趋势研究；5）西葡语文学与中国文学比较研究；6）有关西葡语文学其他方面的研究。

【会议名称】**全国美国文学研究会戏剧委员会第 20 届年会**
【会议时间】2021 年 11 月 20 日
【会议地点】线上
【主办单位】**主办：**全国美国文学研究会戏剧委员会
承办：山东大学外语学院、山东大学美国现代文学研究所
协办：《山东外语教学》编辑部
【主要议题】**主题：**危机和后疫情时代的戏剧
分议题：1）美国戏剧中的疾病书写；2）美国戏剧中的性别政治；3）戏剧的传播、传承与创新；4）跨文化戏剧研究；5）美国戏剧中的伦理问题；6）美国戏剧中的文化与心理；7）美国戏剧中的空间与共同体；8）英美戏剧中的权力与政治；9）美国戏剧中的创伤与叙事；10）族裔文学与美国戏剧。

【会议名称】**“关于人性的想象：比较的视野”全国研讨会**
【会议时间】2021 年 11 月 21 日
【会议地点】厦门大学外文学院，线上线下结合
【主办单位】**主办：**厦门大学外文学院、厦门大学比较文学与跨文化研究中心
协办：中国外国文学学会比较文学与跨文化研究分会
【主要议题】**主题：**关于人性的想象——比较的视野
分议题：1）神话与“人性的想象”；2）经典文学与“人性的想象”；3）后现代文学与“人性的想象”；4）族裔文学与“人性的想象”；5）战争文学与“人性的想象”；6）瘟疫书写与“人性的想象”；7）人工智能与“人性的想象”；8）其他相关议题。

【会议名称】**2021 年跨学科视域下的外国语言文学学术研讨会暨“首届国际人文社科跨学科研究高端论坛”会议**
【会议时间】2021 年 11 月 27 日至 28 日
【会议地点】绍兴文理学院
【主办单位】**主办：**绍兴文理学院
承办：绍兴文理学院外国语学院、国际人文社科跨学科研究协会
协办：《亚太人文与社会科学期刊》编辑部、亚太出版集团、外语教学与研究出版社、清华大学出版社、南京大学出版社、上海沃动科技有限公司、张家界博文教育咨询有限公司
【主要议题】**主题：**跨学科视域下的外国语言文学研究
分议题：1）大数据背景下的语言教学与决策研究；2）“一带一路”沿线国家语言发展现状与政策研究；3）疾病叙事与外国文学中的共同体建构研究；4）跨文化视角下的中外经典文本对比研究；5）传播学视域下的对外话语体系建构；6）中华传统文化外译与传播研究；7）新技术背景下的翻译理论与实践创新；8）思政教育视域下的外语人才培养模式研究；9）语言哲学视域下的外语教育发展回溯与展望；10）传统外语学科与区域国别研究的互动关系；11）外语学科视域下的具体区域/国别研究新进展；12）区域国别研究视域下的外语学科建设与人才培养。

【会议名称】**第 10 届全国叙事学研讨会**
【会议时间】2021 年 11 月 27 日至 28 日
【会议地点】线上
【主办单位】**主办：**中外文艺理论学会叙事学分会
承办：安徽大学外语学院
协办：上海外语教育出版社
【主要议题】1）叙事学前沿理论；2）跨媒介、跨学科叙事研究；3）认知叙事学/修辞叙事学/女性主义叙事学；4）非人类及物叙事研究；5）听觉叙事研究；6）隐性/双重叙事进程研究；7）叙事学视角下的中外叙事作品阐释；8）中外叙事理论比较研究；9）中国叙事理论建构及发展；10）与叙事相关的其他问题研究。

【会议名称】**新文科视阈下的文学、媒介与符号——日语语言文学学科建设暨日本文学翻译与研究研讨会**
【会议时间】2021 年 11 月 28 日
【会议地点】中山大学外国语学院，线上线下结合
【主办单位】中山大学外国语学院日语系
【主要议题】新文科视阈下的文学、媒介与符号。

【会议名称】**2021 海南自贸港文学与文化建设研讨会暨海南省第 4 届比较文学与世界文学学会年会**
【会议时间】2021 年 12 月 3 至 5 日
【会议地点】海南澄迈
【主办单位】**主办：**海南省比较文学与世界文学学会、海南省比较文学与海岛文化研究基地
承办：海南师范大学外国语学院、国家民委南盟国家研究中心、海南师范大学文学院
【主要议题】**主题：**海南自贸港文学文化建设
分议题：1）海南文学与文化研究；2）海南文学与文化翻译研究；3）海港文学研究；4）外文典籍中的海南主题研究；5）自贸港周边国家研究；6）其他外国文学与文化研究；7）少数民族文学和文化翻译。

【会议名称】**“构建人类命运共同体与中印关系”学术研讨会暨中国外国文学学会印度文学研究分会第 17 届年会**
【会议时间】2021 年 12 月 5 日至 6 日
【会议地点】线上
【主办单位】中国外国文学学会印度文学研究分会、同济大学国际文化交流学院
【主要议题】构建人类命运共同体与中印关系。

【会议名称】**探索与创新：英语专业建设与发展高端论坛**
【会议时间】2021 年 12 月 10 日
【会议地点】线上
【主办单位】教育部外指委英语专业教学指导分委员会、南京大学外国语学院
【主要议题】《国标》和《教学指南》的落实。

【会议名称】**2021 欧美现代主义文学高端论坛**
【会议时间】2021 年 12 月 11 日
【会议地点】线上
【主办单位】浙江大学外国文学研究所、浙江大学外国语学院现代主义研究中心
【主要议题】中国视野的外国文学研究。

【会议名称】**第 3 届中国高校外语学科发展联盟年会暨一流外国语言文学学科建设与发展高峰论坛**
【会议时间】2021 年 12 月 11 日至 12 日
【会议地点】上海外国语大学，线上线下结合
【主办单位】**主办：**上海外国语大学、中国高校外语学科发展联盟
协办：上海外语教育出版社
【主要议题】1）“十四五”外语学科发展与外语专业建设；2）“十四五”外语课程思政教学；3）“十四五”外语教材建设；4）“十四五”外语教师专业发展。

【会议名称】**第 28 届中外传记文学研究年会**
【会议时间】2021 年 12 月 12 日
【会议地点】郑州大学，线上线下结合
【主办单位】郑州大学外国语与国际关系学院、北京大学世界传记研究中心、郑州大学英美文学研究中心、中国大百科全书出版社社科学术分社、河南文艺出版社传记出版中心、《跨文化对话》杂志、《名人传记》杂志社、中外传记文学研究会筹委会等
【主要议题】**主题：**女性传记的跨文化研究
分议题：1）女性传记的跨文化性；2）女性自传、传记、日记、书信、回忆录、谈话录、墓志铭等的跨文类研究；3）女性传记文学的跨学科研究；4）女性传记文学的比较研究；5）作为史传的“她传”；6）女作家自传与传记的“互文性”；7）男传记家与女传记家为女性做传的叙事策略分析；8）其他相关专题。

【会议名称】**文学世界的建构方式与伦理价值传播——2021 年外国文学研究专题学术研讨会**
【会议时间】2021 年 12 月 18 日至 19 日
【会议地点】上海交通大学外国语学院，线上线下结合
【主办单位】**主办：**上海交通大学外国语学院、《外国文学研究》编辑部
承办：上海交通大学外国语学院跨学科叙事研究中心、《叙事研究前沿》编辑部
协办：《当代外国文学》编辑部、《外国语言与文化》编辑部
【主要议题】**主题：**文学世界的建构方式与伦理价值传播
分议题：1）文学世界建构的前沿理论与批评方法；2）文学世界建构与文学思潮；3）文学世界建构与族裔文学；4）文学世界建构与文类；5）文学世界的虚构性与事实性；6）文学经典的叙事模式与当代价值；7）叙事学与跨学科研究；8）文学伦理学批评与跨学科研究。

【会议名称】**中国比较文学学会中美比较文化研究会 2021 年专题研讨会**
【会议时间】2021 年 12 月 25 日至 26 日
【会议地点】线上
【主办单位】**主办：**中美比较文化研究会
承办：安徽师范大学外国语学院

协办：外语教学与研究出版社

【主要议题】**主题**：中美文化新动向研究

分议题：1）中美文化比较前沿问题研究；2）中外民族/族裔文学研究；3）中美文学文化交互影响研究；4）中美灾难文学研究（侧重疫病、疾病书写）；5）中美城市文学书写研究；6）中美文学经典的跨媒介研究；7）中美旅行文学研究；8）中美文学的数字人文研究；9）中美文学文化研究其他课题。

【会议名称】**“后疫情时代当代外国生态文学前沿研究”高层论坛**

【会议时间】2021 年 12 月 28 日

【会议地点】南京林业大学

【主办单位】**主办**：《当代外国文学》杂志社、南京林业大学中国特色生态文明建设与林业发展研究院

承办：南京林业大学外国语学院、南林智库生态文化传播研究中心

【主要议题】1）当代生态批评理论前沿与热点；2）当代外国文学中的环境危机书写；3）当代外国文学中的科幻生态小说；4）当代外国文学中的物与非人类书写；5）当代外国文学中的家园与地方书写；6）新物质主义视域下的当代外国生态文学研究；7）环境史视域下的当代外国生态文学研究；8）比较文学/文化视域下生态批评话语研究与地球生命共同体构建；9）比较文学/文化视域下生态批评话语研究与地球生命共同体构建。

（四）文艺政策

1. 习近平 2021 年 12 月 14 日出席中国文学艺术界联合会第十一次全国代表大会、中国作家协会第十次全国代表大会并发表讲话

习近平总书记在中国文联十一大、中国作协十大开幕式上的讲话中明确指出："一百年来，党领导文艺战线不断探索、实践，走出了一条以马克思主义为指导、符合中国国情和文化传统、高扬人民性的文艺发展道路，为我国文艺繁荣发展指明了前进方向。"[①] 马克思主义的理论之光照耀着中国现代文化事业不断前行。从五四运动到延安解放区文艺，中国共产党引领中国文化现代化创新的方向，绘制了现代文化发展的壮美画卷。在新时代新征程上，建构中国式现代文论话语体系仍然要始终坚持马克思主义的指导地位，在为国家立心、为民族立魂的意识形态工作大局中，切实增强马克思主义文艺理论对于文情、文脉的判断力、指导力、阐释力。以富有阐释效力的马克思主义文论体系，正确定位文学艺术的价值与意义、文艺生产与传播的方式，与时代同步伐，才能不断推出讴歌党、讴歌祖国、讴歌人民、讴歌英雄的精品力作。

文艺工作者要在马克思主义理论指导下，以发展眼光推动文艺理论与时俱进，以开放姿态推进文艺理论与批评自我革新，来指导当前社会主义文艺新现实。社会主义文艺现实总体繁荣向好，但当前仍然存在一些不容忽视的问题。资本野蛮生长对文化领域的肆意渗透，催生了走捷径、求速成、逐虚名的不良创作风气，造成部分文艺作品庸俗化、娱乐化，文学批评品质低下、价值观扭曲、美学观媚俗，与践行以人民为中心的创作导向背道而驰；文艺传播手段的数字化和网络化，打破了文学作品生产、流通、传播和消费的既有范式，满足了大众日益增长的多样化文化需求，也对已有的文艺体式和精神形态产生巨大影响，同时滋生了新的美学不平等；在精神资源和价值观念上，西方中心主义的影响仍然广泛存在于作品之中，与中国文化自主性和独特性产生矛盾冲突。破解这些现实问题，深刻凸显马克思主义文艺理论创新实践充分而有力的介入，切实增强新时代文艺理论的主体性和能动性，深入文艺发生现场，从中创造、提炼出具有鲜活时代性、在场性、指向性的文艺概念、范畴、逻辑，强化马克思主义文艺理论阐释与中国现实文艺实践创造之间的互动关系，更好地建设和巩固具有强大凝聚力和引领力的社会主义意识形态，为人民提供更丰富、更有营养的精神食粮，丰富精神世界、增强精神力量、提

① 习近平：《习近平重要讲话单行本：2021 年合订本》，北京：人民出版社，2022 年版，第 174 页。

升精神境界。[①]

2. 中央宣传部等五部门联合印发《关于加强新时代文艺评论工作的指导意见》[②]

《关于加强新时代文艺评论工作的指导意见》（简称《意见》）明确，加强新时代文艺评论工作的总体要求是：以习近平新时代中国特色社会主义思想为指导，全面贯彻“二为”方向和“双百”方针，坚持创造性转化、创新性发展，弘扬中华美学精神，进行科学的、全面的文艺评论，发挥价值引导、精神引领、审美启迪作用，推动社会主义文艺健康繁荣发展。建立线上线下文艺评论引导协同工作机制，建强文艺评论阵地，营造健康评论生态，推动创作与评论有效互动，增强文艺评论的战斗力、说服力和影响力，促进提高文艺作品的精神高度、文化内涵和艺术价值，为人民提供更好更多精神食粮。

《意见》指出，要把好文艺评论方向盘。坚持正确方向导向，加强马克思主义文艺理论与评论建设，注重文艺评论的社会效果，弘扬真善美、批驳假恶丑，不为低俗庸俗媚俗作品和泛娱乐化等推波助澜。发扬艺术民主、学术民主，尊重艺术规律，尊重审美差异，建设性地开展文艺评论，是什么问题就解决什么问题，在什么范围发生就在什么范围解决，鼓励通过学术争鸣推动形成创作共识、评价共识、审美共识。构建中国特色评论话语，继承创新中国古代文艺批评理论优秀遗产，批判借鉴现代西方文艺理论，建设具有中国特色的文艺理论与评论学科体系、学术体系和话语体系，不套用西方理论剪裁中国人的审美，改进评论文风，多出文质兼美的文艺评论。

《意见》指出，要开展专业权威的文艺评论。健全文艺评论标准，把人民作为文艺审美的鉴赏家和评判者，把政治性、艺术性、社会反映、市场认可统一起来，把社会效益、社会价值放在首位，不唯流量是从，不能用简单的商业标准取代艺术标准。严肃客观评价作品，坚持从作品出发，提高文艺评论的专业性和说服力，把更多有筋骨、有道德、有温度的优秀作品推介给读者观众，抵制阿谀奉承、庸俗吹捧的评论，反对刷分控评等不良现象。倡导“批评精神”，着眼提高文艺作品的思想水准和艺术水准，坚持以理立论、以理服人，增强朝气锐气，做好“剜烂苹果”的工作。

《意见》指出，要加强文艺评论阵地建设。巩固传统文艺评论阵地，加强文艺领域基础性问题、前沿性问题、倾向性问题等研究，注重对新人新作的评论，针对热点文艺现象等及时组织开展文艺评论，有力引导舆论、市场和大众。用好网络新媒体评论平台，推出更多文艺微评、短评、快评和全媒体评论产品，推动专业评论和大众评论有效互动。加强文艺评论阵地管理，健全完善基于大数据的评价方式，加强网络算法研究和引导，开展网络算法推荐综合治理，不给错误内容提供传播渠道。

《意见》强调，要强化组织保障工作。加强组织领导，把文艺评论工作纳入繁荣文艺的总体规划，建立健全协调工作机制，中央和省级主要媒体平台要加强评论选题策划，推进重点评论工作。做好支持保障，健全激励措施，可通过优稿优酬、特稿特酬等方式为文艺评论工作提供激励，改进学术评价导向，推动把具有较大影响力的重要文艺评论成果纳入相关科研评价体系和专业技术人才职称评审制度。壮大评论队伍，加强中华美育教育和文艺评论人才梯队建设，重视网络文艺评论队伍建设，培养新时代文艺评论新力量。

---

① 刘启民：《构建中国式现代文论新体系　铸就社会主义文化新辉煌》，参见：https://theory.gmw.cn/2022-10/31/content_36125614.htm（2023 年 4 月 6 日访问）。

② 新华社：《中央宣传部等五部门联合印发〈关于加强新时代文艺评论工作的指导意见〉》，参见：http://www.gov.cn/ xinwen/2021-08/02/content_5629062.htm（2023 年 4 月 6 日访问）。

3. 国家广电总局召开广播电视和网络视听文艺工作者座谈会[①]

2021年9月7日，国家广电总局在北京召开广播电视和网络视听文艺工作者座谈会。会议以“爱党爱国、崇德尚艺”为主题，深入贯彻落实习近平总书记关于文艺工作的重要论述，交流思想、凝聚力量，进一步加强广播电视和网络视听文艺节目及人员管理，推动广播电视和网络视听文艺持续健康发展。中宣部副部长，国家广电总局局长、党组书记聂辰席出席会议并讲话。广电总局副局长、党组成员杨小伟主持会议。广电总局副局长、党组成员朱咏雷、孟冬出席会议。

会议指出，党的十八大以来，以习近平同志为核心的党中央高度重视文艺工作和文艺队伍建设，发表一系列重要论述，深刻阐述了文艺工作者的职责使命，对文艺工作者寄予殷切期望、提出明确要求。广播电视和网络视听文艺工作者要深入学习领会习近平总书记的重要论述，从自身做起，共同把从业生态呵护好、建设好，把广播电视和网络视听文艺发展好。

会议强调，广播电视和网络视听文艺工作者要明大德、立大德，厚植爱党爱国情怀。要始终把爱党爱国作为本分、作为职责，作为心之所系、情之所归，作为从艺的第一位要求。要增强“四个意识”，坚定“四个自信”，做到“两个维护”，坚定不移听党话、跟党走，把个人理想、奋斗、事业熔铸到国家富强、民族振兴、人民幸福的历史伟业中，不断奉献祖国、奉献人民。要认真学习党史、新中国史、改革开放史、社会主义发展史，增强民族自豪感和自信心。

会议指出，广播电视和网络视听文艺工作者要守公德、严私德，以高尚品行树立良好社会形象。要对自身道德建设有更高的要求，心怀敬畏，严守底线，不碰红线，追求高线。要加强思想自律和行为约束，严格遵守各项法律法规，诚信经营、诚信从业，自尊自重、自珍自爱，自觉遵守社会公德、个人品德、家庭美德。要培育和践行社会主义核心价值观，讲品位、讲格调、讲责任，自觉摈弃低俗、庸俗、媚俗的低级趣味，自觉反对拜金主义、享乐主义、极端个人主义的腐朽思想。要大力弘扬文明道德风尚，做真善美的实践者和传播者，把崇高的价值、美好的情感融入作品，引导人们向上向善。

会议强调，广播电视和网络视听文艺工作者要守初心、铸匠心，矢志不移追求艺术理想。要对艺术抱以敬畏之心，把心思和精力放在创作上，弘扬“工匠精神”，保持对艺术的执着追求，努力创作出传得开、立得住、留得下的优秀作品。要清楚“我是谁、为了谁、依靠谁”，强化人民立场，走好群众路线，在为人民立德立言中成就自我、实现价值。

部分业界代表在会上交流发言，分享心得体会，畅谈文艺理想，提出意见建议。演员唐国强说，作为一名党的文艺工作者，应当站在前列，旗帜鲜明地树立爱党爱国、崇德尚艺的行业风气，自律自强，努力创作出无愧于时代的精品力作。演员林永健说，文艺工作者的道德情操，直接影响精神产品的质量和社会效果。我们要把崇德修身摆在首位，追求德艺双馨，这样才有正确的方向和强大的精神支柱，具备抵御各种腐朽思想侵蚀的能力，义无反顾、矢志不渝地献身于伟大的文艺事业。演员张嘉益说，文艺工作者要坚持为人民服务、为社会主义服务这个根本方向，秉持扎根人民的创作态度，对艺术有敬畏之心，以正面、向上的行动力和心态，在自我实现和引领风尚的路上不断践行。演员张桐说，作为新时代的中国人、中国的演员、中国的文艺工作者，搞清楚自己的方向，确定好自己的职责意义，规范好自己的言行，提升好自己的私德，是非常必要的。导演张永新说，一代人有一代人的责任，朴素而平实地做好每一部作品，润物无声地把正能量传递给观众，就是我们创作者的本分。编剧王三毛说，要利用自己的职业

① 《国家广电总局召开广播电视和网络视听文艺工作者座谈会》，参见：http://www.gov.cn/xinwen/2021-09/07/content_5636054.htm（2023年4月6日访问）。

优势，把典型人物的事迹传播出去，让更多的人知道、感动，也影响更多的人，为自己的国家多做事情，做有利于人民的事情。江西卫视制片人赵京京说，我们应该用有思想、有温度、有品质的好作品，记录下充满活跃创造、日新月异进步的美好时代，以不跟风、不盲从的内心定力，做有信仰、有情怀、有担当的时代文艺工作者，为新时代文化强国建设贡献自己的光与热。北京广播电视台副总编辑徐滔说，文艺工作者要坚定理想信念，坚定职责使命，坚定文化自信，以不变之初心，赢得变化之未来。

部分广播电视机构和网络视听平台代表参加会议。

（五）外语教育

1.《中国语言生活状况报告·语言政策篇》（俄文版）发布

2021 年 7 月 5 日，在《中俄睦邻友好合作条约》签署 20 周年之际，《中国语言生活状况报告·语言政策篇》（俄文版）新书首发仪式在北京语言大学举行。该报告是中俄在语言文字、人文交流领域取得的又一项重要成果。教育部语言文字信息管理司、北京语言大学、俄罗斯圣彼得堡国立大学、商务印书馆等相关机构负责人通过线上及线下方式出席首发式。

依托国家语委组编的《中国语言生活状况报告》，圣彼得堡国立大学、北京语言大学相关团队选编、翻译、出版了《中国语言生活状况报告·语言政策篇》（俄文版），重点介绍我国语言政策、语言资源保护、领域语言生活、词典编撰等内容，使俄罗斯读者能够较为系统地了解我国的语言国情和语言政策。

教育部语言文字信息管理司负责同志在首发式上表示，《中国语言生活状况报告·语言政策篇》（俄文版）的出版，不仅为关注中国的俄罗斯民众打开了一扇深入了解当代中国的窗户，更是中俄两国推动人文交流发展的见证。双方在语言管理、语言政策研究、语言文化建设等领域的合作拥有广阔的发展前景。编委会主任、北京语言大学校长刘利认为，《中国语言生活状况报告·语言政策篇》（俄文版）的问世，为两国语言文化的深入合作打下良好基础。

俄罗斯联邦总统文化顾问、国际俄语语言文学教师协会主席托尔斯泰发来贺信，认为制定符合时代发展趋势且高效的语言政策，对维护国家主权和领土完整具有非常重要的意义。中国在制定和协调语言政策方面的经验，对俄罗斯这一多民族多语言国家而言非常宝贵。希望双方能继续合作，推动两国人文交流迈向新高度。圣彼得堡国立大学校长科罗巴切夫对本书给予高度评价并亲自作序，认为《中国语言生活状况报告·语言政策篇》（俄文版）的出版是一次非常成功的人文交流实践，希望未来双方继续推进新时代中俄多层次语言文化合作和传播的新模式。

2013 年以来，国家语委积极推动《中国语言生活状况报告》海外出版，努力向世界讲好中国故事、传播好中国声音，向世界展现真实、立体、全面的中国。目前，已推动在国外出版《中国语言生活状况报告》的英文、韩文、日文和俄文版，有力地促进了中外语言文化交流互鉴。

2. 教育部办公厅印发《高等职业教育专科英语课程标准》（2021 年版）

为贯彻落实《国家职业教育改革实施方案》，进一步完善职业教育国家教学标准体系，指导高等职业教育专科公共基础课程改革和课程建设，提高人才培养质量，教育部组织研制了《高等职业教育专科英语课程标准（2021 年版）》和《高等职业教育专科信息技术课程标准（2021 年版）》。

3. 全国教材工作会议暨首届全国教材建设奖表彰会召开

2021 年 10 月 12 日，全国教材工作会议暨首届全国教材建设奖表彰会召开。会议提出，加快形成中国特色高质量教材体系。教材建设要充分体现党和国家意志，坚定文化自信，深入推进习近平新时代中国特色社会主义思想进教材，用中国理论解读中国实践，形成中国特色的话语体系。外语教学与研究出版社、上海外语教育出版社等外语类出版社获评“全国教材建设先进集体”。

五、本书条目索引

本索引中英文分别排序。英文条目按首字母顺序编排；首字母相同的，再按第二个字母顺序编排，以此类推。中文条目按汉语首字拼音顺序编排；首字相同的，再按第二个字拼音顺序编排，以此类推。以标点符号（引号、书名号等）开头的中文条目分块排在所有条目中文的最前面，其内部排序规则同前；以数字开头的中文条目紧随其后，按数字 1—9 排序；再后是英文字母开头的中文条目，按首字母顺序编排。